KB127676

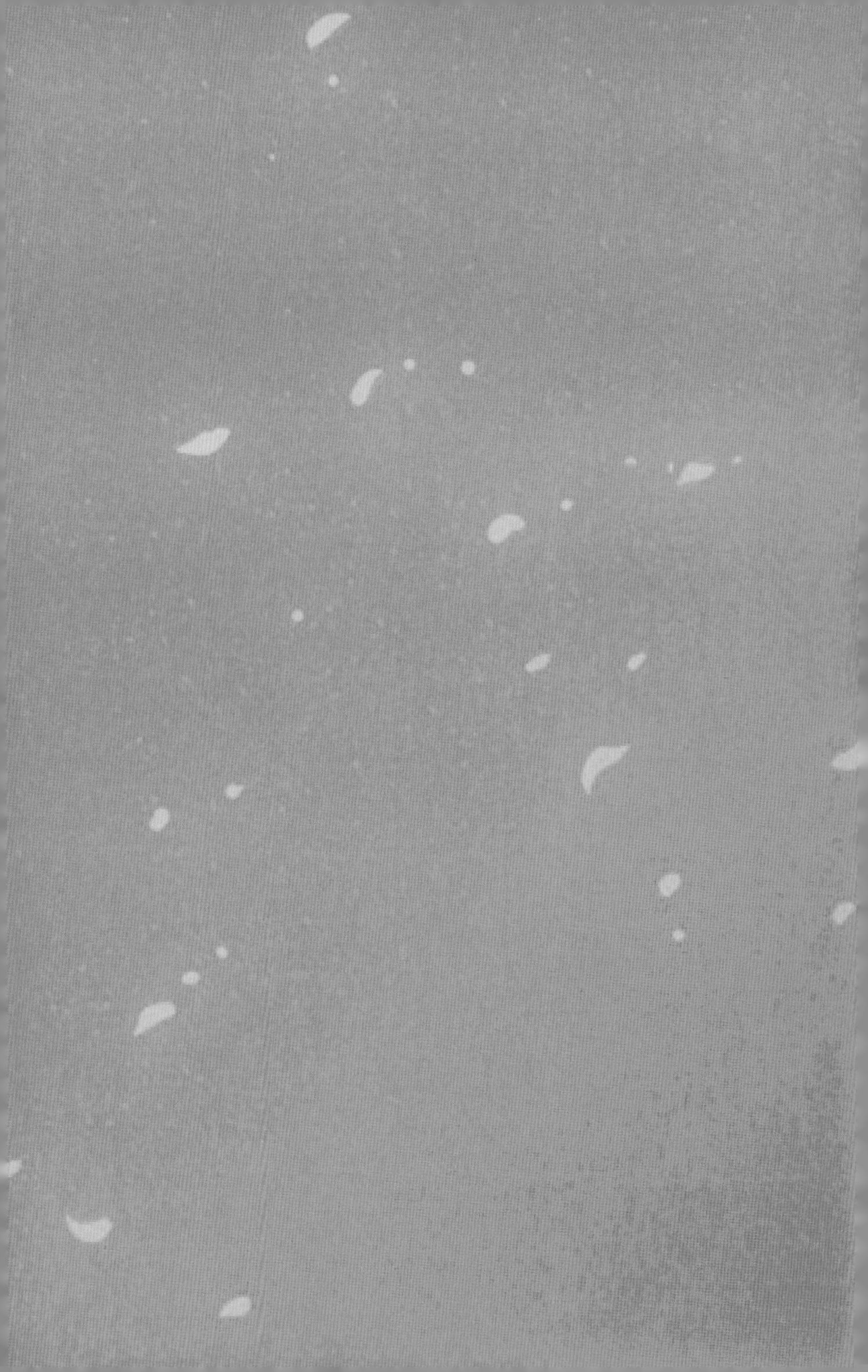

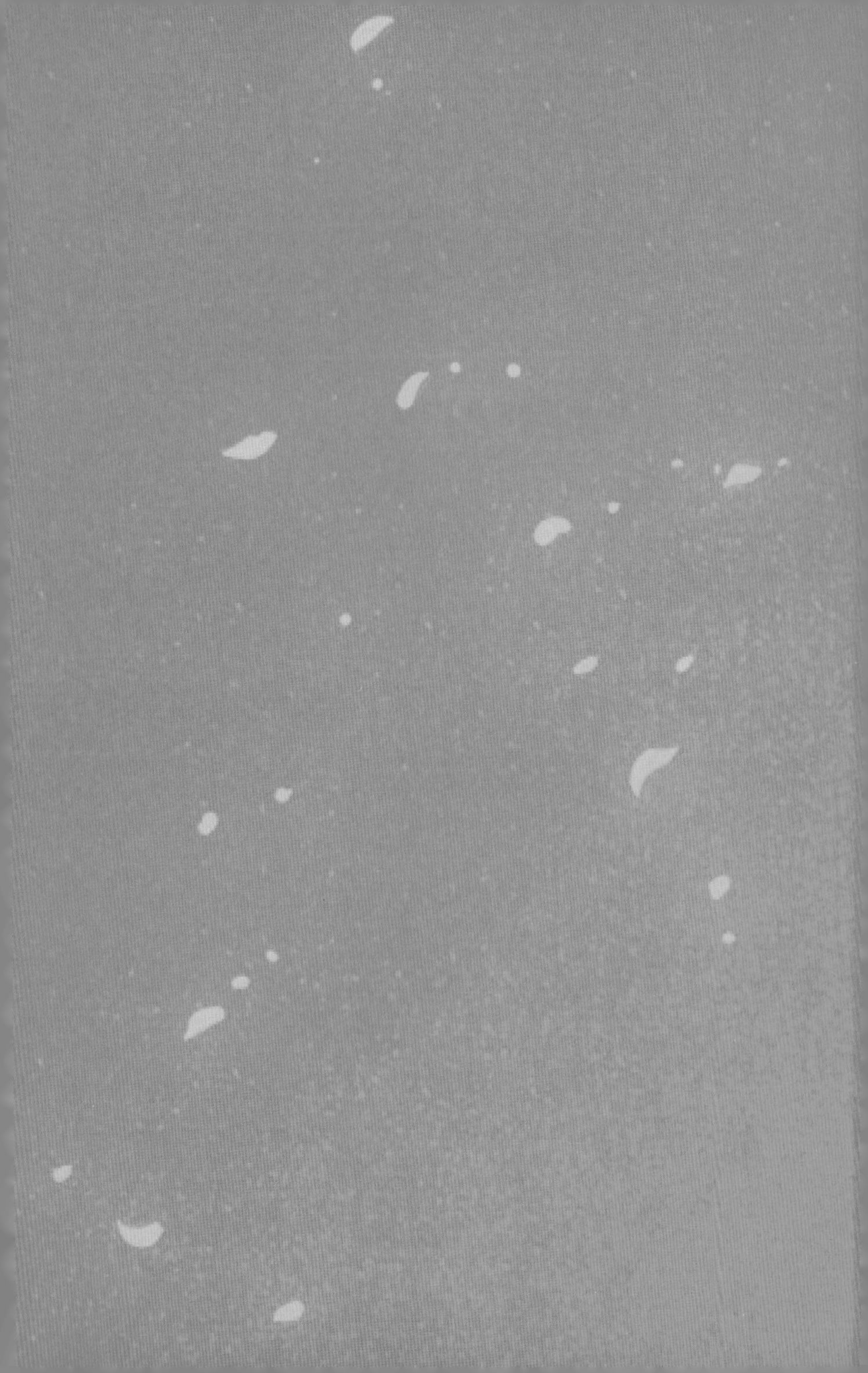

팔려 온 신부 2

2

이여운 장편소설

1권

| 차례 |

2권

제 18 장

남장 신부

먼저 밖으로 나온 태웅은 그녀를 잡아 왔던 호위 무사 사영을 불러 말했다.

"그 아이는 자신의 잘못을 깊이 반성하고 있어서 내 상단 일을 시켜 기회를 주기로 했다."

태웅의 말에 사영은 말도 안 된다는 표정을 지었다.

"그렇게 쉽게 믿으시면 안 됩니다!"

태웅의 눈빛이 바로 차게 변했다.

"그럼 내가 사람도 제대로 못 보면서 대행수 자리에 앉아 있다는 소리냐?"

태웅이 대행수의 자질까지 들먹이며 말하니, 사영은 더 이상 말할 수가 없었다.

그러나 그 도둑 소년은 여전히 수상했다.

"혼자가 아니었습니다. 일행이 있다는 걸 자백했습니까?"

배 안에 은홍 말고 또 다른 수상한 자가 있다는 사영의 말에 태웅은 박형도를 떠올렸다. 그가 밀거래꾼을 잡으러 가는 걸 알고 꼬리를 붙였다면 이 배에 수상한 사람이 있을 수도 있었다.

"소년이 일행과 같이 있는 걸 보았느냐?"

“그건 아니나, 그 소년의 일행이 돌을 던져 저를 공격했습니다.”

박형도가 보낸 자라면 은홍을 도와줬다는 게 이해가 안 되었지만, 지금 중요한 건 은홍이 누구인지 들키지 않는 것이었기에 태웅은 말했다.

“네 말이 사실이면 이 배에 아직 숨어 있을 그놈을 잡아 와라. 그때 대질해봐도 늦지 않겠지.”

사영이 진짜 그자를 잡아오면 박형도가 보낸 자인지 아닌지도 확인할 수 있을 거다.

태웅은 선인 행수를 불러 은홍에게 할 수 있는 일을 주라고 부탁했다. 선인 행수는 탐탁잖은 눈으로 대놓고 은홍의 몸을 위아래로 훑으며 투박하게 말했다.

“몸도 비리비리한 게 힘쓰는 건 못하겠는뎁쇼.”

“잔심부름이라도 상관없네.”

졸지에 잔심부름꾼이 되게 생긴 은홍은 처연한 눈으로 태웅을 보았다. 그는 일부러 그녀의 시선을 무시했다. 상황이 이리된 건 그의 의도가 아니었으니까.

움직이지 않는 그녀의 등을 태웅이 손으로 밀었다. 여기서 그녀가 여인인 걸 들키지 않으려면 이 수밖에 없었다. 그의 옆에 붙어 있어봤자 남의 이목만 끌 뿐이었다.

어깨가 축 처져서 선인 행수를 따라가는 그녀의 뒷모습을 보며 태웅은 눈살을 찌푸렸다.

이거, 꼭 부인 군역 보내는 나쁜 남편이 된 기분이었다.

그녀가 힘쓰는 일은 잘 못할 거라 간파한 선인 행수는 그녀에게 식사 당번을 시켰다. 큰 배였기에 주먹밥을 나누어주는 것도 꽤 시간이 걸렸다. 마지막으로 그녀의 것을 챙겼는데, 연화가 신경 쓰였다.

은홍은 주위를 둘러본 뒤 그녀 몫의 주먹밥의 반을 떼어서 난간 위에 올려놓았다. 제사상 챙겨 먹던 솜씨로 부디 연화가 이걸 잘 먹길 바라며.

주먹밥을 놓고 돌아서던 은홍은 뒤에 서 있는 사영을 보고 화들짝 놀라 하마터면 주먹밥이 든 대나무 소쿠리를 떨어뜨릴 뻔했다.

"무얼 하는 거냐?"

그녀가 주먹밥을 사람 없는 곳에 그냥 놓고 가려는 걸 보고 묻는 말이었지만, 은홍은 모르는 척 주먹밥을 하나 꺼내 사영에게 내밀었다.

"사람들에게 주먹밥을 나누어주고 있었습니다. 무사 나리도 하나 드십시오."

사영은 그녀가 내민 주먹밥을 손으로 거칠게 쳐내며 차게 말했다.

"난 네가 착실하게 일만 할 거라 절대 믿지 않으니, 조심하거라. 수상한 행동이 내 눈에 조금이라도 띄면 그때는 그 팔을 분질러버릴 것이니."

무시무시한 경고까지는 그렇다고 쳐도, 연화 먹으라고 놓아둔 주먹밥을 휙 잡아채서 가져가버리는 사영의 뒷모습을 은홍은 못마땅한 눈으로 쳐다보았다.

"내가 준 건 안 먹으면서 저건 왜 가져가는 거야."

은홍은 손에 쥔 주먹밥을 내려다보며 한숨을 짧게 쉬었다. 아무래도 은돌은 구박받는 팔자일 것 같았다.

—모두 잠든 밤에 와라.

그게 태웅이 마지막으로 그녀에게 한 말이었다. 어차피 은돌이 취급하기로 한 거면 그냥 둬야 하는데 차마 잠자리까지 사내들 틈에 둘 수는 없었나 보다.

은홍은 사람들이 모두 잠들길 기다리며 검은 강 위의 은색 달을 응시하였다. 코 고는 소리가 주위에 가득 찼을 때 은홍은 소리가 나지 않게 천천히 자리에서 일어났다.

같은 배 안에 있는데도 태웅에게 가는 길은 굉장히 멀게만 느껴졌다. 하긴 언제는 안 그랬는가. 지아비이지만 처음 본 그 순간부터 지금까지 그가 그녀보다 한참 높은 곳에 사는 듯한 기분이 들었다. 그 거리를 좁히기 위해서 지금껏 부단히도 노력해 왔는데, 그 노력이 아직도 부족한가 보다. 고작 코앞에 있는 선실로 찾아가는 것도 이리 가슴 졸이다니.

덥석, 갑자기 어떤 손이 그녀의 어깨를 잡는 게 느껴지자 은홍은 그대로 얼어붙었다. 그녀가 움직이지 못하자 뒤에서 퉁명스러운 목소리가 들려왔다.

"나야. 바보야."

연화였다. 그래도 놀란 심장은 여전히 쿵쿵대고 있었다.

"도대체 어디 있었던 거야?"

그녀가 뒤뜰 귀신 취급을 했더니 진짜 도깨비가 따로 없었다.

"알 거 없고. 나 배고파."

은홍은 옷에 달고 있던 주머니에서 아까 남겨두었던 주먹밥을 꺼내 연화에게 내밀었다.

"혹시 몰라서 가지고 있었어. 먹어."

그녀가 바로 먹을 걸 꺼내서 주자 연화는 눈에 힘이 풀어지며 손을 뻗어 그녀가 내민 주먹밥을 잡았다. 그리고 고맙다는 말도 없이 우적우적 먹기 시작하는데, 그 모습이 오히려 연화다웠다.

연화는 꼭 사람 없는 산에서 혼자 살아온 것 같은 아이였다.

"호위 무사가 너 찾고 있으니까 조심하고."

그녀의 충고에 연화는 주먹밥을 전투적으로 먹으며 말했다.

"그 자식 내일 도착할 때까지 못 일어나."

"뭐? 그 무사한테 무슨 짓 했어?"

그녀는 깜짝 놀라 목소리를 높였다.

그때 연화가 남은 주먹밥을 한꺼번에 입에 집어넣더니 밤새처럼 휙 그녀의 어깨 위로 날아올랐다.

"악!"

연화가 그녀의 어깨를 밟고 날아가는 바람에 절로 비명이 터졌다.

저벅—.

사람 발소리가 들린 건 그 후였다.

은홍은 반사적으로 긴장해서 숨을 멈추었는데 어둠 속에서 천천히 다가온 이는 그녀가 아주 잘 아는 얼굴이었다.

남자는 그녀의 얼굴을 확인하고 짧게 혀를 찼다.

"은돌이는 상단 일 하기에는 너무 느리구나."

결국 기다림에 진 태웅이 선실 문을 열고 나와 먼저 그녀를 찾은 것이었다.

달칵—.

선실 문을 연 태웅은 그녀에게 먼저 길을 터주었다.

"들어가거라."

그녀가 그의 얼굴만 빤히 보자 태웅은 짧은 말로 그녀를 움직이게 하였다.

"사람들 보기 전에."

사람들이 다 잠든 걸 보고 온 건데도 괜히 겁이 나서 은홍은 부리나케 선실 안으로 들어갔다.

그제야 태웅도 선실 안으로 들어가 문을 닫았다.

진짜 둘만 남아버렸다. 고립된 배 위 작은 선실 안에. 긴 밤 내내.

은홍은 마른침을 삼켰다. 어차피 태웅한테 그녀는 지금 혼례식 올릴 신부가 아니라 일 못하는 은돌이일 뿐이지만 말이다.

긴장한 그녀의 앞으로 태웅이 걸어와 섰다.

지금은 태웅의 시선을 마주 볼 용기가 없어서 그녀는 자신의 손만 내려다보았다.

"네가 침상에서 자거라. 난 밑에서 잘 테니."

"아닙니다! 제가 밑에서 자겠습니다!"

긴장했더니 목소리가 우렁차게 나왔다. 태웅의 눈매가 실처럼 가늘어졌다.

"이젠 목소리까지 은돌이가 된 것이냐?"

태웅의 손이 위로 올라가더니 그녀의 머리에 닿았다. 남장하느라 상투를 튼 그녀의 머리를 태웅의 손이 직접 풀어 내렸다.

"내 옆에서 잘 때까지 은돌이일 필요는 없겠지."

긴 머리카락이 아래로 흘러내려 그녀의 어깨를 감싸며 등으로 떨어졌다. 은홍은 그제야 고개를 들어 태웅의 얼굴을 보았다. 그녀만 바보처럼 긴장한 듯 그는 평소와 똑같은 얼굴, 눈빛이었다.

"갈아입을 옷이 없습니다."

그녀도 그의 앞에서만은 그냥 여자 은홍이고 싶은데 남자들만 있는 이 배 안에 여자 옷이 있을 리가 없었다.

"난 네가 다 벗고 있어도 상관없다."

그의 말에 그녀가 깜짝 놀라는 사이, 태웅은 바닥에 거침없이 누워 그대로 잘 것처럼 두 눈을 감았다.

하지만 은홍의 눈에는 그 모습이 꼭 선실 안에서 노숙하는 것처럼 보여 마음이 편하지가 않았다. 그래서 침상 위 이불을 끌어다가 태웅의 몸 위에 덮어주려고 했는데 태웅의 손이 그녀의 팔목을 잡고 저지했다.

그녀가 놀란 눈으로 쳐다보자 태웅의 검은 눈동자가 지그시 그녀를 향했다. 나무라는 듯한 눈빛이었다.

"침상을 쓰라는 건 이 이불도 같이 쓰라는 뜻이었다."

"하지만 저만 따뜻하게 잘 수는 없습니다."

"강은 밤이 더 춥다. 여기서 네가 고뿔이라도 걸리면 내가 곤란해."

따뜻한 이불은 하나고, 사람은 둘이었다.

"그래도 제가 추우면 대행수님도 추운 건데."

"난 익숙하니 괜찮다."

추위에 익숙하다는 태웅의 말에 그녀는 울컥해서 말했다.

"대행수님이 이불 안 덮으면 저도 안 덮을 겁니다."

평소였다면 말대꾸도 못 하고 그의 말을 따랐을 은홍이 강하게 나오자 태웅은 놀란 눈으로 그녀를 보았다.

"성격 있는 걸 보니 은돌인가 보구나."

그의 말대로 그녀가 지금 정말 은돌이라면 그와 한 이불을 덮고 자는 건 부끄러워할 일도 아니었다.

"네, 은돌이는 대행수님이랑 침상에서 같이 자야겠습니다!"

은돌은 용감했다.

은홍은 진심이라는 듯이 들고 있던 이불을 펼쳐 그와 그녀의 몸을 동시에 덮었다.

"이렇게 이불을 같이 덮고 자면 아무도 안 추울 겁니다."

대신 그는 더워 미칠 수도 있을 것 같았다.

"별로 좋은 생각 같지 않구나."

오늘은 은돌만으로 충분했다.

"아닙니다. 이게 제일 좋습니다."

"아니다. 너만 덮는 게 좋겠다."

"안 됩니다. 그럼 대행수님이 추울 겁니다."

은돌은 고집도 셌다.

태웅은 짧게 한숨을 내쉬고는 말했다.

"알았으니 좀 떨어져라."

이불 하나 가지고 고집 센 은돌과 계속 실랑이하다가는 밤을 새울 것 같았기에 우선 그녀의 뜻대로 하고 그녀가 잠들면 다시 밑으로 와서 자는 걸 선택하기로 했다. 태웅이 그녀의 말대로 하겠다고 하자 은홍은 서둘러 일어서서 침상을 손으로 가리켰다.

"대행수님이 먼저 누우십시오."

태웅은 순순히 침상 위에 누웠다.

그녀가 누웠을 때는 넉넉했던 침상이 장신의 남자가 눕자 꽉 차는 걸 보고 은홍은 살짝 당황했다.

하지만 그녀가 먼저 같이 자자고 한 것이니 이제 와서 침상이 둘이 자기에는 좀 작은 거 같다고 말할 수는 없었다.

"왜 가만히 서 있는 것이냐?"

처음부터 선실 침상이 둘이 자기에 작다는 걸 알고 있던 태웅은 그녀가 뒤늦게 당황하는 걸 보고 속으로 피식 웃었다.

그러니까 혼자 자라고 할 때 자지.

그녀가 머뭇거리며 침상 위로 못 올라오자 태웅이 짓궂게 물었다.

"막상 같이 자려니까 싫어진 것이냐?"

"아닙니다! 딱 좋습니다."

뭐가 좋다는 건지.

은홍이 조심스럽게 침상 위에 걸터앉자 이젠 태웅도 살짝 긴장했다. 사내들만 바글대는 배 안에서 뭘 할 수 없다는 것도 뻔히 아는데 말이다. 사내의 몸은 단순해서 닿으면 반응했다. 아무래도 오늘 밤은 그가 인내의 끝을 배울 수 있는 시간일 것 같았다.

"그럼 눕겠습니다."

굳이 그런 것까지 보고할 필요는 없었다. 괜히 쓸데없는 긴장감만 더 생기니까. 태웅은 눈을 가늘게 뜨고 말없이 그녀가 하는 양을 쳐다만 보았다.

은홍은 돌다리를 두들겨보는 사람처럼 정말 천천히 침상 위로 올라왔다. 느린 만큼 그는 또다시 애가 탔다. 그렇다고 여기서 빨리 누우라고 그녀를 재촉할 수도 없는 노릇이었다. 침상에 올라와 그의 옷깃과 스치자 그나마 느릿한 동작도 움찔하며 멈추었다. 아까는 먼저 이불

속에서 바싹 몸을 붙이더니 왜 이제 와서 이리 움찔하는 건가 싶었다.

이제야 은홍으로 돌아왔나 보다.

"은홍아."

그가 나직한 목소리로 그녀의 이름을 부르자 그녀의 어깨가 크게 움찔하더니 조심스럽게 고개를 내려 그를 보았다.

"이러다 둘 다 못 자겠다."

"아닙니다. 잘 수 있습니다."

은홍은 그가 다시 침상 아래로 내려가버리지 못하게 서둘러 그의 옆에 누웠다. 두 사람이 누우니 침상이 꽉 차며 몸이 딱 붙었지만 은홍은 이것 보라는 듯이 배시시 웃었다.

"이것 보십시오. 딱 좋습니다."

어떻게든 몸을 작게 만드느라 몸의 근육이 바짝 쪼그라들어서는 좋다고 웃고 있으니 태웅은 한숨 섞인 웃음을 한 번 짓고는 팔을 뻗어 그녀의 어깨를 감싸고 제 쪽으로 바싹 끌어당겼다.

순식간에 그의 몸에 반쯤 몸이 겹쳐지자 은홍은 놀라서 눈이 커진 채 그를 쳐다보았다.

"나한테는 이게 딱 좋다."

좁으면 몸을 작게 만드는 게 아니라 서로 안고 자는 게 더 나았다. 몸의 체온까지 나눌 수 있으니 일석이조였다.

"대행수님이 조, 조, 좋다면 저, 저도 좋습니다."

그녀가 심하게 더듬는 말이 그의 귀에는 별로 안 좋게 들렸지만 신경 쓰지 않기로 했다. 신경 쓰기 시작하면 오늘 밤 잠은 다 잔 거니까.

"그만 자자. 밤이 깊었다."

태웅은 그녀의 머리카락에 코를 박고 두 눈을 감았다.

그녀의 말대로 굉장히 따뜻했다. 그가 살면서 느꼈던 온기 중 가장 다정했다.

쿵, 쿵, 쿵, 쿵.

은홍도 태웅처럼 아무렇지 않게 두 눈을 감고 자고 싶은데 심장 소리가 너무 시끄러워 도저히 잠이 들 수가 없었다. 몸에 열이 오른 건지 덥기까지 했다.

자야 한다. 자야 해. 졸립다. 졸려.

그녀는 눈을 감고 자신에게 최면을 걸었다.

하지만 정신은 더더욱 또렷해질 뿐이었다. 긴장했더니 가슴을 감고 있는 천이 또 답답해졌다. 이미 그걸로 한 번 사고를 크게 쳤기에 태웅에게 말할 수 없었다. 한 번은 실수지만 두 번은 바보라는 소리였으니까. 그래서 그녀는 참았다.

나는 괜찮다. 아주 괜찮다.

"얼굴이 왜 이리 붉은 것이냐?"

하지만 태웅은 그녀의 상태가 이상한 걸 알아채고 바로 물었다.

은홍은 눈을 떠 그의 얼굴을 보았다. 그녀가 차마 말하지 못하고 불쌍한 눈빛만 보내자 태웅은 천천히 고개를 내려 그녀의 가슴 쪽을 보았다.

"설마 또 이쪽이냐?"

그녀는 본능적으로 고개를 끄덕였다.

"밤에만 풀어도 될까요?"

그녀의 물음에 태웅은 바로 그녀한테서 떨어져 몸을 일으켰다.

"난 그냥 밑에서 자야겠다."

"아닙니다! 같이 잘 수 있습니다."

태웅은 이제 붙잡는 그녀의 손이 무서웠다.

제발 그냥 혼자 자게 해주면 고맙겠다. 설마 얼어 죽기야 하겠냐.

날씨가 좋아 배는 일정대로 원주에 도착할 수 있었다. 짧은 뱃길이었지만 태웅한테는 너무 고단했던 시간이었다. 그래서 원주가 보이자 정말 다행이라고 생각했다.

원주행에서 원래 계획에 없던 은홍을 원주 객주에 맡길 수밖에 없었다. 밀거래꾼들이 있는 산에 그녀를 데리고 갈 수는 없었다. 분명 무기를 든 이들이 지키고 있을 테니까.

"저도 같이 가겠습니다."

"내가 어딜 가는 줄 알고 같이 간다는 것이냐."

"상단 일 아닙니까?"

의심할 줄 모르는 그녀의 성격이 지금은 그의 마음을 더 무겁게 하였다.

"네가 같이 가봤자 방해만 되니 놓고 가는 거다."

'방해'라는 말에 그녀의 표정이 굳어졌지만 태웅은 말을 바꾸지 않았다. 그녀의 안전을 위해 놓고 가는 것이니.

"이곳에서 얌전히 기다리고 있어야 한다. 약속하거라."

그녀가 입을 꾹 다물고 대답을 안 하자 태웅은 강요할 수밖에 없었다.

"대답하거라."

"……네."

그녀는 마지못해 대답했다.

태웅은 머뭇거림 없이 객주에 은홍 혼자만 두고 돌아서서 걸어가버렸다.

은홍은 멀어지는 태웅의 등에서 눈을 떼지 못했다. 그녀는 태웅과 함께 가고 싶었지만 방해라고 하니 같이 가겠다고 고집을 부릴 수 없었다. 도대체 언제쯤 그에게 도움이 되는 인물이 될 수 있는 건가 싶었다.

그게 끝까지 불가능하다면 그녀는 정말 너무 슬플 것 같았다.

선발단으로 가서 지도에 표시된 곳을 살피고 온 호위 무사가 말을 타고 돌아와 태웅에게 보고했다.

"수상한 움막이 하나 있습니다."

"지키는 이는 몇 명이냐?"

"열 명입니다."

한 번 들킨 적이 있기에 사람 수를 늘린 듯했다. 이쪽의 수가 더 적었지만 그를 포함한 모두가 상당히 무예가 뛰어난 무사들이니 승산은 충분히 있었다. 태웅은 호위 무사들에게 지시를 내렸다.

"급습해서 반드시 밀거래 증거를 챙겨야 한다."

밀거래품이 있을 거라 예상되는 움막 주위에 매복한 호위 무사들은 태웅이 신호를 보내기만을 기다렸다. 단번에 상대를 제압해야 했다. 안 그럼 밀거래꾼들은 증거를 없애기 위해 움막에 불을 지를 수도 있었다.

태웅은 날파란 눈으로 움막의 동태를 살피다 오른손을 들어 올렸다. 그의 손이 아래로 내리긋는 순간, 숲에 숨어 있던 호위 무사들이 한꺼번에 움막을 지키고 있던 무뢰배들을 공격했다.

태웅은 가장 앞으로 달려나가 아직 사태 파악을 제대로 못한 칼잡이 두 명을 단번에 베어내었다.

챙! 챙!

순식간에 움막 주위는 칼과 무기들이 부딪치는 소리로 낭자했다.

태웅의 예상대로 그의 편이 우세하게 상대를 제압해 나갔기에 무리 없이 밀거래품을 회수할 수 있을 거라 여긴 순간이었다.

휘익―!

예상치 못한 먼 거리에서 날아온 불화살 하나가 움막에 꽂혔다. 태웅은 움막에 붙은 불을 보고 외쳤다.

"물건을 챙겨라!"

휘익, 휘익!

그들에게 기회를 주지 않겠다는 듯이 불화살은 연이어 또 날아와 정확하게 움막에 꽂혔다. 붉은 아가리처럼 타오르는 불은 삽시간에 움막을 집어삼켰다.

태웅은 화살이 날아온 쪽으로 빠르게 몸을 돌렸다. 엄청나게 먼 거리에서 날아온 화살이었다. 그런데도 백발백중이었다. 이 화살을 쏜 자는 이곳에 있는 칼잡이들과 달리 대단한 고수였다.

도대체 누가?

박형도의 밑에 이런 고수가 있었다면 그가 모를 리가 없었다.

쾅―!

불이 붙은 움막이 엄청난 굉음을 내며 폭발하자 싸우던 무사들은 서둘러 몸을 낮추었다. 태웅은 순식간에 산산조각이 난 움막을 굳은 눈으로 쳐다보았다. 저 안에 폭탄이 있었다면 밀거래품이 무기였다는 건 분명해지는 것이었다.

원주 객주로 돌아오니 하늘이 핏빛으로 붉게 물들며 해가 지려 하고 있었다. 폭탄이 터지는 바람에 태웅과 무사들의 꼴이 엉망이었다. 그나마 죽은 사람이 없는 게 다행이었다.

"대행수 어른, 어찌하실 겁니까?"

단순히 밀거래꾼을 잡으러 온 줄 알았던 호위 단장은 그곳이 무기고였다는 걸 알고 심각한 표정이었다. 누구의 짓이든 역모까지 될 수 있었다.

"우린 오늘 밀거래꾼을 잡으러 온 것뿐이다. 그 이상도, 그 이하도 아니야."

태웅이 못을 박자 호위 단장은 조용히 받아들일 수밖에 없었다. 위험한 일인 만큼 신중해야 했다. 안 그럼 화룡 상단까지 불똥이 튈 테니까.

태웅은 바로 은홍이 있는 방으로 향했다. 혼자 두고 간 그녀가 잘 있는지 확인하고 싶은 마음에 그의 걸음이 빨라졌다. 그런 태웅을 호위 단장은 의아하게 쳐다보다가 주위를 빠르게 훑었다. 설마 이 객주에도 수상한 것이 있는 건가 하고.

폭탄에 놀란 마음이 대행수의 빠른 걸음에 또 놀랐다.

드르륵—.

방문을 연 태웅은 은홍을 찾아 빠르게 눈동자를 움직였다. 넓은 방 비단 보료는 텅 비어 있고, 은홍은 창문 아래 구석에 쭈그려 앉아 있었다. 그는 편히 쉬고 있으라 한 것인데 왜 벌 받는 사람처럼 저리 있는 건가 싶었다.

그 모습을 보자마자 마음이 속상해졌다.

뚜벅뚜벅.

은홍의 곁으로 걸어간 그는 그녀의 앞에 주저앉았다. 그가 오는 소리를 듣고도 그녀가 미동도 않는 것이 이상해서 슬쩍 고개를 숙여 그녀의 눈을 찾으니 두 눈이 감겨 있었다. 이런 자세로 잠을 자는 게 용했다. 깨어나면 분명 몸이 편치 않을 것이었다.

그녀를 깨우려고 손을 뻗던 태웅은 불길에 타서 그을린 자신의 소맷자락을 보고 멈칫했다. 꼭 불장난하고 온 꼴이라 태웅은 짧게 혀를 찼다. 그녀를 깨우기 전에 우선 옷을 갈아입고 오기 위해 일어서는데 그의 옷깃을 움켜잡는 힘이 느껴졌다.

태웅은 고개를 내려 아래를 보았다.

그녀가 눈을 떠 그를 올려다보고 있었다.

"깨어 있었던 것이냐."

불장난한 꼴을 들킨 것 같아 겸연쩍어하는 그에게 은홍이 푹 잠긴 목소리로 말했다.

"이곳에 있으면서 내내 생각했습니다."

무엇을?

"제가 어떻게 하면 대행수님께 방해가 아니라 도움이 되는 사람이 되는지."

태웅은 그녀에게 그런 말을 한 것조차 잊어버리고 있었기에 당황스러웠다. 그런 뜻으로 한 말이 아니었다. 그녀가 위험해질 수도 있는 일이라 놓고 간 것이다.

"그런데 전 바보인지 아무리 생각해도 모르겠습니다."

그녀의 검은 눈동자가 금세 젖어들었다.

"제게 가르쳐주십시오. 제가 어찌하면 됩니까?"

처음엔 돈에 팔려온 오백 냥짜리 신부였을 뿐이지만 이젠 진심으로 그에게 정말 필요한 신부가 되고 싶었기에 꼭 알고 싶었다.

태웅은 다시 그녀의 앞에 한쪽 무릎을 꿇고 앉았다. 그의 말 한 마디에 그녀가 이리 힘들어한 것이기에 미안하고, 또 그 자신에게 화도 났다.

"이럴 때는 나한테 화를 내는 거다. 말 함부로 하지 말라고."

그녀가 어찌 그에게 화를 낸단 말인가. 그런 생각은 감히 할 수조차 없었다.

"네 잘못도 아닌데 네 탓만 하면 진짜 바보가 되는 거다. 그냥 바보 신부로 남을 것이냐? 내게 화를 낼 것이냐?"

생각도 못 한 선택지가 그녀의 앞에 놓이자 은홍은 슬퍼하던 것도 잊을 만큼 당황해서 눈을 동그랗게 떴다.

"지, 진짜 대행수님께 화를 내라는 겁니까?"

"그래, 때려도 된다."

진짜 때리라는 듯이 태웅은 왼쪽 뺨을 앞으로 내밀었다.

은홍은 어찌할 바를 몰랐다. 화도 못 내겠는데 어떻게 그를 때리겠나. 그녀가 아무것도 못 하자 태웅은 눈을 감은 채 말했다.

"어찌할지 가르쳐달라고 한 건 너였다."

물론 그녀가 한 말이긴 했지만 그게 그를 때리는 것이 될 줄은 모르고 한 말이었다.

"어서."

그의 재촉에 그녀는 뭐라도 해야 바보 신부는 면한다는 생각에 두 손을 뻗어 그의 얼굴을 투박하게 감싸 쥐었다.

그녀의 손길에 태웅의 눈썹이 찌푸려졌다.

"때리는 손길이 물러터졌……."

손이 물러터졌다고 타박을 주려던 건데 태웅은 말을 끝맺을 수 없었다. 손은 거들 뿐, 정말 행동한 건 그녀의 입술이었다.

그의 입술에 자신의 입술을 꾹 눌렀다 떼고 멀어진 은홍은 두 손으로 그녀의 입술을 가렸다. 그녀가 먼저 입을 맞추다니. 그녀한테는 엄청난 일이었다.

태웅이 눈을 떠 그녀를 보았다.

"방금 뭘 한 것이냐?"

그녀가 아무 말도 못 하고 빠르게 눈만 깜빡이자 태웅은 눈을 가늘게 뜨며 혹시나 하는 목소리로 물었다.

"설마 입술로 때린 거냐?"

부딪혀 오는 입술에 이가 부딪혀 아픈 걸 보니 때린 게 맞는 것도 같았다.

"때린 거 아닙니다."

그녀는 그가 했던 것처럼 했을 뿐이었다. 차마 그에게 화도 못 내겠고, 때리는 건 더더욱 못 하겠기에 그녀가 있는 용기 없는 용기 다 끌어올려서 할 수 있는 걸 한 것이다.

"그래? 그런데 난 왜 아플까?"

태웅이 입술을 손으로 만지며 하는 말이 농이 아니라 진짜 같아서 은홍은 당황해서 목소리가 기어들어갔다.

"진짜 때린 거 아닌데."

그녀한테는 입맞춤이었다. 정인끼리 하는 그런 거.

그녀가 또 기가 죽을까 봐 태웅도 끝까지 놀리지 못하고 올라간 입꼬리를 가리고 있던 손을 치우며 피식 웃어버렸다.

"그래도 숨 못 쉬던 것과 비교하면 일취월장이구나."

그 말이 칭찬으로 안 들린 은홍은 얼굴이 붉게 달아오르며 그를 원망하는 눈으로 쳐다보았다.

"놀리지 마십시오."

"안 놀렸다. 진심이다."

서툴렀지만 그에게는 충분히 뜨거운 입맞춤이었다. 다른 이도 아닌 그의 하나뿐인 신부가 해준 첫 입맞춤이니 심장이 뜨거워지는 건 당연했다.

태웅은 은홍의 뺨을 커다란 손으로 완전히 감싸 쥐고 그녀에게 다가갔다. 그녀가 큰 눈을 더 크게 뜨며 가까이 오는 그를 쳐다보자, 태웅은 친절한 스승처럼 알려주었다.

"눈을 감아야지."

그녀의 속눈썹이 가늘게 떨리다 아래로 떨어졌다.

태웅은 감긴 그녀의 눈 위에 부드럽게 입술을 가져다 댄 뒤 그녀의 입술을 찾아 아래로 내려갔다.

"하아."

입술이 닿기도 전에 호흡이 뜨거워졌다. 그녀의 서툰 입맞춤과는 달리 비단 천처럼 부드럽게 그녀의 입술을 빨아들이는 그의 입맞춤에 은홍의 몸이 녹아내렸다. 그래도 한 뼘은 성장한 것인지 어찌할 바 모르던 이전과는 달리 의연해졌다고 생각하는데, 태웅의 손이 아래로 내려가 그녀의 가슴 부근에 닿는 걸 느낀 은홍은 화들짝 놀라 뒤로 물러났다.

그녀가 두 손으로 가슴을 가리며 놀란 붕어눈으로 쳐다보자 태웅은 민망해졌다.

"답답할까 봐 천을 풀어주려 했던 건데."

그녀에게 물어보기 전에 손이 먼저 나가버린 건 아차 싶었다.

그도 은돌과 입 맞추는 건 처음이라.

아침에 눈을 뜬 은홍은 자신이 낯선 장소에 있음을 깨닫고 화들짝 놀라 벌떡 일어났다가 한참 뒤에야 원주 객주에 있음을 자각하고 한숨을 푹 내쉬었다.

오늘은 다시 한양으로 돌아가는 날이었다. 며칠 안 되었는데도 마치 아주 오래 고향을 떠나 있었던 기분이었다. 한양에 돌아갈 때까지는 일꾼 은돌이라 계속 이 방에 있으면 안 될 것 같아서 은홍은 서둘러 나루터로 나갔다.

배는 출항 준비를 하고 있는데 태웅의 모습이 보이지 않아 은홍은 주위를 두리번거리며 그를 찾았다. 부지런한 이라 분명 그녀보다 먼저 나와 있을 거라 여겼는데 이상한 일이었다.

어디 있지?

그때 주위에 있던 수부들이 하는 말이 그녀의 귀에 들려왔다.

"정말 기린 객주 박형도라고?"

"그렇다니까."

"아니, 기린 객주 행수가 왜 원주까지 와서 변고를 당해?"

"그러니까 말이여. 완전 비명횡사잖아."

'박형도'라는 이름과 '비명횡사'라는 말이 이어지자 은홍의 간담이 서늘해졌다.

그 사람이 죽었다고? 거기다 하필 여기서?

그들이 원주에 온 시기에 나쁜 일을 일삼던 자가 갑자기 이곳에서 죽었다고 하니 불길하기 짝이 없었다. 은홍은 근처에 있던 수부를 붙잡고 다급하게 물었다.

"화룡 상단 대행수께서는 지금 어디 계십니까?"

태웅은 목에 칼을 맞고 절명한 박형도의 시체를 말없이 내려다보았다. 사이가 좋았던 적이 한 번도 없었던 관계지만 이리 길거리에서 험하게 죽어 있는 모습을 보니 기분이 안 좋았다.

원주 관아에서 나온 이가 그에게 물었다.

"기린 객주가 맞습니까?"

"맞네."

"이런. 쯧쯧. 어쩌다 여기서."

태웅은 박형도가 이곳에서 죽은 게 곽 행수가 다친 것과 무관하지 않을 거라는 생각이 들었다.

둘 다 같은 자의 짓이 분명했다. 사람을 함부로 죽이면서 계속 그에게 경고를 보내고 있었다. 더 캐내면 그 역시 죽이겠다는.

태웅은 주먹을 꽉 움켜쥐었다. 만나본 적도 없는 존재에 대한 분노가 치솟았다.

박형도가 객사 당한 큰 사건이 있었지만, 배는 정해진 시간에 출발

하였다.

은홍은 일꾼들 사이에서 일을 돕다가도 자꾸 뱃머리 쪽으로 고개가 돌아갔다. 태웅은 출발할 때부터 쭉 그곳에 선 채 깊은 생각에 잠긴 듯했다.

설마 박형도가 죽은 일 때문인가?

그녀보다 강한 태웅이 그 일로 큰 충격을 받았을 것 같지는 않았다. 그녀도 멀쩡했으니까.

그런데 무슨 생각을 저리 하시는 거지?

이제 한양으로 돌아가면 평소의 일상으로 돌아가는 줄 알았는데 어쩌면 그게 아닐 수도 있겠다는 불안이 불현듯 스쳐 지나갔다.

제 19 장

혼례식

한양.

조선에서는 좀처럼 보기 힘든 큰 배가 포구 가까이 다가오자 그야말로 장관이었다. 이전에도 몇 번 조선을 방문한 적이 있는 배였다.

정박한 배에서 내린 이는 커다란 풍채에 야망이 가득한 관상을 지니고 있었으나 세월의 흐름 때문인지 그 강한 인상도 이젠 그저 할아버지처럼 보이기도 했다.

미리 마중 나와 있던 문길이 앞으로 나서며 청국에서 온 큰 손님에게 예를 갖추어 인사를 했다.

"어서 오십시오, 양 대인. 먼 길 와주셔서 감사드립니다."

양 대인은 주위를 두리번거리며 물었다.

"대행수는 어째서 안 보이는가? 내가 이리 친히 혼례식을 보러 바닷길을 건너왔는데."

양 대인의 말에 문길의 머리가 더 아래로 내려갔다.

"송구합니다. 대행수 어르신과 아씨는 지금 한양에 안 계십니다."

문길의 말에 양 대인은 크게 놀랐다.

"뭐? 혼례식에 사람을 초대해놓고 두 사람 다 자리를 비웠다고?"

사실 문길이 대행수의 허락을 받지 않고 멋대로 청국으로 서신을 보내어 양 대인을 초대한 것이었다. 아마 태웅과 은홍이 한양으로 돌아오면 그는 태웅에게 몸 어디 하나 부러질지도 몰랐다.

그래도 이렇게라도 두 사람이 무사히 혼례식을 올릴 수 있다면 문길은 자신의 행동을 후회하지 않을 것이었다. 이 길이 분명 두 사람의 행복이 되리라는 걸 믿기에.

한양으로 돌아오는 내내 태웅은 석연치 않은 기분을 느꼈다. 그의 손이 닿지 않는 곳에서 무슨 일이 벌어지고 있는 것 같은 느낌 때문이었다. 그게 박형도의 죽음 탓인지, 아니면 또 다른 무엇인지 정확하지 않아 더 찜찜했다.

"대행수님."

그를 부르는 목소리에 퍼뜩 정신을 차린 태웅은 바로 선실 문으로 걸어가서 문을 열었다.

은홍이 소쿠리를 들고 서 있자 태웅은 의아해서 물었다.

"무얼 들고 온 것이냐?"

자러 온 것이면 몸만 오면 될 일이었다.

"먹을 것입니다."

"배가 많이 고팠나 보구나."

"제 것이 아니라 대행수님 것입니다."

"내 것?"

온종일 태웅이 식사를 안 한 걸 알고 일부러 챙겨 온 것이었다.

"이걸 다 드셔야 주무실 수 있습니다."

당당하게 말하라 했지만 그에게 명령할 줄은 몰랐다.

태웅은 원래 생각이 많으면 식욕이 없어졌다. 하지만 은홍에게 필요 없다고 말할 수는 없어서 할 수 없이 은홍이 차린 밥상 앞에 앉았다.

"그럼 같이 먹자꾸나."

"전 괜찮습니다."

"네가 안 먹으면 나도 안 먹을 거다."

태웅이 그리 말하니 은홍도 할 수 없이 밥을 조금 입에 넣어 먹는 시늉을 했다.

"한양에 도착하면 너 혼자 집에 갈 수 있겠느냐?"

은홍은 놀라 태웅을 쳐다보았다.

"그럼 대행수님은?"

"난 들렀다 갈 곳이 있다."

"이번에도 제가 같이 가면 방해가 됩니까?"

죽은 박형도가 객주로 있던 기린 객주에 들를 생각이었다. 그곳에 은홍을 데리고 가는 건 무리였다. 박형도를 죽인 자들이 있을지도 모르니.

태웅은 이번엔 뭐라 대답해야 말도 곱게 하는 좋은 지아비가 될 수 있을까 생각하며 밥을 수십 번이고 씹다가 목구멍으로 넘긴 뒤 대답했다.

"시윤 나리를 만나려는데 같이 가겠느냐?"

은홍은 바로 고개를 저으며 거부했다.

태웅은 미리 갈 곳이 있다고 말했기에 마포 나루에 도착한 뒤 은홍은 혼자 조용히 사람들 사이에서 빠져나와야 했다.

그때 그녀를 애타게 찾는 덕춘 장군이 그녀의 시야에 들어왔다. 바로 몇 발자국 앞에 있는데도 그녀를 알아보지 못하는 걸 보니, 그녀의 남장이 꽤 그럴듯했나 보다. 아니면 지금 덕춘의 눈에 남장한 그녀는 아예 날아다니는 파리처럼 존재감조차 없던가.

은홍은 먼저 덕춘의 앞으로 걸어갔다. 덕춘은 자신의 앞을 막아서는 작은 사내를 그냥 무시하려다 그녀의 얼굴을 보고서야 놀라서 눈이 휘둥그레 커졌다.

"아이구! 아씨! 이게 무슨 꼴이여라!"

"그렇게 됐어. 며칠 만에 보니 반갑구나, 덕춘아."

아는 이를 보니 그제야 집에 돌아온 기분이 들어서 활짝 웃는데 덕춘의 솥뚜껑 같은 손이 뻗어와 그녀의 손을 갑자기 움켜잡아서 너무 아파 비명이 나올 뻔했다. 그녀가 혼자 몰래 태웅을 따라 원주로 가서 화를 내는 건가 싶었는데 덕춘이 흥분한 목소리로 외쳤다.

"아씨! 오늘이 혼례식입니다요!"

"누가 혼례식을 올리느냐?"

그저 좋겠다 생각하며 순박하게 남이나 부러워하는 그녀가 답답하다는 듯이 덕춘이 목소리를 더 높였다.

"누가 아니라 아씨요! 아씨 혼례식이요!"

은홍은 실없이 허허 웃고 말았다.

농담도 참. 그래도 듣기는 아주 좋구나.

객주가 갑자기 죽은 기린 객주의 분위기는 스산했다.

태웅은 먼 거리에서 객주를 지켜보며 수상한 이가 객주에 접근하는 걸 눈여겨보았다. 객주를 주시하던 태웅은 인기척을 느끼고 빠르게 고개를 돌렸다.

길 하나를 사이에 두고, 건너편 골목에 양반 복장을 한 사내 둘이 서 있는데 그중 한 명이 그를 뚫어지게 쳐다보고 있었다.

누구지?

박형도의 죽음과 상관있는 인물인가 싶다가도, 그처럼 이리 숨어서 객주를 지켜보는 게 이상했다. 태웅은 직접 알아보기 위해 몸을 돌려 두 사내 쪽으로 저벅저벅 걸어갔다.

그가 다가가자 사내 중 나이가 많은 쪽이 갑자기 다른 사내의 앞을 막아섰다. 그건 분명 보호의 몸짓이었다. 순간 사내가 몸에 차고 있는 칼이 그의 눈에 들어왔다.

호위 무사?

보호를 받은 사내가 호위 무사를 밀어내고 앞으로 나왔다.

"위험한 자일 수도 있습니다."

"내 궁금한 게 있어서 그런다."

그를 두고 하는 말인 것 같았다. 두 사람의 상하 관계는 명확했다.

그럼 자연스럽게 나이 많은 이에게 하대하는 저 젊은이는 도대체 누구란 말인가?

저벅저벅.

이번엔 젊은 사내가 그에게 다가왔다. 귀한 몸이라는 건 입고 있는 옷보다 품위가 느껴지는 움직임에서 더 강하게 느껴졌다. 박형도를 죽이라는 험한 일을 명할 인물로는 보이지 않았지만 사람은 겉모습만 보고 판단하면 안 되었기에 태웅은 의심의 끈을 놓지 않았다.

그의 앞에 멈추어 선 기품 있는 사내가 그를 올려다보며 물었다.

"자네는 누구인데 아들인 나보다 더 내 아버지를 닮았는가?"

'아버지'란 말은 그에게 금기어나 마찬가지였기에 그 말을 듣자마자 태웅의 미간이 찌푸려졌다.

은홍이 덕춘의 손에 끌려 집에 도착했을 때, 놀랍게도 사람들이 분주하게 잔치 준비를 하고 있었다. 그녀는 넋을 놓고 혼례식을 준비하는 광경을 보며 덕춘에게 물었다.

"이게 다 무엇이냐?"

"뭐긴 뭡니까. 아씨 혼례식 준비하는 것이죠."

그녀도 태웅도 집을 비우고 있었는데 어떻게 이런 준비가 가능한 건가 싶었다. 분명 태웅도 전혀 모르는 눈치였었다.

"내 스승님한테 직접 들어야겠다. 스승님 어디 계시냐?"

"청국에서 오신 양 대인이란 분이랑 같이 계실 겁니다."

양 대인이 왔다는 말에 그녀의 눈이 커졌다.

"양 대인이 오셨다고? 참말이냐?"

"네, 엄청 큰 배를 타고 오셨습니다. 그 배가 아직도 포구에 있을 겁니다."

그제야 심장이 두근두근 뛰기 시작했다. 태웅이 말했으니까. 양 대인이 오면 혼례식을 올리자고. 그런데 진짜 양 대인이 왔다고 하니 이제 정말 혼례식을 올릴 수 있게 되었다는 사실에 감정이 벅차올랐다.

"내 당장 양 대인을 만나야겠다."

그 순간, 멀리서 그녀를 알아본 시윤이 큰 소리로 그녀를 부르며 걸어왔다.

"이런! 내 누군가 했더니 오늘 혼례식을 올리는 새색시 아닌가? 깜빡 속을 뻔했어."

시윤을 본 은홍은 또다시 놀랐다. 왜냐하면 태웅이 시윤을 만나러 간다고 했으니까.

"나리는 여기 계시면 안 되는데."

그녀가 하는 말을 듣고 시윤은 얼굴을 찌푸렸다.

"혼례를 축하해주러 온 손님한테 너무 야박한 거 아닌가? 아무리 대행수가 나랑 눈도 마주치지 말라고 했어도 안주인까지 그러면 내가 너무 섭섭하지. 우리 사이에도 그동안 쌓인 정이 있는데."

"그게 아니라, 대행수님이 지금 나리를 만나러 나리의 집으로 가셨습니다."

그 말에 시윤도 의아한 표정을 지었다.

하지만 은홍의 어두운 표정을 보고 바로 태세 전환을 했다.

"어허. 그럼 내가 빨리 우리 집으로 가서 신랑을 데려와야겠군. 그래야 혼례식을 올릴 테니 말이야."

시윤은 서둘러 화룡관에서 나와 대문 앞에서 혀를 찼다.

"그런데 신랑을 어딜 가서 찾는단 말인가. 이거 참."

분명 그의 집으로 간 건 아니었다. 그건 확실했다.

객주 앞에서 뜻밖의 인물을 만난 태웅은 생각이 많아져 느릿느릿 저

잣거리를 걸었다. 그가 누구인지는 알려주었지만 상대는 자신이 누구인지 알려주지 않았다.

—내 조만간 화룡 상단으로 찾아가겠네.

그 말만 남기고 떠나버렸다.

설마 아니겠지. 누군지 짐작할 수 있었지만, 그게 오히려 그의 심정을 어지럽게 하였다. 그리 쉽게 만날 수 있을 리가 없었다. 그때, 지금 별로 만나고 싶지 않은 이가 수선스럽게 그를 불렀다.

"대행수! 여기 있었구만! 대행수!"

희한하게도 시윤이 도포 자락을 휘날리며 그를 향해 뛰어오고 있었다. 양반은 뛰지 않는다며 늘 걷던 이가 왜 저러는 건가 싶어서 태웅은 오히려 경계하게 되었다. 그런데 그의 앞까지 뛰어온 시윤이 다짜고짜 그의 손을 덥석 잡았다. 소름 돋게도.

"이 손 놓으십시오."

태웅은 단호히 거부했다. 하지만 그의 손을 잡은 시윤도 진심이었다.

"안 되네. 자네는 지금 나랑 당장 가야 할 곳이 있네."

"어디든 안 갈 것이니 당장 손을……."

"오늘이 자네 혼례 일이야!"

태웅은 그게 무슨 해괴한 소리냐는 눈으로 시윤을 보았다.

혼례복은 그녀가 살면서 입어본 옷 중 가장 예뻤다. 옆에서 그녀가

혼례복으로 갈아입는 걸 도와준 덕춘이 자기 일보다 더 기쁜 표정으로 그녀를 보며 말했다.

"엄청 예쁩니다, 아씨."

은홍은 괜히 부끄러워 소매로 얼굴을 반쯤 가렸다.

"양 대인을 만나뵙고 인사드려야 하는데."

남자 옷을 입고 있어서 못 만나고 바로 혼례복으로 갈아입었더니 이젠 편히 나갈 수 없게 되었다. 혼례식을 잘 치르려면 식이 시작되기 전까지 이 옷을 입고 얌전히 앉아만 있어야 할 것 같았다.

은홍은 동창을 통해 밖을 보았다. 해가 겨우 보일락 말락 했다. 저 해가 서녘으로 지기 전에 그녀가 혼례를 올린다는 게 혼례복을 입고 앉아 있는 지금도 믿기지 않았다.

"대행수님은 언제 오시려나."

두근두근, 아직은 기다림이 설렘으로 가득했다. 은애하는 이와 혼례를 올리는 축복이 그녀에게 찾아왔다는 게 가슴 벅찼다.

"신랑이 늦는구만."

이미 두 사람이 원주에서 돌아오길 기다렸던 양 대인은 은홍이 도착한 뒤에도 태웅이 나타나지 않자 살짝 미간을 찌푸렸다.

양 대인의 곁에 있던 문길이 말했다.

"꼭 오실 겁니다."

"당연히 와야지! 그럼 안 올 수도 있다는 건가?"

청국에서 이곳까지 이 혼례에 참석하기 위한 목적으로만 온 양 대인은 바로 불편한 심기를 드러냈다. 만약 오늘 태웅이 나타나지 않으면 그에 대한 큰 결례이기도 했다. 그럼 당장 은홍을 청국으로 데려가 그의 양딸로 삼을 거다.

문길은 담 너머로 시선을 던졌다. 태웅이 제발 위험한 생각 먼저 하지 않기를. 오늘 그의 곁에 있는 사람 먼저 생각하기를.

태웅은 오늘이 자신의 혼례식이라는 시윤의 말을 도저히 믿을 수가 없었다. 그도 모르는 혼례식을 어떻게 치른단 말인가.

"청국에서 양 대인이 왔어."

"네?"

그럴 리가 없었다. 양 대인이 조선에 오는 걸 화룡 상단 대행수인 그가 모를 수는 없는 일이었다.

"말도 안 됩니다."

"포구에 양 대인이 타고 온 배가 있어. 못 봤나?"

봤을 리가 있나.

"빨리 가세. 지금 은홍이도 혼례복으로 갈아입고 자네를 기다리고 있을 거야."

시윤이 그의 손을 잡아끌었다. 그 순간 태웅의 마음이 두 갈래로 갈라졌다. 은홍에게 가야 한다는 마음과 왕에게 가야 한다는 마음.

"왕세자."

"뭐? 혼례는 은홍이랑 올리는데 갑자기 왕세자는 왜 찾는 건가?"

기린 객주 앞에서 마주쳤던 그 사내는 왕세자였다. 신분이 높아 보이고, 호위 무사가 곁을 지키고 있고, 그리고 무엇보다 그에게 자기 아버지를 닮았다고 했다. 시윤도 말했다. 그가 왕을 닮았다고. 그러니 그 사내는 왕세자 이훈이 분명했다. 아니, 반드시 그래야 했다.

당장 혼례식이라고 하니 그의 마음이 급해졌다. 왕세자가 궁으로 들어가기 전에 만나야 한다는 조급함에 그의 발걸음이 움직였다.

태웅이 집으로 가는 줄 알고 좇았던 시윤은 그가 전혀 엉뚱한 방향으로 가자 놀라서 외쳤다.

"이보게. 그쪽은 자네 집이 아니네!"

태웅이 향하는 쪽은 궐로 가는 길이었다. 태웅이 절대 가까이 가지 말아야 할 곳.

"당장 돌아와! 은홍이가 기다리고 있다니까!"

그리 소리쳤는데도 태웅이 멈추지 않자 시윤은 당황스러웠다.

"멈추시게."

그 순간 그의 앞을 가로막고 서는 이 때문에 궐로 향하던 태웅의 발걸음이 멈추었다. 란 부인이었다.

멀리서 태웅을 좇아오던 시윤도 자기 부인을 보고 놀라서 멈추어 섰다. 란 부인은 태웅을 보며 차게 물었다.

"혼례식에 있어야 할 사람이 어딜 가는 것인가?"

그녀도 혼례식에 가기 위해 집을 나선 것이었다. 그런데 신랑이 엉뚱한 곳을 헤매고 있는 것을 보자 신부 대신 그녀가 화가 났다.

"비키십시오. 전 가야 합니다."

"자네가 가야 할 곳은 이쪽이 아니라 집일세!"

란 부인 때문에 태웅의 발걸음이 묶인 틈에 시윤은 서둘러 달려가 태웅의 옷자락을 겨우 붙잡았다.

"헉헉! 자네가 이럴 줄은 정말 몰랐네. 나도 혼례식 날은 내 자리를 지켰다고."

"왕세자를 만나야 합니다."

"그러니까 왜 하필 오늘 왕세자 타령이냐고."

"내가 누구인지도 정확히 모르면서 혼례식을 치를 수는 없습니다!"

"그걸 왜 몰라! 자네는 화룡 상단 대행수 최태웅 아닌가! 오늘 은홍이랑 혼례 올릴 사내!"

시윤의 호통에 태웅은 일그러진 눈으로 그를 쳐다보았다.

"이대로 묻으면 나 때문에 은홍이 죽을 수도 있습니다."

은홍뿐만 아니라 그의 주위 사람들이 단지 그를 안다는 이유만으로 죽을 수 있었다.

"그럼 은홍이 위험할 때 자네는 그냥 보고만 있을 건가?"

그럴 리 없다는 걸 태웅 자신이 가장 잘 알고 있었다.

"지금 왕세자를 만난다고 달라지는 건 아무것도 없어. 그건 내가 장담할 수 있네. 왕족이라고 대단한 게 아니란 말일세. 그러니까 자네는 자네가 할 수 있는 일을 하면 돼. 은홍이랑 혼례를 올리고, 그녀를 지켜주는 거."

과연 그걸로 충분할까.

태웅은 불안함을 떨칠 수 없었다.

"지금 안 가면 은홍이가 울 걸세. 자네 정말 혼례식 날 신부를 울리고 싶은 건가?"

그 말에 태웅은 궐로 갈 수가 없었다. 오늘 죽을 수도 없었다. 그녀를 울리는 사람이 그가 될 수는 없었으니까.

더 이상 동창에 해가 보이지 않게 되고도 시간이 더 흘렀기에 은홍

은 아까보다 가라앉은 목소리로 덕춘에게 물었다.

"대행수님은 아직이니?"

덕춘은 큰 몸을 빠르게 일으키며 말했다.

"제가 바로 알아보고 오겠습니다요."

덕춘은 신랑을 직접 잡아서라도 오겠다는 기백으로 방을 나갔다.

혼자 신부 방에 남은 은홍은 두 팔에 턱을 괴고 창밖을 보았다. 늦는 태웅에게 화가 나기보다 그냥 하염없이 기다리게 되었다.

"신랑이 왔습니다요!"

밖에서 들린 말에 그녀는 고개를 번쩍 들었다.

태웅이 시윤과 함께 집에 도착하자 갑자기 화룡관이 소란스러워졌다. 그만큼 그가 늦었다는 뜻이었다. 사람들은 해가 지기 전에 혼례식을 올리기 위해 서둘러 움직였다.

"사람을 초대해놓고 이리 늦는 법이 어디 있나."

그리고 바다 건너 아주 먼 곳에서 온 양 대인이 그를 기다린 사람들을 대표해서 태웅을 타박했다.

태웅은 깊게 고개 숙여 사죄했다.

"송구합니다."

"쯧. 내 오늘은 자네 혼례식이라 참는 거네."

태웅은 숙였던 고개를 들어 양 대인 뒤에 서 있는 문길을 보았다. 이게 모두 문길이 꾸민 일이라는 건 짐작하고 있었다. 문길이 아니면 할 수 없는 일이었다. 왜 네 멋대로 이런 일을 꾸몄느냐 나무라지도 못하고, 잘했다고 칭찬하지도 못했다.

문길은 사죄의 의미로 그를 향해 깊게 고개를 숙였다. 이번 일로 태웅이 그를 상단에서 쫓아내도 그는 할 말이 없었다.

두 사내 모두 상대의 마음을 너무 잘 알다 보니 정작 아무 말도 할 수 없는 상황이었다.

"왜 가만히 서 있는 건가? 지금 여기서 자네가 제일 빨리 움직여야 하네. 어서 가서 신랑 옷으로 갈아입게."

시윤이 태웅을 타박하며 신랑 옷이 준비된 곳으로 끌고 갔다. 이제 태웅만 옷을 갈아입으면 혼례식이 시작될 것이다.

신랑이 왔다는 말을 듣고 난 뒤의 기다림이 더 초조해서 은홍은 가만히 앉아 있지 못하고 서서 좁은 방을 뱅뱅 돌았다.

벌컥—.

문이 열리는 소리에 흠칫 놀라며 돌아보니 덕춘이 상기된 얼굴로 그녀를 보며 말했다.

"아씨, 이제 나가시면 됩니다."

그렇게 열심히 기다렸는데 막상 혼례식이 시작된다고 하니 긴장감에 몸이 얼어붙었다.

정녕 오늘, 지금 이 순간 자신이 태웅과 혼례식을 올린다는 게 믿기지 않았다.

혼례식을 올리기 위해 노력했던 것들, 좌절되었던 슬픔, 기다렸던 시간, 그 모든 것들이 한꺼번에 떠오르며 눈물이 나올 것 같았다.

"아씨! 울면 안 됩니다!"

울면 애써 예쁘게 화장한 게 번질 터였다.

덕춘의 경고에 은홍은 두 눈에 힘을 바짝 주었다.

"나 안 울어."

이렇게 좋은 날 울 수 없었다. 그녀는 웃을 거다.

은홍은 덕춘의 도움을 받아 밖으로 나갔다.

그렇게 그녀와 태웅의 혼례식이 시작되었다.

덕춘의 시중을 받으며 교배 상이 차려진 마당으로 나가보니 어느새 사람들로 가득 차 있었다. 모두 화룡 상단 대행수의 신부 얼굴을 구경하기 위해 온 사람들이었다. 그녀에게 쏟아지는 사람들의 시선에 부끄러움을 느낀 은홍은 절로 긴 소매로 얼굴을 가리게 되었다.

사람들 사이를 걸어서 교배 상 앞에 당도하니 그제야 태웅이 보였다. 그녀처럼 예복을 입은 그를 보자마자 그녀의 심장이 쿵쿵쿵 정신없이 뛰기 시작했다. 이제야 진심으로 오늘이 그녀의 혼례식이라는 게 실감이 되었다.

그녀와 눈이 마주치자 태웅은 오래 기다리게 한 미안함에 웃지도 못하고 눈빛만 그윽해졌다.

그녀는 혼례 상 앞에 선 순간 너무 긴장해서 그를 얼마나 기다렸는지도 다 까먹었다. 그저 이 많은 사람 앞에서 실수하지 않고 잘해야 한다는 생각뿐이었다.

더 지체할 시간이 없었기에 혼례는 바로 시작되었다.

"신부 재배."

그녀는 시중드는 이의 도움을 받아 겨우 큰절을 올릴 수 있었다.

"신랑 답일배."

다른 이의 도움을 받아 힘겹게 절을 올린 그녀와 달리 태웅이 절을 하는 모습은 더할 나위 없이 늠름했다.

구경 온 아낙들 사이에서 탄성이 절로 나왔다.

"신랑 신부 배."

맞절을 올릴 때가 되어서야 그녀는 겨우 혼례식에 적응할 수 있었다. 고개를 들어 일어서며 앞을 보자 태웅과 눈이 마주쳤다. 지금은 말을 할 수 없었기에 그녀가 배시시 눈으로 웃자 태웅의 눈매도 부드럽게 휘었다.

눈빛만으로도 서로의 마음에 닿은 순간, 사람들이 이렇게나 많은데도 꼭 이 세상에 둘만 있는 느낌이었다. 앞에 서 있는 저 어연번듯한 사내가 그녀의 낭군이라는 게 꿈이 아니라 현실이었다.

그녀와 그가 드디어 진짜 부부가 되었다.

정신없이 혼례식을 올리고 신방에 혼자 남겨지니 은홍은 넋을 놓고 멍하니 앉아 있게 되었다. 태웅과 그녀가 함께한 시간에 비해 너무도 찰나와도 같은 혼례식이었는데, 꼭 그 혼례식에 모든 걸 쏟아내고 텅 빈 기분이었다. 몰아쳤던 긴장이 지나가니 살짝 졸린 것도 같았다. 아니, 사실은 좀 많이.

'자면 안 돼.'

은홍은 졸음을 몰아내기 위해서 고개를 세차게 저었다. 곧 태웅이 들어올 것이었다. 오늘은 두 사람이 부부가 되어서 맞는 첫날밤이었다. 그런 날 졸리다니 말이 안 되었다.

절대 졸리지 않다고 자기 암시를 걸며 눈에 힘을 빡 주고 있는데 예고도 없이 문이 활짝 열렸다.

덜컥—.

문 열리는 소리에 흠칫 놀란 은홍의 눈이 토끼처럼 커졌다.

문을 연 태웅은 소스라치게 놀라는 은홍의 반응을 보고 눈을 가늘게 떴다.

“많이 놀란 거 같은데 내 좀 이따 올까?”

“아닙니다!”

은홍은 태웅이 진짜 그냥 가버릴까 봐 서둘러 그의 바짓자락을 잡았다. 그녀에게 옷자락을 붙잡힌 그도, 그의 옷자락을 붙잡은 그녀도 잠시 미동이 없었다. 이 상황에서 놓으라는 말도 이상했고, 신랑 바짓자락을 붙잡은 신부의 행동도 이상했기에.

“언제까지 그러고 있을 거냐?”

태웅이 놓으라는 말을 돌리고 돌려 했을 때야 은홍은 후다닥 아까 앉았던 자리로 돌아가 똑바로 앉았다. 마치 아무 일도 없었던 것처럼.

사라락—.

태웅이 앉으면서 옷자락을 스치는 소리에 긴장한 그녀는 마른침을 꿀꺽 삼켰다. 졸음은 확실히 사라졌는데 대신 타는 듯한 갈증이 몰려왔다. 물 한 잔만 마시면 딱 좋겠구나 생각하고 있는데 태웅이 말했다.

“술 한잔하겠느냐?”

첫날밤의 시작은 물 대신 술이었다. 태웅은 술잔에 술을 따라 그녀에게 내밀었다.

그녀는 목이 말랐지만 술을 마시면 긴장감도 사라질 것 같아서 주안상 앞으로 엉금엉금 다가가 태웅이 내민 술잔을 받아 들었다.

“한잔 마시면 잠이 잘 올 거다.”

태웅의 말에 그녀는 눈만 끔뻑거렸다.

혼례 올리고 첫날밤인데 그냥 잠만 자나?

정확히는 모르지만 그게 아니라는 걸 그녀도 알긴 알았다.

"이거 마시고 그냥 자는 겁니까?"

그녀가 조심스럽게 묻는 말에 태웅은 술잔을 입에 대며 선뜻 대답을 못 했다. 그 역시 이런 식으로 갑자기 혼례식을 올리게 될 줄은 몰랐기에 어찌해야 하나 생각 중이었다. 그냥 남들처럼 그리 살아도 되는 건가. 아니면, 그의 존재에 대해 끝까지 가봐야 하는 건가.

"우선 마시거라."

은홍은 그의 눈치를 보며 술잔을 입에 댔다. 입 안으로 흘러들어온 술의 쓴맛에 절로 그녀의 미간이 찌푸려졌다. 목구멍을 넘어가는 술은 뜨거웠다.

끊으면 힘들 것 같아서 고개를 높이 들어 한 번에 술잔을 비우는 그녀의 모습을 지켜보며 태웅은 입가에 미소를 머금었다.

"술맛이 어떠냐?"

그의 물음에 은홍은 혀끝에 남은 쓴맛을 꿀꺽 삼키며 대답했다.

"쓰고 뜨겁습니다."

그녀의 대답에 태웅은 '쿡' 웃음소리를 뱉어내며 술잔을 입에 가져갔다. 어린 신부는 사랑스럽고, 그는 그냥 이 순간에 빠지고 싶어졌다. 그런다고 그를 탓할 사람은 아무도 없었다. 오히려 이 혼례식을 거부하면 은홍이 그를 탓하게 될 거다. 태웅은 술잔을 한 번에 비워내며 어지러운 마음도 같이 씻어내 버렸다.

은홍은 빈 잔을 손에 들고 태웅이 술을 마시는 모습을 바라보았다. 고작 한 잔에 오만상을 쓴 그녀와 달리 그는 어른스럽게 몇 잔이나 편한 얼굴로 마셨다.

"대행수님은 술이 맛있으십니까?"

그녀는 진심으로 궁금해서 물었고, 태웅은 빈 잔에 또 술을 따르며 대답했다.

"아니, 취하고 싶어 마시는 거다."

그냥 오늘은 아무 생각도 안 할 수 있게.

하지만 너무 건강한 육체를 가져서인지 술을 연달아 마셔도 취기는 전혀 올라오지 않았다. 태웅은 빈 잔을 내려놓고 그를 바라보고 있는 은홍한테 시선을 주었다. 혼례식에 늦은 것에 대해 한 마디 불평이라도 할 만한데 그녀가 아무 말도 안 하니 도리어 그가 더 미안해졌다.

"은홍아."

그가 부르자 그녀의 까만 눈동자가 반짝이며 그를 향했다. 그에 대한 미움도, 불신도 없는 눈빛은 그저 맹목적이었다.

그래서 사실은 내가 태어나자마자 죽었어야 할 운명이라는 말을 그녀에게 할 수가 없었다. 그녀가 감당할 무게의 말이 아니었기에.

그녀를 만나기 전에 그가 그런 사실을 알았다면 섣불리 남의 인생에 끼어들지 않았을 거다. 그럼 그녀가 그의 운명에 휘말릴 일도 없었을 텐데. 그런데 이젠 돌이킬 수 없게 되었으니 그의 운명을 억울해하고 있을 수만은 없었다. 그의 목숨 하나로 끝날 일이 아니었으니까.

"머리가 너무 무거워 보인다."

태웅의 말에 그녀의 눈동자가 위로 향했다. 그녀는 아직 혼례복 차림이라 머리 위 족두리도 그대로였다. 그러고 보니 목이 좀 뻐근한 거 같기도 했다. 이 차림으로 온종일 있었으니 그럴 만도 했다.

태웅의 손이 뻗어와 그녀의 머리 장식을 하나하나 벗겨주었다.

은홍은 그의 손길에 자신을 맡긴 채 그의 얼굴에서 시선을 떼지 못했다. 시원하게 뻗은 긴 눈매는 매혹적이었고, 높은 콧날은 사내다웠으며, 붉은 입술은 관능적이었다. 이런 이가 평생을 같이할 낭군이라는 게 그녀는 여전히 신기했다.

태웅이 머리 장식을 다 떼어주니 그제야 좀 편해졌다.

"원래 옷고름도 풀어주는 것이긴 한데."

'옷고름'이라는 말에 넋을 놓고 그의 얼굴을 보고 있던 은홍의 눈이 커졌다.

"그건 네가 하겠느냐?"

오늘 그녀는 은돌이 아니라 첫날밤의 신부였다. 부끄러웠지만 오늘 밤 그녀가 직접 옷고름을 풀면 어쩐지 평생 그녀 손으로 풀게 될 것 같았다. 과부처럼 독수공방하긴 싫고, 그렇다고 해달라고 말하는 건 너무 부끄럽고.

"그, 그게……."

그녀가 말을 더듬으며 눈빛이 헤매는 걸 보고 태웅의 눈매가 가늘어지며 부드럽게 휘었다.

"물어본 내 잘못이구나."

태웅의 손이 뻗어와 그녀의 옷고름 끝을 잡자 그녀의 심장이 미친 듯이 뛰어대기 시작했다.

스르륵, 옷고름이 매끄럽게 풀리는 걸 보며 그녀는 숨을 훅 들이쉬며 멈추었다. 그녀의 심장 소리와 그의 눈빛만이 이 공간을 가득 채우고 있었다.

시윤은 혼례식이 끝난 뒤에도 집으로 돌아가지 못하고 한탄했다.

"내 그때 대행수한테 맞아 죽는 한이 있어도 춘화집을 은홍이에게 제대로 보여주었어야 했는데 말이야. 그럼 미리 공부가 되었을 것 아니야."

'공부'라는 말에 문길은 찰진 욕 대신 서늘한 시선으로 시윤을 쳐다보았다. 시윤은 그런 시선을 못 느낀 것인지, 무시하는 것인지 부채를 부치며 신방 쪽만 보았다.

"두 사람 사이에 아기가 태어나면 꼭 나 같은 아이가 나왔으면 좋겠군."

"악담하시는 겁니까?"

결국 문길은 양반한테 한소리하고 말았다. 그건 도저히 그냥 듣고 넘길 수 없는 말이었으니까.

"왜? 자네 같은 아기였으면 좋겠나?"

시윤이 받아친 말에 문길은 저도 모르게 움찔했다.

그건 좋을 것 같아서.

"그럼 자네 같은 딸 하나, 나 같은 아들 하나 하세."

신방에 들어간 신랑 신부의 동의 없이 멋대로 가족계획을 세우는 시윤이었다. 그러나 문길은 좀 다른 게 거슬렸다.

"왜 제가 딸입니까?"

시윤은 부채로 입을 가리며 능글맞게 웃기만 했다.

옷고름이 완전히 풀리기 직전 태웅의 손이 멈추었다. 어느새 은홍이 눈을 꼭 감고 있었다.

"무서우냐?"

그의 나직한 물음에 그녀는 눈을 감은 채 고개를 저었다.

"그런데 눈은 왜 감아?"

그녀는 그제야 눈을 떠 떨리는 눈빛으로 태웅을 올려다보았다.

수줍은 새색시는 정말로 밤에 피어난 봄까치꽃이 되었으니 그 사랑스러움에 태웅은 무장해제되었다. 그녀를 담은 그의 검은 눈빛이 밤하늘 위 초승달 모양처럼 부드럽게 휘었다.

"내 술에는 안 취하는데, 너한테 취하는구나."

그의 커다란 손이 달아오른 그녀의 뺨을 감싸며 그녀의 입술로 가까이 다가왔다. 맞닿은 그의 입술에서 조금 전 그녀가 마신 술맛이 느껴졌다.

그런데 이번엔 쓰지 않고 달콤하니, 신기한 일이었다.

그가 그녀의 입술을 머금자 그녀도 같이 취했다. 몸도 마음도 기분좋게 알딸딸해졌다. 입술을 가르며 들어오는 뜨거운 그를 품으며 달아오른 호흡을 그에게 보냈다.

밤은 금세 열기로 채워지고 그와 그녀의 사이는 빈틈없이 맞닿았다.

은홍은 손을 뻗어 그의 옷깃을 붙잡으며 그에게 매달렸다. 그녀의 세상은 그가 전부이니 그를 잡은 이 손을 놓을 수 없었다. 그럼 그녀는 분명 살 수 없을 것이었다.

"하아."

겹쳐진 입술 틈으로 비집고 나온 그녀의 숨소리가 그의 안에 불씨를 던졌다. 이 순간 운명 따위는 힘이 없었다. 그저 그의 팔 안에 안고 있는 여인의 달금한 살 냄새가 전부였다. 그는 옷고름을 풀던 조심스러운 손길과는 달리 여유가 사라진 손길로 그녀의 저고리를 벗겨내었다.

얇은 속적삼으로 파고드는 차가운 공기에 그녀가 어깨를 떨자 태웅은 그녀의 작은 몸을 감싸 안으며 그녀의 목덜미에 입술을 묻고 뜨거운 숨을 내뱉었다.

"부, 불을……."

정신없는 와중에도 방을 환하게 비추고 있는 불씨가 부끄러워 은홍은 입을 떼었다. 그의 입술이 닿은 목이 너무 뜨거웠다.

술처럼. 아니, 불처럼.

휙—.

순식간에 세상이 뒤집히듯이 그녀의 몸이 비단요 위에 눕혀졌다. 두 팔과 넓은 어깨로 그녀를 가두고 내려다보고 있는 태웅이 그 어느 때보다 커 보였다. 그가 말이 없어지니 그녀가 말을 하게 되었다.

"불이 너무 밝습니다."

태웅의 시선이 그제야 제 몸을 불태우며 신방을 환하게 비추고 있는 촛불로 향했다.

훅, 그가 입으로 바람을 불자 촛불이 꺼지며 사방이 어두워졌다. 그러자 겹쳐진 몸이 더욱 선명하게 피부로 느껴졌다. 그녀를 압도하는 건장한 사내의 몸이 그녀의 작은 몸을 짓눌러 왔지만 신기할 정도로 겁이 나지 않았다.

은홍은 어둠 속에서 두 손으로 태웅의 몸을 꽉 끌어안았다. 서로의 몸과 몸이 닿는 것만으로도 뜨겁고 아찔했다. 그녀는 정신이 아득해지는 걸 느끼며 두 눈을 감았다.

그녀를 품은 그의 존재가 더 선명해졌다.

제 20 장

첫날밤의 진실

짹짹.

새가 지저귀는 소리가 들려왔다. 벌써 아침이구나 생각은 하면서도 그녀는 눈을 뜰 수 없었다. 그녀를 감싸고 있는 따뜻한 온기가 기분 좋아서 이대로 있고 싶었다.

은홍은 따뜻한 온기 속으로 좀 더 파고들었다.

"후."

누군가의 짙은 숨소리에 그녀의 심장이 움찔했다. 그러고 보니 그녀는 어제 혼례를 올리고 지난밤 그녀의 낭군과 신방에서 밤을 보냈다. 그녀 혼자 잠이 든 게 아니었다.

그 생각이 나자 이젠 부끄러움에 눈을 뜰 수 없었다. 해가 떴으니 눈을 뜨자마자 모든 게 너무 잘 보일 것이기에. 이래서 첫날 아침이 아니라 첫날밤을 보내나 보다. 어둠 속에서 부끄러워하지 말라고.

"눈썹이 움찔거리는 걸 보니 깼구나."

태웅의 목소리가 들리자 그녀는 당황해서 부정했다.

"아, 아닙니다!"

말하고 나서 아차 싶었다. 잠꼬대라고 하기에는 너무 큰 목소리였다.

"나 때문에 못 일어나는 거면 내가 먼저 나가마."

그 말과 함께 그녀를 감싸던 온기가 멀어지며 속적삼만 입은 상체에 한기가 덮쳐왔다. 그녀는 서둘러 이불을 어깨 끝까지 당겨 올리고는 눈을 떠 앞을 보았다.

태웅이 윗옷을 입는 뒷모습을 보고 그녀는 저도 모르게 꿀꺽 침을 깊이 삼켰다. 저 강건한 몸이 지난밤 그녀를 안아주었다는 게 도저히 현실처럼 느껴지지 않았다.

"아침은 양 대인한테 문안 인사 올리는 걸로 시작해야겠구나."

그러고 보니 아직 양 대인께 제대로 인사도 못 드렸다. 혼례식 때문에 너무 정신이 없어서.

"그럼 저도 빨리 준비를……."

서둘러 일어나던 은홍은 자신이 흰 속옷만 입고 있는 걸 깨닫고 움찔했다.

그녀가 그의 눈치를 보며 이불 밖으로 나오지 못하자 태웅이 먼저 말할 수밖에 없었다.

"내 나가 있을까?"

말은 그리하면서도 왜 그녀를 뚫어지게 보고 있는 건지.

"네."

그녀의 대답에 실망한 눈빛으로 변한 건 분명 그녀의 착각일 거다. 태웅이 방 밖으로 나간 뒤에야 은홍은 이불 밖으로 나와 서둘러 옷을 입었다. 아직은 부끄러움을 이겨내지 못한 새색시였다.

아침잠이 없는 양 대인은 벌써 일어나 산책까지 끝낸 뒤였다. 같이

인사를 하러 온 부부를 보고 양 대인의 입은 웃고 있었지만 눈은 태웅을 흘겨보고 있었다.

"어제 혼례식을 못 치를까 봐 내 아주 조마조마했네. 내가 이런데 신부는 얼마나 마음이 상했겠나. 제대로 사과는 한 건가?"

양 대인이 태웅을 혼내면서 말을 시작하자 은홍은 당황스러웠다.

"아닙니다. 저는 괜찮습니다."

"그럴 리가 있나. 혼례식에 늦는 신랑 제대로 혼을 내야지. 안 그럼 평생 그 버릇 못 고쳐."

사실 양 대인이 이리 나올 거라 짐작을 했기에 은홍만 혼자 문안 인사를 보낼까도 생각했지만 그럼 신부를 혼자 두는 일이 또 늘어나는 거라 할 수 없이 같이 인사를 온 거였다. 대신 길게 있을 생각은 없었다. 목적은 오롯이 인사였으니까.

"두 분은 할 이야기가 많아 보이니 좀 더 같이 계십시오. 저는 그만 상단에 나가봐야 해서."

"이것 보게. 싫은 소리 듣기 싫어서 피하는 거."

은홍은 양 대인과 태웅을 번갈아 보며 어느 쪽의 편도 들지 못하고 쩔쩔맸다.

이런 걸 보면 시부모가 없다는 건 정말 천운이나 마찬가지인지도 몰랐다. 이런 일을 양 대인이 있을 동안만 겪으면 되는 것이니.

태웅은 정말 그 자리를 떠나버렸고, 그녀만 남아서 양 대인과 같이 아침을 먹었다.

"그래도 저번에 봤을 때보다 더 어여뻐진 것을 보니, 대행수가 속만 썩이는 건 아닌가 보구나."

양 대인이 정말 그녀의 아버지처럼 말을 해주어서 마음이 뭉클했다.

"혼례식을 위해 먼 곳에서 이리 와주셔서 저야말로 너무 감사드립니다."

"감사를 받을 일인지 원망을 받을 일인지 나는 아직 잘 모르겠군."

양 대인이 뜻 모를 소리를 하며 문길에게 시선을 주었다.

그녀도 덩달아 고개를 돌려 문길을 보자 그는 가볍게 입가에 미소를 지었다. 아무 뜻 아니라는 듯이.

양 대인과의 식사를 마치고 안채로 돌아가는데 문길이 그녀에게 물었다.

"몸은 괜찮으십니까?"

"네, 엄청 힘이 넘쳐서 집안일이라도 거들어야 할 거 같습니다."

그녀가 두 팔을 돌리며 일부러 기운이 넘치는 척하자 문길은 그녀를 말렸다.

"아닙니다. 오늘은 그냥 방에서 푹 쉬시는 게 좋습니다."

"네? 왜요?"

어제 태웅을 기다리며 방에 계속 있었던 것만으로도 엄청 답답했기에 오늘은 방에만 갇혀 있고 싶지 않았다.

"움직이기 힘드실 테니."

"아뇨. 저 진짜 괜찮아요."

그녀의 말이 거짓말이 아니라 사실인 것 같자 문길의 눈빛이 가늘어졌다.

설마.

"진짜 안 아프시다고요?"

"제가 왜 아파야 하는 건데요?"

문길의 질문이 심상치 않게 느껴진 은홍은 불안한 표정을 지으며 물었다.

문길은 손으로 입을 가리며 난처한 표정을 지었다. 이걸 도대체 어떻게 말로 설명할 수 있단 말인가. 그가 3개 국어를 할 수 있는 인재라도 도저히 불가능한 일이었다.

태웅은 양 대인의 잔소리를 피한다는 핑계로 상단으로 왔지만 일이 손에 잡히지 않았다. 아직도 그가 혼례식을 올렸다는 게 실감이 안 났다. 당연히 은홍과 혼례식을 올리고 싶었다. 그건 그의 유일한 꿈이었다. 하지만 그가 결정한 혼례식이 아니라 등 떠밀려 하게 된 혼례식이기 때문인지 너무 좋기도 했지만, 너무 불안하기도 했다.

그런 복잡한 기분에 빠져 헤어나올 수가 없었다.

결국 혼례식을 올렸지만 첫날밤은 은홍을 안고 잠만 잤다. 첫날밤 그가 그녀를 안는다고 해서 그를 비난할 사람은 아무도 없었다. 그건 신랑의 당연한 권리이면서 의무이기도 했으니까. 그 역시 그녀를 간절히 원했고.

하지만 지난밤 그는 그녀를 끝까지 안을 수가 없었다. 그가 죽을 길로 달려가려고 했던 날에 아무 일도 없었던 듯 행복하게 그녀를 안을 수 없었다. 그가 누구인지 그녀에게 제대로 말도 못 하면서 그녀의 전부를 가질 수가 없었다.

태웅은 주먹을 꽉 쥐었다. 이렇게 반쪽짜리인 채로 계속 살아갈 수는 없었다. 그럼 은홍한테 제대로 지아비 노릇을 할 수 없을 테니까.

왕세자를 만나야 했다. 왕세자가 그의 문제를 해결해줄 힘이 없다고 해도, 적어도 또 다른 길을 열어줄 수는 있을 거다. 그를 죽이려고 하는 왕에게 닿을 때까지 뭐든 해보아야 했다.

사실 혼례식을 올리면 세상이 변할 것 같은 느낌이 있었다. 혼례식을 올릴 때까지 너무 긴 시간이 걸렸기에 혼례식에 대한 환상은 점점 커졌었다. 그런데 혼례식을 올리기 전과 똑같이 안채에서 홀로 시간을 보내고 있으니 그녀가 진정 혼례식을 올린 게 맞는지 의심이 들기 시작했다.

"하아."

그녀의 한숨 소리를 들은 덕춘이 바로 그녀에게 물었다.

"몸이 안 좋으십니까?"

그녀는 너무 건강해서 탈이었다. 그러니 모두 그녀의 몸 걱정은 그만해주었으면 좋겠다.

"대행수님이 보고 싶구나."

그래도 혼례식을 올리고 크게 변한 게 딱 하나 있긴 했다. 이젠 밤에 그녀 혼자 잘 필요가 없다는 거다. 태웅과 또 같이 잘 수 있다고 생각하니 그녀는 볼이 발그랗게 달아오르면서 계속 바보처럼 웃게 되었다.

"아씨, 이제 혼례식도 올리고 해서 제가 드리는 말씀인데요."

갑자기 덕춘 장군이 쿵쿵 그녀에게 가까이 다가왔다. 긴장한 은홍의 옆에 붙어 앉은 덕춘은 나직한 목소리로 말했다.

"여자가 그렇게 너무 좋아하는 티를 내면 안 좋습니다."

"왜?"

"사내들은 순종적인 여자를 부인으로 삼지만 실제는 튕기는 여자를 더 좋아한답니다. 그래서 기방을 찾아가는 거라고, 제가 똑똑히 들었습니다요."

'기방'이라는 말에 바로 진월향이 떠오르며 그녀의 얼굴이 찌푸려졌다.

"대행수님이 그러실 리 없어."

"지금이야 안 그러시겠죠. 혼례식 올린 지 고작 하루밖에 안 지났으니까요. 하지만 언제 변할지 모르는 게 사내 마음이라고 제가 분명히 들었습니다요."

도대체 덕춘은 이런 말들을 어디서 주워들은 거란 말인가.

덕춘이 무서운 표정으로 말하자, 그녀는 살짝 무서워지려고 했다.

"대행수님은 부인을 두고 다른 여인을 탐할 그런 부도덕한 분이 아니다."

"그러니까 그렇게 안 만들기 위해서 아씨가 미리미리 튕겨주셔야죠."

"뭘 튕겨?"

"우선 엉덩이부터."

덕춘이 일어나더니 큰 엉덩이를 옆으로 툭 밀었다가 집어넣었다.

"따라해보십시오."

과연 이게 맞는 건가 싶은 의구심이 들었지만 덕춘이 하라고 해서 그녀도 할 수 없이 일어나 엉덩이를 뒤로 뺐다.

"이렇게?"

"그렇게 뒤로 빼는 건 똥 눌 때 하는 거고, 옆으로 요래."

어디서 귀동냥으로 주워들어 온 덕춘이 시키는 대로 하려니 덕춘의 설명도 두루뭉술하고, 그녀의 움직임도 삐거덕거렸다. 그렇게 여자 둘이 열심히 엉덩이를 움직이고 있는데 밖에서 그녀가 그렇게 기다리던 목소리가 들려왔다.

"은홍아."

해가 지고 달이 떠야 올 줄 알았던 태웅이 집에 돌아온 걸 알고 그녀의 표정이 환해졌다.

"안에 있느냐?"

그의 부름에 은홍이 바로 몸을 돌려 뛰어나가려고 하자 덕춘이 그녀의 뒤에 대고 마지막으로 한 번 더 주의를 시켰다.

"아씨, 튕겨야 합니다."

튕겨 나가듯이 뛰어나가긴 했다.

문을 연 그녀가 신발도 신지 않고 마당에 내려서 그의 앞에 서자 태웅은 낮게 웃었다. 이래서 어지럽던 마음도 그녀의 앞에서는 자취를 감추나 보다. 어린 부인의 사랑스러움은 세상에서 제일 강했다.

"신발은 신어야지."

신발이 대수겠나.

그녀가 괜찮다는 뜻으로 씨익 웃자 태웅의 손이 올라와 그녀의 뺨을 따뜻하게 어루만졌다. 마냥 기분이 좋아서 그 손길에 몸을 맡기고 있는데 어느새 그녀의 앞쪽으로 온 덕춘이 손으로 엉덩이를 때리며 입 모양으로 말하고 있었다.

'아씨, 엉덩이.'

그녀는 아직 많이 부족했다. 은홍은 어설픈 엉덩이 튕기기를 태웅에게 보여줄 수 없었기에 꾹 참았다. 대신 조신하게 그에게 물었다.

"엉덩이 드셨습니까?"

"뭐?"

당황하는 태웅의 얼굴을 보고 은홍은 손으로 입을 가렸다.

"저녁입니다!"

자신의 실수를 깨달은 은홍은 비명을 지르듯이 외쳤다.

엉덩이가 아니라 저녁이라고.

하지만 엉덩이의 충격이 컸는지 굳은 태웅의 표정은 쉬이 풀리지 않았다. 어느새 그녀에게 닿았던 손도 등 뒤로 물러났다.

"진짜 저, 저녁 먹었냐고 물어본 것인데. 저, 저도 아직 안 먹어서. 배, 배고프실까 봐."

그녀가 쩔쩔매며 설명하니 태웅도 당황한 티를 지우려고 노력했다. 여기서 그까지 어색하게 굴면 은홍이 정말 민망할 것 같았으니까.

"아직 안 먹었다."

별로 소용이 없는 것 같기는 했다. 목소리가 책 읽듯이 나왔다.

"제가 그럼 금방 준비하겠습니다."

은홍은 민망한 자리를 피해 부리나케 부엌으로 도망쳐버렸다. 덕춘도 서둘러 은홍의 뒤를 쫓아갔다.

두 여자가 허둥지둥 떠나는 모습을 보던 태웅은 고개를 들어 붉어진 하늘을 보았다.

괜찮다. 그에게 욕한 것도 아니잖나.

그래도 음식 만드는 것에 집중했더니 엉덩이의 쪽팔림은 많이 가셨다. 정말 두 번 했다가는 혀 깨물고 죽고 싶은 그런 실수였다.

"아무래도 나한테 엉덩이 튕기기는 무리인 거 같다."

은홍이 낙담하며 하는 말에 덕춘은 아무 말도 할 수가 없었다.

아까 그녀가 태웅 앞에서 한 실수를 바로 코앞에서 다 보았기에.

앞으로는 괜히 아는 척 충고를 하지 않는 게 그녀에게 더 도움이 될지도 몰랐다.

은홍은 심호흡을 크게 한 뒤 태웅이 있는 방의 문을 열고 들어갔다. 다행히 태웅은 엉덩이 따위는 벌써 다 잊었다는 듯이 평소의 모습 그대로였다. 물론 없는 일인 척해주는 것일 테지만.

"양 대인은 취향관에 갔다고?"

손님 접대를 맡아야 하는 게 안주인의 몫이었기에 은홍은 시무룩한 표정을 지으며 대답했다.

"네, 저랑 시간을 보내는 것보다는 취향관이 더 좋으시답니다."

양 대인이 기방보다 은홍을 선택했다면 태웅이 더 놀랐을 거다. 원래 술과 여자와 가무를 즐기는 이였다. 그런 이가 두 사람의 혼인을 위해 먼 바다를 건너 이곳까지 와주었으니 은홍을 양딸로 삼고 싶다는 양 대인의 말은 진심이었던 듯하다.

그 마음은 고맙지만 은홍이 양 대인의 양딸이 되어 청국으로 가는 일은 절대 없을 것이었다. 이제 그와 혼례식까지 올렸으니까 더더욱 안 될 일이었다.

은홍이 그를 빤히 쳐다보는 걸 느낀 태웅은 젓가락을 잡고 나물 반찬을 집어서 먹었다.

"맛있구나. 너도 먹거라."

은홍은 그제야 수저를 집어 들어서 복스럽게 밥을 먼저 떠서 먹었다. 그녀가 밥을 먹는 모습을 물끄러미 바라보던 태웅은 나직하게 물었다.

"내가 혼례식에 늦어서 화나지 않았느냐?"

입으로 향하던 그녀의 수저가 허공에 멈추었다. 은홍은 까만 눈동자만 움직여 그를 보았다.

그 눈빛만 봐도 알 수 있었다. 그가 먼저 말을 꺼내지 않았다면 절대 그녀가 먼저 말하지 않았을 것이다.

"전 괜찮습니다."

"아니, 용서하지 마라."

"네?"

"그건 네가 나한테 평생 화내야 하는 거다."

그가 혼례식 이야기를 듣자마자 어떤 결정을 했는지 그녀가 안다면 분명 충격받을 거다.

"그리고 우리 첫날밤은……."

"벌써 지났습니다."

은홍이 해맑게 대답하니 그것도 그의 잘못이 되어버렸다.

"아니, 아직이다."

"네? 왜?"

그의 말에 은홍이 깜짝 놀란 표정을 지었다.

태웅은 이걸 어찌 설명해야 하나 생각하다가 은홍이 들고 있는 수저를 가리켰다.

"네가 이리 멀쩡히 밥을 맛있게 먹고 있지 않느냐."

그게 어째서 첫날밤이 안 온 게 되는 것인지 이해가 안 되어서 은홍은 수저 위의 밥만 뚫어지게 쳐다보았다. 아무리 봐도 모르겠다. 그냥 맛있게만 보였다.

"네가 첫날밤을 원하면 내가 지금이라도 노력해보마."

차라리 그녀가 망설이는 그를 잡아당겨준다면 태웅은 덜 고민해도 될지도 몰랐다.

하지만 아직 첫날밤에 무슨 일이 벌어지는지 제대로 모르는 은홍은 대답하기 애매해졌다. 그녀가 정말 하고 싶었던 건 혼례식이었지, 첫날밤은 아니었다. 그냥 첫날밤은 혼례식을 치르면 딸려오는 부록 같은 것이었다.

"저기, 첫날밤 제대로 안 했다고 혼례식이 취소되는 건 아니죠?"

그녀가 걱정 가득한 얼굴로 조심스럽게 묻자 태웅은 웃으며 대답했다.

"우리가 이미 혼례식을 올린 부부라는 건 한양 사람들이 다 안다."

은홍은 안도의 한숨을 내쉬었다.

"그럼 전 괜찮습니다."

그녀가 아무 일 없다는 듯이 다시 밥을 먹는 모습을 보니 태웅은 도리어 야속했다. 사람 속 타는 것도 몰라주니.

그래도 그가 죽을 길로 달려갔던 날 그녀와 첫날밤을 치르지 않은 건 다행이라고 생각했다. 일생에 단 한 번뿐인 날이니 예쁜 날, 예쁘게 하고 싶었다. 그녀에게 물들어 그도 이젠 예쁜 게 좋아져버렸다.

그녀와 나누는 모든 게 그저 예뻤으면 좋겠다.

분명 해가 지고 달이 뜨는 밤이라는 건 같았지만, 혼례식을 올리기 전의 밤과 혼례식을 올린 후의 밤은 달랐다.

혼례식을 올리기 전에는 혼자 자는 게 당연했는데, 이젠 둘이 자는 것에 익숙해져야 했다.

아직은 어색한 만큼 떨리고, 떨리는 만큼 특별했다.

괜히 더 신경 쓰게 되어서 자기 전에 꼭 목욕을 했다.

덕춘이 목욕 시중을 들어주며 도자기처럼 매끈하고 하얀 그녀의 피부를 보고 감탄했다.

"대행수 어른한테 사랑받으시니까 피부가 더 좋아지신 거 같습니다."

듣기만 해도 민망한 말에 은홍은 물속으로 파고 들어갔다.

"이상한 소리 하지 마라."

"아닙니다. 진짜입니다. 원래 남녀가 합환하고 나면 피부에 윤기가 짜르르 흐른답니다."

당최 무슨 소리인지 알아들을 수가 없었다.

왜 잠만 자는데 피부에 갑자기 윤기가 생긴단 말인가?

하지만 덕춘 앞에서 모른 척할 수는 없어서 그냥 알아들은 척하고 넘겼다.

금방 씻은 몸에서 좋은 향이 풍기고 피부가 보들보들했다.

방에도 그녀가 가꾸는 꽃밭에서 향이 좋은 꽃을 꺾어다가 꽂아놓았다. 예쁘고 향도 좋으니 모든 게 좋았다.

이제 태웅만 오면 되었다.

두 손으로 턱을 받치고 예쁜 꽃을 흐뭇하게 바라보며 그를 기다리는 시간이 너무 평화로웠다. 이렇게 그녀만 행복해도 괜찮은 건가 걱정이 되기도 했지만, 지금은 그냥 만끽하고 싶었다.

얼마나 어렵게 하게 된 혼례식인데.

한동안은 혼례식 올린 새색시 역할만 하고 싶었다.

밤이 늦었지만 태웅은 아직도 상단에 남아 있었다.

신혼이니 일찍 집에 들어가는 게 새신랑의 올바른 태도였지만, 태웅은 망설이게 되었다.

집에 돌아가면 사랑방으로 가야 할지, 안채로 가야 할지.

말은 안 했지만 은홍은 그를 기다리고 있을 것이다. 혼례식까지 올렸는데 여전히 따로 자는 건 보통의 부부 사이가 아니라는 것 정도는 은홍도 알 거다.

그의 반듯한 이마가 찌푸려졌다. 왜 제일 행복해야 하는 신혼에 이런 거지 같은 고민을 해야 하는 건가 생각하니 아주 많이 억울해졌다.

그때 겸인이 손님이 왔음을 알려왔다.

“대행수 어른을 찾는 손님이 오셨습니다.”

“손님? 누구?”

“네, 승정원 주서 나리라고 하셨습니다.”

정칠품 하급 관리가 왜 상단 대행수를 찾아온 것인가 싶었다.

설마 승차에 필요한 비싼 뇌물을 사러 온 것인가?

아니면 자기 위치도 모르고 감히 뇌물을 요구하러 온 것인가?

평소였다면 목적이 불분명한 손님을 냉정하게 잘라냈을 테지만 지금은 안채와 사랑채 사이에서 갈팡질팡하던 상황이었기에 차라리 잘되었다고 생각하며 태웅은 손님을 만나러 갔다.

드르륵—.

태웅이 접견실 문을 열었을 때 그곳에는 청렴한 차림새의 승정원 주서와 그와 비교되게 화려한 비단옷을 입은 선비가 있었다. 그 선비를 보고 태웅은 진심으로 놀랐다.

기린 객주에서 호위 무사의 보호를 받던 바로 그 사내였다.

놀라는 태웅을 보고 선비가 기품 있게 말했다.

"내가 찾아온다 하지 않았나. 그냥 한 말인 줄 알았나 보군."

그게 설마 야심한 밤 사람들 눈을 피해 온다는 소리인 줄은 몰랐다. 태웅은 한 박자 늦게 깊이 고개 숙여 선비에게 인사했다.

"또 뵙겠습니다, 세자 저하."

태웅이 정확히 그의 존재를 말하며 인사하자 주서는 크게 당황했고, 왕세자 이훈은 표정에 큰 변화 없이 태웅을 바라보았다.

"원래 날 알고 있었나?"

"아닙니다. 기린 객주 앞에서 본 게 처음입니다."

"그런데 어찌 내가 세자인 걸 알아본 거지?"

왕세자가 그를 처음 보고 한 말 때문이었지만 그걸 말할 수는 없었다. 그 말을 그의 입으로 하면 그의 몸에 이 씨 왕가의 핏줄이 흐른다는 걸 발설하는 게 될 테니까.

"소인이 기녀 살인 사건에 대해 알아보고 있었습니다."

태웅의 말에 왕세자는 놀란 표정을 지었다. 그건 궐 안에서도 쉬쉬하는 사건이었다. 문성군이 용의자로 오른 건 철저하게 묻혔기에 저자에 소문이 나돌았을 리도 없었다.

"어째서?"

"중요한 건 기녀 살인 사건을 조작한 자가 박형도라는 겁니다."

"그자는 이미 죽어서 변명도 할 수가 없으니 불리하군."

왕세자는 태웅도 의심했다. 알지 말아야 할 사실들을 너무 자세히 알고 있었으니까. 그냥 어쩌다 알 수 있는 것들이 아니었다.

"박형도가 문성군을 위한 병기창을 관리하고 있었습니다."

태웅의 말에 왕세자의 눈이 얼어붙었다.

"그걸 어찌 장담하나? 왕족에 대한 모함은 능지처참이네."

차가운 왕세자의 경고는 허언이 아니었다. 태웅이 자신이 한 말을 증명하지 못하면 당장 의금부로 잡아가도 할 말이 없었다.

"제가 원주로 옮긴 병기창을 기습했기에 그곳에서 박형도가 죽었습니다. 제가 기녀 살인 사건의 진실에 대해 알아내려고 하였기에 취향관 곽 행수가 죽을 뻔했습니다. 저하는 이 두 사건이 다른 이가 한 짓이라 여기십니까?"

왕세자의 입매가 일자로 굳게 다물어졌다.

"두 사건이 같은 자의 짓이라면 그런 일을 모두 할 수 있는 인물은 크나큰 권력을 가진 자입니다. 그러나 자신이 진정 원하는 자리는 아직 가지지 못한 자이기에 비밀리에 병기창을 꾸렸겠죠. 그래서 그리 말한 것입니다. 소인이 틀렸다면 제 말에 대한 책임은 지겠습니다."

고개 숙인 태웅을 바라보는 왕세자는 한참이나 침묵했다.

왕세자를 배행한 민 주서도 섣불리 입을 열지 않았다. 이 대화를 나눈 것만으로도 너무 위험한 일이었기에.

"난 그저 자네를 한 번 더 만나보고 싶었을 뿐인데, 사람 마음을 너무 무겁게 만드는군."

태웅은 힐긋 눈동자만 움직여 왕세자를 보았다. 정말 그 이유 때문에 상단까지 온 거라면 그게 더 의외였다. 왕세자라면 좀 더 권위적이고 지나치게 정치적일 줄 알았으니까.

"어차피 장사꾼인 자네와는 상관없는 사건 아닌가?"

그도 그랬으면 좋겠다.

"제가 살아야 해서 범인을 잡으려는 것입니다."

"살아야 해서?"

지금 왕좌에 앉아 있는 왕이 그를 죽이라 명했으니, 다음 왕좌에 앉을 왕이 그 명을 거두어야 했다. 그래야 그는 다시 화룡 상단 대행수 최태웅이 될 수 있었다.

"제가 그 범인을 잡는다면 저하는 어찌하겠습니까?"

태웅이 도전적으로 하는 말에 왕세자는 자조적인 웃음을 지었다.

그건 태웅이 문성군에 대해 모르기 때문에 할 수 있는 말이었다.

피가 섞인 동생이지만 문성군의 눈에 서린 살기를 왕세자는 몇 번이고 느꼈었다. 언젠가 그가 갑작스러운 죽음을 맞는다면 그건 분명 문성군의 짓일 거다.

그리고 아버지는 그 죽음조차 묻어버릴 것이었다. 다음 왕의 자리를 이을 아들이 필요했으니까.

그래서 이훈은 동생이 무섭고, 아버지가 사무쳤다. 마음 터놓고 의지할 가족이라고는 어머니인 왕후뿐이었다.

"살겠다는 사람이 죽을 길로 가려 하니 어리석군."

"태어났으니 무조건 죽으라 하는 것보다는 사람답다 생각합니다."

왕세자는 눈을 좁혔다.

"누가 그런 말도 안 되는 소리를 했단 말인가?"

바로 그의 아버지인 왕이었기에 태웅은 쓴 미소만 지었다.

"자네가 진정 기녀 살인 사건의 범인을 잡을 마음이 있다면 나와 같이하지."

태웅은 의아스러운 눈으로 그를 쳐다보았다. 그는 돈만 보면 조선에서 제일 많았지만, 신분으로 따지면 양반도 안 되는 중인이었다.

그러니 왕세자의 눈에는 그저 하찮은 장사치로 보일 수도 있었다. 그런데 먼저 같이하자고 말하니 좀 놀라웠다.

"소인을 믿으십니까?"

"아니."

왕세자의 대답은 명쾌했다.

"그저 자네가 궁금하네."

그가 단지 왕세자의 아버지인 왕을 닮아서?

이유가 그것뿐이라도 태웅한테는 나쁘지 않은 일이었다. 그는 어떻게 해서든 왕세자를 그의 편으로 만들어야 했으니까.

"그럼 함께하시죠."

태웅은 왕세자의 제안을 선뜻 받아들였다.

태웅이 왕세자를 배웅하고 집으로 돌아왔을 때 이미 밤은 깊어 있었다. 태웅은 안채 쪽을 보았다. 아직도 불이 켜져 있었다.

그 불빛을 보고 그의 눈매가 찌푸려졌다.

역시 그를 기다리고 있다.

그는 바로 움직이지 못하고 그 자리에 잠시 서 있다가 사랑채가 아니라 안채로 걸어갔다. 은홍이 그를 기다리다가 잠도 못 잔다면 정말 나쁜 지아비가 되는 것 같았으니까. 그럴 수는 없었다. 그가 나쁜 지아비가 되는 건 딱 첫날밤까지만 하고 싶었다.

안방 앞까지 걸어간 태웅은 불이 켜진 안방을 향해 말했다.

"은홍아."

그가 부르면 바로 문을 벌컥 열고 나와 복숭아색으로 물든 얼굴로 밝게 웃을 것 같던 은홍이 아무 반응이 없자 의아하게 여긴 태웅은 섬돌 위에 신발을 벗고 마루 위로 올라섰다.

드르륵—.

조심스럽게 안방의 문을 조금 열자 웅크리고 앉아 팔을 괴고 잠이 든 은홍의 모습이 보였다.

그를 기다리다가 저리 잠든 것 같아서 태웅은 마음이 아렸다. 이 모습을 봐버렸으니 앞으로는 방황하다 늦는 짓은 절대 못 할 것 같았다. 태웅은 소리 나지 않게 은홍의 앞으로 다가갔다. 그녀가 깨지 않게 조심스럽게 요 위에 눕힐 생각이었다.

그녀의 등을 팔로 감싸 뒤로 눕히는데 갑자기 두 팔이 뻗어와 그의 목을 꽉 끌어안아서 태웅은 흠칫 놀랐다.

"깬 것이냐?"

은홍은 대답 대신 그의 목을 더 힘껏 안았다. 마치 그가 너무 늦어 속상하다고 말하는 듯이.

태웅은 저고리 사이로 드러난 그녀의 하얀 목에 시선을 두었다.

오늘따라 그녀한테서 나는 꽃 향이 더 짙었다. 몸도 마음도 애타게.

드르륵—.

문 열리는 소리에 선잠이 들었던 은홍은 잠이 깼다.

하지만 태웅이 살금살금 들어오니 그녀도 계속 자는 척을 하게 되었다. 그가 생각보다 너무 늦어서 기다리지 못하고 혼자 잠든 게 꼭 잘

못한 것만 같아서 상황을 살폈다.

이제라도 눈을 떠서 말을 해야 하나?

그러나 한 번 기회를 놓치니까 그게 쉽지 않았다. 그녀가 망설이는 동안 가까이 다가온 태웅이 그녀의 등을 팔로 받쳐 그녀의 몸을 뒤로 눕히려고 하였다. 여기서 그녀가 계속 자는 척하면 태웅이 그냥 가버릴까 봐 은홍은 두 팔을 뻗어 그의 목을 끌어안았다.

"깬 것이냐?"

그의 숨결이 그녀의 목덜미에 닿으니 소름이 짜릿하게 돋아났다.

"내가 너무 늦으면 기다리지 말고 그냥 자거라."

그런 배려는 전혀 고맙지 않았기에 은홍은 그의 목을 안았던 팔을 풀고 그의 얼굴을 보았다.

"외박은 안 됩니다."

그녀의 경고에 태웅은 웃고 말았다. 은홍은 가끔 생각도 못 한 말로 그를 놀라게 했다. 설마 이 순간에 그런 말이 나올 줄은 상상도 못 했다.

"그래, 내 무슨 일이 있어도 외박은 안 한다고 약조하마."

죽어도 집에 돌아와서 죽을 거다.

태웅이 그녀에게 손을 내밀었다.

은홍이 자연스럽게 그의 품에 안기자 태웅의 단단한 두 팔이 그녀의 작은 몸을 감싸 안아주었다. 어느새 이 넓고 따뜻한 품이 그녀의 또 다른 집처럼 익숙해졌다.

"나도 사실은 혼자 자는 것보다 너와 함께 있는 게 더 좋다."

그게 그의 진심이었다. 사랑방과 안방 사이에서 갈팡질팡하던 바보 같은 사내가 아니라.

그의 고백에 은홍은 온몸의 피가 따뜻하게 데워지는 것 같았다. 행복해지니 그가 오늘 밤 늦은 건 벌써 까먹었다.

다가온 입술은 봄바람을 닮았다. 따뜻하고 부드럽고. 하지만 그 바람은 금세 돌변해서 그녀를 집어삼키려고 했다. 벌어진 입술 틈으로 침범해 들어와 그녀의 안에 영역 표시하듯이 휘젓는 그의 존재에도 은홍은 더 이상 숨도 못 쉴 정도로 당황하지 않고 그를 품으며 더운 숨을 뱉어냈다.

사람이 동물과 다른 점이라면 길들여진 만큼 성장한다는 것이었다. 그녀는 그녀도 모르는 사이에 성큼성큼 어른이 되어가고 있었다.

그러나 아직도 모르는 것은 있는 소녀이기도 해서, 아까부터 엉덩이를 찌르는 것이 자꾸 거슬렸다.

분명 태웅의 다리도 아니고, 팔도 아니고, 손도 아니고.

이 상황에 무엇이냐 태웅에게 물어보는 건 이 분위기를 와장창 깨는 일 같아서 태웅 몰래 빼내기 위해서 슬쩍 손을 아래로 내려 그것을 움켜쥐었다.

순간 그녀가 전혀 예상 못 한 일이 벌어졌다.

"윽."

태웅이 신음하며 그녀의 옆으로 쓰러지자 은홍은 깜짝 놀라 두 손으로 그의 몸을 받쳐 안았다.

"대행수님! 왜 그러십니까?"

태웅은 벼락을 정통으로 맞은 사람처럼 쉬이 일어나지 못했다. 그녀는 자신이 무슨 짓을 한 것인지도 모른 채 안절부절못했다. 태웅이 정말 아파 보였으니까. 조선제일검 운검과 싸울 때도 이리 맥없이 쓰러지지 않았었기에 정말 당황스러웠다.

“제, 제가 의원을…….”

그녀가 다급하게 일어나려고 하자 태웅의 손이 그녀의 손을 힘껏 움켜잡았다. 이젠 그녀가 진짜 아팠지만 아프다 말할 수가 없었다.

“안 된다.”

태웅이 잇새로 하는 말이 은홍은 도저히 이해가 되지 않았다. 이리 말도 힘겹게 하면서 왜 의원은 거부하는 것인가.

“하지만 대행수님이 이리 힘들어하시는데.”

“그건 네가…….”

태웅은 끝까지 말도 못 하고 속으로 신음만 삼켰다. 이걸 도대체 말로 어떻게 설명해야 하나 생각하니 두통까지 오는 것 같았다.

그가 쉬이 일어나지 못하는 동안 은홍은 그의 옆에서 난리가 났지만 태웅은 잡은 은홍의 손을 놓아주지 않았다.

오늘 밤 아픈 것도 모자라 쪽팔림까지 당할 수는 없었다.

“대행수님, 죽으시면 안 됩니다.”

상상할 수 없을 정도로 큰 충격이긴 했지만 거기 좀 잡혔다고 죽는 사람은 들어본 적이 없었다. 그가 너무 방심했다. 왜 은홍이 가만히 있을 거라 여겼을까. 은홍도 손과 발이 있는 사람인데.

좀 더 어른이라고 거만하게 굴다 제대로 한 대 얻어맞은 격이었다.

“대행수님이 죽으시면 저도 같이 죽을 겁니다. 흑흑.”

은홍한테는 그가 죽는 게 점점 기정사실로 되어가고 있었다. 하필 죽어도 이런 걸로 죽는다고 생각하다니 어이가 없어서 웃음이 나려고 했다.

“안 죽는다.”

아직 일어나기는 힘들지만.

"그런데 왜 못 일어나십니까?"

지금 그가 아픈 것보다 나중에 은홍이 아픈 게 더 클 수도 있다고 생각하니 차라리 이참에 제대로 말해두자 싶었다.

"남녀 간에 정을 나누는 건 이리 아픈 과정도 거치는 거다."

지금 그가 아픈 게 조금 전 그와 그녀가 정을 나누었기 때문이라고 하니 은홍은 도저히 이해가 안 되어 되물었다.

"어째서 정을 나누는 건데 아플 수 있습니까?"

"너의 몸과 내 몸이 많이 다르니까."

그는 코가 높고, 그녀는 눈이 크고, 그는 어깨가 넓고, 그녀는 어깨가 동그랗고, 그는 가슴이 단단하고, 그녀는 가슴이 봉긋하니 부드럽다. 어디 하나 닮은 곳이 하나도 없다. 마치 완전히 다른 세계와 세계가 만난 듯.

"아픔을 거쳐 다른 두 몸이 하나가 될 수 있다고 하면 넌 그래도 내게 안기겠느냐?"

은홍은 오래 고민하지도 않고 고개를 끄덕였다. 다른 사람도 아니고, 태웅이었으니까. 그녀에게 새로운 삶을 준 사람이고, 그녀의 하나뿐인 낭군이었으니까. 세상에서 그녀가 모든 걸 주고 싶은 사람이 있다면 그건 그뿐이었다.

"그리 쉽게 대답하지 말고. 얼마나 아플 줄도 모르잖느냐."

"아파도 괜찮습니다."

은홍은 남은 손으로 태웅의 어깨를 꽉 끌어안았다.

"대행수님과 함께라면 뭐든 좋습니다."

아마도 이건 사람이 사람에게 줄 수 있는 가장 큰 믿음이리라.

그래서 태웅은 막중한 책임감에 마음이 무거워졌지만 몸은 다시 자유로워졌다. 그는 그녀의 작은 몸을 두 팔로 보호하듯이 감싸 안으며 깊게 눈을 감았다.

그녀를 안고 싶은 마음보다 더 큰 소망이 있다면, 부디 그가 끝까지 그의 신부를 지키는 남자가 될 수 있기를.

은홍은 며칠 만에야 취향관에서 돌아온 양 대인에게 진짜 딸처럼 잔소리를 해댔다.

"기방이 그리 좋으십니까?"

"당연히 좋다마다. 내 회춘한 거 같지 않으냐?"

그냥 그곳에서 너무 잘 먹어서 살이 좀 더 찐 것 같아 보일 뿐이었다.

"나보다는 안주인 얼굴이 못 본 새 더 꽃피었네그려. 대행수가 잘해주나 보지?"

은홍은 얼굴을 붉히며 웃기만 했다. 태웅이 깨지기 쉬운 도자기 다루듯이 그녀를 안고 자기만 했지만 그녀는 그것만으로 행복했으니 달리 불만이 있을 리가 없었다.

"하지만 사람 일이란 언제 어떻게 될지 모르는 거지. 만약 대행수조차 널 지켜줄 수 없는 상황이 오면 청으로 와서 날 찾거라. 이게 우리 가문의 표식이다. 이걸 사람들에게 보여주면 말이 안 통해도 날 찾아올 수 있을 거다."

양 대인이 그녀에게 옥으로 만든 패를 하나 주었다. 그 패에는 신묘한 동물이 새겨져 있고, 한문으로 가문의 성이 적혀 있었다.

이런 귀한 걸 주는 건 굉장히 고마운 일이지만 한양도 거의 벗어나

본 적이 없는 그녀가 멀고 먼 청국까지 갈 일이 설마 있겠는가.

"마음은 고마우시나 대행수님과 저는 헤어질 일이 없을 테니 이걸 쓸 일은 없을 겁니다."

그리 말하는 그녀를 양 대인은 미묘한 표정으로 바라보며 그답지 않게 근엄한 목소리로 말했다.

"장담하지 마라. 사람 팔자는 그리 간단하지 않으니까."

그게 양 대인이 그녀에게 해준 마지막 말이었다. 그리고 양 대인은 바로 청국으로 돌아가겠다고 하였다.

어찌 보면 참 정이 없는 양반인데 은홍은 양 대인과의 이별이 아쉬웠다. 또 언제 만날지 알 수 없으니 더 그런 것 같았다.

왕세자를 배행해서 왔었던 민 주서가 이번에는 혼자 화룡 상단으로 찾아왔다.

"난 자네를 믿지 않네."

민 주서가 꼿꼿한 기세로 말했지만 태웅은 별로 상처받지 않았다. 사실 상처받는 말은 그가 더 잘할 수 있었다.

가난한 양반 가문에 병든 노모까지. 민 주서는 똑똑한 머리 하나 빼면 약점투성이였다. 그런 자를 가까이 두는 왕세자는 확실히 권력 지향형은 아니었다.

"설마 그 말 하려고 예까지 오신 겁니까?"

민 주서는 못마땅한 눈으로 그를 바라보며 품에서 왕세자의 서찰을 꺼내었다.

태웅은 서찰을 받아서 펼쳤다. 내용은 지극히 짧았다.

책을 좋아하나?

태웅은 고개를 들어 민 주서를 보았다.

"이게 무슨 뜻입니까?"

민 주서는 지극히 사무적인 태도로 대답했다.

"저하께서 이 상단에 출입하는 건 너무 눈에 띄니 앞으로 만날 일이 있으면 세책 방에서 보자셨네."

하지만 태웅은 책을 별로 안 좋아했다.

"제가 세책 방에 가본 적이 없습니다."

그러니 그가 세책 방에 가면 너무 눈에 띌 것이었다.

"그러니까 이제부터라도 자주 가게. 저하를 만날 때도 의심을 받지 않게."

민 주서는 자기 할 말만 하고 바로 돌아가버렸고, 태웅은 생각도 못한 왕세자의 지령에 살짝 어이가 없었다.

자기를 만나려면 책을 많이 읽으라니. 허 참.

그러나 나중에 왕세자를 만나려면 미리 사람들의 눈에 그가 세책 방에 가는 모습을 익혀두어야 했기에 그날 그는 바로 세책 방에 들렀다.

"여인들이 읽으면 좋을 책이 있나?"

태웅의 물음에 세책 방 주인은 고민 없이 바로 대답했다.

"염정소설이 있는데 드릴깝쇼?"

읽어본 적은 없지만 남녀 간의 사랑을 주제로 하는 소설이란 건 알고 있었기에 태웅은 미심쩍은 표정을 지었다.

"설마 춘화집을 글로 바꾼 건 아니겠지?"

"당연히 아닙니다. 춘향전 모르십니까? 춘향이가 몽룡이를 기다리며 자기 목숨까지 내놓고 정절을 지키는 내용인데 그게 어떻게 춘화집과 같을 수 있겠습니까. 당치도 않습니다."

다 좋은데 딱 하나가 걸려 태웅은 세책 방 주인에게 물었다.

"그래서 춘향이가 죽는 건가?"

그럼 읽고 엄청 찝찝할 거 같으니 죽는다 그러면 안 살 생각이었다.

"몽룡이랑 백년해로합니다."

태웅은 춘향전을 들고 귀가했다. 본의 아니게 앞으로도 은홍에게 책 선물을 아주 많이 하게 될 것 같았다. 물론 사기 전에 검열은 철저하게 해야 했다. 혹시라도 시윤이 사 왔던 춘화집 같은 게 걸리면 큰일이니까.

태웅이 선물이라고 말할 때는 웃던 은홍은 그 선물이 책임을 알자바로 입꼬리가 아래로 내려갔다. 어떻게 책이 선물이 될 수 있냐는 표정이 웃기기도 하고, 귀엽기도 해서 태웅은 피식 웃어버렸다.

"재미있는 소설이라고 하니 한번 읽어보거라."

"아, 네."

어떻게 책이 재미있을 수 있나?

은홍에게 그건 있을 수 없는 일이었기에 그 말을 그녀에게는 공부 열심히 하라는 소리로 들렸다. 그래도 선물이라며 주는 책을 싫다고 할 수는 없어서 은홍은 태웅이 내민 책을 받았다.

"오늘은 무얼 했느냐?"

그가 없는 시간에 그녀는 무얼 하고 지냈을지 궁금한 태웅이 요즘 그녀에게 가장 자주 하는 질문이었다.

"대행수님이 입을 옷을 지었습니다."

그러고 보니 전에 은홍이 옷을 지어준다면서 그의 치수를 쟀었다.

그 뒤에 많은 일이 생기는 바람에 까맣게 잊고 있었다.

"네가 어떤 옷을 만들었을지 궁금하구나."

그녀는 손재주가 좋으니 분명 훌륭한 옷이 나왔을 것 같았다.

태웅이 옷에 관심을 가지자 은홍은 활짝 웃으며 물었다.

"거의 다 만들었는데 입어보시겠습니까?"

"그래도 되느냐?"

"네, 잘 맞는지 확인도 해야 하니까."

"그래, 그럼 입어보자."

그가 입겠다고 하자 은홍은 서둘러 장에 숨겨놓았던 그의 옷을 꺼내었다. 완성되면 보여주려고 지금껏 계속 숨겼었다. 은홍이 꺼낸 옷은 깊은 바다를 품은 것 같은 우아한 옥빛이었다. 태웅은 청색 옷을 자주 입기에 조금 다른 느낌의 색으로 골랐다. 사내다움보다는 기품이 있는 빛깔이었다. 태웅은 이런 옷도 잘 어울릴 거라고 은홍은 확신했다.

"제가 입는 걸 도와드리겠습니다."

태웅은 얌전히 두 팔을 벌렸다. 아직 완성은 아니라고 했으니 혹시나 혼자 입다가 옷이 찢어지면 은홍에게 대역 죄인이 되는 것일 테니

까.

은홍은 조심스럽게 옷의 소매를 그의 팔에 끼웠다. 부드러운 비단이 매끄럽게 그의 몸에 감겼다. 태웅의 어깨가 보통 사람보다 더 넓어서 특히 신경 썼는데 다행히 잘 맞았다. 서둘러 그의 앞으로 돌아온 은홍은 그녀가 만든 옷을 입은 태웅의 자태를 보고 입이 저절로 벌어졌다. 그녀가 상상했던 것보다 더 멋졌다. 꼭 궁궐에 사는 지체 높은 왕자님 같았다.

"제가 옷고름도 매드리겠습니다."

은홍은 옷고름을 손에 잡았다. 그녀가 옷 입을 때 매기만 했었지 남을 해주는 건 처음이라 평소보다 더 시간이 걸렸다.

"난 네 옷을 벗겨주었는데, 넌 나한테 옷을 입혀주는구나."

머리 위에서 들려온 태웅의 말에 그녀의 얼굴이 빨갛게 달아올랐다.

첫날밤 혼례복을 벗겨주던 그의 손길이 다시 떠오르며 심장이 쿵쿵 뛰어댔다.

"매일 해달라고 하면 사치겠지?"

"아닙니다. 매일 해드릴 수 있습니다."

그녀가 고개를 바짝 들며 힘차게 말하자 태웅은 피식 웃었다. 그녀가 너무 열심히 하려고 하면 꼭 옛날로 돌아간 것 같았다. 그때의 그녀도 귀여웠지만 지금은 그냥 그의 부인으로 충분했다.

"앞으로 대행수님이 입을 옷도 제가 다 만들어 드리겠습니다."

"그럼 난 너한테 뭘 해주어야 하지?"

부부 사이라도 한쪽이 무조건 받기만 하는 건 불공평했다.

"전 괜찮습니다."

"네가 괜찮다고만 하면 난 네가 옷을 만들어주는 고마움을 모를 거

다."

은홍은 고개를 들어 그의 얼굴을 보았다.

"서로 주고받자꾸나. 그래야 부부지."

태웅의 말에 은홍은 작게 고개를 끄덕였다. 그가 말하는 '부부'는 세상 그 어떤 말보다도 따뜻하고 고와서 마음이 벅찼다. 그가 그녀의 지아비라는 게, 그녀가 그의 부인이라는 게 한없이 행복했다.

태웅은 은홍을 위해 무언가를 해주고 싶었기에 문길을 불렀다. 인정하기 싫었지만 그보다도 은홍에 대해 더 잘 아는 사람이 있다면 그건 문길일 테니까.

"은홍이 기뻐할 만한 선물을 준비하고 싶은데, 뭐 생각나는 게 있느냐?"

문길이 조용히 그의 얼굴을 바라보다가 평소처럼 건조한 말투로 말했다.

"이제 혼례식을 올렸으니 두 분 사이에 아기가 생기는 게 가장 큰 기쁨 아니겠습니까?"

문길의 말에 태웅의 얼굴이 굳었다. 마치 문길이 첫날밤에 대해 다 알고 말하는 듯했기에. 태웅은 처음으로 문길 앞에서 작아지는 자신을 느꼈다. 그래서 저도 모르게 핑계를 댔다.

"그건 은홍이 아직 준비가……."

"아씨께 직접 물어보신 것입니까?"

거의 취조받는 느낌이었기에 태웅의 눈빛도 절로 날카로워졌다.

그래도 문길은 그의 눈빛을 피하지 않고 똑바로 마주 보았다. 문길은 지금 태웅이 잘못했다고 말하고 있었다.

"아씨가 아무것도 모른다고 대행수 어른 뜻대로 다 해도 되는 건 아니라고 생각합니다."

"네가 은홍이 친정어머니라도 되느냐?"

화를 낸 순간 태웅은 자신이 치졸하다 느껴져서 입을 굳게 다물었다. 결국 그가 떳떳하지 못했기에 이렇게 된 것이었다. 그러니까 지금 어떤 말을 한다고 해도 그는 당당할 수 없었다. 그리고 그게 너무 견딜 수가 없었다. 굴곡 많은 인생을 살면서 단 한 번도 당당함만은 잃지 않았던 그였으니까. 그의 존재에 대한 자신감을 잃는다면 그는 거의 모든 걸 잃는 거나 마찬가지였다.

그리고 문길도 태웅이 왜 그리 첫날밤을 보냈는지 알기에 이리 말하는 것이었다.

"아씨는 단지 대행수 어른과 행복한 부부 생활을 하고 싶을 겁니다. 그러니 그리 살게 해주십시오."

태웅도 그러고 싶었다. 그럴 수만 있다면 그의 재산 전부를 내어줄 수도 있었다. 그런데 그래도 되는 건지 확신이 서지 않아서 머뭇거리게 되었다.

이건 그의 인생인데 마치 도둑맞은 것 같은 기분.

도대체 어떻게 찾아와야 하는가?

제 21 장

꽃잠

태웅이 집에 돌아왔을 때 은홍은 집안 사람들과 함께 이불을 빨아서 널고 있었다.

일찍 온 그를 보고 은홍은 서둘러 그에게로 달려왔다.

"대행수님."

빨래하느라 버선을 벗은 그녀의 하얀 발이 그의 시선을 잡아끌었다. 그의 신부가 버선 속에 저리 예쁜 발을 숨기고 있었다는 걸 오늘 처음 알았다. 신부의 작고 예쁜 발을 보고 심장이 뛰고 마음이 두근대니 올바른 새신랑의 태도였다.

태웅은 그녀의 앞에서는 다른 생각은 일부러 하지 않기로 마음먹었다. 서로를 바라보며 행복해하기만 해도 부족한 신혼이었다. 괜히 나쁜 생각에 잡아먹히면 그만 손해였다. 그리고 은홍에게도 못 할 짓이었다. 그가 최선을 다해 좋은 신랑이 되는 게 그녀에게는 최고의 선물일 거다.

"네가 지어준 옷에 대한 보답으로 선물을 준비했다."

'선물'이라는 말에 그녀의 눈이 동그랗게 커졌다.

"그러실 필요 없는데. 이제 대행수님 옷은 제가 평생 지어드리는 것이 당연하니."

구구절절 말하는 은홍의 손을 잡아끌고 태웅은 안방으로 들어갔다. 그녀를 창문 앞에 앉힌 뒤 그도 그녀의 옆에 붙어 앉았다. 그녀의 동그랗고 뽀얀 얼굴을 내려다보며 태웅은 미소를 지었다.

"저 창문을 열면 내 선물이 보일 거다."

은홍은 그의 얼굴을 올려다보다가 천천히 창문으로 손을 뻗었다.

끼익—.

창문을 열자 바깥의 풍경이 보였다. 언제나 보던 그 풍경이었다.

그가 말한 선물이 어디 있나 둘러보는데 하늘에서 무언가 떨어져 내리기 시작했다. 처음엔 이 더운 날 눈이 내리는 줄 알았다. 하지만 그건 눈이 아니라 하얀 꽃이었다. 분홍 꽃도 있었다. 하늘에서 떨어지는 꽃비를 보고 그녀의 눈과 입이 동시에 벌어졌다.

"나는 창의력이 없어서 네게 줄 선물이 꽃밖에 생각이 안 나더구나. 그래서 그 꽃을 어떻게 하면 좀 새롭게 줄 수 있을까 궁리하다가 사람을 시켜 지붕에서 뿌리게 한 것이다."

"너무 예쁩니다."

창의력이 없어도 그의 착한 신부는 역시나 좋아해주었다.

꽃은 실패하는 법이 없었다.

은홍은 꽃비를 손에 잡기 위해서 창밖으로 팔을 길게 뻗었다. 그녀의 움직임에 저고리가 위로 들리며 그 아래 숨겨져 있던 하얀 속살이 드러났고, 태웅은 방심하다 또 심장에 폭격을 당했다.

그의 신부는 왜 보이는 곳마다 이리 예쁘단 말인가.

이곳은 안방. 이제 두 사람이 함께 잠을 자는 곳이었다. 굳이 참지 않아도 되었다. 그들은 이미 혼례식도 올렸으니까. 굳이 나쁜 생각도 하지 말자. 당장 무슨 일이 벌어지는 게 아니니.

혼례식을 올린 뒤에도 사랑방과 안방 사이에서 갈팡질팡하는 바보 같은 그를 구제해줄 수 있는 건 그녀와의 완벽한 첫날밤뿐이었다. 그가 그녀를 지켜주어야만 한다고 생각했는데, 그게 아니었다.

그녀만이 길을 잃은 그를 구원해줄 수 있었다.

"은홍아."

그의 부름에 은홍이 고개를 돌려 그를 보았다. 원앙을 닮은 고운 눈에는 그에 대한 애정만이 가득했다. 태웅은 그런 그녀에게 기대고 싶어졌다.

"오늘 밤 너를 안고 싶구나."

굳이 특별한 날일 필요도 없었다. 그저 그녀만 있으면 되는 것을.

그녀를 안고 싶다는 태웅의 말에 은홍은 수줍게 웃었다. 다정한 포옹이라 생각했으니까.

그녀가 전혀 놀라지 않는 걸 보고 태웅도 짐작했다. 그녀가 그 말의 진정한 뜻을 모른다는 걸. 그의 탓이기도 했다. 지금껏 그녀의 순수가 소중하다고 생각해서 일부러 피한 것이기도 했으니까.

하지만 이젠 아니었다. 그녀에게 차근차근 알려줄 것이다. 소중한 첫날밤이 될 수 있게.

태웅은 자신이 누구의 아들인지 알게 된 이후 처음으로 두려움에서 벗어나 순수하게 심장이 두근거렸다. 그녀만이 그의 구원이 될 수 있나 보다. 그러니 피하지 않고 다가가리라.

"우선 씻어야겠구나."

그의 말에 은홍은 서둘러 일어났다.

"아! 그럼 목욕물을 준비하겠습니다."

"그리고 오늘은……."

태웅이 말을 덧붙이자 은홍은 멈추어 서서 그를 내려다보았다. 그녀를 올려다보는 태웅의 눈빛은 평소처럼 다정하면서도 좀 더 다른 빛깔을 띠고 있는 것도 같았다. 그 농밀함이 어디서 오는 것인지 은홍은 미처 깨닫지 못했다.

"네가 씻겨다오."

은홍은 잠시 아무 말도 못 하고 그를 쳐다보기만 했다. 순간 그게 무슨 뜻인지 이해를 못했으니까. 그래서 대답이 한 박자 늦게 나왔다.

"네? 무얼 씻어달라는 것인지?"

"네가 날."

"네?"

은홍은 소스라치게 놀라서 저도 모르게 뒤로 한 발자국 물러났다.

그녀가 놀랄 걸 예상했기에 태웅은 마음 상하지 않았다. 분명 그의 몸이 더러워서 놀란 건 아닐 테니까.

그럴 거다. 그러겠지.

"싫으냐?"

"그, 그, 그 그게 아니라…… 너무 갑자기 그런 말씀을 하셔서."

예전에 그가 씻는 정방에 들어갔다가 혼비백산한 기억이 다시 떠오르며 은홍의 얼굴이 새빨갛게 달아올랐다. 이젠 혼례식까지 올리고 한 방에서 같이 잠도 자는 사이인데 그녀의 부끄러움은 그때와 비교해서 전혀 나아지지 않았다. 정방에서 도망 나오기 바빴던 그녀에게 이젠 그의 몸을 씻겨달라니.

설마 세상의 모든 부부가 이러고 산단 말인가?

부부란 건 너무 어마어마했다.

"네가 해주었으면 좋겠구나."

태웅이 지그시 그녀를 응시하며 그리 말하니 은홍은 차마 못 한다는 말을 할 수가 없었다. 그가 그녀의 몸을 붙잡은 것도 아닌데 도망칠 구석이 없었다.

"해주겠느냐?"

태웅은 다정하면서도 치밀하게 그녀의 대답을 요구했다. 처음부터 그녀의 거부는 그의 머릿속에 없었으니까. 그녀는 오늘 그와 함께 정방에 들어가게 될 거다. 마음 같아서는 같이 씻고 싶었으나 그럼 은홍이 기절이라도 할 것 같아서 그도 한발 양보한 것이었다.

그가 원하는 걸 조금씩 참으면서, 그리고 그녀가 모르는 걸 조금씩 알려주면서 서로의 격차를 줄이면 되는 것이었다. 오늘 밤이 가기 전에 해야 할 일이 참 많았다.

"은홍아."

그의 부름이 그녀의 대답을 강요했다. 밤하늘보다 더 짙은 그의 눈빛이 그녀를 붙잡고 절대 놓아주지 않았다. 은홍은 심장이 쿵쾅대며 벼락 맞은 것처럼 뛰기 시작했지만 고개를 끄덕였다.

할 수 있었다. 그녀는 그의 부인이니까.

세상에 그의 몸을 씻겨줄 자격이 있는 사람이 있다면 그건 그녀뿐이었다.

신하들도 모두 퇴궐해 텅 빈 편전에 고귀한 자만이 입을 수 있는 곤룡포를 입은 왕이 있고, 이곳에는 어울리지 않는 허름한 복색의 노인이 왕 앞에 무릎을 꿇고 머리를 땅에 박아 가장 낮은 자세를 취하고

있었다. 점치는 일을 직업으로 삼는 판수였다.

"왕세자가 왕이 될 수 있겠나?"

옥음이 떨어지자 노인은 고개를 들지 않은 채 낮에 왕의 명을 받고 먼발치에서 보았던 왕세자의 얼굴을 떠올렸다. 선한 인상이었다. 분명 왕이 되면 자신의 욕심보다 백성을 먼저 생각하는 군주가 될 것이었다.

"아뢰옵기 송구하오나."

노인은 바로 말을 할 수가 없었다. 이 한 마디에 그의 목이 떨어질 수도 있었기에. 첩첩산중에 박혀 있던 그를 기어코 찾아낸 왕이었다. 그러니 그가 사실을 말하고 도망가도 끝까지 찾아내 죽일 것이고, 그가 거짓말을 하면 왕을 능욕했다 죄를 씌워 죽일 것이다.

눈앞의 왕은 손끝만 보아도 그 고귀함과 잔인함을 느낄 수 있었다. 그는 오로지 왕이 되기 위해 태어난 자로, 백성은 그의 발밑에 있었다. 같은 왕이라도 왕세자가 될 왕과는 천지 차이였다.

노인은 결정을 내렸다. 이래도 죽고, 저래도 죽는다면 그의 소신을 따르리라.

"왕세자는 왕의 자리에 오르기 전에 죽게 될 것입니다."

왕의 기운과 죽음의 기운이 동시에 드리워져 있으니 너무도 안타까운 일이었다. 판수는 그리 말하면서도 부디 그의 점괘가 틀리기를 바랐다. 그런 적은 지금껏 단 한 번도 없었지만.

"뭐라!"

왕의 노여움이 떨어졌다. 그 사나움이 진정 용의 불 같아서 판수는 불길을 피하려 땅에 더 바싹 엎드렸다.

"하지만 안심하십시오. 전하의 아들이 반드시 보위에 오를 것이니."

왕세자가 죽으면 왕에게는 후궁의 소실인 문성군만이 남는다.

하지만 이상한 건 문성군에게서는 왕의 기운을 읽을 수가 없었다.

그러나 왕에게는 오직 왕세자만이 중요하여 그것까지 묻지는 않으니 노인은 굳이 그의 목숨이 위험한 대답을 또 할 생각은 없었다.

은홍은 두 손에 눈을 가릴 하얀 천을 들고 심호흡을 길게 했다. 전에 다친 그에게 약을 발라주었을 때처럼 눈을 가리고 그의 몸을 씻겨줄 생각이었다. 그때도 그랬으니 지금도 그러면 된다고 생각했다.

하지만 문을 열고 정방에 들어간 순간 그녀의 생각처럼 단순하지 않다는 걸 바로 깨달았다. 목간통을 혼자서 쓸 때는 그렇게나 넓게 느껴졌는데 그곳에 태웅이 있으니 그의 존재만으로도 이 세상을 꽉 채우는 것만 같았다. 그녀가 발 디딜 틈도 없이.

숨쉬기가 좀 버거워졌다. 뜨거운 수증기 때문인지 몸 온도도 오르면서 의식이 몽롱해지는데 그의 몸을 따라 흐르는 물방울만이 유독 선명하게 보였다.

"물이 식길 기다리는 것이냐?"

그녀가 선뜻 들어오지 못하자 그가 어서 들어오라 조르듯이 그녀에게 물었다. 그녀는 그제야 발걸음을 떼어 그가 있는 목간통으로 다가갔다. 목간통을 지척에 두고 그녀의 걸음이 다시 멈추었다. 넘실대는 물속에 잠긴 그의 건장한 몸이 보이자 절로 시선이 아래로 또로록 떨어졌다. 언제쯤 익숙해지려나. 아직은 부끄럽고 또 부끄럽고.

모락모락 피어오르는 수증기가 피부에 직접 닿자 소름이 돋아 따가웠다. 숨쉬기가 좀 더 버거워졌다. 또 숨 못 쉬어 꼴사나운 모습을 그의 앞에서 안 보이려면 가능한 한 빨리 그의 목욕을 도와주는 것밖에 달리 방법이 없었다.

"그, 그럼 씻겨드리겠습니다."

그녀는 가지고 온 천으로 두 눈을 가리려고 했는데 그의 젖은 손이 그녀의 눈을 가린 천을 붙잡고 아래로 내렸다.

"오늘은 가리면 안 된다."

뜻밖의 그의 지시에 그녀는 당황해서 얼굴이 타올랐다.

"왜, 왜에?"

"너는 내 몸이 보기 싫으냐?"

엄청난 질문에 은홍은 그대로 굳어버렸다. 태웅의 커다란 손이 얼어 있는 그녀의 얼굴을 감쌌다. 그의 손의 온기가 그 어느 때보다 뜨거워 바로 심장으로 전달되었다.

"부끄러워해도 괜찮으나 피하지는 마라. 그게 첫 번째다."

어떤 것에 대한 첫 번째라는 것인지 그녀는 알아들을 수 없었지만 그의 눈빛에 사로잡혀 피할 수 없었다. 그녀의 시선 안에 그의 건장한 몸만이 가득 찼다. 강인하고 아름다운 몸이었다. 작고 여리기만 한 그녀의 몸과는 너무도 다르기에 더 특별했다. 그리고 그녀가 은애하는 지아비의 몸이었다.

피하고 싶을 리가 없었다. 용기 내어서 만지고 싶은 마음이 더 컸다.

"그럴 수 있느냐?"

그녀를 어루만지듯이 그가 다정히 물었다. 그녀가 너무 놀라지 않게.

은홍은 작게 고개를 끄덕였다.

"그, 그럼 씻겨드리겠습니다."

그녀는 정말 목욕이 목적이었기에 그의 몸을 씻겨주기 위해 손을 뻗었다. 이왕 이렇게 된 거 그의 목욕 시중을 열심히 하는 것도 보람된 일이었다. 상단에서 열심히 일하느라 피곤했을 그의 몸이 시원해지게 그녀가 도와주고 싶었다. 그런데 그의 턱을 타고 흘러내리는 물방울이 움푹 팬 쇄골로 떨어지는 걸 보고 꼴깍 침을 삼켰다. 목욕 시중과는 전혀 상관없는 것에 또 정신이 팔렸다. 정신을 똑바로 차리고 목욕에만 집중하려고 해도 쉽지 않았다.

목욕이란 게 이리 힘든 것이었단 말인가.

그녀 혼자 목욕할 때는 전혀 몰랐던 일이었다. 다시 심기일전해서 그의 어깨 위에 손을 올리는데 젖은 천을 잡은 손가락이 가늘게 떨렸다. 닿은 몸이 너무 단단하고 뜨거워서 잠시 아찔했지만 은홍은 온몸의 힘을 손에 끌어모아 그의 몸을 닦아주었다.

조금은 답답할 수 있는 그녀의 느린 행동을 태웅은 조용히 지켜보기만 했다. 잔뜩 긴장한 그녀의 표정으로 보아 그가 그녀를 건들기만 해도 주저앉을 것 같았다.

시간이 흐를수록 그녀의 옷도 같이 젖어들며 가는 몸에 들러붙었다. 하지만 은홍은 그의 목욕 시중에만 집중하느라 전혀 알지 못하고 있었다. 그의 시선이 젖어드는 그녀의 몸을 타고 흘렀다.

옷을 다 벗고 있는 그보다 오히려 지금 그녀의 모습이 더 그에게는 자극적이었다. 그가 손만 뻗으면 그녀에게 닿을 거리였기에 참는 게 힘이 들었다. 그래서 일부러 손으로 목간통을 잡았다. 하지만 머뭇거리는 것도, 참는 것도 그만두겠다고 했는데 이리 또 참는 건 좀 바보 같기도 했다. 그래서 태웅은 좀 더 욕심을 내어 그녀를 불렀다.

"은홍아."

따뜻한 물과 수증기 때문인지 그녀의 이름을 부르는 그의 부름이

더웠다.

은홍은 가늘게 떨리는 시선을 들어 그의 얼굴을 보았다. 열기 때문에 복숭아처럼 달아오른 두 뺨이 고우면서 야릇했다.

"너도 들어오겠느냐?"

그의 말에 그녀의 눈이 순식간에 커졌다.

"아, 아뇨. 전 괜찮습니다."

거부하며 흔드는 그녀의 손을 그의 손이 잡아채자 그대로 심장까지 부여 잡힌 듯 빠르게 뛰어댔다.

"부부끼리는 뭐든 함께하는 거라더구나."

태웅이 잡고 있던 그녀의 손을 그의 입으로 가져가서 젖은 그녀의 손등에 입술을 댔다. 화인이 찍힌 것처럼 아찔해서 그녀의 어깨가 절로 움츠러들었다.

그녀를 쳐다보는 그의 시선은 따뜻함보다 좀 더 뜨거운 열기를 품고 있어서 그녀의 몸 안에도 덩달아 열이 몰렸다.

"그러니 같이 씻자꾸나. 우린 부부니까."

지금 이 순간은 주술 같은 말이었다. 부부라는 말은. 그래서 감히 거부할 수 없었다. 어느새 부끄러움조차 잦아들었다.

그녀의 마음을 읽기라도 한 듯 태웅은 굳이 말로 묻지 않고 손으로 그녀의 가는 허리를 붙잡아 안아 올렸다.

몸이 붕 뜨는 순간 현기증이 일었다. 은홍은 본능적으로 두 팔을 뻗어 그의 벗은 어깨를 안았다. 목간통 안은 더운데 이상하게 몸이 파르르 떨렸다. 그의 젖은 몸에 닿아서 그녀까지 흠뻑 젖어들었지만 싫지 않았다. 오히려 낯선 열기가 그녀의 안에서 꿈틀거리며 피어올랐다.

찰랑, 따뜻한 물이 그녀의 몸을 감싸 안았다. 그리고 그보다 뜨거운 그의 몸이 그녀를 에워쌌다. 은홍은 넋을 잃은 시선으로 태웅을 올려다보았다.

잠시 이곳이 현실인지 꿈인지 헷갈릴 정도로 몽롱했다.

물이 흘러넘치는가 싶더니 물속에서 태웅의 팔이 뻗어와 그녀의 허리를 감싸 안아 자신 쪽으로 끌어당겼다.

가슴과 가슴이 맞닿자 심장이 미친 듯이 뛰기 시작했다. 목욕해야 하는데 그럴 정신이 자꾸 넘쳐흐르는 물과 함께 흘러넘쳐 멀어지고 있었다.

"목욕을……."

그녀가 겨우 꺼낸 말에 태웅의 입가가 위로 올라가며 늘품 있는 미소를 지었다.

"이번엔 내가 널 씻겨주마."

아무래도 그래야 할 것 같았다. 그녀는 더 이상 손가락 하나 까딱할 수 없었다. 숨을 열심히 쉬는 게 지금 그녀가 할 수 있는 유일한 일이었다. 그의 손이 그녀의 팔을 타고 위로 올라왔다. 젖은 살을 천천히 어루만지는 손길에 그녀의 마음도 덩달아 춤을 추었다.

"하아……."

절로 입술이 벌어지며 더운 숨이 나왔다.

내리깐 그의 시선이 그녀의 얼굴을 살폈다.

"더우냐?"

"네."

"물은 식었는데."

아니었다. 아직도 너무 뜨거웠다.

은홍은 머리가 무거워져서 그의 어깨 위에 얼굴을 기댔다. 축 늘어진 몸을 그에게 기대니 편하기보다 오히려 더 몸이 후끈거리는 건 참으로 묘한 일이었다.

그의 손이 이젠 그녀의 등을 어루만졌다. 그녀가 그를 씻겨주었을 때도 이런 느낌이었을까. 아니다. 뭔가 달랐다. 그의 손길은 자꾸 그녀의 몸 안을 뜨겁게 만들었다. 그게 불편한 것도 같고, 싫지 않은 것도 같고, 그녀는 마음이 복잡해졌다.

"이제 그만……."

그의 입술이 다가와 멈추라고 말하는 그녀의 입술을 삼키니 그녀는 더 이상 생각이라는 걸 할 수 없었다. 몸도 마음도 온전히 그에게 지배당했다. 이젠 입술이 몸보다 더 뜨거웠다. 젖은 숨결이 맞물린 입술 틈으로 흘러나와 수증기에 섞였다. 깊어지는 입맞춤에 물의 찰랑임은 더 심해졌고, 식어가는 물은 두 사람이 뿜어내는 열기로 다시 데워졌다.

그의 손이 자유롭게 그녀의 몸을 타고 흘렀다. 분명 그녀의 몸인데 이 순간은 주인이 바뀐 것처럼 그가 건드리는 대로 그녀는 반응했다. 그녀가 아는 남자는 그뿐이니, 그녀의 몸이 반응하는 것도 그의 손뿐이었다. 엉덩이를 움켜쥐는 거친 사내의 손길에 화들짝 놀랐지만 도망갈 곳도 그의 품뿐이었다.

그의 입술이 그녀의 하얀 목덜미를 물고 그의 흔적을 남겼다.

뜨겁고, 아프고, 짜릿하고.

혼곤한 정신 속에서 감각만이 선명했다.

"그만 방으로 가야겠다."

그녀는 녹진해진 몸을 일으키는 게 힘들어 그냥 이 물속에 계속 있고 싶었는데, 그의 두 팔이 그녀의 몸을 안고 일어났다. 지금은 부끄럽다고 거부할 힘도 없었기에 은홍은 얌전히 그에게 안긴 채 그의 벗은 어깨에 얼굴을 묻었다. 그의 젖은 살 냄새가 사향처럼 그녀를 취하게 하였다. 무슨 일이 벌어진다고 해도 그녀는 그의 향에서 쉬이 깨지 못할 듯했다.

정방을 나와 방으로 가는 동안 태웅은 오로지 앞만 보고 걸었다.

집안 사람들이 이 모습을 못 보는 게 천만다행이었다. 누구라도 마주쳤다면 도망가지도 못하고 난감했을 거다.

밤하늘의 별이 눈에 들어왔다. 은홍은 금방이라도 쏟아질 것 같은 별들이 아름다워 태웅에게도 보여주고 싶었으나 태웅은 주위 풍경 따위에는 전혀 관심 없는 표정이었다. 그가 이리 집중하는 게 무엇인지 방에 들어가면 그녀도 알게 될 것이었다.

은홍은 긴장감에 속도를 높이는 심장을 손으로 꾹 누르며 그의 가슴에 얼굴을 묻었다. 그의 체 향이 짙게 느껴지자 안도감이 들었다.

괜찮았다. 태웅과 함께하는 일이니까.

그가 주는 건 무엇이든 그녀에게 행복이었다.

오늘 밤 그녀에게 무슨 일이 생길지 쉽게 짐작하지 못하는 은홍은 예쁘게 활짝 핀 꽃을 닮은 생각만 했다.

드르륵—.

한 번도 멈추지 않고 방까지 그녀를 안고 온 태웅은 새로 깐 요 위에 그녀의 몸을 조심스럽게 눕혔다. 그녀가 깨지는 도자기도 아닌데 그가 너무 조심스럽게 다루니 은홍은 괜히 더 부끄러워졌다. 몸에 닿은 비단 요는 부드러웠고, 그녀의 뺨에 닿은 태웅의 손은 너무 뜨거웠다. 하지만 그녀를 보호해주는 듯 다정한 손길이었기에 마음이 편해졌다. 따뜻한 물에 들어갔다 나온 몸이 나른하게 풀어지는 기분이었다. 이대로 그의 품에서 푹 잘 수 있을 것 같았다.

하지만 태웅의 눈빛은 전혀 졸린 사람이 아니었다. 오히려 낮보다 더 빛을 발하고 있었다. 그가 이리 원하는 게 무엇인지 그녀도 궁금해졌다. 그게 그녀가 줄 수 있는 거라면 기꺼이 내어줄 것이었다. 그는 그녀가 은애하는 지아비였으니까.

"약속 하나만 해다오."

은홍은 무조건 고개를 끄덕였다.

"많이 아파도 날 미워하지 않겠다고."

그를 미워한다니 말도 안 되었다. 그녀는 평생 그를 은애만 하며 살 거다. 그리고 그가 그녀를 아프게 할 리 없다고 믿었다.

"저는 절대 대행수님을 미워하지 않을 겁니다."

그녀의 약조에 태웅은 쓰게 웃었다. 그녀가 아무것도 모르고 그만 믿고 약조하는 거라는 걸 알기에. 그래도 오늘 밤은 절대 멈추지 않을 거다. 설령 그녀가 운다고 해도, 그는 끝까지 그녀를 안을 것이다. 그녀가 얼마나 따뜻할지, 아찔할지, 상상만으로도 심장이 터질 것 같았다.

태웅은 금방 따뜻한 물에서 나와 보드라워진 그녀의 작은 몸을 꽉 끌어안았다.

"나에게 여인은 평생 너 하나뿐이다."

태웅의 약조에 그녀의 마음이 뜨거워졌다. 부부의 연을 맺은 두 사람이 서로를 아낌없이 은애할 수 있다는 게 얼마나 큰 축복인지 그의 신부가 되기 전까지는 전혀 상상도 못 했다.

세상이 태웅의 몸에 가려지며 그녀는 완전히 그에게 갇혀버렸다. 그래도 전혀 무섭지 않았다. 그가 그녀의 세상이었으니까.

그의 세상 속에서 평생 살 수 있다면 행복할 것이었다.

움찔, 그의 손이 속치마 속 허벅지에 닿은 순간 은홍은 무언가 다르다는 걸 깨달았다. 혼례식을 올린 첫날밤에도 이런 내밀한 접촉은 없었다. 그날 그는 단지 그녀의 옷을 벗겨주고 그녀의 몸을 따뜻하게 안아주었을 뿐이었다. 그래도 그녀는 좋았었다. 그의 품이 너무 아늑하고 든든했기에.

그런데 오늘 밤의 그는 그날과 많이 달랐다. 그녀의 손이 닿은 적도 없던 곳에 그의 손이 자꾸 향하니 은홍은 크게 당황했다.

"대, 대행수님."

그의 손이 망측한 곳에 있다고 솔직하게 말은 못 하고 그의 이름만 애타게 부르는데 태웅은 그녀의 말을 멈추듯이 입술을 겹쳤다. 순식간에 깊어지는 입맞춤에 은홍은 더욱 정신을 차릴 수가 없었다. 예쁘게 핀 꽃만 생각하며 이 방으로 왔던 그녀에게 이건 갑자기 몰아쳐 온 폭풍 같은 것이었다.

그의 손과 입술이 움직일 때마다 전혀 몰랐던 몸의 감각들이 소스라치게 놀라며 깨어났다.

목간통에서 느꼈던 뜨거움과는 비교도 안 되었다.

태웅은 그녀를 부둥켜안고 거침없이 불구덩이 속으로 뛰어들었다.

은홍은 한계를 넘는 뜨거움에 정신이 아득해졌다. 이대로 그녀의 몸이 타버릴까 봐 무서워졌다.

그녀의 눈에 고인 눈물을 보고 태웅의 눈빛이 찌푸려졌다. 그러나 지금 멈출 수는 없었다. 그건 불가능했다. 여기서 멈추면 그 역시 두 번 다시 용기를 내지 못할지도 몰랐다. 그는 그녀에게 입을 맞추며 그녀를 안타깝게 불렀다.

"은홍아, 나를 봐라."

아스러지는 의식 속에서 은홍은 그가 그녀를 부르는 소리를 들었다. 그 애틋한 이름만이 그녀가 유일하게 붙잡을 수 있는 끈이었다. 그가 여전히 그녀를 사랑하는 지아비라는 걸 믿기에 은홍은 아픔 속에서도 끝까지 그를 밀어낼 수 없었다. 그가 그녀를 아프게 하려는 게 아니라 그녀를 아낀다는 걸 여전히 믿어 의심치 않았다. 그 말 대신 은홍은 두 팔을 뻗어 그의 몸을 힘껏 끌어안았다.

그 밤, 그녀는 진짜 화룡 상단 대행수의 여자가 되었다.

그가 결국 그녀를 안았을 때 태웅은 새로운 세상을 깨닫게 되었다. 밤하늘이 별로만 가득 차서 낮보다 밝고, 수백만 송이의 꽃이 한꺼번에 꽃을 피워 달콤한 꽃냄새가 천지를 뒤덮고, 온 세상의 나비가 일제히 날갯짓하여 하늘을 수놓는 그런 경이롭고, 관능적이고, 초월적인 세상.

그 세상의 맛을 알아버린 그는 더 이상 예전의 밋밋하고 덜 여문 세상으로 돌아갈 수 없어졌다. 아마도 그가 그동안 어린 신부를 앞에 두고 너무 참기만 해서 더 그랬을 수도 있었다. 인내 끝에 얻은 열매가 더 달콤하다고 하니.

그러나 그는 아주 오래 달콤한 포만감에만 취해 있을 수는 없었다. 품 안의 그녀가 심상찮은 숨소리를 내는 걸 들은 태웅은 눈을 떠 그녀를 보았다. 은홍이 잔뜩 얼굴을 찌푸리고 있었다. 아픈 사람처럼.

"은홍아, 괜찮으냐?"

원흉이 그인 것 같아서 묻는 목소리가 조심스러웠다. 은홍이 눈을 떠 그를 보는데 그를 은애한다고 말할 때의 그 눈빛이 아니었다. 뭔가 원망과 미움이 섞인 듯한 그런 눈빛이었다.

"괜찮은 것이지?"

아파도 그를 미워하지 않겠다고 한 약조를 믿을 수밖에 없었다.

그의 물음에 은홍은 힘겹게 입을 열어 솔직하게 말했다.

"벼락 맞은 거 같습니다."

은홍의 말에 그의 심장이 쿵 내려앉았다. 그가 별 보고 꽃 볼 때, 그녀는 천둥 치고 벼락 맞았다고 하니.

"그 정도였더냐?"

"네, 다음부터는 안 그러실 거죠?"

그녀의 부탁에 태웅은 또 다른 의미로 심장이 쿵 내려앉았다. 그는 앞으로 절대 바라만 보며 살 수 없었다. 아예 몰랐으면 모른 채 살 수 있을지언정 한 번 안은 이상 참는 건 불가능했다.

그럼 그가 죽을지도 몰랐다.

"다음엔 괜찮을 거다. 내 약조하마."

그가 약조를 남발하자 은홍은 울상을 지었다.

그녀가 알던 믿음직한 대행수가 아니었다.

그녀가 이리 아프다는데 또 그러겠다고 하다니.

은홍은 그날 온종일 방 밖으로 한 발자국도 나오지 못했다. 움직이려고만 하면 온몸이 비명을 질러대서 그냥 가만히 누워 있는 게 나았

다. 그녀의 몸을 이리 힘들게 만든 사람이 다른 사람도 아닌 태웅이라는 게 그녀는 아무리 생각해도 이해가 안 되었다.

"아씨, 식사를 드셔야 빨리 나으십니다."

그녀가 고뿔 걸린 줄 아는 덕춘이 밥을 권하는데 그걸 먹는다고 나을 게 아니라는 말이 목구멍까지 올라왔지만 차마 하지 못했다.

"내가 알아서 먹을 테니까 그냥 두고 가."

오늘은 말하는 것도 귀찮아서 대충 말하고 돌아눕는데 덕춘은 그녀의 속도 모르고 몇 번이나 더 권했다.

그때 밖에서 문길의 목소리가 들려왔다.

"문길입니다. 들어가겠습니다."

오늘은 문길도 만나기 싫었지만 차마 그냥 가라는 말은 안 나왔다. 차라리 몸이 다 나을 때까지 잠에 빠져 안 깨어나면 좋으련만.

드르륵―.

문이 열리고 단정한 자태의 문길이 들어서자 덕춘이 그에게 수줍은 표정을 지으며 건장하게 인사했다.

아직 먹지 않은 밥상을 보고 문길은 덕춘에게 말했다.

"내가 시중들 테니까 넌 그만 나가보거라."

그녀가 아픈 게 나을 때까지 옆에 꼭 붙어 있으려고 했던 덕춘은 곤란한 표정을 지었지만 문길을 믿었기에 군말 않고 방을 나갔다.

문길은 그녀의 앞에 앉으며 조심스럽게 물었다.

"몸은 괜찮으십니까?"

은홍에게 가보라는 태웅의 부탁을 받고 온 것이라 그녀의 상태가 그와 관련 있다는 걸 문길은 눈치채고 있었다.

"괜찮습니다."

드디어 은홍이 문길에게도 말하지 못하는 부부만의 비밀이 생긴 듯한데, 그녀가 너무 아파하니 문길은 마음이 좋지 않았다.

"그럼 대행수님이 앞으로 그러지 않길 바라십니까?"

문길의 질문에 은홍은 그제야 그를 향해 고개를 돌리며 하소연하듯이 말했다.

"스승님이 대행수님한테 말해주시면 안 됩니까? 앞으로 그러지 말라고."

문길은 참 난감했다.

"아씨가 그렇게 힘들어하시면 대행수 어르신도 참으실 겁니다."

그의 말에 은홍은 안도한 표정을 지었다.

"그럼 두 분은 아기를 가질 수 없을 것입니다."

그건 미처 생각하지 못한 은홍은 눈이 동그랗게 커진 채 그대로 굳어버렸다.

"네?"

"아기요."

그녀는 여전히 믿고 싶지 않다는 표정이었지만 문길은 친절하게 가르쳐주었다.

"그래야 아기가 생깁니다."

그녀의 표정에서 소리 없는 비명이 느껴졌다.

그래도 어쩌겠나. 그게 현실인데.

연무장에서는 호위 무사와 태웅의 대련이 한창이었다.

챙, 챙.

칼날이 부딪칠 때마다 실전처럼 날카로운 기운이 뻗어나갔다.

오늘따라 남다른 기운을 뿜어내는 대행수를 상대하느라 호위 무사들은 진땀을 흘렸다. 대행수는 장사꾼보다 무관이 되었다면 더 대성했을 인물이었다. 대행수가 어릴 적 운검 박무진에게 진 뒤 무관의 꿈을 버렸다는 건 호위 무사들 사이에서도 유명한 이야기였다.

이상한 건 박무진이었다. 태웅과 칼을 겨누었으면 태웅의 실력을 알고 무관으로 이끌었어야 마땅했던 일인데 박무진은 오히려 대놓고 태웅의 꿈을 꺾었다.

한 명은 죽어야 끝날 것 같던 대련은 연무장에 문길이 들어서며 마무리되었다. 호위 무사들은 문길에게 고마움의 눈길을 보내며 서둘러 연무장을 빠져나갔다.

태웅은 얼굴을 타고 흐르는 땀을 무심한 손길로 한 번 닦아내고는 문길에게 물었다.

"괜찮아 보이더냐?"

이 상황에 은홍에게 필요한 사람이 그가 아니라 문길이라는 걸 인정하는 건 태웅에게도 힘든 일이었다.

"아뇨. 아직은 몸이 매우 힘드신 거 같습니다."

거짓말을 못 하는 문길은 솔직하게 보고했다. 문길의 말에 태웅의 눈빛이 무거워졌다.

은홍은 몸이 아프고, 그는 마음이 아프고.

부부는 좋은 것만 통하는 게 아니라 나쁜 것도 나누고 있으니 문길의 눈에는 그들이 제대로 가고 있는 것 같았다.

"제가 잘 이해되게 설명했으니 크게 걱정하실 필요는 없습니다."

태웅은 긴 눈매를 찌푸리며 문길을 보았다.

"뭘 어떻게 설명해?"

그는 그게 도저히 안 됐다. 그저 사기꾼처럼 다음엔 괜찮을 거라는 말만 반복했는데, 사실 다음에도 그녀를 아프게 할 것 같았다. 단번에 좋아질 리가 없었다.

"그래야 아기가 생긴다고."

그 말에 태웅도 은홍과 비슷한 표정을 지었다. 경악스러운.

"그걸 그렇게 말하면 어떡해!"

태웅은 얼굴이 빨개질 정도로 화를 냈다.

은홍은 몰랐기에 그렇다 쳐도, 이미 다 아는 그는 왜 이리 흥분하는 건가 싶었다.

"그럼 그냥 참고 사실 겁니까?"

그건 싫었는지 화내던 태웅은 입을 다물었다.

문길도 같은 남자라서인지 그런 태웅이 이기적이라는 생각은 안 들었다. 누구든지 그렇게는 살 수 없을 거다.

"지금은 아씨가 노력하게 만들 수밖에 없습니다. 안 그럼 대행수 어르신 무섭다고 피하실 테니까."

은홍이 그를 무서워할 수도 있다는 건 상상도 해본 적 없는 태웅은 무거운 눈빛으로 어두워지는 하늘을 보았다.

"어디서부터 잘못된 건지 모르겠구나."

문길이 생각하기에 딱히 뭐가 잘못된 건 아니었다.

그냥 그는 너무 크고, 은홍은 너무 서툰 거다.

그만큼 누군가의 처음을 가진다는 건 굉장한 책임이 필요한 일이었다. 그리고 태웅은 그 책임을 지나칠 정도로 잘 지켜낼 거라고 문길은 믿어 의심치 않았다.

은홍은 누워 있던 자리에서 일어나 창가로 갔다. 계속 방에만 있었더니 답답해서 밤하늘의 달이라도 보고 싶었다. 그래도 움직이는 게 아침보다는 많이 나아졌다.

사람의 몸이란 게 참 생명력이 질겼다. 그렇게 아팠는데도 이리 괜찮다는 듯이 나아지고 있다니.

창문을 열자 밤 내음이 확 밀려 들어와 갑갑했던 그녀의 마음을 씻겨주었다. 역시 사람은 방에만 있으면 안 되나 보다. 고작 하루였는데도 몸속에 먼지가 쌓인 것 같았다.

오늘은 달도 예쁘게 떴다. 새초롬한 초승달이 꼭 여인의 수줍은 자태 같았다. 가만히 달을 바라보던 은홍은 문득 시선을 느끼고 고개를 돌렸다가 뜰에 서 있는 태웅을 보고 멈칫했다. 그녀도 놀랐다. 다른 사람도 아니고 태웅을 보고 긴장했다는 게. 그녀가 눈을 동그랗게 뜨고 쳐다만 보자 태웅도 말없이 밤의 일부인 것처럼 서 있었다.

결국 그녀가 먼저 입을 열었다.

"밤공기가 찹니다, 대행수님."

그다음 말을 들어오라고 해야 하는 건지, 사랑채로 돌아가라고 해야 하는 건지 결정을 못 내려 은홍은 다시 멈칫했다.

머뭇거리는 그녀에게 태웅이 물었다.

"내가 무서우냐?"

이번엔 망설임 없이 고개를 저었다. 그럴 리 없다. 그녀에게 태웅은 세상에서 가장 믿고 의지할 수 있는 사람이었다.

"무서워하는 눈빛인데."

그 말에 은홍은 잘못이라도 한 것 같아서 눈을 빠르게 깜빡였다.

"오늘 밤은 그냥……."

태웅의 말에 그녀의 눈 깜빡임이 멈추었다. 다시 긴장되어 눈꺼풀이 굳어버렸다. 생각하지 않으려고 애썼는데도 지난밤의 아픔이 떠오르며 불안해졌다. 또 아플 것 같아서. 그래야 아기가 생긴다고 해도 그녀는 아직 그 아픔이 낯설고 두려웠다. 그녀도 이러는 자신이 싫었지만 몸의 긴장은 쉬이 풀어지지 않았다.

"두 팔로 안고만 잘 테니까 들어가도 되겠느냐?"

태웅이 그렇게 조심스럽게 그녀에게 청하니, 그녀는 차마 거절할 수 없었다. 지금 그녀가 안 된다고 하면 그녀의 몸이 아픈 것보다 그의 마음이 더 아플 것 같았으니까. 몸은 아팠다가도 이리 나아지지만 마음의 상처는 평생 남을 것이었다.

그녀의 입이 천천히 벌어졌다.

"네, 들어오십시오."

그녀의 허락에 태웅은 그제야 안도한 표정을 지었다.

자박자박.

그가 그녀에게 다가오는 발걸음 소리가 그녀의 심장을 두드렸다.

두근두근.

아무래도 마음의 그릇이 몸의 그릇보다 더 큰가 보다.

도대체 어떻게 해야 몸의 그릇도 키울 수 있으려나. 밥을 많이 먹으면 될까?

제 22 장

원앙금침 속 거리

처음도 아니건만 안방으로 들어가는 게 그 어느 때보다 긴장되었다. 태웅은 은홍이 자신의 눈치를 보는 게 느껴졌기에 가능한 한 평소처럼 행동하려고 노력했다. 그런 노력이 필요하다는 것 자체가 이미 틀렸지만 말이다.

그녀가 그를 무서워하지 않았으면 했다. 그가 그녀를 너무 사랑해서 안고 싶었다는 걸 그녀가 진심으로 알아주었으면 좋겠는데, 벼락 맞은 거 같다고 말한 그녀가 당장 깨닫는 건 무리일 것 같았다.

그러니 그가 노력하는 수밖에 없었다. 그녀가 자연스럽게 그를 받아들일 수 있도록.

할 수 있을 거다. 아니, 무조건 해야 했다. 그들은 부부였고, 서로 깊이 사랑하는 사이였으니까. 설마 몸이 마음을 못 따라가겠는가.

시간이 필요할 뿐이다. 그런데 그 시간이 너무 오래 걸릴까 봐 태웅은 불안했다. 태웅은 불안해지는 마음을 거두어내려고 일부러 다른 곳으로 시선을 돌렸다.

태웅의 눈에 제일 먼저 들어온 건 서안 위에 펼쳐져 있는 책이었다.

그건 그가 그녀에게 선물해준 '춘향전'이었다.

"저 책을 읽었느냐?"

"네, 잠이 안 와서."

사실 누구의 의심도 사지 않고 왕세자를 만날 목적으로 가져온 책인데 은홍이 성실하게 읽었다고 하니 앞으로는 세책 방에서 책을 고를 때 더 신경 써야 할 듯했다.

"내용이 어떻더냐?"

그의 물음에 은홍은 고운 미간을 좁히며 말했다.

"몽룡이가 못됐습니다."

"왜?"

분명 장원급제해서 돌아왔다고 들었는데, 그 정도면 엄청 훌륭한 남자 아닌가.

태웅의 생각에는 그러했다.

"춘향이를 혼자 두었으니까요."

전혀 생각도 못 한 대답이 그녀의 입에서 나오자 태웅은 고개를 내려 그녀의 얼굴을 빤히 보았다.

은홍은 배시시 웃었다.

그녀는 이리 밝게 웃는데 그는 왜 심장이 조여 오는 건지 알다가도 모를 일이었다. 어색해서 꺼낸 책 이야기는 여기까지 하는 게 적당할 듯했다. 지금은 책을 가까이할 때가 아니라 부부의 시간이었기에 태웅은 펼쳐진 책을 덮는데 순간 손끝이 싸해졌다.

손을 들어보니 붉은 피가 손가락 끝에 맺혀 있었다. 칼에도 안 베이는 그가 종이에 베이다니. 아프기보다 어이가 없었다.

"까악! 피!"

그의 베인 상처를 보고 깜짝 놀란 건 오히려 은홍이었다.

"괜찮……."

괜찮다고 그는 말하려고 했는데 은홍은 그의 손가락을 붙잡고 입으로 피를 빨아들였다. 태웅은 더 안 괜찮아졌다. 입술로 하는 입맞춤을 손가락으로 한 거나 마찬가지였으니까. 일부러 조심하고 있는데 그녀가 오히려 그의 몸에 불을 지른 꼴이었다.

"상처 감을 천을……."

천을 찾아 두리번거리는 그녀의 허리를 그는 단번에 낚아채서 끌어당겼다. 그녀의 작은 몸은 그에게 딱 맞추어진 것처럼 품 안에 쏙 들어왔다.

이젠 상상할 수조차 없었다. 이리 그녀를 안는 날이 없을 수도 있다는 걸. 그러니 그는 몽룡이란 사내처럼 절대 그녀를 혼자 두고 어디 가는 멍청한 짓은 하지 않을 거다.

태웅은 고개를 깊이 숙여 그녀의 입술에 입을 맞추었다. 오늘 밤은 아무것도 하지 않겠다고 약조하고 들어왔는데, 방에 들어서자마자 이러고 있다.

갑작스러운 입맞춤에 놀란 은홍이 그의 어깨를 손으로 움켜잡았다. 지난밤의 일이 떠오르며 절로 몸이 굳었다. 태웅이 싫은 게 절대 아닌데, 여전히 은애하는 마음만 가득한데 몸이 이상했다.

그런 그녀의 반응을 그가 모를 리가 없었다.

태웅은 천천히 그녀의 입술에서 떨어지며 중얼거렸다.

"네 입술에서 피 맛이 난다."

그건 그의 피였다. 뜨겁고 붉은.

그래서 꼭 그녀에게 새긴 그의 낙인 같았다.

"상처에서 피가 계속 납니다."

그녀는 이 상황에서도 그의 손가락에 난 상처를 더 걱정했다. 지난

밤 그가 그녀를 아프게 하였던 걸 기억한다면 오히려 잘 다쳤다고 고소해할 만도 하건만.

"알아서 멈출 것이야."

그는 그녀가 더 급했다. 그녀의 도자기처럼 하얗고 매끄러운 피부는 그의 피를 더 뜨겁게 만들었다. 그래서 벗기고 싶고 깨물고 싶고 밤새 어루만지고 싶었다.

하지만 오늘 밤은 그냥 안고 자기만 하겠다고 이미 약조를 했다.

여기서 더 나가면 은홍도 진짜 화를 낼 거다. 그녀가 진짜 화내는지 시험하기 위해 도전할 수는 없었다.

태웅은 무서웠으니까. 은홍이 그에게 화내는 게. 그를 미워하게 되는 게.

누울 자리는 하나고, 사람은 두 명이었다. 혼례식을 올린 이후 매일 밤 같이 잤으니 이젠 같이 자는 건 익숙해질 때도 됐는데 이상하게도 첫날밤보다 더 긴장된 분위기가 흐르고 있었다.

은홍은 태웅의 눈치를 보며 선불리 잠자리에 눕지 못했고, 태웅은 은홍이 준비한 차만 아주 천천히 마셨다. 조용히 차를 마시고 있었지만, 마음속에서는 수많은 말들이 솟아나고 있었다.

몸은 괜찮냐고 물어볼까?

그런데 그녀의 몸을 아프게 만든 게 그 자신이라서 차마 입이 안 떨어졌다.

너를 너무 사랑해서 안은 거라고 말할까?

태웅은 살면서 그런 모순적인 말을 해본 적이 없어서 더 입이 안 떨어졌다.

그냥 입 닥치고 잠만 잘까?

그럼 은홍은 평생 그의 마음을 모를 것 같았다.

"대행수님."

은홍이 먼저 그를 부르자 태웅의 눈썹이 움찔했다. 그가 눈동자만 움직여 그녀를 쳐다보자 은홍은 작게 웃으며 말했다.

"밤이 깊었습니다. 그만 주무셔요."

그녀가 먼저 그리 말해주니 태웅은 안심되었다. 어쩌면 은애하는 마음이 더 깊은 건 그가 아니라 그녀일 수도 있겠다고 생각될 정도로.

"그래, 자자꾸나."

그런 그녀가 고마워서라도 오늘은 절대 그녀가 아플 행동은 하지 않을 생각이었다. 앞으로 그녀와 함께할 날은 평생이었고, 서로 맞추어가며 살아야 했다. 한쪽의 욕심만으로 끌고 가는 부부가 행복할 리가 없었다.

지금은 그녀에게 그가 맞추어주어야 할 시기였다. 그는 누군가에게 자신을 맞추는 걸 해본 적이 거의 없지만 이번에는 할 수 있었다. 그녀를 위해서니까.

그러니 오늘은 그녀를 안고 싶어도 그냥 꾹 참을 생각이었다. 은홍도 그래야 마음 편히 잘 수 있을 것 같았다.

잠자리에 누운 태웅이 바로 두 눈을 감는 걸 보고 은홍은 조금 당황스러웠다. 이런 적이 없었으니까.

항상 그녀가 편하게 누울 때까지 기다려주었는데 오늘은 그녀가 눕기도 전에 먼저 잠을 자버리니 좀 냉정하게 느껴질 정도였다.

설마 나한테 화나셨나?

충분히 그럴 수도 있었다. 부부가 아이를 가지려면 당연히 해야 할 일이라고 했는데, 그녀는 벼락 맞은 거 같다고 했으니. 그녀는 엄살이 아니었지만 태웅이 듣기에 기분 좋을 말은 분명 아니었다. 아내의 자격이 부족하다고 생각할 수도 있었다.

그런 생각이 들자 은홍의 심장이 답답해져왔다.

그래서 은홍은 소심하게 이불 끝에 누웠다. 그녀도 마음은 그게 아니라고 그에게 말하고 싶었지만, 아직은 그와 다시 아기를 가지기 위해 노력할 용기가 나지 않았다.

정말 아팠으니까. 몸이 조각나는 줄 알았으니까.

그녀를 그리 아프게 한 사람이 태웅이어서 뭐라고 원망도 못 하는 거다. 그저 그녀의 부족함 때문인 것만 같아서 우울해졌다.

태웅은 은홍이 눕는 느낌이 들자 힐긋 한쪽 눈을 떠 그녀 쪽을 보았다. 은홍은 이불 끝에서 모로 누운 채 그에게 등을 보이고 있었다. 그녀가 그에게 거리를 두는 이유는 알고 있었지만 막상 그녀의 등을 보니 마음이 안 좋았다.

태웅은 그녀를 향해 손을 뻗었다. 그녀의 등을 잡고 그에게 끌어당기고 싶었지만 손은 그녀에게 닿기 전에 멈추었다. 미안한 마음에 차마 만질 수 없었다. 그녀를 아프게 하고 싶었던 게 아니라고, 그 말을 하고 싶지만 변명인 것만 같아서 차마 할 수 없었다.

어떻게 해야 할까.

서로가 서로에 대한 걱정만 너무 하는 바람에 오히려 부부 사이에 벽이 생겨버렸다.

결국 그 벽도 함께 넘어서야 했다. 부부였으니까.

부부는 고난이 왔을 때 헤어지는 사이가 아니라 같이 헤쳐나가는 사이였다. 시간이 걸리더라도 반드시.

비록 안방에서는 벽만 보고 잠을 자는 소심한 부인처럼 굴었지만 안방을 나와서까지 그러지는 않았다. 그녀는 화룡 상단의 안주인이었으니까.

"네? 진심이십니까?"

문길이 놀라서 묻자 은홍은 웃으며 대답했다.

"네, 이제 상단으로 돌아가 대행수님 일을 도와주십시오. 원래 그게 스승님 일이었잖습니까."

"하지만 아씨를 가르치는 것도 대행수 어른의 명령이었습니다."

"이미 많이 배웠습니다. 앞으로는 상단 일을 안 할 때 조금씩만 가르쳐 주셔도 충분합니다."

사실 은홍의 말이 틀린 것도 아니었다. 문길이 은홍에게 주로 가르쳤던 것은 글이었는데 그건 이미 다 배웠으니까.

"저보다는 대행수님이 더 스승님의 도움이 필요할 것입니다."

물론 상단에 그가 할 일이 많기는 했다. 하지만 은홍의 이런 말에 섭섭한 마음이 드는 걸 보니 아무래도 단지 대행수의 명령 때문에 그녀를 의무적으로 가르친 건 아니었나 보다.

"그럼 아씨는 앞으로 혼자 어찌하시려고?"

"저 혼자 아닙니다."

은홍이 당당하게 하는 말이 문길은 바로 이해가 되지 않았다. 설마 덕춘을 말하는 건가 싶었는데 은홍은 웃으며 말했다.

"이제 새로운 스승을 찾아가야죠."

그녀는 혼례식도 올렸으니까 훌륭한 부인이 될 수 있는 자질을 키워야 했다. 그러니 그에 걸맞은 스승을 찾아갈 생각이었다.

딱 맞는 사람이 마침 한 명 있었다.

은홍이 보내서 왔다는 문길을 태웅은 놀란 눈으로 쳐다보았다.

"은홍이가 직접 널 보냈다고?"

사실 문길이 그보다 더 은홍과 친한 것 같아서 그가 억지로 떼어놓으려고 해도 안 떨어질 거라 생각했었다. 거의 성역인 줄 알았건만.

"네, 앞으로 대행수 어르신 옆에서 원래 하던 일을 하라 하시는데, 어떻게 할까요?"

사실 태웅이 다시 은홍에게 가라 하면 문길은 은홍에게 갈 수 있었다. 처음부터 그의 명령으로 은홍의 스승이 된 것이었으니까.

그러니까 은연중에 태웅이 그리 말해주지 않을까 기대하고 있었는데 태웅은 일말의 망설임도 없이 대답했다.

"그럼 다시 서기 일을 하거라."

"원래 하고 있었습니다."

감히 말대꾸해버린 건 서운한 마음이 저도 모르게 솟구쳐서.

"내 곧 왕세자를 만날 것이다."

하지만 그 말에는 문길도 사치스럽게 서운해하고 있을 수만은 없었다.

"꼭 그리하셔야 되겠습니까?"

문길은 태웅이 왜 그와 가까워지려는지 알기에 걱정부터 들었다.

"이미 왕세자가 날 선택했다. 이제 와서 거부하는 것도 내 목숨이 위험한 일이야."

문길은 정말 태웅의 옆에 딱 붙어 있어야겠다는 생각이 들었다.

"아씨께서 이 일을 아시면……."

"당연히 은홍이는 끝까지 몰라야 해."

태웅은 단호하게 내리긋듯이 말했다.

"말하면 너라도 용서치 않을 것이다."

문길은 말없이 태웅의 얼굴을 바라보았다. 그를 막을 수 없다면 자신이 도대체 무얼 해야 그와 은홍을 지킬 수 있는 것인지 쉽게 판가름할 수 없었다.

"그럼 왕세자가 연락해 올 때까지 기다려야 하는 겁니까?"

"아니, 오늘은 그보다 더 중한 일이 있다."

그의 목숨 줄을 쥐고 있는 왕세자보다 더 중한 일이란 게 무엇인지 문길은 도저히 짐작되지 않았다.

혼자 왔던 태웅이 문길과 함께 세책 방에 들어서자 책방 주인은 호기심 어린 눈으로 쳐다보았다. 문길이 여인처럼 곱게 생긴 사내라서 두 사람의 관계에 더 궁금증이 일었다.

하지만 먼저 손님에게 궁금한 걸 묻는 경솔함을 보이지는 않았다.

"다행히 은홍이 여기 책을 좋아하며 읽더구나."

은홍이 좋아할 만한 책을 가져다줄 생각이었다. 오늘부터 매일 그녀에게 선물 하나씩을 가져다주리라. 그럼 자연스럽게 다시 가까워질 수 있을 거라고 믿었다. 도저히 말로 어찌할 수 없을 땐 물질로라도 그의 마음을 전해야 했다.

태웅이 염정소설을 집어 들자 문길은 그 옆에 있던 활극 소설을 집어 들었다.

"아씨는 이걸 더 좋아할 겁니다."

문길이 그보다 더 은홍을 잘 안다는 듯이 말하자 태웅은 문길을 흘겨보았다. 아무리 문길이 은홍에게 글을 가르쳐준 스승이라고 해도 그녀의 지아비는 엄연히 그였다.

"내가 준 책을 좋아했대도."

"그거야 대행수 어른이 주신 거니 싫다고 할 수는 없지 않습니까."

맞는 말이었지만 오늘따라 굉장히 듣기 거슬렸다.

"그럼 둘 다 가져가 보면 되겠구나."

태웅이 염정소설과 활극 소설을 둘 다 가져간다고 하자 문길도 괜히 승부욕이 돋아났다. 아무리 태웅이 은홍의 지아비라도 그녀와 같이 한 시간은 스승인 그가 훨씬 많았다. 그가 은홍의 취향을 모를 리가 없었다.

좋은 건 세책 방 주인뿐이었다. 한 권 값만 내던 태웅이 오늘은 두 권 값을 냈으니까.

함께 안채로 온 태웅과 문길을 보고 은홍은 화사하게 웃었다.

"두 분이 함께 계신 모습을 보니까 너무 좋습니다."

세책 방에서 곧장 오는 길인 두 사람은 썩 좋은 기분이 아니었다.

그녀의 선택이 아직 남아 있었으니까.

"오늘은 책을 두 권 가져왔다."

태웅은 누가 어느 소설을 골랐는지 말하지 않고 가지고 온 책 두 권을 은홍의 앞에 펼쳐놓았다.

은홍은 오자마자 책부터 꺼내는 태웅을 의아한 눈으로 쳐다보았다. 태웅뿐만 아니라 문길의 눈빛도 평소와 뭔가 달랐다.

하지만 그게 뭔지 은홍은 알 수 없었다. 공기 중에 떠도는 먼지 같은 두 남자만의 신경전이었으니까.

"뭘 먼저 읽겠느냐?"

태웅이 그녀에게 재촉하듯이 묻고 문길은 눈빛으로 재촉하기에 은홍은 고개를 내려 앞에 놓인 책의 제목을 보았다. 하나는 '숙영낭자전'이었고, 다른 하나는 '홍길동전'이었다. 은홍은 깊게 고민하지 않고 책으로 손을 뻗다가 이상한 기운을 느끼고 슬쩍 앞을 보았다.

두 남자가 그녀의 손만 뚫어지게 보고 있었다.

도대체 왜들 저러지?

은홍은 이유를 알 도리가 없었다. 그녀가 슬그머니 손을 뒤로 빼자 두 남자가 동시에 놀라서 그녀를 쳐다보았다.

은홍은 손으로 이마를 짚으며 미간을 찌푸렸다.

"지금은 두통이 있어서 책을 못 읽겠습니다."

이유는 모르겠지만 책을 선택하지 않는 게 좋을 듯하여 은홍은 아프다는 핑계를 댔다.

아프다는 그녀의 말에 태웅과 문길이 서로를 쳐다보았다. 이건 그들도 생각 못 한 상황이었으니까.

은홍은 두 사람이 뭐라고 하기 전에 서둘러 책 두 권을 동시에 집어 올려 책이 쌓여 있는 곳 제일 위에 올려두었다.

"이 책들은 두통이 다 나으면 그때 꼭 읽겠습니다."

그때 무슨 책부터 읽을 거냐고 끝까지 따져 물을 사람은 두 남자 중 아무도 없었다. 아마 시윤이었다면 그리했을 거다. 이 자리에 시윤이 없는 게 아쉬워질 줄이야.

그래서 문길이 돌아가고 부부만 남게 된 뒤에도 태웅은 계속 찝찝했다. 아무래도 은홍이 문길이 고른 책을 먼저 골랐을 거 같다는 예감이 들었으니까.

그는 세책 방 주인이 추천해준 책 위주로 고른 거고, 문길은 은홍이 좋아할 거라 확신하고 산 책이었다. 책을 고르는 기준부터 이미 그는 졌다. 문길 앞에서 자꾸만 자신감을 잃는 지아비였다. 그가 그의 손으로 직접 은홍을 가르치라고 보낸 스승이었는데 말이다.

하지만 그때로 다시 돌아간다 해도 그는 문길을 은홍에게 보냈을 것이었다. 상단에서 은홍의 스승을 맡길 만큼 믿을 수 있는 사람은 문길뿐이었으니까. 문길이 있었기에 은홍은 어렵지 않게 이 집과 상단에 적응할 수 있었다.

그가 은홍의 스승을 자처했다면 그는 분명 무서운 스승이 되었을 거다. 그러니 차라리 이게 당연하다 인정하고 받아들이는 게 더 속 편할 것 같았다. 문길이 은홍의 친오빠 같은 거라고 생각하면 나을지도.

그래도 질투는 나지만 말이다.

"무슨 생각을 그리하십니까?"

아무 말도 없는 태웅에게 은홍이 조심스럽게 물었다.

"두통은 다 나았느냐?"

태웅의 물음에 은홍은 아차 싶어서 손으로 다시 이마를 짚었다.

"아직 좀……."

말끝을 흐렸다. 한번 시작한 거짓말을 이제 와서 멈출 수는 없었다.

태웅의 손이 뻗어와 그녀의 이마를 짚었다.

"다행히 열은 없구나."

그가 믿으니 은홍은 괜히 마음이 찔렸다. 나쁜 뜻으로 한 거짓말은 아니었는데. 은홍이 그의 눈치를 보니 태웅 역시 그녀의 기분을 살피게 되어서 또다시 두 사람 사이에 어색한 기류가 흘렀다.

어찌해야 할까?

이 상태로 계속 살 수는 없었다.

그는 다시 그녀를 안고 싶었다. 참기만 하다가 병이 날 것 같았다.

그만 그런 게 아니라 은홍 역시 자꾸 마음이 쓰였다.

아무리 아파도 부부가 같이 잠자리를 가져야 아기를 낳을 수 있다고 하니까.

그녀는 태웅과 그녀를 닮은 아기를 꼭 낳고 싶었다. 그거야말로 그녀가 화룡 상단 안주인으로서 할 수 있는 가장 중한 일이기도 했다. 상단 사람 누구도 강요하지 않았지만 그녀의 마음속에는 막중한 책임감이 있었다.

"오늘은 내가 사랑방에서 잘까?"

마음과 반대로 오히려 물러나는 태웅의 말에 은홍은 놀란 표정을 지으며 그의 얼굴을 올려다보았다. 원앙을 닮은 그녀의 고운 눈동자에 잔물결이 일었다. 은홍은 그녀의 잘못이라고 생각했으니까. 다른 부인들은 아이를 몇 명이나 낳으며 잘 사는데 그녀는 시도조차 못 하고 있었다. 태웅이 그런 그녀에게 실망한다고 해서 그를 원망할 수는 없었다.

"혹시 저한테 마음 상하셔서 그러십니까?"

그리 묻는 그녀의 눈빛이 갈쌍했다.

그녀를 생각해서 한 말이 왜 그녀를 울리게 되는 건지 태웅도 답답하여 눈빛이 일그러졌다. 언제든 어떤 상황에서든 강하게 살아왔던 그였지만 그녀의 앞에서는 그럴 수 없었다.

그녀가 무너지면 그도 같이 무너질 것만 같았다.

"그런 게 아니다. 난 단지 네가 힘들지 않길 바랄 뿐이야."

"저는 대행수님이 저를 싫어하실까 봐 그게 제일 무섭습니다."

"내가 왜 너를 싫어한단 말이냐?"

"제가 제대로…… 못하니까."

여자로서 하기 힘든 말을 하는 은홍의 작은 몸을, 태웅은 두 팔로 감싸 안았다.

"서로 같이 나누는 게 부부라고 하지 않았느냐. 네가 힘들면 기다리는 게 내 몫이다. 내가 힘들어지면 위로해주는 게 네 몫이듯이."

은홍은 두 손으로 그의 옷깃을 꽉 부여잡았다. 그녀가 못났다고 내치지 않고 안아주는 사내가 그녀의 지아비라서 정말 다행이었다. 그래서 그녀도 그를 위해 노력할 마음을 먹었다.

할 수 있을 거다. 아니, 반드시 해야 할 일이었다.

은홍은 고개를 들어 태웅의 얼굴을 올려다보며 용기 내서 말했다.

"사랑방에 가지 마십시오."

그녀의 말에 그의 눈이 살짝 커졌다. 등을 돌려 자던 그녀가 이리 말할 줄은 미처 몰랐다. 그래서 고작 그런 말 한마디에도 기쁘기도 하고, 설레기도 했다.

"낮에는 상단 일 때문에 바빠서 제 곁에 있을 수 없으니, 밤에는 저와 함께 계셔주셔야 합니다."

그렇게 말하며 그녀가 그의 손을 잡아당겼다.

춘향은 목숨을 바쳐 정절을 지켰다고 했는가.

태웅은 목숨까지 바쳐 정절을 지키는 여인보다 이리 먼저 다가와 그의 손을 잡고 끌어당기는 여인에게 더 꼼짝할 수 없었다.

그 밤, 두 사람은 혼례식 올리고 처음으로 같이 잤던 밤처럼 서로 끌어안고 잠이 들었다. 이상하게도 그 정도만으로도 태웅의 마음이 가득 찼다. 그의 몸에 쌓인 욕구는 그대로였지만, 그녀가 먼저 마음으로 그를 안아주어 그런 듯했다.

오늘 밤은 이 마음만으로 만족하고, 내일 밤은 부디 몸도 만족할 수 있는 밤이 되길 바랄 뿐이었다.

은홍은 안주인의 품위와 자격에 대해 가르쳐줄 스승을 찾아서 오랜만에 란 부인을 찾아갔다.

"내가 혼례식 선물도 미처 못 했군. 신경 못 써 미안하네."

란 부인의 사과에 은홍은 손사래를 쳤다.

"아닙니다. 저도 갑자기 당한 일이라."

"갑자기 당한 혼례식이라. 그것도 나쁘지 않군."

란 부인이 재미있다는 듯이 미소를 짓자 은홍도 같이 웃으며 들고 온 떡을 앞으로 내밀었다.

"이건 저희 혼례식을 축하해준 사람들과 나누어 먹은 떡입니다. 마님 입맛에 안 맞을 수도 있지만 감사의 의미로 가져와봤습니다. 안 드시면 집안 일꾼들에게 나누어주셔도 괜찮습니다."

란 부인은 은홍이 가져온 떡을 바라보며 말했다.

"이제야 자네가 진짜 대행수의 부인이 된 거 같군."

란 부인이 그녀의 혼례를 진심으로 축하해주는 것 같아서 은홍은 마음이 뭉클했다.

"그래서 하는 말인데."

고개를 들어 그녀를 똑바로 보는 란 부인의 눈빛이 변한 듯해서 은홍은 살짝 긴장했다.

뭐지? 내가 혼날 게 있었나.

"앞으로 지아비가 하는 말에 무조건 '네'라고만 하지 말게. 자네가 생각하기에 하지 말아야 할 일이면 확실하게 하지 말라 말해야 해."

은홍은 태웅이 하지 말아야 할 일이라는 게 무엇인지 쉽게 짐작이 안 갔다. 지금까지는 그녀가 태웅에게 혼만 안 나도 다행이라 여겼으니까.

"알겠나?"

하지만 란 부인 앞에서 모르겠다고 말할 수는 없어서 알아들은 척 고개를 끄덕였다.

그래도 란 부인은 썩 믿음이 안 가는지 눈을 좁혔다.

은홍은 그녀를 안심시키기 위해서 씨익 웃으며 말했다.

"대행수님이 시윤 나리처럼 할 일은 없으니 걱정하지 마십시오."

"뭐라."

순간 아차 싶어서 그녀는 손으로 입을 가렸지만 이미 말은 뱉어버린 뒤였고, 란 부인은 처음으로 빈정 상한 얼굴을 하고 있었다.

아무래도 자나 깨나 주의해야 할 사람은 태웅이 아니라 그녀인 듯했다.

아무리 서먹한 사이의 부부라도 부인 앞에서 남편 흉은 절대 보지 않는 것, 이건 불문율이었다.

"사실 오늘 마님께 가르침을 받고 싶은 게 있어서 왔습니다."

은홍이 조심스럽게 꺼낸 말에 란 부인은 눈을 가늘게 떴다. 느낌상 가르쳐달라는 게 각궁은 아닌 듯했으니까.

"아무래도 마님은 저보다 먼저 혼인을 하신 분이라 잘 아실 듯하여."

슬슬 란 부인도 뒷말을 듣기가 불길해졌다. 그녀는 그리 썩 훌륭한 부부 생활을 하는 게 아니었으니까. 지아비 얼굴을 보고 사는 날보다 안 보고 사는 날이 더 많았다.

"부부 생활에 대한 가르침은 내가 하기엔 적합하지 않을 듯한데."

그래서 먼저 차단을 하였으나 은홍은 묻고 싶은 말을 멈출 수가 없었다.

"첫날밤에 아픈 걸 어떻게 참으셨습니까?"

은홍의 거침없는 질문에 란 부인의 얼굴이 기묘하게 찌푸려졌다.

"뭐라?"

"설마 저만 그리 아픈 건가요? 다 그런 건 아닌가요?"

란 부인은 서둘러 손을 들어 속사포처럼 터져 나오는 은홍의 질문을 막았다.

"그만!"

은홍이 답을 바라는 간절한 표정으로 두 손을 맞잡고 쳐다보았지만, 란 부인은 차마 대답해줄 수 없는 문제였다.

"그 질문에 대한 대답은 내가 적절하지 않은 거 같군."

란 부인이 슬그머니 스승이 되는 걸 거부하려고 하자 은홍은 강력하게 말했다.

"아닙니다! 저한테는 마님뿐입니다."

그런 열렬한 고백은 그녀가 아니라 지아비한테 가서 해야 하는 것이었다.

은홍이 란 부인을 찾아가 곤란하게 만들고 있을 때, 시윤은 태웅을 곤란하게 할 질문을 거침없이 날리고 있었다.

"어린 신부와 밤 생활은 즐거운가?"

오랜만에 와서 함부로 말하는 시윤을 태웅은 찬 눈으로 바라보았다.

"절 보면 물으실 게 그런 거뿐입니까?"

인내하는 중이었기에 당연히 말투가 싸늘하게 나갔다.

"당연하지. 우리가 사는 이유가 바로 먹고, 싸는 건데."

귀티 나는 얼굴로 저속한 표현을 쏟아내는 건 여전했다.

"시윤 나리나 많이 싸십시오."

태웅이 지지 않고 받아친 말에 시윤은 온몸으로 호탕하게 웃었다.

태웅은 그 웃음에 동참하지 않고 고개를 돌려버렸다.

서로 마음을 터놓고 이야기한 뒤에도 태웅은 여전히 은홍을 두 팔로 안고만 잤다. 은홍은 한 번도 그에게 안 된다는 소리를 하지 않았지만, 그가 선뜻 그녀를 품지 못했다. 다시 아프게 할 것 같았으니까.

또 벼락 맞은 거 같다고 하면 어쩌나.

"이 술은 내 선물이네."

필요 없다고 말하려는데 시윤이 약장수처럼 말했다.

"복분자 술인데 맛이 달아서 여인들이 아주 좋아한다네. 술에 취하면 마음보다 몸이 먼저 뜨겁게 열리는 법이지."

술의 힘 따위를 빌리고 싶은 마음은 전혀 없었다. 취해서 자기가 안기는 사내가 남편인지 외간 남자인지 구분도 못 하면 어쩐단 말인가.

"내 아주 특별한 밤을 약속하지."

하지만 시윤의 간사한 혓바닥에 현혹된 그의 손이 조금씩 복분자 술병으로 향하고 있었다.

해가 지고 달이 뜨자 은홍은 면경을 꺼내 연지를 발랐다. 이젠 밤이 되면 태웅이 올 거라는 걸 알기에 오히려 해가 지면 더 예쁘게 단장을 하게 되었다.

처음 이 집에 왔을 때와 비교하면 전혀 다른 사람인 듯한 여인이 면경 안에 있었다. 그녀는 손을 뻗어 면경 안의 그녀를 어루만졌다. 참 잘 자랐다고 스스로에게 칭찬해주고 싶었다.

사랑이 사람을 얼마나 아름답게 키워주는지 태웅을 만나지 못했다면 아마 평생 모르고 살았을 것이었다. 그녀는 태웅을 기다리는 이 시간이 하루 중 가장 설레었다.

자박자박.

익숙한 발소리가 밖에서 들리자 은홍은 바로 면경을 집어넣고 일어나 방문을 열었다. 밤하늘을 이고 선 듯이 태웅이 있었다. 그는 처음 만났을 때도 지금도 변함없이 헌헌장부였다. 그러니 그녀가 그를 은애하게 되는 일은 어쩌면 너무도 쉬운 일이었는지도 모르겠다.

태웅이 손에 술병 하나를 들고 서 있었다.

은홍은 의아해하며 물었다.

"그게 무엇입니까?"

"복분자 술이다. 맛이 달아서 여인들도 좋아한다더구나."

그러니까 그녀에게 선물로 술을 가져왔다는 소리 같아서 은홍은 어색하게 웃었다. 그래도 술은 술이었다. 술은 써서 잘 못 마시는 그녀는 복분자 술의 맛이 전혀 기대되지 않았다. 그녀가 못 마셔도 태웅은 잘 마실 것이라 은홍은 덕춘에게 술상을 부탁했다.

혼례식이 있던 날 이후 그와 술상 앞에서 마주 앉기는 처음이었다. 은홍은 술병을 들어 태웅의 잔에 먼저 따라주었다.

쪼르르르르.

색이 고운 술이 잔을 가득 채우자 그녀는 신기한 듯이 바라보았다.

"이 술은 색이 예쁘네요."

꼭 여인이 입술에 바르는 연지색을 닮았다.

"맛도 좋다고 하니 너도 마셔보거라."

그리 말하는 태웅의 목소리가 꼭 간청하는 듯 들려서 그녀는 거절하지 못하고 그녀의 잔을 앞으로 내밀었다.

이번엔 태웅이 그녀의 잔에 술을 따라주었다. 붉은 술이 찰랑이며 잔에 떨어지는 자태가 관능적이었다. 그래서인지 술이 술잔에 차는 걸 보고 있는 것만으로도 취하는 기분이었다.

은홍은 술로 가득 찬 술잔을 두 손으로 들고 그의 눈치를 보며 바로 마시지 못했다.

그가 마셔야 그녀가 마실 거라 태웅이 먼저 술잔을 입으로 가져가서 한 번에 털어 넣었다.

술을 잘 마시는 그를 지켜보며 은홍이 물었다.

"술에서 정말 단맛이 납니까?"

"흠, 내가 마시기에는 확실히 달구나."

진짜 달다는 말에 은홍은 안도하며 그제야 술잔을 입으로 가져갔다. 그녀가 술에 입을 대는 모습을 태웅은 조용히 바라보았다.

딱히 뭔가 엄청난 걸 바라고 이 술을 가져온 게 아니었다. 그냥 은홍이 맛있게 먹으면 그걸로 족했다. 정말이었다. 그거면 충분했다.

은홍은 그처럼 술을 한 번에 마시지 못하고 혀에 맛이 느껴질 정도만 살짝 맛을 보고는 눈을 동그랗게 떴다.

"와! 진짜 맛있습니다."

그녀가 혼례식 날 마신 술과는 전혀 다른 맛이었다. 보통 술처럼 쓰기도 했지만 과일의 달콤한 맛도 분명 섞여 있었다. 그러니까 간단하게 말하자면, 자꾸 끌리는 술맛이었다.

"네 입에 맛있다니 다행이구나."

태웅도 그제야 안도하며 입가에 미소를 지었다.

은홍은 더 크게 웃으며 남은 술을 마셨다. 입 안에는 달달함이 퍼지고, 몸속에는 뜨거움이 퍼지며 기분이 붕 떠올랐다. 사람들이 왜 술을 마시는지 혀끝만큼 알 것도 같았다.

태웅은 담백하게 쓴 술을 좋아했기에 많이 마시지 않고 그녀가 술잔을 비우면 그 잔에 술을 채워주었다.

술 석 잔에 뺨이 붉게 달아오른 은홍은 실실 웃기 시작했다. 술 넉 잔에는 몸이 바람을 타듯이 흔들렸다. 그리고 술 다섯 잔에 발화했다.

"방이 좀 더운 거 같습니다. 덕춘이가 불을 지피나?"

"술을 많이 마셔 그런가 보다."

"아! 그럼 제 몸만 더운 겁니까? 대행수님은 괜찮습니까?"

"난 좀 쌀쌀하구나."

안고 싶은 여자를 앞에 두고 아무것도 못 하니 외로움에 추워지나 보다.

"추우면 안 됩니다. 제가 열을 좀 나눠드리겠습니다."

은홍이 갑자기 두 손으로 바닥을 짚고 네 발로 엉금엉금 그에게 다가가자 태웅은 살짝 당황했다. 은홍이 완전히 취했다는 걸 그 모습을 보고 확신할 수 있었다.

그가 있는 곳까지 기어 온 은홍은 바로 몸을 일으켜 세울 수가 없어서 그의 몸을 타고 올라가 그의 목을 두 팔로 꽉 끌어안았다. 그의 가슴을 짓누르는 여인의 부드러운 가슴이 느껴지자 태웅은 숨이 턱 막혔다.

그녀가 더운 숨결을 그의 목에 쏟아내며 말했다.

"이제 안 추울 겁니다."

이젠 너무 열이 올라 탈이었다. 그는 술에 취하지 않았지만 취한 기분이 되었다. 두 손을 들어 그녀의 작은 몸을 꼭 끌어안자 향기로운 분내가 짙게 퍼져 왔다. 그녀도 더 이상 소녀가 아니라는 걸 말해주는 듯한 관능적인 향이었다.

그러니 그도 더 이상 참지 않고 안고 싶은 만큼 그녀를 안고 싶었다.

"은홍아."

그의 부름에 은홍이 붉어진 얼굴을 들어 그를 보았다. 술에 취해 몽롱한 눈빛으로도 그가 보이자 배시시 아이처럼 웃었다. 그리 순진하게 웃으면 그는 또 마음이 약해진다. 아프게 하기 싫었다.

"그리 곱게 웃지 마라."

예쁘게 웃는다고 나무라고는 그녀의 입술을 베어 물었다. 그녀가 마신 복분자의 달큼한 맛이 그에게도 스며들었다.

하지만 그가 취하기에는 턱없이 모자랐다. 그래서 더 세게 그녀의 입술을 빨아들이자 은홍은 신음을 흘리며 손으로 그의 어깨를 밀었다.

태웅은 입술을 떼고 그녀의 눈을 보았다.

은홍은 나무라는 눈빛으로 그를 보며 말했다.

"숨을 못 쉬겠습니다."

겨우 넘어섰다고 했더니 다시 첫 단계로 후퇴했단 말인가.

아니, 그냥 술 탓이다.

"괜찮아. 안 죽는다."

그는 대책 없는 말만 던져놓고 다시 그녀의 입술을 훔쳤다. 보드라운 입술 맛으로는 만족할 수 없어서 입술을 벌리고 그녀의 안까지 파고 들어가 죄다 가졌다. 맛보면 맛볼수록 갈증이 나는, 신기하면서도 얄미운 맛이었다.

"하아."

그녀는 더운 숨결을 힘겹게 토해내며 술기운과 그의 입술에 점점 더 취해갔다.

그녀가 몸을 가누지 못하니 모든 건 그의 손으로 해야만 했다. 그녀의 옷도 그가 직접 벗겨주었다. 맨정신이었다면 부끄럽다고 펄쩍 뛰었을 그녀인데 그가 옷고름을 푸는데도 배시시 웃기만 했다.

"내가 누군지 똑바로 보고 있긴 한 것이냐?"

"네, 대행수님."

술 취해 자신이 안기는 남자가 누군지도 모르는 건 아니라 다행이었다.

태웅은 드러난 그녀의 동그랗고 하얀 어깨에 입술을 묻고 그의 흔적을 남겼다. 그가 주는 뜨거움에 그녀의 허리가 활처럼 휘어졌다.

무엇이든 잡아야 버틸 수 있어서 뻗은 손에 잡힌 건 그의 단단한 팔이었다. 그 팔을 억세게 움켜쥐는데도 태웅은 아프다 한마디도 하지 않고 그녀의 몸 곳곳에 그의 입술 자국을 남겼다.

여인의 몸은 땀에 젖어들어도 어찌 이리 탐스러운 한 송이 꽃과 같은지.

지켜주고 싶은 마음과 탐하고 싶은 욕심이 한꺼번에 드니 그는 이 순간만은 욕심에 충실하고자 했다. 그녀의 팔을 그의 목에 두르게 하고 힘껏 끌어안으니 은홍은 달뜬 표정으로 그의 입술을 찾았다.

"대행수님."

그의 입술 위에서 쏟아지는 여린 부름이 몸속의 열을 더 거세게 지폈다. 아무래도 그녀를 안는 것에 만족이란 없을 것 같았다. 매번 이리 갈증에 허덕이며 그녀를 갈구하다 밤을 끝내리라. 그러니 그가 그녀를 정복한 것인지, 정복당한 것인지 알 도리가 없었다.

어느 쪽이든 무슨 상관이겠나. 이렇게 서로 다른 배에서 태어난 두 사람이 하나가 되는 기적을 이루는데.

툭.

갑자기 그녀의 머리가 옆으로 떨어지며 몸이 축 늘어지자 태웅은 놀라 고개를 들었다.

"은홍아?"

그의 부름에 돌아오는 대답이 없었다. 은홍은 유혹적인 도화 빛으로 달아오른 채 두 눈을 꼭 감고 있었다.

정말 믿고 싶지 않았지만 그녀는 잠이 든 것 같았다. 이 상황에, 그의 몸에 불만 지펴놓고.

태웅은 손으로 그녀의 동그란 어깨를 잡고 흔들었다. 겨우 여기까지 왔는데 멈출 수 없었다. 이대로 멈추면 손만 잡고 자는 것보다 더 고통스러운 밤이 될 게 뻔했다.

"은홍아. 눈을 뜨거라."

차마 큰 소리로 부르지 못하고 다정하게 말해봤지만 은홍은 점점 더 곯아떨어질 뿐이었다.

왜 그녀가 술이 약하다는 걸 간과하였을까. 아니, 왜 처음부터 다른 사람도 아니고 조선 최고 한량인 시윤이 하는 말에 넘어간 것인가.

원망을 해봐야 그의 얼굴에 침 뱉기였다.

"은홍아."

그는 미련을 못 버리고 몇 번이나 더 그녀를 깨우다가 밤을 지새우고 말았다.

"하아암."

아침에 기분 좋게 눈을 뜬 은홍은 자신이 안방에 혼자 누워 있는 걸 깨닫고 놀라서 벌떡 일어났다.

분명 어젯밤 태웅과 함께 복분자 술을 마시고…….

은홍은 두 손으로 머리를 감싸 쥐었다.

그 상황에서 잠이 들다니! 이건 분명 소박감이었다.

태웅도 화가 나서 그냥 가버린 게 확실한 것 같아서 은홍은 서둘러 일어나 옷을 갈아입고 사랑채로 달려갔다. 마침 태웅이 상단에 가기 위해 나와 있었다.

서둘러 달려온 그녀를 보고 태웅이 평소처럼 점잖은 목소리로 말했다.

"더 자라고 일부러 안 깨웠는데 왜 나왔느냐?"

그가 그리 말하니 은홍은 더 당황스러웠다. 그녀가 벌인 짓을 그녀가 너무 잘 알았기에. 하지만 술을 먼저 가져온 건 태웅이었으니까 무조건 그녀의 잘못이라고 하기도 그랬다.

그래서 혼내지 않는 건가?

"그럼 난 상단에 갔다 오마."

"네? 네. 다녀오십시오."

혼나러 나왔다가 얼렁뚱땅 태웅을 마중한 은홍은 그가 대문을 나가 더 이상 안 보이게 된 후에도 그 자리에서 움직이지 못했다.

나는 왜 혼이 안 난 거지?

그녀는 그게 제일 신기했지만, 태웅은 민망함 때문에 지난밤의 일을 철저히 묻어버린 것이었다. 그가 술 취해서 잠든 그녀를 깨우기 위해 얼마나 노력했는지 그녀는 죽어도 모를 것이라.

그녀는 태웅이 입을 옷을 새로 짓기 위해서 덕춘과 함께 입전으로 향했다. 은홍은 푸른 하늘을 올려다보며 덕춘에게 말했다.

"저 하늘색이 대행수님께 참 잘 어울릴 것 같아. 안 그러니? 덕춘아."

"저희 대행수 어르신이야 인물이 빛이 나시고, 풍채가 장군감이시니 뭐든 잘 어울릴 것입니다."

"그래도 밝은색으로 하고 싶어. 좋은 기운을 주게."

덕춘을 돌아보며 말하던 은홍은 누군가를 발견하고 멈칫했다. 그녀가 멈추어 서자 덕춘도 덩달아 멈추어 섰다. 그리고 그들의 뒤를 쫓아오던 사내도 같이 멈추어 섰다.

상단 호위 무사였다. 배에서 그녀를 도둑으로 몰았던.

설마 그녀를 알아보고 쫓아온 건가 싶어 꿀꺽 침을 삼키는 그녀에게 호위 무사 사영이 달려와 꾸벅 고개를 숙여 인사했다.

"사영이라 합니다, 아씨."

사영이 예의 바르게 인사했음에도 은홍은 저도 모르게 덕춘의 뒤에 반쯤 몸을 숨겼다.

덕춘이 그녀 대신 사영에게 호통쳤다.

"웬 놈이냐!"

덕춘 장군의 호통에 움찔한 사영이 대답했다.

"화룡 상단 호위 무사입니다. 아씨께서 혼자 저잣거리에 계신 걸 보고 호위해드려야 할 것 같아서 따라왔습니다."

그녀는 혼자가 아니었다. 덕춘이 있었다. 그리고 외견상으로 보면 덕춘이 사영을 이길 수도 있을 것 같았다.

사영은 아직 소년티를 벗지 못한 얼굴이지만 호위 무사답게 몸매는 다부졌다.

"마음은 고마우나 괜찮다."

그녀는 다른 이유로 사영이 쫓아오는 걸 바라지 않았다. 오래 같이 있으면 진짜 들킬지도 몰랐으니까.

"아닙니다. 댁에 돌아가실 때까지 호위해 드리겠습니다."

그리 말하는 네가 더 위험하다고 말할 수도 없는 노릇이었다.

"아, 마침 남자 몸이 필요하니 거기에 쓰시죠. 아씨."

덕춘의 말에 사영도, 그녀도 화들짝 놀랐다.

은홍이 마음에 드는 비단을 고르면 덕춘이 그걸 사영의 몸에 둘러보았다. 조선 시대판 마네킹이었다.

"너무 밝은색보다는 은은한 느낌이 대행수님한테는 더 어울리겠구나."

눈대중으로 고르는 것보다는 확실히 어울리는지 아닌지 눈으로 확인할 수 있었다. 사영은 그냥 서 있기만 하면 된다고 했기에 입을 꾹 다물고 서 있었다.

"그런데 호위 무사는 몇 살인교?"

덕춘이 서열 정리를 하듯이 사영에게 물었다.

"열일곱."

은홍이 물은 게 아니니 반말을 해도 될 것 같았지만 덕춘 장군의 존재감 때문에 사영은 소심하게 뒷말을 붙였다.

"……이요."

"어머, 나보다 동생이네."

"저한테는 오라버니구만요."

동생이라는 은홍의 말에 얼굴을 붉히던 사영은 오라버니라는 덕춘의 말에 화들짝 놀랐다.

“오늘 도와준 답례로 네 옷도 하나 지어줄 테니까 좋아하는 색을 골라보아라.”

은홍의 말에 사영은 손사래를 쳤다.

“아닙니다. 전 그냥 제 할 일을 한 것뿐입니다.”

“나도 내가 해야 할 일을 하는 거야. 화룡 상단 안주인이 상단 사람을 함부로 부리면 안 되는 거잖니.”

은홍이 쉽게 거절할 수 없게 말하니 사영은 고개를 숙이며 받았다.

“그럼 아씨께서 골라주시면 감사히 받겠습니다.”

그녀에게 골라 달라는 말에 은홍은 어려운 숙제를 받은 느낌이라 눈썹이 눈에 붙었다.

그녀가 먼저 옷을 지어준다고 한 거라 거절하기도 어려워서 결국 은홍은 웃으며 대답했다.

“그래, 예쁜 색으로 골라주마.”

이제 태웅은 귀가하면 자연스럽게 안채로 향했다. 담 너머로 안방이 보이자 그의 입가에 절로 미소가 걸렸다.

불빛에 비친 은홍의 그림자가 한 폭의 그림 같았다. 고개 숙여 무언가를 열심히 하는 모습이 아무래도 바느질 같았다.

저벅저벅.

그의 발걸음 소리만 듣고도, 그가 온 걸 안 듯 앉아 있던 그녀의 그림자가 일어나더니 곧 안방 문이 열렸다.

“대행수님.”

그를 향해 웃어주는 그녀의 얼굴을 보니 하루의 피로가 순식간에 사라졌다.

부부 사이에 꼭 필요한 게 잠자리만은 아니었다. 이런 순간순간의 충만감이 그들의 삶을 살찌웠다.

"무얼 그리 열심히 하고 있었느냐?"

"대행수님 옷을 짓고 있었습니다."

그래서 바느질을 하고 있었나 보다.

"옷이 맞는지 한 번만 몸에 대보아도 되겠습니까?"

태웅의 옷을 가져다가 맞추어서 하는 거지만 혹시나 그사이 태웅이 자라기라도 했을까 봐 은홍이 태웅에게 부탁했다.

"그래. 옷을 벗을까?"

태웅의 지나친 협조에 은홍은 얼굴을 붉히며 고개를 세차게 저었다.

"절대 그럴 필요 없습니다."

이제 서로의 몸을 너무 잘 아는 사이가 되었는데 그녀는 아직도 뭐가 그리 부끄러운 건가 싶었다. 보고 또 보아도 신기한 은홍이었다.

은홍이 태웅의 등에 대보는 비단은 깊은 바다를 품은 듯 우아한 옥빛이었다.

태웅은 바닥에 놓여 있는 도홍색 비단을 보고 은홍에게 물었다.

"저건 색이 전혀 다르구나."

그가 지금껏 단 한 번도 입어본 적 없는 색이었다. 그래서 눈이 갈 수밖에 없었다.

"아, 예쁜 꽃 닮은 색은 오늘 도와준 호위 무사 옷을 지어줄 겁니다."

바느질한 옷이 맞는지 확인하는 데 열중하느라 은홍은 깊이 생각하지 않고 태웅이 묻는 말에 사실대로 말했다.

그녀의 말을 들은 태웅의 눈이 바로 가늘어졌다.

"호위 무사?"

그는 은홍의 주위에 그런 걸 안 두었기에 누굴 말하는 건지 알 수가 없었다.

"사영이라고 했습니다."

태웅은 말없이 도홍색 천만 바라보았다.

그사이 치수 재는 걸 끝낸 은홍은 안도의 한숨을 내쉬었다.

"하마터면 어깨를 작게 지을 뻔했습니다. 확인해보길 정말 잘했습니다."

은홍은 돌아서서 바로 표시를 했다. 그리고 옷은 태웅이 없는 내일 마저 짓기 위해 정리해서 넣어두려고 했는데, 정리하다 뭔가 이상한 걸 깨닫고 주위를 두리번거렸다.

"어? 여기 도홍색 천도 있지 않았습니까?"

방금 태웅이 다른 색 어쩌고 물은 기억이 있었다. 그녀는 그게 분명 도홍색을 보고 물은 말인 줄 알았다. 그 색만 태웅의 옷을 지을 비단과 전혀 다른 색이었으니까.

그런데 태웅이 말했다.

"글쎄."

은홍이 그의 얼굴을 빤히 보자 태웅은 말을 덧붙였다.

"난 색은 잘 몰라서."

귀신이 곡할 노릇이었다.

분명 조금 전까지 제일 화사하게 존재감을 뽐내던 도홍색이 사라지고, 태웅은 모른다고 하고. 한 번만 더 정말 못 봤냐고 물을까 말까, 은홍은 아주 심각하게 고민했다.

호위 무사 사영에게 옷을 지어줄 비단이 사라졌다는 그녀의 말에 덕춘은 무서운 걸 본 사람처럼 두려워하며 말했다.

"뒤뜰 귀신이 가져간 게 아닐까요?"

은홍은 설마 하는 표정을 지었다. 그때 그녀는 분명 태웅과 함께 있었는데 어떻게 연화가 그 방에 들어갔다 나갈 수 있단 말인가.

정말 그럴 수 있다면 진짜 귀신이 맞았다.

그런데 연화 말고는 정말 달리 생각나는 사람이 없어서 은홍은 뒤뜰에 가서 주위를 둘러보며 물었다.

"연화야, 너 혹시 내 비단 가져갔니?"

대답은 당연하게도 돌아오지 않았다. 제사상에 차린 음식을 먹을 때 빼고는 있는지 없는지도 모를 연화였다. 상처만 다 나으면 자기 살던 곳으로 돌아갈 줄 알았는데 아예 안채 뒤뜰에 눌러앉아버렸다.

그녀가 밥을 너무 잘 주었나 보다.

"도둑질은 안 돼. 그럼 나 네 밥 안 챙겨줄 거야."

협박할 수 있는 게 밥뿐이라, 밥을 무기로 으름장을 놓는데 대답은 뒤에서 들려왔다.

"나한테 하는 말이냐?"

은홍은 화들짝 놀라 뒤를 돌아보았다. 언제 온 것인지 태웅이 서 있었다.

"대행수님."

태웅이 그녀가 서 있는 곳으로 걸어왔다.

"일부러 일찍 왔더니 혼만 났구나."

"아닙니다, 대행수님께 한 말이."

은홍은 손사래를 쳤다.

"여기 사람은 너와 나뿐이다."

어딘가에 뒤뜰 귀신 연화도 있을 거라는 말은 차마 할 수가 없어서 은홍은 눈만 동그랗게 뜨고 태웅을 쳐다보았다.

가까이 다가온 태웅이 팔을 뻗어 그녀의 허리에 손을 감았다.

이제는 너무나 자연스럽게 태웅의 입술이 다가와 그녀의 입술 위에 포개졌다. 따뜻한 감촉을 느낄 새도 없이 그녀의 머리로 벼락이 떨어졌다.

"악!"

그녀의 비명에 태웅은 깜짝 놀라 입술을 떼었다.

"왜 그러느냐?"

지금은 아프게 한 것도 아닌데 그녀가 비명을 지르니 그도 매우 당황스러웠다.

은홍은 어딘가에서 날아온 솔방울에 머리를 맞아 너무 아팠지만 차마 사실대로 말할 수가 없었다. 그녀는 아파서 눈물이 찔끔 나는 눈에 웃음을 지으며 말했다.

"너무 좋아서."

태웅은 그런 그녀가 마냥 사랑스럽기만 해서 다시 그녀에게 다가갔다. 그런데 그녀의 얼굴이 그의 입술을 피해 점점 뒤로 빠지더니 그녀의 허리가 활처럼 크게 휘었다.

태웅의 눈이 가늘어졌다.

"지금 뭐 하는 것이냐?"

그녀도 이러고 싶지 않았지만 한 번 맞은 솔방울이 너무 아팠다. 두 번 맞으면 머리가 깨질 것 같았다. 은홍은 진심으로 말했다.

"방으로 가면 안 될까요?"

무사히 방으로 들어온 은홍은 안도의 한숨을 내쉬었다. 하마터면 그녀의 머리에 솔방울 공격이 쏟아질 뻔했다. 다시는 뒤뜰에서 태웅과 함께 있으면 안 되겠다고 다짐하는데 뒤에서 태웅이 그녀의 허리를 끌어안으며 말했다.

"네가 먼저 원한 건 처음이구나."

응? 처음?

은홍은 그게 무슨 뜻인지 알아들을 수가 없었는데 태웅이 그녀의 목덜미에 얼굴을 묻고, 그의 손이 그녀의 몸을 타고 올라오자 그제야 깨닫고 얼굴이 확 달아올랐다.

그게 아니라고 말하기도 난감하고, 맞다고 하면 오늘 밤 어떤 일이 벌어질지 상상하니 절로 몸이 굳었다. 란 부인 앞에서 겁먹지 않을 거라고 몇 번이나 다짐했는데 현실은 말처럼 쉽지가 않았다. 여전히 몸이 기억하는 아픔이 너무 선명했다.

그녀의 몸이 경직된 걸 느낀 태웅이 목덜미에서 입술을 떼어 고개를 들었다. 태웅은 은홍이 두 눈을 꽉 감고 있는 걸 보고 천천히 몸을 세웠다.

그가 떨어지는 걸 느낀 은홍도 그제야 눈을 떠 태웅을 보았다. 그는 아무 말도 안 했지만 말 없는 그의 눈빛만 보고도 은홍은 죄책감이 들어서 입을 떼었다.

"송, 송구합니다."

"네가 사과하면 우리가 나쁜 짓을 한 게 되잖느냐."

그녀는 더 이상 아무 말도 할 수 없었다.

눈만 크게 뜨고 움직이지 못하는 그녀를 내려다보던 태웅은 피식 웃어버렸다.

웃을 상황이 아닌데 그가 웃자 은홍은 더 당황했다.

"왜, 왜 웃으십니까?"

"나도 뭘 어찌해야 할지 모르겠어서 그런다."

그럼 더 큰일이었다.

"대행수님이 모르는 일도 있단 말입니까?"

그런 일은 생각도 못 했다. 그는 무엇이든 다 알고, 할 수 있을 줄 알았는데.

"당연하지 않으냐. 세상에 완벽한 사람은 없다."

그러니까 그들이 이런 문제로 고민하게 되었다고 잘못된 건 아니라고 생각했다. 그저 그들이 부부가 되어가는 과정일 뿐이었다.

태웅은 고개를 숙여 은홍과 눈높이를 맞추었다.

"그러니 이번엔 네가 내게 가르쳐다오."

"네?"

은홍은 진심으로 놀라 눈이 두 배로 커졌다.

"네가 내게 진심으로 안기고 싶을 때 먼저 다가오너라. 그때까지 내 너한테 손끝 하나 안 댈 것이다."

어쩌면 극약 처방이었다. 이러다 영원히 서로 쳐다만 보고 사는 부부가 될 수도 있었지만 그녀를 믿어보기로 했다.

"그, 그럼 밤에 잠은?"

"당분간 각방을 쓰자꾸나."

그리하면 먼저 애가 탈 사람은 그가 분명하지만, 해보기로 했다.

은홍이 진심으로 그를 은애하는 거라면 분명 길은 열릴 것이다.

그가 성급하게 그 길을 억지로 열려고 하는 것보다는 그녀가 막힌 길을 스스로 열고 나온다면 그들의 부부 금슬은 제대로 완성될 수 있을 것이었다. 그러니 해볼 만한 가치가 있는 인내였다.

그날 밤 두 사람은 혼례식을 올리고 처음으로 각방을 썼다.

먼저 말을 꺼낸 태웅은 사랑방에 앉지도 못하고 꼿꼿하게 서서 심각하게 생각했다.

외롭다.

살면서 이런 감정을, 설마 부인이 멀쩡히 있는 상황에서 느끼게 될 줄은 몰랐다. 곁에 누군가 있다가 없는 상실감이 굉장했다.

괜히 각방을 쓰자고 했나.

하지만 그만큼의 절실함이 있어야 은홍이 움직일 것 같았다. 설마 여자라고 육체적 갈망이 없겠는가.

그녀도 분명 옆에 자던 그가 없으면 엄청 쓸쓸할 거다. 마음이 허하면 몸도 따라가기 마련이다.

태웅은 마음을 굳게 먹기 위해서 서안 앞에 앉아서 붓을 들었다.

아무리 못 참을 것 같아도 절대 그가 먼저 찾아가면 안 되었다.

그럼 은홍은 그에게 끌려가기만 하는 삶을 살게 될지도 몰랐다.

태웅은 천천히 글자를 적어 내려갔다.

마음 가는 곳에 몸도 간다.

그러니 은홍은 그에게 올 것이다. 반드시.

"하아."

은홍은 혼자 우두커니 앉아서 텅 빈 원앙금침을 보고 길게 한숨을 내쉬었다.

설마 이게 소박인가?

아니다. 태웅은 그녀가 다가올 때까지 기다려주겠다고 했다. 그러니 그녀만 용기 내면 되는 일이었다.

벌떡.

태웅이 있는 사랑방에 가기 위해 자리에서 힘있게 일어섰던 은홍은 바로 발을 떼지 못했다. 마음은 당장이라도 태웅에게 달려가고 싶은데 벼락 맞은 아픔을 기억하는 그녀의 몸은 굳은 채 풀리지 않았다.

정말 울고 싶은 심정이었다.

그녀는 태웅을 진심으로 은애한다고 믿었는데, 그가 무섭다니.

어떻게 이럴 수 있나 싶다. 아주 못된 저주라도 걸린 기분이었다.

제 23 장

두 번째 합방

태웅은 결국 밤새 사랑방에서 은홍을 기다리다가 한숨도 못 잤다.

하룻밤에 해결될 문제가 아니라는 건 알고 있었지만 그래도 상단으로 향하는 마음이 썩 좋지는 않았다.

하지만 이런 개인적인 문제를 상단에서 티를 낼 수는 없었다. 그는 상단을 이끌어야 하는 대행수였으니까.

태웅은 기린 객주 박형도가 죽기 전에 주로 누구와 만나고 어딜 다녔는지 은밀하게 조사하고 있었다.

은홍의 스승에서 다시 그의 기실(비서) 업무로 복귀한 문길이 그에게 말했다.

“박형도가 제일 많이 간 곳이 투전판이었습니다.”

그거야 박형도가 도박에 빠져 있었기 때문일 것이다. 투전판에서 박형도의 돈과 연관 없는 이가 없을 정도였으니까.

“어쩌면 그곳에서 접선이 이루어지지 않았을까요?”

그럼 더 곤란했다. 투전판에서는 믿을 사람이 아무도 없었으니까.

“그쪽은 박형도가 죽어서 새로운 돈줄을 찾고 있을 겁니다.”

막대한 돈이 필요해서 박형도를 이용했을 게 뻔했다. 그리고 돈이란 죽어 뭣자리에 눕기 전까지는 계속 필요한 것이었으니까.

특히나 군대를 만들려는 야심이 있는 자라면 돈이란 게 더더욱 중했을 것이다. 돈이 있어야 사람을 끌어모을 수 있으니까.

태웅은 심각한 표정으로 말했다.

"하지만 내가 나설 수는 없다."

화룡 상단 대행수를 모를 정도로 바보는 아닐 게 분명했다.

"저라면 괜찮을 겁니다."

문길이 나선다는 말에 태웅은 바로 좋은 생각이라고 말할 수가 없었다. 만약 문길이 잘못되면 은홍은 분명 그를 원망할 테니까.

"너보다 더 적당한 사람이 있을 거다."

"지금은 적당한 사람보다 믿을 수 있는 사람이 더 필요한 거 아니었습니까?"

그러니까 말이다. 문길보다 더 믿을 수 있는 사람은 없었다.

태웅은 심각하게 고민하다가 한참 만에 입을 열었다.

"왕세자의 도움을 받을 수 있을지 물어봐야겠구나."

더 안전한 대안을 찾기 위해 태웅은 먼저 왕세자에게 만남을 청하기로 했다.

란 부인은 그녀를 찾아온 은홍을 아주 부담스러운 시선으로 쳐다보았다. 왜냐하면 전에 찾아왔을 때 던진 질문이 그녀를 기함하게 했으니까.

분명 오늘도 그 문제 때문에 찾아온 것 같았다. 방으로 들어서는 은홍의 표정만 봐도 딱 짐작할 수 있었다.

"대행수님이 각방을 쓰자고 하십니다."

역시나 은홍은 앉자마자 부부 문제에 대해 털어놓았다.

혼인한 뒤로 쭉 각방을 쓰고 있는 란 부인은 그게 왜 심각한 문제인지 제대로 인지할 수 없었지만 은홍이 정말 낙담하고 있는 것처럼 보였기에 진지하게 받아주었다.

"대행수가 자네에게 화를 내던가?"

란 부인의 질문에 은홍은 크게 손사래를 쳤다.

"아닙니다. 제가 먼저 다가올 때까지 기다린다고 하셨습니다."

그런 인내심을 가진 사내는 흔치 않았다. 태웅이 은홍을 안고자 할 때 굳이 그녀의 허락은 필요 없었다. 이미 두 사람은 혼례를 올렸으니까.

그가 안고 싶을 때는 언제든지 그녀를 안을 수 있었다.

그러나 태웅이 그러지 않고 각방을 선택한 건 그만큼 그녀를 아끼고 지켜주려는 마음이 크기 때문일지도 몰랐다. 그가 힘든 것보다 그녀가 아픈 게 더 싫은 거다.

가문이 아니라, 나이가 아니라, 마음으로 이어진 혼인이란 게 이리 다른 건가 싶어서 란 부인은 순간 마음이 먹먹해졌다. 그녀는 다시 태어난다고 해도 그런 혼인은 절대 못 할 것 같았다.

"마님?"

란 부인이 아무 말도 없자 은홍이 조심스럽게 그녀를 불렀다.

란 부인은 내리깐 눈을 들어 은홍을 똑바로 보았다.

"그럼 날 따라오게."

"네?"

집 밖 출입을 전혀 하지 않는 란 부인이 먼저 앞장을 서서 방을 나서니 은홍은 의아했다.

란 부인은 가마까지 대령하라 지시했다. 그건 집 밖으로 나가겠다는 뜻이었다.

설마 화룡 상단으로 가서 그녀를 독수공방시킨 태웅을 혼내려는 건가 싶어서 은홍은 긴장했다. 그녀는 그런 뜻으로 란 부인에게 말한 게 아니었으니까.

"어딜 가시려는 것입니까?"

은홍은 조심스럽게 란 부인에게 물었다.

하지만 란 부인은 달리 말하지 않고 그저 가보면 안다고만 했다.

란 부인을 따라 도착한 곳은 다행히 화룡 상단은 아니었다. 도성의 중심에서 벗어난 한적한 외곽에 있는 집이었다. 사람이 많이 사는 곳인지 마당에 널어놓은 빨래가 많았다. 그리고 대부분 아이의 옷이었다.

깔깔깔.

아이들의 웃음소리가 담을 넘어 들려왔다. 한두 명이 아닌 걸로 보아서 형제가 많은 집인가 싶었는데 란 부인이 뜻밖의 말을 했다.

"부모에게 버림받고 갈 곳 없는 아이들을 받아주는 곳이네."

란 부인의 설명에 은홍은 놀란 눈으로 그녀를 보았다.

"마님이 어찌 이런 곳을 알고 계십니까?"

란 부인은 태생이 귀한 양반집 규수였다. 그러니 이런 곳과 연이 있을 리가 없었다.

"마음 빚이라고 해두지."

란 부인은 선뜻 이해하기 힘든 말을 하고는 먼저 안으로 들어갔다. 은홍도 서둘러 그녀의 뒤를 따라갔다.

아이들이 놀고 있는 마당을 지나 방문을 여니 아낙 몇 명이 아기를 품에 안고 젖을 먹이고 있었다. 젖이 나오는 이보다 아기가 더 많아서 몇 명의 아기는 바닥에 누워서 배고프다고 칭얼대고 있었다.

살아생전 처음 보는 광경에 은홍의 눈이 커졌다.

"마님 오셨습니까."

젖을 먹이던 아낙들은 란 부인을 잘 알고 있는지 그녀를 보고 고개를 숙여 인사할 뿐 양반 앞이라고 수선스럽게 움직이지 않았다. 오로지 아기에게 젖을 먹이는 것에만 집중했다.

란 부인은 은홍을 돌아보며 말했다.

"자네가 한번 안아보게."

"네? 제가요?"

화들짝 놀란 은홍의 두 손이 저절로 가슴으로 올라갔다.

"하지만 전 안 나올 것인데."

그녀가 걱정하는 걸 알아챈 란 부인은 피식 웃으며 다시 권했다.

"괜찮으니까, 안아봐."

은홍은 조심스럽게 울고 있는 아기에게 다가갔다. 작은 아기는 마치 엄마라도 찾듯이 그녀를 향해 두 손을 뻗었다. 잡아달라는 듯이 쫙 펴진 작은 손이 애처로워서 은홍은 차마 외면할 수가 없었다.

은홍은 처음으로 젖먹이 아기를 두 팔로 안아 품었다. 그녀의 품 안에서 꼼지락거리는 아기는 너무 작았으나 그 온기만은 엄청났다. 지금 그녀가 안고 있는 건 하나의 인간이라기보다는 하나의 생명이었다. 생명의 뜨거움이 고스란히 그녀의 심장에 전해져 왔다.

아기는 배고팠는지 그녀의 가슴 쪽으로 자꾸 입술을 가져다 댔다.

"미안, 아가. 나는 네게 줄 게 없단다."

그게 너무 미안한데 아기는 마치 괜찮다는 듯이 그녀의 손가락을 다섯 손가락으로 꽉 움켜잡았다. 순간 은홍의 눈가가 뜨거워졌다.

옆에 있던 란 부인이 나직한 목소리로 말했다.

"없는 게 아니라 자네 하기에 달린 거지."

은홍은 고개를 돌려 란 부인을 보았다.

그녀는 은홍이 안고 있는 아기에게 시선을 주고 있었다.

"여인이 할 수 있는 일 중 가장 귀하고 힘든 일은 아기를 낳고 키우는 것일 게야. 그건 분명 자네가 지금 두려워하는 고통보다 클 거고. 어쩌면 몇 배나 더."

란 부인이 고개를 틀어 그녀의 얼굴을 똑바로 보았다.

"그럼 자네는 그것도 두려우니 안 할 건가?"

그녀의 눈동자 속에 잔파동이 일었다. 그녀는 태웅이 그녀를 미워하게 되면 어쩌나 그 걱정만 하고 있었는데, 정말 중요한 건 그게 아니었나 보다.

"으앙."

결국 배고픈 아기가 울었다. 그녀는 우는 아기에게 아무것도 줄 수 없는 자신이 순간 너무도 견딜 수 없어졌다.

그녀가 상단에 도착했을 때 제일 먼저 만난 이는 문길이었다. 집에서만 보던 문길을 상단에서 만나니 더 반가웠다.

"대행수님을 만나러 왔는데 바쁘신가요?"

"아닙니다. 만나서도 괜찮습니다."

그녀가 집에서 기다리지 않고 상단으로 직접 온 건 무슨 일이 생겨서임이 분명하기에 문길은 걱정스럽게 물었다.

"무슨 일이 있으십니까?"

"아뇨."

그녀가 그리 말하며 활짝 웃으니 거짓말은 아닌 듯하여 문길은 우선 안심했다.

은홍은 문길의 안내를 받으며 태웅이 있는 내실로 향했다. 갑자기 상단으로 찾아온 그녀를 보고 태웅도 놀라서 문길과 똑같이 물었다.

"무슨 일이 있느냐?"

이제부터 무슨 일을 만들 생각인 은홍은 그 어느 때보다 진지한 얼굴로 그에게 말했다.

"전 대행수님의 아이를 낳고 싶습니다."

태웅은 아무 말도 못 하고 그녀의 얼굴만 바라보았다. 사실 그는 그녀와의 잠자리만 생각했지, 그로 인해 태어날 아이에 대해서는 전혀 고려하지 않고 있었다.

이게 남자와 여자의 차이인 것인지. 그가 너무 무심한 것인지.

아니, 그가 지금 아이까지 생각할 여유가 없다는 말이 맞을 거다.

아직 그의 출생에 대한 문제도 해결하지 못했으니까. 은홍에게 말조차 못했으니까.

태웅이 아무 말도 없자 은홍은 그의 표정을 살폈다.

"왜 아무 말씀도 없으십니까?"

그녀가 먼저 다가올 때까지 기다리겠다고 한 건 그도 당연히 아이를 원해서인 줄 알았다. 그러니까 그녀와 잠자리를 가지고 싶은 거라고.

그런데 그게 아니란 말인가?

"네가 아이를 낳는 게 아직은 상상이 안 되어서 그런다."

태웅은 솔직하게 말하지 못하고 에둘러 말했다.

은홍은 그의 말을 곧이곧대로 받아들여서 그녀가 여전히 소녀 같다는 뜻인 줄 알고 두 주먹을 꽉 쥐며 말했다.

"저도 아기에게 젖을 물릴 수 있습니다."

"뭐?"

점점 상상도 못 한 말이 은홍의 입에서 튀어나오자 태웅은 멍하니 그녀의 얼굴만 쳐다보았다. 이번엔 대꾸할 말조차 생각이 안 났다.

은홍은 뒤늦게 자신이 한 말의 뜻을 깨닫고 얼굴을 붉히며 변명했다.

"아기를 낳으면 젖이 나오는 거라 하였습니다. 그러니 그땐 가능할 겁니다."

그는 지금 단지 그녀의 부드러운 가슴을 온전히 독차지하고 싶은 욕심 많은 남자였다. 아직 있지도 않은 아기 때문에 부성애 같은 게 생길 리 없었다.

그러나 은홍이 상단까지 찾아와 아기 이야기를 하는 걸 보니 그녀의 마음에 결심이 선 걸 느낄 수 있었다. 그건 그에게 굉장히 좋은 신호였다. 아무래도 미래에 태어날 그들의 아기가 부모를 도와주나 보다. 진짜 그런 거라면 그가 아기에게 크게 빚을 진 것이었다.

태웅은 고개를 숙여 그녀의 얼굴로 가까이 다가갔다. 그녀의 달콤한 향이 코끝으로 들어오니 참고 있던 욕망이 스멀스멀 배 안에서 끓어올라 왔다.

태웅은 눈을 깊게 내리깔며 짙고 나직한 목소리로 물었다.

"그럼 오늘 밤 내게 올 것이냐?"

그의 물음에 은홍은 얼굴을 붉히며 고개를 끄덕였다.

그녀가 긍정하자 그의 긴 눈매가 부드럽게 휘어졌다. 그녀가 이리 용기를 낸 것만으로도 그는 세상을 다 가진 것 같은 기분이었다.

역시 기다리길 잘했다. 그가 못 참고 먼저 그녀를 안아버렸다면 절대 못 느꼈을 만족감이었다.

"그럼 내가 오늘 일찍 귀가할 것이니 집에서 보자꾸나."

그의 목소리와 함께 숨결이 날아와 그녀의 입술을 간지럽혔다. 그와 닿았던 입맞춤의 감촉이 떠오르며 뱃속이 찌르르한데 태웅은 더 이상 다가오지 않고 뒤로 물러났다. 지금은 오히려 그리 쉽게 멀어지는 그가 야속할 정도였다.

하지만 정말 중요한 건 오늘 밤이었다.

"그럼 집에서 뵙겠습니다."

가능한 한 담담하게 그리 대답하는데 심장은 쿵쿵 지진 난 듯이 뛰어댔다. 아무래도 그녀가 엄청난 짓을 저지른 것 같았지만 무를 수는 없었다. 무슨 일이 있어도 직진이었다. 그녀가 진짜 해야 할 일이 무엇인지 깨달았으니까. 무섭다고 피하기만 하면 평생 얻을 수 없었다.

그러니 용기를 내자.

오늘 밤은 기필코 그녀의 의지로 몸의 긴장을 뛰어넘어버릴 거다.

은홍은 급한 일도 없는데 마음에 쫓겨 서둘러 화룡관으로 돌아왔다. 태웅이 집에 올 때까지 그녀가 해야 할 일은 생각보다 많았다.

우선 깨끗하게 목욕을 해야 하고 옷도 새로 골라 입어야 하고, 술상도 준비하는 게 좋을 것 같았다.

"덕춘아, 목욕물 좀 준비해다오."

평소보다 더 오래 목간통에 있으면서 씻었더니 방에 돌아왔을 때 나른해지면서 잠이 쏟아지려고 했다. 이대로 잠자리에 누우면 밤까지 푹 잘 거 같은 기분이었다. 은홍은 두 손으로 뺨을 때리며 자신을 나무랐다.

"자면 안 돼."

그녀는 잠을 물리치기 위해서 열심히 화장을 하기로 했다. 면경 앞에 앉은 은홍은 그 어느 때보다 화장에 집중했다. 여러 사람을 화장해주다 보니 이젠 그녀의 얼굴에 하는 화장도 능숙하게 했다.

정경부인에게도 꼭 해주고 싶었는데 말이다. 은홍은 고개를 저었다.

"오늘은 절대 다른 생각하지 말자."

무조건 태웅과 그녀의 관계에만 집중해야 했다. 오늘은 부부의 날이었다.

'말의 힘도 있으니 대행수를 부르는 말을 한 번 바꿔보는 건 어떤가?'

헤어지기 전에 란 부인이 그녀에게 충고했었다. 그녀는 혼례를 올린 뒤에도 여전히 태웅을 '대행수님'이라고 부르고 있었다. 그건 부부 사이에 바른 호칭은 아니었다. 태웅도 뭐라고 하지 않고, 그녀도 그 부름이 익숙해서 계속 그리 불렀지만 오늘은 특별한 부부의 날이니까.

은홍은 면경을 보고 말하는 연습을 해보았다.

"서방님."

'대행수님'이 익숙하면서도 따뜻한 느낌이었다면, '서방님'은 낯설면서도 내밀한 부름이었다. 꼭 태웅과 둘만 있을 때만 말해야 할 것처럼 조심스러웠다. 그나마 지금은 이리 잘 말하는데 과연 태웅 앞에서도 쉽게 나올지는 모를 일이었다. 항상 그녀를 난처하게 만드는 건 선천적인 부끄러움이었으니까.

은홍은 두 주먹을 불끈 쥐어 올렸다.

"할 수 있어."

이게 뭐라고 이리 다짐까지 하나 싶었지만, 그녀는 오늘 그 누구보다 비장했다.

태웅도 오늘만큼은 일에 쉽게 집중할 수 없었다. 빨리 집에 돌아가고 싶은 마음뿐이었다. 상단에 있을 때만큼은 대행수다워야 한다고 생각했지만 오늘은 그게 영 쉽지 않았다.

그래서 수결해야 할 것들을 그 어느 때보다 빠르게 처리하자 문길이 한마디 했다.

"제대로 확인하신 거 맞습니까?"

태웅은 눈동자만 들어 매섭게 문길을 흘겨보았다.

"내가 설마 대충 일한다는 것이냐?"

이리 상단에 버티고 앉아 있는 것만으로도 용한 것이었다. 문길은 지금 그의 마음을 절대 모를 거다.

"아닙니다. 대행수 어른이 설마 그러실 리가 없죠."

문길이 수긍하니 태웅은 괜히 더 찔렸다.

그러나 오늘은 무조건 일찍 귀가해야 했다. 은홍도 그를 기다리고 있을 것이고, 무엇보다 그가 더 힘들었다.

그녀를 처음 안고 난 뒤 벌써 몇 밤이 지난 것이란 말인가.

새신랑한테는 너무도 길고 긴 인고의 시간이었다. 그러니 오늘은 그 무엇도 집에 가는 그의 발길을 붙잡을 수는 없었다.

그때 밖에서 불길하고도 익숙한 목소리가 들려왔다.

"하하하. 대행수! 내가 준 복분자주를 부인께서 좋아하셨는가?"

시윤이었다.

꼭 안 반가운 시기에 등장하는 건 언제나 변함이 없었다.

태웅은 바로 문길에게 지시했다.

"가서 막아라."

"네?"

문길은 그답지 않게 크게 당황했다.

영의정의 아들을 그가 무슨 수로 막는단 말인가.

은홍은 집에 와서 이것저것 준비하느라 오히려 정신없이 시간이 흘러버렸다. 그래서 저녁 준비를 다 끝내기도 전에 태웅이 귀가했다는 말을 듣고 깜짝 놀랐다. 은홍은 서둘러 대문으로 나갔다.

붉은 노을을 끌고 온 듯 태웅이 노을빛 하늘 아래에 서 있었다. 서둘러 중문을 넘어오는 그녀를 보고 태웅이 입꼬리를 끌어올렸다. 주위에 사람들만 없었어도 좀 더 뜨거운 인사를 하고 싶었지만 대행수일 때의 그는 마음속 불도 점잖게 내리눌러야 했다. 그래서인지 아무도 그들을 모르는 곳에 가서 둘만 살아도 좋을 것 같다는 생각이 문득 들었다.

하지만 그건 생각일 뿐 불가능한 일이었다. 설령 그게 그가 죽지 않고 오래 살 수 있는 유일한 길이라고 해도 말이다.

"내가 너무 일찍 왔느냐?"

시윤을 문길에게 억지로 떠넘기고 바로 상단을 나와버렸다. 좀 치사한 대행수의 권력 행사였지만 후회하지 않았다. 만약 시윤에게 붙잡혔다면 이리 산뜻한 마음으로 귀가할 수 없었을 거다. 분명히.

"아닙니다. 금방 식사가 준비되니 먼저 씻으시겠습니까?"

"너는?"

"네?"

그녀는 씻었냐는 질문이었다. 그는 같이 씻는 게 더 좋았으니까.

하지만 은홍이 못 알아듣고, 주위에 여전히 다른 사람들이 있었기에 태웅은 조용히 넘겼다.

그래도 아직 실망하기에는 일렀다. 오늘 밤은 그도 물러날 마음이 전혀 없었다. 그래서 태웅은 그 어느 때보다 빨리 목욕을 끝냈다.

태웅이 씻고 나왔을 때 안방에는 저녁상이 준비되어 있었다. 밥만 있는 게 아니었다.

"웬 술이더냐?"

태웅의 눈에는 밥보다 술이 먼저 들어왔다.

"마님께서 좋은 술이 있다며 주셨습니다."

사실 그녀가 필요해서 일부러 준비했다. 그녀의 입에 맞는 복분자였으면 더 좋았겠지만 전에 사고 친 게 있어서 아쉽지만 다른 술로 준비했다. 정말 용기가 안 날 때는 술 한 잔이 도움될 것이었다.

"아직도 자주 만나느냐?"

설마 은홍과 란 부인이 이리 자주 보는 가까운 사이가 될 줄은 생각도 못 했다. 그저 그 한 번의 만남으로 끝날 줄 알았다. 둘은 신분의 차이나 살아온 환경이나 모든 게 달랐으니까.

"네, 제 새로운 스승이십니다."

지혜롭고 현숙하기로 소문난 란 부인이라면 충분히 은홍의 스승 자격이 있다고 태웅은 생각했다. 하지만 걱정되는 게 하나 있어 태웅은 그녀에게 충고했다.

"혹여나 그 집에서 시윤 나리를 마주치더라도 모른 척해라."

"왜?"

"못된 것만 배울까 봐 그런다."

절대 스승으로 삼지 말아야 할 사람 1등이 시윤이었다. 가르쳐준다면서 다짜고짜 춘화집이나 내밀 게 뻔했다.

"그런데 신기할 정도로 시윤 나리를 보지 못했습니다."

오히려 그의 집보다 이 집에서 시윤을 더 자주 보니 참 이상할 따름이었다.

"술 한 잔 따라주겠느냐?"

답도 안 나오는 남의 집 이야기는 그만하고 싶어서 태웅은 술잔을 들어 올렸다.

은홍은 기꺼이 술병을 들어 올려 태웅의 술잔에 술을 따라주었다.

쪼르르르르.

술이 맑은 소리를 내며 술잔을 가득 채웠다. 은홍은 술을 마시는 태웅의 모습을 빤히 쳐다보았다. 그녀가 빚은 술도 아닌데 술맛에 대한 평가가 긴장되었다.

"맛이 괜찮습니까?"

"그래, 술맛이 깊구나."

란 부인이 좋은 재료를 써서 직접 빚은 인삼주였다. 싸구려 맛이 날 리가 없었다.

"하지만 네 입맛에는 쓰겠구나."

안심하던 은홍은 태웅이 덧붙인 말에 실망했다. 사실 그녀가 마시려고 준비한 술상이었으니까. 이럴 줄 알았으면 란 부인에게 콕 집어서 복분자주 있냐고 물어볼 걸 그랬다.

은홍은 혀로 마른 입술을 살짝 핥았다. 이제 말할 때였다. 온종일 연습했으니 입에는 붙었다. 그냥 뱉어내면 되었다. 혼례식도 올리고, 아기 생기는 밤도 같이 보냈으니 태웅은 이제 빼도 박도 못하게 그녀의 서방님이었다. 그러니 어려워할 필요 없었다.

오히려 못 부르는 게 바보였다.

"저기."

은홍이 입을 떼자 태웅이 그녀를 쳐다보았다.

은홍은 그와 눈이 마주치자마자 술병을 들어 올렸다.

"한 잔 더 드릴까요?"

"그래."

은홍은 술을 따르며 속으로 부르짖었다.

'그냥 말해! 서방님이라고! 왜 서방님을 서방님이라 부르지를 못해!'

주르륵.

힘이 너무 들어가서 술잔의 술만 넘치고 말았다. 은홍은 화들짝 놀라며 술병을 거두었다.

"송구합니다. 제가 그만……."

"괜찮다."

태웅에게는 정말 별일 아니었기에 웃으며 넘기는데 술병을 끌어안고 있는 은홍의 표정은 전혀 안 괜찮았다.

"난 정말 괜찮대도."

은홍도 자기와의 싸움 중이었다. 이젠 더 이상 미룰 수 없었다. 여기서 말 못 하면 그녀가 아직도 태웅의 진짜 부인이 아닌 것만 같았다.

"저 이제 대행수님을 다르게 부르기로 했습니다."

은홍의 비장한 말에 태웅은 눈을 좁혔다.

"그게 무슨 뜻이냐?"

태웅의 표정도 덩달아 심각해지자 은홍은 용기 내어 입을 열었다.

"대행수님은 저의!"

모든 힘을 짜내어 마지막까지 말했다.

"서방님입니다!"

그녀의 기백에 밀려 태웅은 잠시 아무 말도 못 하고 그녀의 얼굴만 쳐다보았다.

은홍은 부끄러워하면 안 된다는 의지로 술병을 끌어안고 더욱 눈에 힘을 주었다.

"쿡."

태웅의 웃음이 갑자기 터졌다.

"하하하하하하."

한 번 터진 웃음은 길게 이어졌다.

은홍은 태웅이 왜 웃는지 알 수 없어서 눈만 동그랗게 떴다.

드디어 '서방님'이라고 말하는 것에 성공했는데 왜 웃는단 말인가?

설마 뭔가 실수했는데 그녀가 눈치채지 못한 걸까?

"왜, 왜 웃으십니까?"

그녀가 당황해서 묻자 태웅은 나오는 웃음을 참으며 그녀를 보았다.

"네가 너무 비장해서."

그는 아주 심각하게 생각했었다. 그런데 뜬금없이 서방님이라니.

"마님이 혼례식 올렸으니까 그렇게 부르라고 하셔서. 그래서 엄청 연습해서 말한 건데."

서방님을 연습까지 했다는 말에 태웅은 참았던 웃음이 다시 터졌다. 오늘 귀여움에 제대로 당했다.

태웅의 손이 다가와 그녀의 머리를 쓸어 넘겼다.

그 손길이 너무 좋아 은홍은 그제야 웃을 수 있었다.

"은홍아, 네가 너무 귀여워서 내가 오늘 밤은 정말 못 참겠구나."

그 말에는 웃음이 멈칫했다.

그녀가 계속 웃지 못하는 걸 보고 태웅이 그녀의 표정을 살피며 물었다.

"설마 내 말에 겁먹은 것이냐?"

아주 살짝. 아니, 사실 아직은 좀 많이 떨렸다. 그래도 아니라고 고개를 저었다. 더 이상 무섭다고 피하지 않기로 했으니까.

그녀가 아니라고 하자 태웅은 아직 다 먹지도 않은 저녁상을 옆으로 치우고 그녀에게로 다가왔다.

생각보다 너무 빠른 전개에 은홍은 당황해서 말을 더듬고 말았다.

"그, 그래도 밥은 다 드시고……."

"난 네가 더 급하다."

태웅한테 인내심은 더 이상 남아 있지 않았다. 여기서 더 참으면 득도하여 종교계로 전향하는 길밖에 없었다.

순식간에 그의 몸 아래 깔린 은홍은 붉게 달아오른 얼굴로 그를 올려다보았다. 태웅은 그녀의 옷을 벗기기 전에 그녀의 손을 잡고 그의 입술에 가져다 댔다. 손등에서 느껴지는 뜨거운 숨결에 소름이 돋아났다. 호흡이 흐트러지며 그녀의 얼굴이 진한 도홍빛으로 달아올랐다.

태웅은 눈을 깊이 내리깔며 시선으로 먼저 그녀를 탐했다.

그래서 더 조심스럽고, 더 아찔했다.

"대행수님."

그녀의 애틋한 부름에 그는 순식간에 달아올랐다. 태웅은 그녀의 옷고름을 잡고 단숨에 잡아당겼다. 저고리가 벌어지며 그녀의 새하얀 속살이 드러났다. 그녀가 숨을 크게 들이키자 동여맨 가슴이 위로 불룩 솟았다가 아래로 꺼졌다. 그녀의 모든 것이 그에게는 자극이니 몸의 열점이 한계에 다다랐다. 태웅은 더 큰 자극으로 나아가기 위해서 상체를 숙여 그녀의 작은 몸과 겹쳤다.

쿵쿵.

누구의 것일지 모를 심장의 진동이 귀가 아니라 몸을 통해 고스란히 전해져 왔다.

"대행수님, 불."

그녀는 오늘도 너무 밝은 실내를 신경 썼다. 어차피 그녀의 몸을 보는 건 그뿐인데도.

"내게 집중하거라."

지금은 불을 끄는 게 아니라 불을 지피는 게 더 중요했다. 그녀의 몸 안에. 벼락이 아니라 뜨거움만으로 가득 채워 넣으리.

태웅은 드러난 그녀의 동그랗고 하얀 어깨에 입술을 묻고 그의 흔적을 남겼다. 이번엔 그녀에게 좋은 기억만 남기고 싶었기에 그의 행동은 처음보다 더 조심스러웠다. 그러나 그녀의 입은 쉬이 열리지 않았고, 그녀의 눈동자만 그의 움직임을 좇았다. 이제 또다시 들이닥칠 뜨거움을 직감한 그녀의 몸이 마음보다 먼저 긴장하기 시작했다.

두려움을 이겨내기 위해서 그의 팔을 억세게 움켜쥐는데도 태웅은 아프다 한마디도 하지 않고 그녀의 몸 곳곳에 그의 입술 자국을 남겼다. 여인의 몸은 땀에 젖어들어도 어찌 이리 탐스러운 한 송이 꽃과 같은지. 지켜주고 싶은 마음과 탐하고 싶은 욕심이 한꺼번에 들었다. 우선은 그녀의 두려움으로 꽉 닫힌 문을 열어야 했다. 힘이 아니라 애정으로.

"은홍아, 날 보거라."

태웅은 아직 방황하는 그녀의 눈을 부여잡았다.

시선이 닿으니 그제야 그녀의 표정에 안도감이 서렸다. 이대로 서로 꽉 끌어안고 잠만 자도 그녀는 행복할 것 같았지만 그럼 그들의 관계는 영원히 발전할 수 없었다.

"겁나느냐?"

그의 물음에 그녀의 눈동자가 방황했다. 솔직하게 말하면 그가 마음 상할까 봐 말하지 못하는 것이리라.

"나도 겁난다."

그의 말에 그녀의 눈동자가 커졌다. 두려움은 온전히 그녀의 몫이라 생각했기에.

"네가 아플까 봐."

그 말이 그의 진심임을 알기에 은홍의 눈동자에 물기가 서렸다. 그녀가 아프면 그녀 혼자만의 아픔이 아니었다. 그와 함께 나누는 아픔이니 뭘 그리 두려워한단 말인가.

은홍은 그제야 용기를 내어 두 팔을 뻗어 그의 목을 힘껏 끌어안았다. 거기서 멈추지 않고 달뜬 표정으로 그의 입술을 찾았다.

"대행수님."

그의 입술 위에서 쏟아지는 여린 부름이 몸속의 열을 더 거세게 지폈다.

"저는 괜찮습니다."

그녀가 용기를 내니 그는 끝도 없이 뜨거워졌다.

그의 단단한 손이 그녀의 하얀 다리를 붙잡고 넓게 벌렸다. 두려움에 떨리는 그녀의 다리를 그의 손이 어루만지니 두려움은 뜨거움으로 바뀌었다.

태웅은 또다시 한 번 그녀의 안으로 천천히 들어갔다. 그녀의 표정과 그녀의 호흡과 그녀의 몸짓을 모두 살피며 그녀에게 맞추어 그의 몸을 움직였다.

이 순간만은 오직 둘만의 세상이 전부였다. 무엇도 그들 사이를 방해할 수 없었다. 버거운 그의 출생조차도 의미를 잃게 되는 유일한 시간이었다.

은홍은 결코 그를 밀어내지 않았다. 이번에도 분명 아프고 힘겨울 텐데도 떨리는 속눈썹 아래 물기 맺힌 눈동자에는 그에 대한 원망 대신 갈망만이 있었다.

태웅은 그녀의 안에서 비로소 그의 낙원을 찾았다.

아무래도 그녀를 안는 것에 만족이란 없을 것 같았다. 매번 이리 갈증에 허덕이며 그녀를 갈구하다 밤을 끝내리라. 그러니 그가 그녀를 정복한 것인지, 정복당한 것인지 알 도리가 없었다.

어느 쪽이든 무슨 상관이겠나. 이렇게 서로 다른 배에서 태어난 두 사람이 하나가 되는 기적을 이루는데.

끝까지 멈출 수 없었던 그의 움직임이 순간 정지했다. 그녀의 눈가에 맺힌 물기를 보았기 때문이다.

"왜 우느냐?"

설마 또 아파서 우는 줄 알고 걱정이 되어 물으니 은홍은 젖은 눈으로 그를 보며 힘겹게 말했다.

"너무 뜨거워서."

그래도 벼락 맞았다는 소리는 아니라 다행인가. 그는 자신이 느끼는 뜨거움을 그녀도 똑같이 느끼기를 바랐다. 그만 그녀를 안는 게 아니었으니까. 그러니 그만 황홀해서도 안 되었다. 은홍이 아프다고 하지 않았기에 태웅은 멈추지 않고 그녀를 안았다.

"아!"

어느 순간 그녀의 호흡이 달라졌다. 그건 분명 고통의 신음이 아니라 더운 숨결이었다.

그녀의 몸이 조금은 느끼는 것 같자 그녀에게 맞추어 인내하던 그의 움직임이 더 과감해졌다. 그가 움직일 때마다 흑단처럼 펼쳐진 그녀의 머리카락이 파도처럼 같이 출렁였다.

어느새 그녀의 눈물은 그녀의 땀이 되어 탐스러운 여인의 몸을 타고 흘렀다.

이보다 황홀하고 매혹적인 세상은 없으리오.

몸속의 불씨가 커지며 두 사람이 피운 불씨로 방 안이 후끈거렸다.

제 24 장

수상한 노인

아침 햇살이 얼굴로 쏟아지는 걸 느낀 태웅은 천천히 눈을 떴다.

환해진 시야가 그리 달갑지 않은 건 이제 상단을 책임지고 이끌어가는 대행수로 돌아갈 시간이란 뜻이었기에.

태웅은 고개를 내려 그의 품 안에서 잠든 은홍을 보았다. 고단했던 건지, 아니면 단잠을 자는 건지 그녀는 쉬이 눈을 뜨지 않았다.

보드라운 살결에 손을 대자 또 욕정이 솟아나려고 해서 그는 서둘러 손을 거두었다.

대신 그녀의 이름을 불렀다.

"은홍아."

그가 몇 번이나 부른 뒤에야 은홍은 힘겹게 눈을 떴다. 시야에 그의 얼굴이 들어오자 은홍은 히죽 웃다가 자신이 아무것도 안 입고 있음을 깨닫고 서둘러 그에게서 떨어져 이불 속으로 몸을 숨겼다.

언제나 느끼는 거지만 참 쓸데없이 한결같은 부끄러움이었다.

"오늘은 몸이 괜찮으냐?"

그래도 저번보다는 괜찮아 보여서 희망을 느끼며 물었는데 그녀는 눈동자를 데구르르 굴리다 다시 그를 보며 웃었다.

"괜찮습니다."

그녀가 괜찮다고 말해도 태웅은 걱정을 멈출 수가 없었다. 그가 여자의 몸으로 살아본 적은 없었지만 바로 좋아질 것 같지는 않았으니까.

처음이 벼락이었는데 어떻게 두 번째가 낙원이 될 수 있겠는가.

그가 걱정할까 봐 은홍이 일부러 괜찮은 척하는 거라 여겨졌다.

"대행수님, 상단에 나가실 준비를……."

은홍이 일어나려고 하자 태웅이 서둘러 그녀의 어깨를 붙잡아 눌렀다. 그의 힘에 끌려가 다시 눕혀진 은홍은 놀란 눈으로 그를 올려다보았다.

"나는 오늘 상단에 안 나갈 것이니 신경 쓰지 말고 누워 있어라."

"네?"

그가 상단에 안 나가는 날은 없었다.

그래서 그의 입에서 상단에 안 간다는 말이 나오자 은홍은 믿을 수 없다는 눈으로 그를 쳐다보았다.

그게 어떻게 가능하지?

"오늘은 네 옆에 계속 있을 것이다."

그녀의 몸을 걱정해서 옆에 있어주려는 걸 깨달은 은홍은 난감했다. 그와 함께 있는 게 싫을 리는 없지만, 사실 진짜 처음보다 몸 상태가 괜찮았다. 그가 굳이 그녀의 옆에 꼭 붙어 있을 필요가 없었다.

그런데 태웅이 처음보다 더 그녀를 신경 써주는 게 마냥 싫진 않았다. 이럴 때가 아니면 태웅이 그녀를 걱정해서 상단에 안 간다고 말하는 날이 과연 오겠는가.

아무래도 오늘이 처음이자 마지막일 것 같았다. 그러니 오늘 딱 하루만 그가 그녀의 옆에 있어도 괜찮지 않을까. 그가 상단에 하루 안 나간다고 화룡 상단이 망하는 것도 아니었으니까. 하지만 몸 아프다고 꾀병 부리는 것 같아서 양심이 찔렸다.

그녀가 이런저런 생각으로 번잡해서 아무 말도 못 하는 동안 그의 손이 뻗어와 그녀의 이마를 다정하게 쓸어 넘겼다. 그 손길이 너무 다정해서 은홍은 큰 눈만 깜빡거리며 결국 끝까지 솔직하게 말하지 못했다.

문길은 집으로 오라는 전갈을 받고 상단이 아니라 화룡관으로 출근했다.

태웅은 사랑방에서 오늘 꼭 처리해야 할 상단 업무를 했다. 상단에 안 나간다고 해서 아예 상단 일을 모른 척할 수는 없었다.

"상단까지 안 나갈 정도로 아씨가 안 좋으신 겁니까?"

문길은 은홍의 몸 걱정을 먼저 했다. 만약 지금도 그녀의 스승 노릇을 하고 있었다면 바로 안채로 가서 그녀를 만났을 거다.

"내가 잘 돌볼 것이니 넌 신경 쓸 거 없다."

태웅의 말이 꼭 신경 끄라는 명령처럼 들렸기에 문길의 눈매가 가늘어졌다. 은홍과 관련된 일에 태웅이 묘하게 경쟁의식을 가지고 있다는 걸 그도 어렴풋이 느끼고 있었다. 그렇다고 이런 상황에서 못 보게 하는 건 너무한 거 아닌가 싶었다.

"그래도 아씨 얼굴은 한 번 보고."

"다음에."

태웅은 딱 잘라 말했다.

"오늘은 그냥 돌아가거라."

그가 돌봐주겠다고 상단까지 안 나갔으니까 그 자리를 문길에게 빼앗기기 싫었다. 유치하다고 해도 그게 그의 본심이었으니까.

결국 문길은 은홍을 보지 못하고 상단으로 가야 했다. 지아비의 독점욕은 그리 무서웠다.

"참말로 의원은 안 불러도 되겠습니까?"

태웅이 은홍 때문에 상단까지 안 나가자 덕춘은 걱정 가득한 얼굴로 그녀에게 몇 번이나 물었다.

그럴수록 은홍은 민망한 마음이 커졌다.

"그 정도는 아니라니까. 정말 괜찮아."

태웅이 그녀 때문에 상단에 안 가고 화룡관에 있으니 괜찮다고 발딱 일어날 수도 없고, 그렇다고 진짜 아픈 환자처럼 의원까지 부르는 건 더 말도 안 되었다. 의원은 진맥만 짚어봐도 다 알 것 같았다. 그녀가 꾀병이라는 걸.

"덕춘아, 사실은……."

그냥 덕춘한테라도 솔직하게 말하면 좀 나을까 싶어서 입을 떼었는데.

드르륵.

태웅이 문을 열고 들어오자 덕춘이 서둘러 뒤로 물러났다.

은홍도 바로 입을 다물었다.

"내가 아씨 옆에 있을 것이니 넌 그만 나가보거라."

태웅의 지시에 덕춘은 군말 없이 일어났다.

은홍은 눈빛으로 덕춘에게 가지 말라고 전하였지만 덕춘은 뒤도 안 돌아보고 나가버렸다. 둘만 남게 되자 태웅은 그녀에게 더 가까이 다가와 손으로 이마를 짚으며 물었다.

"몸은 괜찮으냐?"

이젠 아침보다 더 괜찮아져서 민망했다. 그냥 일어나도 될 거 같은데 태웅이 그녀 때문에 상단까지 안 나가서 차마 그럴 수가 없었다.

이렇게 마음 불편할 줄 알았으면 그냥 처음부터 솔직하게 말할 걸 그랬다. 하루 동안 그를 독차지하고 싶다는 욕심이 부른 불편함이었다.

"많이 괜찮아졌습니다."

은홍은 일부러 더 크게 웃으며 병자 이미지를 탈피하려고 했지만 그럴수록 태웅은 더 걱정스러운 눈빛을 할 뿐이었다. 마치 그녀가 불면 날아갈 거 같은 꽃잎처럼 느껴지나 보다.

은홍은 도저히 안 되겠다 싶어서 말했다.

"저 밖에 나가고 싶은데."

"무리하면 안 된다."

"누워만 있으니 너무 답답해서."

그녀가 답답하다고 하자 태웅은 그녀에게 다가와 두 팔로 그녀의 몸을 번쩍 안아 올렸다.

은홍은 당연히 그녀의 발로 걸어서 나갈 생각이었기에 깜짝 놀랐다.

"그럼 잠시 나갔다 오자꾸나."

나가는 건 좋으나 이리 안겨서 나가는 건 살짝 문제가 있었다. 왜냐하면 지금은 낮이라 화룡관 사람들이 밖에서 열심히 일하고 있을 것이기에.

"대행수님, 제가 걸을 수 있을 거 같습니다."

"오늘은 안 된다."

그녀가 그녀의 발로 걷겠다는데 안 된다니. 당혹스럽기 그지없었다. 그녀가 당황하는 사이 태웅은 기어이 그녀를 안고 방 밖을 나섰다.

안마당에 있던 덕춘이 태웅에게 안겨 나오는 그녀를 보고는 화들짝 놀라서 부엌으로 도망갔다.

그녀도 부끄러워 태웅의 가슴에 얼굴을 묻어버렸다.

"날씨가 좋으니 좀 더 멀리 나가보겠느냐?"

어차피 나왔으니 확실히 산책하는 게 좋을 것 같아 묻자 은홍은 놀라서 세차게 저었다.

"아뇨, 안마당이면 충분합니다."

그녀가 나오고 싶다고 해서 나온 건데 어째 끌려 나온 듯한 그녀의 반응에 태웅은 눈을 가늘게 떴다.

"너 설마……."

태웅이 무언가 의심하는 거 같자 은홍은 꿀꺽 침을 삼켰다.

설마 몸 멀쩡한 거 들킨 건가?

그건 더 큰 일이었다. 태웅한테 거짓말쟁이로 찍히는 것이니까.

"아픈 걸 억지로 참고 있는 것이냐?"

태웅이 생각보다 둔감한 게 다행인 것도 같고, 아닌 것도 같고.

"아닙니다. 밖에 나오니 한결 편해졌습니다."

은홍은 툇마루 끝을 가리키며 태웅에게 내려달라 부탁했다.

태웅은 순순히 그녀를 마루 끝에 앉혀주고 그 옆에 앉았다.

"환한 대낮에 이리 한가롭게 나란히 앉아 있는 건 처음인 거 같구나."

태웅의 말에 은홍은 순수하게 미소가 지어졌다.

꾀병으로 얻은 게 있긴 있구나.

"네, 같이 맑은 하늘을 보고 있으니 더 좋은 거 같습니다."

"나도 네 덕에 푸른 하늘은 오랜만에 보는구나."

언제나 그의 머리 위에 있던 하늘과 해였지만, 해 떠 있는 시간에는 일하느라 바빠서 하늘 볼 틈이 없었다.

"힘들면 내 무릎을 베고 눕겠느냐?"

태웅의 지나친 배려는 계속 이어졌다. 아마 오늘 내내 이럴 듯하니 계속 사양만 하는 것도 답은 아닌 듯했다. 그래서 은홍은 그의 무릎이 아니라 그의 어깨에 머리를 살짝 기댔다.

태웅은 그녀가 편하게 기댈 수 있게 일부러 몸을 구부렸다. 그리고 그녀의 표정을 살피며 괜찮은지 확인했다.

은홍은 지난밤 제대로 자지 못해서 몸이 노곤했기에 따뜻한 햇볕 아래 앉아 있으니 절로 잠이 쏟아졌다.

그녀의 눈이 반쯤 감기자 태웅이 나직하게 말했다.

"졸리면 자거라."

그럼 정말 사치스러운 낮잠이 될 듯했다. 이리 좋은 햇볕 아래에서 무려 화룡 상단 대행수의 어깨를 베개 삼아 잠이 드는 것이니까. 그녀가 화룡 상단 안주인이기 때문에 누릴 수 있는 사치였다.

"만약 다른 이가 이 자리에 있었어도."

무심코 말하던 은홍은 중간에 입을 다물었다. 상상한 순간 슬퍼졌다. 지금 그녀의 자리에 다른 여인이 있는.

"세상 모든 부부의 연은 하늘이 맺어주는 거라 한다. 어찌 다른 이가 가능하겠느냐?"

태웅은 운명론을 믿지 않았다. 지극히 현실주의였다.

하지만 은홍을 만나고, 그녀와 혼인한 건 아무리 생각해도 하늘이 맺어준 인연 같았다. 그렇지 않다면 어찌 이게 가능하겠는가.

그들의 혼인은 운명이라는 태웅의 말에 은홍의 입꼬리가 올라갔다. 그녀가 생각해도 그한테 정말 안 어울리는 말이었으니까. 운명 따지며 장사했다가는 망하기 딱 좋다고 말하는 게 오히려 그한테 어울렸다.

그래도 좋았다. 운명이라 말해주는 이가 그녀의 지아비라서.

은홍은 태웅의 어깨에 기댄 채 편하게 잠이 들었다. 그래서 담 너머로 화룡관 사람들이 몰래 두 사람의 다정한 모습을 구경한다는 걸 알지 못했다.

눈을 뜬 은홍은 깜짝 놀랐다. 해가 저 멀리 기울어진 것을 보니 그녀가 너무 오래 잔 듯했다. 서둘러 고개를 들어 옆을 보자 태웅도 기둥에 머리를 기대고 두 눈을 감고 있었다. 그녀가 깨길 기다리다 지쳐서 그도 잠이 들어버린 듯했다. 어젯밤 제대로 못 잔 건 그녀만이 아니었으니까.

졸고 있는 그의 모습을 보고 은홍은 피식 웃었다. 이리 온종일 붙어 있으니 전에 보지 못했던 색다른 모습을 볼 수 있었다.

은홍은 바로 태웅을 깨우지 않고 천천히 그의 얼굴로 다가갔다. 충동적으로 그의 뺨에 입을 맞추고 싶어졌다. 항상 그가 먼저 했는데, 그녀가 먼저 하려니 심장이 소란스러워졌다.

그래도 기분 좋은 소란스러움이었다.

그가 전혀 모르게 가볍게 입만 맞추고 떨어질 생각이었다. 그녀만의 비밀이라고 생각하니 그녀의 표정에 즐거움이 가득 찼다. 그의 얼굴 가까이 다가간 은홍은 입술을 앞으로 쭉 내밀었다.

그녀의 입술이 그의 뺨에 막 닿으려고 할 때쯤 감겨 있던 태웅의 눈꺼풀이 스르르 위로 올라갔다. 설마 입술이 닿지도 않았는데 그가 깰 줄은 몰랐기에 은홍은 놀라서 그대로 굳어버렸다.

고개를 돌린 태웅은 바로 코앞에 있는 그녀의 얼굴을 보고 눈을 가늘게 떴다.

"왜 입술은 그리 내밀고 있는 것이냐?"

그녀는 전혀 의식하지 못하고 있었다. 그녀가 오리처럼 입술을 내밀고 있다는 걸.

창피했지만 이대로 그냥 물러나기에는 너무 억울했다. 방금까지 너무 행복했기에.

그래서 그대로 입맞춤을 강행해서 그의 뺨이 아니라 그의 입술 옆에 쪽 소리가 날 정도로 입맞춤했다. 입맞춤은 따뜻했고, 창피함은 뜨거웠다.

그래서 바로 일어나서 도망쳤다.

태웅은 갑작스러운 요상한 입맞춤에 놀라서 움직이지 못하고 멀어지는 그녀의 모습을 보고 있기만 했다. 그런데 뭔가 이상했다.

몸 아프다는 사람이 너무 잘 달렸다.

도망쳤던 은홍은 다시 안채로 돌아올 수밖에 없었다. 밥때였으니까.

태웅의 식사는 그녀 담당이었다. 쪽팔린다고 지아비를 굶길 수는 없는 노릇이었다.

"몸은 멀쩡해진 거 같구나."

태웅이 그녀를 보자마자 하는 말에 은홍은 흠칫했다. 도망칠 때 미처 그 생각은 못 했었다. 그녀가 지금 엄청 아픈 척하고 있었다는 걸. 이래서 거짓말도 해본 사람이 하는 것이었다. 이리 어설프게 들킬 줄이야.

"송구합니다. 제가 대행수님이랑 같이 있고 싶어서 아픈 척했습니다."

결국 그녀는 이실직고했다. 더 거짓말했다가는 진짜 큰일 날 것 같았으니까.

그녀의 솔직한 고백에 태웅은 깊게 눈을 내리깔았다.

"그래서 내게 거짓말을 했다는 것이냐?"

은홍은 차마 그의 얼굴을 보지 못하고 고개를 푹 숙인 채 끄덕였다.

"그럼 네게 벌을 주어야겠구나."

벌이라는 말에 은홍은 다시 한 번 흠칫했다.

뭐지? 설마 회초리라도 때리려는 건가?

교육 중에도 맞은 적 없는 회초리를 혼인하고 나서 맞게 될 줄이야!

분명 벌이라면 그런 거라고 생각하며 바싹 긴장하고 있는데 태웅의 손이 그녀의 가는 허리를 단숨에 감싸며 그의 몸으로 끌어당겼다.

"오늘 밤은 네가 멈추라고 해도 절대 안 멈출 것이다."

"네?"

사실 그동안은 그녀한테 맞추느라 그가 많이 참고 있었다. 아직 그는 완벽하게 만족하지 못했다. 은홍의 몸이 그와의 잠자리에 적응해가는 거 같으니 그는 이제부터였다.

"오늘 저녁은 많이 먹어두는 게 좋겠구나."

"네?"

왜 그래야 하냐고 은홍은 함부로 물을 수가 없었다. 뭔가 굉장한 대답이 돌아올 것 같았으니까. 그녀가 거짓말을 했으니 화를 내야 정상인데 오히려 태웅은 기분이 더 좋아 보였다.

그게 이상하게 불길했다.

저녁은 태웅이 자꾸 먹으라고 권하는 바람에 정말 평소보다 더 많이 먹어버렸다. 배가 가득 찬 기분이 드니 움직임도 둔해졌다.

"오늘은 같이 씻자꾸나."

그러나 태웅은 아닌가 보다. 밤이 되니 눈빛에 윤기가 더 흘렀다.

그의 하루는 이제부터 본격적으로 시작인 것 같았다.

"같이요?"

이제 와서 같이 씻는다고 깜짝 놀라며 부끄러워할 사이는 아니었지만 은홍은 목간통에서 벌어질 일을 생각하니 눈알이 자꾸 다른 방향으로 굴러갔다. 그녀가 선뜻 대답하지 못하자 태웅이 그녀의 얼굴을 살피며 물었다.

"싫으냐?"

"그게, 저녁을 너무 많이 먹어서."

그거랑 목욕이랑 무슨 상관이란 말인가.

태웅은 이해할 수 없었다.

"……배가 나왔을 거라."

은홍이 기어들어가는 목소리로 하는 말에 태웅은 쿡 웃음이 터졌다.

"어차피 밤에 다 보게 될 텐데 무슨 상관이더냐."

그때는 소화가 다 되어서 원래대로 돌아갔을 거다.

"그리고 난 살이 있는 게 더 좋다."

태웅이 그녀의 배를 만지려고 하자 은홍은 비명을 지르며 뒤로 물러났다.

"꺄악! 안 됩니다!"

여자의 똥배는 건드리는 게 아니었다. 아무리 지아비라도 말이다.

그가 그녀의 나온 배를 만지려고 했다는 이유로 결국 그날도 같이 씻는 건 할 수 없었다. 태웅으로서는 생각도 못 한 실수였다. 이럴 줄 알았으면 일부러 저녁을 그리 많이 먹게 하지 않았을 거다.

항상 혼자 씻었지만 유독 혼자 씻는 게 쓸쓸한 날이었다.

그러나 오래 쓸쓸할 필요는 없었다. 방에서 그의 부인이 그를 기다리고 있었으니까.

그가 혼자 씻고 다시 안방으로 돌아왔을 때 은홍은 잠자리를 준비해두었다. 같이 씻자는 걸 거절한 게 미안했기에 은홍은 방에 들어온 그를 향해 배시시 웃었다.

"배는 다 들어갔느냐?"

사람의 인체가 그리 단시간에 바뀌는 게 맞는 건가 싶기는 했지만 말이다.

"네."

그런데 그게 가능하다니. 역시 그녀의 몸은 그의 몸과는 근본부터 다른가 보다. 하긴 서로 똑같았다면 그녀의 몸이 그리 탐나지는 않았을 거 같기도 했다.

태웅은 아까 그녀가 그의 손길을 피한 걸 보상받으려는 듯이 제일 먼저 그녀의 배 위에 손을 올려 동그랗게 원을 그리며 쓸었다.

"네 살은 왜 이리 부드러운 것이냐?"

그녀가 알 도리가 없었다. 그의 손이 배를 문지를수록 배 안이 점점 더 걷잡을 수 없이 뜨거워질 뿐이었다. 이제 곧 이 뜨거움이 해일처럼 커질 거라는 걸 경험으로 예감할 수 있었다.

그게 더 이상 무섭지 않았다. 오히려 약간은 기대되는 거 같기도 했다. 오늘은 또 어떤 색다른 아찔함을 느끼게 될지.

입술이 부드럽게 닿았다. 뜨거움 속에서 느끼는 부드러움은 더 아득했다.

은홍이 두 팔로 그의 목을 안자 자극받은 태웅은 더 깊이 입술을 섞었다. 그녀를 느끼고 손으로 만지고 있는데도 갈증은 지독했다.

아무래도 오늘 밤 그는 만족하기 전에는 절대 못 멈출 것 같았다.

그의 한계선이 어디인지 그조차 알 수 없었다.

항상 그녀에게 맞추느라 절정이 오기 전에 멈추었으니까.

태웅이 그녀를 안기 전에 그녀에게 주문을 걸듯이 속삭였다.

"좋은 것만 기억하고 아픈 건 하나도 기억하지 마라."

은홍은 열에 들뜬 붉은 얼굴로 고개를 끄덕였다.

"그리고 오늘 난 만족할 때까지 멈추지 않을 거다."

그가 말하는 만족이란 게 어떤 경지인지 은홍은 알 턱이 없었다.

그녀에게는 처음부터 별세계였으니까.

"몇 번이든 널 안을 것이야."

하룻밤이면 당연히 한 번 아닌가?

하지만 그녀가 순진했다는 걸 그 밤이 지날 동안 그녀는 온몸으로 아찔하게 느끼게 되었다. 태웅은 그동안 정말 많이 참은 것이었다. 그를 감당하기에 그녀의 그릇이 너무 작은 것인지도 몰랐지만 어쩌겠나. 이미 은애하고 혼인까지 해버렸는데.

지치고 졸려서 자꾸만 멀어지는 의식을 그가 그녀의 이름을 부르며 붙잡았다.

"은홍아."

그녀도 정신을 차리고 싶은데 그게 쉽지 않았다. 결국 그녀는 마지막 순간 기억이 없었다. 그래서 그가 도대체 그 밤 그녀를 몇 번이나 안은 건지 기억하지 못했다.

그를 감당하려면 정말 잘 먹어야 한다는 걸 뼈저리게 느낀 밤이었다.

왕의 하문에 답하고 궐에서 살아서 나온 판수는 자신이 숨어 살던 산으로 바로 돌아갈 수가 없었다. 그의 점괘에서 모자란 부분을 채워 넣지 않으면 산에 돌아가서도 벗어날 수 없을 테니까.

안개에 가려진 나머지 점괘를 풀어야만 돌아갈 수 있는 게 판수로 살아가는 그의 숙명이었다.

궐 안에 왕이 될 주상의 아들이 없다면 궐 밖에 있다는 뜻이었다.

분명 이 땅 어딘가에 존재하니까 그런 점괘가 나왔을 것이었다.

"어허, 이런 일이……."

그러나 양반들이 모여 사는 북촌을 몇 날 며칠을 아무리 돌아다녀 봐도 그런 기운을 가진 이는 만날 수 없었다. 그저 거렁뱅이 취급받으며 대문 앞에서 쫓겨나기만 할 뿐이었다.

결국 판수는 북촌을 벗어나서 광통교를 지나 중촌까지 내려왔다. 이곳은 장사로 부자가 된 중인들이 사는 곳이었다.

왕의 아들이 있으면 안 되는 곳이었다. 여기서 발견하게 되면 판수는 그 길로 바로 산으로 도망칠 것이었다. 그리고 평생 입 다물고 살아야 했다. 그래야 목숨을 보전할 수 있을 것이었다.

판수는 터벅터벅 저잣거리를 걸으며 용의 기운을 찾았다.

제발 이곳에 없기를 기도하며.

은홍은 집안의 일꾼들과 함께 떡을 만들었다. 사람들에게 나누어주기 위해 만드는 떡이었기에 그 양이 어마어마했다. 급하게 올린 혼례식 뒤에 돌렸던 떡을 사람들이 너무 좋아해서 특별한 날은 아니었지만 다시 떡을 만들었다.

대행수인 태웅이 사람들에게 돈을 받고 물건을 파는 역할이라면 그녀는 사람들에게 벌어들인 걸 도로 나누어주는 역할인 듯했다.

"아씨, 제가 할 테니까 좀 앉아 계십시오."

덕춘이 온종일 종종걸음으로 움직이는 그녀를 보다못해 말렸지만 은홍은 그럴 수 없었다.

"떡은 금방 만들었을 때가 제일 맛있으니까 빨리 사람들에게 나누어줘야지."

그러니 지칠 틈이 없었다.

"이렇게 떡을 한꺼번에 많이 해본 건 처음이라 정말 부자가 된 거 같구나."

떡 부자였다. 아주 따끈따끈하고 쫄깃쫄깃했다.

은홍은 떡을 만들고 직접 사람들에게 나누어주는 것도 일꾼들과 같이했다. 그녀도 너무 가난해서 배가 고팠던 적이 많았기에 작은 떡 한 덩이에도 고마워하는 사람들의 모습에 절로 미소가 지어졌다.

"대행수 어르신이 이리 예쁜 신부를 얻어서 참말로 다행이구만요. 그 나이 되도록 장가를 안 가서 평생 혼자 살까 봐 우리가 얼마나 걱정을 했는데."

오늘 처음 보는 사람들도 그녀와 태웅의 혼인을 기뻐해주니 마음이 뭉클해졌다. 음식도, 마음도 나눌수록 풍족해졌다.

그래서 그녀는 오늘 정말 임금님보다 더 큰 부자가 된 듯했다.

"꼭 우리 대행수 어르신 닮은 아들 좀 낳아줘요, 아씨."

사람들은 그녀를 보고 꼭 대행수를 닮은 아들을 낳으라고 했다. 태웅에게는 직접 가져다주고 싶었기에 어쩌다 보니 제일 식은 떡을 들고 가게 되었다. 조금 남은 온기라도 잃지 않기 위해서 그녀는 어미가 자기 새끼 품듯이 떡을 품고 상단으로 갔다.

은홍은 태웅이 있는 집무실 앞에서 호위 무사 사영과 마주쳤다.

은홍은 그에게 옷을 만들어주겠다고 약조를 했었기에 굉장히 미안한 표정을 지으며 그에게 먼저 말을 걸었다.

"미안하네. 옷 만들어줄 비단을 잃어버리는 바람에 아직 옷을 못 만들었어."

그 도홍색 비단이 어디로 간 것인지 아직도 오리무중이었다. 그래서 옷 만들 천을 새로 사야 하는데 그동안 정신이 없어서 못 했다.

"아닙니다."

사영은 얼굴을 붉히며 괜찮다고 말했다.
진짜 배에서 봤던 그녀를 전혀 못 알아보는 눈치였다.
설마 시력이 나쁜가?
"외간 사내 얼굴을 그리 빤히 보는 게 아니다."
갑자기 들린 태웅의 목소리에 그녀도 놀라고 사영도 놀랐다.
"너는 그만 가보거라."
태웅이 사영에게 지시하자 사영은 서둘러 태웅에게 인사하고 그 자리를 떠났다.
은홍은 자신이 실수한 것 같아서 변명하듯이 말했다.
"절 전혀 못 알아보는 게 신기해서."
"알아봐줬으면 좋겠느냐?"
태웅이 눈을 내리깔며 묻자 그녀는 격하게 손사래를 쳤다.
"아뇨! 그럼 큰일이죠."
은홍이 품에 안고 있는 떡 접시에 태웅의 시선이 닿았다. 그녀가 오늘 떡을 만들어 사람들에게 나누어주어도 되겠느냐고 그에게 미리 물어보았기에 어떤 떡인지는 잘 알고 있었다.
"그 떡은 나 주려고 가져온 것이냐?"
은홍은 화제가 떡으로 전환되자 서둘러 떡 접시를 앞으로 내밀었다.
"네, 사람들에게 나누어주고 오느라고 좀 많이 식었습니다."
"사람들이 좋아했겠구나."
"네, 다들 너무 좋아했습니다. 대행수님도 같이 계셨으면 좋았을 텐데."
그녀가 정말 행복한 표정을 지으며 웃으니 태웅은 그 자리에 없었어도 같이 있었던 듯했다.

그 순간 은홍은 무언가 생각난 듯이 입가의 미소를 지우며 머뭇거리는 시선으로 그를 보았다.

"왜 그러느냐?"

"그게……."

떡에 뭐 이상한 거라도 넣었나?

태웅은 떡이 문제인 줄 알았는데 은홍은 전혀 다른 말을 했다.

"대행수님도 아들이 좋으십니까?"

생각도 못 한 질문에 태웅은 그녀의 얼굴만 빤히 쳐다보았다.

"오늘 모두 축하해주면서 아들 낳으라는 말만 하고, 딸 낳으라는 말을 하는 사람은 한 명도 없어서."

그래서 걱정이 생겨버렸다. 아들이 아니라 딸을 낳으면 축복받지 못하는 건가 싶어서.

"나는 딸이 더 좋다."

딸도 괜찮다는 말 정도만 들어도 다행이었는데 딸이 더 좋다는 말에 은홍은 눈을 크게 떴다.

"그럼 대행수님은 아들이면 싫으십니까?"

"아들이면 독하게 키워야지."

'독하게'라고 말할 때의 태웅의 눈빛이 정말 독했기에 은홍은 어깨를 움츠리며 물었다.

"어떻게 독하게?"

그녀가 너무도 궁금하다는 눈으로 쳐다보자 태웅은 바로 말해주지 않고 몸을 돌려 내실 안으로 먼저 들어가버리며 이리 말했다.

"네가 아들을 낳으면 그때 말하마."

선녀와 나무꾼의 선녀 옷도 아니고, 왜 자식 교육을 비밀로 하는가.

은홍은 태웅의 뒤를 쫓아가며 집요하게 물었다.
"안 됩니다. 지금 말해주십시오."
낳지도 않은 아들 걱정이 되어서 그냥 모른 척할 수가 없었다.
"떡이나 먹거라."
그녀가 더 캐묻지 못하게 태웅이 떡 하나를 집어서 그녀의 입에 밀어 넣었다. 그녀의 미간이 좁아졌다.
그녀가 떡을 물고 그를 올려다보자 태웅은 귀여워서 웃어버렸다.
"맛있느냐?"
그녀가 만든 떡이니 안 맛있다고 할 수도 없고, 그렇다고 이 상황에 맛있다고 하면 미래의 아들한테 미안한 일인 것 같아서 얼굴만 찌푸리고 있는데 태웅이 몸을 숙여 그녀의 얼굴 가까이 다가와 깊고 짙은 눈빛으로 그녀를 보았다.
"난 네가 더 맛있어 보이니 큰일이구나."
"네?"
은홍은 놀라서 떡을 입에 문 채 꼼짝도 못 했다.
태웅은 그녀의 입가에 묻은 팥가루를 손가락으로 문질러 떼어내 주며 나직하게 말했다.
"하지만 여기선 안 되니 집에서 보자꾸나."
분명 착각이 아니었다.
"목욕은 하지 말고."
요즘 태웅은 너무 야했다. 그녀의 심장에 부담되게.
"오늘은 꼭 같이 씻자꾸나."
그런데 그녀는 그러겠다고 고개를 끄덕이고 있었다.
아무래도 전염성이 있는 건가 보다.

태웅과 헤어지고 상단을 나와 화룡관으로 향하던 은홍은 허름한 차림의 노인이 거리에 힘없이 앉아 있는 걸 발견하고 걸음을 멈추었다.

"덕춘아, 떡 남은 것 좀 주렴."

"네? 이건 저 먹으려고 남긴 건데."

그래서 다행이었다.

"넌 집에 가서 더 맛있는 거 해 먹으면 되잖니."

은홍은 덕춘이 쉽게 놓지 않으려고 하는 떡을 힘으로 빼앗아서 노인에게 다가갔다. 오늘은 베푸는 날이었기에 그냥 지나칠 수가 없었다.

"할아버지."

그녀의 부름에 고개를 든 노인의 눈동자가 그녀의 얼굴을 보고 커졌다. 하지만 그 이유를 알 수 없는 은홍은 상냥하게 웃으며 손에 들고 있는 떡을 내밀었다.

"오늘 저희 집에서 떡을 많이 만들었습니다. 이것 좀 드세요."

그런데 노인은 그녀가 내민 떡이 아니라 그녀의 팔목을 덥석 붙잡았다. 그 힘이 보기와 달리 굉장했기에 그녀는 깜짝 놀랐다.

"꼭 딸을 낳으셔야 하오."

아마도 그녀가 화룡 상단 대행수의 부인인 걸 알아보고 하는 말 같아서 은홍은 어색하게 웃었다.

"다들 아들만 낳으라고 하던데, 딸 낳으라고 말한 이는 할아버지가 처음입니다."

그게 그녀의 마음대로 되는 게 아니었지만 말이다. 태웅도 딸이 좋다고 했지만 그녀는 집안의 대를 이어야 하는 아들을 낳아야 한다는 막연한 책임감이 있었다.

"이 손 놓고 떡이나 드세요."

그녀는 노인에게 잡힌 팔목을 빼내려고 했는데 오히려 더 억세게 잡는 힘에 이젠 좀 겁이 나기 시작했다. 그러고 보니 노인의 눈빛이 심상치 않았다. 그냥 평범한 늙은이는 아닌 듯이.

노인이 부리부리한 눈으로 그녀를 잡아먹을 듯이 보며 심상치 않은 목소리로 말했다.

"만약 아들을 낳게 되면 이 나라에……."

촤악—.

갑자기 시퍼런 칼날이 노인의 목을 겨누었다.

언제 나타난 것인지 태웅이 서 있었다. 그가 서릿발 같은 목소리로 은홍의 손목을 붙잡고 있는 노인에게 명령했다.

"당장 내 아내한테서 떨어져라."

노인보다 은홍이 더 깜짝 놀랐다. 태웅이 칼을 든 무사가 아닌 나약한 노인에게 칼을 쓸 줄은 상상도 못 했기에.

태웅을 본 판수의 눈동자가 태풍이라도 불어닥친 듯이 흔들리더니 붙잡고 있던 은홍의 손목을 놓고 그대로 주저앉았다. 판수는 태웅이 그를 겨눈 검이 아니라 태웅의 얼굴을 보며 부들부들 떨었다.

은홍은 서둘러 태웅의 앞을 막아섰다.

"검을 거두십시오. 그저 힘없는 노인입니다."

그렇다고 하기에는 그녀의 손목을 붙잡은 힘이 아플 정도로 세기는 했지만 태웅이 검으로 막아주어야 할 정도로 위험한 인물도 아니었다. 은홍이 태웅을 막고 있는 사이 판수는 허둥지둥 도망치기 시작했다.

태웅도 쫓아가서 잡을 마음은 없었기에 도망치는 노인의 뒷모습을 매서운 눈으로 노려보았다. 정확히 누군지 모르지만 마치 그의 출생을 알고서 은홍에게 말하는 듯해서 순간 본능적으로 검을 뽑아버렸다.

"대행수님."

은홍의 부름에 태웅은 그제야 검을 아래로 내렸다.

"그만 집에 가자."

태웅은 은홍의 손을 잡고 성큼성큼 걸어가기 시작했다.

너무 갑작스럽게 벌어진 일이라 은홍은 뭐라 말도 못 하고 그에게 손이 잡혀 잰걸음으로 그의 보폭을 쫓아가야 했다. 은홍은 고개를 들어 태웅의 옆얼굴을 보았다. 그의 눈빛은 여전히 차갑게 얼어 있고 입술은 굳게 다물어져 있었다.

도대체 왜 그런 노인한테 검을 뽑을 정도로 화를 낸 거냐고 묻고 싶었지만 차마 물을 수가 없었다. 나중에 그가 차분히 가라앉으면 그때 물어봐야겠지.

그런데 그때도 제대로 물어볼 수 있을지 자신이 없었다.

그저 그녀가 낯선 행인에게 해코지당하는 줄 알고 걱정되어서 그런 것이겠지. 그리 믿고 싶은데 왜 이리 불안한지.

그저 은홍을 화룡관까지 바래다주고 싶어서 몰래 쫓아 나온 것이었다. 단지 은홍이 놀라면서 좋아하는 모습을 보고 싶었을 뿐인데.

그 노인은 누구였을까?

궁금했지만 일부러 알아보지는 않을 생각이었다. 그럼 정말 일이 걷잡을 수 없이 커질 것 같았으니까.

그리고 지금은 불안한 눈으로 그를 보는 은홍에게 제대로 설명하는 게 먼저였다. 그가 아무한테나 검을 뽑는 사람이 아니라는 걸.

만약 그가 그런 인간이라면 그는 검을 가지고 다닐 자격이 없었다.

"많이 놀랐느냐?"

집에 와서 그가 먼저 묻자 은홍은 짧게 고개를 끄덕였다.

"그자가 함부로 널 만지고 있어서 내가 흥분했나 보다."

고작 손목이었다. 그리고 상대는 노인이었고.

하지만 은홍은 그걸 지적할 수 없었다. 태웅이 자신이 한 행동에 더 힘들어하는 것 같았으니까. 은홍은 아무 말 없이 그에게 다가가 태웅의 허리를 두 팔로 안았다.

그녀가 안아주니 거칠게 뛰던 그의 심장이 그제야 조금씩 잦아들었다. 태웅은 그녀의 머리에 얼굴을 묻고 두 눈을 깊게 감았다.

그래, 괜찮았다.

그녀가 그의 옆에 있는 한 그가 무너질 일은 없었다.

제 25 장

회임?

이젠 세책 방에 들어서는 태웅의 모습이 자연스러웠다. 태웅은 책방 주인과 눈인사를 나눈 뒤 책을 고르며 구석으로 걸어갔다.

그곳에는 비단옷을 정갈하게 차려입은 사내 두 명이 서 있었다. 태웅이 다가가자 둘 중 한 명이 움직여 세책 방 입구 쪽으로 갔다.

“오랜만에 뵙겠습니다, 저하.”

태웅의 인사에 왕세자는 보던 서책에서 눈을 떼지 않으며 말했다.

“새로운 시도라는 게 뭔가?”

지금과는 다른 시도로 접근해야겠다고 전갈을 보냈었다.

“찾는 게 아니라 불러내야겠습니다.”

“불러낸다고?”

“네, 박형도한테 접근할 때 아마 투전판을 이용한 거 같습니다. 그래서 투전판에 미끼를 던져야겠습니다.”

왕세자가 듣기에도 그냥 찾는 것보다는 그렇게 덫을 놓는 게 더 빠를 것 같아 물었다.

“믿을 만한 사람이 있나?”

사실 절대 믿을 수 없는 존재였지만, 지금 같은 상황이라면 도박을 해보는 것도 필요할 것 같았다. 그의 사람을 지키기 위해서라도.

"소인도 당장 만날 수 있는 사람이 아니라 시간이 좀 걸릴 수도 있습니다."

태웅이 모호하게 말하자 왕세자는 눈을 좁혔다.

"내가 자네를 선택한 걸 후회하지 않게 만들었으면 좋겠는데."

태웅도 그러고 싶었다. 그가 지금처럼 살 수 있는 유일한 열쇠가 왕세자라고 믿었기에 이 일에 뛰어든 것이었다.

"소인은 전부를 걸고 하는 일입니다. 저하는 무엇을 거실 겁니까?"

태웅이 도리어 따져 물으니 왕세자는 황당했다. 지금껏 그에게 무언가를 요구한 이는 없었다. 그저 그의 명령에 따랐을 뿐이지.

그가 이 나라의 국본이었으니까.

"자네는 내가 안 무섭나?"

왕세자의 질문에 태웅은 책 하나를 골라서 집어 들며 고민 없이 대답했다.

"소인이 세상에서 무서워하는 사람은 제 부인뿐입니다."

그의 대답에 왕세자의 입꼬리가 미묘하게 올라갔다.

"이제 보니 순정남이었군."

그러니까 왕세자든 누구든 순정남을 화나게 하면 안 되었다. 그럼 무슨 짓을 벌일지 몰랐으니까.

달과 별만이 세상을 밝혀주는 깊은 밤, 잠을 자던 은홍은 몸을 뒤척이다 허전함을 느끼고 눈을 떴다. 태웅이 자고 있던 옆자리가 텅 빈 걸 보고 은홍은 놀라서 몸을 일으켰다. 방 안에는 그녀 혼자뿐이었다.

설마 그녀가 자는 사이 혼자 자고 싶어 사랑방으로 돌아간 거란 말인가? 아니다. 절대 그럴 리 없다고 확신하고 은홍은 태웅을 찾기 위해서 서둘러 일어나 문으로 걸어갔다.

드르륵.

문을 연 은홍은 더 나아갈 필요가 없었다. 툇마루 끝에 걸터앉아 있는 태웅의 뒷모습이 보였으니까.

문 열리는 소리에 태웅이 고개를 돌려 그녀를 보았다.

"아직 밤이다. 더 자거라."

그러니까, 아직 밤인데 그는 왜 거기 그러고 앉아 있는 건가 싶었다.

"대행수님은 안 주무십니까?"

"잠이 오지 않는구나."

그녀는 그것도 모르고 혼자만 쿨쿨 잔 것 같아서 괜히 죄책감이 들었다. 은홍은 태웅이 있는 곳으로 걸어가 그의 옆에 앉았다.

"오늘 무슨 일이 있으셨습니까?"

"항상 무슨 일이 있는 곳이 상단이다."

태웅이 그런 말을 웃으며 하니, 그 일이란 게 별게 아니라는 건지, 큰 일인지 잘 파악이 안 되었다.

"제가 도울 일은 없습니까?"

그녀는 그에게 도움이 되는 사람이 되고 싶었다. 그건 혼례식을 올리기 전부터 지금까지 한결같은 마음이었다.

"지금 이리 내 옆에 있어주니, 네가 제일 도움이 된다."

사랑이 넘치는 좋은 말이었지만, 그녀의 성에는 차지 않았다. 그것보다 더 큰 도움이 되고 싶었으니까.

"만약 제가 남자라면."

"끔찍하구나."

그녀는 말을 다 하지도 않았는데 남자라는 말만 듣고도 태웅이 얼굴을 찌푸리며 싫은 내색을 하자 은홍은 웃고 말았다.

"참! 덕춘이랑 같이 담근 식혜가 아주 맛있게 되었습니다. 드셔보시겠습니까?"

무얼 먹고 싶은 기분은 전혀 아니었지만 태웅은 그러겠다고 고개를 끄덕였다. 그가 먹겠다고 하자마자 서둘러 일어나 식혜를 가지러 뛰어가는 은홍의 뒷모습을 보고 태웅은 피식 웃어버렸다. 왕세자의 말 때문에 심각하다가도 그녀만 보면 다 잊게 되었다.

마치 그녀와 함께 있는 이 안채와 저 바깥이 완전히 다른 세상인 것만 같았다. 그녀와 함께할 수 있는 밤을 지켜내기 위해서라도 그는 낮에 더 치열할 수밖에 없었다.

부엌 쪽에서 은홍이 식혜가 든 그릇을 들고 걸어오다가 식혜가 그릇에서 넘칠 때마다 멈추어 섰다. 결국은 식혜가 안 넘치게 하려고 총총대며 걸어오는 모습이 웃기고 귀여웠다.

"다 흘린 거 아니냐?"

"아닙니다. 많이 있습니다."

그녀는 식혜가 든 그릇을 그에게 내밀었다.

"드셔보십시오."

"너 먼저 먹거라."

그러고 보니 그에게 먹일 생각만 하느라 한 그릇밖에 안 가져왔다.

"저는 괜찮습니다."

"그럼 나도 괜찮다."

식혜를 애써 가져왔는데 둘 다 안 먹겠다고 하는 꼴이었다.

은홍은 이거 참 난처하다는 표정을 짓다가 할 수 없이 그녀가 먼저 먹기로 했다. 그래야 태웅이 식혜를 먹을 것 같았으니까. 식혜를 한 모금 마셨는데 신맛이 강하게 퍼지며 바로 헛구역질이 올라왔다.

"욱."

은홍은 당황스러웠다. 분명 만들자마자 맛보았을 때는 엄청 맛있었는데, 왜 지금은 이런가 싶었다.

"은홍이 너."

그녀를 부르는 목소리에 고개를 들어 그를 보자 태웅이 지금껏 그녀가 본 적 없는 표정을 짓고 있었다. 꼭 산에서 산삼이라도 발견한 듯한 표정이었다. 태웅이 생전 처음 들어보는 들뜬 목소리로 말했다.

"설마 아기를 가진 것이냐?"

그의 물음에 그녀의 큰 눈이 더 커졌다.

뭐? 아기?

"네?"

은홍은 회임한 것 아니냐는 태웅의 말에 크게 당황했다. 왜냐하면 그녀는 식혜 맛이 시큼해서 구역질이 올라온 거였으니까. 그녀는 원래 시큼한 음식을 유독 못 먹었다.

"아뇨, 그게 아니라 식혜 맛이 이상해서."

은홍은 바로 식혜 그릇을 앞으로 내밀며 원흉은 이거라고 말했다.

태웅은 그릇을 받아 식혜를 직접 마셔보았다.

"나는 괜찮다."

식혜를 맛본 태웅의 반응에 은홍은 더 크게 당황했다. 그럼 진짜 그녀가 회임한 것인가. 사람은 둘뿐이고, 한 명이 맛이 이상하다고 하고, 한 명이 맛이 괜찮다고 하니 도저히 판단이 안 되었다. 회임하면 달거리를 안 한다고 하는데 그녀는 원래 일정치가 않고 날짜가 제멋대로여서 그걸로도 아직 확실히 알 수가 없었다.

"그럼 아침이 되면 덕춘에게 식혜를 먹어보라고."

"의원을 불러야겠다."

그녀는 우선 식혜 맛을 확인하고 싶은데 태웅은 무조건 의원을 부르겠다고 하니 난감해졌다. 그녀가 생각하기에는 아무래도 식혜 때문인 거 같은데 말이다. 그렇다고 태웅에게 한 번만 더 먹어보라고 하기도 그래서 은홍은 식혜의 냄새만 맡았다.

시큼한 향이 올라오는 게 식혜가 상해서 그런 건지, 그녀가 회임해서 그런 건지.

밤의 어둠만큼이나 오리무중으로 빠져버렸다.

태웅이 잠을 못 자서 가져온 식혜였는데 이젠 그녀가 식혜 때문에 잠이 달아나버렸다. 그러나 태웅은 회임하면 잠을 잘 자야 한다면서 그녀를 이끌고 방으로 들어갔다. 그녀는 자신의 몸이라서 선뜻 확신할 수 없는데 태웅한테는 이미 그녀가 회임한 것이 기정사실화된 듯했다. 아닐 가능성도 크다는 말이 목구멍까지 올라왔지만 차마 말하지는 못했다. 태웅이 그녀의 손을 잡아주어서.

이불까지 가는 데 잡아주는 이 손의 의미는 도대체 뭘까?

그녀 혼자 복잡해졌다.

이불에 누워 태웅이 그녀를 안아주는데 그 힘도 예전과는 확연히 달랐다. 예전에는 그녀가 절대 깨질 리 없다는 확신을 가지고 힘을 주어 안았다면, 지금은 그녀가 금방 깨질 수도 있는 달걀이라도 되는 듯 안은 손에 힘이 하나도 없었다.

그래서 그녀도 편히 움직이지 못하고 가만히 누워 있게 되었다. 은홍은 고개를 들어 태웅의 얼굴을 보았다. 눈을 감고 잠을 자면서도 그의 입가에 걸린 미소를 보니 이젠 그녀가 회임이 아니면 어쩌나 하는 걱정이 들기 시작했다. 그가 이렇게 좋아하는데, 아니라면 그만큼 실망도 클 것이라.

은홍은 해가 뜨자마자 식혜 맛부터 확인해야 한다는 생각이 들어 살금살금 태웅의 품에서 빠져나와 부리나케 부엌으로 뛰어가 식혜 한 사발을 뜨고 덕춘에게로 달려갔다.

아직 잠이 깨지도 않았는데 방으로 들이닥친 그녀 때문에 덕춘은 비몽사몽 일어나 앉았다.

"아씨께서 쇤네 방까지는 웬일로?"

은홍은 다짜고짜 식혜 그릇을 덕춘에게 내밀었다.

"마셔보거라."

덕춘은 아직 잠이 덜 깬 상태로 그릇을 받아서 식혜를 먹었다가 바로 얼굴을 찌푸리며 짜증을 냈다.

"식혜 맛이 왜 이렇니까?"

식혜 맛이 이상하다는 사람이 두 명이 되자 은홍은 맥이 탁 풀렸다. 역시 식혜 때문이었다.

"식혜가 상할 날씨도 아닌데 어째서."

그래서 혼란이 더 심해졌던 거다. 미궁에 빠져 있던 그녀는 무언가를 깨닫고 부리나케 방을 뛰쳐나갔다.

덕춘은 낌새가 이상한 걸 느끼고 서둘러 은홍의 뒤를 쫓아갔다.

은홍이 달려간 곳은 항아리를 묻어둔 부뚜막이었다. 식초를 담아둔 초두루미 항아리의 뚜껑이 삐뚜름하게 닫혀 있는 걸 보고 은홍의 표정이 굳었다.

"네가 사용하고 뚜껑을 제대로 안 닫았니?"

덕춘에게 물으니 덕춘은 의아한 표정을 지으며 대답했다.

"분명 똑바로 닫았는데, 이게 왜 이럴까나."

이런 장난을 칠 사람은 이 집에서 한 사람뿐이었다. 아니, 이 집 사람이라고 할 수도 없었다. 뒤뜰에서 귀신으로 더부살이하는 중이니까. 은홍은 너무 화가 나서 덕춘에게 지시했다.

"당장 뒤뜰의 상을 치워라."

"네?"

그게 있어야 뒤뜰 귀신에게 제삿밥을 주는데, 그걸 치우라고 하니 덕춘은 크게 당황했다. 그러다 뒤뜰 귀신이 노하면 어쩐단 말인가.

"앞으로 밥 줄 필요 없어."

은홍은 연화를 쫓아내기로 마음먹었다. 연화가 이런 상황이 될 거라 예상하고 장난친 건 아닐지라도 그 결과가 태웅에게 크나큰 실망으로 돌아가게 되었으니까.

그래서 이번에는 도저히 연화의 장난을 용서할 수 없었다.

잠이 깬 태웅의 눈에 그를 내려다보고 있는 은홍의 얼굴이 제일 먼저 들어왔다. 태웅의 눈매가 부드럽게 휘며 웃음이 가득 찼다.

"오늘은 내가 늦잠을 잤나 보구나."

하지만 은홍은 그처럼 웃을 수가 없었다. 그에게 말해야 했으니까. 회임이 아니라고. 그녀의 표정이 무겁다는 걸 느낀 태웅의 얼굴에서도 서서히 웃음이 가셨다.

"대행수님."

그녀의 부름에 태웅은 천천히 일어나 앉았다. 이미 그 부름만으로도 그녀가 할 말이 상쾌한 아침 인사는 아닐 듯했으니까.

"의원은 안 불러도 될 거 같습니다."

태웅은 말없이 그녀의 얼굴만 쳐다보았다.

은홍은 억지로 웃으며 이유를 말했다.

"역시 식혜가 상한 거였습니다."

연화가 식초를 들이부은 식혜가 달게 느껴질 정도로 태웅이 좋아한 거라 생각하니 마음이 너무 안 좋았다. 그녀의 말을 듣고도 쉽게 믿을 수 없다는 듯 태웅이 그녀의 얼굴만 빤히 보자 은홍은 고개를 숙였다.

"실망을 드려 송구합니다."

그녀가 사과할 일이 전혀 아닌데도 태웅의 실망한 얼굴을 보니 절로 미안하다는 말이 나왔다.

태웅도 그제야 입을 떼었다.

"네가 왜 사과를 하느냐. 나는 실망하지 않았다."

지난 밤 그녀는 산삼이라도 발견한 것 같은 태웅의 얼굴을 보고 말았다. 그가 그런 격한 표정을 지을 수 있는 사람이라는 걸 은홍은 처음 알았다.

"내가 말했잖느냐. 난 너만 있으면 된다고."

그 말이 처음 들었을 때는 참 따뜻했는데, 오늘은 너무 슬프게 들렸다. 어이할꼬.

제 26 장

꽃구경

의원을 부르기도 전에 식혜 회임 사건이 허무하게 끝이 났기에 은홍 빼고 아무도 태웅이 밤사이 얼마나 엄청난 감정의 기복을 느꼈는지 알지 못했다. 그 기복이 얼마나 컸던지 잠만 자다 일어났을 뿐인데도 탈진한 기분이었다.

사실 그도 전혀 몰랐었다. 그가 은홍이 아기를 가졌다는 짐작만으로도 그렇게나 흥분할 줄은. 얼마나 흥분했으면 미각마저 미쳐서 그 상한 식혜 맛이 그는 정말 괜찮았었다.

부모도 모르고 컸기에 부모가 되는 것에 전혀 관심이 없다고 여겼건만, 그게 아니었나 보다. 돈 오백 냥에 은홍과 혼인하지 않았다면 부부의 사랑도 몰랐을 테니, 역시 사람 일은 직접 겪어보지 않고는 모르는 건가 보다.

그런데 정말 식혜 탓일까? 혹시 모르는 거잖나.

그동안 그가 그녀를 안은 횟수만 따져보아도 충분히 아이가 생길 가능성이 있었다. 그래도 의원을 불러 제대로 확인을 해야 했던 거 아니냐는 일말의 미련이 남았지만 차마 그럴 수는 없었다.

의원까지 불렀는데 정말 아니면 그땐 은홍이 더 미안해할 테니까.

"……신, 제 말 듣고 계십니까?"

문길의 목소리를 듣고 고개를 들자 문길이 이상하다는 눈으로 그를 쳐다보고 있었다. 그를 꽤 많이 불렀나 보다.

"오늘은 아무것도 안 들리는구나. 내일 말하거라."

아파도 아프다는 말을 하지 않을 태웅이 이리 직접 말하는 거면 도대체 얼마나 안 좋은 건가 싶어서 문길은 놀라 말했다.

"편찮으시면 의원을."

"당분간 내 앞에서 의원이란 말은 금지다."

태웅이 눈을 무섭게 뜨며 명령하자 문길은 당혹스러울 뿐이었다.

은홍은 상단 일을 끝내고 귀가한 태웅의 얼굴을 조심스럽게 살폈다. 온종일 그가 어찌 지낼지 신경 쓰였으니까. 겉모습만 봐서는 평소와 다를 바 없었다. 평소에도 속내를 쉽게 읽을 수 없는 그였기에 정말 괜찮은지는 알 수가 없었다.

은홍은 직접 물어보았다.

"오늘 별일 없으셨습니까?"

"나는 별일 없었다. 너는 잘 지냈느냐?"

그가 잘 지냈다고 해도 그녀는 전혀 그렇게 느껴지지 않는 걸 보니 아무래도 회임의 충격이 꽤 오래갈 것 같았다.

하지만 오늘 회임 못 했다고 앞으로도 못 하라는 법은 없었다. 그녀는 그의 아이를 꼭 가질 것이었다.

은홍은 먼저 태웅에게 다가섰다. 그녀가 가까이 와서 그의 어깨에 두 손을 올리자 태웅은 고개를 숙였다. 은홍은 그의 긴 속눈썹 밑에서 은은하게 빛나는 검은 눈동자를 올려다보며 나직이 말했다.

"저는 오늘 밤 대행수님 안 재울 것입니다."

그녀의 말에 그의 눈동자가 커졌다. 설마 그녀한테서 그런 말을 듣게 될 줄은 꿈에도 몰랐기에.

"뭐?"

어젯밤에는 회임이라는 말에 그녀가 깜짝 놀랐는데, 오늘은 태웅이 놀란 눈으로 그녀를 쳐다보았다.

"힘드십니까?"

그녀는 마음먹었다.

까짓 회임. 노력해서 하기로.

그러려면 그의 도움이 필요했다. 그녀 혼자만의 노력으로는 불가능한 게 회임이었다.

"내가 아니라 네가 힘들 거 같은데."

태웅은 눈앞의 떡을 거절하듯 느릿하게 말했다.

"전 괜찮습니다. 일부러 낮에 많이 자두었습니다."

태웅은 입술을 깨물었다. 자꾸 올라가려는 입꼬리를 붙잡으려.

이런 걸 전화위복이라고 하나 보다. 회임이 아니라 실망한 게 설마 이런 변화로 돌아올 줄이야.

"나도 괜찮다."

그렇게 말하면서도 태웅은 그녀의 허리를 두 팔로 감싸 안았다. 그는 항상 그녀의 몸을 걱정하며 참는 쪽이었으니까. 그녀가 적극적인 이 상황이 싫지 않았다.

"오늘은 절대 살살하지 마십시오."

은홍이 혹시 그거 때문에 회임이 안 된 건가 싶어서 충고한 말에 태웅은 결국 올라가는 입꼬리를 잡는 걸 실패했다.

만면에 피어오른 이 미소를 어찌하오리까.

완전히 밝히는 지아비 꼴이었다.

하지만 좋은 걸 어쩌겠나.

"그럼 네가 또 벼락 맞을지도 모르는데."

처음 그녀를 제대로 안았을 때, 그녀가 벼락 맞은 거 같다고 했던 말이 그는 아직도 생생했다. 뼈에 새겨진 말이라 죽을 때까지 안 잊힐 것 같았다.

"이젠 그 벼락, 좋아할 수 있을 거 같습니다."

은홍은 마음이 비장했고, 태웅은 몸이 뜨거워졌다.

결국 태웅은 참지 못하고 그녀의 입술에 다가가 깊게 입을 맞추었다. 보드라운 살결을 양껏 탐하다 입술을 가르고 들어가 그녀의 젖은 살결을 맛보았다. 그를 무장해제시키는 따뜻함이었다.

그는 그녀가 좋아 미칠 것 같았다. 어떻게 그녀 없이 그 긴 세월을 살아올 수 있었는지 신기할 지경이었다.

이젠 그녀가 없는 삶은 단 하루도 상상하기 싫었다.

"은홍아."

그의 부름에 그녀가 뜨거움에 젖어든 눈으로 그를 보았다.

너도 내가 좋으냐?

그의 물음은, 그의 마음은 짙은 입맞춤으로 그녀에게 쏟아졌다. 그녀의 입술에, 여린 목덜미에, 동그란 어깨에, 하얀 가슴에, 그리고 모든 곳에 그의 흔적을 남겼다.

은홍이 그가 주는 뜨거움이 참기 버거운 듯이 작은 두 손으로 그의 등을 힘껏 끌어안았다.

"흐윽."

그녀가 흐느끼는 소리조차 열에 들떠 아찔했다. 그녀가 참지 않아도 된다고 해서 그가 더 거칠게 그녀를 안았는지도 모르겠다.

하지만 은홍은 단 한순간도 그를 밀어내지 않았다.

애쓰는 그녀가 안타까우면서도 사랑스러워서 그는 더 뜨거워졌다.

그녀를 안은 이 순간이 영원할 수 없는 순간일 뿐이라면, 그 순간을 있는 힘껏 끝까지 붙잡고 싶었다.

아픔을 참던 그녀의 얼굴도 어느 순간부터 변화가 생겼다. 또다시 찾아온 벼락이라도 분명 처음과는 완전히 다른 벼락인 듯.

태웅은 그녀의 부탁대로 잠들지 않았다.

밤만이 홀로 깊어갈 뿐이고, 두 사람은 끝없이 뜨거웠다.

잠든 게 아니라 잠시 기절했다가 눈을 뜬 기분이었다. 은홍은 앞을 가로막고 있는 사내의 넓은 가슴에 고개를 들어 위를 보았다.

태웅이 그녀를 내려다보고 있었다.

"저 안 잤습니다."

눈이 마주치자마자 그녀가 하는 말에 태웅은 웃음을 터트렸다.

"자도 된다. 누가 안 잡아가."

은홍은 큰 눈을 깜빡였다. 그녀가 먼저 안 재운다고 한 거니까.

그녀가 그보다 먼저 잘 수는 없었다.

유독 뜨거웠던 관계 때문인지 그녀의 몸 안이 여전히 따뜻했다.

"오늘 밤은 회임이 된 거 같습니다. 느낌이 다릅니다."

그녀의 말에 태웅은 그녀의 몸을 끌어안았다. 아무래도 그 느낌이 다르다는 말이 회임과는 전혀 상관없는 거라는 걸 그는 알 수 있었으니까.

"내가 말했잖느냐. 난 너만 있으면 된다고."

하지만 은홍은 그가 실망하는 얼굴을 봐버렸다. 그래서 정말 회임이 하고 싶어졌다.

"아이는 때가 되면 그때 올 것이니 집착할 필요 없다."

"그래도."

태웅은 마음의 짐을 쉽게 못 내려놓는 은홍의 얼굴을 두 손으로 감싸 안았다.

"난 아이가 좀 늦게 왔으면 좋겠구나."

은홍은 믿기 힘들다는 눈으로 태웅을 보았다. 그녀에게 부담을 주지 않으려 하는 말 같았다.

하지만 태웅은 진심으로 한 말이었다.

"네가 회임하면 내가 널 안고 싶어도 참아야 하니까. 아주 오랫동안."

그건 전혀 생각해본 적도 없는 문제라 은홍은 눈을 동그랗게 뜨고 그를 쳐다보았다. 태웅의 눈이 가느스름해졌다.

"방금 안심한 것이냐?"

"아닙니다."

사실 그게 왜 문제인지 모르겠다. 아기 생기는 잠자리에서 아기가 생겼는데.

"그럼 오히려 좋겠다고 생각한 거 같은데."

"절대 아닙니다."

하지만 사실대로 말하면 태웅이 또 실망할 것 같아서 은홍은 고개까지 저으며 필사적으로 부정했다.

"안 되겠구나. 내가 좀 더 분발해야지."

분발이란 말이 그녀는 굉장히 불안했다. 이미 많이 지쳤으니까. 그녀는 그만 자고 싶었다. 밤새 하는 건 역시 무리였나 보다.

그래서 그녀는 약한 표정을 지으며 그에게 물었다.

"내일 밤 말씀이시죠?"

"아니, 지금이다."

태웅이 그녀의 어깨에 입술을 대는가 싶더니 이로 깨물었다.

그 느낌에 정신이 번쩍 났다.

"대행수님."

그녀는 울먹이며 그를 불렀다.

제발 재워달라는 뜻이었다.

밤이 평온하든, 천둥이 치든, 여명은 어김없이 밝아왔다.

지난밤 말 한마디 잘못해서 무리한 은홍은 아침이 되어도 눈을 뜨지 않았다.

태웅도 일부러 그녀를 깨우지 않았다. 그녀가 산뜻하게 일어나지 못하는 원흉이 그였으니까. 잠든 그녀의 얼굴을 한참이나 바라보던 태웅은 그녀가 깰까 봐 조심스럽게 일어나 방을 나왔다.

아침 공기가 차가웠다.

태웅은 어디로 가야 할지 결정 내리지 못한 사람처럼 잠시 툇마루에서 있다가 섬돌에 놓인 신발을 신고 마당으로 내려서 걸음을 옮겼다. 그의 걸음이 향한 곳은 중문이 아니라 뒤뜰이었다.

은홍이 자신을 납치했던 소녀의 넋을 기리기 위해 놓아두었던 제사상은 더 이상 뒤뜰에 없었다.

태웅은 주위의 나무들을 둘러보다가 품에서 무언가를 꺼냈다. 그가 꺼낸 건 접힌 종이였다. 태웅은 그 종이를 뒤뜰에서 가장 큰 소나무 가지에 끼워 넣었다. 그리고 바로 뒤로 물러난 태웅은 아무 일 없었던 사람처럼 뒤뜰을 떠났다.

더 이상 사람의 인기척이 느껴지지 않게 되고 주위가 고요해지자 나무 위에서 작은 사람이 날렵하게 떨어져 소리 없이 바닥에 착지했다.

연화였다.

연화는 태웅이 종이를 꽂아놓고 간 소나무 앞으로 걸어갔다. 그녀는 긴장한 눈으로 그녀의 키보다 한참 높은 곳에 꽂혀 있는 종이를 바라보았다.

아무리 생각해도 그녀에게 두고 간 것이었다. 뒤뜰에 놓여 있던 제사상 밥이 그녀의 것이었듯이.

태웅이 그녀가 이곳에 있다는 걸 알고도 지금껏 모른척했다는 것에 연화의 심장이 쾅쾅 뛰어댔다. 아버지가 말했었다. 오라버니를 만나면 죽여버리겠다고.

그런데 그 오라버니가 그녀에게 서신을 남긴 것이다. 연화는 금단의 과일을 보는 눈빛으로 소나무에 걸려 있는 종이를 바라보았다.

저걸 빼서 볼 것인지, 끝까지 없는 사람인 척할 것인지.

연화는 닿지 않는 종이를 향해 작은 손을 뻗었다. 그녀는 당연히 보고 싶었다.

세상에 하나뿐인 그녀의 오라비가 남기고 간 것이니까.

혼곤한 잠에서 벗어나 겨우 눈을 뜬 은홍은 화들짝 놀랐다. 태웅의 수려한 얼굴 대신 덕춘 장군의 얼굴이 보여서.

"이제 깨셨습니까?"

은홍이 놀란 마음을 진정하며 몸을 일으키는데 찌릿하며 온몸에 통증이 퍼졌다. 오랜만에 다시 느껴보는 뼈를 때리는 통증이었다.

"내가 오래 잤느냐?"

"네, 오시(11시~13시)가 넘었습니다."

"뭐?"

정말 늦게 일어난 걸 깨닫고 은홍은 다시 놀랐다.

"대행수 어르신이 깨우지 말라고 해서 안 깨웠습니다요."

똑같이 밤을 보낸 태웅은 멀쩡하게 일어나 상단에 일하러 갔는데 그녀만 왜 이런 건가 싶었다. 처음도 아니기에 억울해지려고 했다.

"다음부터는 말조심해야겠구나."

잠을 재우지 않겠다는 말 같은 건 함부로 하지 말아야겠다. 골병드는 쪽은 그녀였으니까.

눈을 떠도 움직이기 힘들었던 그녀는 오늘은 그냥 이불 속에서 보내기로 했다.

이번엔 그녀가 자초한 일이라 병자처럼 구는 자신의 모습이 좀 부끄러웠다.

"그런데 뒤뜰에는 정말 밥을 안 줍니까?"

은홍이 제사상을 치우라고 해서 치우긴 했지만 뒤뜰 귀신이 해코지할까 두려운 덕춘이 조심스럽게 물었다.

은홍은 잠시 생각하다 말했다.

"그래, 줄 필요 없다."

식혜 사건으로 아직도 화가 나서 하는 말이 아니었다. 연화가 평생 뒤뜰에서 살 수는 없었다. 그러니 이제 자신이 살던 곳으로 돌아가는 게 맞는 것 같았다.

따지고 보면 좋은 인연도 아니었다. 그러니까 잘라낼 수 있을 때 잘라내는 게 옳은 것일 게다.

태웅의 말을 듣고 문길은 의아한 표정을 지으며 그를 쳐다보았다.

"그냥 기다리기만 하자는 말씀이십니까?"

"보름 동안만."

기다리는 것만으로는 해결될 문제가 아니었기에 문길은 태웅에게 물었다.

"이유를 물어도 되겠습니까?"

태웅은 굳이 숨기지 않고 대답했다.

"파천에게 서신을 보냈다."

"네?"

문길은 소스라치게 놀랄 수밖에 없었다. 파천은 왕족의 여인을 더럽힌 죄로 왕이 찾고 있는 대역 죄인이었다. 어마어마한 현상금이 붙고, 수백 명이 동원되어 아주 오랜 시간을 찾았지만 30년이 넘는 세월 동안 자취를 감추어버렸다. 그림자처럼 살았던 도둑이 정말 그림자가 되어버린 듯이.

파천이 진짜 나타나도 문제였지만, 파천에게 서신을 보내는 것도 불가능한 일이었다.

"어떻게?"

"나도 그걸 알고 싶으니 기다려보자는 거다. 과연 내 서신이 제대로 닿았는지."

은홍을 납치한 그 소녀가 살아 있다는 건 은홍이 매일 제사상을 차려주는 걸 보고 눈치챘었다. 그럼에도 모른 척한 건 은홍이 자신을 납치한 이를 이미 용서한 것 같았기에. 소녀는 파천을 만날 수 있는 유일한 사람이었다. 파천검이 그 증거였다.

"우리가 잡아야 할 주모자가 너무 크다. 그러니까 더 큰 위험으로 대적할 수밖에."

문길을 보낼 수 없었다. 정말 왕세자의 말처럼 문성군이 진범이라면 문길도 박형도처럼 죽을 가능성이 너무 컸다.

그러니 죽어도 상관없는 사람을 쓰고 싶었다. 그게 파천이었다.

파천이 정말 그의 아버지가 맞다면 아들이 처음으로 청하는 도움에 나타나야 옳았다. 나타나지 않는다면 이미 죽은 사람이라 여길 거다. 그리고 영원히 그의 앞에 나타나는 것을 허락지 않으리라.

해가 지고 달이 뜨자 은홍은 아직도 움직이기 불편했지만 억지로 일어났다.

이제 태웅이 돌아올 시간이 되었으니까. 옷을 갈아입고 머리를 매만지고 입술에 빛깔 고운 연지도 발랐다.

탁―.

무언가 날아와 창에 부딪히는 소리에 연지를 바르던 은홍의 손길이 멈칫했다. 잘못 들었나 싶어 가만히 창을 바라보던 은홍은 아무래도 마음에 걸려서 창가로 걸어가 창문을 열었다.

창틀에 탐스럽게 잘 익은 귤 하나가 놓여 있었다.

임금님께 진상 올리는 귀한 과일이 왜 여기 있는 건가 싶어서 은홍의 눈이 커졌다. 은홍은 주위를 두리번거렸다.

"연화니?"

매일 얻어먹기만 하다가 웬일로 먹을 걸 준 건가 싶었다.

설마 식혜 사건 사과하는 건가?

그녀의 마음이 약해졌다. 쫓아 보내려고 마음을 먹었는데 말이다.

"날 기다린 것이냐?"

연화 대신 태웅의 목소리가 들려서 은홍은 중문 쪽으로 고개를 돌렸다. 중문 앞에 서 있는 태웅을 발견한 은홍은 입가에 미소를 지으며 귤을 등 뒤로 숨겼다.

"몸은 괜찮으냐?"

방에 들어서자마자 그녀의 몸부터 걱정하는 그를 은홍은 곱게 흘겨보았다. 그녀가 사정해도 그가 멈추지 않은 탓이 컸으니까.

"아직 많이 불편합니다."

그래서 대놓고 아픈 척을 했더니 태웅은 등 뒤에서 꽃을 꺼내 그녀에게 내밀었다. 화사한 붉은색의 해당화였다.

"그럴 것 같아서 빨리 나으라고 가져왔다."

'병 주고 약 주고'가 아니라 '병 주고 꽃 주고'였다. 예쁜 꽃이 좋기는 하나 꽃을 보고 있다고 몸이 낫는 건 아니었기에 은홍은 선뜻 그가 내민 꽃을 받지 않았다.

"왜 안 받는 것이냐?"

"이거 받으면 또 하자고 하실까 봐."

그녀의 걱정에 태웅은 나오는 웃음을 참으며 말했다.

"걱정 거두어라. 내가 인내심이 굉장히 강하다."

그런 사람이 지난밤에는 왜 그랬냐고 물으려다 그냥 그가 주는 꽃을 받았다.

"그럼 이 꽃이 시들 때까지는 그냥 잠만 자는 것입니다."

뜻밖의 꽃의 쓰임에 태웅은 움찔했다. 꽃이 피면 시드는 게 당연한 것이지만 그게 얼마나 걸리는지 정확히 세어본 적이 없었기에.

은근히 오래 걸릴지도 몰랐다. 어쩌면 이 꽃도 보름 만에 시들지도.

그 정도의 인내심은 자신 없었던 태웅이 낮게 중얼거렸다.

"굳이 그런 걸 정할 필요가 있으려나."

"인내심이 강하시다면서요."

"사람의 인내심이 강하다 하여 자연을 이길 수 있을까."

그녀는 꽃을 이기라고 한 적이 없는데 왜 겨루기가 되었나 싶다.

은홍은 꿋꿋이 꽃을 화병에 꽂으며 그를 독려했다.

"대행수님이 이기실 겁니다. 전 대행수님을 믿습니다."

태웅은 말없이 은홍과 해당화만 바라보았다. 앞으로 은홍에게 꽃을 가져다주는 일은 절대 없을 것 같았다.

예쁜 짓이 아니라 괜한 짓이었다.

"봄이 가기 전에 대행수님과 같이 꽃구경 가면 더 좋을 거 같습니

다."

집 안의 꽃도 모자라 나가서 보자는 말에 태웅은 꽃에 질투가 나려고 했다.

"꽃구경이 정녕 가고 싶은 것이냐?"

"네, 시윤 나리와 마님까지 같이 가면 정말 즐거울 거 같습니다."

그게 뭔가. 결국 소원한 두 부부를 위해 그들이 들러리를 서자는 말이잖나.

"난 둘만 가는 꽃구경이라면 가겠다."

태웅이 냉정하게 두 사람을 잘라내자 은홍은 눈썹을 아래로 내리며 슬픈 강아지 같은 표정으로 그를 보았다.

"제가 마님께 신세 진 게 많아서 보답하고 싶었던 건데."

그래도 태웅은 마음 약해지면 안 된다고 생각하며 팔짱을 단단히 꼈다.

"정말 안 되겠습니까?"

태웅은 고개를 저었다. 지금만 참으면 되었다. 그럼 '시윤망창' 되는 꽃구경은 피하고 그녀와 둘이서만 예쁜 꽃구경을 갈 수 있었다.

"대행수님."

은홍이 그를 부르며 손을 그의 허벅지 위에 지그시 올리자 태웅은 두 눈을 질끈 감았다.

참는다는 건 너무 힘든 일이었다.

시윤은 깜짝 놀란 표정으로 그를 보았다.

"사람이 혼인 좀 했다고 이리 바뀌어도 되는 건가? 자네 입에서 꽃구경이라니!"

"싫으면 안 가셔도 됩니다."

태웅은 은홍 때문에 할 수 없이 말하는 것이었기에 시윤이 거절해주었으면 했다.

"아닐세. 다른 사람도 아니고 자네가 가자고 하는 꽃구경이니 꼭 가야지. 죽기 전에 언제 또 이런 말을 자네한테 듣겠나."

그의 손까지 부둥켜 잡고 말하는 시윤에게 태웅은 쐐기를 박듯이 말했다.

"대신 부부 동반입니다."

시윤은 바로 잡았던 그의 손을 뿌리치고 뒤로 물러났다.

"자네 그렇게 안 봤는데, 못됐군. 정말. 자네가 언제부터 부인이 있었다고 부부 동반인가!"

시윤이 이렇게 나올 줄 알았기에 태웅은 냉정하게 받아쳤다.

"나리도 언제까지 부인을 무서워하기만 하실 겁니까? 그러다 나중에 분명 후회하실 겁니다."

시윤은 그답지 않게 급격히 말이 없어졌다.

그에게 부인이 어떤 의미인지 태웅은 정확히 알지는 못했다.

하지만 은홍과 혼인해 보니 이제야 보이는 게 있었다. 어쩌면 시윤은 부인이 무서운 게 아니라 다가가는 법을 몰라서 헤매는 게 아닐까 하고.

부부란 꽃과 닮은 곳이 있어서 정을 주면 활짝 피어오르지만 멀리하면 시들었다. 태웅은 은홍과의 사이에서 핀 부부라는 꽃이 영원히 시들지 않기를 바랐다.

"됐네."

란 부인은 꽃구경 이야기를 듣자마자 바로 거절했다.

은홍은 그녀가 쉽게 허락하지 않으리란 걸 알았기에 웃으며 다시 권했다.

"산에 봄꽃이 정말 예쁘게 피었습니다. 보고 싶지 않으십니까?"

"봄꽃은 내 집 앞마당에서도 피네."

"꽃이 흐드러지게 핀 길을 따라 걸으면 기분이 남다를 것입니다."

"그런 소리나 할 거면 앞으로 날 보러 올 필요 없네. 돌아가게."

죽어도 집 대문을 안 넘겠다는 란 부인의 단호한 태도에 은홍은 난감해졌다. 란 부인이 바깥출입을 안 하는 건 알았지만 설마 이 정도일 줄은 몰랐다.

결국 그날은 란 부인을 설득하는 데 실패하고 집으로 돌아왔다.

"마님은 꽃구경이 싫다고 하십니다."

그 말을 하는 은홍의 얼굴에 걱정이 가득해 보여서 태웅은 물었다.

"왜 그렇게 시윤 나리와 란 부인과 함께 가려고 하는 것이냐?"

은홍은 고개를 숙이며 작게 대답했다.

"나만 행복한 것 같아 미안해서."

행복하다는 그녀의 대답이 그에게는 따뜻하게 들렸지만 그녀가 느끼는 마음의 짐도 알 수 있었기에 태웅은 손을 뻗어 은홍의 머리를 다정하게 쓰다듬어주었다.

"네가 굳이 그런 마음 가질 필요 없다. 그건 시윤 나리가 해결해야 할 일이야."

"하지만."

"걱정하지 말아라. 시윤 나리가 부인께 말해본다고 했으니."

"정말입니까?"

그제야 은홍의 표정이 밝아졌다.

그녀가 웃으니 그도 같이 웃을 수 있었다.

저벅저벅.

뒤뜰 소나무 앞까지 걸어간 태웅은 그가 꽂아놓은 서신이 없는 걸 확인하고 눈빛이 가늘어졌다. 보내야 해서 보낸 서신이지만 마음이 편한 건 아니었다.

과연 파천을 마주해도 되는 건지 확신이 없었으니까.

지금은 걱정한다고 해서 답이 나오는 게 아니었기에 태웅은 다시 은홍이 자고 있는 방으로 걸어갔다.

드르륵.

방문을 연 태웅의 눈이 커졌다. 당연히 자고 있을 거라 생각한 은홍의 모습이 안 보였다. 태웅은 몸을 돌려 다시 마당으로 나와서 은홍을 찾아 주위를 두리번거렸다.

"은홍아!"

그녀의 모습이 보이지 않자 소리 내어 그녀의 이름을 부르며 안채 구석구석을 뒤졌다. 심장이 바삭바삭 타들어갔다. 서신을 확인하기 위해 잠깐 자리를 비운 그의 행동이 너무도 후회되었다.

그걸 왜 굳이 이 밤에 확인했을까. 아침에 했어도 되는 것을.

은홍을 찾은 곳은 정방이었다. 구석에 웅크리고 앉아 있는 그녀를 발견하고 태웅은 먼저 안도의 한숨을 내쉬었다. 그녀가 갑자기 사라져서 진심으로 놀랐으니까.

"자다가 왜 거기 있는 것이냐?"

어두워서 몰랐는데 가까이 다가가자 그녀의 얼굴에 맺힌 눈물 자국이 보였다. 태웅은 다시 놀랐다.

"왜 울고 있는 거냐?"

은홍은 치맛자락을 손으로 꾹 누르며 어렵게 입을 떼었다.

"달거리가."

항상 하는 거라 대수로울 것도 아닌데, 태웅이 그녀가 회임인 줄 알았던 일이 있어서인지 피를 보자마자 그 어느 때보다 실망감이 크게 밀려와버렸다. 그녀도 기대했었나 보다.

그녀가 우는 이유를 들은 태웅은 맥이 탁 풀렸다. 진짜 큰일인 줄 알았으니까.

"울 만큼 몸이 아픈 것이냐?"

은홍은 아니라고 고개를 저었다. 지금은 몸보다 마음이 더 아픈 것이었기에.

태웅은 그녀의 앞에 등을 보이며 말했다.

"업히거라."

은홍은 당황해서 손을 내저었다.

"괜찮습니다. 아픈 게 아닙니다."

"나도 네가 아파서 업어준다는 게 아니다."

태웅이 담담하게 말했다.

"네가 내 부인이니까 업어주고 싶은 거다."

그 말에 은홍의 눈에서 멈추었던 눈물이 다시 나오려고 했다. 어떻게 그는 서운한 티를 하나도 안 낼 수 있을까 싶었다.

그게 너무 고맙고, 너무 미안해서 바보처럼 울게 되었다.

그녀 혼자 걸어 나왔을 때는 빛 하나 없이 어둡기만 한 세상이었는데, 태웅의 등에 업혀 밖으로 나오니 전혀 다른 별세상이 있었다. 은홍은 고개를 높이 들어 밤하늘을 올려다보았다.

"하늘에 별이 참 많습니다."

아까는 왜 저 예쁜 걸 전혀 못 봤나 싶다.

"그래, 오늘 날씨가 좋구나."

태웅은 그녀가 밤하늘을 구경할 수 있게 바로 방으로 들어가지 않고 마당을 천천히 돌았다.

그의 등에 업혀 있으니 그녀가 꼭 아기가 된 기분이었다. 싫지 않았다. 보호받는 느낌이 따스했다.

"절 업어준 사람은 대행수님이 처음입니다."

어미는 너무 일찍 죽고, 아비는 아이를 돌볼 사람이 아니었기에 그녀를 업어줄 사람이 없었다.

"이제 평생 업어줄 수 있으니 걱정 마라."

그의 말에 은홍은 배시시 웃었다.

"대행수님은 누가 업어주었습니까?"

그렇게 물으면 태웅도 별로 할 말이 없었다. 그는 아예 부모가 없이 살았으니까.

"제가 대행수님보다 크면 업어드릴 텐데."

"상상만으로도 끔찍하구나."

태웅이 질색하자 은홍은 아이처럼 깔깔 웃었다. 소리 내어 웃으니 상심했던 마음은 빠르게 사라져갔다. 은홍은 두 팔로 그의 목을 끌어안고 넓은 어깨에 머리를 기댔다. 그가 걸을 때마다 진동하는 몸이 오히려 편안했다. 상심했던 마음이 옅어지고 그 자리에 졸음이 찾아왔다. 풀벌레 소리가 자장가 소리처럼 들려왔다.

자면 안 되는데.

태웅이 업고 있을 때 자면 안 될 것 같아서 눈을 크게 뜨려고 했지만 눈꺼풀이 자꾸 아래로 내려갔다. 은홍이 그의 등에 업혀 잠든 걸 느낀 태웅은 그제야 방으로 향했다.

두 사람에게 아직 아기는 오지 않았지만, 둘이 함께 있어서 평온한 밤이 될 수 있었다. 그러니까 괜찮았다.

더할 나위 없이 좋았다.

꽃구경 날짜는 절대 뒤로 미룰 수 없었고, 시윤은 못 미더웠기에 태웅은 그를 불러 물었다.

"부인께는 잘 말씀하셨습니까?"

"하하하하. 내가 알아서 한다니까."

시윤은 호탕하게 웃을 뿐 딱 부러지게 말하지 못했다. 그래서 더 믿음이 안 갔다.

"못 하겠으면 못 하겠다고 확실히 말씀하십시오. 그래야 저도 대책을 세우죠."
태웅의 말이 꼭 야단치는 것 같아서 시윤의 표정도 샐쭉해졌다.
"그리 말하는 자네는 부인 앞에서 얼마나 대단한 지아비인지 내 정말 궁금하군. 이리하면 된다고 자네가 몸소 보여주게. 그럼 나도 자넬 보고 배워서 그리하겠네."
그 말이 화근이었다.
그때 집에 온 시윤과 태웅을 위해 은홍이 다과를 직접 챙겨 사랑방에 들었다. 그녀가 보기에는 그녀를 향해 웃는 시윤과 그녀를 똑바로 못 보는 태웅의 태도가 뭔가 미묘했다. 은홍은 시윤이 또 이상한 소리를 해서 그런가 보다 생각하며 두 사람 앞에 다과상을 놓아주었다.
"은홍이도 왔으니 어서 보여주게."
시윤이 태웅을 재촉하자 태웅은 나무라는 시선으로 시윤을 흘겨보았다.
은홍이 이상하게 여겨 시윤에게 물었다.
"대행수님께 무얼 보여달라시는 겁니까?"
"내가 부인한테 너무 못한다고 구박을 하기에 내가 직접 보고 배우기로 했다. 좋은 지아비란 어떤 것인지 말이다."
시윤의 말을 듣고 은홍이 태웅을 보자 그는 그녀의 시선을 피해 창쪽으로 고개를 돌려버렸다. 병풍만 보던 은홍의 마음을 이제야 조금은 이해할 수 있을 듯했다.
은홍은 속상해서였고, 그는 민망해서였다.
"대행수님은 좋은 지아비이십니다."
은홍이 태웅의 편을 들어주어도 시윤은 고개를 저었다.
"저기 부인 눈도 제대로 못 맞추는 사내를 보게. 저게 무슨 좋은 지아비인가. 내 눈엔 전혀 아니네. 내가 저거보단 나아."
그게 누구 때문인데!
어서 빨리 시윤을 이 집에서 쫓아버리는 것만이 답인 듯했다.
그때 은홍이 그에게 다가왔다. 시윤 앞에서 무얼 하려는 건가 싶어서 태웅은 놀란 눈으로 그녀를 보았다.
은홍은 그의 귀에 대고 귓속말을 했다.
은홍이 태웅에게 무슨 말을 하는 건가 싶어서 시윤도 유심히 보게 되었다. 태웅의 표정이 변하는 걸 보니 분명 시시한 말은 아닌 듯했다. 미간이 좁아지며 눈가가 파르르 떨리고, 이를 꽉 물어 턱이 단단해졌다. 도대체 무슨 말을 했기에 대행수의 얼굴이 저리 요동치나 싶었다.
"그럼 전 이만 나가보겠습니다."
은홍이 그대로 나가고 둘만 남게 되자 시윤이 궁금증 가득한 눈으로 태웅을 보며 물었다.
"방금 은홍이가 뭐라고 한 건가?"
"아실 거 없습니다."
태웅이 냉정하게 잘라내자 시윤은 역정을 냈다.
"어허! 나보고 부인에게 잘하라고 야단칠 때는 언제고, 이제 와서 발뺌인가. 자네가 말 안 해주면 나도 부인한테 꽃구경 가자고 말 안 할 거네."
태웅은 곤란한 눈으로 시윤을 쳐다보았다. 말을 하기도 그렇고, 말을 안 하자니 시윤이 진짜 그 핑계로 란 부인에게 말을 안 할 것 같고. 그래서 태웅은 은홍이 한 말의 일부분만 말했다.
"끝났답니다."
"뭐가? 부부 금슬이?"

아니, 달거리가.

"알고 싶으시면 꽃구경에 꼭 부인을 데리고 오십시오."

태웅이 조건을 달자 시윤은 헛웃음을 지으며 뒤로 물러났다.

"허. 부창부수는 확실하구먼. 둘이 쿵짝이 아주 잘 맞아. 백년해로 하겠어."

태웅이 지금은 절대 말해주지 않으리란 걸 안 시윤은 삐져서 바로 돌아가버렸다. 손님이 돌아갔기에 태웅도 안채로 넘어갔다.

"시윤 나리는 벌써 가신 겁니까?"

태웅이 생각보다 빨리 온 걸 보고 은홍이 놀라서 물었다.

"내가 빨리 보내버렸다."

"그럼 안 되는데."

은홍은 난처한 표정을 지었다.

"그러라고 귓속말한 거 아니냐?"

태웅이 능청스럽게 묻자 은홍은 당황해서 손을 저었다.

"아닙니다."

당연히 그 뜻이 아님을 태웅도 알았다. 시윤에게 다정한 부부의 모습을 보여주어 꽃구경에 란 부인을 데려오게 하려는 뜻이었으리라.

"설마 거짓말이었느냐?"

그럼 그가 굉장히 곤란해졌다.

"아닙니다."

그녀의 대답에 그는 마음이 편해졌지만 은홍은 여전히 곤란한 상태였다.

"꽃구경에 둘이 같이 올 것이니 너무 걱정하지 말아라."

태웅이 그리 말해준 뒤에야 은홍은 겨우 웃음을 되찾았다. 그녀의 말간 웃음이 고와서 그의 손이 절로 그녀를 향해 뻗어갔다. 뺨을 손으로 감싸 안자 은홍이 그를 올려다보았다.

태웅은 밤하늘을 닮은 깊은 눈빛으로 그녀를 내려다보며 그윽하게 말했다.

"난 꽃구경보다 오늘 밤이 더 중하다."

그녀도 그와 함께할 수 있는 모든 시간이 소중했다.

"대행수님."

그녀가 부르자 그의 입술이 다가와 그녀의 입술 위로 포개졌다. 부드럽게 감겨오는 여인의 살결을 달큼한 과일처럼 답삭 베어 물었다.

몇 번을 안아도 그녀는 그에게 갈증이라 참아왔던 시간만큼 쌓였던 열이 터져 나오며 금세 뜨거워졌다. 도자기처럼 반지르르한 그녀의 하얀 피부를 그리듯이 손으로 쓸어내리니 은홍은 속눈썹을 파르르 떨다 고개를 크게 꺾었다.

그의 손이 너무 뜨거워 참기 힘든 건 그녀도 마찬가지였다. 이제는 익숙해질 만도 하건만, 그에게 안길 때마다 그녀는 긴장되었다.

그를 온전히 품기에 그녀는 너무 작고 힘이 약했기에.

언제나 죽을힘을 다해 그를 끌어안았다.

그녀의 눈에 맺힌 눈물을 보고 그가 다가와 달래듯이 입맞춤을 해주었다. 그의 눈동자는 열기로 들끓었지만 그의 입맞춤은 한없이 다정하기만 했다.

"너는 왜 이렇게 어여쁜 것이냐."

질문인지, 혼잣말인지 알 수가 없는 말이었다.

그래서 그녀는 흐릿해진 시선으로 그를 쳐다만 보았다.

"이럼 내가 어떻게 참으라고."

참지 않아도 된다는 듯 그녀는 그의 팔을 붙잡아 당겼다. 그가 다시 그녀에게 몰려왔다. 그 뜨거움에 삼켜져도 상관없었다.

그녀는 그의 것이었으니까. 그리고 그도 그녀의 것이었다.

그렇게 영원히 하나인 채로 살다가 죽었으면 좋겠다.

꽃구경을 가기로 한 날은 따뜻하고 하늘이 맑아 화창한 봄날이었다.

은홍이 채비를 마치고 밖으로 나가니 태웅은 말과 함께 그녀를 기다리고 있었다. 태웅이 그녀가 지어준 새 옷을 입고 있어서 아직 꽃구경은 하지도 않았는데 그녀의 가슴이 두근두근 뛰어댔다. 그녀의 지아비는 언제나 새로운 멋짐으로 그녀의 가슴을 두드렸다.

"길이 멀어 말을 타고 갈 생각인데, 괜찮으냐?"

말을 보니 예전에 그한테 말 타는 법을 배웠던 기억이 떠올라서 은홍은 미소를 지었다. 혼례식을 올리겠느냐 그가 물었을 때 그녀는 말에 매달려 비명을 질러댔었다. 그게 벌써 오래전 이야기가 되어버렸다.

"말보다는 가마가 더 편할 것인데."

덕춘이 성질 더러워 보이는 흑마를 불안한 눈으로 보며 그녀에게 넌지시 말했지만 은홍은 개의치 않고 태웅에게로 걸어갔다.

"흑돌이를 같이 탑니까?"

"그래."

태웅은 그녀의 허리에 팔을 감아 가볍게 들어 올리고는 먼저 말에 태워주었다. 오랜만에 타보는 말의 등이 기억보다 높아서 그녀는 살짝 긴장했지만 태웅이 바로 말에 올라타서 그녀의 뒤를 단단히 지켜주니 그제야 그녀도 허리를 펼 수 있었다.

"시윤 나리께서는?"

"오면 혼자 오지는 않을 것이니 미리 걱정 마라."

태웅은 바로 말을 출발했다. 말이 달리기 시작하니 주위의 풍경이 바람과 함께 흘러가버렸다. 말을 타고 있는 그녀와 태웅만이 오롯이 그 자리를 지키고 있는 것만 같았다.

"너무 빠르냐?"

그의 물음에 은홍은 고개를 저었다.

"바람이 좋습니다."

그녀가 괜찮다고 하니 그도 안심하고 말을 더 빨리 몰았다. 유독 그런 날이었다. 둘이 이 말을 타고 아주 멀리 떠나고 싶은 날.

하지만 그들이 갈 장소는 정해져 있었고, 다행히 꽃은 아직 아름답게 피어 있었다. 이제 시윤이 란 부인만 데리고 나타나면 모든 게 완성되는 꽃구경이었다.

"꼭 같이 오셔야 할 텐데."

먼저 도착한 은홍은 시윤과 란 부인을 기다리느라 자리에 앉아서 편하게 꽃구경도 못 했다.

"내가 길 어귀까지 다녀오마."

"그럼 저도 같이."

"넌 말을 지키고 있어야지."

두 사람만 말을 타고 너무 빨리 오는 바람에 덕춘과 문길 일행은 아직이었다. 그녀에게 말을 지키라는 핑계로 쉬게 하고 태웅은 사람들이 올 길 쪽으로 걸어갔다. 사람이 보이면 어서 빨리 움직이라고 혼을 낼 생각이었다. 꽃도 그들을 기다려주었는데 사람이 늦으면 안 되었다.

걷다가 돌아보면 말 옆에 서서 이쪽을 보고 있는 은홍이 작게 보였다. 명마이니 위험한 사람이 접근하면 튼튼한 뒷다리로 걷어차버릴 것이라 크게 걱정할 일은 없었다. 그저 잠깐 떨어져 있는 이 시간도 아쉬워서 자꾸 돌아보게 되나 보다.

저기까지만 갔다가 그냥 은홍에게 돌아가야겠다고 생각하며 걷던 태웅의 걸음이 점점 느려졌다.

우뚝, 어느 순간 완전히 멈추어 섰다. 태웅은 사람들이 올 길이 아니라 고개를 틀어 반대편 언덕 쪽을 보았다. 먼 거리였지만 그곳에 서 있는 사람이 이쪽을 보고 있다는 걸 태웅은 알 수 있었다.

'누구?'

그의 눈빛에 칼금이 그어졌다. 추운 겨울은 이미 지났고 봄이 와서 꽃이 화사하게 피었는데 서늘한 한기가 느껴졌다.

휙, 태웅은 빠르게 몸을 돌려 다시 은홍이 있는 쪽을 보았다. 그가 돌아보자 은홍이 손을 흔드는 게 보였다. 태웅은 한참을 은홍한테서 눈을 떼지 못하다가 고개만 돌려 반대편 언덕 쪽을 다시 확인했다.

없었다.

조금 전까지 있던 사람이 사라진 걸 안 태웅은 바로 몸을 돌려 은홍이 있는 곳으로 달려갔다.

탁, 탁, 탁.

산은 꽃으로 뒤덮여 아름답기만 한데, 그는 전속력으로 그의 아내를 향해 뛰었다. 은홍이 지어준 푸른 도포가 바람과 함께 휘날렸다.

제 27 장

왕세자의 선택

손을 흔들던 은홍은 태웅이 갑자기 그녀를 향해 빠르게 뛰어오자 의아한 표정을 지었다. 꽃구경을 온 사람이 아니라 꼭 누군가에게 쫓기는 사람처럼 보였다.

태웅은 그들이 타고 온 말보다 더 빨리 달려서 그녀가 있는 곳으로 돌아왔다.

"무슨 일 있으십니까?"

그녀가 걱정스러운 얼굴로 그를 쳐다보며 묻자 태웅은 거친 숨을 목 뒤로 넘기며 고개를 저었다.

"늦는 사람들 굳이 마중 갈 필요 없을 듯하더구나."

그럼 그냥 걸어서 돌아오면 될 걸 굳이 그렇게 빨리 뛰어왔다고?

은홍은 그의 말을 듣고도 이해가 안 되었다.

태웅은 더 해명하지 않고 눈으로만 주위를 살폈다. 사라져버린 수상한 이가 혹시라도 혼자 있는 은홍 쪽으로 움직인 건가 싶어서 서둘러 달려온 것이었다.

누구였을까?

분명 그들처럼 한가롭게 꽃구경 온 이는 아니었다. 먼 거리에서도 무인의 기운이 풍겨오는 듯했었다. 그리고 삿갓을 쓴 모습이 아무래도 한양이 아니라 먼 곳에서 온 이인 듯 보였다.

설마 파천이 벌써 나타난 것인가?

"아! 저기 옵니다."

은홍의 말에 태웅은 수상한 이에 대한 생각을 접고 그녀가 손으로 가리킨 쪽을 보았다. 오는 길에 만난 것인지 문길 일행과 시윤이 함께였다. 가마도 따라오는 것을 보니 그 안에 란 부인이 있는 듯했다.

"다행입니다. 같이 오셨나 봅니다."

은홍이 활짝 웃으니 그도 조금 전까지 날카롭게 일어섰던 경계심을 저 멀리 내려놓았다.

오늘은 꽃구경하는 날이었다. 나쁜 생각은 하고 싶지 않았다. 꽃은 금방 져버리니까. 지금 이 순간이 아니면 그의 부인과 함께 즐길 수가 없었다.

"대행수께서 꽃과 기가 막히게 어울리는구먼. 이래서 꽃구경 오자고 졸랐나 보네."

시윤은 도착하자마자 능글맞은 목소리로 태웅을 놀렸다.

"부인은 어떻게 설득하신 겁니까?"

아마도 란 부인이 혼인하고 처음으로 제일 멀리 바깥출입을 한 날일 거다. 친정집과도 발길을 끊은 걸로 알고 있다.

"흠. 자네부터 그때 하지 않은 말 마저 해야지."

그러고 보니 꽃구경 오면 말해준다는 조건을 걸었었다.

"나리 먼저 말하십시오."

"어허, 자네 먼저 말하게."

"물도 위에서 아래로 흐르니. 나리 먼저죠."

"꽃구경을 내가 가자고 했나. 자네가 가자고 꼬드겼지."

두 남자가 시시한 기 싸움을 하는 동안 은홍은 집 밖으로 나온 란 부인을 반갑게 맞았다.

"이리 와주셔서 정말 기쁩니다."

란 부인은 아직은 어색한 시선으로 주위를 둘러보았다. 온 천지가 푸르름과 꽃으로 가득 차 있으니 담으로 막힌 집 앞마당에 핀 꽃나무를 보는 것과는 확연히 달랐다.

"꽃이 많이 폈군."

"그렇죠? 저희 꽃구경 실컷 하라고 그랬나 봅니다."

"실없는 소리."

란 부인은 그럴 리가 없다고 은홍의 말을 잘라내면서도 꽃에서 눈을 떼지 못했다. 오랜만에 용기를 내어 나와본 바깥세상이니 꽃이 안 피었어도 란 부인에게는 남달랐을 것이다.

"저쪽으로 가보면 더 많은 꽃이 피었을 거 같습니다."

그녀가 란 부인과 함께 좀 더 산 깊숙이 들어가려고 하자 어느새 태웅이 그녀의 곁으로 다가와 섰다. 은홍은 놀라서 그를 올려다보았다. 아까도 그렇고 지금도 너무 지나치게 민첩했다.

"나도 꽃 좋아한다."

아까 본 수상한 이가 아직 근처에 숨어 있을지 모르니 가능한 한 혼자 두지 않으려 한 것인데 그리 말할 수는 없어서 태웅은 대충 둘러댔다. 태웅의 대답에 은홍은 웃으며 란 부인을 보았다.

"대행수님께서 이리 꽃을 좋아하실 줄은 저도 몰랐습니다."

"그러게. 무인인 줄 알았더니 꽃돌이였구먼."

란 부인의 농에 태웅은 진심으로 놀랐다. 사람들의 입을 통해 들은 란 부인의 인상은 엄청 차가운 사람이었기 때문이었다.

"나리. 뭐 하십니까? 오서서 부인을 챙기십시오."

태웅이 시윤을 끌어들이자 시윤은 흠칫 놀라며 란 부인의 눈치를 보았다.

란 부인은 말없이 꽃을 쳐다보기만 했다.

조심조심 란 부인에게 다가오는 시윤이 평소와는 너무 달라서 은홍은 신기하기만 했다. 시윤이 유일하게 어려워하는 사람이 하필이면 부인이란 게 좋은 뜻인지 나쁜 뜻인지 잘 모르겠다.

은홍은 란 부인을 시윤에게 맡기고 태웅과 함께 앞서 걸어갔다. 태웅이 그녀의 옆에서는 말보다 빨리 안 달려서 다행이었다. 그랬다면 그녀도 같이 뛰느라 꽃구경을 제대로 못 했을 테니까.

"대행수님은 무슨 꽃이 제일 좋으십니까?"

모든 꽃이 다 예쁘지만 그래도 그중에 유독 좋아하는 게 있을 것이기에 은홍은 태웅에게 물었다.

"난 봄까치꽃이 좋다."

양 대인에게 말했었다. 그의 부인은 봄까치꽃을 닮았다고.

그래서 태웅은 높은 나무에 달린 화려한 꽃이 아니라 바닥만 살피고 있었다. 풀숲 어딘가 피었을 작고 예쁜 봄까치꽃을 찾아서.

태웅이 꽃을 열심히 찾는 모습이 귀여워서 은홍은 웃음을 참으며 말했다.

"그럼 누가 먼저 봄까치꽃을 찾는지 내기할까요?"

"뭐?"

부부는 닮는다더니. 은홍이 먼저 내기를 걸 줄은 몰랐다.

"먼저 찾는 사람 소원 들어주는 겁니다."

은홍은 반대편으로 몸을 돌려 봄까치꽃을 찾아가버렸다.

햇빛이 쏟아져 내리는 양지바른 곳에 피어 있는 봄까치꽃을 발견한 은홍의 눈이 커지며 입이 벌어졌다.

"찾았다."

은홍은 봄까치꽃 앞에 조심스럽게 무릎을 굽혀 앉았다. 작지만 활짝 핀 연보랏빛 꽃이 예쁘다 못해 대견하기까지 했다. 태웅이 이 꽃을 보면 좋아할 걸 생각하니 입가에 절로 미소가 그려졌다. 어서 태웅을 불러 보여주어야겠다고 생각하고 있는데 그녀의 등 뒤로 긴 그림자가 드리워졌다.

태웅인가 했는데 머리에 삿갓을 쓴 듯한 그림자였다. 은홍은 의아하게 생각하며 고개를 돌렸다.

"은홍아."

태웅의 목소리가 들리며 저 멀리 걸어오는 그의 모습이 보였다. 그녀가 방금 그림자로 본 삿갓 쓴 사람은 없었다.

뭐지? 잘못 본 건가?

"언제 여기까지 온 것이냐. 혼자 돌아다니지 마라."

태웅이 그녀를 야단치자 은홍은 손으로 봄까치꽃을 가리켰다.

"제가 봄까치꽃 찾았습니다."

그제야 봄까치꽃을 발견한 태웅도 그녀의 옆으로 다가와 꽃을 제대로 보았다.

"여기 있었구나."

찾던 꽃을 본 태웅도 입꼬리가 위로 올라갔다. 오늘은 이 봄까치꽃을 본 것만으로도 충분히 꽃구경 온 보람이 있었다.

"제가 먼저 발견했으니 대행수님이 제 소원 들어주셔야 합니다."

그는 이 꽃이 그녀를 닮아서 좋다는 훈훈한 말을 하고 싶었는데, 은홍은 내기의 대가를 원했다.

태웅은 서글퍼지는 마음을 뒤로하고 물었다.

"네 소원이 무엇이냐?"

은홍은 꽃받침처럼 두 손으로 턱을 받치고 그의 얼굴을 빤히 보며 말했다.

"대행수님 머리에 꽃 꽂아도 됩니까?"

태웅은 말없이 그녀의 얼굴만 바라보았다.

뭐?

태웅은 그의 머리에 꽃을 꽂고 싶다는 그녀의 말에 현실 부정을 했다. 그건 사내로 태어나서 있을 수 없는 일이었다.

"농이지?"

그가 물었다. 사실이 아니길 바라며.

그러나 은홍은 진심이라는 눈빛으로 그를 빤히 바라보았다.

"저랑 같이하면 정말 예쁠 거 같습니다."

어떻게 그가 예뻐질 수 있단 말인가. 그는 사내인데.

"꽃보다는 다른 게 낫지 않겠느냐?"

그녀의 말을 거부하면 그녀가 상처받을 것 같아서 그는 돌려 말했다. 꽃만 아니면 뭐든 머리에 꽂을 수 있다고.

"봄까치꽃은 대행수님이 더 보고 싶어 하셨으면서."

그거야 그 꽃이 그녀를 닮아서 그랬던 거고, 그걸 그의 머리에 꽂고 싶어서 찾은 게 아니었다. 차라리 그녀를 그의 어깨에 태우고 돌아다니라면 그러겠다.

"알았습니다. 대행수님이 싫으시면 할 수 없죠."

그녀가 풀이 죽은 얼굴로 봄까치꽃을 하나씩 꺾기만 하자 그는 바로 가시방석이 되었다. 좋은 날 꽃놀이 와서 그녀의 기분을 상하게 하면 어쩌자는 건가.

앞으로 파천 때문에 더 정신없어질지도 모르니 그녀와 함께 보내는 좋은 시간은 오늘이 아니면 힘들지도 몰랐다.

"그래, 꽃구경 온 거니까 그러자꾸나."

그의 수락에 그녀가 바로 웃으며 그의 얼굴을 보았다. 그도 애써 같이 웃었다. 꽃일 뿐이었다. 예쁘기까지 하니 얼마나 좋냐고 스스로 다독여 보았지만 그녀가 꽃을 든 손을 가까이 가져오자 저도 모르게 그의 몸이 뒤로 빠졌다.

그녀가 손을 멈추고 동그란 눈으로 그를 쳐다보자 태웅은 변명했다.

"돌부리에 걸려 넘어졌다."

발아래는 풀뿐이었다.

"갓끈에 장식하면 예쁠 것입니다."

갓은 알았을까? 자신이 꽃으로 꾸며질 날이 올 거라는 걸.

그는 그냥 눈을 감았다. 보고 있으면 더 괴로울 것 같았으니까.

"하하하하하하하. 자네 갓에 매달린 게 설마 꽃인가?"

시윤은 그를 보자마자 방정맞게 웃어댔다.

그와 나란히 걸어오던 은홍은 그런 시윤을 이해하기 힘든 눈으로 바라보며 말했다.

"예쁘기만 한데 왜 그리 웃으시는 겁니까?"

"그럼 사내 갓에 꽃이 달렸는데 내가 안 웃게 생겼느냐. 저건 남자거시기에 꽃 자수 한 거랑 똑같은 거야."

태웅은 주위를 둘러보았다. 입에 돌이라도 집어넣어야 시윤이 닥칠 것 같았으니까.

시윤은 혼자 재미있어 죽으며 이 즐거움을 다른 사람과 나누기 위해 옆에 있던 란 부인을 보며 말했다.

"부인이 보기에도 정말 웃기지 않습니까? 하하하하, 하, 하, 하, …… 하."

웃음기 하나 없이 냉정한 시선으로 자신을 보는 부인과 눈이 마주치자 그제야 시윤의 웃음이 제동 걸린 말 다리처럼 멈추었다.

"아뇨, 하나도 안 웃깁니다. 예쁘기만 합니다."

란 부인까지 예쁘다고 하자 시윤은 당황스러웠다.

"저, 저게 예쁜 게 아닌데 부인은 왜 예쁘다고 하십니까?"

란 부인이 고개를 돌려 걸어가버리자 시윤은 그 뒤를 쫓아가며 끝까지 웃긴 거라고 주장했다.

태웅은 부인의 뒤꽁무니를 쫓아가며 쩔쩔매는 시윤을 보며 그나마 마음이 풀렸다. 오늘 란 부인이 온 게 그한테도 좋은 일이 될 줄 그도 미처 몰랐다.

"아! 스승님께도 꽂아드리고 오겠습니다."

은홍이 꺾어온 봄까치꽃을 문길에게도 주겠다고 하자 태웅이 은홍의 손을 붙잡아 못 가게 하였다.

"문길은 꽃 싫어한다."

봄까치꽃은 부부끼리만 나누고 싶은 욕심에 거짓말을 했다.

"그럴 리가 없는데."

봄이 되어 마당에 꽃이 피면 그녀에게 모르는 꽃 이름을 가르쳐준 사람이 문길이었다. 꽃 이름을 그리 많이 알고 있는데 꽃을 싫어할 리가 있겠는가.

"그럼 내가 거짓말을 한 것이냐?"

그렇다고 대행수님을 거짓말쟁이로 만들 수는 없었기에 그녀는 문길에게 주려고 가지고 온 봄까치꽃을 태웅의 갓끈에 마저 달아주었다. 오늘만 지나면 시들어버릴 꽃이니까 꺾은 꽃을 그냥 버릴 수는 없었다.

한 송이를 꽂으나 여러 송이를 꽂으나 똑같은 것이었기에 태웅은 그냥 은홍이 하는 대로 놔두었다.

"내년에도 꽃구경 또 왔으면 좋겠습니다."

은홍이 꽃처럼 활짝 웃으며 하는 말에 태웅은 고개를 끄덕였다.

그럴 수 있을 거다. 그때쯤이면 모든 일이 마무리되어 있을 테니까. 어쩌면 그땐 둘이 아니라 셋일 수도 있다고 생각하니 내년 봄 꽃놀이가 태웅은 벌써 기다려졌다.

"엣취."

꽃구경을 즐겁게 끝내고 집에 돌아온 그녀가 갑자기 기침을 하기 시작했다. 기온 차가 심한 날 바깥 외출을 길게 했더니 고뿔에 걸린 것 같았다. 은홍운 자신이 고뿔에 걸린 것보다 태웅도 그녀처럼 고뿔에 걸릴 수 있다는 생각에 따뜻한 생강차를 만들어서 그에게 내주었다.

"몸이 따뜻해지게 다 드셔야 합니다."

그녀는 자신이 가져온 생강차를 태웅이 다 마실 때까지 조용히 앉아 있다가 터지는 기침을 도저히 참을 수가 없어서 고개를 뒤로 돌려 손으로 입을 가리며 작게 기침했다.

"엣취."

태웅이 찻잔을 내리며 그녀를 보았다.

"고뿔에 걸린 것이냐?"

"네, 그러니까 대행수님은 오늘 사랑방에서 주무십시오."

은홍의 말에 태웅은 눈을 가늘게 떴다. 아픈지 걱정이 되어 물었는데 어째서 그에게 독수공방을 하라는 답변이 나오는가.

"난 괜찮다."

"저랑 같이 자면 고뿔이 옮아 안 괜찮아질 겁니다."

그는 이젠 고뿔보다 혼자 자는 게 더 안 괜찮았다.

태웅은 찻잔을 내려놓고 그녀에게 손을 뻗었다. 그의 손이 그녀의 얼굴에 닿으려고 하자 그녀는 뒤로 피하려고 했지만 커다란 손은 그녀가 도망치는 걸 용납하지 않았다. 그는 은홍의 작은 뺨을 감싸 그에게로 끌어당겼다.

곧 더운 입술이 그녀의 입술 위로 겹쳐졌다.

그녀는 놀라서 숨을 참았다. 고뿔이 옮을까 봐 옆에서 잠도 안 자려고 했는데 입을 맞추고 타액을 섞다니. 그녀는 바르작거리며 그의 손에서 벗어나려고 했지만 소용없는 짓이었다. 은홍은 망했다 생각하며 두 눈을 질끈 감았다.

태웅은 욕심껏 그녀를 취한 뒤에야 그녀의 뺨을 놓아주었다.

"이제 같아졌으니 그냥 같이 자도 되겠구나."

그는 만족했는데 그를 올려다보는 은홍의 눈빛이 어느새 붉게 달아올라 있었다. 원망이 섞인 그녀의 눈과 시선이 닿자 그는 뜨끔했다.

"전 대행수님 건강 걱정해서 한 말인데."

고작 고뿔로 잘못될 만큼 약한 몸이 아니라고 말하고 싶었지만 지금은 그런 말이 오히려 역효과일 것 같아서 태웅은 입을 꾹 다물었다.

결국 그는 안채를 나와서 사랑방으로 향했다. 부인 뒤 졸졸 쫓아가던 시윤이나 부인에게 쫓겨나 사랑방으로 향하는 그나 별반 다를 게 없어서 한숨을 푹 내쉬며 밤하늘의 달을 올려다보던 그의 걸음이 어느 순간 완전히 멈추었다.

태웅은 고개를 내려 솟을대문 쪽을 쳐다보았다. 아무 소리도 들리지 않았고, 누군가의 인기척이 있었던 것도 아닌데 등줄기에 서늘한 한기가 들어섰다. 태웅은 사랑방으로 향하던 걸음을 돌려 굳게 닫혀 있는 솟을대문 쪽으로 걸어갔다.

자박자박.

그가 내딛는 걸음이 땅에 닿을 때마다 크게 울릴 정도로 고요한 밤이었다. 봄바람조차 숨을 죽이고 산속 깊이 숨어 있는 듯했다.

끼이익—.

그의 손으로 직접 닫혀 있던 대문을 연 태웅은 밖으로 발을 내디뎠다.

바깥과 연결된 돌계단 밑에 삿갓을 눌러쓴 사내가 서 있었다. 삿갓과 달 그림자 때문에 얼굴은 거의 보이지 않았고, 굳은살이 박인 손과 해진 옷은 그가 꽤 길고 험난한 길을 걸어온 사람이라는 걸 짐작하게 해주었다. 이 사내는 비단을 걸쳐도 절대 양반 같지는 않을 듯했다.

깊은 밤 그의 집을 찾아온 수상한 손님이 그가 산에서 보았던 그 사내라는 걸 태웅은 직감했다.

"날 왜 부른 건가?"

삿갓 아래에서 흘러나온 목소리는 이 세상 사람이 아닌 듯 적요했다.

태웅은 이를 으득 물었다. 그래도 아버지가 맞는 거라면 마주친 순간 핏줄의 끌림이라도 느낄 줄 알았건만 파천을 눈앞에 두고 그가 느낀 건 메마른 피비린내뿐이었다.

태웅은 파천을 집에 들일 수 없었기에 그를 데리고 상단으로 갔다.

불을 밝히려고 하자 파천이 말했다.

"난 어두운 곳에서 이야기하는 게 좋네."

태웅의 눈썹이 짧게 찌푸려졌다.

결국 파천의 뜻대로 달빛에 의지해서 이야기하게 되었다. 아버지를 찾고 싶어서 그를 부른 게 아니었으니까 굳이 그의 얼굴을 자세히 볼 필요는 없었다.

잠시 두 사람 사이에 칼바람이 지나가는 듯한 한기가 들었다. 적을 마주한 것인지, 아군을 마주한 것인지 아직 판가름이 안 되었다. 그저 그의 부름에 응해주었다는 거 하나만으로 파천을 완벽하게 아군이라 여기는 건 너무 섣부른 판단이었다.

"얼마 전 문성군의 돈줄 노릇을 하던 이가 죽었습니다."

태웅은 곧장 파천을 부른 본론부터 이야기했다. 사적인 이야기는 단 한마디도 하고 싶지 않았으니까.

"왕실의 일로 날 불렀다는 건가?"

파천은 언짢은 듯 물었다. 그가 왕실에 악감정이 있는 건 묻지 않아도 알 수 있었다. 왕실이 파천을 잡으려 하고 있었기에 30년 가까운 세월을 그림자처럼 숨어 살아야 했으니까. 지금도 파천은 왕실의 눈에 띄면 바로 참수형이었다.

그런데도 그의 서찰 한 장으로 이리 한양에 나타난 것이다. 어쩌면 그게 정말 파천이 그의 아버지임을 증명해주는 사실인 것 같아서 태웅은 입이 말랐다.

"전 세자 저하를 도와 문성군을 잡아야겠습니다."

"어째서?"

당신 때문이라는 말을 당사자가 눈앞에 있는 이 순간만큼은 하고 싶지 않았다. 이제 그건 무의미하게 느껴졌으니까. 다시 태어나지 않는 이상 바꿀 수 없는 사실에 분통 터트리며 억울해하는 것보다 그는 자신이 살아갈 방법에 더 매진하고 싶었다.

그한테는 이제 평생을 함께할 가족이 있었으니까.

"세자 저하가 좋은 사람이니까."

왕세자는 분명 계략을 꾸며 왕을 꿈꾸는 문성군보다 좋은 사람이고, 왕실의 체통을 지키기 위해 아무 죄 없는 그를 죽이려고 하는 왕보다 좋은 사람이었다.

그러니 차라리 그가 왕이 되기를 태웅은 바라게 되었다. 지금의 왕세자가 왕이 된다면 그의 아비가 도둑이라는 이유로 그를 죽이려고 들지는 않을 거라는 확신이 들었으니까.

"좋은 사람이라."

파천은 그 말이 우습다는 듯이 한 번 더 반복했다.

"만약 그 좋은 사람이 너의 자리를 빼앗은 자라도?"

파천의 말에 그의 눈동자가 커졌다.

"그래도 계속 돕고 싶은가?"

아무래도 파천은 그를 도와주러 나타난 게 아니라 그를 흔들려고 나타난 듯했다. 세상은 바람 한 점 없이 고요했으나 태웅의 마음속에는 태풍의 씨앗이 툭 떨어졌다.

은홍은 태웅을 안채에서 쫓아낸 뒤 잠을 청하려고 했지만 쉽게 잠이 들 수 없었다. 고뿔이 심해져서는 아니었다. 그녀도 이제 혼자 자는 게 어색해져서 그런 것 같았다.

"하지만 고뿔이 다 나을 때까지는 안 돼."

그녀는 결의를 다지듯이 중얼거리고는 두 눈을 질끈 감았다. 그리고 잠을 자려고 애쓰고 있는데 밖에서 소리가 들려왔다.

저벅저벅.

저건 분명 누군가 안채로 다가오는 발소리였다. 조용하니 작은 발소리도 그녀의 귀에 아주 선명하게 들렸다. 은홍은 그 발소리 때문에 더 잠을 잘 수가 없어서 눈을 떠서 일어나 앉았다. 발소리는 더 이상 들리지 않았다.

하지만 그녀는 분명 누군가 이쪽으로 다가오는 발소리를 들었기에 조심스럽게 일어나서 문으로 걸어갔다.

혹시 귀신은 아니겠지?

그녀는 두려운 마음에 문을 아주 살짝만 열었다. 섬돌 위에 서 있는 태웅을 발견한 은홍은 그제야 문을 활짝 열 수 있었다.

"왜 다시 오신 겁니까?"

그녀가 나무라듯이 묻는 말에 태웅은 웃으며 말했다.

"오늘은 혼자 자면 잠이 오지 않을 거 같구나."

그녀도 그래서 잠이 들기 힘들었지만 그래도 오늘 밤은 안 되었다.

"제 고뿔이 옮을 것입니다. 그러니까 사랑채로 건너가십시오."

어째 지아비를 쫓아내는 못된 부인 같았지만 그래도 그녀가 강하게 말하지 않으면 또 그의 뜻대로 하게 될 것 같아서 은홍은 눈에 힘을 잔뜩 주고 그를 쳐다보았다.

그녀가 절대 안 된다고 하자 태웅은 대청마루에 앉으며 짧게 한숨을 내쉬었다.

"방이 안 된다고 하면 난 여기서 자야겠구나."

그가 추운 마루에서 잔다는 말에 그녀는 기겁했다. 여기서 자면 그냥 고뿔 걸리는 거였다.

"안 됩니다!"

"나도 사랑채는 싫구나."

은홍은 치마를 손으로 움켜잡으며 난감한 표정을 지었다. 그가 이미 그녀에게 입맞춤을 해버려서 고뿔이 이미 옮았을 거라 여기고 안채에서 같이 자는 건 너무 안일한 태도였다. 지아비의 건강을 그리 허투루 챙길 수는 없었다.

그래서 그녀는 태웅의 옆에 주저앉으며 손으로 마당을 가리켰다.

"대행수님이 마루에서 주무시면 전 마당에서 잘 겁니다."

그녀의 강경수에 잠시 놀란 표정을 짓던 그는 이내 소리 내어 웃어버렸다.

"하하하하. 결국 오늘 둘 다 방에서 못 자는 것이냐?"

이건 웃을 일이 아니었다. 정말 심각한 일이었다.

은홍은 그의 팔을 두 손으로 붙잡고 끌어당겼다. 일으켜 세우려고 한 것인데 태웅은 미동도 없었다. 힘으로 안 되자 그녀는 말로 그를 재촉했다.

"일어나십시오. 제가 사랑채까지 모셔다드릴 것이니. 잠이 안 오시면 잠들 때까지 옆에 있어드릴 것입니다."

"그럴 바에는 그냥 여기서 같이 자는 게 낫지 않겠니?"

"아닙니다. 따로 자야 합니다. 제 고뿔이 대행수님께 옮으면 전 정말 화룡 상단 안주인 자격도 없는 것입니다."

"고뿔은 누구나 걸리는 거다. 그런 걸로 자격 타령하면 아무도 화룡 상단 안주인이 될 수 없어."

"제가 그리 정했습니다. 이 고뿔은 저의 것입니다. 대행수님은 안 됩니다!"

같이 잔다고 그녀의 고뿔이 그에게 옮을 것 같지도 않았지만, 고뿔 정도는 한 번 땀을 빼면 낫는 것이었다. 이런 하찮은 것에도 이리 마음 쓰는 그녀가 나중에 더 큰 불행이 닥치면 그땐 얼마나 힘들어할지 생각하니 마음이 안 좋아져서 태웅은 자신을 잡아당기는 그녀의 손을 끌어당겨 작은 몸을 품에 안았다.

"대행수님!"

그가 또 멋대로 안자 그녀는 화를 냈다. 그래도 그는 그녀를 두 팔로 더 꽁꽁 안으며 말했다.

"아무래도 고뿔이 아닌 거 같다. 기침을 더 이상 안 하잖니."

"대행수님이 제멋대로 행동하는 것에 너무 화가 나서 잠시 멈춘 거뿐입니다."

"내가 머리에 꽃도 꽂게 해주었는데 너무하는구나."

그 창피한 걸 그가 해주었는데도 그녀가 냉정하게만 군다고 그가 서운해하자 은홍은 그를 밀어내던 손을 멈추고 그의 얼굴을 올려다보았다. 날렵한 턱선과 수려한 콧날이 투정 부리는 남자라는 게 믿기지 않을 정도로 늠름했다.

"저는 대행수님이 엄청 근엄하신 분인 줄 알았습니다."

"내 다른 사람한테는 그러니 너무 걱정 마라."

걱정이 아니라 타박한 거였다. 언제 이렇게 조름과 투정이 늘어난 거냐고.

혼인하더니 사람이 변한 듯했다. 아니, 이젠 그녀의 앞에서는 화룡 상단 대행수가 아니라 그녀의 지아비로서의 모습을 더 많이 보여주는 거라 생각하면 마음에 따뜻한 기운이 퍼졌다. 그녀도 어쩔 수 없이 팔불출 부인이 되어가는 것 같았다.

"정말 혼자 주무시기 싫으십니까?"

태웅이 그녀를 내려다보며 고개를 끄덕였다.

"그래."

그는 파천의 앞에서는 답하지 못했던 걸 이제는 할 수 있었다. 그는 지금의 자신이 더 좋았다. 화룡 상단의 대행수인 자신이, 은홍의 지아비인 자신이.

그러니까 다른 모습의 자신을 바라지 않았다. 그게 아무리 권력이 드높고 세상의 가장 높은 곳에 있는 자리라도.

"네가 없으면 이젠 잠을 잘 수가 없다."

그의 아내 옆이 그가 있어야 할 자리였다.

고작 며칠 밤일 뿐인데 그의 눈빛이 너무 절절해서 은홍은 한숨을 길게 내쉬고는 졌다는 듯이 말했다.

"알겠습니다. 그럼 안방에서 같이 주무셔요."

그녀가 기침이 나올 때마다 죽을힘을 다해 참을 수밖에.

그녀가 허락하자 그제야 태웅은 붙박이처럼 앉아 있던 자리에서 벌떡 일어나며 그녀를 단번에 안아 올렸다.

"꺄악!"

순식간에 그녀의 몸이 공중으로 떠오르자 은홍은 깜짝 놀라서 그의 목을 끌어안았다.

태웅은 그녀의 비명을 듣고 짓궂은 소년 같은 미소를 지었다.

"놀라서 고뿔이 떨어졌겠구나."

그건 재채기였기에 은홍은 곱게 그를 흘겨보았다. 처음 볼 때부터 너무 큰 사람이어서 그녀보다 한참 어른인 줄만 알았는데 점점 나이 차이가 좁혀지는 것 같았다. 지금 이 순간은 오히려 그녀보다 더 어리게 느껴졌다.

"대신 잠만 자는 겁니다."

은홍은 방에 들어가기 전에 경고했다.

"나도 아픈 아내에게 욕정을 느낄 정도로 나쁜 사내는 아니다."

오늘은 그저 그녀의 옆에서 자고 싶을 뿐이었다. 그래야 숙면을 할 수 있을 것 같았다.

"정말 그렇다고 해도 나쁜 사내는 아닙니다."

은홍은 오히려 그를 다독였다. 태웅의 육체적 욕망이 그녀보다 크다는 걸 경험으로 느껴 잘 알고 있었으니까.

"이젠 네가 날 가르치는구나."

"그럼 나쁜 겁니까?"

그녀의 물음에 태웅의 눈빛이 하늘 위 초승달처럼 매혹적으로 휘었다.

"아니, 나무랄 데 없는 아내다."

그의 칭찬에 은홍도 미소 지었다.

태웅은 그녀를 안고 방으로 성큼성큼 걸어갔다.

탁.

안방의 문이 닫히고, 부부는 그제야 긴 밤을 편하게 잠이 들 수 있었다.

이제 세책 방 주인과는 안면이 익은 사이가 되어서 태웅이 문을 열고 들어서자 주인이 먼저 반갑게 인사했다.

"오늘도 부인께서 읽을 책을 사러 오신 것입니까?"

"아니오. 오늘은 내 책을 살 것이오."

애처가라고 칭찬해주려던 주인은 그가 딱 잘라 자기 책을 산다고 하자 머쓱한 표정을 지으며 자리를 피했다. 부인이 읽으면 좋은 책만 골라놓았으니까.

태웅은 곧장 세책 방 구석으로 가서 꽤 오래 책을 골랐다.

그때 세책 방의 문이 다시 열리며 비단옷을 입은 양반이 들어섰다.

그는 갓을 깊게 눌러 써 얼굴의 반을 가린 채 태웅의 옆으로 걸어가 그와 등을 지고 섰다.

왕세자 이훈이었다.

밖에 왕세자의 호위 무사가 지키고 서 있으니 다른 이가 나타나면 알려줄 테지만 그래도 두 사람은 조심스러웠다.

태웅은 보던 책에서 눈을 떼지 않으며 나직하게 말했다.

"도움을 줄 수 있는 자가 왔습니다."

"그게 누구인가?"

왕세자는 태웅에게 도움을 청한 것만으로도 위험을 감수한 것이었다. 여기서 또 다른 이가 추가되는 건 그리 달가운 일이 아니었다.

"그의 도움을 받기 전에 저하께서 먼저 선택을 하셔야 합니다."

선택이라는 말이 묵직하게 다가와서 왕세자가 눈동자를 옆으로 옮겨 잠시 태웅의 각진 어깨를 보았다.

"난 이미 선택한 줄 알았는데."

왕세자의 선택은 태웅이었다. 항상 조심스러웠던 그답지 않게 고민 없이 결정한 선택이었기에 왕세자는 자신의 선택이 틀리지 않았기를 바랐다. 앞으로 많은 신하를 거느리는 왕의 자리에 오를 그에게는 아주 중요한 일이었다.

"이번이 좀 더 어려운 선택일 것입니다."

태웅이 겁을 주듯이 말하니 왕세자의 단아한 미간이 좁아졌다. 그가 원하는 건 하나뿐이었다.

어서 빨리 혈육 간의 싸움을 끝내는 것.

피를 나눈 가족이 목숨을 걸고 대적하는 건 왕족의 숙명이라고 해도 사람으로서 참으로 못 할 짓이었다.

"내가 또 무슨 선택을 해야 하는 건가?"

"임금님께 가서 고하던가, 아니면 저와 손을 잡고 문성군을 잡던가."

태웅의 말은 아리송했다. 이건 왕세자와 문성군의 싸움이었다. 왕은 다 알고 있을 텐데 모른 척하고 있었다. 이 싸움에서 살아남는 자만을 아들로 인정해 주겠다는 듯이. 왕은 아버지이기 전에 왕이었다. 그래서 너무하다 하소연조차 할 수가 없었다.

그런 왕을 먼저 찾아가 고하라고?

"내가 아바마마께 무엇을 고한단 말인가?"

태웅은 잠시 말을 멈추었다. 마치 이제부터 해야 할 말이 그로서도 선택이라는 듯이.

하지만 어차피 말해야 했다. 그한테는 선택이 아니라 생존이었으니까.

"도움을 주러 온 자가 파천입니다."

태웅의 말에 왕세자의 눈이 커진 채 그대로 얼어붙었다. 전혀 상상도 못 한 인물이 태웅의 입에서 튀어나온 것이다. 그것도 왕실의 여인을 납치한 대역 죄인의 이름이었다. 왕실은 30년 동안이나 파천을 잡으려고 애썼지만 신출귀몰한 도둑은 끝내 모습조차 보여주지 않았다.

그런 파천이 지금 제 발로 한양에 왔다는 말을 왕세자는 쉬이 믿을 수가 없었다.

"이 상황에 농이라면 내 자네를 절대 용서치 않을 것이네."

왕세자의 말은 그 자체가 힘이었지만 태웅은 동요하지 않고 건조하게 말했다.

"소인이 저하의 아버지를 닮았다며 신기해하지 않으셨습니까?"

왕세자는 순간 아주 단단한 도끼로 머리를 세게 얻어맞은 기분이 들었다.

정말 그랬으니까.

그래서 누군지도 몰랐던 태웅에게 시선이 갔던 거였다.

왕세자는 조심성 없이 휙 몸을 돌려 태웅을 똑바로 보았다. 태웅은 여전히 그에게 등을 돌리고 있었다. 살짝 드러난 옆얼굴이 마치 왕의 젊은 시절을 보는 듯해서 전신에 소름이 돋아났다.

이런 말도 안 되는 인연이. 아니, 악연이었단 말인가.

"그러니까 선택이라 말씀드린 겁니다. 저하의 선택에 따라서 소인은 죽던가, 살겠죠."

태웅은 그의 목숨을 왕세자의 앞에 꺼내어 내려놓았다. 그리고 사람을 믿는다는 것이 얼마나 어려운 일이라는 걸 새삼 또 깨닫게 되었다. 왕보다 왕세자가 나을 것이라 여겼는데도 다 말하고 나니 그가 의심되기 시작했다. 왕세자가 그가 원하는 선택을 할 거라고 완벽하게 믿을 수 없었다.

하지만 패는 이미 던졌다. 이제 그가 살던가, 죽던가.

둘 중 하나로 결정될 것이었다.

태웅이 세책 방을 나와 평소보다 일찍 집에 돌아오자 은홍은 날씨가 좋아서 집안 일꾼들과 함께 염직물을 만들고 있었다.

까르르르르르.

여인들이 모여 있으니 웃음소리가 나비의 날갯짓처럼 가볍고 경쾌했다. 그리고 장막처럼 걸려 있는 천들 사이로 얼핏얼핏 은홍이 보일 때마다 태웅은 그녀가 처음 이 집에 왔을 때를 추억하게 되었다. 그땐 그녀를 사 올 때 썼던 오백 냥을 언제 다 채울까 염려되었던 작고 마른 아이일 뿐이었다.

그런데 이젠 그와 혼례식을 올리고 그의 전부가 되었다. 태웅은 한참이나 담 밖에 서서 일꾼들과 염직물을 만드는 은홍을 바라보기만 했다.

세월이 애틋하고, 그녀가 사랑스럽고, 그는 서러웠다.

"대행수님!"

은홍이 먼저 그를 발견하고 손을 크게 흔들었다. 봄까치꽃을 닮은 미소가 햇살과 함께 부서졌다.

그제야 그도 웃으며 안채 안으로 걸어 들어갔다. 쏟아지는 햇살 속에서 그를 향해 달려오는 아내가 너무 예뻐서 태웅은 순간 숨이 안 쉬어졌다.

그의 앞까지 단숨에 온 은홍은 발그레한 얼굴로 활짝 웃으며 물었다.

"오늘은 어쩐 일로 일찍 들어오셨습니까?"

항상 해가 떨어져야 들어오던 그가 아직 해가 지지 않았는데 돌아와서 그녀는 놀랐다.

"내가 빨리 와서 귀찮으냐?"

당연히 그럴 리가 없었기에 그녀는 곱게 그를 흘겨보고는 같이 방으로 들어갔다. 귀가한 그는 쉬어야 할 시간이었지만 그녀는 이제부터 바빠졌다.

"저녁상을 준비해 오겠습니다."

태웅이 떠나려는 그녀의 팔을 잡고 끌어당기자 그녀는 넘어지듯 그의 품으로 쓰러졌다. 그녀가 당황해 고개를 들자 태웅의 입술이 다가와 그녀의 도톰한 입술을 집어삼켰다.

아직 달도 뜨지 않았는데 그가 쏟아붓는 농익은 입맞춤에 그녀의 얼굴이 발그랗게 달아올랐다. 그의 옷깃을 움켜잡으며 부끄러움을 참고 있는데 그가 입술을 떼며 울림 깊은 목소리로 나직하게 말했다.

"지금 너를 안지 말라는 법은 없지 않느냐?"

지금 그녀를 안고 싶다는 그의 말에 깜짝 놀란 은홍의 눈이 왕방울만 해졌다.

"하, 하지만 밖에 사람들이 있는데."

지척에서 일꾼들이 바지런히 움직이는 소리가 그녀의 귀에는 다 들리는 듯해서 귓불이 새빨개졌다.

"네가 소리를 안 내면 된다."

주인의 방은 아무나 함부로 들어올 수 없으니까.

하지만 태웅의 말에 그녀의 얼굴이 울상이 되었다.

"무리입니다."

그건 참으려고 죽어라 노력한다고 해서 참을 수 있는 게 아니었다. 그가 항상 그녀를 너무 뜨겁게 안으니까 절로 뜨겁다고 소리치는 거였다. 불덩이를 손에 쥐고 아무 소리도 안 낼 사람이 세상에 어디 있단 말인가.

"옷을 안 벗으면 괜찮을 거다."

그가 말하며 그녀의 치마 아래를 헤집고 들어와 그녀의 발목을 그러쥐자 그녀의 심장이 동동 뛰어댔다. 옷은 하나도 안 벗었는데도 이미 그의 손에 발가벗겨진 기분이었다.

"하지만……."

그녀는 여전히 낮에 하는 게 내키지 않아 엉덩이를 뒤로 빼는데 태웅이 그녀의 가는 허리를 단번에 휘어잡고 몸을 밀착시켰다. 그녀의 동그란 가슴이 그의 가슴에 짓눌려 뭉개졌다.

그것만으로도 그녀의 호흡이 널을 뛰듯이 뚝뚝 끊겼다. 그에게 안길 때의 뜨거움을 또렷하게 새기고 있는 몸이 제멋대로 반응했다. 그녀의 머리와 몸이 따로 노는 느낌이었다. 그래서 지금은 안 된다고 해야 하는 건지 괜찮다고 해야 하는 건지 몰라 갈등하고 있을 때 태웅이 그녀의 귀에 입술을 대고 나직하게 속삭였다.

"내 부인을 내가 안고 싶을 때 안는 게 죄더냐?"

그의 목소리가 그녀의 귀가 아니라 그녀의 심장을 사정없이 간지럽혔다. 밤에만 깨어나는 몸 안의 야한 세포가 일제히 깨어나는 것만 같아 정말 곤란해졌다. 그녀도 그에게 안기는 게 싫을 리 없었다. 단지 지금 이 시간이 낯설 뿐.

"네 몸은 좋다고 하는 거 같은데."

이젠 그녀의 몸에 대해 그녀보다 더 잘 아는 그가 하는 말에 그녀의 얼굴이 순식간에 붉어졌다. 부끄러움과 달뜸이 동시에 몰려왔다. 그게 사실이었기에.

"사람들이 신경 쓰여서."

그녀가 변명하듯이 하는 말에 태웅의 입가에 매력적인 미소가 그려졌다.

"원래 사람들 몰래 하는 게 더 재미있는 법이지."

지금 그는 대행수가 아니라 악동이었다.

그런데 그 악동의 입놀림에 그녀는 정신없이 넘어가는 기분이었다. 곤란하다는 마음은 작아지고 그럴지도 모른다는 호기심이 스멀스멀 밀려왔다.

"정말 지금은 싫으냐?"

그가 마지막인 듯이 물었다. 만약 여기서 그녀가 안 된다고 하면 그는 두말없이 물러날 것이었다.

하지만 그녀는 더 이상 거부할 수가 없었다. 그녀도 궁금해졌다. 지금 그에게 안기는 느낌은 어떤 것인지.

그녀가 그의 몸을 밀어내던 손에서 힘을 빼자 치마 속에서 발목을 잡고 있던 손이 거침없이 위로 올라왔다. 그녀는 벌써 신음이 나올 것 같아서 입술을 꾹 깨물었다.

창밖에서 사람 소리가 들려왔다. 새소리도, 개소리도.

두 사람이 있는 공간만이 세상과 따로 떨어진 듯이 아득해졌다.

보통은 몸이 노곤할 정도로 사랑을 나누고 나면 새벽이 되었는데, 오늘은 밤이 시작되었을 뿐이었다. 그녀는 손가락 하나 까닥할 힘이 없어서 그의 팔 안에서 축 늘어졌지만, 아직 서방님 저녁상도 안 차려 주었다는 게 퍼뜩 떠올랐다.

"제가 가서 저녁상을!"

그녀가 상체를 벌떡 일으키며 밥을 차린다고 하자 태웅이 그녀의 팔을 잡아당겨 다시 눕게 했다.

"지금 나가면 상 차리다 쓰러질 거다."

그녀의 몸 상태는 이제 그가 제일 잘 알았다. 지금은 그냥 푹 자는 게 답이었다.

"하지만 저녁을 드셔야."

"배고프더냐?"

"아뇨. 대행수님이."

"나는 배부르다."

그녀를 욕심껏 안았더니 안 먹어도 배가 불렀다.

그녀는 그래도 저녁상이 마음에 걸려서 그의 팔 안에서 꼼지락거리는데, 그가 그녀의 몸을 당겨 안으며 경고했다.

"그렇게 움직이면 내가 또 흥분한다."

그 말에 그녀는 바로 뻣뻣한 몸이 되었다.

눈도 깜빡이지 않고 자신을 쳐다보는 그녀의 얼굴을 보고 태웅은 웃으며 말했다.

"숨은 쉬어도 된다."

은홍은 그제야 참았던 숨을 내쉬었다.

태웅의 손이 다가와 그녀의 얼굴에 맺혀 있던 땀을 닦아주었다. 울기도 해서 눈가에 눈물 자국도 있었다. 그녀의 얼굴을 꼼꼼하게 닦아주던 그가 그녀를 불렀다.

"은홍아."

그의 부름에 답하듯이 은홍은 눈동자를 움직여 그의 눈을 보았다.

깊고 짙은 눈빛은 그녀를 가득 담고 가늘게 떨렸다.

그제야 그가 오늘 뭔가 다르다는 게 느껴졌다. 그에게 무슨 일이 있냐고 물어보려던 순간 그가 말했다.

"내 너를 잠시 멀리 보내야겠다."

그의 말에 그녀의 눈동자가 커진 채 얼어붙었다. 은홍은 몸을 벌떡 일으켰다.

"그게 무슨 소리이십니까?"

그녀가 잘못 들은 게 아니라면 분명 그녀를 멀리 보낸다고 그가 말했다. 태웅은 설명 없이 그녀가 놀랄 만한 소리를 먼저 해버린 자신에게 혀를 차며 일어나 앉았다.

"제주로 물자를 실은 배가 곧 떠날 거다."

'제주'라는 말에 그녀의 눈동자가 크게 흔들렸다. 같은 조선이라도 바다를 건너야 갈 수 있는 섬이었다. 그러니 그녀한테는 다른 나라나 마찬가지였다.

“거기서는 여 행수가 섬 전체를 먹여살리는 상단을 운영하고 있다. 네가 그이를 만나면 앞으로 화룡 상단 안주인으로서 무얼 해야 하는지 보고 배울 게 많을 거다.”

그러니까 그 먼 곳까지 가서 고수에게 한 수 배워서 오라는 뜻이었지만, 그래도 그녀의 마음은 나아지지 않았다.

“제가 많이 부족한 게 탐탁잖으셨던 겁니까?”

그녀를 안전한 곳으로 잠시 보내려고 붙인 핑계가 오히려 그녀의 마음을 아프게 한 것 같아 마음에 걸렸지만 반드시 보내야 했기에 태웅은 냉정하게 말했다.

“그래서 넌 지금의 너에게 만족하는 것이냐? 그럼 가지 않아도 좋다.”

태웅이 오히려 그녀의 선택에 맡기니 차마 가기 싫다는 말을 할 수 없었다. 그럼 그녀가 정말 모자란 사람이 되는 거였으니까. 그가 화룡 상단의 대행수였으니까 그의 부인이 된 그녀도 상단에 도움이 되는 사람이 되어야 했다.

그런데 혼례식을 올린 뒤에는 오로지 지아비인 태웅만 보고 사랑받는 것에 급급하여 화룡 상단 안주인의 노릇을 제대로 못 한 것에 뒤늦게 후회가 밀려왔다. 그녀가 정신 똑바로 차리고 제대로 안주인 노릇을 했다면 태웅이 그녀를 제주까지 보내려 하지는 않았을 테니까.

“아뇨, 가겠습니다.”

뚝, 말은 그렇게 했지만 눈에서 눈물이 떨어졌다. 그 먼 곳까지 다녀오려면 정말 오래 그를 못 볼 것이기에. 태웅이 청에 다녀올 동안에도 아무렇지 않게 잘 버텼던 그녀였는데 이제는 그게 세상에서 가장 어려운 일이 되어버렸다.

태웅은 냉정하게 말한 것과는 달리 팔을 뻗어 우는 은홍의 몸을 다정하게 안아주었다.

“잠시 다녀오는 것뿐이다. 울지 마라.”

그의 말대로 잠시였다. 청국까지 가는 것과 비교하면 그리 먼 것도 아니었다.

그런데 이상하게도 그녀는 눈물을 멈출 수가 없었다. 이대로 그와 헤어지면 마치 영영 못 볼 것만 같은 무서운 느낌이 들어서 몸까지 떨렸다.

어째서 이리 무서운 걸까?

그녀는 그의 품에서 울면서도 의아하기만 했다.

그녀가 제주에 다녀오려면 달포는 못 만날 수 있기에 떠나기 전에 란 부인에게 인사를 하러 갔다.

“제주?”

란 부인도 그녀가 가는 곳을 듣고 깜짝 놀랐다. 그만큼 뜻밖의 장소였다.

“어째서 대행수가 자네를 그 먼 곳까지 보낸다는 건가?”

“그곳에 섬의 상단을 책임지고 있는 여 행수가 있다 합니다. 그분을 만나서 많이 배우고 오라 하십니다.”

그녀의 설명을 듣고도 란 부인은 썩 개운치가 않았다. 이유는 그럴듯하나 고작 그 정도 이유로 대행수가 애지중지하는 부인을 그 먼 곳까지 홀로 보낼 것 같진 않았으니까.

뭔가 다른 이유가 더 있을 듯했다.

"그래서 대행수가 자네 혼자 가라 했다고?"

"네, 대행수님은 여기서 상단 일을 해야 하니까."

란 부인은 입을 꾹 다물고 창밖만 바라보았다.

"왜 그러십니까?"

"아닐세."

그녀가 괜한 걱정을 하는 거라 믿고 싶었다. 만약 대행수가 다른 이유로 은홍을 그 먼 곳까지 보내라는 거라면 이유는 하나뿐이었다.

대행수의 신변에 위험한 일이 생긴 거다.

굳이 확인도 안 된 말을 은홍에게 해서 그녀를 놀라게 할 수는 없었기에 란 부인은 무탈하게 잘 다녀오라는 말만 건넸다.

"먼 길 떠날 때는 자네 몸을 지킬 수 있는 건 꼭 챙겨야 하네. 각궁을 가져가게."

배 타고 가는데 각궁 쓸 일이 뭐가 있을까 싶었지만 은홍은 알았다고 대답했다.

제주 가서 여 행수에게 각궁 솜씨를 뽐낼 수도 있겠다 생각하며.

운검 박무진은 먼저 찾아온 태웅을 반길 수가 없었다. 그들은 안 만날수록 서로가 무탈한 인생이었으니까.

태웅도 잘 안 다는 듯이 오랜만이라는 인사도 없이 할 말만 했다.

"부탁드릴 게 있어서 이리 찾아왔습니다."

"부탁?"

박무진은 그 단어가 참 생소하다는 표정을 지었다.

"네, 제 부탁 들어주실 수 있으십니까?"

만약 박무진이 거절하면 태웅은 협박이라도 할 생각이었다. 이게 모두 박무진이 왕의 명령을 어기고 그를 살려두었기에 생긴 일이니까.

"들어보고 결정하지."

박무진은 칼을 쓰는 무사답지 않게 머리가 복잡했다. 그리고 그 번뇌가 결국 그를 죽게 할 것 같다고 생각하며 태웅은 말했다.

"왕세자께서 왕을 알현하겠다고 청하면 저에게 바로 알려주십시오."

"뭐?"

정말 뜻밖의 부탁이라 박무진의 눈이 커졌다. 궁 안의 소식 중 절대 궁 담을 넘지 말아야 할 왕의 소식을 전하라는 것이니 운검이 절대 들어주어서는 안 되는 부탁이었다.

"어째서?"

"지금 왕세자가 왕을 만나면 제가 파천의 아들이라는 걸 고하러 가는 것이니까."

박무진의 전신이 굳어버렸다. 다른 이도 아니고 왕의 아들인 세자가 그 사실을 알고 있다는 사실이 그의 목숨 줄을 콱 움켜쥐었다.

"제 목숨을 살려주셨으니 제가 도망칠 시간도 주셔야죠."

태웅은 절대 죽을 수 없었다. 그러니까 만약 왕세자가 그의 뜻과 다르게 움직여 그를 버린다면 바로 은홍이 있는 제주로 향할 생각이었다. 그리고 그곳에서 은홍과 함께 청국으로 떠나서 영원히 이 나라에는 돌아오지 않을 생각이었다.

"왕세자가 어떻게 그걸 안단 말이냐?"

왕세자가 우연히 태웅을 만났다고 해도 태웅이 파천의 아들임을 알아볼 수는 없었다. 그건 절대 불가능했다.

"제가 말했습니다."

"뭐? 네가 죽으려고 작정을!"

"살려고!"

태웅의 일갈이 박무진의 분노를 집어삼켰다.

"말한 겁니다. 안 그럼 전 죽을 때까지 내 부인과 내 아이에게 떳떳할 수 없을 테니까."

박무진은 결국 그 은홍이라는 여인이 태웅을 죽음의 길로 인도한 것만 같아서 억장이 무너졌다.

"지금이라도 당장 한양을 떠나라."

"아뇨, 왕세자의 결정을 기다려야 합니다."

"뭘 기다려! 왕세자도 결국 이 씨 왕가의 사람이다!"

"그러니까 기다리는 겁니다."

이 씨 왕가의 사람 중 한 명이라도 그를 인정해준다면 그는 면죄부를 얻는 것이니까. 그게 그가 살아갈 수 있는 유일한 길이었다.

"왕세자가 왕을 알현하겠다 하면 그때 알려주시면 됩니다."

왕세자는 분명 치열하게 고민하고 갈등한 뒤 결정을 내릴 것이다.

그거 하나만은 분명했다. 그러니 왕세자가 왕을 알현하겠다고 했을 때는 은홍은 이미 멀리 보낸 뒤일 테니까 그 혼자 충분히 피신할 수 있었다.

"넌 왕세자를 믿는 것이냐?"

박무진의 물음에 태웅은 차게 대답했다.

"아뇨."

하지만 완벽하게 불신할 수도 없었다. 그러니 그의 선택을 기다리는 거다. 이번에 왕세자가 내릴 결정으로 그는 왕세자를 완벽하게 믿게 되던가, 완벽하게 불신하게 되던가, 제대로 결정 내릴 수 있었다.

그의 목숨이 달린 위험한 도박이었지만 피할 수는 없었다. 피하면 답은 도망치는 것뿐이었으니까.

그는 차마 은홍을 도망자의 아내로 만들 수가 없었다.

제주로 떠나기 전날, 가지고 갈 짐을 챙기는 은홍의 손이 자꾸 멈추었다. 내일이 되면 태웅과 헤어져 오래도록 못 볼 거라고 생각하니 손에 돌이라도 달아놓은 듯이 행동이 굼떠졌다.

이제 와서 태웅에게 가기 싫다고 할 수도 없었다. 그건 정말 어린애 같은 행동이었으니까. 그녀가 화룡 상단 안주인 자격이 없다는 걸 스스로 증명하는 것 같아서 그녀는 꾹 참으며 짐을 챙겼다.

"아씨, 문길입니다."

상단에 있어야 할 문길의 목소리가 들리자 그녀는 반가운 마음에 벌떡 일어나 직접 문을 열었다.

"스승님이 이 시간에 어쩐 일이십니까?"

"대행수 어른이 아씨께 가보라 하셨습니다."

내일 떠나는 것 때문에 문길을 보냈음을 안 그녀의 표정이 어두워졌다.

"저도 아씨와 같이 제주에 갈 것이니 너무 겁먹지 마십시오."

문길이 그녀를 달래려고 한 말이었지만 그녀의 기분은 나아지지 않왔다. 겁먹은 게 아니라 태웅과 헤어지기 싫은 것이니까.

"대행수님도 같이 가시면 안 되는 것이겠죠?"

대답을 뻔히 아는데도 아쉬운 마음에 문길에게 물었지만, 그는 씁쓸한 미소만 지었다.

"시간은 생각보다 빨리 흐릅니다. 대행수 어른과 곧 다시 만나게 될 것이니 너무 힘들어하지 마십시오."

태웅이 은홍을 왜 제주로 보내려 하는지 그 이유를 아는 문길은 은홍에게 그렇게밖에 말할 수 없었다.

바람이 불었다. 배를 제주까지 이끌어줄 순풍이면서 부부의 이별을 부채질하는 통풍이었다.

결코 피할 수 없는 이별이 코앞으로 다가왔다.

화룡 상단.

태웅은 가만히 서안 앞에 앉아 있었다. 내일 은홍이 떠나니 어서 빨리 집에 돌아가서 조금이라도 더 얼굴을 보아야 하는데, 은홍 앞에서 어떤 표정을 지어야 할지 알 수 없어서 몸이 쉬이 움직이지 않았다.

살아서 다시 만날 수 있을 것이다. 그는 그리 믿었다. 왕세자에 대한 믿음은 흔들려도 그 믿음만은 확고했다. 그는 절대 은홍만 두고 죽지 않을 것이다. 최악의 상황이 와도 악착같이 살아서 은홍이 있는 곳으로 갈 것이다.

"대행수님, 은홍입니다."

문밖에서 들린 그녀의 목소리에 결연하게 힘이 들어가 있던 그의 눈빛이 크게 흔들렸다.

헤어지기 싫었다.

그 마음만이 심장을 아프게 난도질했다.

해가 져도 태웅이 돌아오지 않자 은홍은 그를 기다리는 대신 그를 마중하러 직접 상단까지 갔다. 오늘이 아니면 이리 할 수 없었으니까.

내일이 되면 아주 오래 그를 볼 수 없다고 생각하니 그냥 기다리는 시간조차 아까웠다.

"대행수님, 은홍입니다."

그녀가 왔다는 걸 고했는데 문 안에서 태웅의 대답이 돌아오지 않아서 은홍은 당황했다. 분명 태웅이 상단에 아직 있다는 말을 문길에게서 듣고 온 것이었으니까.

"들어오너라."

뒤늦게 들려온 태웅의 목소리에 은홍은 그제야 안심했다. 그가 이곳에 없다면 어디서 찾아야 하나 걱정하던 차였다.

드르륵—.

문을 여니 서안 앞에 앉아 있는 태웅이 보여 은홍은 미소를 지었다. 하지만 태웅은 같이 웃지 못하고 평소보다 더 정 없이 말하게 되었다.

"어찌 여기까지 왔느냐?"

"내일이 제주로 떠나는 날이라."

그러니 그가 오늘만은 일찍 집에 돌아왔으면 더 좋았을 테지만 은홍은 굳이 그를 타박하지 않았다. 그럴 시간도 아까웠다.

"그런데 대행수님이 늦으셔서 제가 왔습니다."

"내가 잘못했구나."

"아닙니다."

은홍은 정말 그에게 서운하지 않았기에 얼굴에서 미소를 잃지 않았다. 그러나 태웅은 그녀가 웃을수록 마음이 더 안 좋았다.

아무래도 그가 그녀에게 솔직하지 못하기 때문인 것 같았다. 진짜 그녀를 보내야만 하는 이유를 그녀에게 말하지 못하기에 그녀를 웃으며 보내주는 게 힘이 들었다.

"일이 아직 남으셨습니까?"

그만 집에 돌아가자는 말을 은홍은 돌려서 물었다.

태웅은 말없이 자리에서 일어나서 그녀의 옆으로 걸어왔다.

그는 이제 그녀의 세상을 완벽하게 덮고 있는 하늘이었다. 당분간 그 하늘 없이 그녀 홀로 서야 한다고 생각하니 불안하고 걱정이 되기도 했다. 분명 그 없이 살았던 시간이 그와 함께 살았던 시간보다 훨씬 길었는데도 말이다. 이젠 그녀 혼자 살아왔던 시간이 너무 아득하게 느껴졌다.

"그만 집에 돌아가자꾸나."

그가 집에 돌아가자는 말을 하자 불안해지던 은홍의 마음이 다시 평온해졌다. 오늘은 이리 그의 하늘 아래에서 걸을 수 있으니까 미리 쓸데없는 걱정은 하지 말기로 했다.

저벅저벅.

자박자박.

집으로 돌아오는 길에 두 사람은 유독 말이 없었다. 태웅은 앞만 보고 걸었고, 은홍은 그런 태웅의 등만 보고 걷다 보니 뒤따르던 덕춘이 오히려 안절부절못했다. 내일이 되면 오래 떨어져 있어야 할 부부가 이리 데면데면하면 떨어져 있는 시간 동안 정이 뚝뚝 떨어질 것 같았으니까.

자고로 몸이 멀어지면 마음도 멀어진다고 했다. 그러니 옆에 없는 사이 다른 이한테 한눈팔면 가만 안 둔다는 으름장이라도 놓아야 하는 거 아닌가 싶었다.

"아!"

은홍의 작은 목소리에 태웅의 걸음이 바로 멈추었다.

그가 돌아보았을 때 그녀는 고개를 들어 나무에서 떨어지는 꽃비를 올려다보고 있었다. 눈처럼 꽃이 떨어지고 있었다. 이토록 아름다운 계절에 그녀를 보내야 한다는 게 다시 사무치는데, 은홍이 떨어지는 꽃잎을 손으로 받아서 그에게 내밀었다.

"제 선물입니다."

"이미 떨어진 꽃을 어디다 쓰라고?"

그가 자꾸 서운하게 말해도 그녀는 여전히 웃으며 말했다.

"이거 볼 때마다 저랑 같이 걸었던 이 길을 기억하시라고."

태웅의 눈썹이 짧게 찌푸려졌다. 그 말이 마치 이게 마지막으로 같이 걷는 거라는 말처럼 들렸으니까. 그의 자격지심이었는데도 그는 그녀가 내민 꽃잎 앞에서 냉정하게 돌아섰다.

"난 필요 없다."

은홍은 내민 손이 면구해졌고, 덕춘은 큰일 났다고 발을 동동 굴렀다. 아직 몸이 멀리 떨어진 것도 아닌데 벌써 부부 사이가 이리 소원해지다니.

은홍이 제주에 다녀온 사이 진월향이 작정하고 대행수를 꼬셔서 안채라도 차지하면 진짜 큰일이었다.

"오늘 밤은 아씨께서 더 적극적으로 들이대셔야 합니다."

저녁상을 준비하는데 덕춘이 충고라며 하는 말을 듣고 은홍은 해괴한 소리를 들은 표정을 지었다.

"무슨 소리냐?"

"마지막 밤이지 않습니까. 오래도록 대행수 어른 곁을 비워두어야 하니까 그동안 다른 여인이 생각나지 않게 아씨께서 불을 질러놔야죠."

그녀보고 방화범이 되라는 덕춘의 말에 은홍은 얼굴을 찌푸렸다.

"대행수님은 내가 곁에 없다고 부부의 도리를 저버릴 분이 아니다."

"그런데 아까는 왜 아씨가 주시는 꽃을 거절하신 건데요?"

그 부분에서는 은홍도 마음이 움찔했다.

"대행수님 말대로 이미 떨어진 꽃을 선물이라고 준 내 실수야."

아무리 예뻐도 이미 꽃의 생명이 다한 것이었다.

선물로는 적당치 않았다.

그녀는 자신의 안일함을 탓했지만, 덕춘은 사내의 마음을 탓했다.

"그러니까 사내는 눈앞에 활짝 핀 꽃만 좋아하는 겁니다. 아씨께서 안 계신 동안 누가 대행수 어르신 앞에서 활짝 핀 꽃 노릇을 할지 어찌 압니까?"

"쓸데없는 소리 그만하거라."

그녀는 드물게 덕춘에게 화를 냈다. 그런 일어나지도 않은 일에 대한 걱정으로 오늘 밤을 보낼 수는 없었으니까.

밤은 어김없이 깊어졌다. 이 어둠이 걷히고 동이 트면 그녀는 배를 타고 제주로 떠나야 했다. 처음 가보는 섬, 그리고 그와 오래 떨어져 있어야 했기에 마음이 복잡해지는 건 어쩔 수 없었다.

태웅이 가만히 그녀가 제주에 가져가기 위해 싸놓은 봇짐을 쳐다보는 걸 느낀 은홍이 물었다.

"대행수님은 강건한 분이시니 제가 없어도 잘 지내시겠죠?"

떨어져 있는 시간 동안 그가 잘 지내길 바랐지만 그녀의 빈자리가 전혀 느껴지지 않는다면 그것도 섭섭할 것 같기는 했다.

그녀의 물음에 태웅이 고개를 돌려 그녀의 얼굴을 보았다. 속을 읽을 수 없는 눈빛이었다. 평소 그녀를 보던 다정한 눈빛이 아닌 건 확실했다.

태웅은 대답 대신 손을 뻗어 그녀의 얼굴을 감싸 안았다. 따뜻함보다 좀 더 뜨거운 손의 열기가 고스란히 그녀의 심장에 전해졌다.

"이번이 마지막일 거다."

무엇이 마지막이라는 건가 싶었다.

"너를 이렇게 보내는 거."

그의 말은 다행이면서도 이질적이었다. 그가 그녀를 제주로 보내는 건데, 마치 그 역시 그녀를 보내기 싫은데 보낸다는 말처럼 들렸으니까. 어떤 것이든 그녀가 내일 제주로 떠나야 하는 건 변하지 않는 현실이었기에 그녀는 먼저 그의 품으로 들어가 안겼다.

그녀의 두 팔로 그의 등을 안으니, 넓은 등이 겨우 그녀의 두 팔에 품어졌다.

"대행수님은 잘 지내실 거라 믿습니다. 그러니까 저만 열심히 하면 되겠죠."

그의 더운 숨결이 그녀의 귓가에 떨어졌다. 그는 오늘따라 말도 별로 없고, 표정도 인색했다. 그래도 여전히 애틋한 그녀의 서방님이었기에 은홍은 평소였다면 그가 했을 말을 그녀가 먼저 했다.

"불을 끌까요?"

오늘 밤은 아무리 몸이 힘들어도 그한테 멈추라는 말을 안 할 생각이었는데 태웅의 팔이 그녀의 작은 몸을 힘주어 안으며 말했다.

"오늘 밤은 너를 안지 않을 거다."

그건 정말 의외의 말이라 은홍은 고개를 들어 그의 얼굴을 보았다. 매일 밤 합방을 원한 건 그녀가 아니라 그였으니까.

그런데 오늘 밤은 그녀가 먼저 하자고 해도 싫다고 하니 진짜 덕춘의 말처럼 몸이 멀어지려고 하니 마음도 변하는 건가 싶어 불안해졌다.

"왜?"

오늘 같이 있는 동안 내내 고요했던 그의 눈빛이 그 순간 일그러졌다. 아주 힘든 걸 참아내는 듯이.

"널 안으면 시간이 너무 빨리 가버릴 것이니."

뜨거운 만큼 순식간에 밤이 지나가버렸다. 오늘은 그녀의 몸보다 더 붙잡고 싶은 게 시간이었다. 그래서 그는 애타는 몸과 마음을 아주 긴 입맞춤으로 달랬다. 은홍도 그제야 그가 그녀만큼이나 내일 이별하는 것을 힘들어하고 있다는 걸 느끼고 마음이 일렁였다.

쉽게 잠들 수 없는 밤이었다.

부부는 한 몸인 듯 엉켜 안은 채 그 밤을 지새웠다.

제 28 장

이별

제주로 향할 상단의 배는 동이 트기 전부터 출항 준비로 분주했다.

태웅과 은홍이 함께 믿을 수 있는 사람은 문길뿐이었기에 문길이 은홍과 함께 제주에 다녀오기로 했다. 문길은 가장 일찍 나와 배의 출항 준비를 진두지휘했다.

문길은 오늘 굳이 나타날 필요 없는 시윤이 온 걸 보고 놀라서 눈이 커졌다. 한량이 깨어서 돌아다닐 시간이 아니었으니까.

"밤새 기방에서 노신 것입니까?"

"이젠 자네까지 날 너무 함부로 보는군. 오백 냥 신부께서 제주로 떠나신다기에 새벽 일찍 일어나서 배웅 나온 걸세."

시윤은 투덜거렸지만 문길은 사과하지 않고, 오히려 그를 나무랐다.

"아씨를 그리 부르지 마십시오."

"내 이 시간에 일어난 게 처음이라 입이 내 말을 안 들어. 두 사람은 아직인가? 나보다 게으르다니, 글렀구만."

그때 저 멀리 태웅과 은홍이 걸어오는 게 보였다.

배가 있는 곳까지 도착해서 이제 진짜 배를 타고 떠나야 하는 순간이 오자 그녀는 그에게 허리를 숙여 작별 인사했다.

"그럼 다녀오겠습니다."

그는 그 인사에 도리어 몸이 굳어버려 제대로 작별 인사를 할 수가 없었다.

고개를 든 은홍은 그를 보며 활짝 웃었다.

"대행수님도 저 없는 동안 무탈하셔야 합니다."

그 말을 듣는 순간 오히려 담담했던 그의 마음에 풍랑이 일었다.

하지만 지금은 그녀와 이별해야만 했다. 마치 그렇게 정해진 운명처럼 그가 어찌할 수가 없었다.

"그래, 잘 다녀오너라."

아름다운 계절에 그녀를 보냈다. 꽃 피고 따뜻하다고 이별의 슬픔이 슬픔이 아니게 되는 건 아니었다.

바다는 강과 비교도 안 되게 넓었다. 그래서 점점 태웅이 안 보이게 되는 게 무서울 지경이었다. 영원히 멀어지는 것만 같아서.

"아씨. 바닷바람은 찹니다. 안으로 들어가시죠."

더 이상 태웅이 보이지 않게 되었는데도 은홍이 처음 그 자리에서 움직이지 않자 문길이 다가와 그녀에게 말을 걸었다.

그래도 은홍은 망망대해에서 눈을 떼지 못했다. 담담하게 다녀오겠다고 태웅에게 인사했는데, 그가 더 이상 보이지 않자 이제야 이별이 실감이 나서 몸이 굳어버렸다.

"전 괜찮습니다."

그녀는 할 수 있다고 자신에게 다짐하듯이 말했다. 가기 싫다고 울고불고했다면 분명 태웅이 실망했을 거다. 그러니까 의연하게 다녀와야 했다. 그래야 앞으로 화룡 상단의 진짜 안주인이 될 수 있을 거다.

"그러다 울겠네."

시윤이 뭐라고 해도 태웅은 점점 작아지는 배에서 눈을 떼지 못했다.

"그만 보게. 어차피 보이지도 않는데."

은홍이 보이지 않은 지는 한참 되었지만 저 배에 그녀가 타고 있는 걸 알기에 쉬이 눈을 뗄 수가 없었다.

"잘 보낸 거야. 은홍이 없는 동안 일을 해결하는 게 자네도 마음 편할 거고."

지금은 시윤이 욕을 해도 들리지 않았기에 태웅은 조용히 몸을 돌려 상단으로 향했다. 그래도 은홍이 떠나고 하나 괜찮은 게 있다면 이젠 왕세자가 어떤 선택을 해도 그가 겁날 게 없다는 거다.

바다는 강과 비교할 수 없이 험난한 곳이라는 걸 그녀는 뱃멀미로 확실히 깨닫게 되었다. 뱃멀미가 점점 심해져서 그녀가 아무것도 먹지 못하자 문길은 그녀의 옆에서 한숨을 길게 내쉬었다.

"더 심해지면 배를 돌려야겠습니다."

문길의 말에 은홍은 사색이 되어 고개를 저었다.

"저 괜찮습니다."

"바다는 처음이라 몸이 더 탈이 난 듯합니다. 이대로 제주까지 가는 건 힘들 수도 있습니다."

"하지만 뱃멀미 때문에 돌아가면 대행수님이 실망하실 겁니다."

몸이 자신의 의지대로 움직이지 않으니 울고 싶은 심정이었다.

“그런다고 억지로 참다가 몸이 잘못되면 대행수 어르신이 더 마음 상하실 것입니다.”

“전 괜찮으니 제주까지 갈 것입니다.”

뱃멀미에 굴복할 수는 없었다. 그럼 정말 그녀가 못난 사람이라는 걸 인정하는 것만 같았다.

“내일까지 더 심해지면 이대로 계속 갈 수는 없습니다. 아씨 건강이 먼저입니다.”

문길은 냉정하게 판단을 내렸다.

은홍은 약한 소리로 통할 리 없다는 걸 느끼고 하루 만에 어떻게든 뱃멀미를 이겨낼 수밖에 없었다. 폭풍우 같은 천재일우 때문이면 몰라도 뱃멀미 때문에 돌아갈 수는 없었다. 만약 그리된다면 정말 수치스러울 것이다.

당분간 안채의 주인은 부재중이었으니 태웅은 사랑방에서 잠을 자야 했지만 그의 발걸음은 밤이 되자 자연스럽게 안채로 향했다.

불이 꺼진 안채는 어둠에 싸여 적요하기만 했다.

태웅은 말없이 주인 없는 안채를 바라보았다. 여기까지 왔지만 선뜻 들어갈 용기가 생기지 않았다. 방문을 열었는데 그녀가 없는 걸 확인하면 더 잠이 들 수 없을 것 같아서.

쏴아아아.

파도 소리가 들리는 듯했다. 아마 그녀도 오늘 밤은 낯선 파도 소리 때문에 쉽게 잠을 이룰 수 없을 듯했다.

"우욱."

파도에 배가 흔들릴 때마다 그녀의 배 속도 울렁울렁했다. 그래도 그녀는 배에 어떻게든 적응하려고 일부러 선실 밖으로 나와 갑판 위를 걸었다.

"참아야 해."

그녀는 눈에 힘을 주고 갑판 위를 똑바로 걸어가려고 했지만 몇 걸음 못 걷고 난간을 붙잡고서 다시 구역질했다. 당장 다시 드러눕고 싶었지만 이대로 포기할 수 없었다. 화룡 상단 안주인이 바다도 못 건넌다면 사람들이 비웃을 게 뻔했다.

난간에서 손을 떼고 다시 똑바로 걸으려고 했는데 그녀의 앞으로 무언가 뚝 떨어져서 그녀를 기겁하게 하였다.

"꺄! 읍!"

비명을 지르는 그녀의 입을 작은 손이 빠르게 틀어막았다.

"조용히 해! 나야."

그녀는 놀라서 눈이 커졌다.

연화였다.

"네가 어떻게!"

뒤뜰에서 사라져서 자기 살던 곳으로 돌아간 줄 알았다.

그런데 제주 가는 배에 나타나다니.

연화의 고향은 배였단 말인가? 자꾸 배에서 마주친다.

"우리 당장 한양으로 돌아가야 해."

"뭐?"

"오라버니가 지금."

"거기 누구냐?"

그때 누군가 나타나자 연화는 빠르게 사라져버렸다. 귀신같이 신출귀몰한 건 여전했다.

"아씨?"

어둠 속에서 나타난 사람은 호위 무사 사영이었다. 그가 서둘러 그녀에게 뛰어왔지만 그녀는 연화가 사라진 쪽만 바라보았다.

연화는 분명 태웅에 대해 말하려고 했다.

그가 어쨌다는 거지?

왕세자의 전갈을 받은 태웅은 담담한 마음으로 세책 방에 갈 수 있었다.

왕세자는 먼저 도착해서 책을 고르고 있었다. 태웅이 곁으로 다가갔지만 왕세자는 아무 말 없이 계속 책만 봤다.

태웅은 재촉하지 않았다. 어려운 결정이라는 걸 그가 가장 잘 알았으니까.

"난 연좌제는 악법이라고 생각하네."

책으로 손을 뻗던 태웅의 손이 허공에서 멈추었다.

"그리 생각하지만 내가 왕이 되어도 그 법을 없앨 수는 없겠지. 모든 대신이 반대할 것이니. 아마도 이 나라가 존속하는 한 그 법도 유지되겠지. 하지만 최소한 내 손으로 연좌제를 행하고 싶지는 않네. 벌은 죄를 지은 이가 받는 걸로 충분해. 문성군을 저지하는 데 자네가 꼭 필요해서가 아니라 그 이유 때문이네. 내가 아바마마께 자네의 존재를 고하지 않은 건."

태웅의 울대뼈가 위로 올라갔다가 아래로 떨어졌다. 목 앞까지 다가 왔던 칼날을 방금 왕세자가 거두었다. 그가 좋은 왕이 될지는 확신할 수 없지만 좋은 사람임은 확실했다.

이제 태웅은 왕세자를 믿을 수 있게 되었다.

"그래도 파천의 죄는 분명하니 이대로 그냥 보낼 수는 없네. 그는 반드시 잡아야 해."

"하지만 문성군을 잡으려면 그가 꼭 필요합니다."

문길도 은홍과 함께 보냈으니 태웅의 곁에 이 일을 함께할 사람은 이젠 파천뿐이었다.

"그럼 그 일을 끝내고 자네 손으로 직접 파천을 잡을 수 있겠나? 그럼 내 자네와 같이 계속 일을 도모하겠네."

왕세자는 사람은 좋았으나 너무 쉽게 어려운 일을 그에게 맡겼다. 그리고 그는 그걸 거부할 수 없었다.

"아버지라 부담된다면 자네는 이쯤에서 멈추게."

"아닙니다."

그는 여기서 멈출 수 없었다. 은홍을 멀리 보낸 건 왕세자의 선택 때문만이 아니었다. 왕세자가 그를 살려준다면 그를 반드시 왕으로 만들어야만 했다.

그러기 위해서는 문성군을 철저히 막아야 했다. 그게 태웅이 은홍과 안전하게 살 길이었다.

"제가 잡겠습니다."

그에게 아버지는 억만뿐이었다. 그러니 파천을 잡는 것에 전혀 거리낌이 없었다. 그게 왕세자의 신임을 얻는 길이라면 그는 얼마든지 할 수 있었다.

파천이 그의 손에 쉽게 잡혀줄지 그게 문제일 뿐이었다.

"그럼 파천과의 연락은 자네가 하게. 내가 직접 만날 수는 없으니."

"네, 그리하겠습니다."

이제 태웅은 빠르게 일을 끝내고 싶은 마음뿐이었다. 이 일만 끝내면 더 이상 그가 불안해할 일도 없으니 은홍과 헤어질 일도 없었다.

문길은 그녀의 상태를 살피며 물었다.

"뱃멀미는 좀 나아지셨습니까?"

은홍은 눈을 크게 뜨며 문길을 쳐다보았다. 그녀가 많이 안 좋다고 하면 문길은 망설임 없이 배를 돌릴 게 뻔했다.

하지만 그녀의 뱃멀미 때문에 상단에 피해가 가는 일을 만들 수는 없었다. 그러니 안 괜찮아도 무조건 괜찮다고 해야 하는데 자꾸 연화의 말이 걸렸다.

'우리 당장 한양으로 돌아가야 해.'

도대체 연화는 왜 그런 말을 한 걸까?

'오라버니가 지금.'

태웅에 대해 무슨 말을 하려고 했던 걸까?

연화가 미처 하지 못한 말이 아무래도 좋은 말은 아니었던 것 같아서 그녀의 마음이 복잡해졌다.

"아씨. 많이 힘드십니까?"

그녀가 쉽게 대답 못 하는 걸 뱃멀미 때문이라고 여긴 문길의 표정이 심각해졌다.

"저는……."

그녀는 힘겹게 입을 열었다.

"하루는 더 버텨봐야겠습니다."

절대 쉽게 결정할 수 없는 문제였고, 그래서도 안 되었기에 그녀는 오늘 밤 연화를 다시 만나 제대로 이야기를 나눈 뒤에 결정하기로 했다.

"책임감 때문에 무리하실 필요 없습니다. 무엇보다 아씨 건강이 먼저입니다."

"괜찮습니다. 아직 버틸 만합니다."

은홍이 뱃멀미 때문에 힘들어하면서도 포기하지 않고 계속 제주로 가려고 하자 문길도 더 말을 할 수 없었다. 그녀만 생각하면 당장 배를 돌리고 싶었지만 그럼 많은 문제가 발생했다. 무엇보다 은홍의 안전을 위해서 이 배에 탄 것이니까 가능한 한 멈추지 않고 제주로 가는 게 나을 수도 있었다.

"너무 힘들면 꼭 말씀하십시오."

문길은 몇 번이나 당부했다. 그녀를 지키려는 길이 오히려 그녀를 아프게 만들면 아무 소용없었으니까.

문길이 나가고 난 뒤 은홍은 덕춘을 불러 지시를 내렸다.

"배에서 사람들이 안 다니는 길에 주먹밥을 놔두어라."

"네? 주먹밥을 왜 굳이?"

"그냥 내 말대로 해라. 알겠지?"

덕춘은 은홍의 지시가 전혀 이해가 안 되었지만 그녀의 말대로 하기 위해 선실을 나갔다.

덕춘까지 나가고 혼자 남은 은홍은 한숨을 길게 내쉬었다. 아직도 뱃멀미 때문에 속은 울렁거리고 연화가 하다만 말 때문에 머리까지 복잡했다.

아무래도 제주로 가는 길이 순탄하지 않을 것 같았다. 태웅이 없어도 잘하는 모습을 꼭 보여주고 싶었는데 말이다. 이렇게 문제가 생기니 제일 먼저 그가 생각났다. 태웅은 지금 한양에서 무엇을 하고 있을까 생각하니 은홍의 마음이 한없이 쓸쓸해졌다.

지금 그의 곁에 그녀는 없었으니까.

파천을 다시 만나는 일은 왕세자의 선택을 기다리는 일만큼 쉽지 않은 일이었다. 파천을 만날 때마다 그의 생명이 갉아 먹히는 것 같았다.

그래도 지금은 피할 수 없는 존재였다. 파천을 이용해서 문성군을 막기로 했으니 불편한 관계를 참아내야 했다.

"왕세자는 문성군을 막으려고 합니다."

파천은 그의 말에도 전혀 놀라는 표정을 짓지 않았다. 오히려 왕가의 일 따위는 전혀 관심 없다는 표정이었다.

"아마도 문성군은 왕세자를 몰아내고 자신이 다음 왕이 되고 싶은 거겠죠."

"둘 다 왕의 아들이니 누가 왕이 되든 상관없을 거 같은데."

파천이 탁한 목소리로 하는 말에 태웅은 입을 다물고 그를 마땅찮은 눈으로 쳐다보았다.

"그래서 도움을 주기 싫다는 뜻입니까?"

파천은 잠시 아무 말이 없이 딴 곳을 보다가 고개를 돌려 그를 똑바로 보았다.

"내가 뭘 해주길 바라는 거지?"

그도 묻고 싶어졌다. 파천은 왜 위험을 무릅쓰고 한양에 나타나 그를 도와주려고 하는지. 그가 정말 파천의 아들이기 때문이라면 태웅은 기분이 더 안 좋을 것 같았다.

"박형도가 죽었으니 문성군이 새로 부릴 사람을 찾고 있을 겁니다. 그의 눈에 띄어야 합니다."

"그래서 문성군이 왕세자를 죽일 음모를 꾸몄다는 증좌를 찾길 바라는 건가? 만약 그런 게 없다면 가짜로 만들기라도 하라고?"

파천이 싸늘하게 내뱉는 잔인한 말에 태웅의 눈살이 절로 찌푸려졌다.

"분명 대신들을 자기편으로 만들기 위해 막대한 돈이 필요했을 겁니다. 그걸 확실히 끊어놓으면 문성군도 어찌할 수 없게 되겠죠."

파천은 더 이상 아무 말이 없었다.

"방도가 있습니까?"

"파천이 한양에 나타났다 소문이 나면 문성군이 관심을 가지겠지. 날 잡는 게 자기 아비에게 환심을 사는 일일 테니까."

"그건 운검 쪽도 움직이게 할 겁니다."

운검이 왕의 명을 받아 파천을 찾고 있는 일은 그가 모를 리가 없었다. 운검에게 잡히면 파천은 바로 죽은 목숨이었다.

"소문이 나도 내가 잡힐 일은 없다. 내 발로 직접 가지 않는 이상."

적어도 그 자신감만은 놀라웠다. 어떻게 왕에게 쫓기면서 저리 초연할 수 있을까 싶었다. 그는 오히려 위험을 자신의 일상으로 받아들인 것 같았다.

태웅은 절대 그렇게 살 수 없었다. 그에게는 이제 가족이 있었으니

까.

"소문을 내고 그다음은?"

"그건 그때 가서 다시 말하지."

파천은 순식간에 떠나버렸다.

태웅은 심장이 얼어붙은 것처럼 몸의 온기가 느껴지지 않아서 주먹을 꽉 쥐었다. 파천이 위험한 패라는 건 확실한 것 같았다.

연화를 당장 만나고 싶었지만 사람들이 모두 잠든 뒤에나 만나러 갈 수 있었기에 은홍은 선실에 누워 더디게 가는 시간을 견디고 있었다.

그런데 밖이 소란스러워졌다.

은홍은 같이 있던 덕춘에게 말했다.

"무슨 일이 생긴 거 같은데 나가서 확인해보거라."

그녀의 지시를 받고 밖으로 나갔던 덕춘은 잠시 후 헐레벌떡 뛰어 들어왔다.

"배에 몰래 탄 아이를 호위 무사가 잡았답니다."

은홍은 놀라서 벌떡 일어났다. 그건 분명 연화를 말하는 것 같았으니까.

그런데 연화가 잡히다니, 말도 안 되었다. 조선제일검 운검한테서도 도망쳤던 연화였다. 다른 건 몰라도 숨고 도망치는 것에는 제일이었는데 어떻게 이리 쉽게 잡힌단 말인가.

"아이고, 간도 크지. 도대체 무슨 생각으로. 아씨! 어디 가십니까? 아씨!"

은홍이 선실 밖으로 서둘러 나가자 덕춘도 허둥지둥 그 뒤를 쫓았다.

갑판으로 나온 은홍은 사람들이 모여 있는 곳으로 곧장 걸어갔다. 사람들은 그녀를 알아보고 알아서 길을 터주었다. 사람들이 피하자 호위 무사의 손에 잡혀 힘없이 늘어져 있는 연화가 보였다. 그리고 그 옆에 서 있는 사영도 보였다.

은홍은 진짜 연화가 잡힌 걸 보고 몸이 굳어서 그 자리에 멈추어 섰다. 이 배의 책임자인 문길이 고개를 돌려 그녀를 보았다. 문길은 잡힌 이가 누구인지 이미 알고 있었다. 연화에게 당한 적이 한 번 있었으니까. 그래서 은홍이 매일 밥을 주던 뒤뜰 귀신이 바로 연화라는 것도 알고 있었기에 문길은 난감한 눈으로 은홍을 보았다.

"어찌할까요?"

연화를 잡아 온 호위 무사가 문길에게 재차 물었다. 상단의 물건을 잔뜩 실은 배에 몰래 숨어든 도둑이었다. 이대로 그냥 풀어준다는 건 말도 안 되는 일이었다.

"가두어라."

문길의 지시에 은홍은 고개를 저었다. 연화는 도둑이 아니었다. 단지 그녀를 만나려고 이 배에 탄 것이었다.

"잠시!"

"덕춘아! 아씨를 선실로 모시거라."

문길은 은홍이 사람들 앞에서 괜히 오해받을 말을 하지 못하게 그녀의 말을 끊으며 덕춘에게 지시했다.

덕춘은 문길의 단호한 말에서 심상치 않은 일이라는 걸 느끼고 서둘러 은홍의 팔을 부축했다.

"아씨. 그만 들어가십시오."

은홍의 시선은 잡혀가는 연화한테서 떨어지지 않았다. 무언가 크게 잘못되고 있다는 걸 그녀는 그제야 살갗으로 느낄 수 있었다.

이건 자연스럽게 일어날 수 있는 일이 아니었다.

취향관에서 보낸 사람이 태웅을 찾아왔다.

"곽 행수님이 대행수 어르신을 모셔 오라고 하셨습니다."

곽 행수와는 사이가 틀어지고 난 뒤 소원해졌다. 그래서 별로 가고 싶은 마음이 안 생겼지만 혼례식을 준비해준 것에 대한 답례로 오랜만에 취향관으로 향했다.

곽 행수는 혼자가 아니었다. 자신의 아들뻘 되는 남자와 함께 있었다. 남자가 상석에 앉아 있는 것을 보니 지체 높은 집안의 자제라는 건 바로 짐작할 수 있었다. 사내인데도 여인도 부러워할 미색이었다. 고운 얼굴에 어울리지 않게 날카로운 눈빛이 거슬렸다.

"손님이 계신 줄은 몰랐습니다."

"이분이 대행수를 보고 싶다 하셔서 부른 것이네."

오랜 시간 함께했었기에 건조한 곽 행수의 말투를 듣는 순간 태웅은 바로 느꼈다.

곽 행수가 자신의 의지로 그를 부른 게 아니라는 걸.

그렇다는 건 저 젊은 귀공자가 이 취향관을 쥐락펴락할 수 있는 권세를 가졌다는 뜻이었다. 태웅은 젊은 사내를 향해 먼저 고개를 숙였다.

"처음 뵙겠습니다. 문성군 마마."

태웅이 자신을 바로 알아보자 남자의 긴 눈매가 가늘어졌다.

"날 알고 있었나?"

"아뇨. 지금 처음 뵙습니다."

문성군은 차가운 눈빛으로 입술만 웃으며 곽 행수에게 말했다.

"둘이서만 이야기하고 싶으니 그만 나가게."

곽 행수가 태웅을 보았다.

그를 걱정하는 눈빛에 태웅은 괜찮다는 뜻으로 짧게 고개를 끄덕였다.

둘만 남게 되자 문성군은 그의 얼굴을 빤히 보며 입꼬리를 올렸다.

"형님이 왜 자네에게 관심을 가졌는지 보자마자 알겠군."

"그런 게 궁금해서 절 부르신 겁니까?"

"아니, 자넬 협박하려고 불렀지."

협박이란 말에 태웅의 눈빛이 서늘해졌다.

"혼인한 지 얼마 안 된 어린 부인을 홀로 제주로 보냈더군."

문성군의 입에서 은홍의 이야기가 나오자 태웅의 눈빛은 단번에 사나워졌다.

그런 태웅을 보며 문성군은 여유롭게 술잔을 들어 올렸다.

"그 배에서 과연 자네 부인이 살아서 내릴 수 있을 거라 장담할 수 있겠나?"

문성군은 말을 칼처럼 쓰는 자였다. 그리고 그의 칼날은 태웅의 가장 치명적인 곳을 단숨에 깊이 찔러 들어왔다.

태웅은 치솟는 분노를 가까스로 짓눌렀다. 문성군이 이런 말을 대놓고 하는 건 당장 은홍을 죽이겠다는 게 아니라 은홍의 목숨을 이용해서 그를 움직이려는 것이었다.

그러니까 침착해야 했다. 문성군이 허언을 하는 게 아니라면 문성군의 심기를 건드려서 좋을 게 없었다.

"저한테 원하는 게 무엇입니까?"

태웅이 묻자 문성군은 입꼬리를 올렸다.

"장사하는 이라 그런지 셈이 빠르군."

문성군은 술잔을 다시 상 위에 올려놓으며 그를 똑바로 보았다. 검을 잡아본 적 없는 듯한 선비의 자태이나 눈빛만은 어느 무관 앞에서도 무르지 않았다. 어쩌면 왕세자보다도 더 왕족이라는 피의 향이 진하게 느껴졌다. 그만큼 권력욕이 큰 인물이라는 뜻일 수도 있으니 조심해야 했다.

"자네의 무예 솜씨가 조선제일검 박무진과 대적할 만하다고 소문이 났더군."

문성군의 입에서 운검이 나오자 태웅의 신경이 더 날카로워졌다. 설마 운검과 그의 관계까지 눈치채고 있는 거라면 정말 낭패였다.

"그래서 자네가 내 호위를 좀 해주었으면 하는데."

다행히 그건 아닌 듯하나 문성군의 말이 괜찮은 건 아니었다. 그가 왕세자와 같은 편이라는 걸 알고 이리 찾아온 것일 텐데 자신의 호위를 맡아달라니. 대놓고 죽여달라는 말일 수도 있었고, 대놓고 그와 왕세자 사이를 이간질하겠다는 뜻이기도 했다.

아마도 문성군은 후자 쪽인 듯했다.

"저는 장사꾼이지 호위 무사가 아닙니다."

"나도 자넬 오래 쓸 생각은 없어. 우선 이번 강진행만 같이해주게."

말은 부탁이었지만 뜻은 협박이었다. 그가 거절해도 되는 자리였다면 은홍에 대해 말했을 리가 없었다.

태웅은 차가운 눈으로 문성군을 바라보았다. 왕세자처럼 그를 믿게 되는 일은 절대 없을 듯했다. 은홍의 안전이 확인되는 순간 바로 문성군의 뒤를 치기로 했다. 오늘 그의 부인을 이용해서 그를 협박한 건 절대 용서할 수 없었다.

"연화는 도둑이 아닙니다!"

은홍은 일부러 문길을 찾아가서 확고하게 말했지만 문길은 어두운 표정으로 현실을 알려주었다.

"도둑이 아니라도 풀어줄 수는 없습니다. 상단의 배에 몰래 탄 건 사실이니까."

"스승님! 그건 단지 절 만나려고 했던 거뿐이에요."

"그래도 안 됩니다."

문길이 이렇게 냉정하게 나올 줄은 몰랐기에 은홍은 너무하다는 눈으로 그를 보았다.

은홍이 그에게 이리 실망하는 건 처음이라 문길도 마음이 안 좋았지만 어쩔 수 없었다. 배의 책임자가 사적인 감정으로 일을 처리할 수는 없었으니까. 태웅이 있었어도 똑같이 했을 거다.

"덕춘아, 아씨를 데려가거라."

덕춘은 문길의 눈치를 보며 은홍의 팔을 잡았다.

"아씨, 그만 가셔요. 몸도 안 좋으시잖아요."

은홍은 끝까지 할 말이 많은 얼굴로 그를 보았지만 문길은 안 된다고 고개를 저었다. 연화라는 아이는 배가 제주에 닿으면 관아로 넘겨야 했다. 그게 문길이 해야 할 일이었다.

은홍이 돌아가고 혼자 남은 문길은 참았던 한숨을 내쉬었다. 은홍이 이 일로 더 상태가 안 좋아질까 그게 더 걱정되었다. 그 순간 밖에서 또 사람 목소리가 들려왔다.

"호위 무사 사영입니다. 잠시 드릴 말씀이 있는데."

문길은 많이 피곤했기에 차갑게 잘랐다.

"내일 말하거라."

"그게, 급한 일입니다. 지금 꼭 들으셔야 합니다."

또 다른 사건은 더 이상 사절이었다.

"아씨의 안전과 관련된 것입니다."

말단 호위 무사가 감히 대행수 부인에 대해 거론하니 문길은 기분이 나빠졌지만 무시할 수가 없어졌다.

"들어와라."

들어보고 별말이 아니면 제대로 혼을 낼 생각이었다.

문을 열고 들어온 사영은 고개를 꾸벅 숙이며 인사했다.

"무슨 일이냐?"

사영은 침을 꿀꺽 삼키고는 입을 떼었다.

"제가 원주 가는 배에서 그 도둑을 잡으려고 한 적이 있습니다."

연화가 배에 몰래 탄 게 처음이 아니라는 말에 문길의 눈이 좁아졌다. 그러고 보니 그때도 은홍이 그 배에 탔었다.

"그런데 도저히 잡을 수 없었습니다. 신출귀몰한 것이 보통 솜씨로 잡을 수 있는 도둑이 아니었습니다."

"그래서 네가 하고 싶은 말이 뭐냐?"

사영은 주머니에서 무명천을 꺼내더니 그 안에 싸놓은 주먹밥을 보여주었다.

"사람이 안 다니는 곳에 이런 게 놓여 있었는데 아무래도 이 밥 안에 약을 탄 거 같습니다."

문길의 눈이 급격히 좁아졌다. 사람 먹기도 빠듯한 주먹밥에 약을 넣고 쥐를 잡을 리도 없고. 이건 명백히 사람을 잡으려 한 것이었다.

"그 도둑이 이걸 먹고 맥없이 잡힌 것입니다."

잡힌 건 배에 몰래 숨어든 수상한 자였다. 그런데 사영은 분명 은홍의 안전을 들먹였다.

"이게 아씨와 무슨 상관이란 말이냐?"

"단지 배에 숨어든 도둑을 잡으려고 이런 것까지 쓸 리가 없습니다. 진짜 목표가 따로 있을 가능성이 큽니다."

그리고 이 배에는 대행수의 부인이 타고 있다. 위험한 일당의 표적이 될 가능성이 제일 큰 이가 바로 은홍이라고 사영은 말하고 있었다.

"고작 주먹밥 하나로 너무 큰 비약이다. 그만 나가보거라."

사영의 말대로 되면 큰일이었고, 근거가 너무 적었기에 문길은 그냥 사영을 보내려고 하였다.

하지만 사영은 나가지 않고 다급하게 말했다.

"믿어주십시오. 정말 의심이 됩니다."

"그럼 배의 호위를 더 철저히 서는 게 네 일이다. 이리 날 찾아와서 네 불안이나 떠들 게 아니라."

"제가 바로 그랬습니다! 저도 이런데 다른 사람이 안 그러란 법이 없잖습니까!"

사영이 하는 말이 이해가 안 되어 문길은 눈살을 찌푸렸다.

"네가 뭐가 그렇다는 거냐?"

사영은 무거운 목소리로 고백했다.

"박무진 나리가 절 보냈습니다. 대행수 어르신을 지켜보라고."

생각도 못 한 말에 문길의 눈이 커졌다. 운검 박무진이 상단에 사람까지 심어놨을 줄은 몰랐지만 그 첩자가 지금 배에 다른 첩자가 있다고 걱정하는 꼴이 더 말도 안 되었다.

"이 배는 더 이상 안전하지 않습니다. 아씨를 내리게 해야 합니다."

문길은 심각한 눈으로 사영을 쳐다보았다.

"네가 거짓말로 아씨를 빼내려는 게 아니라는 걸 내가 어찌 믿느냐?"

"위험한 자들이 이 배에 탄 건 분명 왕세자 저하와 관련이 있을 텐데, 제가 상단에 들어온 건 대행수 어르신이 저하와 관련되기 전일 겁니다."

말단 호위 무사인 사영이 왕세자의 일을 알고 있다는 건 박무진이나 왕가 사람 쪽에서 보낸 사람이란 뜻이었다. 그리고 태웅은 원주에 다녀온 후에 왕세자를 처음 만났다. 그런데 사영이 원주로 가는 배를 탔다고 하니 왕가 쪽보다는 박무진 쪽일 확률이 높아졌다. 박무진은 태웅을 감시할 이유가 명백히 있었으니까.

문길은 머리가 복잡해졌다. 사영의 말이 모두 사실이라면 진짜 은홍은 이 배에서 내려야만 했다. 이건 뱃멀미와 비교도 안 되게 위험한 상황이었으니까.

문길이 은홍을 찾아갔을 때 그녀는 침상에 모로 누워 그의 얼굴도 보지 않았다. 그에게 마음 상했다는 걸 그리 표현하는 듯했다.

하지만 지금은 그녀의 기분을 풀어주려고 온 게 아니었기에 문길은 담담한 목소리로 물었다.

"원주 가는 배에도 그 연화라는 아이가 탔습니까?"

그제야 은홍이 고개를 돌려 문길을 보았다.

"그걸 스승님이 어찌 아십니까? 연화와 이야기를 나누신 겁니까?"

"아뇨, 다른 이한테 들었습니다. 그 배에서 사영이란 호위 무사가 연화를 잡으려고 한 게 맞습니까?"

사영은 그 배에 연화가 탄 건 알아도 은홍까지 있었다는 걸 눈치채진 못한 것 같았다. 그러니 거짓말을 했다면 은홍을 통해 들통날 것이었다.

"네, 저와 연화를 도둑이라 착각해서 밤새 연화를 잡으려 했지만 못 잡았습니다."

사영의 말이 사실임을 은홍의 입을 통해 확인한 문길은 한숨을 길게 내쉬었다. 이제 결정을 내려야 했다. 위험한 자가 연화에게 약을 먹인 거라면 독일 가능성이 컸다. 연화의 목숨이 당장 위험한 상황이었다.

시기상 사영은 분명 박무진 쪽 사람이었다. 박무진을 얼마나 이용할 수 있느냐가 지금 문길이 정확히 판단 내려야 할 일이었다. 그리고 고민할 시간이 그리 많지 않다는 게 제일 힘들었다.

"연화를 내어주면 이 배에서 내리시겠습니까?"

문길의 말에 은홍은 놀라서 벌떡 일어났다.

"연화를 내어주시겠다고요?"

문길은 그녀를 배에서 내리게 하는 게 더 중요했으나 은홍은 연화가 더 걱정이 되었는지 그 부분을 재차 물어왔다.

"네, 아무래도 누가 주먹밥에 탄 약을 먹은 거 같습니다. 치료가 필요할 겁니다."

주먹밥에 약을 탔다는 말에 그녀의 얼굴이 창백해졌다.

"주먹밥은 제가 덕춘에게 놓으라 시킨 것인데. 연화 주려고."

그러니까 이 배에 있는 누군가가 은홍의 주위를 한시도 눈 떼지 않고 감시하고 있었다는 소리였다. 점점 사영의 말이 사실로 되어가고 있는 듯해서 문길의 표정이 굳어졌다.

"그 주먹밥에 약이라니. 도대체 누가?"

"그건 제가 이 배에 남아서 찾을 것이니 아씨는 우선 연화를 데리고 이 배에서 내려 육지로 가십시오."

문길도 은홍과 함께 내릴 수 있으면 좋겠지만 이 배가 제주에 당도할 때까지 그는 이 배에서 절대 내릴 수 없었다. 상단을 위해서도, 그리고 문성군이 보낸 첩자를 교란시키기 위해서도.

그가 지금 은홍을 맡길 수 있는 사람은 이 상황에 대해 그에게 보고한 사영뿐이었다. 누군가를 선택할 수 있는 게 아니라 사영뿐이라 어찌할 수 없이 그에게 맡기는 것이었기에 문길은 사영을 다시 불러 단단히 당부했다.

"연화는 지금 독에 당한 상태라 아씨를 지켜줄 수 없다. 그러니 너 혼자 아씨를 호위해야 한다. 감당할 수 있겠느냐?"

사영은 긴장한 표정이었지만 머뭇거림 없이 고개를 끄덕였다.

"그럼 배에서 내려 육지에 닿으면 박무진 나리께 가거라."

"네? 대행수 어르신이 아니라요?"

문길은 아직 왕세자가 어떤 선택을 했는지 알 수 없었다. 그리고 왕세자가 대행수를 왕에게 고발하지 않았다고 해도 태웅은 지금 위험한 일을 진행하는 중이었다.

"박무진 나리께 가는 거다."

그래서 문길은 박무진을 선택했다. 그가 왕의 밀령을 받아 대행수의 목에 칼날을 들이대고 있는 위험한 이라도, 아녀자를 이용하여 태웅을 겁박할 간사한 인물은 아니었다. 은홍이 위험에 처한 걸 안다면 분명 안전한 보호막이 되어주거나 도피처를 마련해줄 것이다.

"만약 박무진이 아씨를 해하려 한다면."

그러나 세상에 반드시 그럴 것이라 확신하는 것만큼 위험한 일은 없기에 문길이 말을 덧붙이려고 하자 사영이 버럭 성을 냈다.

"나리께서 그럴 리가 없습니다!"

사영이 그리 신앙처럼 박무진을 믿어도 문길은 완전히 안심할 수 없어서 갇혀 있는 연화를 찾아갔다. 연화는 독에 완전히 당한 듯 축 늘어져 움직이지 못했다.

"이리 쉽게 잡힌 게 독에 당해서 그런 것이냐?"

그가 물어도 연화는 아무 대답이 없었다. 이 상태로는 은홍이 오히려 연화를 신경 써야 할 지경이었다.

난감했지만 문길은 포기하지 않고 연화에게 물었다.

"아씨가 너와 호위 무사 두 명만 데리고 이 배에서 내릴 거다. 만약 그 호위 무사가 허튼수작을 부린다면 네가 없앨 수 있겠느냐?"

문길은 모든 경우의 수를 다 생각해야 했다. 그가 은홍의 옆에 있어줄 수 없었으니까.

그의 물음에 축 늘어져 있던 연화가 손을 펼치자 그녀의 손바닥 안에 표창이 있었다. 적어도 이 표창 하나 던질 힘은 있다는 뜻으로 받아들인 문길은 연화의 손을 꽉 움켜잡았다.

"절대 정신을 놓으면 안 된다."

이상하게도 연화가 그를 죽이려고 한 적이 있는데도 그는 지금 호위무사 사영보다 연화에게 더 믿음이 갔다. 만약 연화가 진짜 은홍을 해칠 목적으로 납치했던 거라면 그때 이미 은홍은 죽었을 테니까. 연화와 은홍은 조선제일검 박무진의 손에서도 함께 살아서 나왔으니까 이번에도 그럴 거라 믿고 맡길 수밖에 없었다.

마지막으로 문길은 덕춘을 따로 불러 지시를 내렸다.

"아씨는 배에서 내리지만 넌 이 배에 남는다."

"네? 쇤네도 당연히 아씨를 따라가야쥬! 어떻게 저만 남습니까! 절대 안 됩니다."

처음부터 지금껏 문길 앞에서는 언제나 수줍은 소녀 같았던 덕춘도 그 말에는 동의할 수 없다는 듯이 목소리가 우렁찼다.

"너까지 내리면 아씨가 이 배에 없는 게 기정사실이 된다. 그러니까 넌 아씨 시중을 드는 척하며 이 배에 아씨가 있는 것처럼 행동해야 해."

적어도 제주에 닿을 때까지 첩자들이 이 배에 은홍이 없는 걸 눈치채서는 안 되었다. 은홍은 처음부터 뱃멀미가 심했으니까 선실에만 있다고 해서 의심받지는 않을 것이었다.

"하지만!"

"덕춘아. 이건 정말 중요한 일이야."

문길이 두 손으로 그녀의 어깨를 잡으며 진지하게 말하자 덕춘은 몸에 힘이 쭉 빠지며 더 이상 반박할 수가 없어졌다.

"그러니까 네가 아씨를 위해 꼭 해줘야 하는 일이야. 알겠느냐?"

덕춘은 고개를 끄덕일 수밖에 없었다.

모두 잠든 깊은 밤, 작은 배가 바다에 띄워졌다. 그 배에 탈 사람은 은홍과 사영, 그리고 축 늘어진 연화였다.

문길은 이대로 은홍을 보내야 하는 게 걱정이 되었지만 얼굴에 그런 티를 낼 수는 없었다.

"육지에 도착하면 우선 연화를 먼저 치료하고 바로 한양으로 가십시오."

하지만 태웅이 아니라 박무진에게 가는 거라는 걸 은홍에게는 미리 말하지 않았다. 그럼 싫다고 할 게 뻔했으니까.

왜 그래야 하는지 이해시킬 수도 없었다. 은홍이 파천에 대해 알게 되는 순간 은홍마저 박무진에게 제거 대상이 되는 거니까 절대 말해줄 수 없었다.

"스승님과 떨어질 거란 생각은 못 했습니다."

제주로 가든, 한양으로 돌아가든 언제나 문길은 그녀의 옆에 있을 거라고 생각했었다.

문길도 할 수만 있다면 그러고 싶었다. 그러나 태웅도 없는 이 상황에서 그가 할 수 있는 최선은 이것이었다. 태웅이라면 절대 못 할 선택이었다.

"저도 제주에 도착해 배에 실은 물건만 전하고 바로 한양으로 돌아갈 겁니다."

문길은 별일 아니라는 듯이 담담한 어조로 말했다.

그런데도 이 밤에 도둑처럼 이 배에서 내리게 된 것만으로도 상황이 나쁘다는 걸 느꼈기에 문길에게 가까이 다가가서 그의 얼굴을 올려다보며 물었다.

"내리기 전에 작별 인사로 안아봐도 되겠습니까?"

그녀의 말에 문길의 눈빛이 처음으로 가늘게 흔들렸다.

문길이 아무 대답이 없자 그녀는 멋쩍게 웃었다.

"스승님과 제가 그런 식으로 한 번도 인사해본 적이 없어서 역시 어색한가요?"

화룡 상단에 와서 태웅보다 먼저 가까워지고 가장 많은 시간을 보낸 이였는데 스승과 제자 사이이기 때문인지 신체 접촉은 한 번도 없었다. 그런데 왜 갑자기 문길을 안아보고 싶다는 생각이 든 것인지 은홍도 의아했다. 그냥 물러나려고 했는데 문길의 고개가 아래로 내려오더니 그의 두 팔이 그녀의 등을 조심스럽게 안았다. 강직하고 뜨거운 태웅의 품과는 다른 문길의 체온에 그녀는 눈을 천천히 깜빡였다.

만약 그녀에게 친오라버니가 있었다면 이 느낌이 아니었을까.

막연하게 그리 생각했다.

"무사히 한양까지 가셔야 합니다."

그녀가 그에게 해야 할 말이었다. 육지 길보다 바닷길이 더 위험했으니까.

"스승님도 무사히 제주까지 가셔야 합니다."

한양에서 태웅과 이별했는데 이번엔 배 위에서 문길과 이별하게 되었다. 두 사람 모두 다시 만날 거라 믿고 떠날 수밖에 없었다.

태웅은 강진까지 호위해달라는 문성군의 협박을 거절할 수가 없었

기에 갑자기 문성군과 함께 한양을 떠나게 되었다. 그가 없는 동안 화룡 상단이 어찌 되든 그건 문성군의 관심 밖 일이었기에 배려는 전혀 없었다.

문성군은 다른 호위 무사 없이 달랑 태웅 혼자만 데리고 먼 길을 떠났다. 보기와 달리 배포가 큰 인물인 건 맞는 듯했다. 아니면 그의 앞에서 일부러 그런 척하는 것인지도.

"강진 같은 먼 곳에는 왜 직접 가시는 겁니까?"

문성군 정도의 위치라면 본인이 직접 갈 게 아니라 다른 사람을 보내는 게 더 걸맞았다.

그랬다면 태웅도 이런 고생을 할 필요가 없을 터였다. 은홍은 지금 제주 가는 배 안에서 어찌 되었는지 알 도리가 없는데 한가하게 말을 타고 강진으로 향하고 있다는 게 태웅은 견딜 수가 없었다.

"내가 형님보다는 행동파지."

전혀 답이 될 수 없는 말이었다. 그저 왕세자가 유약하다고 비꼬는 말일 뿐이었다.

이번엔 문성군이 그에게 물었다.

"자네는 형님에 대해 얼마나 아나?"

"잘 모릅니다."

"그런데 왕세자라서 무조건 따른다고?"

그게 아니라 그가 파천의 아들인 걸 알고도 왕에게 고하지 않았으니까.

본인이 행동파라고 말하는 문성군이었다면 그걸 알자마자 자신이 직접 병사들을 데려와 그를 잡아서 왕에게 데려갔을 게 뻔했기에 태웅은 입을 꾹 다물었다.

"같은 왕의 아들인데 내가 단지 후궁의 소실이라는 이유로 세자 자격이 없다는 건 억울한 일 아닌가?"

"누구나 다 억울한 일 한두 가지는 가지고 살아갑니다."

너만 특별한 거 아니니 징징대지 말라는 말을 태웅은 조용히 했다.

그의 말에 담긴 속뜻을 느낀 듯 문성군이 고개를 돌려 그를 차갑게 쳐다보았다.

"자넨 아첨할 줄 모르는군. 그런 강직한 자들이 주로 명줄이 짧던데."

그는 이미 주어진 명줄보다 아주 오래 살아남았다. 그래서 문성군의 말에도 동요하지 않자 그가 비릿하게 웃었다.

"궁금하군. 자네와 나 누가 더 오래 살지."

그리 말하는 문성군은 이미 자신의 손아귀에 그의 목숨줄을 부여잡고 있는 듯 눈빛에서는 권위가 가득 차다 못해 흘러넘쳤다. 이런 자가 이 나라의 왕이 된다면 조선의 가장 큰 재앙인 듯했다. 그리고 그의 재앙이기도 했기에 반드시 문성군을 막아야 했다.

당장은 은홍의 안전을 확인하기 전에는 아무것도 할 수 없지만.

은홍 일행이 탄 작은 배는 밤새 어두운 바다를 지나 무사히 육지에 도착할 수 있었다. 정확한 위치는 알 수 없었지만 일단 의원이 사는 곳을 찾아갔다. 연화를 치료하는 게 시급했으니까. 작은 어촌 마을이었지만 다행히 의원은 있었다.

"이 주먹밥에 든 정체불명의 약을 먹고 이 상태가 됐습니다. 치료할 수 있겠습니까?"

의원은 사영이 내민 주먹밥을 받아서 냄새를 킁킁 맡아본 뒤 연화의 상태를 살피고는 한숨을 푹 내쉬었다.

"독에 당한 거 같은데, 무슨 독인지는 알 길이 없는데."

"그럼 치료가 안 됩니까?"

"독마다 해독 약이 다르니까 독을 잘 아는 사람이 치료해야지."

자신은 치료를 못 한다는 소리로 들렸기에 은홍은 그를 붙잡고 사정했다.

"돈은 달라는 대로 드릴 테니까 제발 살려주십시오."

그녀의 애원에도 의원은 곤란하다는 표정만 지을 뿐이었다.

"내가 돈 때문에 그러나. 이런 시골에서 독에 당한 환자를 본 적이 있어야 말이지."

의원이 있어도 소용이 없자 사영은 빠르게 다른 방법을 찾아보기로 했다.

"그럼 이 근처에 독에 당한 환자를 치료할 수 있는 의원이 있긴 합니까?"

만약 있다고 하면 그 의원을 여기까지 데려오면 될 일이었으니까.

"아! 있긴 한데. 만나기가 쉽지 않을 것이라."

그래도 있긴 있다는 게 지금 남아 있는 유일한 희망이었다.

"어디 있습니까? 저희가 가서 모셔 오겠습니다."

"아이고, 절대 못 모셔 오지."

"그건 우리가 알아서 할 테니까 말씀만 해주시오."

의원이 안 된다고만 하니 답답해진 사영의 목소리가 높아졌다.

사영의 거센 기에 밀려서 의원은 그제야 더듬더듬 대답했다.

"이 근처 강진에 왕을 치료했었던 내의원 어의가 유배 와 있소. 그 사람이라면 당연히 이 환자를 치료할 수 있을 것 같은데. 유배 온 죄인을 어찌 여기까지 데려온단 것이오. 그러다 잡히면 바로 죽은 목숨일 거요."

하지만 내의원 어의를 했던 이가 이 근처에 있다는 걸 안 이상 은홍은 그곳을 찾아갈 수밖에 없었다. 그녀가 준 주먹밥을 먹고 이리된 연화를 꼭 낫게 해주어야 했으니까.

강진까지 말을 타고 가야 했기에 그녀는 남자 옷으로 갈아입고 밖으로 나왔다.

"아!"

밖에서 대기하고 있던 사영은 환복하고 나오는 그녀를 보고 깜짝 놀란 표정을 지었다. 그도 그럴 것이 본인의 손으로 도둑이라고 대행수에게 잡아간 적이 있었으니까.

"마지막으로 연화 좀 만나고 올 테니까 잠깐만 기다려."

어안이 벙벙한 표정을 짓고 있는 사영을 뒤로하고 그녀는 연화가 누워 있는 방으로 들어갔다.

"연화야, 내가 해독제를 구해 올 테니까 그때까지 잘 버티고 있어."

연화는 눈만 느리게 깜빡이며 그녀를 보았다.

이렇게 힘들어하면서도 의식을 안 잃는 게 용했다. 이리 목숨이 위험한 게 이번이 처음이 아니라서 그녀는 연화가 안쓰러웠다. 그녀보다도 어린아이였다.

그런데 살아온 세월이 녹록지가 않았다.

"이번에 네가 다 나으면 내가 대행수님께 말해서 상단 일할 수 있게 해줄게. 그럼 이렇게 위험하게 살지 않아도 될 거야. 그러니까 힘내서 버티고 있어. 알았지?"

대답은 못 하고 그녀를 쳐다보는 연화의 눈동자에 물기가 스며들었다. 몸이 아파서 그런 건지, 마음의 표현인지 알 수 없었지만 은홍은 알아들었다는 듯이 고개를 끄덕이며 희미하게 웃었다.

"괜찮을 거야."

연화도, 문길도, 덕춘도, 심지어 사영까지도.

은홍은 자신의 주위 사람들이 다치는 걸 원하지 않았다. 모두 함께 행복하게 살길 바랄 뿐이었다. 그러기 위해서 은홍은 그녀가 할 수 있는 일은 뭐든 할 것이었다.

태웅과 문성군은 강진까지 쉬지 않고 말을 달렸다. 그는 상단 일을 하면서 먼 길을 다니는 게 익숙해진 몸이라 상관없었지만 궁에서만 편하게 살았을 것 같은 문성군이 뒤처지지 않고 그를 따라온다는 게 꽤 의외이기는 했다.

그건 문성군이 한양을 떠난 게 처음이 아닐 수도 있다는 뜻이었다. 본인 입으로 활동파라고 말한 문성군이 많은 곳을 누비고 다니며 무슨 일을 했을지…… 태웅은 잠시 생각에 잠겼다.

그는 반드시 왕이 되고 싶은 것 같았다. 그건 지금의 왕세자가 사라져야 가능한 일이었다. 문성군이 정확히 무슨 일을 꾸미는지 아직 알아내지 못했지만 그의 존재는 태웅에게 불편할 수밖에 없었다.

"내일 밤쯤이면 강진에 도착할 것입니다."

길 안내까지 맡은 태웅은 문성군에게 일러주었다.

"예상보다 빨리 왔군."

"빨리 달렸으니까요."

그는 일부러 빨리 달렸지만 문성군은 괜찮았던 건지 아니면 드높은 자존심에 천천히 가자는 말을 못 한 건지 알 수 없었지만, 어쨌든 같이 속도를 내는 바람에 예정보다 빨리 올 수 있었다.

"자네 부인은 어떤 사람인가?"

문성군이 갑자기 묻는 말에 태웅은 절로 그를 노려보게 되었다. 은홍의 목숨을 담보로 그를 이곳까지 끌고 온 것이었으니까. 일반인의 상식으로는 정말 이해할 수 없는 태도였다.

"그런 걸 왜 묻는 겁니까?"

또 어떤 약점을 잡고 그를 이용할지 머리 굴리려고 묻는 말로밖에 안 느껴졌다.

"길에서 자게 된 건 처음이라 자네랑 대화하는 거 말고는 할 일이 없군."

말도 쉬어야 하니 더 달릴 수는 없고, 근처에 민가도 없어 꼼짝없이 두 남자가 같이 노숙을 하게 되었다.

"저라고 민가가 있는 곳을 정확히 알 수 있는 건 아닙니다."

"자네 탓을 하는 게 아니야. 그저 이런 상황에 내 눈치를 안 보는 게 신통할 뿐이지."

항상 자신 앞에서 굽신거리는 사람만 봐 왔던 문성군에게는 태웅의 태도가 신기할지 몰라도 태웅은 어서 빨리 강진에 갔다가 다시 한양으로 돌아가고 싶을 뿐이었다. 그가 한양에 다시 갔을 때쯤 제주로 떠난 배에서 소식이 도착했을 거다. 태웅에게는 그 소식이 제일 급했다.

"들어보니 오백 냥에 부인을 샀다는."

스륵—.

순식간에 칼집에서 빠진 칼이 문성군의 목 앞에 드리워지자 그의 말이 멈추었다. 문성군은 차가운 눈으로 그를 쳐다보았다.

"형님이 날 죽이라고 시켰나?"

"제 부인에 대해 함부로 말한 건 마마가 먼저입니다."

"난 사실만 말했을 뿐인데."

"그럼 본질을 보지 못하는 안목이니 세자 저하보다 못나셨군요."

문성군은 감정이 담기지 않은 미소를 지었다. 입은 웃고 있지만 화가 났다는 걸 느낄 수 있었다.

태웅이 검을 거두어 다시 검집에 넣자 그제야 문성군이 노기 서린 목소리로 경고했다.

"자네는 내 손에 죽던가, 내 부하가 되던가, 둘 중 하나를 선택해야 할 거야."

"남의 목숨 귀한 줄 모르는 것도 저하보다 못나셨습니다."

문성군의 손이 주먹을 꽉 움켜쥐었다.

아무래도 그를 진심으로 화나게 한 건 태웅이 처음인 듯했다. 괜한 말을 했나 싶기도 했지만 역시 은홍에 대해 함부로 말한 건 용서할 수 없었다.

밤이 깊었다.

은홍이 지금 그가 없는 곳에서 어찌하고 있을지 생각하니 태웅은 잠이 들 수 없었다.

강진에 가서 유배 온 내의원 어의를 찾는 건 쉬운 일이었다. 주막에서 물어보기만 해도 바로 알려주었으니까.

하지만 그 어의한테 연화의 진료를 보게 하는 일은 결코 쉬운 일이 아니었다.

"돌아가게."

냉정하게 잘라내는 어의에게 은홍은 간곡하게 부탁했다.

"환자가 지금 독에 당해 꼼짝도 못 하고 있습니다. 같이 가실 수 없으면 해독 약이라도 구할 수 있게 도와주십시오. 아픈 사람 치료해주시는 의원이시잖습니까."

"난 유배 온 죄인일 뿐이니, 더 이상 내가 할 수 있는 일이 아니야."

어의는 그대로 몸을 돌려 집 안으로 들어가버렸다.

환자가 생사를 헤맨다고 하는데도 들은 척도 안 하는 어의를 보고 사영은 화난 표정을 지었다.

"왜 유배 왔는지 안 봐도 뻔합니다. 궁에서 환자 치료보다는 권력을 좇다가 저 꼴이 된 겁니다. 안 그럼 이럴 수는 없습니다."

"그만해라. 내일 다시 와야겠구나."

"또 온다고요?"

"그래, 이대로 그냥 돌아갈 수는 없다."

은홍은 연화를 치료할 해독 약을 얻을 생각뿐이었지만 사영은 서둘러 한양으로 돌아가지 못하는 것이 불안해졌다. 그렇다고 은홍을 억지로 한양으로 데리고 갈 수도 없는 노릇이었다.

정 안 되면 밤에 어의를 보쌈이라도 해서 데려가야 한단 말인가.

그러다 일이 커지면 더 곤란해지는데.

사영은 생각이 복잡해졌다. 항상 명령만 따르다가 그가 직접 판단해야 하니 쉽지 않았다.

태웅이 말한 대로 그들은 다음 날 밤이 되었을 때 강진에 도착할 수 있었다. 밤이라서 우선 묵을 곳을 찾아 주막으로 갔다.

"남는 방 있습니까?"

주모는 강진에서는 쉽게 볼 수 없는 훤칠한 사내 두 명이 온 것을 보고 얼굴에 절로 함박웃음이 걸렸다.

"어휴! 있고말고요. 딱 하나 남았습니다."

주모는 남자 두 명이 한방을 써도 상관없다고 생각한 것 같았지만 태웅은 곤란해졌다. 그렇다고 이 늦은 시간에 다른 주막을 찾아가는 것도 어려웠다.

그때 뒤에 서 있던 문성군이 주모에게 말을 걸었다.

"이 근처에 유배 온 내의원 어의가 있나?"

문성군이 강진에 온 이유를 처음 말하는 것이라 태웅은 고개를 돌려 그의 얼굴을 보았다.

내의원 어의? 그런 자를 만나러 일부러 강진까지 직접 왔단 말인가? 도대체 왜?

"요즘엔 그 양반 찾는 이가 많네. 당연히 알다마다요."

내의원 어의를 만나러 온 이가 그들 말고 또 있다는 주모의 말에 문성군의 눈빛이 가늘어졌다.

"그 어의를 찾아온 이가 우리 말고 누가 또 있었나?"

"네, 저쪽 방에 묵고 있습니다."

문성군이 주모가 가리킨 방 쪽을 돌아보는 동안 태웅은 주모에게 남은 방을 보여달라 했다. 방은 문성군에게 쓰게 하고 그는 그냥 밖에서 대충 밤을 보낼 생각이었다. 그게 제일 편할 듯했다.

"그럼 주무십시오."

태웅은 문성군에게 하나뿐인 방을 내주고 한양에서 이곳까지 쉬지 않고 달려온 말의 상태를 먼저 살피기 위해 마구간으로 향했다.

저벅저벅.

주막의 어느 방 앞에서 그의 발걸음이 멈추었다. 섬돌 위에 놓인 신발 때문이었다. 여인의 신도 아닌 것 같은데 발의 크기가 은홍이 신던 것과 똑같았다.

볼 때마다 신기할 정도로 작은 발이었기에, 똑같은 크기의 신을 보고 그냥 지나칠 수 없었다. 태웅은 누구 것인지 모를 작은 신발을 보며 그녀를 생각했다.

어찌 지내고 있으려나. 먼 뱃길이 힘들 텐데 괜찮으려나. 왕세자와 문성군의 마음을 미리 읽을 수만 있었어도 그리 혼자 보내지는 않았을 텐데.

하지만 그건 지금 후회한들 되돌릴 수 있는 일이 아니었다. 태웅은 그녀를 다시 볼 날이 까마득해서 마음이 무거웠다.

이런저런 걱정이 많아서 쉽게 잠들 수 없었던 은홍은 이쪽으로 다가

오던 누군가의 발걸음이 그녀가 묵는 방문 앞에서 멈추고 더 이상 움직이지 않자 긴장해서 방문 쪽을 보았다.

누구지? 설마 사영인가?

사영이 아닐 수도 있어서 선불리 문을 열어볼 수 없었다. 그냥 아무 일 없이 발걸음의 주인이 지나가길 바랄 뿐이었다. 처음 와본 낯선 곳에서 아무도 없이 혼자 있었다. 남장까지 하고 문밖의 낯선 이를 경계하고 있으려니 절로 마음속으로 그를 부르게 되었다.

'대행수님.'

지금 그녀의 곁에 없었지만 그녀는 그를 부르며 마음으로 의지하고 있었다.

문성군은 낡은 주막의 방이 전혀 마음에 안 들었다. 아무렇지 않은 척한 건 태웅 앞에서 유난 떠는 왕족처럼 보이기 싫었기 때문이다. 상전이 눈치를 보게 하는 아랫사람이라는 건 굉장히 거슬렸다. 화룡 상단 대행수는 그에게 그런 존재였다. 처음엔 단지 왕세자 쪽 사람이라 그런 줄 알았는데 같이 있어 보니 꼭 그것만은 아니었다.

뭔가 달랐다. 그게 뭔지 알아내고 싶은 호기심이 일었지만 태웅과 함께할 수 있는 건 이번이 처음이자 마지막일 듯했다. 왕세자를 배신하고 그에게 올 인물이 아니었다.

그러니 죽이는 방법밖에 없었다. 왕세자의 사람을 차례차례 죽여나가야 왕세자를 철저히 고립시킬 수 있을 테니까.

문성군은 창문 쪽으로 걸어가 지창을 열었다. 그러자 곧 검은 옷을 입은 무사가 그의 앞에 나타났다. 왕세자의 사람과 오면서 그 혼자 올리가 없었다.

"김선규를 만나러 온 사람이 주막 끝 방에 묵고 있다. 알아보고 처리해."

검은 옷 무사는 명령을 받자마자 바로 사라졌다.

문성군은 창문을 닫고 방에서 가장 깨끗한 자리를 찾아 앉았다. 그래봤자 그의 성에는 차지 않았기에 오늘도 편히 자기는 그른 듯했다.

저벅.

인기척이 느껴지자 태웅은 상념에서 벗어나 그제야 마구간으로 향했다.

그가 그 자리를 벗어나자마자 주막 안으로 사영이 들어섰다. 밤에 내의원 어의의 집에 혼자 다녀온 길이었다. 납치까지는 못 하더라도 좀 더 격한 방법으로 어의를 밀어붙여 보았지만 죽일 테면 죽이라는 태도에 사영도 두 손 두 발 다 들었다. 어의라는 인간이 자기 목숨을 그리 가볍게 여기니 아픈 환자를 거들떠보지도 않는 거다. 왜 유배 왔는지 알 만했다.

사영은 은홍이 자는 방문 앞에 멈추어 서서 조심스럽게 그녀를 불렀다. 그녀만 두고 잠시 나갔다 왔으니 그녀가 방에 잘 있는지 확인해야 했다.

"아씨, 주무십니까?"

안에서 곧 그녀의 목소리가 들려왔다.

"사영이니?"

"네."

"아까부터 거기 있었니?"

"네?"

"아니다. 그만 자거라. 밤이 깊었다."

"네, 아씨도 편히 주무십시오."

사영은 그리 대답하고 방문 옆에 걸터앉았다. 밤새 그녀의 방을 지킬 생각이었다. 이곳에서 그녀를 지켜줄 수 있는 사람은 그뿐이었기에 책임감이 막중했다.

흐암.

그런데 나오는 하품은 막을 수가 없었다. 배에서 내리고 내내 제대로 잠을 못 잤으니 사람인 이상 피곤하지 않다면 거짓말이었다.

달칵.

문이 열리는 소리에 사영은 서둘러 감기는 눈을 반짝 떴다.

"들어가서 자라니까."

은홍이었다. 사영은 몸을 일으키며 고개를 저었다.

"전 호위 무사입니다."

"무사도 잠은 자야지."

"아닙니다. 아씨가 편히 잘 수 있게 지키는 게 제 일입니다."

"네가 이리 안 자고 있는데 내가 어떻게 편히 자겠니. 방에 들어가서 자."

"아닙니다. 전 여기서."

은홍이 방 밖으로 나와 사영의 옆에 앉자 사영은 흠칫 놀라서 눈을 크게 뜨고 그녀를 보았다.

"그럼 나도 여기 있을 거다."
"절대 안 됩니다! 아씨는 주무셔야죠."
"그러니까 네가 자야 나도 자지."
사영은 정말 난감하다는 얼굴로 그녀를 쳐다보았다. 은홍이 웃으며 물었다.
"잘 거지?"
사영은 말 못 하는 짐승처럼 눈만 깜빡였다. 이상하게도 그녀의 말은 무시할 수가 없었다. 상단 안주인의 권위로 명령하는 것도 아닌데 말이다.

태웅이 마구간에서 말에게 먹이를 넉넉하게 챙겨주고 다시 밖으로 나왔을 때는 사영도, 은홍도 이미 방에 들어가고 없었다. 태웅은 주막 마당에 있는 평상에 앉았다. 날이 맑고 달이 밝아서 밖에서 자도 괜찮은 밤이었다.
밤하늘의 달을 올려다보던 태웅은 고개를 내려 아까 신발이 놓여 있던 방 쪽을 보았다. 그러고 보니 저 방에 머무는 자도 문성군처럼 내의원 어의를 만나러 왔다고 했다.
유배 온 자에게 무슨 볼일이 있기에?
문성군도 마찬가지였다. 겨우 목숨을 부지해서 유배 와 있는 자를 도대체 왜 만나려고 하는 것인가?
설마 왕세자와 관련이 있는 것인가?
태웅은 주막 끝 방을 쳐다보며 깊은 생각에 빠졌다. 그 덕에 그 밤,

문성군이 보낸 자는 그녀가 있는 방에 접근하지 못했다.

아침 일찍 문성군이 내의원 어의라는 자를 만나러 간다고 해서 태웅도 같이 길을 나섰다.

유배 왔다고 하더니 내의원 어의가 산다는 집은 허름했다.

"자네는 밖에서 기다리게."

"제가 같이 들어가면 안 될 이유라도 있습니까?"

"호기심과 자네 목숨을 바꿀 수 있다면 같이 들어가고."

문성군이 농담을 할 자는 아니었기에 태웅의 눈매가 일그러졌다. 당연히 죽고 싶지 않았다.

"밖을 지키고 있게. 내가 이곳에 있는 동안 누구도 들이면 안 되네."

집으로 걸어 들어가는 문성군을 태웅은 막지 못했다. 문성군이 뭘 하려는지 알지 못하는 상태에서 함부로 그를 막을 수는 없었다. 할 수 없이 태웅은 집 밖을 지키고 서 있었다. 그래도 문성군이 그 집에서 나오면 한양으로 돌아갈 수 있었다.

혼자 집으로 들어간 문성군은 내의원 어의 김선규와 독대했다.

"문성군 마마, 어떻게 이런 누추한 곳까지!"

은홍과 사영 앞에서는 뻣뻣하게 굴던 김선규는 왕자 앞에서는 먼저 무릎을 꿇었다. 문성군의 잔인한 성품을 알기에 땅을 짚은 그의 손이 파들파들 떨렸다.

문성군은 오만한 눈으로 네 발로 엎드린 김선규를 내려다보며 말했다.

"자네에게 꼭 물어볼 게 있어서 내가 직접 왔네. 그러니 거짓은 말하지 않아야 할 것이야."

김선규는 긴장한 눈으로 문성군을 올려다보았다. 왕자가 하찮은 걸 물어보려고 여기까지 직접 왔을 리가 없으니까.

"내 형님이 태어났을 때 자네가 산실청(왕비의 출산을 위한 기관) 어의였더군."

문성군의 말에 김선규의 낯빛이 흙빛이 되었다. 그 일은 그가 유배 오게 된 근원이었으니까. 그 일에 대해서 함부로 발설한다면 그는 바로 죽은 목숨이었다. 그런데 문성군은 그의 목숨 줄이 달린 일에 대해 너무 쉽게 물어봤다.

"그날 누가 산실로 찾아오지 않았나?"

"무, 무슨 말씀이신지."

김선규가 입을 다물자 문성군은 바로 검을 뽑아 그의 목을 겨누었다.

김선규는 사색이 되어 문성군에게 사정했다.

"마마! 모, 모, 모, 목숨만 살려주십시오."

유배 와서 아무것도 못 하는 비루한 처지였지만 그래도 목숨은 소중했다.

"살고 싶으면 말해라. 그날 누가 왔는지."

김선규는 파들파들 떨리는 눈으로 문성군을 올려다보았다. 그 이름을 말하면 그는 진짜 죽은 목숨이었다.

그러나 지금 아무 말도 안 하면 역시 그는 문성군의 칼에 죽을 거였다. 살아날 길이 전혀 없었다. 김선규는 오늘이 자신이 죽을 날임을 느끼고 맥이 탁 풀렸다.

은홍은 오늘도 내의원 어의를 찾아가기 위해서 사영과 함께 주막을 나왔다.

"잠은 잘 잤느냐?"

그녀의 고집에 져서 결국 호위를 끝까지 못하고 쿨쿨 자버린 사영은 큰 잘못을 한 것 같아서 표정이 무거웠다.

"제가 아직은 많이 부족한 호위 무사라 송구합니다."

잘 잤냐고 물어봤더니 자책을 하는 사영을 보며 은홍은 웃고 말았다. 꼭 태웅 앞에서 자신의 모자람 때문에 힘들어했던 그녀 자신을 보는 듯했다.

"괜찮아. 넌 점점 더 훌륭한 무사가 될 거다. 내가 알아."

은홍의 격려에 사영의 표정이 그제야 풀렸다.

"오늘은 꼭 어의를 설득해야 하는데 걱정이구나."

시간이 오래 걸릴수록 연화만 더 힘들어질 것이었다.

두 사람은 어의가 사는 집으로 향했다. 그런데 갑자기 검은 옷을 입은 사내가 두 사람 앞을 가로막으며 나타났다.

사영은 빠르게 은홍의 앞을 보호하듯이 막아서며 사내를 노려보았다. 낯선 사내가 장검을 지니고 있었다. 분명 검을 쓰는 무사였다.

"누구냐?"

사영의 날 선 물음에 사내는 대답 대신 검집에서 검을 꺼냈다.

차랑.

사영은 바로 자신의 검을 꺼내며 은홍에게 빠르게 말했다.

"뒤로 물러나십시오, 아씨!"

은홍은 대낮에 마을 한복판에서 습격을 받은 이 상황이 혼란스럽기만 했다.

"아씨, 제 뒤에 계셔야 합니다."

"어찌하려고. 차라리 도망치는 것이."

등을 보이면 더 위험했다.

사영은 은홍이 위험하지 않게 앞으로 몇 발자국 나갔다. 제발 살수가 한 명이길 바랐다. 뒤에 또 있다면 정말 큰일이었다.

"누가 보낸 자이냐! 문성군이더냐?"

사영의 입에서 문성군이란 말이 나오자마자 살수는 바로 칼을 휘둘렀다. 그게 대답이나 마찬가지였다.

챙―!

사영이 살수와 싸우기 시작하자 상황이 심각함을 느낀 그녀의 몸이 굳었다. 당장 누군가에게 도움을 청해야 했다. 이러다 사영이 저 위험한 자의 칼에 찔려 크게 다치기라도 하면 정말 큰일이었다. 빠르게 주위를 둘러보았지만 사람이 보이지 않았다. 유배지와 가까운 곳이라 인적이 드물었다.

지금으로서는 유배 온 내의원 의원에게 달려가 도움을 청하는 방법밖에 없었다.

그런데 환자도 모른 척한 그가 과연 위험에 처한 자를 도와줄까 싶었다. 유배지니까 관군들이 시간별로 순찰할 것이었다. 관군을 못 만나면 관아의 위치라도 묻기 위해서 그녀는 김선규의 집으로 뛰어갔다.

제 29 장

재회

문성군은 김선규의 집에서 그리 오래 머물지 않고 밖으로 나왔다.

태웅은 내내 밖에 있었기에 문성군이 유배 온 내의원 어의와 무슨 이야기를 나누었는지 알지 못했다.

"그만 가지."

"볼일은 다 끝나신 겁니까?"

"그래, 이제 한양으로 돌아가면 돼."

문성군이 그를 지나쳐 앞서 걷는데 태웅의 눈이 문성군의 소매로 향했다. 소매 끝에 붉은 피가 묻어 있었다. 분명 이 집에 들어가기 전에는 없었던 것이었다. 무언가 심상치 않음을 느낀 태웅은 몸을 돌려 문성군이 나온 집 안으로 성큼성큼 들어갔다.

문성군은 태웅이 반대 방향으로 가는 걸 보고 못마땅한 표정을 지으며 말했다.

"내가 돌아가자는 말 못 들었나?"

태웅은 문성군의 말을 무시하고 김선규가 있었던 방의 문을 벌컥 열었다. 방 안에는 목에 피를 철철 흘리며 쓰러져 있는 남자가 있었다. 태웅은 서둘러 방 안으로 뛰어들어가 남자의 상태를 살폈다.

"쿨럭."

눈을 부릅뜨고 있는 남자는 아직 살아 있었다. 아니, 곧 죽기 직전이었다. 태웅은 손으로 피가 쏟아지는 남자의 목을 눌러 출혈을 막았다. 고작 이런 걸로는 죽음을 조금 지체할 뿐이었다. 당장 의원을 불러와야 하는데 허탈하게도 죽어가는 이 남자가 의원이었다.

"감히 내가 돌아가자고 한 말을 무시하는 건가?"

다시 돌아온 문성군은 고작 그가 자신의 말을 무시했다고 역정을 냈다.

태웅은 그런 문성군을 노려보았다. 사람을 죽여놓고 전혀 신경도 안 쓰는 그의 태도가 참을 수 없었다.

"그 눈빛은 뭐지?"

문성군 역시 태웅의 눈빛이 마음에 안 들어 바로 칼을 꺼내 이번엔 태웅의 목을 겨누었다.

"나랑 같이 한양으로 돌아가던가, 이 자리에서 그자와 함께 죽던가. 자네 선택은 뭔가?"

겁박을 아무렇지 않게 하는 문성군을 노려보며 태웅은 차게 말했다.

"마마가 절 죽이기 전에 제 손에 마마가 죽을 수도 있겠죠."

문성군이 사람을 쉽게 죽일 수 있었던 건 그의 신분 때문이었다.

그의 검 실력 때문이 아니었다. 그러니 태웅은 마음만 먹으면 그를 먼저 죽일 수 있었다.

태웅이 도리어 받아치자 문성군은 냉랭하게 입꼬리를 올렸다.

"그럼 자네 부인이 죽어 시체로 돌아올 텐데. 그래도 상관없다는 건가?"

태웅은 으득 이를 사리물었다. 사람에 대한 증오심이 이리 커질 수 있다는 걸 처음 알았다. 파천에 대한 마음도 이 정도는 아니었다.

"선택해. 어느 쪽이지?"

문성군이 잡은 칼이 그의 목에 더 가까이 다가와 차가운 검기를 뿜어냈다. 당장에라도 그의 목을 관통할 듯했다.

하지만 태웅도 마음에 없는 소리는 못 하는 성격이라 말없이 문성군만 노려보았다.

그때였다. 누군가 소리치며 그들이 있는 곳으로 달려왔다.

"안 돼! 당장 그 칼을 내려놓으십시오!"

다른 이의 등장에 문성군도 흠칫 놀랐고, 태웅도 이쪽으로 달려오는 작은 체구의 사내를 보고 눈이 커졌다. 사내 옷을 입고 있지만 얼굴이 분명…….

그의 아내였다.

도움을 청하러 김선규의 집까지 뛰어왔던 은홍은 그곳에서 더 놀라운 광경을 목격하게 되었다. 분명 한양에 있을 거라 생각한 태웅이 있기 때문이었다. 이곳에 그가 있다는 것도 놀라운 일인데 더 기함할 일은 그의 목에 어떤 선비가 칼을 겨누고 있다는 것이었다.

그 모습을 본 순간 그녀는 깊게 생각할 수 없었다. 무조건 막아야 한다는 생각에 더 빨리 달려가며 외쳤다.

"안 돼! 당장 그 칼을 내려놓으십시오!"

그녀가 소리치며 달려간 순간 태웅은 바닥에 떨어져 있던 붓을 들어 문성군의 칼을 빠르게 쳐냈다.

탁—!

문성군이 휘청한 순간 그는 몸을 튕기듯 일어나며 문성군의 손목을 쳐 칼을 떨어뜨렸다. 그리고 그 칼이 태웅의 손에 들어간 건 정말 찰나의 일이었다. 이제 태웅이 문성군의 목에 칼을 겨누고 있었다.

문성군은 역전된 상황에 노기 서린 눈으로 태웅을 노려보았다. 그의 목에 칼을 두 번이나 들이댄 사람은 태웅이 처음이었기에.

"정녕 네 부인이 죽어도 상관없다는 것이냐?"

낯선 자의 입에서 그녀가 나오자 태웅을 부르려던 은홍의 입이 그대로 얼어붙었다.

"문성군 마마가 걱정하실 필요 없으십니다. 제 부인은 제가 알아서 챙기니."

태웅이 낯선 자를 '문성군'이라 부르는 말에 그녀의 심장이 소스라치게 뛰었다. 분명 방금 갑자기 나타난 살수에게 사영도 물었었다. 문성군이 보낸 것이냐고.

문성군이 도대체 왜 그녀를 해하려 한단 말인가! 그녀는 태어나서 왕자처럼 신분이 높은 이를 한 번도 만난 적이 없었다.

그때 태웅이 고개를 돌려 그녀 쪽을 보았다.

그녀는 당장에라도 그를 큰 소리로 부르고 싶었지만 그러지 못하고 눈만 크게 떴다.

"그쪽은 누구인데 김선규를 찾아온 것이냐?"

태웅이 묻는 말에 그녀의 심장이 차가워졌다. 태웅이 그녀를 못 알아볼 리가 없었다. 원주에 갈 때 그녀가 남장한 걸 보고 '은돌'이란 이름까지 붙여주었으니까. 그가 일부러 그녀를 모르는 척하는 걸 느낀 은홍의 입안이 바싹 말랐다. 그녀가 실수하면 태웅이 아까처럼 목숨이 위험한 상황에 처할 것 같았으니까.

그런 일은 일어나게 해서는 안 되었다.

"도, 독에 당한 이가 있어서 내의원 의원이었다는 이의 도움을 구하려."

그제야 그녀의 눈에 피를 흘리며 바닥에 쓰러져 있는 김선규의 모습이 들어왔다. 분명 죽은 것 같았기에 그녀의 낯빛이 창백해졌다.

태웅은 문성군에게 물었다.

"독에 대해 잘 아십니까?"

"그런 걸 왜 나한테 묻는 거지?"

"사람 죽이는 게 거침없는 걸 보니 독도 많이 써보셨을 것 같아서."

문성군은 차게 입꼬리를 올렸다. 그 말이 틀린 건 아니었으니까.

"그래, 내가 너를 죽일 때는 꼭 독을 써주마."

문성군이 태웅을 죽인다는 말에 은홍은 깜짝 놀라서 몸이 절로 앞으로 튀어나왔다.

하지만 태웅이 고개를 돌려 그녀를 쳐다보자 그대로 발이 땅에 묶였다. 태웅의 날 선 눈빛이 가까이 오지 말라고 경고하고 있었다.

태웅으로서도 이 상황이 낙낙하지 않았다. 은홍이 조금이라도 그를 아는 척하는 순간 문성군은 그가 아니라 은홍을 노릴 게 뻔했으니까. 그래서 그녀가 무사한 걸 눈으로 확인하고도 마냥 좋아할 수 없었다.

오히려 온몸의 신경이 날카롭게 날이 섰다. 문성군은 은홍이 그의 부인인 걸 몰라도 그를 아는 사람이라는 것만으로도 충분히 죽일 수 있는 인물이었다. 그러니 지금은 은홍이 겁에 질려 아무 말 못 하는 게 차라리 나았다.

태웅은 문성군의 관심이 은홍에게 가지 않게 일부러 말을 걸었다.

"고작 절 죽이려고 이곳 강진까지 데려온 건 아닐 것 아닙니까? 그건 한양에서도 충분했으니."

그의 말에 문성군의 눈빛이 가늘어졌다.

"무슨 뜻으로 하는 말이냐?"

당연히 그의 편으로 끌어들일 수 있는지 없는지 판가름하기 위해서 여기까지 끌고 온 거였다. 결코 그의 편이 될 수 없다고 여겼기에 가차 없이 죽이려는 것이었고.

"문성군 마마가 한 번 정도는 사람을 죽이는 게 아니라 살리는 모습을 보여주시면 저도 한 번 정도는 저하가 아니라 문성군 마마의 편에 서겠습니다."

태웅의 말에 문성군은 흥미롭다는 표정을 지었다. 화룡 상단 대행수가 금방 죽기 싫어서 요행으로 그런 말을 할 리는 없었으니까.

강진으로 오는 동안 태웅을 겪었기에 더 확신할 수 있었다. 그는 지킬 수 없는 말은 아예 하지 않을 인물이었다.

"내 편에 한 번은 서겠다. 그게 왕세자를 위협하게 되는 일이라도 말이냐?"

문성군이 날카롭게 묻는 말에 태웅은 무미건조하게 받아쳤다.

"전 왕세자의 부하가 아니라 장사꾼입니다. 저한테 이득이 되고 이용 가치가 있는지 그걸로 모든 걸 판단합니다."

태웅의 대답에 문성군은 살천스러운 미소를 지었다.

"형님이 지금 그 말을 들었으면 아주 슬퍼하시겠군."

태웅은 어떻게든 문성군의 관심이 은홍에게 가지 않게 한 말이었지만 문성군은 그의 말에 꽤 마음이 동한 듯했다. 어쩌면 당연한 것이었다. 문성군이 하는 일 중 가장 쉬운 게 사람을 죽이는 것이었고, 가장 어려운 게 사람을 얻는 것이었으니까.

특히나 그 사람이 왕세자 쪽 사람이라면 더 탐이 날 수밖에 없을 것이다.

문성군은 고개를 숙여 미동 없는 김선규를 내려다보았다.

“이놈은 이미 죽었군.”

자신이 죽여놓고 전혀 죄책감이 없는 말에 태웅은 눈살을 찌푸렸다. 확실히 위험한 자였다.

그래서 문성군이 은홍이 있는 쪽으로 고개를 돌리자 태웅은 바짝 긴장했다. 문성군과 은홍이 한 공간에 있다는 것 자체가 태웅에게는 살얼음판이었다.

“독에 당했다는 자가 어디 있느냐?”

문성군이라는 이가 갑자기 그녀에게 말을 걸자 은홍은 눈만 크게 떴다.

그녀가 더 놀라지 않게 태웅이 문성군을 겨누고 있던 칼을 아래로 내리며 말했다.

“괜찮으니까 안내하거라.”

당연히 제주로 가는 배에 있어야 할 은홍이 갑자기 강진에 나타났다. 문길이 이곳에 은홍 혼자 두지는 않았을 것이었다. 지금 그녀의 곁에 문길이 보이지 않는 게 태웅은 가장 불안했다.

그들이 갔을 때도 사영과 살수는 서로 죽일 듯이 칼을 겨누고 있었다. 누군가는 죽어야 끝날 것 같던 싸움은 문성군의 한 마디에 싱겁게 마무리되었다.

"창령."

문성군이 이름을 부르자마자 사영과 칼부림을 하고 있던 살수가 빠르게 뒤로 물러나며 문성군의 앞으로 이동했다.

사영은 목숨을 노리며 싸우던 자가 갑자기 사라져버리자 숨을 헉헉거리며 황당한 표정을 지었다.

그러나 놀라운 일은 그것만이 아니었다. 은홍의 지척에 서 있는 대행수 태웅을 보고 사영의 눈이 접시만큼 커졌다. 처음엔 무섭도록 닮은 사람인가 했는데 태웅의 옆에 서 있는 문성군을 보고 바로 표정이 돌처럼 굳었다.

은홍은 서둘러 사영에게 달려가 물었다.

"괜찮아?"

"네."

그러나 치열했던 결투의 흔적은 사영의 몸에 고스란히 남아 있었다. 그들이 조금만 늦었어도 정말 위험할 뻔했다.

"피 나잖아. 많이 다친 거 아냐?"

"아닙니다."

은홍이 사영을 챙기는 걸 보고 태웅은 눈을 좁혔다. 은홍이 함께 있는 이가 문길이 아니라 상단에 들어온 지 얼마 되지도 않는 말단 호위무사라는 게 태웅은 전혀 이해가 안 되었다. 그는 문길을 믿고 은홍을 맡겼는데 뒤통수를 제대로 맞은 기분이었다.

"둘뿐이냐?"

태웅이 차갑게 묻는 말에 사영이 상단에서 하던 버릇처럼 군기가 바짝 들어서 대답했다.

"병자가 한 명 더 있습니다."

그 독에 당해 사경을 헤맨다는 병자가 문길이 아니라면 태웅은 정말 문길에게 화가 날 듯했다.

독을 치료해줄 의원을 데리고 돌아가려고 했는데 일이 이상하게 되었다. 길 안내를 하는 은홍과 사영이 가장 앞에 있었고, 그 뒤를 문성군과 태웅이 따라가고, 그리고 마지막에는 문성군의 살수 창령이 있었다. 같은 곳을 향하는 일행이지만 전혀 일행 같지 않은 행렬이었다.

사영은 티 나지 않게 뒤를 돌아보았다가 빠르게 다시 앞을 보며 작은 목소리로 은홍에게 물었다.

"문성군이 아씨가 대행수 어르신 부인인 걸 압니까?"

은홍은 무겁게 대답했다.

"아니, 몰라."

사영은 안도의 한숨을 내쉬었다. 역시 대행수가 자기 부인을 위험한 자에게 노출시킬 리가 없었다. 남복을 한 게 천만다행이었다.

"그럼 끝까지 몰라야 하니까 절대 대행수 어르신한테 가까이 가지 마십시오."

사영은 은홍에게 신신당부했다. 이미 태웅이 그녀를 모른 척했을 때 은홍은에게는 선택의 여지가 없었지만 지척에 은애하는 지아비를 두고 모르는 사람처럼 구는 건 정말 쉬운 일이 아니었다.

"하지만."

"문성군 앞에서는 절대 안 됩니다. 대행수 어르신까지 위험해질 수 있어요. 그러니까 저자들 앞에서는 끝까지 사내인 척하십시오. 아시겠죠?"

앞에서 계속 속닥거리는 두 사람을 보고 태웅은 표정 관리가 쉽지 않았다. 문성군이 못 듣게 하려고 저리 붙어서 이야기하는 건 알겠지만, 그렇다고 눈앞에서 부인이 다른 남자와 가까이 붙어 있는 걸 그냥 모른 척해야 한다는 게 정말 거지 같았다.

"그런데 저 작은 놈 영 거슬리는군."

옆에서 문성군이 하는 말에 태웅은 흠칫 놀라 빠르게 말했다.

"뭐가 말입니까?"

'관심 꺼. 이 자식아.'라고 속 시원히 말할 수 없어 답답할 뿐이었다.

"궁궐 내시 중에 저런 놈을 본 거 같기도 하고."

내시 정도면 양호했다.

꾹 참고 넘기려는데 문성군이 또 말했다.

"차라리 여인으로 태어나는 게 나을 뻔했군."

태웅은 검을 뽑고 싶은 걸 참느라 주먹을 꽉 쥐었다. 이놈이나 저놈이나 마음에 안 드는 인간들뿐이었다.

정오가 한참 지난 시간에 작은 마을에 도착했다. 목적지는 아니었지만 요기를 하기 위해 잠시 멈추었다. 지금 먹어두지 않으면 도착할 때까지 아무것도 없었으니까.

은홍은 밥보다 상처 입은 사영을 치료해주는 게 더 급했기에 주모에게 깨끗한 천을 부탁했다.

"상처 치료를 해야 해서."

임시방편으로 상처 난 곳을 동여맬 수 있는 무명천을 얻어서 서둘러 일행이 있는 곳으로 걸음을 옮기는데 모퉁이를 도는 순간 누군가의 손이 그녀의 팔을 잡고 힘껏 끌어당겼다. 놀라서 비명을 지르려는 그녀의 입을 또 다른 손이 빠르게 틀어막았다.

"나다."

태웅이었다.

그래도 어딘가에서 문성군이라는 자가 듣고 있을까 봐 그녀가 눈만 크게 뜨고 쳐다보자 그녀가 어지간히 놀란 게 느껴졌는지 태웅의 눈매가 일그러졌다.

"많이 놀랐느냐?"

그가 걱정하며 묻는 말에 그녀는 그제야 눈물이 핑 돌았다. 그녀의 대행수님을 대행수님이라 부르지 못하는 압박이 너무 컸기에.

눈물이 그렁그렁한 그녀의 얼굴을 보니 태웅은 그녀를 끌어안고 위로해주고 싶었지만 지금은 그럴 수 없는 상황이었다. 그녀에게 빠르게 상황을 설명하고 다시 문성군에게 돌아가야 의심을 받지 않았다.

그래서 태웅은 그녀의 작은 어깨를 두 손으로 잡고 강하게 말했다.

"독에 당했다는 사람이 문길이더냐?"

은홍은 아니라고 고개를 저었다.

그녀의 대답에 그의 낯빛이 어두워졌다. 그녀가 탄 배에도 필시 무슨 일이 생겼다는 의미이니까. 문길은 분명 그 순간 할 수 있는 최선을 선택했겠지만 지금 태웅의 눈에 은홍은 낯설고 위험한 곳에 홀로 남겨져 있는 거나 마찬가지였다.

그러나 더 나쁜 건 그도 지금은 은홍을 대놓고 지켜줄 수 없는 상황이라는 거였다.

"잘 듣거라. 환자가 있는 곳에 도착해서 그 사람을 치료한 뒤 나는 바로 문성군과 떠날 것이다."

"저도 같이!"

어렵게 태웅을 만났는데 다시 헤어질 수는 없었기에 그녀는 다급하게 말했지만 태웅이 칼같이 잘랐다.

"안 된다. 너는 그때까지 나와 아는 사이라는 걸 그자가 알게 해서는 절대 안 돼. 알겠느냐?"

그를 끝까지 모른 척하라는 태웅의 말에 기어코 그녀의 눈에서 눈물이 떨어져 내렸다. 그녀를 울리는 사람이 있다면 누구든 용서하지 않을 텐데 그게 자신이라는 게 태웅은 너무 화가 났다. 태웅은 그녀의 작은 손을 붙잡고 약조했다.

"우린 한양에서 다시 만나는 거다. 한양에서 만나면 다 괜찮을 거라고 내 약조하마."

지금은 그를 안심시키기 위해 알았다고 대답해야 할 상황임을 알았지만 은홍의 입에서는 쉽게 대답이 나오지 않았다.

"정녕 한양까지 같이 가면 안 됩니까?"

그녀가 되묻는 말에 그의 표정이 쓰게 일그러졌다. 그라고 다시 헤어지고 싶겠는가.

하지만 문성군 앞에서 은홍을 그의 아내라고 밝히는 것보다 이대로 헤어져 한양에서 다시 만나는 게 더 안전했다. 문성군은 무슨 짓을 벌일지 알 수 없는 위험한 인물이니까.

"잠깐이다. 금방 다시 만나게 될 거야."

은홍은 할 수 없이 눈을 감고 고개를 주억거렸다.

그녀가 억지로 알았다고 한 걸 알기에 그의 마음이 편해진 건 아니었지만 지금은 이게 최선이었다. 그는 그리 믿었다.

"좀 있다 오거라. 내 먼저 갈 것이니."

태웅이 그녀를 지나쳐 먼저 걸어갔다.

멀어지는 그의 뒷모습을 보던 그녀는 흐르는 눈물을 손으로 세게 문질러 닦았다. 이럴 때일수록 약한 모습을 보이면 안 되었다. 그럼 태웅에게 민폐만 끼치는 것이었다. 그녀는 그에게 도움이 되는 사람이 되고 싶었다. 짐이 되는 건 싫었다.

그리 생각하며 눈을 떴던 은홍은 먼저 가버린 줄 알았는데 다시 앞에 나타난 태웅을 보고 깜짝 놀랐다.

"왜?"

다시 돌아왔냐고 미처 다 묻지도 못했는데 그가 두 팔로 그녀의 몸을 꽉 끌어안았다. 아주 찰나였지만 익숙한 품과 그리운 체취에 순간 정신이 혼미했다. 그녀가 정신을 차렸을 때 그는 또다시 멀어져 있었다.

그래서 마치 꿈 같았다. 그에게 안긴 순간이.

태웅보다 늦게 돌아온 은홍은 일부러 그를 쳐다보지 않고 사영의 옆으로 갔다.

"상처를 우선 이걸로 동여맸다가 도착하면 의원에게 치료해달라고 해야겠다."

"전 정말 괜찮습니다."

"아니야. 다친 곳을 내밀어. 내가 해줄 테니까."

상처를 낸 사람을 지척에 두고 상처를 치료하는 일은 굉장히 기이했다. 지금은 서로 잘잘못을 따질 형편이 아니었기에 사영은 조용히 상처 난 팔을 내밀었다.

은홍은 상처 난 부분에서 피가 흐르지 않게 천으로 동여매며 사영에게 조용히 물었다.

"대행수님과 같이 있는 사내에 대해 잘 알아?"

사영은 힐긋 문성군 쪽을 보았다가 그와 눈이 마주치자 서둘러 시선을 내렸다.

"왕세자의 이복동생입니다. 그러니 피하는 게 상책입니다."

왕세자의 동생이라는 말에 은홍은 피가 마르는 느낌이었다. 태어나 그런 지체 높은 신분의 사람은 만나본 적도 없었다. 태웅이 왜 그리 조심하는지 알 것도 같으면서도 왜 산적도 아닌 왕족을 위험하다고 하는 건지 쉽게 이해할 수 없었다.

"대행수님이 연화 치료만 하고 저자랑 떠난다고."

"제 생각에도 그러는 게 좋습니다."

사영은 대행수가 참 판단력이 좋은 대인배라고 새삼 감탄했다.

"하지만 난 둘만 보내는 게 너무 불안해."

누가 누굴 걱정한단 말인가.

"대행수님은 무예가 뛰어나시니 문성군에게 쉽게 당하지는 않으실 겁니다."

"그런데 왜 저이의 눈치를 보며 아는 척도 말라시는 건지."

"둘이 언제까지 속닥거릴 거지?"

갑자기 문성군이 대화에 끼어들자 그녀는 화들짝 놀라서 상처를 감던 천을 놓쳐버렸다.

사영은 서둘러 풀리는 천을 붙잡아 매듭을 지었다.

"너는 놀라는 것도 계집애처럼 놀라는군."

문성군이 은홍에게 관심을 보이며 한 발 다가서자 태웅도, 사영도 바짝 긴장했다. 살벌해진 주위 분위기를 아는 건지 모르는 척하는 건지, 문성군이 좀 더 그녀에게 가까이 갔다.

"진짜 사내가 맞는 건가?"

태웅의 손이 먼저 검으로 향했다.

지척에 있던 문성군의 부하 창령이 태웅의 움직임을 주시했다.

사영의 손에도 바짝 힘이 들어갔다.

은홍은 문성군을 똑바로 노려보며 받아쳤다.

"확인이라도 시켜드려야 믿으실 겁니까?"

태웅과 사영 둘 다 깜짝 놀랐다. 평소 그녀의 말투가 전혀 아니었으니까. 진짜 다른 사람 같았다.

"네가 지금 감히 나를 노려보는 것이냐?"

문성군이 다른 것에 심기가 불편해져 눈빛이 가늘어졌다.

"계집처럼 예쁘다 하셨으면 웃으며 쳐다봤을 겁니다."

"하!"

문성군이 헛웃음을 크게 지으며 태웅을 돌아보았다.

"꽤 맹랑하군. 아니 그런가?"

태웅은 뭐라 하지 못하고 입술만 굳게 다물었다. 은홍이 실수한 건 아니나 문성군과 말을 섞는 것 자체가 기분이 안 좋았다.

사영도 눈을 크게 뜨며 그녀를 말렸다.

"말대꾸하지 마십시오. 기분 나빠지면 어찌 돌변할지 모를 자입니다."

"저자가 먼저 말을 건 것이다."

아무리 왕세자의 동생이라는 대단한 신분이라도 태웅을 괴롭히는 사람이면 무서움보다 미운 마음이 먼저 들어서 노려본 것이었다.

"그래, 잘 보니 계집보다 더 예쁜 거 같구나. 이제 웃어보거라."

설마 문성군이 그 말을 받아칠 줄은 몰랐기에 그녀도 놀라서 눈을 크게 뜨고 문성군과 태웅을 번갈아 보았다.

"내가 말하는데 왜 대행수를 보는 것이냐?"

그녀는 바로 문성군에게 시선을 고정했다. 거의 조건반사였다.

그녀가 입술을 일자로 꾹 다물고 눈에 힘만 주자 문성군은 못마땅한 표정을 지었다.

"이젠 내 말을 무시하는 것이냐?"

사람을 아주 여러 가지 방법으로 괴롭히는 자였다. 도저히 웃는 얼굴이 안 나와서 그냥 쳐다보고만 있는데 태웅이 자리에서 벌떡 일어났다.

"그만 가시죠. 전 이런 데 낭비할 시간이 없습니다."

문성군이 맥을 끊은 태웅을 흘겨보았다.

"내가 이런 쓸데없는 데 시간을 쓰게 만든 건 자네의 말 때문이었던 거 같은데."

"설마 지금 사람을 살리는 일과 사람에게 억지로 웃어보라 강요하는 일을 같은 거라 보시는 겁니까?"

문성군은 태웅과 은홍을 번갈아 쳐다보았다.

"둘 다 다른 의미로 내 신경을 거슬리는군."

지금껏 문성군의 신경을 거슬리게 한 자는 살아남지 못했기에 창령은 바로 살수의 태도가 되었다.

하지만 의외로 문성군은 태웅의 말대로 하기로 한 것인지 따로 명령하지 않고 그대로 밖으로 나갔다.

창령이 서둘러 주군의 뒤를 따르고, 태웅도 그녀에게 시선을 주지 않고 바로 나가버렸다. 둘만 남게 되자 사영이 은홍에게 사정했다.

"제발 문성군과 엮이지 마십시오."

"그럼 대행수님은 왜 저자와 엮인 거야?"

그게 바로 그녀 때문이라는 걸 사영은 사실대로 말할 수가 없어서 속만 답답해졌다.

그 뒤 쉬지 않고 말을 탔기에 어촌에는 해가 떨어지기 전에 도착할 수 있었다. 둘이 떠났다가 무리가 오는 것을 보고 의원은 적잖이 놀랐다.

"진짜 내의원 어의를 데려온 것이요?"

"아닙니다."

"그럼 이자들은 도대체 누구?"

"그냥 모른 척하는 게 낫습니다."

사영은 의원의 안전을 걱정해서 다른 곳으로 데려갔다.

은홍이 아픈 연화가 있는 곳으로 문성군과 태웅을 안내했다. 방 안에 핏기없는 얼굴로 누워 있는 연화를 보고 태웅은 눈을 좁혔다.

그는 연화를 처음 보는 것이지만 눈치로 누군지 알 수는 있었다. 설마 이 어린 소녀가 은홍을 납치했을 때만 해도 이렇게 깊게 엮이는 인연이었을 줄은 상상도 못 했다.

"정말 치료해주실 수 있으신 겁니까?"

은홍은 문성군을 쳐다보았다. 지금은 연화를 낫게 해줄 수 있는 사람이 이 위험한 자뿐이라는 게 너무 꺼림직해서 차라리 그가 못 하겠다고 말하길 바라는 마음도 조금 있었다.

"창령, 보거라."

문성군은 자신이 직접 하지 않고 그의 수하를 불러 연화의 상태를 보게 했다.

창령이 연화의 앞으로 가서 한쪽 무릎을 꿇고 앉아 상태를 살폈다. 창령이 연화의 진맥을 짚으려고 손을 댄 순간이었다.

연화가 내내 손에 잡고 있던 표창이 순식간에 창령의 목에 깊이 찔러 넣어졌다.

푸욱!

검붉은 피가 바로 앞에 있던 그녀의 얼굴에 튀었다. 피의 뜨거움이 너무 지독해서 그녀의 눈이 절로 질끈 감겼다.

퍽!

그리고 태웅이 바로 손을 칼날처럼 세워 문성군의 급소를 내리쳤다. 연화가 문성군의 부하를 죽여버렸기에 그도 선택의 여지가 없어져버린 것이다.

일격에 당한 문성군은 그대로 기절했다.

문성군이 쓰러지자마자 태웅은 서둘러 창령에게 다가가 상태를 살폈다. 아직 숨이 붙어 있었지만 상태가 심각했다. 태웅은 창령의 몸을 뒤져 해독제를 찾았다. 창령의 몸에서 나온 건 각기 다른 색의 끈이 묶인 병 두 개였다.

태웅은 죽어가는 창령을 붙잡고 물었다.

"어느 쪽이 해독제냐?"

하지만 창령은 대답하지 않고 눈만 부릅떴다.

"대답해라! 어느 쪽이 해독제야!"

분명 한쪽은 독이었다. 그러니까 색으로 다른 걸 표시해두었을 거다.

독에 당한 연화에게 다시 독을 먹이면 그땐 해독제를 먹여도 소용없을 것이라 창령을 다그쳤지만 그는 눈을 뜬 채 숨이 끊어지고 말았다.

창령을 죽인 연화도 상태가 안 좋긴 마찬가지였다. 마지막 힘을 다해 창령을 공격한 것이라 그 탓에 독이 더 빠르게 몸에 돌아 피를 토하며 의식을 잃었다. 이대로 두면 연화까지 죽을 게 분명했다.

태웅은 바로 앞에서 사람이 죽는 걸 보고 넋이 빠진 은홍을 붙잡고 강하게 말했다.

"정신 차려라! 네가 이러면 이 아이마저 죽어."

연화가 죽는다는 말에 은홍은 눈을 크게 뜨고 태웅을 보았다.

"그, 그럼 어떻게."

은홍이 겨우 입을 떼며 정신을 차리자 그는 안심하며 병 두 개를 은홍에게 내밀었다.

"의원에게 가서 물어보아라. 어느 쪽이 해독제인지 알 수 있느냐고."

은홍이 떨리는 손으로 병 두 개를 받아 방을 나가고 혼자 남은 태웅은 주위를 둘러보며 한숨을 깊게 내쉬었다.

죽어버린 살수, 기절한 왕족, 죽어가는 파천의 아이.

정말 최악의 최악이었다.

그는 단지 은홍의 안전을 지키고 싶었던 것뿐인데, 어쩌다 이 지경까지 오게 된 건가 싶었다. 문성군을 건드려버렸으니 뒤탈은 분명 남을 것이었다.

그러나 그대로 두었다면 문성군은 분명 그 자리에서 자기 부하를 죽인 연화를 죽여버렸을 거다. 그걸 은홍이 그냥 보고만 있을 리가 없으니 은홍까지 위험해졌을 수도 있었다.

하지만 아직 빠져나갈 방법은 남아 있었다. 문성군이 강진까지 직접 내의원을 찾아온 이유만 확실히 알아낼 수 있으면 그도 섣불리 움직이지 못할 것이다.

그러나 그걸 문성군이 자기 입으로 불 리는 없었다. 그리고 내의원은 문성군의 손에 이미 죽었다. 태웅은 심란한 눈으로 의식 없이 쓰러져 있는 문성군을 내려다보았다.

눈을 뜬 문성군은 미간을 찌푸렸다. 누군가에게 맞아 기절한 건 처음 있는 일이었다. 당연했다. 그는 왕의 아들이었으니까.

누구든 마음속으로 그를 해할 마음은 품을 수 있어도 진짜 그를 건들 용기를 낼 사람은 없었다.

"깨어나셨습니까?"

문성군은 고개를 들어 태웅을 노려보았다.

"날 공격하고, 결박하고. 진정 죽고 싶은 건가?"

"묻는 말에 대답만 해주십시오. 어느 쪽이 해독제입니까?"

태웅은 병 두 개를 문성군에게 보여주었다. 결국 의원은 어떤 게 해독제인지 알아내지 못했다. 살아 있는 것한테 직접 먹여보는 수밖에 없다고 했다.

하지만 만약 이게 한 사람분의 해독제라면 그것 역시 연화를 살릴 기회를 날리는 것일 수도 있었다. 이제 대답을 해줄 수 있는 사람은 문성군뿐이었다. 본인의 명령에 따라 움직였던 수하가 가지고 있던 것이니 그도 알고 있을 것이었다.

하지만 쉽게 대답해줄 인물이 아니었다. 그럴 성격이었다면 이렇게까지 되지도 않았을 것이다.

그가 대답을 안 해주면 어떻게 입을 열게 해야 하나 생각하고 있는데 문성군이 말했다.

"붉은 쪽이다."

문성군의 대답에 태웅의 눈이 가늘어졌다.

"붉은 쪽이 해독제란 말입니까?"

"그래."

태웅은 더 묻지 않고 문성군의 눈만 바라보았다.

문성군은 그를 향해 웃어 보였다. 태웅이 그의 말을 쉽게 믿지 못하고 더 갈등할 거라는 걸 잘 안다는 듯이.

"당신이 진정 왕이 되고 싶은 거라면 지금 이 해독제로 살릴 사람은 당신의 백성이 될 사람입니다. 그래도 붉은 쪽이 해독제가 진짜 맞습니까?"

길어진 태웅의 물음에 문성군은 비릿한 비소를 지었다.

"내 백성은 내가 선택한다."

문성군이 있는 방에서 나온 태웅은 연화가 있는 곳으로 갔다.

연화의 옆을 지키고 있던 은홍은 태웅이 들어오자 다급하게 물었다.

"어느 쪽이 해독제입니까?"

태웅은 파란색 병을 은홍에게 내밀었다. 이대로 두면 연화는 죽을 것이니 어느 쪽이든 먹여야 했다. 그가 왕이 되고 싶냐 물은 게 자극이었는지 문성군은 굳이 하지 않아도 될 말을 덧붙였다. 백성을 선택해서 고르겠다는 문성군에게 백성이란 왕을 위해 존재하는 노예 같은 것이었다. 그런 생각을 하는 자가 자기 부하를 죽인 이에게 해독제를 순순히 주려 했을 거 같지 않았다.

그래서 태웅은 문성군의 말과 반대로 했다.

결국 마지막은 그의 선택이었으니 제발 연화가 살아나길 바랐다. 안 그럼 그가 연화를 죽인 게 되어버리니까.

그날 하루는 아주 더디게 흘러갔다. 연화의 상태가 호전되길 기다리는 시간은 더욱 그러했다.

"언제까지 날 묶어둘 거지?"

특히나 손과 발이 묶여서 의지대로 움직일 수 없는 문성군은 더 못 참아 했다.

"풀어드리면 절 죽이려 하실 테니 못 풀어드립니다."

그게 사실이었지만 문성군은 지금은 자신이 불리한 처지였기에 억지로 부드럽게 말했다.

"내가 어떻게 조선제일검과 대적할 수 있는 자넬 죽인단 말인가. 말도 안 되는 소리를 하는군."

"혼자 온 척했으면서 살수를 몰래 달고 온 분의 말은 못 믿겠습니다. 아마도 몇 명 더 숨어 있을지도 모르겠군요."

이미 숨어 있던 또 다른 살수가 한양으로 지원군을 불렀을지도 몰랐다. 그러니 이곳에서 오래 있을 수는 없었다.

"만약 제 물음에 대답해주시면 풀어드리겠습니다."

"뭐지?"

"내의원을 죽이기 전에 무얼 물으신 겁니까?"

태웅의 물음에 문성군의 눈빛이 날카로워졌다.

"그걸 왜 알고 싶어 하는 거지?"

"제가 그 이유를 알고 있어야 마마가 절 안 죽이실 것 같아서 묻는 겁니다. 그러니 그걸 말씀해주시면 풀어드리겠습니다."

문성군은 당장 갑갑하게 결박당한 몸에서 벗어나고 싶었지만 그렇다고 순순히 사실대로 말해줄 수도 없었다. 그건 그가 왕세자에 대항하기 위한 필살기가 되어야 하니까.

그래서 입을 다물었지만 견디려고 할수록 몸은 더 불편해질 뿐이었다. 참을 수 없이 답답했다. 몸이 점점 딱딱하게 굳어가는 것만 같았다. 왕족으로만 살아온 그가 가장 취약한 것이 불편한 것이었다.

"요즘 아바마마의 용태가 좋지 않으셔서."

"거짓말입니다."

문성군이 입을 떼자마자 태웅은 거짓말이라고 잘라버렸다. 왕에 관한 내용이 아닌 것만은 확신했다. 그게 왕세자를 공격할 비기가 될 수 있을 리가 없으니까.

"내 말을 믿지도 않으면서 왜 물어보는 것이지?"

문성군이 언짢은 투로 말하자 태웅도 지지 않고 말했다.

"무엇을 말해도 제가 그 말이 진실인지 모를 거라 생각하시고 함부로 거짓말을 하지는 마십시오. 그럼 전 더 심하게 마마를 다룰 수밖에 없습니다."

문성군은 말없이 태웅을 노려보았다. 그의 말은 참을 수 없이 무엄했지만 부하도 없이 묶여 있는 자신이 할 수 있는 게 아무것도 없다는 것이 문성군을 가장 힘들게 하였다.

"날 죽이면 자네의 부인뿐만 아니라 화룡 상단까지 다 살아남지 못할 것이야."

그래서 튀어나온 건 결국 겁박이었으나 그건 태웅에게 더 이상 통하지 않았다.

"전 내의원에게 무얼 알아내려고 하셨나 물은 겁니다. 묻는 말에만 대답하십시오. 안 그럼 입도 틀어막아버릴 겁니다."

문성군은 차갑게 태웅을 노려만 보았다. 이젠 그가 어떤 거짓말을 해도 태웅이 알아낼 것 같은 느낌이 들었기에 섣불리 입을 열 수도 없었다.

덜컹!

갑자기 문이 열리는 소리에 돌아보았던 태웅은 놀라 눈이 커졌다.

연화가 문 앞에 서 있었다.

"아, 아버지가 저, 저자를 만나는 걸, 내가, 헉헉, 봤습니다."

연화가 힘겹게 꺼내는 말에 태웅뿐만 아니라 기묘하게 문성군의 얼굴도 일그러졌다.

"아버지?"

말도 안 되는 소리였다. 파천에게 자식은 연화 옹주가 낳은 아들뿐이었다.

"대행수는 아직도 안 돌아왔나?"

왕세자는 초조함을 숨기지 못하고 하륜에게 물었다. 태웅이 문성군과 함께 한양을 떠난 것을 알기에 돌아오지 않는 시간이 길어질수록 왕세자는 번뇌가 깊어질 수밖에 없었다.

태웅이 그를 배신할 거라 의심하는 건 아니었지만 그렇다고 완전히 안심하고 있을 수만은 없었다.

이번에는 다른 이도 아닌 문성군이 직접 태웅을 데려갔다. 문성군이 어떤 수로 태웅을 구슬릴지 알 수 없는 일이었다. 최악의 상황이면 태웅이 문성군의 손에 죽어서 못 돌아올 수도 있었다.

"문성군이 바라는 게 이리 저하께서 흔들리는 것입니다. 그러니 굳건하셔야 하십니다."

하륜은 왕세자의 마음을 안정시키기는 게 먼저였다.

"나도 아는데 마음대로 안 되는군."

"대행수는 장사꾼입니다. 자신의 이익이 되는 쪽으로 행동할 것이니 크게 괘념치 마십시오."

태웅이 문성군 쪽으로 변심할 것도 고려하라는 하륜의 충언이 왕세자를 더 심란하게 만들었다. 태웅 스스로 파천의 아들이라고 솔직하게 털어놓았기 때문인지 왕세자는 그가 마음이 쓰였다.

만약 태웅이 문성군 쪽으로 변심하게 된다면 정말 크게 상심하게 될 것이었다.

밤이 깊어서 주위의 권유로 침실에 든 왕세자는 여전히 마음속 불안을 떨쳐내지 못하고 쉽게 잠이 들지 못했다. 그 순간 바람 한 줄기가 불어와 촛불을 껐다. 왕세자는 놀라 벌떡 일어나 앉았다. 이 방에 바람이 들어올 리가 없었으니까.

촛불이 꺼져 어두워진 창가에 누군가 서 있었다.

"누구냐!"

궁궐은, 더군다나 왕세자가 머무는 궁은 아무나 함부로 들어올 수 없는 곳이었다. 그렇기에 경비가 삼엄한데 그런 곳에 바람처럼 스며든 이는 꼭 사람이 아니라 귀신 같았다.

"내가 두 번째로 이 궐에 왔을 때 자네 어미와 무언가를 바꾸었지."

그림자처럼 서 있는 사내의 말에 왕세자의 얼굴이 창백해졌다. 그 말은 궐에 몰래 숨어든 게 벌써 세 번째라는 소리였는데, 그런 말을 할 수 있는 사람은 이 세상에 한 명뿐이었으니까.

"내가 자네 어미와 무얼 바꾸었는지 안 궁금한가?"

왕세자는 입이 얼어붙어 바로 문밖에 있는 사람들을 부를 수도 없었다. 처음으로 두려움이라는 게 뼛속 깊이 스며들어 그를 무너뜨리려고 하였다.

"대행수님."

은홍의 부름에 어둠 속에 서 있던 태웅이 고개를 돌려 그녀를 보았다. 그를 걱정하는 듯한 그녀의 눈빛과 마주치자 태웅은 절로 미소 짓게 되었다. 그녀를 걱정시키지 않기 위해서.

"아침 일찍 떠난다고 하지 않았느냐. 왜 안 자고 나왔느냐?"

연화도 일어났으니 바로 떠나야 했다. 이곳에서 더 지체하는 게 오히려 위험했다.

"대행수님이 안 주무셔서."

어둠 속에 서 있던 그를 한참이나 바라보다 말을 건 것이었다.

그녀는 그가 걱정되었다. 그의 어깨가 너무 무거워 보여서.

"혹시 문성군의 부하가 또 숨어 있다 나타날까 봐 보초 서고 있었던 거다."

그런 거라면 사영이 쿨쿨 잠을 잘 리가 없었다.

그녀가 여전히 걱정하는 얼굴로 쳐다보자 태웅의 입이 무거워졌다.

파천이 문성군을 만났다. 그래서 문성군은 내의원을 만나러 직접 강진까지 왔다.

그는 그래도 파천이 생물학적 아버지라 진짜 그를 도와주려고 나타난 줄 알았다. 그런데 그게 아닐 수도 있다고 생각하니 마음이 한없이 복잡해졌다. 파천이 문성군을 움직일 수 있는 말은 아무리 생각해봐도 하나뿐이었다.

바로 왕세자의 출생에 관한.

자박.

태웅은 그녀의 앞으로 걸어갔다. 지금 그가 의지할 수 있는 건 그보다 한참 작고 여린 그녀뿐이었다.

"내가 화룡 상단 대행수가 아니라 어떤 모습을 해도 내 곁에 있겠다고 약조해줄 수 있느냐?"

은홍에게 그는 처음 만난 순간부터 지금껏 한결같이 화룡 상단의 대행수였다.

그랬기에 다른 모습의 그는 전혀 상상조차 되지 않았다.

하지만 설령 그가 이번 일로 다 잃게 되어 도망자 신세가 된다고 해도 그녀는 그의 옆에 남을 것이었다.

"네, 약조합니다."

그는 그녀의 낭군이었고, 그녀는 그의 부인이었으니까.

이 생이 끝날 때까지.

아침이 되자 태웅은 예정대로 길을 떠나기로 했다. 걱정되는 게 있다면 연화의 몸 상태였다.

"몸은 괜찮으냐?"

태웅의 물음에 연화는 온몸을 이용해서 고개를 끄덕였다.

"말을 타야 하는데."

"저 나무도 타고 올라갈 수 있습니다. 보여드릴까요?"

연화는 해독제의 힘이 아니라 오라버니의 힘으로 더 기운이 나는 것 같았다. 처음으로 태웅과 마주하게 된 것이니까. 태웅을 만나면 안 된다는 파천의 경고에 그동안 그림자처럼 태웅을 피해왔었다.

그런데 이렇게 마주 앉아 밥까지 같이 먹다니. 연화한테는 꿈 같은 일이었다.

"안 드십니까?"

태웅은 밥은 안 먹고 연화만 노려보고 있는 문성군을 돌아보았다.

연화가 기운을 차려서 문성군을 포박하고 있던 끈도 풀어주었다.

사경을 헤매던 연화가 자신의 호위를 순식간에 죽이는 걸 보았으니까 그 앞에서 선불리 행동하지 않을 거라 여겼다. 다른 이의 목숨은 하찮게 여겨도 자신의 목숨만큼은 귀하게 여길 테니까.

"파천이 저 아이의 아버지일 리가 없다."

문성군은 아직도 그걸 의심하고 있었다.

중요한 건 그가 파천을 만났다는 것인데 말이다. 그래서 태웅은 파천에 대한 의심이 확고해졌다.

파천은 도대체 무얼 위해 다시 세상에 나타났단 말인가?

"먹기나 하십시오. 갈 길이 멉니다."

"그건 포로에게 하는 말인가? 아니면 날 다시 왕족 대우해주겠다는 건가?"

"제 의중이 중요합니까? 어차피 마마는 자신만 중요한 사람이잖습니까?"

태웅의 지적에 문성군은 차게 웃었다.

"날 형님께 넘길 생각인가 본데, 그래봤자 형님은 아무것도 못 해. 해봤자 아바마마께 모든 결정을 맡기겠지. 내가 고작 유배 간 내의원을 만나고 왔다는 걸로 아바마마가 자기 아들을 어찌할 거라 생각하는 건가? 오히려 날 이리 대한 자넬 왕실 모독으로 잡아들이겠지."

두 사람의 대화가 심상치 않아서 은홍은 밥을 먹지 못하고 불안한 눈으로 쳐다보았다.

"왜 파천에 관한 이야기는 빼십니까? 마마께서 파천을 만나고도 고하지 않은 걸 왕이 알면 그땐 어찌 되는지."

태웅의 지적에 문성군의 눈빛이 날카로워졌다. 그건 확실히 그에게 불리한 이야기였으니까.

"근본도 모르는 아이의 말 하나로 내가 파천을 만난 걸 입증할 수는 없어."

"그럼 파천에게 직접 물어보면 되겠군요."

"하! 이젠 파천까지 잡을 건가 보지? 왕도 수십 년 동안 못 잡은 자를 어떻게?"

"제가 부르면 올 겁니다."

"뭐?"

말도 안 되는 허황된 대답에 문성군은 기가 찬 표정을 지었다.

태웅이 앞장서고 그 뒤에 문성군이 탄 말이 따르고, 사영은 가장 뒤를 맡고, 연화는 은홍과 말을 같이 탔다.

"오라버니는 뒤태도 너무 늠름하네. 장군감이야. 장군."

연화는 앞서가는 태웅의 뒷모습을 보느라 마냥 기분이 좋은 것 같았다.

하지만 은홍은 그렇지 않았기에 무거운 목소리로 연화에게 물었다.

"파천이 누구야?"

그녀는 이번에 그 이름을 처음 들었다.

"우리 아버지."

연화는 당연한 걸 왜 묻느냐는 듯 단순하게 대답했다.

"그거 말고. 어떤 사람이냐고."

더 심오해진 물음에 연화는 잠시 아무 말도 못 하고 눈만 깜빡였다.

"너한테 대행수님이 오라버니면, 그 파천이란 사람이 대행수님 아버지라는 소리잖아."

연화는 더 심하게 눈을 깜빡였다. 자신의 아버지가 평범하지 않다는 것 정도는 연화도 알고 있었으니까. 누가 가르쳐준 건 아니었지만 그걸 사실대로 은홍에게 말하면 안 될 것 같은 느낌이 들었다.

"그런데 왜 대행수님은 그 사람을 너처럼 아버지라고 안 하고 파천이란 이름으로 부르지?"

갑자기 너무 많은 생각을 하게 된 연화는 손으로 입을 틀어막았다.

"나 토할 것 같아."

"뭐?"

연화의 몸이 뒤로 넘어가자 은홍은 서둘러 그녀의 팔을 붙잡았다.
연화의 상태가 나빠져서 일행은 그리 멀리 가지 못하고 말을 세워야 했다.
"아무래도 아직은 몸에 무리가 가나 보구나."
태웅은 연화가 은홍의 질문 공세 때문에 이리된 걸 모르고 독 때문이라고 생각하며 말했다.
연화는 기절한 건 아니었지만 쥐 죽은 듯이 누워 있었다. 지금은 그래야 할 것 같았으니까.
"근처에 물가가 있는 거 같으니까 제가 물을 떠 올게요."
은홍이 물가에 간다고 하자 문성군이 덩달아 일어났다.
"나도 얼굴을 좀 씻고 싶군."
"안 됩니다."
"안 돼……."
태웅과 사영이 동시에 일어나며 막자 문성군이 눈을 가늘게 떴다.
"지나치게 격한 반응이군."
태웅은 사영을 쳐다보고 사영도 당황해서 태웅을 쳐다보았다. 당연히 문성군과 은홍 둘만 있게 할 수 없기에 나온 반응이었다.
"마마는 지금 자유로운 몸이 아닙니다. 잊지 마십시오."
태웅이 문성군에게 차갑게 경고하며 상황을 정리했다.
"그래도 얼굴은 씻게 해드려야 할 거 같은데."
은홍의 말에 태웅과 사영은 동시에 그녀를 돌아보았다.
너 때문인데 네가 그렇게 말하면 어찌하냐고.
"그럼 사영도 같이 가면 되겠네요. 사영, 가자."
은홍이 사영을 부르자 사영은 금세 마음이 풀려 그녀에게 다가갔고 태웅 혼자만이 여전히 석연찮은 기분으로 남겨졌다.

산에서 흘러 내려온 물은 깨끗하고 차가웠다.

은홍은 연화에게 줄 물을 호리병에 담았고, 문성군은 말한 대로 흐르는 물에 손을 담가 얼굴을 씻었다.

"그런데 이상한 게 하나 있어."

문성군이 손등으로 턱에 흐르는 물을 무심하게 닦아내며 말하자 은홍과 사영은 그를 쳐다보았다.

"어떻게 창령이 가진 해독제로 그 아이가 나았을까?"

문성군이 은홍을 쳐다보자 사영이 서둘러 그의 시선을 막아서며 반박했다.

"그게 뭐가 어쨌다는 겁니까! 안 죽었으니 다행인 거지!"

"죽어야 다행이지."

"뭐라고요!"

"그래야 내가 의심을 안 했을 테니까."

문성군의 입꼬리가 위로 올라가자 사영의 몸이 굳었다. 문성군은 분명 싸움에 뛰어난 무관은 아니었지만 쉽게 볼 수 없는 기운을 가지고 있었다.

"뭘 의심하신다는 겁니까?"

은홍이 사영의 뒤에서 나와 직접 물었다.

그런 은홍을 문성군은 지그시 바라보았다.

은홍은 그 시선을 피하지 않았다. 약한 모습을 보이고 싶지 않았다.

문성군은 태웅을 괴롭히는 사람이 분명했으니까.

"대행수의 부인이 불쌍하군."

문성군의 말에 그녀의 눈이 크게 떠졌다.

위기감을 느낀 사영이 서둘러 은홍을 막아서며 대신 화를 냈다.

"헛소리하지 마십시오! 더 이상은 안 참습니다!"

"헛소리라. 난 단지 곧 지아비를 잃게 될 여인을 동정한 거뿐이야."

그 말만 던지고 문성군은 돌아서서 가장 먼저 물가를 벗어났다.

서둘러 문성군을 쫓으려던 사영은 은홍이 걱정되어 돌아보았다. 그녀는 파르르 떨고 있었다.

충분히 그럴 수 있는 말이었기에 사영은 다급하게 말했다.

"저 인간이 하는 말 하나도 신경 쓰지 마십시오. 분명 그냥 찔러보는 말이니까."

사영은 황급히 문성군을 쫓아갔다. 문성군이 중간에 사라지면 그게 더 큰일이었으니까.

태웅은 물가에 간 일행 중 문성군이 제일 먼저 오는 걸 보고 눈매를 찌푸렸다. 문성군의 뒤를 쫓아서 사영이 황급히 뛰어왔고, 은홍의 모습은 보이지 않았다.

"왜 둘만 오는 것이냐?"

태웅이 사영을 나무라듯이 말하자 사영은 곤란한 표정만 지었다. 변명하자고 이 자리에서 문성군이 물가에서 은홍에게 한 막말을 고자질할 수는 없었다. 그럼 진짜 칼부림이 날지도 몰랐다.

"곧 오실 겁니다."

태웅은 직접 물가 쪽으로 걸어갔다. 지금껏 문성군을 구하기 위해서 아무도 안 나타났다고 해도 안심할 수 없었다.

냇가까지 온 태웅은 은홍을 찾아 주위를 두리번거렸다. 그녀의 모습이 바로 보이지 않자 불안해진 태웅은 직접 그녀를 불렀다.

"은홍아."

다행히 그가 한 번 부르자 바위 뒤에서 그녀가 걸어 나왔다. 그에게 다가오는 그녀를 보고 태웅은 안도한 표정을 지었다.

"한양에 도착할 때까지 가능한 한 혼자 있지 마라."

그녀에게 주의를 시키던 태웅은 그녀의 눈이 빨간 것을 알고 눈빛이 가늘어졌다.

"울었느냐?"

은홍은 아니라고 고개를 저었다. 문성군이 그녀에게 어떤 말을 했는지 태웅이 알게 하고 싶지 않았으니까.

대신 은홍은 다른 얘기를 했다.

"아무래도 문성군이 제가 누구인지 눈치챈 거 같습니다."

은홍의 말에 태웅의 눈빛이 예리해졌다.

"문성군이 직접 말한 것이냐?"

"아뇨. 그런 건 아닌데 말하는 투가."

"대놓고 널 지적한 게 아니라면 굳이 신경 쓸 거 없다. 그자의 말에 일일이 반응하지 마라."

문성군은 말로 타인의 마음을 휘저어놓는 걸 즐기는 인간이었다.

그러니 그가 하는 말마다 정직하게 반응할 필요는 없었다.

문성군의 말을 신경 쓰지 말라고 태웅이 단호히 말하니 은홍은 조금 안심이 되었지만 그렇다고 복잡한 마음이 완전히 풀린 건 아니었다.

"한양에 돌아가면 다 말씀해주실 수 있으십니까?"

배에서 내린 뒤 너무 많은 일이 있었다. 지금 이 순간도 그녀는 상황에 어떻게 돌아가는 것인지 정확히 알 수가 없었다. 지금 당장 그가 모든 걸 말해주길 바랐지만 그게 그를 더 힘들게 할까 봐 선불리 묻지 못한 것이었다. 그가 말을 안 했다면 분명 그녀를 걱정해서 그런 게 분명할 테니까.

태웅은 손을 뻗어 아직도 붉은 기운이 남아 있는 그녀의 눈가를 손가락으로 쓸어내렸다. 눈물은 없었지만 꼭 그녀의 눈물을 닦아낸 기분이라 목소리가 가라앉았다.

"그래, 집에 가면 그때 다 말해주마."

어디서부터 말을 해야 할지 확신이 서지 않았지만 이제는 그녀에게 말을 해주어야 했다. 그녀가 그의 곁을 떠날까 두려워 계속 입을 다물고 있는다면 정말 그녀를 속이는 게 되는 것이었으니까.

거짓으로 가족을 지켜내는 건 불가능했다.

그의 말에 은홍은 그제야 입꼬리를 올리며 미소를 보였다.

"집에 어서 빨리 돌아갔으면 좋겠습니다."

그도 같은 마음이었다. 그전에 해결해야만 하는 일이 결코 쉬운 게 아니었지만, 지금은 집으로 돌아가는 것만 생각하기로 했다.

그것보다 더 소중한 가치는 없었다.

돌아갈 때도 강진으로 오는 길에 묵었던 숙소를 그대로 찾아갔다.

아직은 병자인 연화와 여인인 은홍이 있었기에 어쩔 수 없이 자는 곳을 신경 쓰게 되었다.

"방 하나에는 이리 셋이 자고, 나머지 방에는 네가 연화를 간호하며 자거라."

태웅이 방을 정하자 문성군은 바로 탐탁잖은 반응을 보였다.

"계집처럼 생겼다고 계집은 아닐 텐데 어찌 그리 방을 정하지?"

"그래서 본인이 연화와 자다 부하와 같은 꼴이 되고 싶으신 겁니까?"

너도 표창 맞아 죽고 싶냐고 묻는 것이기에 문성군은 화난 눈빛이 되었다.

"내가 대행수에게 돌려주어야 할 것이 자꾸 늘어나는군."

"사영, 마마를 모시고 방으로 들어가라."

태웅의 지시가 떨어지자마자 사영은 서둘러 문성군을 데리고 방으로 들어갔다.

"너희들도 그만 방에 들어가서 쉬어라."

태웅이 문성군에게 말할 때와는 정반대로 다정하게 말해주었지만 그녀는 마음이 편치 않았다. 밤새 태웅이 문성군과 함께 있어야 하니까. 문성군이 한 말 때문인지 두 사람이 가까이 있는 게 영 마음 놓이지 않았다.

"대행수님도 저희와 함께 주무셔요."

"그럴 수는 없다."

설령 문성군이 이미 눈치챘다고 해도 집에 돌아갈 때까지는 부부처럼 행동하는 건 일부러 자제할 생각이었다. 조심해서 나쁠 건 없었으니까.

"하지만……."

"연화야, 데리고 들어가거라."

태웅의 부름에 연화는 자신이 병자라는 것도 잊은 듯이 그녀의 팔을 잡아끌었다. 어찌나 힘이 억센지 그녀는 연화에게 끌려가면서 태웅한테서 눈을 떼지 못했다.

연화는 아직 다 낫지 않은 몸으로 온종일 말을 탄 게 피곤했는지 방에 눕자마자 바로 잠이 들었다.

그녀도 몸이 피곤한 건 마찬가지였지만 쉬이 잠이 들 수가 없었다. 태웅이 집에 돌아가면 다 말해준다고 했으니까 지금은 아무 생각도 하지 말자고 마음먹어도 그게 쉽지 않았다.

잠이 들지 못하고 깊은 밤까지 뒤척이던 은홍은 결국 자는 걸 포기하고 자리에서 일어났다. 밖에 나가 밤공기를 맡으면 좀 나아질까 싶어서 그녀는 문으로 다가가 문고리를 잡았다.

달칵.

문을 연 그녀는 문 바로 옆 툇마루에 앉아 있는 태웅을 발견하고 놀랐다. 설마 그가 문만 열면 보이는 곳에 있을 줄은 몰랐다. 당연히 방에서 자는 줄 알았다.

"왜 나온 것이냐?"

그녀가 그에게 물어야 할 말이었다.

"내내 여기 계셨던 것입니까?"

"잠이 안 와서 잠시 있었던 거뿐이다."

어쩐지 그녀가 문을 열고 나와서 그냥 하는 말 같았다. 그녀는 태웅에게 다가가 마루 위에 놓인 그의 손 위에 자신의 손을 올렸다.

그녀의 온기를 느낀 태웅이 고개를 돌려 그녀를 바라보았다.

"저 밤 산책 가고 싶습니다. 같이 가주실 거죠?"

산책이라니.

그 느긋한 단어가 도대체 무슨 뜻인지 태웅은 한참을 생각해야 했다.

산책이라고 해봤자 숙소 근처를 천천히 걷는 것이었다. 달만이 그들을 비춰주는 깊은 밤에 낯선 길을 가장 사랑하는 이와 나란히 걷고 있으려니 이래도 되나 싶을 정도로 마음의 긴장감이 사라졌다.

잠시라도 그녀와 따로 나오길 잘했다는 마음이 태웅에게도 생겼다. 비록 사영에게만 맡겨놓은 문성군이 좀 불안하기는 했지만 문성군이 사영을 이길 정도로 무예가 뛰어나지는 않을 테니까 지금은 애써 생각을 지우려고 했다.

"저쪽에서 물소리가 납니다."

은홍이 가리킨 쪽은 어두운 숲이었다.

"지금은 너무 어두워서 그쪽으로는 안 가는 게 나을 듯하다."

발을 헛디뎌 물에 빠지기라도 하면 큰일이었다.

"씻고 싶은데, 안 될까요?"

그녀의 말에 태웅이 놀란 눈으로 그녀를 내려다보았다. 그의 허락을 구하는 걸 보니 분명 얼굴만 씻는다는 소리는 아닌 것 같았으니까.

은홍은 불쌍한 표정을 지으며 하소연하듯이 말했다.

"한양을 떠난 이후 제대로 씻어본 적이 없어서."

그건 정말이었다. 그 배를 탄 뒤로 계속 일이 터져서 편하게 몸을 씻을 수가 없었다. 그래서 이리 태웅의 옆에서 마음이 놓이니 제일 먼저 몸을 깨끗하게 씻고 싶은 욕구가 생겼다. 그건 인간의 기본 본능이었고, 여인인 은홍은 당연히 사내인 태웅보다 그 본능이 더 강했다.

"물에 몸만 담갔다 바로 나오겠습니다."

하여튼 물에 몸을 씻으려면 벗어야 했다.

태웅은 그의 부인이 집이 아닌 곳에서 옷을 벗는다는 게 영 석연찮았지만 은홍이 너무 간절하게 쳐다보니 바로 안 된다는 말을 할 수도 없었다.

"같이 씻는 거라면."

그게 태웅이 내놓은 최선책이었다. 바로 옆에 붙어 있으면 예상 밖의 불청객이 나타났을 때 바로 대처할 수 있었다. 어떤 상황에서도 그의 부인의 몸을 다른 이가 보게 하는 일은 절대 만들 수 없다는 게 태웅의 의지였다.

"같이요?"

이번엔 은홍이 태웅의 말에 놀란 표정을 지었다. 집에서도 같이 못한 목욕을 설마 사방이 환히 트인 숲속 물가에서 하게 될 줄은 몰랐다.

더 낭만적이거나, 더 위험하거나.

그녀가 선뜻 좋다고 대답하지 않자 태웅은 조심스럽게 한 번 더 물었다. 마치 이곳이 그들의 안방인 것처럼.

"싫으냐?"

그녀는 고개를 저었다. 당연히 싫을 리가 없다. 그냥 부끄러움이 남아 있을 뿐이었다. 아마도 이 부끄러움은 평생 사라지지 않을 듯했다.

몇 번을 그에게 안긴다고 해도, 그의 아이까지 낳은 뒤에도 여전히.

물소리를 쫓아가자 작은 개울가가 나왔다. 두 사람이 같이 씻기에는 충분했다.

먼저 씻고 싶다고 애원한 건 그녀였지만 태웅이 같이 씻자고 해서 그녀는 바로 옷을 벗지 못하고 그의 눈치만 보았다. 그에게 안기는 게 아니라 그냥 씻는 것이니 그가 옷을 벗겨줄 때까지 기다리는 것도 이상했고, 그렇다고 그보다 먼저 옷을 훌훌 벗어 던질 수도 없었다.

"대행수님 먼저 들어가십시오."

"안 된다. 네가 먼저 들어가야지."

태웅은 씻는 것보다 그녀를 지켜주기 위해 옆에 붙어 있는 것이니 당연히 먼저 물에 들어갈 수 없었다.

"제가 먼저요?"

그 말은 먼저 벗으라는 소리로 들려서 그녀의 눈이 커졌다.

태웅은 그녀가 왜 당황하는지 이유를 알 수 없어서 팔짱을 끼고 그녀를 쳐다보고만 있었다. 씻고 싶다고 한 건 분명 그녀였으니까.

"왜 안 벗느냐?"

그야 그렇게 대놓고 쳐다보고 있으니까. 밤이지만 달이 밝아서 보일 건 다 보였다.

"그럼 제가 벗는 동안 돌아서 계시면 안 됩니까?"

태웅은 그녀의 부탁에 눈만 가늘게 떴다. 설마 그녀가 몸을 보여주고 싶지 않은 상대에 그까지 포함된 줄은 몰랐다. 내가 너의 낭군이라고 화를 낼 수도 없고, 그렇다고 순순히 돌아서자니 외간 남자 취급당한 것 같아서 마음에 안 들고.

"호위라는 건 내 시야에서 네가 사라지면 안 되는 일이야."

그는 호위 핑계를 댔다. 호위 목적으로 같이 씻는다고 했던 거니까.

그가 설마 씻는 건 허락했으면서 이걸 거절할 줄은 몰랐는지 그녀의 눈이 커졌다.

이제 어찌해야 하나 방황하는 게 느껴져서 태웅은 머뭇거림 없이 말했다.

"씻기 싫어졌으면 그냥 돌아가도 난 괜찮다."

"아, 아뇨. 씻을 겁니다."

여기까지 와서 그냥 돌아갈 수는 없었다. 눈앞에 바로 먼지 낀 몸을 깨끗이 씻을 수 있는 물이 있었다. 태웅 앞에서 계속 이런 꾀죄죄한 모습을 보일 수는 없었기에 그녀는 서둘러 저고리 옷고름에 손을 가져갔다가 다시 그의 눈치를 보았다.

역시 혼자 벗는 건 부끄러웠다.

"그럼 같이 벗으면 안 됩니까?"

같이 씻겠다고 했으니까 같이 벗어주면 그녀도 좀 덜 부끄러울 것 같았다.

태웅도 그 부탁은 선선히 들어주겠다는 듯이 고개를 끄덕였다. 그까짓 거 그에게는 전혀 어려운 일이 아니었다.

왜 부끄러움은 항상 그녀의 몫일까 억울해하며 그녀는 태웅이 웃옷을 벗자 그제야 옷고름을 풀었다.

사르륵.

옷이 피부를 스치며 흘러내리는 소리가 물소리와 섞여 야릇했다. 사내 옷 속에 숨겨져 있던 소담한 여인의 몸이 달빛 아래 드러났다. 그녀의 뽀얀 피부가 달빛 아래에서 은은하게 탐스러웠다.

은홍은 가슴을 동여매고 있던 갑갑한 깁을 푸는 것에 열중하다가 태웅이 어느새 그녀의 바로 앞에 다가와 있는 걸 느끼고 고개를 들어 그를 올려다보았다.

달빛을 등지고 있는 그의 얼굴이 어두웠다.

"대행수님?"

그녀는 아직 옷을 다 안 벗었기에 그가 좀 기다려주기를 바랐는데 태웅은 갑자기 참을성이 사라진 사람처럼 그녀의 잘록한 허리를 한쪽 팔로 덥석 안아서 그의 품으로 단숨에 끌어당겼다.

툭—.

여체를 숨기고 있던 천이 바닥에 떨어지며 어여쁜 그녀의 몸이 그의 품에 떨어졌다. 그는 망설임 없이 그녀의 입술을 가졌다.

씻으려고 옷을 벗던 은홍은 그의 입맞춤에 당황했지만 거부는 하지 않았다. 모르는 사내도 아니고 그녀가 세상에서 가장 은애하고 믿는 낭군님이었으니까. 장소가 어디든, 어떤 상황이든 싫을 리가 없었다.

그런데 좀 불안한 건 어째 입맞춤으로 끝날 느낌이 아니라는 것이다. 그녀도 이제 아기 낳는 법을 모르던 은홍이 아니었다. 그와 수많은 밤을 보내면서 그가 그녀를 만지는 손길만으로도 그의 기분을 파악할 수 있을 경지에까지는 올랐다.

그는 지금 분명 그녀에게 욕정을 느끼고 있었다.

그녀는 남장을 하고 있는데 어째서?

그녀가 깊게 생각할 틈도 주지 않고 그의 손이 미처 벗지 못한 그녀의 바지 끈을 움켜잡자 그녀는 놀라서 그의 손목을 붙잡았다.

그제야 태웅이 그녀의 눈을 똑바로 보았다. 이미 평소의 냉정한 눈빛이 아니었다. 달빛에 비친 그녀의 매끈한 피부를 본 순간부터 참았던 욕구가 폭발해버렸다. 그는 이미 너무 잘 알고 있었으니까. 그녀를 안을 때의 그 뜨거움을.

"여기선 싫으냐?"

그러니까 그가 신경 쓰는 건 장소뿐인가 보다.

그녀는 자신이 남장한 게 더 신경 쓰이는데 말이다. 은홍은 뭐라 대답해야 할지 몰라서 입술만 빠끔거렸다.

그녀가 선뜻 대답하지 못하는 걸 싫다는 뜻으로 받아들인 태웅은 그녀의 몸에서 떨어졌다.

하지만 이미 달아오른 몸의 열기는 밤의 선선한 공기만으로 식히기에는 턱없이 부족했기에는 그는 남은 옷을 훌훌 벗어버리고 먼저 물속으로 들어갔다.

풍덩—.

차가운 물 속에 들어가니 그제야 좀 진정이 되었다. 몸의 열이 진정이 되니 헛웃음이 나오려고 했다. 멀지 않은 곳에서 문성군이 호시탐탐 그를 없앨 마음을 품고 있는데 그는 이곳에서 여인의 몸이나 탐하려 하고.

부부니까 언제든 상관없다는 변명이 통할 상황이 아니었다. 집에 돌아갈 때까지 다신 그러지 말아야겠다고 반성하고 있는데 뒤에서 부드럽고 따뜻한 몸이 그의 몸에 닿았다. 가는 두 팔이 그의 허리를 끌어안았다.

그가 놀라 고개를 돌리자 물 위로 폭포수처럼 흘러내린 그녀의 젖은 머리카락이 보였다. 깊은 밤 숲속이라서인지 검은 머리카락 사이로 보이는 그녀의 하얀 얼굴이 사람인 듯 선녀인 듯 신비로웠다.

"싫지 않습니다."

그녀의 대답에 그의 눈빛이 가늘어졌다. 애써 눌렀던 몸속의 열이 다시 올라오려고 했다.

"어떻게 싫을 수 있겠습니까?"

찰박—.

그가 몸을 돌리자 물결이 크게 출렁였다. 그래도 개의치 않고 그는 그녀의 몸을 끌어안았다. 여인의 부드럽고 따뜻한 살결 때문에 그는 미칠 것 같았다.

오목한 등허리를 타고 손을 내리자 그녀의 호흡도 흐트러졌다.

그는 더 이상 망설이지 않고 탐스러운 그녀의 몸을 움켜쥐며 그에게 밀착시켰다.

물이 두 사람의 몸을 보호하듯이 감싸주었다. 밤하늘의 별이 뜨거운 두 사람의 몸 위로 끝도 없이 떨어져 내리는 듯했다. 그들의 머리 위에서 지붕을 없애니 뜨거움은 한계 없이 아찔해졌다.

제 30 장

태몽

중궁전.

"어서 오세요, 세자."

왕후는 그녀의 아들인 세자를 반가이 맞았다. 아들과 어미 사이라도 왕실의 법도에 따르느라 얼굴 마주 보며 이야기할 수 있는 시간이 그리 많지 않았다. 특히나 요즘처럼 왕이 왕세자를 혹독하게 훈육하는 시기에는 말 한마디도 조심하게 되어서 문안받을 때 외에는 따로 부르는 일이 거의 없었다. 조심하고 또 조심하는 게 구중궁궐에서 살아남는 유일한 길이었다.

"안색이 많이 안 좋습니다. 무슨 일이 있으십니까?"

먼저 찾아온 왕세자가 말은 안 하고 창백한 낯빛으로 앉아만 있으니 왕후가 먼저 걱정하며 물었다.

세자는 무거운 눈빛으로 어머니의 얼굴을 보았다. 당연히 그의 어머니라고 평생을 믿으며 살아왔다. 그러니 그렇지 않을 수도 있다는 의심은 그를 끝없는 낭떠러지로 밀어 넣었다.

파천의 말이 사실인지 직접 왕후의 입을 통해 들으려고 온 것인데, 그것만이 진실을 알 수 있는 유일한 길인데도 차마 입이 떨어지지 않았다. 만약 그녀의 입에서 맞다는 대답이 나오면 지금껏 이 나라의 국

본으로 살아온 그의 존재가 먼지처럼 사라져버리는 것이었으니까.

그건 그에게 죽음이나 마찬가지였다. 그래서 지금은 어머니조차 그에게 의지가 되지 못했다. 오히려 파천보다 더 그를 공포로 몰아넣었다.

결국 왕후에게 아무것도 묻지 못하고 중궁전을 나온 왕세자는 중궁전을 얼마 벗어나지 못하고 발이 땅에 못 박힌 듯이 굳어버렸다.

왕세자가 움직이지 않으니 그를 따르는 내관과 궁녀들도 그 자리에 멈출 수밖에 없었다.

"저하."

내관이 조심스럽게 세자를 불렀다. 안 그럼 그가 절대 움직일 거 같지 않았으니까.

왕세자의 얼굴이 찌푸려지더니 곧 강건해진 목소리로 말했다.

"운검 박무진을 불러와라."

모든 것의 시작은 파천이 연화 옹주를 납치한 것이었을지도 모르지만, 지금 왕세자인 그에게까지 그 여파가 밀려오게 된 건 운검이 왕의 명을 어기고 태웅을 살려주었기 때문이었다.

그러니 그 책임이 있는 자로부터 시작하리라.

앞으로 어떤 상황이 닥치고, 어떤 결과가 나오더라도 왕세자는 끝까지 세자로서의 품위를 잃고 싶지 않았다. 그가 이 나라의 왕세자로서 살아온 건 파천조차도 부정할 수 없는 사실이었으니까.

하여튼 씻긴 씻었다. 어쩌다 보니 중간에 다른 길로 새기는 했지만.

숙소로 돌아오는 길, 은홍은 괜히 민망해져서 태웅의 얼굴을 똑바로 보지 못했다. 그녀가 먼저 물가로 가자고 했으니 꼭 그녀가 먼저 그를 유혹한 기분이었다. 신경 쓰이긴 했지만 그런 게 아니라고 변명하는 것도 이상했다.

"은홍아, 멈춰라."

그녀를 부르는 그의 목소리에 그녀는 제 발 저린 사람처럼 어깨를 흠칫 떨었다. 정말 그런 음탕한 마음이 아니었다고 말하려던 은홍은 태웅이 다른 곳을 쏘아보고 있는 걸 알고 놀라서 입이 다물어졌다.

그는 주막 쪽을 보고 있었다.

그의 시선이 향하는 방향으로 고개를 돌린 은홍은 주막 마당에 홀로 서 있는 문성군을 발견하고 멈칫했다. 사영이 같이 있어야 하는데 그의 모습이 보이지 않아서 심장이 덜컹했다.

"넌 잠시 여기 있어라."

그만 혼자 문성군에게 가려고 하자 은홍은 서둘러 태웅의 팔을 붙잡았다.

그도 다칠까 두려운 마음에 붙잡은 은홍에게 태웅은 그가 지니고 있던 검을 검집 채로 그녀에게 내밀었다.

"이걸 가지고 있다가 혹시라도 누가 다가오면 네 몸을 지키거라."

은홍은 검과 태웅의 얼굴을 번갈아 보았다. 설마 밤 산책의 끝이 이런 무시무시한 물건으로 마무리될 줄은 몰랐다.

"안 됩니다. 대행수님도 제 곁에 계세요."

"사영과 연화가 저곳에 있다."

태웅의 말에 그녀는 더 이상 그를 붙잡고 있을 수 없었다. 둘만 도망치자고 하는 건 그들을 버리는 거나 마찬가지였기에.

그녀의 손이 힘없이 그의 팔을 놓아주자 태웅은 그녀의 손에 억지로 검을 안겨준 뒤 저벅저벅 문성군이 있는 곳으로 걸어갔다.

은홍은 불안한 눈빛으로 그의 뒷모습을 보았다. 절대 피하지 않고 앞만 보고 나아가는 그의 성품이 처음으로 무서워졌다. 그 성품 때문에 그가 크게 다치게 될까 봐.

"밤 산책이라도 다녀오는 건가? 느긋하군."

주막으로 들어오는 태웅을 문성군은 입가에 미소까지 지으며 맞이했다.

문성군이 평범하게 굴수록 태웅의 눈빛은 더 차게 날카로워졌다. 지금은 전혀 그럴 상황이 아니었으니까. 주위에 다른 이가 숨어 있는 기척을 찾았으나 별다른 기척이 느껴지지 않았다. 매섭게 주위의 동태를 살피는 태웅에게 문성군이 또 먼저 말을 걸었다.

"그런데 설마 혼자 나갔던 건가?"

"마마야말로 왜 이곳에 혼자 계신 겁니까? 사영은?"

문성군이 자신의 방 쪽으로 시선을 돌리며 쯧 혀를 찼다.

"그리 훌륭한 호위 무사는 아닌가 보네. 나 같은 인물을 옆에 두고 잠이 들다니 말이야."

문성군이 사영을 해친 게 아니라 그냥 사영이 실수로 잠이 들었다면 오히려 다행이었다. 그 말이 사실이라면 사영은 내일 해가 뜨면 그의 손에 죽을 것이다. 사영도 차라리 그게 더 나을 거다.

"그럼 도망치시지 왜 아직 여기 계신 겁니까?"

그도 은홍과 함께 자리를 비웠고, 연화는 아직 몸이 완전히 회복되지 않았고, 지키던 사영마저 잠이 들었다면 문성군은 충분히 도망칠 수 있었다. 그런데 그는 여유를 부리며 이곳에 있었다. 그래서 태웅은 그의 부하들이 나타난 줄 알고 일부러 은홍을 남겨두고 혼자 온 것이었다.

태웅의 물음에 문성군은 차게 웃었다.

"도망치는 건 꼴사나우니까."

왕족의 자존심으로 꼴사나운 짓은 할 수 없다는 말은 문성군과 너무 어울리는 것 같으면서도 이 상황과 지나치게 괴리감이 있었다. 그는 지금 그런 여유 따위 부릴 입장이 못 되었으니까. 정말 그 이유 때문이라도 재수 없고, 다른 꿍꿍이가 있는 거라면 더 위험했다.

"방으로 그만 들어가십시오."

문성군은 순순히 몸을 돌려 방으로 걸어가 방문을 열었다.

하지만 바로 안으로 들어가지 않고 다시 그를 돌아보았다.

"그나저나 숲에 오래 혼자 두면 안 좋을 텐데. 거기 뭐가 있을 줄 알고."

태웅은 어금니를 꽉 물었다. 그 말을 하는 문성군의 얼굴에 주먹이라도 날리고 싶은 심정이었다.

탁—.

문성군이 문을 닫고 들어가자마자 태웅은 몸을 돌려 은홍을 혼자 두고 온 곳으로 있는 힘껏 뛰어갔다.

은홍은 숲의 나무 뒤에 숨어 눈 한 번 깜박이지 않고 태웅과 문성군

의 모습을 지켜보고 있었다. 문성군이 방으로 혼자 들어가고 난 뒤 태웅이 뛰어오는 걸 보고 은홍은 자신에게 오는 것임을 걸 직감하고 서둘러 나무 뒤에서 튀어나가려고 했다.

덥석.

그런데 누군가의 손이 갑자기 그녀의 어깨를 붙잡았다. 은홍은 소스라치게 놀라 고개를 돌렸다.

삿갓을 깊게 눌러 써서 얼굴이 보이지 않는 사내가 어느새 그녀의 뒤에 있었다.

그녀는 그때까지도 전혀 몰랐다. 그녀의 근처에 다른 사람이 있을 줄은.

"누, 누구십니까?"

몸이 달달 떨렸다.

그녀의 손에는 태웅이 준 검이 있는데도, 지금 태웅이 그녀를 향해 달려오고 있는데도.

"이걸 연화에게 먹여라."

삿갓 쓴 사내가 그리 말하며 환을 내밀었을 때 그녀는 깜짝 놀랐다. 그가 연화를 아는 사람이라는 것에. 그녀가 만났던 사람 중 연화를 아는 사람은 연화를 죽이려는 사람뿐이었다.

"누구신데!"

그녀가 다시 묻는 순간 사내는 그녀의 손에 환을 넘겨주고는 그대로 사라져버렸다. 그리고 곧 태웅이 그녀의 앞에 당도했다.

"은홍아!"

그녀는 환을 손에 쥔 채 돌아보았다.

태웅이 다급하게 그녀의 얼굴을 살피며 물었다.

"무슨 일 없었느냐?"

이 환이 연화를 죽이는 독인지, 살리는 약인지 알 수 없어서 그녀는 선뜻 대답하지 못했다. 우선 연화에게 이걸 보여주는 게 먼저일 것 같아서 그녀는 고개를 저었다.

"전 괜찮습니다."

아무리 생각해도 연화를 죽이는 독이라면 허술하게 그녀에게 주고 갔을 리가 없을 것 같아서 마음이 복잡했다.

만약 그 사내가 연화를 살리는 약을 준 거라면 도대체 누구란 말인가? 설마 연화 아버지라는 파천?

파천이란 자가 태웅과도 관련 있음을 알기에 그녀는 더 입이 무거워졌다. 두 사람이 마주치는 일이 없었으면 했으니까. 그냥 이대로 아무 일 없이 제발 무사히 집에 돌아가기만을 바랄 뿐이었다.

다음 날 아침, 은홍은 연화를 억지로 깨워 환을 보여주었다.

"넌 이게 뭔지 알겠어?"

연화는 환을 보고 눈을 동그랗게 떴다.

"어? 이건 우리 아버지가 만들었던 거랑 똑같은 건데."

사실 배에 타고 있을 때는 연화도 상비약으로 가지고 있었는데 상단 무사들한테 잡혔을 때 다 빼앗겼다.

연화가 '아버지'라고 말하자 은홍은 우선 안심했다. 그럼 독은 아닐 것이기에.

"널 주라고 하셨어. 먹어."

"아버지가 왔었다고? 지금 어디 있어?"

연화는 화들짝 놀랐다.

"이것만 주고 사라졌어. 그러니까 어서 먹어."

그녀가 환을 연화의 입에 밀어 넣자 연화는 인상을 썼다. 엄청 쓴맛이었으니까. 그래서 당장 뱉고 싶었지만 기력을 빨리 되찾으려면 이걸 먹어야 한다는 걸 알았기에 연화는 환을 억지로 씹었다.

환을 우적우적 씹어 먹는 연화에게 은홍은 물었다.

"대행수님한테 말씀드려야 할까?"

연화는 고개를 저었다.

"사라졌다며. 그럼 만나고 싶어도 못 만나. 우리 아버지는 아무도 못 잡아."

세상에 그런 아버지는 들어본 적도 없었다. 아무도 잡을 수 없는 아버지라니.

그래도 파천이 주고 간 약 덕분인지 연화의 몸 상태는 바로 나아지기 시작했다. 그리고 지난밤 문성군만 두고 잠이 든 사영은 태웅에게 제대로 혼이 났다.

"소인이 진짜 자려고 해서 잔 게 아니라 갑자기 기절한 것입니다."

사영은 자신의 억울함을 토해냈다. 분명 그의 의지로 잔 게 아니라고. 그럴 리가 없었다. 그는 그렇게 허술한 호위 무사가 아니었다.

"그래서 문성군이 기절이라도 시켰다는 것이냐?"

태웅의 말에, 뒤에 있던 문성군이 냉소를 지었다.

"나한테 그런 재주가 있으면 내가 왜 아직도 여기 있는 거지?"

같은 편과 나쁜 편이 합심해서 그를 몰아가니 사영은 답답해서 미칠 노릇이었다.

"전 진짜 하늘에 맹세코 졸려서 잔 게! 헉."

차락.

갑자기 목에 칼날이 들어오자 사영의 말이 뚝 멈추었다. 그의 목에 칼을 들이댄 건 태웅이었다.

"잔 것이든 기절한 것이든. 네가 방심하는 순간 언제든 네 목에 칼이 들어올 수 있다는 걸 명심해라. 알겠느냐?"

사영은 눈을 크게 뜨고 얼어붙은 채 대답했다.

"네, 명심하겠습니다."

사실 방심했던 건 맞았다. 문성군은 왕족이지 무사는 아니었으니까. 호위 무사가 옆에 없는 문성군을 쉽게 여겼다. 그게 그의 실수라면 앞으로 절대 그런 방심은 안 할 것이었다.

태웅은 칼을 거두며 말했다.

"떠날 채비를 하거라."

그리고 태웅은 연화의 상태를 확인하기 위해 방을 나갔다.

사영은 아직도 태웅이 겨누었던 칼날의 기운이 남아 있어서 바로 움직이지 못하는데 문성군이 옆에서 중얼거렸다.

"방심은 대행수도 한 거 같은데."

사영은 문성군을 노려보았다. 그저 흠집 내기라고만 여겼으니까.

전날에는 은홍의 부축을 받기도 했던 연화가 기운을 많이 차린 걸 보고 태웅은 안심했다.

"체력이 많이 돌아온 것이냐?"

"네! 이젠 저 나무 꼭대기도 금방 올라갈 수 있습니다. 보여드릴까요?"

나무에 숨기가 주특기인 연화는 주위에 있는 나무 중 가장 큰 나무를 가리키며 자신 있게 말했다.

"그럴 필요는 없다. 대신 이걸 가지고 있어라."

태웅이 단도를 꺼내 연화에게 내밀었다. 연화가 보통 솜씨가 아니라는 건 은홍을 납치했을 때부터 이미 알고 있었다. 그때는 그게 은홍을 위험하게 만들었는데 지금은 은홍을 지켜줄 수 있다는 게 참으로 기이했다.

어찌 이런 인연이 있을까 싶다.

"네가 아씨를 좀 지켜다오. 부탁한다."

연화는 항상 먼발치에서만 보던 오라버니와 이리 얼굴 보며 대화를 하는 것만으로도 감개무량인데 부탁한다는 말까지 듣자 절로 힘이 솟아났다.

그런데 태웅은 부탁한다는 말로 끝내지 않고 더 엄청난 말을 했다.

"만약 아씨를 무사히 집까지 모시고 가면 너도 화룡관에서 같이 살아도 좋다."

같이 살아도 된다는 말에 연화의 눈이 왕방울만 해졌다.

"차, 참말입니까?"

그녀는 왕실 모독으로 대역 죄인이 된 도둑의 딸이었다. 그래서 언제나 도망치고 숨어 사는 게 일상이었다. 정착한다는 건 꿈조차 꿔본 적이 없었다.

"그래, 네가 더 이상 도망치지 않아도 되게 해주마."

태웅의 말에 연화는 그저 마음이 벅찼다. 이미 너무 많은 걸 받아버린 것 같았다.

그러니 그를 위해서라도 은홍을 꼭 지킬 거라고 결심했다.

일행은 다시 말을 타고 한양을 향해 달렸다.

연화의 몸 상태가 괜찮아져서 더 빨리 움직일 수 있었다.

은홍은 어서 빨리 한양에 있는 집에 도착하길 바랄 뿐이었기에 말 타는 게 힘들어도 더 속도를 내게 되었다. 지금 바라는 건 오로지 하나뿐이었다. 태웅과 함께 집에 돌아가는 것.

"워워!"

길이 두 갈래로 갈라진 갈림길이 나왔을 때 앞장서던 태웅이 말을 멈추었다. 태웅이 서자 다른 말들도 일제히 멈추었다. 아직 한양까지는 멀었고, 해도 지지 않았기에 은홍은 의아한 눈으로 태웅을 쳐다보았다.

설마 길을 모르시나?

그때 태웅이 고개를 돌려 그녀 쪽을 쳐다보았다.

마주친 눈빛에 은홍은 순간 철렁했다. 그때랑 똑같았으니까. 그녀에게 탐라에 가라 말했을 때.

태웅이 입을 열었다.

"여기서 갈라진다. 세 사람은 왼쪽 길로, 난 문성군 마마와 오른쪽 길로 갈 것이야."

또다시 헤어지자는 말에 은홍은 발작적으로 외쳤다.

"싫습니다!"

이젠 무슨 일이 생긴다고 해도 그의 옆에 있고 싶었다. 같이 집에 돌아가자고 말했으면서 집은커녕 한양에도 도착하지 않았는데 여기서 헤어지자니.

그녀는 그럴 수 없었다.

“이건 명령이다.”

냉정하게 그녀의 거부를 잘라내는 태웅의 말에 그녀의 눈빛이 파르르 떨렸다. 그는 이미 지난밤부터 그런 마음을 먹고 있었던 거다. 그 물가에서 그녀를 안을 때부터 이곳에서 그녀와 헤어질 마음을.

그런데 그녀는 바보처럼 아무것도 모르고.

“앞장서십시오. 마마.”

이젠 둘만 따로 가야 하니 그가 문성군의 뒤에서 달려야 했다.

문성군은 힐긋 은홍 쪽을 보았다. 이미 그녀가 누구인지는 짐작하고 있었다. 그런데 설마 이곳에서 이리 갈라질 줄은 그도 미처 짐작하지 못했다. 고작 장사꾼 집단을 상대로 왜 계획이 실패했는지 문성군은 이제야 깨달았다.

그들은 고민할 시간에 행동해버렸다. 그래서 예상보다 좀 더 빨리 움직이며 위험을 피했다. 남들보다 빨리 판단해야 돈을 버니 딱 장사꾼이 할 법한 행동이기는 했다.

“대행수는 대범한 건가? 정이 없는 건가?”

문성군이 순수한 호기심으로 묻는 말에 태웅은 찬 눈으로 그를 보았다.

“가기나 하십시오.”

문성군은 짧게 고개를 젓고는 말을 출발시켰다. 문성군의 말이 오른쪽 길로 가자 태웅도 그 뒤를 따랐다.

"이랏!"

제대로 된 작별 인사도 없이 멀어지는 태웅의 뒷모습을 보던 그녀의 눈에서 눈물이 또르르 떨어져 내렸다. 그게 무사히 집에 돌아갈 것이니 걱정하지 말라는 뜻인 줄도 모르고 지금은 너무 야속해서 눈물밖에 안 나왔다.

땅거미가 지는 하늘은 붉디붉었다. 곧 밤이 찾아올 것이었다.

더 늦기 전에 떠나야 하는데도 그녀가 태웅이 떠나버린 길을 하염없이 바라보며 움직이지 못하자 사영이 다가와 조심스럽게 말했다.

"아씨, 저희도 떠나야 합니다."

그래도 은홍은 더 이상 태웅이 보이지 않는 길에서 눈을 떼지 못했다. 아직도 말을 타고 달려가는 그의 뒷모습이 망막에 선명했기에.

"대행수님은 어디로 가신 걸까?"

그들이 가야 하는 길이 한양으로 통하는 길이라면 태웅이 문성군과 떠난 길은 어디인가 싶었다. 그쪽도 한양으로 통할 수도 있었고, 전혀 다른 길일 수도 있었다. 한 번도 가보지 않은 길. 그 길로 태웅이 떠나버렸다.

사영도 태웅이 문성군과 함께 어디로 갔는지 알 수 없었지만 은홍을 안심시킬 말만 했다.

"대행수 어르신도 일을 마치시고 곧 한양으로 돌아오실 겁니다."

태웅도 그리 약조했다. 한양에, 집에 돌아가면 다 말해주겠다고.

그런데 그녀는 왜 이리 불안하기만 한 걸까. 그를 믿어야 하는데, 믿고 기다려야 하는데.

심장은 제멋대로 빨리 뛰었다. 그녀도 모르는 미지의 세계로 달려가듯이.

"형님을 만나러 가는 건가?"

문성군의 물음에 태웅은 대답 없이 앞으로 나아갈 뿐이었다.

문성군은 주위를 둘러보았다. 두 사람은 점점 산 위로 올라가고 있었다. 확실히 한양 가는 길은 아니었다. 한양이 산꼭대기에 있는 게 아니라면 말이다.

"아무도 모르게 죽기에는 딱 좋은 장소네."

그제야 태웅이 고개를 돌려 문성군을 돌아보았다. 그 말이 자신이 죽는다는 소리로는 들리지 않았기에. 문성군의 말처럼 왕세자를 만나기 위해 가는 길은 맞지만 왕세자가 문성군을 죽일 거라고는 생각하지 않았다. 그럴 인물이 아니었다.

"마마도 저하와 꼭 해야만 하는 이야기가 있지 않습니까?"

과연 그게 대화로 해결될 일일까 싶기는 했지만 한양에 당도하기 전에 매듭을 확실히 지어야 했다. 그렇게 하지 않는다면 문성군의 사병이 있는 한양에 도착했을 때 큰 변이 일어날 것이었다.

"자네는 파천의 아들을 알고 있나?"

문성군이 갑자기 그에게 파천의 아들에 관해 묻자 태웅의 눈빛이 예리해졌다. 문성군이 다 알고 묻는 건 아니라고 생각했다. 아마도 연화 때문에 그도 파천에 대해 알고 있을 거라 짐작한 것이리라.

"그건 왜 물으십니까?"

문성군은 눈을 가늘게 떴다.

파천의 아들 이야기를 들었을 때 사람들의 반응은 딱 두 가지로 나뉘었다. 어떤 사람들에게는 전혀 모르는 이야기, 또 어떤 사람들에게는 굉장히 불길한 이야기였다.

그런데 태웅의 반응은 둘 중 아무것도 아니었다.

"내가 꼭 만나봐야 할 인물이라. 세상천지 안 다녀본 곳 없는 대행수 정도면 알 수도 있겠다 싶어서 말이지."

"소인은 장사꾼입니다. 이득이 되는 것만 찾아다니지, 저한테 해가 되는 건 가까이하지 않습니다."

"이득이 될지, 해가 될지, 그건 직접 만나봐야 아는 일이지."

말이 안 통했다. 문성군은 결코 자신의 야망을 멈출 생각이 없는 듯했다. 그게 불구덩이에 뛰어드는 일이라고 해도 말이다.

태웅은 위험한 문성군의 운명에 결코 휩쓸리고 싶지 않았다. 목숨을 걸고 왕세자를 도와주고 싶은 마음도 없었다. 그는 단지 집에 무사히 돌아가고 싶을 뿐이었다. 그 집에는 그가 사랑하는 부인이 있었다. 그 집에서 은홍과 아이를 낳고 오래오래 무탈하게 살아가고 싶은 게 그의 유일한 소망이었다.

멀리 길의 끝이 보였다. 절벽이었다. 더 이상 나아갈 길이 없을 때 두 사람이 탄 말은 멈추어 섰다.

태웅은 먼저 말에서 내려서 주위 지형을 살폈다. 그들이 왔던 길 외에는 누구도 접근할 수 없는 장소이니 문성군과 왕세자가 이야기를 나누기에 적합했다.

이제 왕세자를 불러야 했다. 그리고 이곳에서 모든 걸 끝내야 했다.

한양에 돌아가는 건 그다음이었다.

"형제끼리 잘 이야기해보십시오. 저는 이제 할 수 있는 게 없습니다."

'형제'라는 말에 문성군은 코웃음을 쳤다.

"그래, 나도 정말 기대되네. 형님과의 이야기가 어떻게 마무리될지."

태웅은 말없이 문성군을 쳐다보았다. 왕이 되고 싶은 그에게 형제나 가족이란 그저 수단일 뿐이었다.

그렇게 해야 될 수 있는 왕이라면 그게 정말 가치 있는 것인가?

태웅은 결코 공감할 수 없었고, 동조하고 싶지도 않았다.

밤은 어두웠기에 세 사람은 그리 멀리 가지 못하고 노숙을 하게 되었다.

사영은 은홍이 불편하지 않게 어떻게든 인가가 나올 때까지 가보고 싶었지만 근처에 사람은커녕 동물 한 마리 보이지 않았다.

결국 세 사람은 길거리에서 잠자리를 꾸리게 되었다.

"많이 불편하십니까?"

사영이 은홍에게 몇 번이나 물었다.

은홍은 각궁만 끌어안고 있었다. 이제 태웅마저 떠나버리니 그녀의 옆에 남은 건 이 각궁밖에 없다는 쓸쓸함이 들어서 품에서 쉬이 놓지 못했다. 그녀는 쏘라고 있는 각궁을 벗 삼아 껴안고 불편한 잠을 청했다. 태웅과 헤어진 첫 밤이고, 사방이 뻥 뚫린 길이라 쉬이 잠이 오지 않을 줄 알았는데 기이할 정도로 그녀는 삽시간에 잠에 빨려들었다.

"뭐야? 벌써 잠든 거야?"

그녀의 옆에 있던 연화가 어이없는 표정을 지으며 잠든 그녀를 쳐다보았다. 태웅이 떠나버린 뒤 세상 우울은 다 떠안은 것처럼 굴더니 너무 태평하게 잠이 들어버리니 헛웃음이 나올 수밖에 없었다.

사영은 은홍이 쉽게 잠든 게 차라리 다행이다 싶어서 연화에게 조용히 하라고 손짓으로 경고했다.

연화는 그런 사영을 향해 콧방귀를 뀐 뒤 그녀도 자기 위해 은홍의 옆에 털썩 누워 두 눈을 감았다.

혼자 남은 사영은 보초를 서야 해서 잘 수가 없었다. 은홍이 깰 때까지 그녀를 안전하게 지키는 게 그의 임무였다. 문성군을 지키다가 무심결에 잔 적이 있었기에 이번엔 절대 그러면 안 된다고 다짐하며 눈에 잔뜩 힘을 주고 주위를 살폈다.

하지만 기합이 잔뜩 들어간 게 무색하게 사방에서 그들을 공격하는 건 날벌레뿐이었다. 호위 무사가 벌레와 사투를 벌일 수는 없는 노릇이었다. 손으로 벌레들을 쳐내며 무료함을 떨쳐내고 있는데 잘 자고 있던 은홍이 갑자기 비명을 질렀다.

"꺄아악!"

그 소리에 놀란 사영이 서둘러 은홍에게로 달려갔다.

"아씨! 왜 그러십니까?"

잠에서 깬 은홍이 눈을 크게 뜨고 거친 숨을 헉헉 내쉬고 있었다. 마치 누군가에게 갑자기 기습이라도 당한 듯 놀란 모습이었다.

하지만 그들이 자는 곳에 나타난 이는 아무도 없었다. 사영이 안 자고 지키고 있었기에 그런 자가 나타났으면 절대 모를 리가 없었다.

"아씨! 괜찮으십니까!"

혹시라도 은홍의 몸이 어디 아픈 건가 싶어서 사영이 다급하게 물었다. 땀인지 눈물인지 모를 것이 그녀의 얼굴을 타고 흘렀다.

"용이……."

"네?"

생각도 못 한 말에 사영의 눈이 커졌다. 용이란 건 이 세상에 존재하지도 않는 것이고, 그 존재하지도 않는 용의 무늬를 사용할 수 있는 곳도 궁뿐이었다.

그런데 궁궐 안도 아니고, 한양 밖 길거리 어딘가에서 꿈을 꾼 은홍이 넋이 나간 목소리로 말했다.

"용이 내 몸 안으로 들어왔어."

그녀가 꾼 태몽이 처음으로 인정해준 것이나 마찬가지였다. 태웅은 죽어야 할 운명이 아니라 고귀한 핏줄이라는 걸.

한동안 범상찮은 태몽의 기운에 사로잡혀 있던 은홍은 서둘러 자리에서 벌떡 일어나며 말했다.

"대행수님이 간 길로 가야겠어."

은홍이 태웅을 쫓아가겠다고 하자 사영은 놀라서 그녀를 말렸다.

"안 됩니다. 대행수 어르신도 말씀하시지 않으셨습니까! 저희는 이쪽 길로 가야 한다고."

"내 꿈에 용이 나왔다고!"

은홍이 그녀답지 않게 화를 내자 사영은 입을 벌린 채 그녀를 쳐다보았다.

설마 꿈에서 용이 태웅을 쫓아가라고 말이라도 했단 말인가?

그럼 점쟁이 용이었다.

"우씨, 뭐야. 시끄럽게."

잠귀 질긴 연화까지 두 사람의 대화 소리에 깨어나 잠투정을 하였다.
사영은 연화가 자신의 편을 들어주길 바라며 사정을 말했다.
"아씨께서 꿈에 용을 봐서 대행수 어르신을 쫓아가야 한대."
용이라는 말에 연화는 손으로 목을 긁으며 물었다.
"용? 구렁이 같은 거?"
그러니까 은홍이 꿈에서 본 게 용이면 태웅을 쫓아가는 거고, 그냥 큰 구렁이면 가던 길을 쭉 가는 거다.
그래서 사영은 은홍에게 진지하게 물었다.
"혹시 구렁이를 용으로 착각하신 거 아닙니까?"
은홍이 몸을 부르르 떨었다. 감히 그녀의 태몽을 구렁이로 전락시키는 걸 참을 수 없다는 듯이.
사영은 자신이 말실수한 것을 깨닫고 조심스럽게 연화 옆으로 자리를 옮겼다. 처음 구렁이란 말을 한 건 분명 그가 아니라 연화였으니까.

인적 없는 산마루에서는 아침이 오는 걸 닭이 홰치는 소리가 아니라 새소리로 알았다.
문성군은 왕세자가 오길 마냥 기다리기만 하는 게 지루했는지 태웅에게 시비를 걸었다.
"정말 형님이 오긴 오는 긴가? 그냥 자네가 날 죽일 용기가 생길 때를 재고 있는 게 아니고?"
산자락 사이로 붉은 해가 떠오르는 걸 바라보고 있던 태웅은 시선을 돌리지 않은 채 대답했다.

"사람을 죽이는 건 제가 아니라 마마시죠."

태웅의 말이 틀린 말은 아니었지만 문성군은 지금 태웅에게 잡혀 있는 꼴이었다.

"나에 대해 잘 아는 거 같으니 하는 말인데, 이제라도 형님의 손을 놓고 내 손을 잡는다면 내 특별히 자네는 죽이지 않겠네. 물론 자네 부인도."

태웅은 그제야 고개를 돌려 문성군의 얼굴을 똑바로 보았다.

"당신은 절대 왕이 되어서는 안 되는 사람입니다."

그의 말에 아직 여유가 남아 있던 문성군의 눈빛이 차게 굳었다.

"장사꾼 주제에 방자함이 끝도 없구나."

"장사꾼도 상도라는 게 있습니다. 상도에서 제일 중요한 게 바로 사람과의 신용입니다. 사람 목숨 귀한 줄 모르는 이가 어떻게 신용을 지킬 것이며, 더 나아가 어찌 감히 남을 다스릴 수 있겠나이까."

장사꾼인 나도 아는 걸 왕족인 너는 모르니 더 못났다고 말하는 것이라 문성군의 분노는 가라앉지 않고 오히려 끓어올랐다.

"내가 이리 얌전히 자네한테 잡혀 있다고 날 우습게 보았다가는 큰일 날 건 자네일 거야."

"처음부터 지금까지 내내 절 우습게 본 건 마마시죠. 그러다 큰일 나신 겁니다."

문성군이 더 이상 참을 수 없다는 듯이 태웅에게 다가서는데 멀리서 말발굽 소리가 땅을 울리며 다가오는 게 느껴졌다.

문성군도, 태웅도 동시에 고개를 돌려 같은 곳을 보았다. 지금 이곳으로 오는 사람이 있다면 그건 왕세자 일행일 것이었다.

"지금이 마지막 기회야."

문성군은 끝까지 계략을 멈추지 않았다.

그게 무엇이든 왕세자가 당도하면 여기서 담판을 지어야만 했다. 두 형제의 싸움을 한양까지 끌고 가게 되면 정말 많은 사람이 희생될 것이었다. 그런 일은 생겨나지 않게 해야 했다.

"마마도 형제를 되찾을 수 있는 마지막 기회입니다."

멀리 드디어 말을 탄 왕세자와 호위 무사가 모습을 드러냈다. 궁 사람들은 모르게 은밀히 움직인 것이라 일행은 단출했다.

왕세자의 모습을 확인한 문성군이 다시 입을 열었다.

"내가 자네와 함께 한양을 떠나기 전에 내 어미에게 한마디 해두었지."

문성군이 갑자기 궁에 있는 자기 어머니 이야기를 하자 태웅은 눈을 좁혔다.

"내가 한양에 없는 동안 왕세자가 은밀히 궁을 빠져나가 어딘가로 가면 날 치러 가는 것이니 날 구하러 사병을 끌고 와달라고."

태웅은 고개를 돌려 문성군을 보았다. 자신을 지키던 호위 무사가 죽은 뒤에도 내내 초연하던 연유가 이것이었다. 왕세자를 만나는 것이 문성군으로서는 오히려 반격할 기회였던 거다. 왕세자라면 꼼수가 아니라 정공법을 쓸 게 뻔했으니까.

"내 어머니가 보내신 사병이 곧 이곳으로 들이닥칠 것이야. 그럼 난 날 인질로 잡은 화룡 상단 대행수와 그걸 사주한 형님을 이 자리에서 모두 죽이고 궁으로 가서 아바마마께 고하겠지. 내가 형님의 출생에 대해 알게 되어 형님이 날 죽이려고 해서 어쩔 수 없었다고. 아바마마께서도 형님의 죽음을 원통해하시겠지만 어쩔 수 없이 내 말을 받아들이시겠지. 그땐 아바마마께 아들은 나 하나뿐일 테니."

태웅은 찬 눈으로 문성군을 노려보았다. 그라면 충분히 그리 말한 대로 할 인물이었으니까.

"그걸 왜 미리 저한테 말하는 겁니까?"

기습 작전이니 끝까지 그도 모르게 해야 유리했다.

문성군이 그를 보며 입매를 비틀었다.

"자네가 시건방지게 날 너무 가르치려 드니까 말이야. 그래서 나도 가르쳐주고 싶었어. 결국 마지막 승자는 나라는 걸."

자존심이 상한 걸 참을 수 없어 한마디 한다는 것이다. 이 얼마나 오만한 왕족인가. 끝까지 사람 목숨보다 자기 야망과 자존심이 중요한 인물이었다.

"제가 지금 마마를 죽일 수도 있습니다."

"조금 전에 자네 입으로 상도에서 가장 중한 게 사람과의 신용이라 하지 않았나? 사람 목숨 귀한 줄 모르는 이가 어떻게 신용을 지키겠냐고도 했지."

문성군이 그를 보며 조롱하듯이 비웃었다.

"그런데 이제 와서 나처럼 굴겠다고? 그럼 자네가 나랑 다른 게 뭐지?"

태웅은 으득 이를 갈았다.

문성군은 고개를 돌려 다가오는 왕세자를 곧게 쳐다보았다.

"더러운 도둑의 피가 섞인 자와 내가 형제라니. 그거야말로 치욕이지."

태웅은 칼을 움켜잡았다. 지금 문성군을 죽이지 않으면 영원히 기회가 없을 것이라는 생각에 손이 떨려왔다. 하지만 쉽게 발도하지 못했다. 상대가 아무리 극악한 자라도 칼도 없이 무방비하게 서 있는 자를 죽이는 건 무인으로서 할 수 있는 가장 치졸한 행동이었기에. 지금까지 쌓아왔던 그의 역사가 송두리째 흔들리는 느낌이었다.

그가 지금 문성군을 죽이려면 그의 역사까지 버려야 했다. 그건 쉬운 일이 아니었고, 결국 왕세자가 그들 앞에 당도할 때까지 그는 문성군을 죽이지 못했다.

말에서 내린 왕세자는 문성군과 그의 얼굴을 찬찬히 보더니 같이 온 호위 무사에게 말했다.

"단명, 우리끼리 할 이야기가 있으니 물러나 있게."

"네? 송구하오나 그 명을 거두어주십시오."

이곳에서 왕세자의 옥체를 지킬 사람은 자신밖에 없다고 여긴 단명은 단호히 말했다.

"대행수가 있으니 괜찮아. 물러나."

왕세자가 태웅을 믿을지 몰라도 단명은 전혀 아니었기에 태웅을 날 선 시선으로 쳐다보았다.

태웅은 침착하게 말했다.

"지금 문성군 마마의 사병이 이쪽으로 오고 있을 겁니다."

왕세자와 단명이 놀라서 문성군을 보았다. 문성군이 부정하지 않는 걸 보니 그 말은 참인 듯했다.

"우선 그쪽을 먼저 살피는 게 저하를 지키는 일입니다."

단명이 빠르게 왕세자를 돌아보았다. 만약 여기서 문성군의 사병들과 맞닥뜨리면 그들이 너무 불리했다. 은밀히 움직이느라 아무도 데려오지 못했으니까.

"저하, 지금 당장 궁으로 돌아가셔야 합니다."

왕세자는 문성군을 쳐다보았다.

"난 여기서 내 동생과 꼭 해야만 하는 이야기가 있어. 그러니까 너는 가서 문성군의 사병들이 이쪽으로 오는 걸 막거라."

그 혼자는 무리였다. 왕세자는 불가능한 걸 명하고 있었다.

그러나 뼛속까지 무관인 단명은 감히 무리라는 말을 왕세자 앞에서 할 수가 없어서 절도 있는 태도로 명을 받들었다.

단명이 문성군의 사병을 막기 위해 달려가고 절벽 위에는 세 사람만이 남았다.

문성군이 입꼬리를 올리며 재미있다는 듯이 말했다.

"이 절벽에서 누가 살아서 나갈지 난 정말 궁금한데, 형님은 어떠십니까?"

세 사람은 은홍의 의지대로 말머리를 돌려 다시 왔던 길을 돌아가고 있었다. 앞장서던 연화가 갑자기 말을 멈추더니 아래로 내려섰다.

"대행수님이 보여?"

은홍의 눈에는 태웅이 보이지 않기에 의아해하며 주위를 둘러보는데 연화는 갑자기 땅에 엎드리더니 흙 땅에 귀를 갖다 대었다.

"뭐 하는 거야?"

연화는 여전히 땅에 귀를 댄 채 말했다.

"무리가 이쪽으로 오고 있어."

"무리?"

지금 그들이 있는 곳은 사람이 무리 지어 다닐 길이 아니었기에 은홍은 누굴 말하는 건지 알 수 없었다.

"그것도 아주 많이."

그렇다면 태웅과 문성군은 절대 아니었다.

사영은 고개를 돌려 뒤를 보았다. 아직 눈에는 아무도 보이지 않았다.

"도부꾼들인가 보지."

물건을 팔러 조선 팔도 안 다니는 곳이 없으니 가장 가능성이 컸다.

"아냐. 도부꾼들은 말을 타고 달리지 않아."

나귀에 짐을 싣고 이동했으면 했지. 이 산에서 이리 민첩하게 움직이는 무리가 있다면 그건 아마도 화적 떼일 것이다.

연화는 땅에서 얼굴을 떼고 똑바로 앉아 은홍을 돌아보며 물었다.

"토낄 거야? 막을 거야?"

은홍은 눈을 크게 뜨고 연화를 보았다.

"막을 수 있어?"

막는다면 연화와 사영이 고생해야 했다. 그녀는 고작해야 각궁 몇 발 쏠 수 있는 정도였다.

그녀의 질문에 연화는 손으로 귀를 후비며 귀찮다는 표정을 지었다.

"뭐, 죽지는 않겠지."

사영은 물귀신이라도 보는 표정으로 연화를 보았다. 그 말은 그한테도 해당하는 말이었으니까. 독을 먹고도 살아난 연화가 그 정도로 말할 정도라면 그는 아마 죽을 가능성이 더 클 것 같았다. 그렇다고 사내대장부로 태어나 무인으로 살아가면서 먼저 도망치자는 말은 절대 할 수 없었다.

은홍은 무리가 오고 있다는 길 쪽을 보다 반대편으로 고개를 돌렸다. 그곳은 태웅이 문성군과 함께 떠난 길 쪽이었다. 다른 길이 없다면 무리가 향하는 곳은 태웅이 향한 곳이 될 것이었다.
설마…….

"형님도 다 알고 있으니 이곳에 혼자 나온 것이겠지요. 아닙니까?"
문성군은 제대로 약점을 잡은 사람처럼 득의양양한 표정으로 왕세자를 보며 물었다.
왕세자의 입은 무겁게 닫혀 있을 뿐이었다.
태웅은 섣불리 두 사람의 대화에 끼지 않고 그림자처럼 서 있었다.
팔과 발이 다 묶인 듯한 왕세자를 보고 문성군은 소리 내어 큰 소리로 웃었다.
"하하하하하. 살다 보니 형님 이런 모습도 보고."
문성군은 바로 웃음을 지우며 사나운 눈빛이 되었다.
"아니, 이젠 형님이라고도 하면 안 되겠네. 감히 도둑의 씨앗이 내 형님이 될 수 있을 리가 없으니까."
"함부로 말하지 마십시오!"
태웅이 일갈하며 막아서자 문성군이 바로 그를 노려보며 경고했다.
"너 같은 장사치가 낄 자리가 아니다. 여기서 함부로 한마디만 더 하면 내 정녕 네 숨통을 끊어놓을 것이다."
"네가 왕족이라도 사람의 생명을 빼앗을 권력 따위는 없다."
왕세자가 그제야 입을 열어 문성군을 나무라자 그는 바로 몸을 돌려 왕세자와 마주 봤다.
"그쪽이야말로 부끄러움이란 걸 안다면 이제 스스로 용포를 벗고 그

자리에서 내려와야 하는 거 아닌가?"
왕세자를 함부로 부르는 호칭에 세자도 분노가 치솟았다.
"문성군!"
엄하게 동생을 꾸짖듯이 불렀지만 그 이상 말을 할 수는 없었다. 그 스스로 의심하는 중이었으니까. 그가 정말 왕가의 핏줄인지, 아니면 파천의 말이 맞는 것인지.
그의 모든 역사가 흔들리는 땅 위에서 그는 문성군을 이길 수 없었다. 어떻게든 이 문제를 해결하고 싶어서 이 자리에 나온 것인데 이 절벽 위가 왕세자는 꼭 그의 사형대인 것만 같았다.
"파천의 아들이란 이유로 죽임당한 그 아이만 불쌍한 꼴이 되었군. 살아 있었다면 내 형님이 되었을 진짜 대군말이요!"
문성군은 당연히 진짜 대군은 이미 수십 년 전에 왕이 보낸 박무진의 손에 죽었을 거라 여기고 소리 높여 그 아이에 대해 말했다.
왕세자의 심신을 처참히 무너뜨리려고 꺼낸 말이었는데 그 말에 왕세자의 시선이 그의 어깨 뒤로 향하는 것을 보고 문성군은 뭔가 예기치 못한 불길함을 느꼈다. 소름 끼치게 섬뜩한 차가움이 그의 등골을 타고 흘렀다.
문성군은 빠르게 몸을 돌려 왕세자의 시선이 향한 등 뒤를 보았다. 그곳에 서 있는 사람은 화룡 상단의 대행수 최태웅뿐이었다. 자기 주제도 모르고 끝없이 그에게 함부로 굴었던 한낱 장사치.
그제야 문성군은 태웅을 처음 보았을 때의 첫인상을 떠올리고 소름이 돋아났다. 단지 건방지게 왕의 얼굴을 닮았다고 생각했는데.
그게 그저 우연히 닮은 게 아니라면…….
문성군의 눈가가 크게 떨렸다. 만약 진짜 대군이 살아 있다면 그의 계획은 모두 수포로 돌아가는 것이었다. 그러니 그건 절대 일어나서는 안 되는 일이었다. 진짜 대군은 파천의 아들이란 오명을 받고 이미 죽었어야 했다. 그래야 그가 다음 왕세자가 될 수 있었다.

연화는 비적 떼 같다고 했는데, 말을 타고 달려오는 무리는 아무리 봐도 전쟁터에 나가는 잘 훈련받은 무관들처럼 보였다.

"비적 떼가 아닌 거 같은데."

사영은 장소를 잘못 찾아온 사람처럼 낭패스러운 표정을 지었다.

"그럼 더 문제야."

은홍은 참담한 표정을 지었다. 아무래도 문성군이 불러들인 사병들 같았으니까. 그럼 태웅을 향해 가는 게 분명했다.

"저희 둘로는 무리입니다."

사병들의 수가 엄청난 것을 보고 사영은 은홍에게 비관적으로 말했다. 그녀의 눈에도 그래 보였기에 암담해졌다.

"어라? 저놈은 또 뭐야?"

이번에도 연화가 가장 먼저 뒤에서 달려오는 말 탄 장수를 발견하고 가자미눈을 떴다. 앞뒤로 칼 찬 놈들이 달려오고 있으니 오늘 참 일진이 사납다 싶었다.

"어? 저분은 우익위 서단명!"

운검 박무진의 세작인 사영은 단번에 왕세자의 호위 무사를 알아보고 살았다는 표정을 지었다. 여전히 문성군의 사병 부대를 상대하기에는 턱없이 부족한 인원이었지만 그래도 사선에서 만난 아군 한 명은 천군만마 같았다.

사영은 서둘러 단명을 향해 달려가 자신의 소속을 알렸다.

사영이 박무진의 수하라는 말을 듣고 단명은 왜 박무진의 사람이 이곳에 있는 것인지 의아했지만 당장 문성군의 사병을 막아야 하는 처지에 빌릴 손이 하나라도 더 있다면 그게 어디인가 싶었다.

"아씨는 숲에 몸을 피해 계십시오. 절대 나오시면 안 됩니다."

사영은 은홍만은 다치게 할 수 없었기에 그녀에게 숲으로 몸을 피할 것을 권했다.

은홍은 각궁을 앞으로 보이며 그녀도 돕겠다는 의지를 전했다.

"나도 활을 쏠 수 있어."

란 부인에게 각궁을 배워둔 게 얼마나 다행인가 싶었다. 무사히 집에 돌아갈 수 있다면 꼭 란 부인에게 고맙다는 인사를 전하고 싶었다.

"지금 싸울 수 없는 아녀자는 짐만 되니 이자의 말대로 하시오."

단명은 무관답게 말하고는 제일 먼저 지척까지 다가온 사병 무리를 향해 달려갔다.

사영이 그 뒤를 좇아 달리며 연화에게 소리쳐 말했다.

"네가 아씨를 챙겨."

연화는 쯧 혀를 찼다. 지금 한가하게 그럴 상황이 아니었으니까.

그래서 연화는 은홍을 향해 소리치며 말을 출발시켰다.

"활 몇 발로 대거리할 수 있는 숫자가 아니니까 그냥 숨어 있어!"

연화까지 달려가버리니 그녀 혼자 남겨졌다. 은홍은 각궁을 손에 단단히 쥐었다. 그녀만 살겠다고 숨을 수가 없었다. 어떻게든 그녀도 힘을 보태고 싶었다.

활 한 발을 꺼내 활시위에 끼고 힘껏 당겨보는데 손이 달달 떨렸다.

시위 당기는 게 버거워서가 아니라 두려움에 긴장해서였다.

진정해야 한다고, 그래야 산다고, 몇 번이나 마음속으로 말하는데 누군가 그녀의 어깨를 손으로 움켜잡았다.

그녀는 빠르게 고개를 돌려 뒤를 보았다. 또 삿갓을 쓴 중년의 사내가 있는 것을 보고 은홍은 놀라서 눈이 커졌다.

파천이 묵직한 목소리로 그녀에게 말했다.

"네 낭군에게 가거라."

"하지만!"

이곳이 더 시급했다. 그녀가 태웅을 불러올 때까지 사영과 연화가 버틸 수 있을지 장담할 수가 없었다.

"내가 서 있는 이 길은 아무도 못 지나간다."

이상한 일이었다.

그녀는 파천에 대해 아무것도 모르는데, 그가 그리 말하니 정말 그럴 것만 같다는 느낌이 들었다.

"네 진짜 정체가 무엇이냐?"

문성군은 절대 그럴 리 없다고 생각하면서 태웅에게 사납게 물었다.

태웅은 찬 시선으로 문성군을 보며 대답했다.

"난 화룡 상단 대행수 최태웅입니다."

"그런데 왜 세자가!"

문성군은 소리치다가 휙 몸을 꺾어 다시 왕세자를 보았다. 오늘 목표는 왕세자였다. 그러니 왕세자에게 집중해야 했다. 태웅까지 신경 쓰다가는 자칫 계획을 망칠 수도 있었다.

"그 사실을 알고도 어찌 아직도 살아 있을 수 있는 겁니까? 나였다면 벌써 자진했을 겁니다. 어찌 그 더러운 피가 흐르는 몸을 가지고 감히 왕세자 행세를!"

"닥치거라!"

왕세자는 소리쳤지만 몸은 커다란 힘을 이겨내지 못한 사람처럼 뒷걸음질을 치고 있었다.

바로 뒤가 절벽이었기에 태웅은 불안함을 느끼고 앞으로 발을 내디뎠다. 왕세자는 지금 눈앞의 문성군이 아니라 자신과의 싸움에서 지고 있었다. 이대로 두었다가는 정말 큰일이 날 듯했다.

"넌 언제나 내 자리를 탐했었다. 그런 너의 말에 흔들리지 않을 것이다."

"하! 그거야 진짜 왕의 아들이었을 때에나 할 수 있는 말입니다. 난 이미 내의원한테 다 들었습니다. 그날 무슨 일이 있었는지! 파천이 중전과 무엇을 바꾸었는지!"

"저하! 멈추십시오!"

태웅이 절벽으로 밀려나는 왕세자를 막기 위해 거침없이 앞으로 나서는데 갑자기 쾅! 하는 엄청난 굉음이 산을 울렸다. 태웅은 반사적으로 소리가 나는 쪽으로 고개를 돌렸다.

그때 문성군이 번개처럼 손을 뻗어 왕세자가 차고 있는 검을 빼내어 왕세자가 아니라 태웅의 목을 겨누었다.

"거슬리는 놈, 죽어라!"

문성군이 잡은 검에서 살기가 뿜어져 와 그를 덮쳤다.

태웅은 갑작스러운 공격을 막기 위해 빠르게 그의 칼을 잡았지만 이미 문성군의 살기가 그의 목숨줄을 향해 아가리를 벌리고 달려들고 있었다.

찰나의 순간에 벌어지는 일도에 문성군보다 월등히 뛰어난 그의 무예는 아무 소용이 없었다. 누가 더 지독하게 상대방을 죽이고 싶어 하느냐가 승패를 가렸다.

젠장.

살고 싶은 마음보다 욕이 먼저 튀어나오던 그때였다.

휘잉!

푹!

어딘가에서 날아온 화살이 정확히 문성군의 왼쪽 가슴에 박혔다. 휘청, 화살이 박힌 문성군의 몸이 뒤로 넘어가며 그대로 무릎을 꿇었다. 태웅은 고개를 돌려 화살이 날아온 방향을 보았다. 먼 곳에 각궁을 들고 서 있는 여인을 발견한 그의 눈이 파르르 떨렸다.

은홍이었다.

일어날 수 없는 일이 일어난 순간, 시간이 멈추고 하늘이 깨어졌다. 태웅은 믿고 싶지 않다는 눈으로 각궁을 들고 서 있는 은홍을 쳐다보았다. 그녀 때문에 그가 살았다고 해도 그녀의 손으로 왕자를 죽이면 그 대신 그녀가 죽는 거나 마찬가지였으니까.

화살을 맞은 문성군 역시 믿을 수 없다는 눈으로 자신을 쏜 인물을 바라보았다. 고작 그가 태웅을 움직이는 미끼로 쓰려고 했던 하찮은 여인이었다. 죽이라는 말 한마디면 먼지처럼 이 세상에서 사라져버릴 그런 존재가 자기 낭군을 구하기 위해 활로 그의 심장을 관통했다.

금방 자결이라도 할 듯 절벽으로 향하던 왕세자도 활에 맞은 문성군을 보고 그제야 이성을 되찾고 앞으로 걸어왔다.

세 사람 중 절대 죽지 않을 사람이 있다면 그건 문성군이라 생각했다. 왜냐하면 왕세자도 태웅도 문성군을 죽일 수 없었으니까. 대신 문성군은 너무도 쉽게 두 사람을 죽일 수 있었다.

그런데 남을 죽이고 자기가 살려는 자가 오히려 죽게 되었으니 이거야말로 정녕 천벌인 듯했다.

"큭큭큭."

이 사실이 너무도 믿기지 않고 황당해서 문성군의 입에서 실성한 듯한 웃음이 터져 나왔다.

"문성군."

그의 상태가 심상치 않아 보여 왕세자가 문성군에게 다가가 그를 불렀다. 문성군이 은홍을 보던 시선을 왕세자에게로 돌렸다.

"제가 이대로 죽는다면 너무 치욕스러워 눈도 못 감을 거 같습니다. 형님."

왕세자는 아무 말도 못 하고 문성군을 쳐다보았다.

쿨럭.

문성군이 입에서 붉은 피를 쏟아내며 쓰러지려고 하자 그제야 왕세자는 서둘러 문성군에게 다가가 그의 몸을 붙잡았다.

문성군은 왕세자의 품에서 몇 번이고 피를 쏟아냈다.

왕세자는 다급하게 그를 불렀다.

"문성군! 정신 차려라! 문성군!"

차락—.

그때 차가운 칼날이 문성군의 목 앞에 다가왔다. 태웅이었다.

왕세자는 칼을 뽑은 태웅에게 버럭 성을 냈다.

"당장 그 칼을 거두거라!"

하지만 태웅은 뽑은 칼을 무를 수 없었다.

"이대로 문성군이 죽으면 은홍이 그를 죽인 게 됩니다. 그러니 내 칼로 끝을 낼 것입니다."

"말도 안 되는 소리! 내가 허락하지 못해!"

두 사람이 그의 목숨을 두고 싸우는 사이에 혼백이 반쯤 빠져나간 문성군의 시선이 태웅을 올려다보았다.

"네가 진짜 대군이냐?"

아까는 불안해서 물을 수 없던 말을 이제는 물을 수 있었다. 지금이 아니면 정말 물을 수 없게 될 것 같았으니까. 말없이 그를 쳐다보는 태웅을 보며 문성군은 붉은 피로 범벅이 되어 야차처럼 변한 입꼬리를 끌어올려 웃었다.

"크큭. 적어도 내 죽음이 네 발목을 잡겠구나. 날 죽인 네 부인을 데리고 궁에 결코 들어갈 수 없을 것이다."

푹—!

태웅의 칼이 기어코 문성군의 심장을 깊게 찔렀다. 왕세자가 놀라 외쳤다.

"안 돼!"

하지만 이미 문성군은 태웅의 칼에 절명하였다.

태웅은 문성군이 죽은 걸 확인하고 바로 칼을 뽑아냈다. 칼이 뽑힌 심장에서 피가 낭자하게 쏟아져 나와 문성군을 안고 있는 왕세자까지 피 칠갑이 되었다. 그야말로 이곳이 지옥인 듯했다.

태웅은 죽은 문성군을 안은 채 넋이 빠진 왕세자를 외면하고 칼을 칼집에 집어넣으며 은홍에게 걸어갔다. 지금 그가 챙겨야 할 사람은 왕세자가 아니라 그의 부인인 은홍이었으니까.

은홍은 그녀에게 다가오는 태웅을 보고서도 움직일 수가 없었다. 그녀가 쏜 화살이 진짜 사람을 맞혔다. 그 사실이 그녀는 너무도 무서웠다. 하지만 그녀는 쏠 수밖에 없었다. 문성군은 그녀에게 태웅이 죽을 거라고 겁박했던 사람이었으니까.

진짜 그가 태웅을 죽일 거라 생각했다. 그래서 다른 생각할 것 없이 활을 쏘게 되었다.

저벅저벅.

태웅이 그녀가 있는 곳으로 걸어왔다. 그의 표정은 평소와 똑같았지만 그의 옷에 묻은 피가 방금 그녀가 저지른 엄청난 짓을 잊지 못하게 했다.

"한양으로 먼저 가라고 했더니 왜 내 말을 거역하고 다시 돌아온 것이냐?"

태웅은 그녀를 나무랐다.

그녀는 용이 나온 태몽을 꾸었다고 말하고 싶어서 입을 벌렸지만 말이 나오지 않았다.

태웅도 더 나무라지 않고 그녀의 앞까지 다가와서 그녀의 손에 들려 있는 각궁을 가져갔다. 그녀가 이걸로 문성군을 쏘았다는 사실이 다시금 되새겨지며 태웅의 눈매가 굳었다.

"이건 이제 내 것이다."

"네?"

그게 무슨 소리냐는 눈으로 은홍은 그를 올려다보았다. 태웅은 차분하게 앞으로 그들이 해야 할 일에 대해 그녀에게 알려주었다.

"문성군을 쏜 것도, 찌른 것도 모두 나다."

"아닙니다! 제가 쐈습니다!"

"그래서 문성군 다음에는 네가 죽겠다는 것이냐!"

태웅의 다그침에 두려워진 그녀는 입을 다물었다. 겁먹은 그녀에게 태웅은 단호하게 일렀다.

"네가 활을 쏜 걸 아무한테도 말하지 마라. 문길조차 안 된다. 알았느냐?"

그녀의 눈동자가 바들바들 떨렸다. 그녀는 단지 그를 살리고 싶어서 쏜 것인데 그게 도리어 그들을 덮치는 맹수가 되어 달려드니 어찌해야 할지 알 도리가 없었다.

태웅은 완전히 얼어붙은 그녀의 작은 어깨를 조심스럽게 붙잡으며 몸을 숙여 떨고 있는 그녀와 눈높이를 맞추었다.

"이 일은 내가 다 해결할 것이다. 그러니 걱정하지 마라."

하지만 그녀가 사람을 죽였다. 그것도 이 나라의 왕자를. 그걸 태웅이 어떻게 해결할 수 있단 말인가.

꼭 그녀 대신 태웅이 죽겠다는 말 같아서 은홍의 큰 눈에서 눈물이 떨어져 내렸다. 그녀는 그를 살리려고 쏜 것인데 결국 문성군 대신 그녀가 그를 사지로 몰아넣은 것만 같아 견딜 수가 없었다.

"왕이 대행수님을 죽일 것입니다."

"아니, 왕은 날 절대 못 죽인다."

어째서?

"그는 이미 수십 년 전에 날 죽였으니까."

태웅이 무슨 말을 하는지 은홍은 하나도 알아들을 수가 없었다.

제 31 장

출생의 비밀

문성군이 불러들인 사병들은 파천이 터트린 폭탄에 겁을 먹고 뿔뿔이 흩어져버렸다. 그리고 파천은 그렇게 폭탄만 터트리고 다시 사라져버렸다. 정말 귀신 같은 인물이었다.

"아이, 배에서 뺏기지만 않았어도 내가 터트렸을 텐데."

연화는 자신이 폭탄을 못 터트린 것을 아쉬워했고, 사영은 폭탄 소리에 아직도 귀가 멍해 소리가 잘 들리지 않았다.

"도대체 폭탄을 터트린 그자는 누구더냐?"

그리고 왕세자의 호위 무사 단명은 난데없이 나타나 폭탄을 터트린 파천을 찾으려 했으나 이미 사라진 파천을 찾는 건 불가능했다.

그들이 길목을 완전히 청소해서 더 이상 왕세자를 위협할 무리가 남지 않았을 때 산에서 왕세자와 태웅 일행이 말을 타고 내려왔다. 그들만 힘겹게 싸운 줄 알았는데 산에서 내려오는 이들 역시 혈투를 벌인 듯 옷에 핏자국이 낭자했다.

더군다나 가장 충격인 건 문성군이었다. 말에 태워진 문성군의 시체를 본 이들은 할 말을 잃었다. 그들 역시 설마 문성군이 죽을 줄은 상상도 못 했다. 악독하게 남을 죽였으면 죽였지 힘없이 자신이 죽을 자가 아니었다.

"문성군은 누가 죽인 것입니까? 저하."

단명은 다급하게 왕세자에게 물었다. 이제 닥친 문제는 문성군의 죽음에 대한 책임이었으니까. 그건 왕세자라도 절대 피할 수 없는 죄명이었다. 그런데 그 절벽에 있던 사람은 문성군을 제외하고 세 명이었다. 문성군의 죽음에 대해 아는 이도 그들뿐이었다.

왕세자는 무거운 목소리로 말했다.

"그건 궁으로 가서 마무리 짓는다."

멀리 한양으로 들어가는 성문이 보였지만 은홍은 기뻐할 수가 없었다. 왕세자와 함께 궁으로 간다는 태웅을 그냥 보낼 수도 없었다.

은홍의 말이 멈추어 서자 연화와 사영도 덩달아 멈추었다.

"왜?"

저 성문만 통과하면 바로 집인데 여기서 멈추는 은홍을 이해할 수 없다는 듯 연화가 쳐다보았다.

"아씨, 괜찮으십니까?"

그녀의 표정이 심상치 않아서 사영이 다가오며 물었다.

그때 은홍에게 다가가는 두 사람을 저지하는 목소리가 있었다.

"둘 다 물러나라."

태웅이었다. 다른 사람도 아니고 대행수의 명이었기에 두 사람은 그대로 따를 수밖에 없었다.

두 사람을 이상하게 여긴 단명이 왕세자를 쳐다보자 그는 괜찮다는 뜻으로 고개를 끄덕였다. 궁에는 태웅만 들어갈 수 있었다. 그러니 두 사람에게 시간이 필요할 것이었다.

"은홍아."

태웅의 부름에 그녀의 눈에서 눈물이 먼저 떨어졌다.

"집에 돌아가면 문길이 널 기다리고 있을 것이다."

그녀는 고개를 들어 눈물로 흐릿해진 시선으로 태웅을 보았다. 이런 상황에서도 그녀를 안심시키려는 그의 말이 그녀의 마음을 꽉 움켜쥐는 것만 같았다.

"궁으로 가지 마십시오. 대행수님."

그가 궁에 들어가면 두 번 다시 그곳에서 나오지 못할 것만 같아서 그녀는 겁이 났다.

하지만 태웅은 궁에 가야만 했다. 안 그럼 그들은 평생 도망자가 되어야만 했으니까. 그녀를 그렇게 살게 할 수는 없었다. 그건 그가 도둑의 아들인 줄 알았을 때도 마찬가지였었다.

그의 큰 손이 그녀의 작은 얼굴을 감싸며 뺨을 적신 눈물을 긴 손가락으로 닦아주었다.

"내 반드시 집으로 돌아갈 것이니, 기다리고 있거라."

그도 모르는 미래였지만 그는 주문을 걸듯 그녀에게 말했다. 궁에 들어가면 어떤 일이 생길지 그 역시 알 수 없었다. 하지만 가야 할 길만은 확실했다. 그는 기필코 그의 발로 궁을 나와 그녀가 있는 집으로 돌아갈 것이었다. 돌아가리라. 너에게로.

성문으로 향하는 동안 은홍은 자꾸 뒤를 돌아보게 되었다. 저 성문

만 통과하면 바로 집에 갈 수 있는데 이곳에서 태웅과 헤어져야 하는 현실이 너무도 괴로웠다.

하지만 그녀 때문에 사람이 죽었다. 그런데 어떻게 감히 헤어지기 싫다는 말을 할 수 있을까. 그녀는 자신이 모든 걸 망친 것만 같아서 흐르는 눈물이 살갗을 에듯이 아팠다.

사영은 힘들어하는 그녀가 안타까웠지만 섣불리 위로의 말을 건네지 못했다. 문성군이 죽었다. 왕의 아들이 죽은 것에 대한 책임은 절대 가볍지 않을 것이었다. 도대체 태웅이 그걸 어찌 해결하려고 하는 것인지 사영은 짐작조차 되지 않았다. 설마 은홍 대신 죽으려고 하는 것이라면 이 얼마나 참담한 일인가.

"이제 우리도 움직이지."

먼저 떠난 은홍 일행에서 눈을 떼지 못하는 태웅에게 왕세자가 말했다. 태웅은 여전히 아무 대답이 없었지만 왕세자는 호위 무사 단명에게 명을 내렸다.

"가서 가마와 교군을 구해 오너라."

이대로 문성군의 시체를 전시하듯이 들고 성 안으로 들어갈 수는 없었다. 그럼 문성군의 죽음이 삽시간에 장안에 퍼질 것이었으니까.

왕을 알현할 때까지는 그 누구도 문성군의 죽음에 대해 몰라야만 했다.

단명이 가마를 구하러 떠나고 두 사람만이 남았다.

왕세자는 회한이 가득한 눈으로 문성군의 싸늘한 육신을 바라보다가 무겁게 입을 떼었다.

"문성군이 아니라 내가 죽었어야 하는 게 옳았던 건지도 모르겠네."

"세상에 죽어도 옳은 목숨 따위는 없습니다."

내내 말이 없던 태웅이 그제야 말을 했다. 어떤 상황에서도 흔들리지 않는 태웅의 목소리에 왕세자는 쓴웃음을 짓고는 고개를 돌려 앞을 보았다. 그들이 통과해야 하는 거대한 성문이 마치 그들을 가로막듯이 서 있었다.

"파천이 궁으로 날 찾아왔었네."

왕세자의 말에 태웅은 크게 놀라지 않았다. 문성군의 말에 크게 흔들리는 왕세자를 보고 그럴 거라 짐작했었으니까.

"자네가 아니라 내가 정녕 도둑의 아들이라면 살아서 무엇하나 그런 생각을 수도 없이 했었지. 그런데 자넨 어떻게 버텼나? 자신이 파천의 아들이라는 걸 처음 알았을 때."

"제가 지켜야 하는 것들이 있었습니다."

태웅은 왕세자의 하문에 담담하게 대답했다. 그건 지금도 마찬가지였다. 그는 지키려고 궁에 가려는 것이었다. 출생에 대한 궁금증이나 권력에 대한 야망 따위는 없었다.

태웅이 지키려고 하는 것 중 가장 큰 부분을 차지하는 게 방금 떠난 그의 부인이라는 걸 알기에 왕세자는 조용히 성문 쪽을 보았다. 그는 태웅보다 훨씬 일찍 혼인을 하였지만 태웅과 같은 처지에 빠졌을 때 부인에 대한 걱정 따위는 한 번도 하지 못했다. 그게 부끄러움이 되어 그에게 돌아왔다.

왕세자는 왕의 앞에서 아비의 입을 통해 자신의 운명을 결정하기로 했다. 그의 운명은 그리 결정되겠지만 태웅은 그리 쉽지 않을 것이었다.

"자네도 살고 자네 부인도 살려면 진짜 왕의 아들이 되어야 할 거야. 그럼 자네 부인을 잃게 될 수도 있는데 그래도 상관없는 건가?"

태웅이 왕의 아들이 되면 목숨은 건지겠지만 그럼 문성군의 죽음은 그가 죽을 때까지 꼬리표처럼 따라붙을 것이었다. 왕은 그걸 이용하여 태웅을 그의 뜻대로 움직이려 할 게 뻔했다. 태웅을 지켜줄 수 있는 건 그뿐이라 겁박하면서.

그리된다면 아무것도 없는, 아무도 아닌 미천한 며느리를 궁으로 들일 리가 없었다. 그럴 왕이 아니었다.

"그럴 일은 없습니다."

태웅의 확신이 그가 궁을, 그리고 왕을 몰라서 하는 말이라고 왕세자는 생각했다. 왕세자가 진짜 왕의 핏줄이 아닐 수도 있다고 해도, 궁에 대해서는 태웅보다 훨씬 잘 알았다.

"아바마마가 자넬 보고 어떤 표정을 지을지 정말 궁금하군."

태웅이 왕자가 되는 것을 거부하면 죽일 것이고, 왕자인 것을 인정하면 새로운 칼로 쓰려 할 것이었다.

어쩌면 문성군보다 더 잔인한 분.

아버지보다는 왕이라는 말이 더 어울리는 지존.

그런 아비가 그를 죽일 때는 어떤 표정을 지을지 왕세자는 정말 궁금했다.

성문을 통과하고 궁으로 가는 길은 그리 멀지 않은데도 굉장히 먼 길을 돌고 돌아가는 기분이었다. 해태상 두 마리가 지키고 있는 궐의 남문인 홍화문 앞에 당도하였을 때 태웅은 잠시 그 높고 위엄 있는 궐문을 올려다보았다.

세상의 경계 같은 곳이었다. 이 거대한 문을 통과하면 분명 그가 살아왔던 세상과는 전혀 다른 세상이 펼쳐질 것이었다.

억만은 죽기 전에 그에게 당부했었다. 아무리 돈을 많이 벌고 싶어도 절대 권력은 욕심내지 말라고. 그 말은 궁과 가까이하지 말라는 뜻이었다.

억만은 그의 출생에 대해 눈치챘던 것일까?

그래서 그가 궁에 가는 걸 경계했을지도 몰랐다. 그렇다면 태웅은 죽은 억만에게 꼭 말해주고 싶었다. 그가 아버지라 부를 사람은 그때나, 지금이나, 그리고 죽을 때까지 억만뿐이라고.

파천도, 왕도.

그의 아버지는 될 수 없었다. 그들은 그럴 자격이 없었다.

왕세자와 함께였기에 아무런 저지를 당하지 않고 궐문을 통과할 수 있었다. 아무도 그들이 끌고 온 가마 속에 문성군의 시체가 있을 거라고는 짐작조차 못 하고 있었다.

궐문을 통과하니 장인의 손길로 완성된 북어도가 뻗어 있었다.

"우리가 궐문을 통과한 순간 숙빈이 알았을 것이니 시간이 별로 없네."

"숙빈이 문성군의 어머니입니까?"

"그래. 숙빈의 뒤에는 좌상이 있어. 그들이 문성군의 죽음을 눈치채기 전에 왕을 만나 결론을 지어야 해."

보이는 건 어디로 연결된 것인지 정확히 알 수 없는 담뿐인데, 그 뒤에는 그들을 노리는 자들이 도사리고 있었다. 그게 정확히 누구인지, 몇 명인지조차 알 수 없는 곳이 궁이었다.

왕을 만나기 위해서는 또다시 수많은 문을 통과해야 했다. 왕세자의 뒤를 따라 궐 안으로 들어갈수록 태웅은 자신이 절대 빠져나갈 수 없는 늪 안으로 걸어 들어가는 느낌이었다.

하지만 다시 되돌아 나갈 수는 없었다. 끝까지 가봐야 했다. 그 끝에 있는 이가 왕이라고 해도, 태웅은 멈출 수가 없었다.

왕을 보필하는 내관은 누가 탔는지 알 수 없는 가마와 상단 대행수라는 이와 함께 온 왕세자를 난감한 눈으로 쳐다보았다.

아무리 생각해도 이상한 조합이었으니까.

내관의 시선이 가마로 향했다. 지체 높은 가문의 여식이라도 궁 안에서 가마를 탈 수는 없었다. 편전 앞까지 왔으면서 가마에서 내리지도 않다니, 경을 칠 일이었다.

가마를 수상히 여기는 내관에게 왕세자는 개의치 않고 말했다.

"내가 왔다 고해주게."

내관은 무슨 일이 벌어질 것만 같다는 불길함을 느끼며 편전 안에 고했다.

"세자 저하 드셨습니다."

곧 편전 안에서 왕의 옥음이 들려왔다.

"들라 하라."

태웅은 처음 듣는 왕의 목소리에 그제야 긴장이 되었다. 결국 이렇게 왕의 앞까지 와버린 것이다.

드르륵.

편전의 문이 열리자 화려한 일월오봉병이 둘러쳐져 있는 옥좌에 앉아 있는 근엄한 존재가 보였다. 붉은 곤룡포와 익선관은 그가 이 나라의 왕이라는 지엄한 표식이었다.

왕의 시선이 태웅에게 향했고, 태웅 역시 왕을 똑바로 보았다. 왕의 얼굴을 보는 건 법도에 어긋나는 일이었지만 그걸 인식할 수조차 없었다. 하나의 운명을 가지고 태어난 두 남자는 첫 만남에서 서로를 강력하게 의식했다. 다른 게 있다면 한쪽은 흥미였고, 한쪽은 적의였다.

"무엄하다. 어찌 함부로 용안을 알현하는가."

상선이 태웅을 꾸짖었지만 정작 당사자인 왕은 크게 개의치 않으며 왕세자에게 먼저 물었다.

"세자, 같이 온 이는 누구더냐?"

왕세자는 왕 앞에서 고개를 숙이며 차분하게 입을 열었다.

"그전에 어마마마를 불러주십시오. 그가 누구인지 밝히기 전에 먼저 꼭 확인해야 할 것이 있습니다."

"뭐?"

왕세자의 엉뚱한 요구에 왕의 눈빛이 가늘어졌다. 왕세자의 의도를 명확히 알 수는 없었지만 들어주기 어려운 청은 아니었기에 왕은 상선에게 명했다.

"상선. 중궁전에 통자를 넣게."

상선은 바로 왕의 명을 받들어 왕후를 모셔 오기 위해 자리를 떴다.

중전이 오길 기다리는 동안 왕은 왕세자와 낯선 사내와 수상한 가마에 대해 탐문할 수밖에 없었다.

"가마 안에 누가 있는지도 중전이 와야만 알 수 있는 것이냐?"

왕세자의 눈이 가늘게 떨렸다. 그 안에 동생의 시체가 있는 걸 그는 이미 알고 있었으니까.

왕세자는 눈동자만 움직여 가까이 있는 태웅을 보았다. 태웅이 아무 동요가 없어 보여서 다행히 그도 차분하게 대답할 수 있었다.

"네, 그렇사옵니다."

"오늘따라 세자가 별스럽게 구는구나."

우선은 네가 하는 양을 지켜보겠다는 듯이 왕은 억지로 가마의 문을 열지 않았다. 왕에게는 그럴 힘이 있었지만 그리하면 신하들 앞에서 왕세자의 체면을 깎는 일이 될 테니까.

"중전 마마 납시었습니다."

드디어 기다리던 중전이 왔다는 말이 전해오자 왕은 바로 들라고 명했다. 편전의 문이 다시 열리며 우아한 자태의 왕후가 들어왔다. 왕세자와 같이 서 있는 태웅을 발견한 그녀의 걸음이 잠시 멈추었다. 왕후가 놀란 눈으로 태웅을 쳐다보았다.

왕은 그게 태웅의 외모가 그를 닮아서라고 생각했기에 그녀의 눈동자가 가늘게 떨리는 건 눈치채지 못했다.

"이제 중전까지 왔으니 세자는 말하거라. 옆의 사내는 누구이고, 가마에는 누가 타고 있는가?"

왕세자의 시선이 여전히 태웅을 보고 있는 왕후에게 향했다.

"제 옆에 있는 이가 누구인지는 어마마마께서 정확히 알고 계십니다."

"뭐라?"

왕의 시선이 왕세자에게서 중전으로 옮겨졌다.

"중전, 그대가 아는 이인가?"

왕후는 그제야 태웅에게서 시선을 떼며 고개를 저었다.

"아니옵니다. 신첩은 처음 보는 이입니다."

중전의 대답에 왕은 심기 불편한 눈으로 왕세자와 태웅을 다시 쳐다보았다.

"세자는 지금 과인을 상대로 농을 치는 것인가? 중전은 본 적이 없다지 않나."

"아뇨. 어마마마께서는 반드시 아셔야 합니다. 다시 잘 보십시오. 정말 모르시겠습니까?"

파천의 이름을 말하면 바로 끝날 일이었다.

하지만 왕세자는 섣불리 그 이름을 꺼내지 못했다. 그건 그의 두려움이었기에.

아들의 다그침에 왕후의 눈빛이 왕도 알 수 있을 정도로 흔들렸다.

웬만한 일로는 절대 흔들리지 않을 이임을 잘 알기에 왕도 이상하게 여길 수밖에 없었다.

"중전, 정말 아는 이인가?"

왕까지 다그치자 왕후는 참지 못하고 소리쳤다.

"그럴 리가 없습니다! 그 아이는 전하께서 죽이셨잖습니까!"

여인의 새된 목소리는 허공을 찢어발기는 듯했다.

왕도 놀라고 왕세자도 처음 듣는 어미의 목소리에 몸이 굳었다.

처음으로 속 깊은 곳에 몇십 년을 봉해두었던 말을 토해낸 왕후는 적의가 가득한 눈으로 왕을 노려보았다. 한 마디 원망도 제대로 못 하고 마음속에 묻어만 두고 우아한 척 살았더니 그게 모두 왕에 대한 미움이 되어버렸다.

"자기 아들인 줄도 모르고 죽인 건 전하이십니다. 신첩이 아닙니다."

왕후의 원망 서린 꾸짖음에 왕은 옥좌를 박차고 일어났다.

왕세자는 외면하고 싶은 현실에 눈을 깊게 감았다.

그리고 태웅은 집으로 간 은홍을 생각했다.

집에는 잘 도착했으려나. 많이 힘들어하지 않아야 하는데.

그때 왕도 중전에게 질 수 없다는 듯이 소리쳤다.

"무슨 말도 안 되는 소리를! 내가 죽인 건 도둑의 씨앗이다!"

"파천의 아들은!"

왕후는 야차처럼 눈을 떴다. 자신이 무슨 죄를 저질렀는지도 모르는 왕을 단죄하려는 듯이.

"그자가 궁에 왔을 때 이미 죽어 있었습니다."

왕세자는 감았던 눈을 번쩍 떴고, 태웅도 왕후 쪽을 보았다.

파천의 아들이 죽었다고?

왕후의 말에 왕은 격노했다.

"그게 무슨 말도 안 되는 소리인가!"

왕의 분노에 신하들은 불똥이 자신에게 떨어질까 저어하며 자라목이 되었지만 왕후는 치뜬 시선을 누이지 않았다.

왕세자와 태웅도 왕후한테서 시선을 떼지 못했다. 그녀의 말 한마디로 그들이 예상했던 것들이 완벽하게 이지러졌으니까. 둘 중 한 명은 무조건 도둑의 아들인 줄 알았다. 그래서 당연히 왕에게 목숨을 빼앗겨야 한다고 생각했다.

그런데 죽어야 할 도둑의 아들이 이미 몇십 년 전에 죽은 거라면 그들은 왜 그로 인해 괴로워하고 시달려야 했단 말인가.

"어마마마! 파천의 아들이 이미 죽었다는 게 무슨 뜻입니까!"

왕세자가 답답함을 참지 못하고 다그쳐 묻자 왕후의 시선이 왕한테서 떨어져 두 사람에게로 향했다. 왕후는 왕세자를 바라보다 그 옆에 있는 태웅에게로 시선을 옮겼다.

아마 그녀가 여염집 아낙으로 살다 길에서 우연히 그를 마주쳤다면 그녀는 당장 그를 붙잡았을 것이다. 그녀는 단번에 알아볼 수 있었다.

그녀가 파천과 바꾼 아이라는 것을.

"그날 중궁전에서 죽은 아기가 진짜 파천의 아들이었습니다."

왕후는 두 아들을 보고 있었지만 대답은 왕에게 하고 있었다.

"중전! 어찌 감히 그런 짓을!"

이 순간 왕은 도둑의 씨를 낳은 연화 옹주보다 도둑과 자신의 아이를 바꾼 왕후를 더 용서할 수 없었다. 왕후가 벌인 짓으로 인해 왕은 자신의 아들을 그의 손으로 죽인 것이었으니까.

"제가 그때 안 바꾸었으면!"

왕후도 지지 않고 소리쳤다.

"두 아이 모두 파천이 죽였을 겁니다."

그날 파천은 무슨 짓이든 벌일 수 있는 자였다. 그러니까 감히 궁의 담을 넘어 산실청까지 숨어든 것이었다.

그런데 신은 그날 파천의 편이었던지 하필이면 그날 왕후는 한 명이 아니라 두 명이나 되는 아들을 낳아버렸다. 한 명은 왕세자가 될 존엄한 운명이었지만 한 명은 왕세자의 배를 훔치고 태어난 아이였다. 왕의 핏줄이지만 기구하게도 도둑이 되어버린 것이다. 단지 조금 늦게 태어났다는 이유만으로.

그 운명의 기구함에 왕후가 두 아기를 끌어안고 섧게 신을 원망하고 있을 때 그가 나타난 것이다.

파천이 죽은 아기를 안고.

연화 옹주의 아이는 사산이었다.

그런데 파천은 그 죽은 아기를 살리겠다는 미친 생각을 가지고 그날 아이를 낳는 산모를 찾아 궁까지 숨어든 것이었다.

그래서 왕후는 왕세자의 동생과 파천의 아이를 바꾸었다. 궁에서 도둑 취급받으며 평생 숨어 살아야 할 바에는 차라리 연화 옹주의 품에서 사랑받으며 자라는 게 나을 듯하였기에. 자신의 지아비가 몇 년 뒤 그 살육판을 벌일 줄도 모르고 그때는 그게 옳다고 여겼었다.

"신첩이 한 번 죽인 아이를 전하께서 한 번 더 죽이셨죠. 그래서 지금 세자의 옆에 서 있는 저 이는 유령인 겁니까?"

왕은 사납게 명을 내렸다.

"당장 운검 박무진을 불러들여라!"

이제 박무진의 대답에 달렸다. 그가 왕에게 거짓을 고한 거라면 왕명을 거역하고 속인 그가 죽은 목숨이 되는 거고, 그가 왕에게 진실만을 고했던 거라면 왕이 자기 핏줄을 도륙 낸 패륜을 저지른 꼴이 되는 것이었다.

그때 왕세자가 앞으로 나서며 왕의 명을 잘라내듯이 말했다.

"그보다 더 급한 일이 있습니다."

이미 크나큰 충격을 받은 왕은 이보다 더 급한 일이 있다는 왕세자의 말을 받아들일 수 없었다. 그가 그의 자식을 죽였을지도 모른다는데! 이보다 더 큰일이 어디 있단 말인가!

하지만 왕세자의 말은 정말 그러했다.

"소자가 문성군을 죽였습니다."

왕세자의 말에 놀란 태웅이 앞으로 나서며 더 큰 목소리로 말했다.

"아닙니다! 소인이 죽인 것입니다."

그가 그의 자식을 죽였을지 모를 상황에서, 이젠 그의 아들이 다른 아들을 죽였다는 자백에 혼백이 반쯤 빠져나간 왕은 두 사람을 바라보았고, 놀란 눈으로 두 아들을 바라보던 왕후는 고개를 돌려 편전 밖에 수상하게 놓여 있던 가마 쪽을 바라보았다.

왕후는 오래 놀라지도 고민하지도 않았다.

"여봐라! 당장 밖의 가마를 중궁전으로 옮겨라!"

이 순간 왕보다 더 강한 건 어머니였다.

왕후가 움직이자 왕은 그제야 정신을 차리고 다그쳤다.

"무얼 하려는 것인가! 중전!"

문 쪽으로 걸어가던 왕후는 고개만 돌려 차가운 눈으로 왕을 바라보았다.

"전하는 전하께서 하실 일을 하십시오. 신첩은 제 자식들을 지켜야겠습니다."

또다시 자식을 잃을 수는 없었으니 이번만은 반드시 지켜내야 했다.

"숙빈이든 좌상이든, 문성군을 데려가려면 신첩을 먼저 중궁전에서 끌어내야 할 겁니다."

왕세자와 왕후가 똘똘 뭉쳐 갑자기 나타난 태웅을 지키려는 걸 보고 왕은 헛웃음이 나오려고 했다. 그도 그들의 가족이었는데 그들에게는 오늘 갑자기 나타난 태웅보다 더 배척되는 존재인 듯해서.

왕은 혼자였다. 이 세상의 지존은 한 명에게만 허락된 것이니 그게 당연한데도 지금 이 순간은 그게 마치 형벌처럼 느껴졌다.

그는 완벽하게 혼자여서.

한양으로 돌아온 문길은 배에서 내리자마자 서둘러 화룡관으로 향

했다. 대문을 들어서자마자 겸인을 붙잡고 은홍이 돌아왔냐고 물으니 겸인이 초상이라도 난 표정을 지어서 문길은 순간 심장이 선뜩했다.

중간에 배에서 내린 은홍이 혹시라도 잘못된 줄 알고.

"아씨께서는 돌아오셨는데 대행수 어른이 아직 안 돌아오셨습니다. 어디서 무얼 하시는지 감감무소식입니다요. 그 때문인지 아씨는 돌아오셔서 식사도 잘 안 하시고."

그래도 은홍은 집에 있다는 말에 문길은 서둘러 안채로 향했다. 중문을 지나 안마당에 들어설 때도 안채는 조용하기만 하였다.

문길을 따라온 덕춘이 먼저 소란스럽게 은홍을 부르며 안방으로 달려갔다.

"아씨! 덕춘이 왔습니다요! 아씨! 문길 선생님도 같이 왔구만요!"

벌컥.

방문이 소란스럽게 열리는 소리에 덕춘과 문길이 같이 멈추어 섰다.

그런데 문을 열고 나온 사람은 은홍이 아니라 연화였다.

"귀 안 먹었어! 살살 말해!"

"네가 어찌 감히 그 방에서 나오는 것이여!"

덕춘은 더 큰 소리로 성을 냈다.

덕춘의 다그침에 연화는 턱을 올리며 거만하게 대답했다.

"내가 바로 뒤뜰 귀신이니까."

'귀신'이라는 말에 겁을 먹은 덕춘이 문길의 뒤에 숨었지만 가는 문길의 몸으로는 그녀의 장군 같은 몸을 다 가리기에는 턱없이 부족했다.

배에서 내릴 때는 산송장 같았던 연화가 멀쩡해진 것을 보고 문길은 은홍도 어디 다친 곳 없이 집에 왔을 거라 짐작하고 우선 안도했다.

"아씨는 방에 계시느냐?"

문길의 물음에 연화는 쯧 혀를 길게 찼다.

"있기는 있지."

문길은 두 사람을 물리고 방으로 들어가 은홍을 만났다.

그가 온 것을 알고도 그녀는 보료 위에 등을 보이고 누워 꿈쩍도 하지 않고 있었다.

"아씨."

문길은 그녀의 앞에 앉으며 조심스럽게 그녀를 불렀다.

"오는 길이 많이 힘드셨던 겁니까?"

그럼 배에서 내리게 한 그의 탓이니 그가 사죄해야 할 일이었다.

은홍은 진짜 자는 것인지 기운이 없는 것인지 한참이나 말이 없다가 문길이 포기하려고 할 때쯤 입을 열었다.

"저 대신 대행수님이 죽으면 전 어찌합니까?"

은홍의 물음에 문길은 흠칫 놀랐다.

"이젠 배 속의 아이 때문에 같이 따라 죽을 수도 없는데, 전 어찌 살아야 합니까? 스승님."

문길은 할 말을 잃고 은홍의 등만 바라보았다. 한양에 무사히 도착하기만 하면 더 이상 놀랄 일은 없을 줄 알았는데 그게 아니었나 보다.

한참 만에 은홍이 있는 안방에서 나온 문길은 연화를 따로 불렀다.

"너 혹시……."

문길이 입만 떼고 본론을 말하지 않자 성격 급한 연화가 성을 냈다.

"혹시 뭐? 진짜 뒤뜰 귀신이냐고! 그럼 내가 독 먹고 그리 뻗었겠어!"

문길이 연화에게 물어보려는 건 그게 아니었다.

"궁에도 몰래 들어갈 수 있느냐?"

문길의 물음에 연화는 눈만 화등잔만 하게 떴다. 그건 그녀도 한 번도 해보지 않은 것이니까. 그녀의 아버지가 성공했다고 듣기는 했지만 그건 파천이니까 가능했던 거다.
그녀가 파천의 딸이기는 했지만 파천은 아니지 않은가.
연화가 자신 없음에 손으로 목을 긁었다.
"거길 쓸데없이 뭐하러."
가기 싫다는 뜻이었다. 궁에는 박무진도 있으니까.
"부탁한다. 아씨와 대행수 어른께 정말 중한 일이다."
연화는 더 세게 목을 긁었다. 두 사람이 지금 어떤 상황인지는 연화도 잘 알았다.
아무리 그래도 궁에는 진짜 가기 싫은데 어쩐단 말인가.

태웅은 오가는 이 없는 별당에 모셔졌다. 그의 시중을 드는 궁인들의 태도는 각별하고 조심스러웠으나 왕명을 받고 강진에서 살해된 내의원 사건의 진상을 알아보러 간 박무진이 돌아올 때까지는 꼼짝없이 갇힌 신세였다. 그나마 왕세자가 그를 찾아와주어 답답함으로 죽지는 않을 정도였다.
"왜 저하께서 죽이셨다고 한 겁니까?"
태웅은 상상도 못 했다. 왕세자가 그리 말할 줄은.
"진짜 누가 죽인 건지 알아내지 못한다면 왕도 숙빈도 끝내 어찌할 수 없을 것이야."
왕세자는 자신이 도둑의 아들일 거라고 믿고 모든 걸 내려놓은 상태였다.

그런데 왕후가 그게 아니라는 걸 알려준 순간 그가 제일 먼저 해야겠다고 결심한 건 동생을 살리는 것이었다. 문성군이 죽던 자리에 있던 사람은 죽은 문성군 빼고 세 사람뿐이었다.

그러니 문성군을 죽인 사람이 누구인지 알 수 있는 사람도 세 사람 외에는 없었다. 은홍은 지아비를 살리기 위해 활을 쐈고, 태웅은 부인을 살리기 위해 자신이 죽였고, 왕세자는 다시 찾은 동생을 살리기 위해 그가 죽였다고 말했다.

이 단단한 연결고리를 끊어낼 수 있는 사람만이 문성군을 죽인 죄의 책임을 물을 수 있을 것이었다. 하지만 그건 왕도 불가능할 거라고 왕세자는 확신했다. 진짜 범인을 알 수 없어서 모두에게 책임을 묻는다면 왕에게는 아들이 아무도 남지 않게 될 테니까.

"그래도 죄는 죽을 때까지 없어지지 않겠죠."

이 일은 왕세자에게 평생 낙인이 될 것이었다.

그야 은홍과 관련된 일이라 당연히 받아들인 일이지만 왕세자까지 그리되니 미안한 마음이 컸다.

"우리가 진정 같은 배에서 태어난 형제라면 당연히 내가 해야 할 일이야."

왕세자의 손이 태웅의 어깨를 잡았다.

태웅은 형제라는 말이 낯설어서 아무 말도 할 수가 없었다. 그게 진짜 사실이라고 해도 그는 쉽게 받아들일 수 없었다. 그의 삶에서 가족이란 핏줄이 아니라 그가 인정한 사람뿐이었으니까.

억만이, 은홍이 그러했다.

왕세자가 돌아가고 혼자 남은 태웅은 밤이 깊도록 쉬이 잠들 수가 없었다. 궁의 밤은 낮보다 더 감옥 같았다. 어서 빨리 이곳을 나가 집으로 돌아가고 싶었지만 그러기 위해서는 넘어야 할 벽이 너무 높았다.

왕세자와 왕후의 도움으로 문성군을 죽인 죄를 벗을 수 있다고 해도 과연 왕이 진짜 핏줄인 그가 궁을 나가 평범한 삶을 사는 걸 허락할 것인가?

그때 밖의 소란스러움을 느낀 태웅이 고개를 들어 문 쪽을 보았다. 곧 문이 열리며 그의 시중을 맡은 내시가 서둘러 들어와 고했다.

"궁에 수상한 자가 침입했다고 합니다. 그자가 잡힐 때까지 바깥출입은 삼가해주십시오."

"수상한 자? 어떤?"

"그게, 몸집이 작은 게 아이 같다 합니다."

아이 같은 몸을 가진 침입자라는 말에 태웅의 눈이 커졌다. 그는 그 침입자가 누군지 단번에 알 수 있었으니까.

햇무리가 질 시간에 연화는 화룡관을 나와 시구문 방향으로 움직였다. 연화가 향한 곳은 조산 움막촌이었다. 구걸하는 깍정이들이 모여 사는 곳이었다. 거적이며 이엉을 둘러 만들어 집이라고 부르기도 민망한 곳이었다. 사람이 사람답게 살기에는 아주 힘들고, 사람이 남들 눈을 피해 숨기에는 아주 좋은 곳이었다.

이젠 화룡관에서 당당히 살아도 되는 연화가 다시 이곳으로 온 것은 찾을 사람이 있어서였다. 만약 파천이 한양을 완전히 떠나지 않았다면 이곳에 있을 것이었다.

파천에게 물어봐야 할 게 있었다. 그녀 혼자 힘으로는 도저히 무리였기에.

구걸하는 아이들에게 돈 몇 푼을 주며 요즘 이곳에 새로 온 이가 없냐 물었더니 내천 근처 움막을 손으로 가리켰다. 그곳으로 가서 문으로 쓰이는 거적을 걷어내자 그녀가 찾던 이가 자는 듯 두 눈을 감고 앉아 있었다.

그녀는 조용히 다가가 그를 불렀다.

"아버지."

돌아오는 대답도 눈빛도 없었지만 연화는 바로 물어보았다.

"혹시 궐에 들어가는 길을 가르쳐주실 수 있습니까?"

그녀가 막무가내로 들어가면 필시 중간에 들켜서 추포될 게 뻔했다.

하지만 파천이 궐 지도를 그려준다면 그녀도 몰래 궁에 들어갈 수 있을 것이었다.

"궁에 들어갔던 자는 반드시 화를 몸에 묻히고 나온다."

파천이 두 눈을 감고 하는 말에 오소소 소름이 돋아났다. 그런 말을 듣기 전에도 영 들어가기 꺼림칙한 곳이었지만 태웅이 지금 그곳에 있었다.

"그걸 아시는 분이 왜 오라버니가 궁에 잡혀가게 하신 겁니까?"

연화는 그래서 태웅의 서신을 파천에게 전한 걸 후회했다. 그러지만 않았어도 태웅이 궁에 잡혀갈 일은 없었을 것 같았다.

"내가 한 게 아니다."

파천은 그제야 눈을 떴다.

"그 아이들이 선택한 거지."

그의 잘못된 선택으로 옹주가 죽었다. 옹주는 아이를 살리겠다고 자기 목숨을 내놓았는데, 옹주가 자기 아이라고 굳게 믿고 끝까지 살린 아이는 왕의 아들이었다.

그가 궁에 들어가지만 않았어도, 그가 아기를 바꾸지만 않았어도 옹주는 안 죽었을 수도 있었다. 그래서 수천 번, 수만 번 그 날의 선택을 후회했다.

이제 와서 다시 이곳으로 온 건 확인하고 싶어서였다. 왕의 아이들은 어떤 선택을 하는지.

그처럼 후회할 선택을 할 것인지, 아니면 그들의 고귀한 핏줄에 걸맞은 선택을 할 것인지.

왕세자가 자신의 자리를 지키기 위해 대행수를 죽였다면 그는 만족했을지도 모르겠다. 그런 식으로 왕에게 복수했다고.

그러나 그들은 그러지 않았다. 그처럼 잘못된 선택을 하는 대신 자신들의 죄를 똑바로 마주 보기 위해서 스스로 궁에 들어갔다.

"내가 완벽하게 진 것인지도."

지금 누가 이기고 지는 문제가 아니었다. 연화는 단지 궁에 누구도 모르게 들어가고 싶을 뿐이었다. 그래서 그녀는 종이와 붓을 파천 앞에 밀어 넣으며 재촉했다.

"대충이라도 그려주십시오."

연화는 파천이 그려준 궐의 지도를 가지고 그날 이경을 알리는 순라꾼의 목소리가 울려 퍼지고 난 뒤 야음만이 세상을 뒤덮었을 때 궐의

담을 넘었다. 지도가 있어서 그나마 궐 안까지는 수월하게 들어올 수 있었다.

문제는 태웅이 의금부 감옥에 없다는 것이었다. 당연히 왕자를 죽인 죄로 궐에 왔으니 왕옥에 잡혀 있을 줄 알았는데 그곳에는 태웅이 없었다.

그때부터 연화는 당황하여 태웅이 있는 곳을 찾아서 이리저리 헤매다가 순찰을 돌던 금군의 눈에 띄어버렸다.

"수상한 자다! 잡아라!"

그녀를 잡으려는 금군이 순식간에 수십 명으로 불어나서 그녀는 불에 덴 것처럼 도망을 쳤지만 사방에서 금군이 튀어나오니 궐 밖으로 도망치는 것도 여의치가 않았다.

"니미럴! 내가 이래서 이딴 곳에 들어오기 싫다고 한 것이여!"

급한 마음에 욕이 나왔지만 그런다고 뾰족한 수가 나오는 것도 아니었다.

어디로 도망가야 하나 사방을 살피던 차에 뒤에서 느껴지는 인기척에 빠르게 표창을 꺼내며 몸을 회전했다.

하지만 그녀가 표창을 던지기 전에 상대방이 그녀의 팔목을 낚아챘다. 역시 궐 놈은 다르구나 욕하던 연화는 손목을 잡은 자의 얼굴을 보고 놀라서 눈이 커졌다.

그렇게 찾아 헤맸지만 못 찾았던 태웅이었다.

"이걸로 갈아입어라."

태웅은 연화에게 어찌 이곳에 있는 거냐고 묻지도 따지지도 않고 우선 소녀 나인들이 입는 남색 치마와 보라색 저고리를 내밀었다.

당장은 연화를 잡으려는 금군의 눈을 피해야 했으니까.

궁녀 옷으로 갈아입고 태웅을 따라 별궁으로 온 연화는 적잖이 당황했다. 감옥에서 온갖 고초를 겪고 있을 거라 여겼던 태웅이 궁녀와 내시들이 시중을 드는 호화로운 전각에서 지내고 있었으니까. 이곳은 아무리 봐도 왕자를 죽인 죄인이 잡혀 있을 감옥이 아니었다.

"은홍이는 무사히 집에 갔느냐? 문길은 제주에서 돌아왔겠지?"

이 상황이 전혀 이해가 안 되는 그녀에게 태웅이 먼저 질문을 정신없이 던졌다.

연화는 눈만 끔뻑이며 태웅을 쳐다보았다.

분명 눈앞에 있는 이는 그녀가 알던 화룡 상단 대행수 최태웅이 맞는데 말이다.

그런데 그가 왜 왕족들이나 살 것 같은 이곳에 기거하고 있는 거란 말인가.

"연화야!"

태웅이 그녀의 이름을 부르자 연화는 그제야 정신을 차리고 더듬거리며 대답했다.

"네, 집에 잘 갔고, 제주에서도 돌아왔습니다."

연화의 대답을 듣고 태웅은 그제야 조금 안도했다. 문길이 제주에서 돌아와 은홍의 옆에 있다면 그나마 마음을 놓을 수 있었다.

"그런데 오라, 아니, 대행수 어른이 계신 여긴 감옥이 아닌 거죠? 설마 왕세자가 손을 써준 것입니까?"

태웅은 연화가 묻는 말에 바로 대답을 해줄 수가 없었다. 아직 박무진도 궐에 돌아오지 않았고, 문성군의 일도 해결된 게 아니었다.

"내가 편지를 써줄 것이니 그걸 은홍에게 전해다오."

태웅이 편지를 써주겠다고 하자 연화는 알겠다고 고개를 주억거렸다. 어쨌든 은홍에게 가져다줄 수 있는 게 생긴다면 그녀로서는 궁에 들어온 보람이 있었다.

왕명을 받자마자 바로 한양으로 돌아온 박무진은 집에 들를 새도 없이 입궐하였다. 심상치 않은 일이 생겼음을 왕을 알현하기 전에 이미 예감하고 있었다.

"파천의 아들을 진짜 죽였나?"

왕의 하문에 박무진은 드디어 올 게 왔다는 걸 깨달았다. 영원히 비밀로 묻힐 거라고 생각하진 않았었다. 그 아이를 죽이지 못해 이젠 그가 죽을 처지가 되었다고 해도 박무진은 그의 선택을 후회할 수가 없었다.

그럼 연화 옹주의 죽음이 헛된 것이 되는 것이었고, 최태웅의 삶이 하찮은 게 되는 것이었으니까.

차랑.

박무진은 왕에게 하사받은 운검을 왕 앞에 내놓으며 두 무릎을 꿇었다.

"신 왕명을 어긴 죄, 목숨으로 갚겠습니다."

스스로 죄인이라 자복하며 깊게 고개 숙인 박무진을 내려다보는 왕의 눈빛이 흔들렸다. 박무진이 왕의 명을 어긴 덕에 그는 친아들을 죽인 천륜을 저지르지 않게 되었으나, 그래서 박무진이라는 조선제일검을 잃게 되었다. 가장 유능한 신하를 잃고 죽은 줄 알았던 아들을 찾았으니 이게 웃을 일인가 울 일인가. 왕은 도저히 가늠이 안 되었다.

자리를 보전하고 누워 물도 잘 안 마시던 은홍은 태웅의 편지를 가지고 왔다는 연화의 말에 그제야 벌떡 일어났다.

"정말 궐에 있는 대행수님을 만나고 온 것이야?"

연화는 본인도 믿기 힘들다는 표정을 지으며 대답했다.

"그러게 말이여. 내가 그랬네."

거의 산 사람이 죽은 사람들이나 가는 지옥에 갔다가 살아서 돌아온 거나 마찬가지였다.

연화는 자신이 어떻게 궐에 들어가고 무사히 나왔는지 무용담을 말하고 싶어서 입이 근질거리는데 은홍은 태웅의 서신만 급하게 뜯어보았다. 밥도 못 먹고 잠도 못 잘 정도로 걱정한 마음과 달리 태웅의 서신은 너무도 짧았다.

내가 돌아갈 때까지
화룡 상단은 안주인인 네가 책임져야 한다.
믿고 맡긴다.

몸 건강히 잘 있다는 말도 없이 상단 이야기만 있으니 순간 서러움이 울컥 치솟았다. 하지만 그래서 더 돌아온다는 그 말이 현실적으로 느껴졌다. 태웅이 정말 화룡관으로 돌아올 마음으로 썼다는 걸 느낄 수 있었다.

"대행수님이 건강히 계신 건 맞는 거지?"

은홍이 서신을 읽기 전보다 더 단단해진 눈빛으로 묻는 말에 연화는 고개를 주억거렸다.

"그럼, 여기보다 더 좋은 집에 시중드는 사람도 있던데."

그건 연화가 직접 눈으로 본 것이었기에 장황하게 태웅이 사는 별궁의 모습까지 묘사했다.

은홍은 문밖에 있을 덕춘을 불렀다. 태웅이 그녀에게 믿고 맡긴다고 했으니 그녀도 이제 누워서 아무것도 안 하고 있을 수만은 없었다.

은홍은 문길과 함께 화룡 상단으로 나갔다. 대행수가 돌아오지 않아 불안해하고 있는 상단 사람들 앞에 은홍은 화룡 상단의 안주인 자격으로 섰다. 아직도 태웅이 궁을 나오지 못할까 봐 불안한 마음이 남아 있었지만 태웅의 말을 따를 생각이었다.

그를 믿었다. 그렇지 않으면 한 발도 나아갈 수 없었으니까.

"대행수 어른께서 돌아오실 때까지 상단 일에 대한 보고는 저한테 하시면 됩니다."

은홍의 말에 그 자리에 모인 행수들이 질문을 쏟아내기 시작했다.

"대행수 어른은 정확히 언제 돌아오시는 겁니까?"

"이리 오래 자리를 비운 적이 없으십니다. 혹시 무슨 변고가 생기신 건 아닙니까?"

"도대체 무슨 일입니까! 솔직하게 말씀해주십시오. 그래야 소인들도 대비할 것이 아닙니까."

행수들은 대행수에 대한 믿음만큼 그녀를 믿을 수 없었기에 소리가 높아졌다.

은홍은 두 손을 꽉 움켜잡았다.

그녀의 곁에 시립해 있던 문길이 걱정스러운 눈으로 그녀를 보았다. 대신 행수들을 진정시키고 싶었지만 지금 그가 나서면 화룡 상단 안주인의 위엄이 사라졌다. 그러니 그녀가 해결하게 두고 볼 수밖에 없었다.

흔들리는 듯 입을 꾹 다물고 있던 그녀가 눈을 질끈 감았다가 뜨더니 맞잡고 있던 손을 풀고 목소리를 높였다.

"그대들은 대행수 어른께 무슨 일이 생기길 바라는 것입니까?"

은홍이 큰 소리로 묻는 말에 시끄럽던 행수들이 일시에 조용해졌다. 은홍은 눈에 힘을 주고 좌중을 둘러보았다.

"저는 분명 대행수 어른께서 돌아오실 때까지라고 했습니다. 그때까지 우리가 할 일은 화룡 상단이 아무 일 없이 굴러가게 하는 것입니다. 당장 처리해야 할 시급한 일이 무엇입니까?"

그제야 행수 한 명이 그녀의 눈치를 보며 말했다.

"세곡 선단을 따라갈 선인들을 뽑아야 합니다."

나라에서 세곡을 실어 나를 때 큰 상단의 배와 사람을 빌려 쓰고 있었다. 화룡 상단은 나라에서 상업을 허락받은 대신 나라의 일들을 도와야 하는 의무가 있었다.

"선인들을 뽑으면 거기서 그들을 책임질 선인 행수를 아씨께서 정해야 합니다."

문길이 옆에서 작은 목소리로 알려주었다.

은홍은 고개를 짧게 끄덕이고는 행수를 향해 말했다.

"그럼 선인들을 뽑고 그중에 선인 행수를 할 만한 인물 세 명을 골라 알려주십시오. 제가 그중에 선인 행수를 뽑겠습니다."

"네, 그리하겠습니다. 마님."

큰일 하나를 그리 처리하고 나자 다른 일들도 순차적으로 진행되었다. 처음으로 화룡 상단 안주인이 아니라 대행수가 해야 할 일을 처리하고 나오던 은홍의 몸이 비틀거리자 문길이 서둘러 그녀의 팔을 붙잡고 부축했다.

"괜찮습니까? 아씨."

"네, 그동안 제가 너무 누워만 있어서 그런가 봅니다."

반성하게 된다. 앞으로 절대 그러지 말아야겠다고 생각했다. 태웅이 집에 돌아올 때까지 그녀가 굳건하게 이곳을 지키고 있어야 했으니까.

박무진이 의금부 감옥에 갇힌 일은 궐 안의 사람들 모두에게 충격이었다. 그가 그 누구보다 충직하고 뛰어난 왕의 신하라고 믿고 있었기에. 혹여라도 왕의 노여움을 살까 봐 궐 사람들이 섣불리 박무진의 편을 들지 못하고 눈치만 보고 있을 때 왕옥으로 박무진을 찾아온 이가 있었다. 평생 몸에 지니고 다녔던 검도 빼앗긴 채 맨몸으로 옥에 갇혀 있던 박무진은 뚜벅뚜벅 걸어오는 태웅을 보고 짧게 헛웃음을 지었다.

죄인이 된 그의 처지와 궐에서도 당당히 활보하고 다니는 태웅의 모습이 참으로 기이했다.

"궐에서 쫓겨나신 뒤에는 어찌하실 생각이십니까?"

태웅의 물음에 박무진은 열없는 시선으로 그를 올려다보기만 했다. 설령 왕이 그의 목숨을 빼앗지는 않는다고 해도 무관으로 살아갈 수 없다면 그가 살아가는 의미가 과연 있을까.

"그래서 이런 내 모습을 비웃으러 온 것인가?"

그는 수십 년이나 태웅을 감시하고 목숨 줄을 쥐고 있었으니 태웅이 그의 모습을 보고 통쾌해해도 할 말이 없었다. 인간이라면 당연히 그럴 수 있었다.

"아뇨. 제안을 드리러 온 겁니다."

제안이라는 말에 박무진의 눈과 귀가 일그러졌다. 장사꾼의 단어가 무관인 그의 귀에는 참으로 낯설었다.

"제안?"

"네, 제 가족의 안위를 지키기 위해 아주 솜씨 좋은 무관이 필요해졌습니다. 그러니 운검 나리가 그 일을 맡아주셨으면 좋겠습니다. 화룡 상단으로 오시면 호위 단장 자리를 드리겠습니다."

숙빈과 좌상은 분명 끝까지 문성군의 죽음을 쫓을 것이었다. 그러니 태웅은 그에 대해 대비를 해야 했다. 박무진은 그가 선택할 수 있는 최상의 방패였다.

화룡 상단의 호위 단장을 하라는 태웅의 말에 박무진은 쓴 표정을 지었다.

"궐에 남을 이가 할 말은 아닌 거 같군."

왕은 태웅을 얻기 위해 그를 희생시키는 것이었다. 그리고 박무진도 그게 옳다고 여겼기에 순순히 죄인이 되는 걸 받아들였다. 그의 무능으로 왕의 아들을 파천에게 빼앗겼다고 하면 사람들은 완벽히 이해는 못 해도 어느 정도 납득할 것이었다.

"저는 궐을 나가 화룡 상단으로 돌아갈 겁니다."

태웅의 말에 박무진의 눈이 커졌다.

"그게 가능할 리 없어."

"아뇨. 할 수 있습니다."

"도대체 어떻게?"

태웅은 고개를 돌려 화룡 상단이 있을 방향을 보며 말했다.

"문성군이 절 이 궁에서 나가게 해줄 겁니다."

그를 죽이려던 칼을 그가 이 구중궁궐을 나갈 수 있는 칼로 쓸 것이다.

왕은 머리가 복잡했다. 문성군이 죽었다. 왕자의 죽음을 제대로 처리해야 왕족의 권위가 지켜질 것이지만, 그럼 겨우 되찾은 또 다른 왕자를 잃게 될 것이었다. 이대로 문성군의 죽음을 묻어야 한다면…….

오래 고민하던 왕은 늦은 밤 상선에게 은밀히 지시를 내렸다.

"그때 궁에 들었던 판수를 다시 불러오너라."

그 판수가 그랬었다. 그의 아들이 다음 왕위를 이을 거라고. 하지만 왕세자라고 정확히 말한 건 아니었다. 만약 문성군을 죽인 게 왕세자가 아니라 태웅이라면, 왕은 다음 왕에 걸맞은 자가 태웅이 될 수도 있다고 생각했다. 왕이란 자리는 인간을 뛰어넘는 대범함이 없으면 버텨낼 수 없었다. 그 때문에 내내 왕세자를 보며 걱정했다. 왕세자는 너무 인간의 마음이 깊었다. 결국 그게 왕세자의 발목을 잡을 거라고 왕은 생각했다. 이미 죽은 문성군을 되살리는 건 왕도 불가능했기에, 왕은 다음 왕을 찾는 것에 집중하기로 했다. 태웅이 문성군을 죽인 거라면 그를 죄인으로 만드는 대신 왕으로 만들 욕심을 냈다.

왕은 그리도 비정했다. 정말 인간이 아닌 것처럼.

그가 그리 잔인한 생각을 하고 있을 때 태웅이 먼저 그를 찾아왔다.

"최 대인이 주상 전하를 뵙기를 청하옵니다."

아직 왕실에서 태웅을 정식으로 왕자로 인정한 게 아니었기에 그에 대한 부름이 애매했다. 그래서 궁인들이 눈치 보며 그를 대인이라 칭했지만, 그 부름이 태웅은 참으로 어색했다. 이 궁 안에서 그는 존재하지 않는 사람이라는 뜻이니까. 제대로 왕자라고 부르지 못하고, 감히 대행수라고도 하지 못하니.

문이 열리고 태웅은 가장 높은 곳에 앉아 있는 왕의 앞으로 나아갔다. 왕은 분명 왕후와는 달랐다. 그는 한낱 아버지라는 부름에 갇힐 수 없었다. 그래서 태웅은 단단히 마음을 먹었다. 눈앞의 왕을 넘어서야 이곳에서 나갈 수 있었기에. 그런데 선제공격을 하러 온 그에게 왕이 먼저 물었다.

"네가 이 나라의 왕이 되면 어떤 왕이 될 것이냐?"

태웅은 준비해 온 말이 하나도 생각이 안 날 정도로 놀랐다. 권력이란 용이 처음으로 그의 심장을 제대로 물어뜯었다.

왕이라니, 이 얼마나 사악한 독인가.

모두 잠든 깊은 밤이 되었을 때 은홍은 연화를 불렀다. 막 잠들었다

가 깬 연화는 불만 가득한 어섯눈을 뜨고 그녀를 쳐다보았다.

"내 편지를 대행수님께 전해다오."

그 말은 한 번 더 궐 담을 넘으라는 소리였기에 가늘게 뜬 눈이 단숨에 커졌다.

"뭐? 또 거길 가라고!"

한 번으로 끝일 줄 알았다. 분명 문길도 한 번만 갔다 오면 된다고 말했으니까.

"안 돼! 이번엔 안 가!"

그때는 은홍이 곡기도 끊고 다 죽어가는 것 같아서 할 수 없이 간 것이었다. 하지만 이젠 은홍도 멀쩡하게 지내고 있었고, 태웅도 궐 안에서 으리으리한 대접을 받으며 지낸다는 것을 알았으니 연화는 죽어도 궐 담을 넘을 수 없었다. 거긴 그녀와 상극인 곳이었으니까. 담을 넘는 순간 궁의 기운 자체가 아주 소름 돋았다.

연화가 완곡하게 싫다고 하자 은홍은 그녀의 손을 붙잡고 간곡하게 사정했다.

"내가 대행수님께 꼭 해야 할 말을 못 해서 그렇다."

"그럼 오라버니가 돌아오면 그때 말해."

"그때까지 기다릴 수 없는 일이야."

"기다릴 수 없는 일이 도대체 뭔데!"

은홍은 연화에게 그녀가 쓴 편지를 내밀었다.

연화는 거친 손길로 편지를 받아서 펼쳐보다가 점점 울상이 되었다. 아무래도 또 궐 담을 넘어야 할 것 같았으니까. 어째서 부부의 일에 생고생은 그녀가 다 하는 것 같은지.

참으로 짜증 나는 일이었다.

왕의 물음에 제대로 답변을 못 하고 처소로 돌아온 태웅은 곧장 잠이 들지 못하고 깨어 있었다. 생각이 많으니 잠이 오지 않았다. 마음은 확실한데 길은 쉬이 생기지 않았다. 이지러지는 마음을 다잡듯이 두 손을 잡고 눈을 깊게 감은 채 한참을 움직이지 못하고 있는데, 무언가 창을 두드리는 미약한 소리가 났다.

태웅은 눈을 떠 사창 쪽을 보았다. 창밖에 아무것도 없었지만 무언가 감을 느낀 태웅은 자리에서 일어나 창으로 걸어가서 닫혔던 창문을 열었다. 밤하늘의 달이 제일 먼저 그의 눈에 들어왔다. 이곳에 처음 왔을 때 보았던 달과 확연히 차이 나는 모습이 벌써 시간이 많이 흘렀다는 걸 느끼게 해주었다.

휘익, 그때 검고 작은 사람이 빠르게 그가 열어놓은 창문 안으로 날아 들어왔다. 태웅은 놀라지 않고 바닥에 주저앉아 있는 사람을 내려다보았다.

"연화야."

소리가 났을 때부터 연화가 아닐까 짐작했었다.

연화는 이곳까지 오는 게 많이 지쳤던 듯 대답도 제대로 못 하고 품에서 편지 한 장을 꺼내 그에게 내밀었다.

태웅은 창문을 닫고 조용히 연화가 내민 편지를 받아서 펼쳤다. 정갈하고 단정한 글씨는 은홍이 쓴 것이었다.

대행수님.

글자만 보고도 그를 그리 부르던 은홍의 목소리가 선명하게 들리는 듯해서 마음이 묵직해졌다.

제가 아무래도 태몽을 꾼 거 같습니다.

태몽이라는 말에 태웅의 눈이 크게 커졌다.

용이 제 품으로 들어오는 꿈을 꾸었습니다.

그 꿈 때문에 태웅을 살릴 수 있었던 것이라는 걸 그는 미처 몰랐다.

의원을 불러 진맥을 받아야 하는데
저 혼자는 도저히 용기가 안 납니다.
대행수님이 돌아오시면
그때 같이 진맥을 받고 싶습니다.

꾹, 편지를 잡은 그의 손에 힘이 들어가니 종이가 우그러졌다.

연화는 아직도 바닥에 주저앉은 채 그의 눈치를 보았다. 편지를 전하라고 해서 전하긴 했는데 이걸 읽었다고 해서 태웅이 당장 여기서 나가 화룡관으로 갈 수 있는 건 아닌 것 같았으니까.

그럴 수 있었다면 진작 돌아왔을 거다.

제 32 장

집으로

대전.

왕세자와 세자빈이 아침 문안을 올리기도 전에 먼저 문안 인사를 드리러 온 부지런한 이가 있었다.

"그래, 답을 정했느냐?"

왕은 태웅이 그가 한 질문의 답을 하러 온 거라 여기고 먼저 물었다.

태웅은 고개를 깊게 떨어뜨리고 선 채로 대답했다.

"네, 정하였습니다."

생각보다 오래 걸리지 않은 대답이 왕은 흡족했다. 우유부단한 자는 절대 왕이 될 수 없었으니까.

"소인은 지금껏 장사꾼으로 살았습니다. 장사꾼은 주고받는 것에 절대 손해가 없어야 합니다."

어떤 왕이 될 것이냐는 질문에 장사꾼이라는 말이 나오자 왕의 용안이 찌푸려졌다. 어울리지 않는 조합이었으니까.

그러나 태웅은 머뭇거림 없이 다음 말을 이어갔다.

"주상 전하께서 소인이 원하는 걸 주신다면 소인도 전하가 원하는 어떤 왕이든 될 수 있사옵니다."

이게 좋은 대답이라고 해야 할지, 나쁜 대답이라고 해야 할지 왕은 바로 판단할 수가 없었다.

"어떤 왕이든 될 수 있다. 자만심이 대단하구나."

왕은 그리 쉬운 자리가 아니라고 우선 꾸짖었는데 태웅이 고개를 들어 왕의 얼굴을 똑바로 보았다. 날아와서 부딪힌 눈빛이 날카롭게 빛나고 있어서 왕은 흡족했다.

"불가능을 먼저 생각한다면 아무것도 할 수 없습니다."

그건 왕의 생각과 같았다. 그리고 걱정부터 하는 왕세자와는 다른 것이라 왕은 태웅에게 좀 더 마음이 기울어졌다.

"그래서 네가 원하는 게 무엇이냐?"

그 말이 먼저 나왔었다. 원하는 것을 주면 원하는 왕이 되겠다고.

무엇이든 왕보다 먼저 나왔다는 게 영 탐탁지 않았지만 우선 들어보기로 했다.

"소인이 지존이 된다면 소인의 내자 또한 이 나라에서 가장 귀한 여인으로 대접해주십시오."

태웅의 말에 왕의 눈이 커졌다. 분명 태웅이 혼인한 여인은 천한 신분이라고 들었기에.

이 나라의 왕후라는 건 왕만큼이나 중요한 자리였다. 지금의 왕후가 사람들에게 존경받을 수 있는 건 그녀가 고귀한 신분이기 때문이었다. 그런 왕후가 낳은 아들이었기에 태웅도 인정받을 수 있는 거였다.

"그건 아니 될 말이다!"

"그럼 소인 역시!"

태웅의 목소리가 왕을 뛰어넘어 커졌다.

"전하께서 그리해주실 수 없다면 소인은 제 부인을 무시하고 능멸하는 자들을 모조리 죽이는 왕이 될 것입니다. 전하는 그런 왕을 원하십니까?"

왕은 할 말을 잃고 태웅을 쳐다보았다.

그리고 태웅은 그의 뜻을 명확히 전했다. 궁이 그의 부인까지 인정해주지 않는다면 이곳에서는 절대 살 수 없다고.

왕실 사람 그 누구도 감히 할 수 없는 생각이라 왕은 잠시 혼이 빠진 채 태웅을 바라보다가 그 말이 하도 괘씸해서 봉안이 사느래졌다.

"그래서 네 부인이 과인보다 더 높다는 것이냐?"

"소인이 말씀드리는 건 권위가 아니라 약조입니다. 소인은 내자와 백년해로하기로 이미 약조를 맺었는데, 어찌 소인만 드높은 자리에 오를 수 있겠습니까? 그건 부부의 도리가 아닌 듯합니다."

"사내가 바깥일을 하는데 아녀자가 걸림돌이 되어서는 아니 되는 법이야!"

"상단 일을 할 때 소인의 내자는 전혀 걸림돌이 아니었습니다. 그런데 어찌 궁 문을 넘으면 걸림돌이 되는 것입니까?"

"그거야 왕실의 권위가 지엄하니!"

"처음에도 말씀드렸다시피!"

말과 말이 부딪히니 그것 역시 칼싸움처럼 기가 빨리는 일이었다.

왕한테도 전혀 밀리지 않는 대군의 기백에 상선은 속으로 혀를 내둘렀다. 더군다나 조금 전에는 왕을 거의 압도할 뻔했다. 너무 허무맹랑한 소리라는 것만 빼면 아주 훌륭했다.

"소인은 지금껏 장사꾼으로 살아왔습니다. 평생 왕실의 권위를 지키며 살아온 주상 전하와는 가치의 기준이 다른 듯합니다. 소인한테는 왕실의 권위보다 제 부인과의 약조가 더 중합니다."

부모인 당신들이 날 버려 지금껏 그리 살아온 것 아니냐는 비난처럼 들려 왕의 얼굴이 일그러지려고 했다. 하지만 왕이 여기서 약하게 무너질 수는 없는 노릇이었다. 왕은 지배하는 위치였다. 그러니 말을 안 들으려고 하는 왕자 역시 그가 다스려야 했다. 그래서 세게 나갔다.

"네가 왕자로 살지 않겠다면 넌 문성군을 죽인 죗값을 그대로 받아야 할 것이다."

거의 죽이겠다는 협박이나 마찬가지였다. 당연히 겁먹을 줄 알았던 태웅이 오히려 입가에 서늘한 미소를 지었다.

"주상 전하께서는 이미 십수 년 전에 소인을 한 번 죽이셨습니다. 그런데 또 죽이시겠다는 것입니까?"

왕은 화려한 용포 속에서 떨리는 손을 꽉 쥐었다. 왕은 사람을 죽이고도 죄책감을 느껴서는 안 되었다. 그럼 다스릴 수 없었기 때문이다. 그런데 태웅의 그 말은 그의 가장 여린 곳을 하벼 파서 피를 철철 흐르게 하였다.

그 어느 때보다 흔들리는 왕을 상선은 걱정스러운 눈으로 쳐다보았다. 이제 죽었다 살아서 돌아온 저 왕자가 길조인지 흉조인지 혼란스러워지고 있었다.

"그럼 내가 널 죽인 건 잘못이고, 네가 문성군을 죽인 건 잘못이 아니란 말이냐?"

당연히 태웅도 문성군의 죽음이 지워지지 않은 낙인처럼 느껴졌다. 아마도 평생 지울 수 없을 것이다.

"소인은 살고자 했을 뿐입니다."

왕도 알았다. 분명 문성군이 먼저 태웅을 죽이려 했을 것이다. 그러고도 남을 이였다. 그렇게 자기의 탐심만 중히 여기고 남의 목숨을 하찮게 여기다가 결국 자신의 칼에 자신이 베인 거다.

고작 그 정도의 그릇이었던 거다. 그리고 왕은 눈앞에 있는 왕자의 그릇을 아직 쉽게 판단할 수 없었다. 너무도 왕에 어울리는 것도 같고, 너무도 왕에 안 어울리는 것도 같고.

"소인이 궁에 들어오면 문성군의 죽음이 평생 꼬리표처럼 따라붙을 겁니다. 그러니 보내주십시오. 소인은 제가 살던 곳으로 돌아가야겠습니다."

왕이 듣기에 태웅의 말은 왕자의 삶을 포기하겠다는 것과 같았다.

왕자는 상단의 대행수 노릇도 할 수 있지만, 상단의 대행수는 왕자가 될 수 없었다. 그 신분의 차이 때문에 불가했다.

그런데 태웅은 대행수 최태웅이 가진 것을 포기할 수 없다 못을 박았다. 그건 그냥 상단 대행수로 살겠다는 소리였다. 왕자가 아니라.

"왕의 아들로 태어난다는 건 누구에게나 쉽게 주어지는 운명이 아니다. 그런데 네 스스로 그걸 포기하겠다고?"

왕은 마지막 끈을 잡아당기듯이 느릿하면서도 울림 낮은 목소리로 물었다. 왕의 하문에 태웅은 쓰게 웃었다.

"포기라는 건 가져본 자만이 할 수 있는 것입니다. 전 단 하루도 왕자로 살아본 적이 없는데 어찌 감히 포기하겠습니까?"

왕은 순간 울컥했다. 내가 잘못했으니 가지 말라 붙잡고 싶어졌다. 너는 내 아들이니 그리 남처럼 굴지 말라 사정하고 싶어졌다. 하지만 그는 아버지이기 이전에 왕이라, 필부이기 이전에 왕이라 그럴 수 없었다. 왕은 그리도 쓸쓸한 자리라서, 이 자리를 원하지 않는 태웅을 보내야 한다는 걸 알았다. 적어도 왕세자는 이 자리에 앉기 위해 성심을 바치고 있으니까.

재능이 보이나 원치 않는 이보다는 좀 모자라도 노력하는 이가 그래도 이 자리를 버틸 수 있었다. 왕은 이 순간 탐나는 이보다 버틸 수 있는 이를 선택할 수밖에 없었다.

"네가 설령 궁을 나가도 왕세자의 아우로서 세자가 장차 조선의 왕이 되어 치세를 펼칠 수 있도록 도와야 할 것이다."

순식간에 표정을 바꾸고 왕이 되는 그를 보고 태웅은 순간 순수하게 감탄했다. 저 자리가 대단한 것인지 저 자리에 앉은 이가 대단한 것인지 알 수 없을 정도였다. 태웅은 왕 앞에 무릎을 꿇고 자신을 낮추어 처음으로 진심을 다해 왕의 명을 받들었다.

"소인 화룡 상단 대행수로서 세자 저하의 눈과 귀가 되어 백성과 가장 가까운 왕이 될 수 있도록 성심을 다해 돕겠습니다."

은홍과의 약조가 백년해로하는 부부의 연이었다면, 왕과의 약조는 왕세자를 훌륭한 왕으로 만들겠다는 신하의 약조였다.

이 정도가 족했다. 목숨만 살아서 이 궁을 나갈 수 있으면 다행이라 여기며 들어온 궁이었기에 그는 더 욕심내지 않았다.

앞으로도 세상 사람들이 그가 조선의 왕자라는 걸 모른다고 해도 그는 전혀 서운하지 않을 것이었다. 은홍이 있는 그의 사람들이 있는 집으로 돌아갈 수만 있다면 기쁘기 바이없다.

은홍은 베틀 앞에 앉았다.

상단 여인들과 함께 길쌈을 하는 날이었다. 입전에서 파는 중국 비단처럼 비싼 비단을 만들 수는 없어도 지아비와 가족들 옷 지어줄 옷감은 충분히 만들 수 있는 실력이라 다들 길쌈에 열심이었다. 북을 들어 발을 당겼다 폈다 하는 소리가 박자라도 맞춘 듯이 울리니 꼭 장단 소리처럼 들리기도 했다.

은홍도 마음속 걱정을 내려놓고 베 짜는 일에 집중했다. 태웅이 돌아오면 그녀가 직접 짠 이 베로 옷을 지어주리라 생각하니 손이 멈추지 않고 열심히 움직였다.

"아이고, 아씨 마님은 벌써 그 정도나 하셨네. 이러면 우리가 농땡이 피운 거 같잖아요."

쉬엄쉬엄하라고 해도 그녀는 속도를 늦추지 않았다. 꼭 오늘 베 한 폭을 완성하고 싶은 마음뿐이었다. 그럼 어쩐지 좋은 일이 생길 것만 같은 그런 부질없는 기대를 하게 되었다. 하지만 달이 꽉 찰 때까지도 태웅이 돌아오지 않는다면 그때는 가만히 앉아서 기다리고만 있을 수 없다는 강심이 그녀의 안에서 생기고 있었다.

태웅이 있는 곳이 궁이라 섣불리 움직였다가는 상단도 위험해질 것이기에 참고 있었지만, 이러다 정말 그를 영원히 잃게 될까 봐 두려웠다. 태웅은 믿고 기다리라고 했지만, 그래야 한다는 걸 알지만, 어쩌면 마지막 순간 상단과 그, 둘 중 하나만 선택해야 할 수도 있다는 생각이 들자 바디를 잡은 그녀의 손에 힘이 꽉 들어갔다.

순간 몸에 열이 오르며 배 속이 무언가로 꽉 들어차는 느낌에 그녀의 눈이 커졌다. 은홍은 고개를 내려 그녀의 배를 보았다.

처음이었다. 이 안에 누군가 있다는 느낌이 확연히 든 건.

은홍은 그녀의 판판한 배 위로 손을 올렸다. 기쁘고 슬픈 이 기분을 뭐라 해야 할지.

그때였다. 누군가 급하게 뛰어오는 발소리가 들리더니 여인들만 있는 공간에 갑자기 사내 한 명이 뛰어 들어왔다. 얼마 전 화룡관에 들어온 사환 아이였다. 급히 뛰어온 것을 보니 급한 일인 거 같긴 한데 너무 급히 뛰어와서인지 제대로 말은 못 하고 금방 터질 것 같은 얼굴로 숨만 거칠게 쉬어댔다.

소년의 그런 모습이 귀여워 부인들이 놀리듯이 말했다.

"그리 체력이 약해서야 장가는 제대로 가겠누."

"그러게 말이여. 덕춘이 같은 부인 만나면 첫날밤에 죽겠네."

"이씨! 거기에 왜 날 껴놔유! 나도 취향이라는 게 있구만요!"

까르르르르르.

부인들이 자기들끼리 떠들다 웃으니 소년의 얼굴이 더 빨개졌다.

덕춘이 잡아 죽일 듯이 쳐다보니 무섭기까지 했다.

은홍만이 차분하게 소년에게 물었다.

"무슨 일이니? 천천히 말해보렴."

소년은 그제야 입을 크게 벌리고 소리쳤다.

"대행수 어른이!"

웃던 부인들은 '대행수'라는 말에 그제야 눈을 동그랗게 뜨고 소년을 빤히 보았다. 기 센 여인들의 기운에 눌려서도 소년은 이 말을 바로 아씨에게 전해야 한다는 사명을 가지고 크게 외쳤다.

"돌아오셨습니다!"

벌떡, 은홍은 자리에서 빠르게 일어나다가 몸이 비틀했다. 그런 그녀를 덕춘이 서둘러 붙잡았다.

"아씨, 괜찮으셔요?"

그런 질문에 대답을 할 때가 아니었다. 은홍은 덕춘의 손에서 벗어나 앞으로 내달렸다. 방을 나와 신발도 제대로 신지 못하고 안마당 위를 버선발로 건넜다. 중문까지 뛰어넘어 대문을 향해 쉬지 않고 달렸다.

그녀의 뒤로 길쌈하던 여인들까지 치맛자락을 휘날리며 쫓아서 달리니 치마 부대가 되었다.

탁, 그녀의 발이 멈추었을 때 뒤따르던 덕춘이 제일 먼저 멈추고 그 뒤를 따라오던 여인들은 덕춘의 등에 부딪혀 난리 치며 멈추어 섰다.

"하아."

그녀의 시선이 한곳에 고정된 채 멈추었다. 누구도 화룡 상단을 쉬이 보지 말라는 뜻으로 양반가 못지않게 높다랗게 지은 솟을대문 앞, 익숙한 태의 뒷모습이, 그리운 모습 그대로의 그가 서 있었다.

"대행수님."

그녀는 목이 메어 제대로 부르지도 못했는데 그걸 들은 듯 문길과 이야기 중이었던 태웅이 천천히 몸을 들려 그녀가 있는 쪽을 보았다. 빛 너울이 그의 얼굴 위로 떨어지며 마치 하늘에서 내려온 이인 듯 미려했다.

신발도 신지 않고 달려온 그녀를 본 태웅의 눈에 웃음 빛이 가득 찼다. 그는 웃고, 그녀는 울고만 싶었다.

뚜벅, 태웅이 그녀를 향해 걸어왔다. 그녀가 먼저 뛰어가 반겼어야 했는데 울음을 참는 것만으로도 벅차서 그녀는 손으로 치맛자락만 움켜잡았다. 그가 그녀의 앞에 서니 여전히 드높았다. 그를 따라잡는 건 죽을 때까지 모자랄 것 같았다. 따스한 얼굴이 그녀의 시선에 가득 차자 배 속이 더 부듯해졌다.

"집에 오니 좋구나."

그의 말에 결국 참고 참았던 눈물 한 방울이 뚝 떨어졌다.

오늘은 너무 기뻐서 울었다.

제 33 장

백년해로

주합루에 서서 부용지를 내려다보고 있는 왕의 곁으로 왕후가 다가섰다.

"어찌 그런 결정을 하셨습니까?"

왕후는 왕이 대군을 보내지 않을 거라 생각했다. 아들에 대한 욕심이 지나친 이였으니까. 그래서 왕세자를 끝없이 부족하다 하는 것이었으니, 태웅에게 왕세자의 자격이 있는지 시험하려 할 것이라 여겼다.

"십수 년 전에 죽인 자신을 어찌 또 죽이냐 묻더군."

왕의 말에 왕후의 가슴에도 무지근하게 물이 차올랐다. 그녀 역시 그 아이를 태어난 순간 죽은 아이로 만들어버렸으니까.

그러니 그 아이는 어미에게 한 번 죽고, 아비에게 한 번 죽고, 그럼에도 살아남아서 스스로의 힘으로 여기까지 왔다. 그런 아이를 어찌 감히 왕이라고 조종하려고 할 수 있을까. 무슨 자격으로.

"대군은 세자에게 좋은 신하가 되어줄 것입니다."

왕후는 그 사실 하나만으로도 기꺼웠다. 후계자의 무게에 항시 짓눌려 살던 세자가 이제야 기댈 곳이 생긴 것이니까. 화룡 상단 대행수 최태웅은 충분히 그 기둥이 되어줄 재목이었다.

부부는 오랜만에 나란히 서서 어둠 속에서 더 아름다운 부용지를 같이 내려다보았다. 둘이 같은 곳을 보고 있지만 동상이몽이라 한 명은 이 아름다운 궁에서 그 아이가 자라지 못해 아쉽고, 한 명은 이곳에서 그 아이가 자라지 않았기에 다행일 수도 있겠다 생각했다.

그때 대전 내관이 다가와 고했다.

"주상 전하, 찾으신 판수가 들었습니다."

왕후는 곁눈으로만 왕의 용안을 보았다. 점쟁이를 부른 이유는 하나뿐이었다. 그러나 태웅은 이미 왕의 허락을 받고 궁을 나가 화룡 상단으로 돌아갔다. 그래도 태웅의 운명을 들으려 할 것인지, 그래서 다시 욕심을 내려 할 것인지.

모두가 그의 대답만 기다리는 상황에서 침묵하던 왕은 한참 만에야 입을 열었다.

"그냥 돌려보내거라."

왕의 명에 왕후의 입꼬리가 부드럽게 휘어졌다. 왕 앞에서 이리 웃어도 보고, 역시 자식은 복이 맞나 보다. 그러니 언젠가는 꼭 태어나줘서 고맙다는 말을 그 아이에게 해주고 싶었다.

그 아이에게 그녀가 어미로서 다가갈 수 있게 되면, 그때 꼭.

태웅이 궁에서 돌아왔다는 말을 전해 듣자마자 시윤이 화룡관으로 달려왔다.

"도대체 어떻게 살아서 돌아온 것인가? 어마어마한 보장금이라도 내기로 한 게야? 이제 화룡 상단 망하겠군."

하여튼 분위기 흐리는 것에 일가견이 있는 시윤이었다.

“어떤 대가든 대행수 어른 목숨값보다 귀할 수는 없습니다.”

문길은 설령 상단이 망할 정도의 뇌물을 궁에 줘야 한다고 해도 괜찮다는 뜻으로 말했다.

그런 문길을 보며 시윤은 혀를 끌끌 찼다.

“장사꾼이 망하면 뭘 먹고 산다는 건가? 다들 보따리 짐 지고 청국 연경까지 이사라도 갈 것인가?”

“못 할 것도 없습니다.”

사람들이 상단이 망하는 걸 기정사실로 여기고 진짜 청국으로 터를 옮기느냐 마느냐 옥신거리고 있을 때 은홍은 곁에 앉은 태웅의 커다란 손만 내려다보았다. 이제야 겨우 그가 돌아왔다는 게 정말 실감이 났다. 다행이라고 생각하며 다시 눈이 갈쌍해지는데 태웅의 손이 먼저 다가와 그녀의 손을 감싸 쥐었다.

은홍은 고개를 들었다. 이번엔 우는 게 아니라 입술에 미소를 담뿍 담고 그를 올려다보았다.

“내가 없는 동안 상단이 문제없이 돌아간 것을 보니 안주인이 내 말을 잘 따라준 듯하네.”

사람들에게 하는 말이었지만 그의 눈빛은 그녀에게만 말을 전하고 있었다. 잘했다고 칭찬해주었다.

“돈 잘 벌어두었으면 뭐 하나. 이제 궁에 다 빼앗기는 거 아닌가?”

엄한 소문을 퍼트리는 시윤을 태웅이 짧게 흘겨보고는 진지하게 사실만 말했다.

“상단 안 망합니다. 하지만 앞으로 궁의 일을 도울 게 많을 것입니다.”

“이것 보게. 한 번에 다 내는 게 아니라 십 년 분납인가 보이.”

"나리는 그 입 좀 다무십시오."

이제 신분으로 따지자면 그가 더 높았지만 태웅은 굳이 그가 왕자라는 걸 사람들 앞에서 밝히지 않았다. 그건 궁에 놓아두고 온 신분이었으니까.

이곳에 있는 사람들이 그가 평생 같이할 이들이었다. 그러니 그들에게 그는 그냥 예전처럼 최억만의 양아들 최태웅이었으면 했다.

"하여튼 자네 명줄 하나는 진짜 튼튼하구만. 이번엔 진짜 글렀구나 생각했는데. 하하하하하하."

"나리 가신단다. 문 열어드려라."

시윤 때문에 울음바다가 될 뻔한 상봉장은 그렇게 마무리되었다.

안채로 자리를 옮겨 둘만 남게 되었을 때 태웅이 그녀에게 물었다.

"너도 궁금한 것이냐? 내가 어찌 궁에서 돌아온 것인지."

그는 은홍에게 약속했었다. 집에 돌아가면 모두 말해주겠다고. 그러니 은홍이 듣고 싶다면 숨김없이 다 말해주어야 했다.

그러나 그의 속내는 은홍도 몰랐으면 했다. 그래야 그녀가 하지 않아도 될 걱정을 하지 않고 살 수 있을 테니까. 자신의 남편이 사실은 왕의 아들이라고 하면 안 그래도 담 작은 그녀가 밤에 편하게 잠이나 자겠나. 감당하기 너무 벅차서 각방을 쓰자고 할지도 몰랐다. 그건 그에게 낭패였다.

"약속대로 이리 돌아오신 것만으로도 저는 만족합니다."

은홍은 어쩐지 캐묻는 것조차 욕심이 되는 것 같아서 말을 아꼈다.

이젠 그저 모든 것에 감사하며 살고 싶었다. 그래야 태웅에게 더 이상 안 좋은 일이 생기지 않을 것 같았다.

"궁금한 걸 참는 거면 물어봐라. 내 뭐든 대답해줄 것이니."

태웅이 고개 숙인 그녀의 눈높이에 맞추어 깊게 어깨를 숙였다. 눈이 마주치자 은홍의 낯 전체가 도홍빛으로 물들었다. 너무 오랜만에 마주하고 있으니 꼭 첫날밤처럼 긴장되었다. 그를 처음 본 순간부터 지금까지 어찌 흘러서 여기까지 도달했는지 아득했다.

그들 사이에 이제 역사가 생겼다. 부부라는 단단한 언약도 맺었다.

어쩌면 아기도 벌써 찾아왔는지 몰랐다.

"그럼 왜 취향관에서 절 오백 냥이나 주고 사신 것입니까?"

은홍의 물음에 태웅은 깜짝 놀랐다. 당연히 궁이나 파천과 관련된 일을 물을 줄 알았더니 그들의 처음으로 껑충 돌아가버렸으니까.

그에게도 이젠 아득한 먼 일이 되어버렸다. 그랬었다. 그가 오십 냥에 은홍을 상단 일꾼으로 사려다 오백 냥 덤터기를 쓰고 그녀를 화룡 상단 안주인 감으로 데려왔었다.

아무래도 이제 취향관 곽 행수와도 화해를 해야 할 것 같았다. 그 능구렁이 같은 여 행수는 필시 그런 식으로 그를 보살펴준 것일 테니. 살면서 그에게 어미 비슷한 노릇을 해준 이가 있다면 아무래도 곽행수 뿐일 듯했다.

"그냥 제가 너무 불쌍해 보이셔서 그런 것입니까?"

그때는 감히 물을 엄두도 낼 수 없었다. 그럼 다시 기방으로 돌려보낼 것만 같아 두려웠으니까.

"비가 쏟아지던 날 네가 말했었다. 기다렸더니 내가 왔다고."

태웅의 손이 올라와 그녀의 뺨을 덮었다. 따뜻한 기운이 그녀에게 전해져 와 마음을 감싸 안아주었다.

"그 말이 내내 마음에 남았었다. 그래서 그날 기방에서도 널 모른 척할 수가 없었는지도."

태웅은 스스로 생각해도 바보 같은 대답을 하며 피식 웃어버렸다.

거리에서 마주쳐 짚신을 사고, 기방에서 마주쳐 오백 냥을 내고.

인연인 줄 몰랐던 것들이 결국 인연으로 이어지는 순간들이 되었다. 이렇게 삶의 순간들이 다 인연과 의미로 가득 차 있으니 어찌 이 삶을 드높다 하여 왕자와 맞바꿀 수 있겠는가.

최태웅은 지금 그대로 더할 나위 없었다.

"저도 대행수님처럼 앞으로 도움이 필요한 여인들을 돕고 싶습니다."

그는 도운 게 아니라 인연을 만난 거라 여겼는데 은홍은 거기서 큰 뜻을 품었다.

뭐, 좋은 게 좋은 거라고.

태웅은 기특하다 웃어 보였다.

"내일은 의원을 부르자꾸나."

의원을 부르자는 태웅의 말에 그녀의 눈이 동그랗게 커졌다. 그녀의 반응에 그의 눈이 가늘어졌다.

"설마 내가 궁에서 빨리 돌아오게 하려고 허풍을 떤 것은 아니겠지?"

"아닙니다! 진짜 꿈에서 이만한 용이!"

은홍은 자신의 결백을 주장하며 두 팔을 쫙 벌렸다. 그걸로도 꿈에도 본 용을 다 표현할 수 없어서. 은홍은 이 집보다 더 크다고 용의 크기를 몇 번이나 부풀렸다.

태웅은 그래도 잘 모르겠다고 능청을 떨며 용꿈 설명에 흥분한 그녀의 손을 잡고 이불로 이끌었다.
꿈이니 같이 자보면 될 일.
백년해로할 부부라면 응당 꿈도 같이 나눌 수 있어야 할 것이다.

아침 일찍 행랑아범이 장안에서 가장 솜씨가 좋은 의원을 화룡관으로 데려왔다. 재촉하는 손길에 급하게 온 의원은 놀란 눈으로 대행수 태웅을 쳐다보았다.
"아휴, 보기에는 멀쩡하시구만유. 이 양반이 난리를 치기에 전 대행수 어른이 몸이 크게 상하여 돌아오신 줄 알고."
의원이 벅찬 숨에 쏟아내는 말에 태웅은 웃으며 손으로 안채를 가리켰다.
"내 아내한테 태기가 있는지 진맥을 해달라 부른 것이네."
좋은 일로 불렀다는 말에 그제야 의원의 주름진 얼굴이 활짝 폈다.
"소인이 바로 진맥을 봐드리겠습니다요."
만약 은홍이 진짜 회임을 하였다면 아기 울음소리 난 적 없던 화룡관의 첫아기였다. 그래서 화룡관 사람들뿐만 아니라 상단에서 일하던 사람들도 모두 몰려와서 진맥을 위해 안채 대청으로 올라서는 의원의 뒷모습을 긴장한 눈으로 쳐다보았다.
"배태하신 거면 참으로 좋겠구만."
"그런데 대행수 어른도 그렇고 아씨도 오래 나가 계셨는데 그럴 기회가 있으셨나 모르겠네."
"에이, 이 사람아, 전쟁통에도 애는 태어나는 법이여. 뭐 그딴 게 대순가."

문을 닫자 사람들의 말소리가 끊기고 내실 안에는 의원과 은홍, 그리고 태웅만 남았다. 은홍은 긴장한 눈으로 의원을 보았다. 달거리도 없어서 맞는 거 같은데 그래도 아니면 어쩌나 불안한 마음도 남아 있었다. 태웅이 그녀의 긴장을 풀어주려고 그녀의 옆에 가까이 앉았다.

"이번이 아니면 좀 늦게 생기는 거뿐이니 긴장 풀거라."

그럼 용꿈이 뭐가 되느냔 말인가.

그리고 태웅이 기적적으로 살아서 돌아온 시기였다. 그녀의 몸 안에 진짜 아기가 있다면, 이 아기가 화룡 상단에 좋은 일을 불러다주는 존재라는 뜻이었다.

"전 준비가 되었습니다. 해주십시오."

아기야, 가보자.

은홍은 단단히 마음먹은 눈으로 의원에게 팔을 내밀었다. 의원이 힐긋 태웅 쪽을 보았다. 태웅도 진맥해도 된다는 뜻으로 짧게 고개를 끄덕였다. 의원은 태웅의 허락을 받은 뒤에야 조심스럽게 그녀의 맥을 짚어보았다. 의원이 두 눈을 감고 맥을 확인하는 동안 은홍과 태웅은 시간이 정지한 것처럼 꼼짝도 하지 않고 있었다.

태웅 역시 아기는 다음에 가져도 된다고 쉽게 말했지만 말과 달리 굉장히 긴장되었다. 그의 아이라는 건 혼례와는 또 다른 의미로 거대한 삶의 흐름이었다. 아이가 생겨 아버지가 된다면 그땐 그를 이리 보내준 왕의 마음도, 죽은 아기를 다른 아기와 바꾸어야만 했던 파천의 마음도 이해할 수 있지 않을까 싶었다.

의원이 손을 내리자 은홍과 태웅은 의원의 입만 빤히 보았다. 의원의 대답을 기다리는 짧은 순간, 우주가 생긴 이래 절대 멈춘 적 없던 시간의 흐름도 멈춘 것만 같았다.

"감축드립니다. 대행수 어른, 아씨 마님."

축하의 말은 그녀가 배태하였다는 뜻이기에 그녀는 휙 고개를 돌려 태웅의 얼굴을 보았다. 태웅도 놀란 눈으로 그녀를 돌아보았다.

"회임이십니다."

용의 꿈을 품고 태어날 아기는 두 사람의 아기이면서 이 나라의 왕족이었다. 평생을 장사꾼으로 살아온 태웅과는 그 첫발부터 다를 것이었다. 아기는 스스로 자신의 운명을 선택해야 했다.

왕족으로 드높아질 것인지, 장사꾼으로 세상에 나갈 것인지.

태웅은 은홍의 손을 꼭 움켜잡았다.

"이젠 내가 좀 무섭구나."

태웅의 말에 은홍이 두 손으로 그의 손을 움켜잡았다.

"걱정 마십시오. 제가 용을 닮은 아주 튼튼한 아들을 낳을 겁니다."

"아니, 딸이 좋겠다."

"그래도 상단 일을 하려면 아들이."

"아니, 널 닮은 딸이다."

아기의 성별은 부모가 선택할 수 있는 것이 아니라는 말을 하지 못하고 의원은 난처한 미소만 짓고 있었다.

화룡 상단 안주인이 회임하였다는 소식은 아주 빠르게 장안으로 퍼져나갔다. 늦장가를 간 대행수가 귀한 아이를 얻었다면서 다들 축하해주었다. 이 소식은 해가 산 너머로 기울기 전에 궁까지 전달될 것이었다. 그렇게 그들의 아기는 태어나기 전부터 사람들의 관심을 넘치게 받았다.

"은홍아."

달 밝은 밤, 태웅은 그의 아기를 배태한 아내에게 물었다.

"지금 제일 원하는 게 무엇이냐?"

그는 여인처럼 아기를 품을 수 없는 대신 저 달을 따다 달라고 해도 해줄 수도 있을 거 같은 기분이었다.

은홍은 진짜 그런 말이라도 하려는 듯 달을 빤히 올려다보다 그에게 웃으며 말했다.

"그때처럼 업어주시면 안 됩니까?"

임신이 아닌 걸 알고 숨어서 몰래 울던 그녀를 위로하기 위해 그가 업어주었던 게 그녀에게는 좋은 기억으로 남아 있었다.

"고작 그것이냐?"

"배 나오면 하고 싶어도 못 하니까."

"그땐 안아줄 수 있다."

"그럼 오늘은 업어주십시오."

태웅은 기꺼이 그녀에게 그의 넓은 등을 내어주었다.

다시 그의 등에 업히니 그녀도 그의 시선으로 세상을 볼 수 있을 만큼 높아졌다. 은홍은 태웅의 목에 두 팔을 두르고 잔다랗게 숨을 내쉬었다.

그는 그녀의 몸이 놀라지 않게 천천히 안마당을 내디뎠다.

느릿하게 밤 산책을 즐기는 부부의 모습이 달빛 아래 아름다웠다.

"은홍아."

"네."

그가 다스하게 부르니 그녀가 음전하게 대답했다.

"나한테 시집와줘서 고맙구나."

그의 말이 무지근하게 그녀의 가슴을 채웠다. 정말 고마워해야 할 사람은 그녀였다. 그가 아니었다면 그녀는 기방에 팔려 어떤 삶을 살았을지 알 도리조차 없었다.

"저도 대행수님께 고마운 게 너무 많습니다."

그녀도 그와 같은 말을 하니 태웅은 준미하게 미소 지었다.

"부부가 같은 마음이라 우린 오래 같이 살 수 있겠구나."

시간이 흘러 몸은 늙어도, 세류에 휩쓸려 또다시 위기가 온다고 해도, 이 마음만은 백년해로할 동안 변치 않기를.

그가 빌고, 그녀도 빌었다.

부부는 오롯이 한마음이었다.

8개월 뒤.

특별한 손님의 방문으로 화룡관의 분위기가 평소와 달리 조심스러웠다. 태웅은 손님을 맞이하려고 일부러 상단에 가지 않고 집에 있었다. 그가 직접 대접해야 하는 중한 손님이었다.

"그래서 아들인가? 딸인가?"

왕세자 이훈의 질문에 태웅은 차만 마시며 바로 대답하지 않았다.

그런 그를 의아하게 쳐다보며 왕세자가 물었다.

"왜 대답이 없어?"

태웅의 부인이 아기를 낳았다고 해서 궐 대표로 직접 화룡관까지 온 것이었다. 왕세자는 태웅보다 일찍 결혼했지만 아직 자식이 없었다. 그랬기에 태웅의 아이가 더 각별할 수밖에 없었다.

왕과 왕후는 직접 찾아올 수는 없었기에 궐에서 목이 빠지게 손자 소식을 기다리고 있었다.

"어마마마께서 매우 궁금해하시네."

태웅은 그제야 찻잔을 내려놓으며 말했다.

"딸입니다."

그의 대답에 왕세자는 미소를 지었다.

"아주 예쁘겠군."

태웅은 왕세자와 같이 웃을 수 없었다.

아기 낳을 때 굉장히 고생한 은홍은 산후조리를 하느라 방에서 나갈 수 없었다. 그래서 왕세자가 집에 오는 걸 알았지만 직접 손님 접대를 할 수 없는 난감한 상황이었다. 태웅은 괜찮다고 했지만 영 마음이 쓰였다. 하지만 그녀가 낳은 아기를 보고 있으면 그런 걱정은 바로 사라져버렸다. 보면 볼수록 신기했다. 그녀의 몸에서 이런 사랑스러운 생명이 태어났다는 것이. 너무 고통스럽고 힘든 과정이었지만 태어난 아기를 보는 순간 그 모든 게 가치 있어졌다.

"아가, 엄마야."

아직은 초면인 사이였지만 은홍은 아기가 그녀를 알아보았으면 좋겠어서 자꾸 자신이 엄마라는 걸 알려주었다. 그럼 아기는 꼭 알아듣는 것처럼 그녀를 빤히 쳐다보았다. 크고 초롱초롱한 눈동자는 밤하늘의 별보다 더 예뻤다.

드르륵—.

문이 열리는 소리에 은홍은 고개를 들었다. 허락도 안 받고 이 방에 들어올 수 있는 유일한 사람은 태웅뿐이었기에. 역시나 태웅이 방 안으로 걸어 들어왔다. 같이 있는 은홍과 아기를 보는 그의 눈빛에 애정이 묻어났다.

"몸은 괜찮으냐?"

"네, 세자 저하께서는 돌아가셨습니까?"

"그래, 잘 접대했으니 걱정 마라."

"송구합니다. 제가 했어야 할 일인데."

"네 몸이 낫기 전에 성급하게 찾아온 왕세자의 잘못이겠지."

오히려 왕세자가 잘못한 거라고 태웅이 말하자, 은홍은 어떤 표정을 지어야 할지 알 수 없었다.

태웅은 양반다리를 하고 앉아서 아기를 내려다보았다. 그의 눈에도 태어난 아기는 신기하기 그지없었다. 그의 핏줄이 이어진 생명이라니. 왕이 왜 처음 본 그에게 집착을 했는지 손톱만큼은 이해하게 되었다.

"그런데 내가 네 허락도 받지 않고 좀 나쁜 일을 했다."

태웅의 말에 은홍은 의아한 표정을 지었다.

"분명 네가 화낼 거 같구나."

"제가요?"

도대체 무슨 일을 벌였다는 건가 싶었다. 그녀는 웬만해서는 그에게 화를 낸 적이 없었다. 그가 그녀를 꾸짖은 적은 많았지만.

"저는 대행수님께 화내지 않을 겁니다."

은홍은 웃으며 말했다. 이렇게 두 사람의 아기까지 태어났는데 그녀가 그에게 화를 낼 일이 뭐가 있겠는가.

지금은 모든 것이 행복이고 축복이었다.

"그 말 진짜 지킬 수 있겠느냐?"

"당연하죠."

은홍은 자애로운 아내처럼 대답했다.

그녀의 대답에 태웅은 조금 안심하였다. 저지르고 나서 굉장히 마음이 복잡했기에.

"왕세자에게 내 아들을 딸이라고 했다."

"네에?"

미소 짓던 은홍이 거의 비명에 가까운 소리를 내자 아기도 무슨 일인가 싶어서 눈을 빠르게 깜빡였다. 엄마가 이리 괴상한 소리를 내는데도 울지 않는 걸 보니 분명 범상치 않은 아기인 것만은 확실했다.

그리고 고추 달린 아들이었다.

화룡 상단.

문길은 왕세자를 접대하고 온 태웅의 표정이 좋지 않은 걸 보고 걱정스럽게 물었다.

"왕세자의 접대에 무슨 문제가 있었습니까?"

"아니, 왕세자는 잘 돌아갔다."

"그런데 왜 표정이 그리 어두우십니까?"

태웅은 길게 한숨까지 내쉬었다.

평소에 힘들어도 힘든 티를 안 내는 그였기에 문길은 깜짝 놀랐다. 진짜 무슨 큰일이 생긴 거란 말인가.

"은홍이가 당분간 안채 출입 금지라는구나."

"네에?"

문길은 크게 놀랐다. 아기 낳느라 고생해서 힘없이 누워 있는 산모가 왜 신랑에게 접근 금지 명령을 내린단 말인가.

"설마, 못 참고 하려고 하신 겁니까?"

문길이 직접적인 말은 쓰지 않았지만 그걸 못 알아들을 정도로 둔한 태웅이 아니었다. 태웅은 싸늘한 시선으로 문길을 노려보았다.

"넌 내가 짐승으로 보이는 것이냐?"

그게 아니면 은홍이 태웅을 멀리할 이유가 뭐란 말인가.

문길은 도저히 짐작되지 않았다.

"왕세자에게 딸이라고 했다."

"아!"

그제야 은홍이 그리 화낸 이유를 알게 된 문길이 오히려 납득하는 표정을 짓자 태웅의 기분은 더 안 좋아졌다.

"내가 그렇게 나쁜 짓을 한 것이냐?"

"아씨는 대행수 어른과 왕실의 관계를 정확히 모르니 화낼 만하죠. 그게 억울하시면 지금이라도 솔직하게 다 말하십시오."

죽어서 나올 줄 알았던 궐에서 살아 돌아온 태웅은 예전처럼 화룡상단의 대행수로 살아가고 있었다. 그래서 태웅은 자신의 출생에 대해 완벽하게 묻어버렸다. 하지만 그가 왕의 핏줄이라는 게 사라지는 건 아니었다. 그 증거로 그의 아기가 태어나자마자 왕세자가 직접 찾아왔다. 태웅을 자신의 동생이라고 여겼기에 그리한 것이었다. 왕실 쪽에서 그러는 것까지 태웅이 막을 수는 없었다.

"그런데 왜 딸이라고 하신 겁니까?"

어차피 끝까지 숨길 수 없는 일이었다. 아기가 자라면 자연히 알게 될 일이었다. 그때 오히려 문제가 생길 수도 있었다. 태웅이 거짓말한 상대는 무려 이 나라의 국본이었으니까.

"거슬리는 게 있어서."

왕세자가 아들인지 딸인지 물었을 때, 왜 하필 길거리에서 마주쳤던 그 노인의 말이 생각난 건가 싶었다.

그의 자식이 반드시 딸이어야 한다고 했다. 아들이면 어찌 되는지는 그가 칼을 들이대는 바람에 끝까지 듣지 못했지만 좋은 소리는 안 했을 것 같았다.

"왕세자가 아들을 낳을 때까지만이다."

그럼 괜찮지 않을까 생각해본다.

"왕세자가 아들을 못 낳으면."

"그런 재수 없는 소리 하지 마라."

태웅은 바로 문길의 말을 잘라버렸다.

왕세자는 반드시 아들을 낳아야 했다. 안 그럼 굉장히 골치 아파질 것이었다.

은홍은 이제 아기에게 젖을 물릴 수 있었다. 잉태란 참으로 신비로웠다. 그리고 그녀가 낳은 아기는 세상에서 가장 사랑스러웠다.

"아가, 아버지가 딸이 아니라고 실망해서 속상하지?"

은홍은 태웅이 딸을 원했는데 아들이라 실망한 거라고 생각했다. 아기가 태어나기 전부터 자기는 무조건 딸을 원한다고 말했었기에.

그렇다고 아들인데 딸이라고 말하다니, 그건 정말 용서가 안 되었다.

"내가 더 많이 사랑해줄 테니까 속상해하지 마."

아기는 알아듣는 건지, 단지 배가 고픈 건지 젖을 힘차게 빨았다.

잘 우는 법도 없고, 잘 먹고, 잘 자고.

아기는 태어난 순간부터 효자였다.

"그런데 아기 이름은 뭐로 지으실 거예요?"

덕춘의 물음에 은홍은 난감한 표정을 지었다. 태웅에게 이름을 지어 달라고 해야 하는데 오히려 안채 출입 금지를 해버렸으니.

"지필묵을 가져오너라."

은홍의 말에 덕춘은 설마 하는 표정으로 그녀를 보았다.

"대행수 어른께 보내는 건 아니시죠?"

아무리 화가 났다고 한집에 살면서 편지를 보낸단 말인가.

"맞다."

그런데 맞단다. 지금까지 은홍이 보여준 태도 중 가장 강건했다.

아무래도 이번엔 오래갈 것 같아서 덕춘은 벌써 피곤했다. 모시는 이가 싸우면 몸 고생을 하는 건 아랫사람이니까.

태웅은 덕춘이 가져온 편지를 바로 읽지 못하고 심란한 눈으로 쳐다만 보았다. 직접 사랑채로 와서 말을 해도 되는데 편지라니. 은홍에게 이런 취급을 받아본 게 처음이라 굉장히 슬펐다. 그러나 잘못은 그가 먼저 했기에 그녀에게 너무하다고 화를 낼 수도 없었다.

"안 읽어보십니까?"

답장을 받아야 하는 덕춘이 조심스럽게 물었다. 그제야 태웅은 편지를 집어 들어 펼쳤다.

아기 이름을 지어주십시오.

이리 중요한 일을 서신으로 전할 수는 없는 노릇이었다. 태웅은 자리에서 벌떡 일어났다. 그가 움직이자 덕춘은 흠칫 놀라며 물었다.

"어디 가십니까!"

하지만 태웅이 대답도 안 하고 사랑방을 나가버리니 덕춘은 서둘러 그 뒤를 쫓아갈 수밖에 없었다.

"따라오지 마라."

태웅의 일갈에 덕춘의 발은 문지방을 넘을 수 없었다. 성큼성큼 걸어서 순식간에 멀어지는 태웅의 곧은 등을 보며 덕춘은 꼴깍 마른침을 삼켰다.

설마 오늘 밤 처음으로 부부 싸움을 하는 건 아니겠지?

그럼 화룡관에 비상이 걸리는 것이었다. 원래 사이좋은 부부가 한 번 싸우면 진짜 전쟁이었으니까.

덕춘은 이 위기를 막아줄 사람은 문길뿐이라 여기고 그에게로 서둘러 달려갔다.

태웅이 안채로 갔을 때 은홍은 아기를 안고 안마당 그네에 앉아 있었다. 천천히 그네를 흔들며 아기를 재우는 모습은 더할 나위 없는 어머니의 모습이었다.

태웅은 문 앞에서 그 모습을 보고 멈추어 섰다. 자신이 허락할 때까지 안채에 오지 말라는 그녀의 말이 그의 발목을 붙잡았다.

"은홍아."

태웅은 문밖에서 그녀를 불렀다. 그의 부름에 응한 건 은홍보다 아기가 먼저였다. 잠이 든 줄 알았던 아기가 아버지 목소리를 귀신같이 알아듣고 눈을 번쩍 떴다. 은홍은 화난 눈으로 고개를 들었다.

"대행수님 때문에 아기가 깼습니다."

그녀가 여전히 그에게 화를 내니 태웅은 마음이 답답했다.

"네가 먼저 아기 이름을 지어달라고 하지 않았느냐."

"그래서 편지를 보냈으니, 편지로 답해주시면 될 일입니다."

"우리 아기 이름이다. 그걸 어찌 그렇게 전한단 말이냐."

"먼저 우리 아들을 딸이라고 속인 건 대행수님이십니다."

"그건!"

태웅은 설마 집에 돌아와서 궐보다 더 큰 압박을 받게 될 줄은 몰랐다. 그는 이 나라의 지존인 왕보다 그의 아내가 더 무서웠다. 말로 설명할 수 없으면 몸으로라도 때워야 했다. 털썩, 태웅은 흙바닥에 두 무릎을 꿇었다. 남자가 무릎을 꿇는다는 건 완벽한 항복이었다.

"내가 잘못했다."

태웅은 고개까지 숙였다. 은홍이 이제라도 왕세자에게 가서 솔직하게 말하라고 하면 그럴 생각이었다. 설마 왕세자가 아들이 탐나서 그의 아들을 데려가기야 하겠는가.

자박자박, 그에게 다가오는 가벼운 발걸음 소리가 들렸다.

은홍은 문 바로 앞에서 멈추어 섰다.

"일어나세요."

그녀의 말에 태웅은 천천히 고개를 들어 그녀를 보았다. 은홍이 품에 안고 있던 아기와 시선이 마주치자 미안한 마음이 더 커졌다.

"어서요. 사람들이 볼까 무섭습니다."

그제야 태웅은 천천히 일어났다.

그러나 아직 은홍이 안채에 들어와도 된다고 허락한 게 아니라 문을 넘어갈 수는 없었다.

"아기를 안아보시겠습니까?"

은홍의 말에 태웅은 멈칫했다. 그러고 보니 그는 아직 아기를 제대로 안아본 적이 없었다. 처음엔 다치게 할까 무서워서. 그다음에는 안채 출입 금지를 당해서.

"내가 안으면 울 거 같은데."

"아버지라는 걸 안다면 안 그럴 겁니다."

그가 안았을 때 아기가 울면 그를 아버지로 인정 안 한다는 뜻 같아서 태웅의 심장이 철렁했다.

태웅이 선뜻 그러겠다고 하지 않자 은홍은 말했다.

"아기를 안아주시면 용서해 드리겠습니다."

안채 출입 금지라는 강경한 벌을 내린 것치고는 참 쉬운 용서법이었다. 그녀가 마음이 약해서가 아니라 그가 아기의 아버지였으니까.

태웅은 문을 넘어 은홍과 아기에게로 다가섰다. 그녀도 작은데 아기는 그녀보다 훨씬 더 작아서 태웅은 바로 손을 뻗을 수 없었다.

"내가 다치게 할까 무섭구나."

항상 강한 모습만 보였던 그가 아기 앞에서는 두려움을 먼저 드러내자 은홍은 격려하듯이 미소 지었다.

"그럴 리 없습니다. 절 안아주시는 것처럼 안으시면 됩니다."

그럼 더 안 될 것 같았다. 그는 순수한 마음으로 그녀를 안은 적이 없었으니까. 그래도 그 말에 용기가 생겨서 태웅은 아기에게 손을 뻗었다. 혹시라도 그가 만지면 울까 봐 그의 손길은 느릿하면서 조심스러웠다. 은홍은 그의 손 위에 아기를 넘겨주었다.

아기는 태어나 처음으로 엄마의 손에서 벗어나는 것이었지만 눈을 초롱초롱하게 뜨고 태웅을 올려다보았다. 마치 그가 누구인지 알아보는 듯한 눈빛이었다.

아기가 울까 봐 불안했던 태웅은 아기가 울지 않자 그제야 입가에 미소가 그려졌다.

"날 알아보는구나."

그가 진심으로 기뻐하는 게 느껴져서 은홍도 안심했다. 딸이 아니라서 의무적으로 안아주는 거였다면 그녀는 정말 슬펐을 거다.

"아기 이름, 생각하신 게 있으십니까?"

그녀의 물음에 태웅은 가만히 아기의 까만 눈동자와 눈맞춤을 하다가 입을 열었다.

"유진(由眞)."

존재 그대로 가치 있기를.

누구도 감히 이 아이의 운명을 흔들지 않기를.

스스로 삶을 개척해 나갈 수 있기를.

아기 이름을 들은 은홍이 조용하자 태웅은 고개를 돌려 그녀의 얼굴을 보았다.

"별로더냐?"

"그게 아니라……."

살짝 여자 이름 같기도 해서.

설마 태웅이 아직도 딸에 미련이 남아서 이름이라도 그렇게 짓는 건가 조금 의심이 되기는 했지만 일부러 말로 꺼내지는 않기로 했다. 태웅이 딸을 그리 원했다면 유진이가 딸 노릇까지 해주면 되는 거니까.

왠지 유진이는 할 수 있을 것 같았다.

"저도 좋습니다."

그녀가 괜찮다고 하자 태웅은 안심했다. 그는 다시 아기를 보며 처음으로 이름을 불러보았다.

"유진아."

그저 생명이었던 아기가 이름을 얻어 이 세상에 존재하는 사람이 되었다. 그걸 기뻐하는 듯이 아기가 그를 향해 손을 뻗었다. 그의 손가락보다 더 작은 손이 힘차게 다섯 손가락을 폈다.

그걸 보는 것만으로도 마음이 한없이 뭉클해졌다.

"은홍아."

"네."

"우리 같이 유진이를 잘 키우자꾸나."

그의 말에 그녀의 눈이 부드럽게 휘었다.

부부에서 부모가 된 두 사람은 좀 더 강해졌다. 그래야 유진이를 끝까지 지켜줄 수 있을 테니까.

"제가 다음에는 꼭 딸을 낳겠습니다."

아직 앙금이 남은 듯 은홍이 하는 말에 태웅의 눈빛이 크게 흔들렸다. 그는 아니라고 고개를 저었다.

"아니다. 유진이로 충분해."

"아니신 거 같은데."

"정말 아니다."

그가 아들을 딸로 둔갑시킨 건 평생 은홍에게 바가지 긁힐 빌미가 되었다. 나중에 죽어 묘비에 새기면 용서받을 수 있을지도 몰랐다.

난 정말 아들이 좋다고.

5년 후.

연무장에는 많은 사람이 있었지만 숨소리 하나 들리지 않았다. 검을 들고 마주 선 두 남자의 기운이 너무도 엄청났기에 감히 함부로 숨소리조차 낼 수 없었다.

조선제일검 박무진과 화룡 상단의 대행수 최태웅이 검을 들고 결투하는 광경을 설마 직접 눈으로 보게 될 줄 사람들은 상상도 못 했다. 진귀한 구경거리였기에 소문을 듣고 몰려든 사람으로 연무장이 가득 찼다.

이건 모두 태웅의 다섯 살 아들 유진 때문에 이루어진 일이었다.

궐에서 쫓겨난 박무진을 삼고초려하면서 설득하여 유진의 검 스승으로 데려온 것까지는 완벽했으나 유진이 자기 스승을 너무 존경한 나머지 태웅이 박무진을 절대 이길 수 없다고 믿는 건 그가 견딜 수 없었다. 비록 아직 한 번도 박무진을 이겨본 적이 없었지만, 아들 앞에서까지 질 수는 없었다.

유진은 가장 상석에서 이 일생일대의 결투를 흥미진진한 눈으로 쳐다보고 있었다. 누가 이기든 유진한테는 기쁜 일이었다.

박무진이 이기면 자신에게 검을 가르쳐주는 스승이 최고로 강한 무사라는 걸 입증하는 것이었고, 태웅이 이기면 자신의 아버지가 엄청

센 것이었으니까.

"둘 다 힘내요!"

유진이 큰 소리로 응원하며 날카로운 기운을 흩트려놓자 태웅이 곁눈으로 아들을 노려보았다.

"저 자식이."

아들인데 왜 이리 얄미운가.

순간 그가 한눈을 판 걸 놓치지 않은 박무진이 먼저 공격해왔다.

빠르게 뻗어오는 박무진의 칼날을 가까스로 피한 태웅도 바로 공격에 들어갔다.

챙—!

강한 검과 검이 부딪히는 순간 구경하기 위해 그곳에 모인 사람들은 오싹한 소름에 휩싸였다.

"후, 사내들 승부욕이란 정말 못 말리는구나."

다섯 살 아들의 꼬드김에 넘어가 태웅이 결국 박무진과 칼싸움을 한다는 말을 전해 들은 은홍은 길게 한숨을 내쉬었다.

"아씨는 누가 이길지 안 궁금하십니까?"

은홍은 이미 두 사람이 겨루는 걸 본 적이 있다. 그때는 서로 진짜 죽일 것처럼 살기 가득한 결투였다. 그걸 직접 눈으로 본 은홍이 이번 결투에 관심이 생길 리가 없었다.

"난 유진이 벌써 그런 걸 배우는 것 자체가 싫다."

유진은 커서 무관이 될 게 아니라 상단 일을 할 것이었다.

그런데 태웅이 유진한테 장사 공부보다 칼을 먼저 잡게 한 게 은홍은 영 마음에 들지 않았었다. 사내가 자기 몸 지키는 힘은 있어야 한다고 태웅이 말해서 말리지는 못했지만 유진이 무술 배우는 것에 너무 빠지는 건 막을 생각이었다.

세상에는 그것 말고도 배울 게 넘쳐났으니까.

까르르르르, 창문 넘어 들려오는 여자아이의 웃음소리에 바느질하던 그녀의 손이 잠시 멈칫했다. 태웅에게 딸을 낳아주겠다고 약속했던 그녀는 그 약속을 아직 지키지 못했다.

아니, 영원히 지킬 수 없게 되었다.

유진을 낳을 때 몸에 무리가 크게 왔던 것인지, 다시 아기를 낳기는 힘들 거라고 의원이 말했다. 그녀가 아기를 낳을 수 없다는 걸 알고 난 뒤부터 오히려 태웅보다 더 집착하게 된 것 같았다. 어린 여자아이를 볼 때마다 마음에 바람이 불었다.

"어머니!"

쓸쓸한 그녀의 마음을 느끼기라도 한 듯이 밖에서 유진이 힘차게 그녀를 부르며 들어왔다.

그녀보다 덕춘이 먼저 유진을 반기며 물었다.

"누가 이겼습니까?"

덕춘이 궁금증 가득한 눈으로 물었다.

유진은 해맑은 표정으로 고개를 저었다.

"난 모른다."

"네? 왜요?"

"누가 이기는지 보고 싶지 않아서 그냥 왔어."

자기 때문에 그 엄청난 결투가 성사되었는데 결과도 보지 않고 그냥 왔다는 아들을 보며 은홍은 허탈한 웃음을 지었다.

유진은 가끔 굉장히 엉뚱했다.

"아버지가 나중에 화내시겠구나."

만약 박무진한테 지기라도 하면 더 화낼 것이다.

"그땐 어머니가 절 지켜주셔요."

유진이 그녀의 품으로 파고들어 안겼다. 아들은 꼭 딸처럼 애교가 넘쳤다.

은홍은 품 안의 아들을 안으며 웃었다. 시간은 빛처럼 빠르게 흘렀다. 말도 못 하는 아기였던 유진이 벌써 이만큼 컸다. 또 순식간에 그녀보다 훨씬 클 것이라는 게 은홍은 벌써 서글펐다.

"유진아."

"네."

그녀의 부름에 아이는 그녀를 닮아 크고 맑은 눈으로 은홍을 쳐다보았다.

"이번엔 그냥 아버지한테 혼나거라."

"네에? 어머니, 그럼 저 죽어요."

아무래도 태웅이 박무진에게 질 것 같아서 은홍은 벌써 그가 안쓰러웠다. 오늘 밤에는 그녀가 특별하게 그를 위로해주어야 할 것 같았다. 누가 뭐래도 남편 기를 살려줄 수 있는 건 아내뿐이었으니까.

궐에 가야 하는 날이었다.

표면적으로는 화룡 상단 대행수가 청과의 무역을 논하기 위해 왕세자를 알현하러 가는 것이었지만, 속내는 왕후가 유진을 보고 싶다는 전갈 때문이었다. 이런저런 핑계를 대며 5년이나 아이를 안 보여주었으니 이번엔 태웅도 거절할 수가 없었다.

"유진을 궐에 데려가신다고요?"

은홍이 놀라는 것도 이해가 되었기에 태웅은 조심스럽게 설명했다.

"세자 저하께서 한번 만나고 싶다 하시는군."

왕세자가 유진을 보고 싶다니 은홍은 뭐라 할 말이 없었다. 유진이 태어날 때 직접 집까지 찾아와 축하해주고 많은 선물까지 주고 갔었다. 받은 게 있으면 돌려주는 것도 있어야 사람의 도리였다.

"은홍이 네가 싫다면 내가 거절하마."

은홍은 잠시 생각하다가 대답했다.

"유진한테 직접 물어보죠."

유진의 결정에 따르겠다는 말에 태웅은 탐탁잖은 표정을 지었다.

유진이라면 신나서 가겠다고 난리 칠 것 같았으니까. 뭐든 새로운 것에 환장하는 성격이었다.

도대체 그건 누굴 닮은 건지.

"우와! 궐이요? 거기 임금님이 사는 곳 아닙니까? 제가 진짜 거길 갈 수 있습니까? 그럼 임금님도 만나는 거예요?"

유진은 태웅의 예상대로 궐이라는 말을 듣자마자 온몸으로 흥분을 감추지 못했다.

태웅은 근엄한 목소리로 경고했다.

"궐에서 그리 오두방정을 떨면 바로 잡혀간다."

"우와! 그럼 저 궁궐 감옥도 구경할 수 있는 겁니까?"

이 자식이 진짜.

태웅은 은홍을 돌아보며 작은 목소리로 말했다.

"그냥 안 데려가는 게 좋을 듯하구나."

은홍은 작게 웃으며 흥분한 유진을 진정시켰다.

"네가 거기 가서 예의 없이 굴면 내가 욕을 먹는다. 부디 어미 얼굴에 먹칠하는 짓은 하지 말고 조용히 갔다 와야 한다."

은홍의 말에 유진은 그제야 한껏 올라갔던 어깨를 내리며 그녀를 올려다보았다.

"어머니는 안 가십니까?"

"그래, 나는 갈 수 없단다. 초대를 받은 건 너뿐이니까."

태웅도 그제야 그게 신경 쓰여서 곁눈으로 은홍을 보았다. 지난 5년간 그가 궐에 가는 횟수는 점점 늘고 있는데 은홍은 단 한 번도 간 적이 없었다.

왕후도 유진은 그리 보고 싶다고 몇 번이나 말하면서 은홍에 대해서는 단 한 번도 말한 적이 없었다. 그게 꼭 왕실이 은홍에게 보여주는 높은 벽인 것 같아서 기분이 좋지 않았다.

"은홍이 너도 같이 가자꾸나."

태웅이 즉흥적으로 꺼낸 말에 은홍이 놀란 눈으로 그를 쳐다보았다.

"저도요?"

"그래, 네가 같이 가야 이 녀석이 사고를 덜 치겠지."

은홍은 바로 대답할 수 없었다. 궐은 아무나 함부로 갈 수 없는 곳이었고, 그녀는 정식으로 초대받은 것이 아니었으니까.

그녀도 그 정도 눈치는 있었다.

"어머니도 같이 궐 구경 가요. 엄청 굉장한 것들이 있을 겁니다."

유진은 어리기 때문에 그저 신나 있었다.

은홍은 난감한 눈으로 유진을 쳐다보다 고개를 돌려 태웅을 보았다.

태웅은 연하게 미소 지으며 말했다.

"꽃구경 간다 생각하면 된다. 궐에는 네가 좋아할 만한 꽃이 정말 많으니까."

그녀는 꽃을 정말 좋아하지만 이번엔 기대보다는 걱정이 앞섰다.

결국 유진이 궐에 가는 날 은홍까지 같이 집을 나서게 되었다. 그녀에게 궐이 처음 인식된 건 태웅을 죽일 수도 있는 무서운 곳이라는 것이었다. 그 인식이 아직도 남아 있었기에 거대한 궐문에 가까워질수록 은홍의 심장이 쿵쿵 뛰어댔다.

"어머니."

그녀가 긴장한 걸 느끼기라도 한 듯 유진이 그녀의 손을 잡았다.

한발 앞서가던 태웅도 돌아보았다.

"괜찮으냐?"

그의 물음에 은홍은 웃으려고 했지만 쉽지 않았다.

태웅이 그녀의 옆으로 걸어왔다. 그녀가 궐 앞에서 무슨 생각을 했는지 유진은 절대 몰라도 그는 알 것 같았다. 그럼 피하는 게 아니라 뚫고 나가야 했다. 그건 이미 아주 오래전 일이고, 그는 더 이상 죽을 작정을 하고 궐에 들어가는 게 아니었으니까.

"네 어머니가 궐 앞에서 긴장했나 보구나."

그는 가볍게 말하며 그녀의 손을 잡아주었다.

한쪽 손은 아들이 잡고, 나머지 한쪽 손은 남편이 잡아주니 그녀는 완벽히 보호받고 있었다. 그제야 그녀의 불안함이 조금씩 잦아들었다.

"가자꾸나."

태웅이 이끄니 그녀는 유진과 함께 그를 따라 궐문을 무사히 통과할 수 있었다. 궐에 들어간 세 사람은 곧장 동궁전으로 향했다. 유진이 궐을 구경하는 데 정신이 팔려 시간이 좀 걸리기는 했지만 무사히 동궁전까지 갈 수 있었다.

동궁전에서는 왕후가 왕세자와 함께 그들을 기다리고 있었다. 왕세자만 있을 줄 알았는데 중전까지 있는 걸 본 은홍은 또다시 긴장되었지만 이미 궐에 들어온 몸이었기에 뒤돌아 도망칠 수는 없었다.

왕후는 어린 유진을 보고 반가운 표정을 지었다.

"네가 유진이구나."

유진은 처음 보는 왕후가 자신을 알고 있자 어찌할지 몰라서 태웅과 은홍을 올려다보았다.

태웅이 왕후를 보며 손으로 유진이 아니라 은홍을 가리켰다.

"이쪽은 소인의 내자입니다."

그제야 왕후의 시선이 은홍에게 향했다.

그녀는 서둘러 깊게 고개를 숙였다.

"그래, 그렇구나."

모호한 말이었다. 그녀를 반기는 것도 같고, 아닌 것도 같은.

그래서 은홍은 어떤 표정도 지을 수 없었다. 처음 마주한 왕후는 그녀에게 너무도 어려운 존재였다.

왕후는 바로 유진에게 시선을 돌려 인자한 미소를 지었다.

"유진아, 이리 가까이 오련. 너를 위해 맛있는 간식을 준비했단다."

왕후가 은홍과 유진을 대하는 태도는 누가 보더라도 너무도 차이가 났다.

태웅은 은홍을 내려다보았다. 그는 유진보다 은홍이 더 환대받았으면 했지만 그게 쉽지 않다는 걸 느끼니 마음이 좋지만은 않았다.

왕세자는 태웅이 왜 부인까지 데려왔는지 알 것 같았지만 태웅의 편에서 말을 할 수는 없었다. 각자의 입장 차이라는 게 있었으니까.

왕후도 나름대로 절제를 한 것이었다. 신분이 낮은 며느리를 반가이 맞이하기에 그녀는 항상 너무 드높은 자리에서만 살았으니까.

단번에 그게 될 리가 없었다. 그나마 부정은 하지 않는 게 지금으로서는 다행이었다. 왕세자가 어색한 분위기를 없애기 위해서 끼어들어 화제를 전환했다.

"소문으로 듣자니 자네가 박무진과 정식으로 붙었다던데."

궐에 와서까지 그 이야기를 듣게 되자 태웅의 눈매가 절로 찌푸려졌다. 그는 탓하는 시선으로 유진을 내려다보았다. 유진 때문에 벌어진 일이었으니까.

태웅의 시선을 느낀 듯 유진은 엄지를 번쩍 들어 올리며 큰 소리로 말했다.

"아버지는 정말 엄청났습니다."

닥쳐라, 이놈아.

역시 아들보다는 딸이 좋을 뻔했다. 그렇다고 그가 유진을 사랑하지 않는다는 뜻은 절대 아니었다.

박무진과 태웅이 결투한 날 밤.

"대행수님."

사랑방에 혼자 앉아 있던 태웅은 은홍의 목소리를 듣고 고개를 들었다. 오늘은 기분이 별로라서 그냥 사랑방에서 혼자 잘 생각이었다.

드르륵—.

그런데 문이 열리며 은홍이 들어섰다. 그의 아내는 다섯 살 아들의 엄마가 된 지금도 여전히 소녀 같은 모습이 남아 있었다. 아마도 그가 그녀에게 설레는 마음이 그리 느끼게 하는 건지도 모르겠다.

"밤이 깊었습니다. 안 주무십니까?"

오늘 그에게 유일하게 박무진과의 결투에 대해 말하지 않는 사람이 은홍이었다. 그게 고맙기도 하고, 창피하기도 해서 태웅은 일부러 무뚝뚝하게 말했다.

"난 아직 일이 남아서 늦을 거 같구나. 먼저 자거라."

그리 말했는데도 은홍은 안채로 돌아가지 않고 그의 곁으로 다가왔다.

"급한 일 아니면 내일 하시어요."

사실 급한 일은 아니었다.

그러나 오늘은 이대로 잠들 기분도 아니었다.

"내가 오늘 유진 때문에 쓸데없는 일을 하느라 정작 해야 할 일을 제대로 못 했다."

아들 핑계를 대며 태웅은 버티고 앉았다.

사르락—.

그녀가 그의 옆에 앉을 때 치마의 천이 스치는 소리가 은밀했다.

은홍이 손을 뻗어 그의 손 위에 조심스럽게 겹치자 태웅은 고개를 돌려 그녀의 얼굴을 보았다. 그제야 그녀가 곱게 화장했음을 눈치챘다.

"이 밤에 왜 얼굴에 화장한 것이냐?"

그의 물음에 은홍은 연지를 곱게 바른 입술에 부드러운 미소를 그렸다. 그녀가 웃으니 원앙을 닮은 그녀의 눈동자가 아름답게 빛났다.

"혹시 대행수님이 저한테 했던 말 기억하십니까?"

태웅은 그답지 않게 전혀 모르겠다는 듯 멍한 눈빛으로 그녀를 쳐다보았다. 오늘 결투에 그가 쓸 힘을 다 써버린 듯했다. 은홍이 무슨 말을 하는 건지 전혀 감도 안 왔다.

"유혹을 한다는 건."

은홍의 손이 그의 옷고름으로 향했다.

"이 옷고름을 푸느냐, 안 푸느냐 하는 밀당이라고 하셨잖습니까?"

그녀의 섬세한 손가락이 그의 옷고름을 쥐자 태웅의 몸에 순식간에 힘이 들어갔다.

"오늘 밤은 제가 대행수님을 유혹하고 싶은데."

그의 유혹에 어찌할 바 몰라했던 소녀가 이제는 도리어 여인의 눈빛과 손짓으로 그를 흔들어댔다. 시간이란 이다지도 마법 같은 일을 아무렇지 않게 해낸다.

"넘어오실 겁니까?"

스르륵—.

그녀의 손이 옷고름을 풀자 태웅은 완벽히 그녀의 유혹에 넘어갈 몸상태가 되었다. 그의 아내는 몇 번을 안아도 그에게 갈증을 주는 존재였으니. 오늘 밤도 그는 처음 그녀를 안았을 때처럼 뜨겁게 그녀와 하나가 되리라.

외전 I

첫 만남

강원도 상단을 맡은 문육헌은 태웅의 양아버지인 억만의 가장 가까운 친우였기에 억만이 죽은 뒤에도 태웅은 문육헌을 억만 대신 자주 찾아갔다.

“올해도 혼자인가? 내가 혼인한 내자와 함께 올 거 아니면 오지 말라 했건만. 쯧쯧.”

그런데 언제부터인가 육헌은 그를 보면 반가워하지 않고 잔소리만 하기 시작했다. 태웅으로서는 아직 일하기 팔팔한 20대였지만, 육헌의 눈으로 보기에는 장가갈 시기를 놓친 노총각일 뿐이었다.

“화룡 상단은 양자를 들여 잇게 할 것이니 너무 걱정하지 않으셔도 됩니다.”

태웅이 걱정 말라는 뜻으로 한 말에 육헌은 더 크게 혀를 찼다.

“억만이 나쁜 것만 가르쳤나 보구만. 여인이 애만 낳아주는 게 전부이면 그게 가축과 뭐가 다르나.”

과격해지는 육헌의 말에 태웅은 조용히 앞에 놓인 차만 마셨다. 그래야 길게 가지 않고 1절로 끝날 테니까.

하지만 올해는 그걸로 끝나지 않았다. 그가 한 살 더 먹은 노총각이 된 만큼 육헌도 단단히 마음을 잡은 거다.

"내가 직접 중신을 서줄 것이니, 이번에는 내가 소개한 처자를 꼭 만나고 가게."

육헌이 갑자기 매파 노릇까지 하겠다고 하자 태웅의 마음이 급해졌다. 아무래도 오늘 내로 한양에 돌아가야 할 듯했다.

쏴아아아아아아아.

육헌에게 급한 일이 생겼다고 거짓말을 한 벌인지 한양에 거의 도착했을 때부터 비가 억수같이 쏟아지기 시작했다. 거리에 사람이 끊기니 장사하던 상인들도 평소보다 일찍 장사를 접고 귀가하여 거리는 하늘에서 쏟아진 비에 점령당해 축축하기만 했다.

함께 강원도까지 갔었던 문길이 비가 쏟아지는 하늘을 올려다보며 그에게 말했다.

"비가 점점 거세지는 것이 서둘러야겠습니다. 대행수 어르신."

문길은 서두르자 했는데 태웅은 오히려 말을 멈춰 세웠다. 그의 시선이 향한 곳에는 처마 밑에서 비를 피하고 있는 소녀가 있었다. 다 큰 어른 남자에게도 거센 비이니 저 어린 소녀에게는 이 비가 태풍일지도 몰랐다. 그래서 태웅은 문길에게 말했다.

"가서 집이 어디인지 물어 보거라."

그제야 문길의 눈에도 빗속에 갇힌 소녀가 들어왔다. 태웅의 지시대로 문길은 소녀에게 다가가 집이 어디냐 묻고, 집까지 데려다주겠다 전했다.

그런데 문길은 소녀를 두고 혼자 돌아왔다.

"짚신을 다 팔 때쯤에는 비가 그칠 것이니 괜찮다고 합니다."

"뭐?"

비를 피하는 게 아니라 짚신을 팔고 있었다고?

하지만 이 거친 비 때문에 거리에는 사람이 한 명도 없었다. 그러니 분명 저 소녀는 오늘 짚신을 단 하나도 못 팔 것이었다.

태웅은 자신이 말에서 내려 직접 소녀에게 다가갔다. 멀리서는 매우 어려 보였던 소녀는 가까이 가서 보니 못 먹어 못 자란 듯했다. 눈빛이 그리 어리지만은 않았다.

그리고 그와 안면이 한 번은 있는 소녀였다. 그는 칠패 시장에서 짚신을 팔던 소녀를 기억했다. 소녀가 팔던 짚신을 그가 직접 사기도 했기에 잊을 수 없었다. 그때는 장사 수완이 좀 있는 줄 알았는데, 지금 보니 그가 단단히 착각했던 건가 보다.

"비 오는 날에는 짚신이 아니라 도롱이를 파는 것이다."

그의 지적에 소녀는 크게 잘못한 사람처럼 고개를 숙였다. 처마로는 이 억센 비를 피하기 부족했는지, 아니면 이미 젖어 있었던 건지 소녀의 작은 어깨가 온통 젖어 있었다. 그래서 더 작고 힘들어 보였나 보다.

태웅은 그런 소녀의 모습에 괜히 성이 나려고 했다.

이게 무슨 사서 고생이란 말인가.

"그리고 사람이 있어야 도롱이든 짚신이든 팔지."

미련하게 장사하지 말고 집에나 들어가라는 뜻으로 한 말이었다.

그런데 비 오는 날 짚신 판다고 구박받아 주눅 들었던 소녀는 기어 들어 가는 목소리로 말했다.

"그래도 기다리니, 나리께서 오셨습니다."

그 말에 그는 뒤통수를 한 대 세게 얻어맞은 기분이었다. 그는 소녀에게 온 게 아니라 그저 지나던 길이었을 뿐이다.

하지만 소녀의 말도 틀리지 않았다. 결국 그는 이 장대비를 뚫고 소녀의 앞에 섰으니까.

마치 강원도에서 일정보다 급하게 돌아온 것도, 이리 비가 억수같이 쏟아지는 것도, 그가 소녀에게 오기 위해 그랬다는 듯이.

소녀의 말대로라면.

그때 상처투성이인 소녀의 손이 그의 눈에 들어왔다. 앞으로 소녀에게 펼쳐질 미래를 그 손이 말해주는 듯했다.

아프고, 따갑고, 힘겨운.

그래서 이대로 이 빗속에 소녀만 두고 떠날 수가 없어졌다. 적어도 오늘, 지금 이 순간만은 그가 소녀를 지켜줄 수 있을 테니까.

"집에 데려다줄 것이니 따라오너라."

"아뇨, 전 짚신을……."

소녀가 끝까지 이 빗속에서 짚신을 팔겠다고 고집을 부리자 태웅은 그녀가 자기 몸보다 더 빗물에 안 젖게 지키고 있던 짚신 꾸러미를 낚아챘다.

"이건 내가 다 살 것이니 가자."

"안 됩니다. 나리께서는 짚신도 안 신으시잖아요."

전부 사주겠다는데도 안 팔겠다고 하자 태웅의 속에서 뜨거운 게 치밀어 올라왔다.

하지만 여기서 그가 화를 내면 소녀가 아니라 그가 바보가 되는 것 같아서 꾹 눌러 참았다. 대신 태웅은 갓 위에 쓰고 있던 갈모를 벗어서 소녀의 머리 위에 푹 씌워주었다. 갈모가 너무 커서 소녀의 얼굴이 갈모에 완전히 가려졌다.

"사람의 호의는 거절하는 게 아니라 감사해야 하는 거다."

은홍은 두 손으로 갈모를 잡고 위로 들어 올려 화룡 상단 대행수의 얼굴을 올려다보았다.

태어나 처음 들어보는 말이었다. '호의'라는 말은.

자기 먹고살기도 빠듯한 조선 땅에서 도박꾼 아비 밑에서 고생하는 어린 소녀에게 호의를 베푸는 사람은 없었다. 그래서 처음 받아보는 대행수의 호의가 그녀는 당황스럽고 의아했다.

왜 그녀에게 호의를 베푸나?

은홍은 그녀의 짚신 꾸러미를 들고 저벅저벅 흑마가 있는 곳으로 걸어가는 대행수의 뒷모습을 멍하니 쳐다만 보았다. 그녀에게 갈모를 주어서 이제 그가 비를 전부 맞고 있었다.

그가 말하는 호의라는 건 이렇게 비를 대신 맞아주는 것인가?

"뭘 멍청하게 서 있는 것이냐! 빨리 움직여라."

대행수가 갑자기 돌아서며 그녀를 야단치자 은홍은 그제야 허둥지둥 그를 쫓아갔다. 대행수가 목소리를 높이면 거역할 수 없는 힘이 생겼다. 무조건 따라야 할 것만 같았다.

도성 변두리에 있는 소녀의 집에 도착한 태웅은 낡고 허름한 집을 보고 미간을 좁혔다. 소녀의 행색을 보았을 때 가난할 거라 생각하긴

했지만, 직접 눈으로 보니 마음이 불편했다.

"가족은 아무도 없는 것이냐?"

집에 인기척이 느껴지지 않았다.

"아버지가 계십니다."

"그럼 네 아비도 이 비에 짚신을 팔러 간 것이냐?"

은홍은 대답할 수 없었다. 그녀의 아버지는 지금 어딘가에서 도박을 하고 있을 게 뻔했으니까. 그녀가 입을 꾹 다물고 있자 대행수도 더 묻지 않았다. 은홍은 쓰고 있던 갈모를 서둘러 그에게 돌려주며 꾸벅 몸을 숙여 인사했다.

"집까지 데려다주셔서 감사합니다."

태웅은 감사를 받아도 마음이 찝찝하기만 했다. 하지만 그가 소녀를 위해 더 해줄 수 있는 건 없었기에 그만 상단으로 돌아가려고 했는데 그녀가 급하게 말했다.

"아! 잠깐만 계십시오. 제가 드릴 게 있습니다."

그가 쌀이든 뭐든 주어야 할 거 같은데 그녀가 줄 게 있다고 하자 태웅은 황당했다. 소녀가 서둘러 집으로 뛰어들어가고, 사내 둘만 빗속에 남겨지자 문길이 조용히 말했다.

"이젠 정말 상단으로 가셔야 합니다."

그도 그러고 싶었다. 그런데 줄 게 있다고 하잖나.

문길은 태웅이 움직이지 않는 걸 다른 뜻으로 해석하고 말했다.

"그리 소녀가 걱정되시면 상단 일꾼으로 쓰시는 게."

"저 몸으로 고된 상단 일을 하면 더 골병만 날 것이다."

태웅의 말이 틀린 것도 아니라서 문길도 더 이상 말하지 않았다.

그때 집 안으로 들어갔던 소녀가 다시 나왔다. 그녀는 태웅의 앞까지 서둘러 뛰어와서 손에 든 물건을 그에게 내밀었다.

"부인께 가져다주십시오."

태웅은 순간 당황했다. 왜냐하면 그는 부인이 없었으니까. 총각이었으니까. 그가 젊은 나이에 상단을 이끌기 위해 외자상투를 틀어서 그녀가 혼인했다고 착각한 것이었다. 그걸 이 자리에서 소녀에게 해명하는 건 뭔가 굉장히 불편한 일이었다. 하지만 소녀의 다음 말에 그는 그녀가 준 물건을 도저히 거절할 수 없었다.

"이건 제가 나리께 드리는 호의입니다."

태웅은 손을 뻗어 그녀가 준 물건을 받았다.

"그래, 고맙다."

하지만 그녀의 호의를 그의 부인에게 주는 일은 평생 없을 것 같았다. 그는 혼인할 생각이 없었으니까. 그래서 태웅은 상단으로 돌아가는 길에 문길에게 그 물건을 내밀었다.

"내가 미리 주는 혼인 선물이다."

문길은 앞만 보며 말했다.

"거절합니다."

그렇게 소녀의 호의는 갈 곳을 잃은 처지가 되어버렸다.

현재.

"그런데 그때 제가 드린 건 어찌하신 겁니까?"

입으로 향하던 찻잔이 허공에서 멈추었다. 은홍이 그걸 묻기 전만 해도 여유롭게 차를 마시는 오후의 비 오는 날일 뿐이었다.

“혹시 다른 여인에게 주신 겁니까?”

그때는 몰라서 준 거라고 해도 이제는 알았다. 그 물건을 주었을 때 태웅에게 부인이 없었다는걸.

“그런 적 없다.”

태웅은 단호히 부정했다.

그런데 수상하게도 그녀와 눈을 똑바로 맞추지 못했다.

“그럼 버리셨습니까?”

“아니다. 내가 그럴 리가.”

단지 어디 갔는지 기억이 안 날 뿐이었다. 그때 그에게는 전혀 필요 없는 물건이었으니까. 그리고 그 물건을 준 소녀랑 혼인할 줄도 몰랐고. 그러니 지금 그 물건이 어디 갔는지 기억 못 한다고 해도 꼭 그의 잘못만은 아니었다. 그는 하늘에 맹세코 그녀의 호의를 함부로 다룬 게 아니었다. 그저 시간이 너무 많이 흐른 것뿐이었다.

“설마 어디 두었는지 까먹으신 건 아니죠?”

그게 가장 최악이라는 듯이 은홍이 넌지시 물어보니 태웅은 바로 말했다.

“내 상단에 두었으니 내일 가져다주마.”

아마도 맞을 거다. 그날 그는 그녀를 집에 데려다준 뒤 집이 아니라 바로 상단으로 갔으니까.

그리고 그 물건을 들고 집에 돌아온 기억이 없었다.

태웅은 안채에서 나와 사랑방으로 오자마자 급하게 문길을 불렀다.

그 물건에 대해 아는 유일한 사람이었으니까.

"네?"

그런데 문길도 기억이 안 난다는 반응을 보이자 태웅은 마음이 급해졌다.

"기억 안 나느냐? 은홍이 호의라면서 내 부인한테 가져다달라고 했던 물건."

"아! 그거."

그제야 문길이 기억해내자 태웅의 상체가 저도 모르게 앞으로 튀어나왔다.

"그 물건 어디 있는지 기억하느냐?"

"제 혼인 선물이라면서 저한테 주려고 하셨는데."

"네가 거절했잖느냐."

"아! 그래서 제가 혼인을 못 하나 봅니다."

지금 그딴 소리나 할 때가 아니었다.

"은홍한테 그 물건을 가져다주기로 했다."

태웅의 말에 문길은 덩달아 심각해졌다.

"못 찾으면 어찌 되는 겁니까?"

태웅도 기억 못 한 채 상단에 방치되어 있었다면 누군가 가져갔을 수도 있었다. 상단에는 수많은 사람이 드나드니까 당연히 그 물건을 가져간 게 누군지 찾을 수 있을 리가 없었다.

"그럼 안 돼. 무조건 찾아야 해."

태웅은 살짝 겁에 질린 것 같았다. 그 물건을 잃어버렸다고 은홍에게 말하는 게 무서운 거다. 하지만 못 찾을 확률이 더 컸기에 문길은 심각하게 생각하다가 입을 떼었다.

"못 찾으면 새로 만드는 방법도 있습니다."

은홍도 손으로 직접 만든 물건이었다.

"유진 도련님이 아씨 닮아서 손재주가 좋으니 부탁하시는 게 어떠십니까?"

문길의 충고에 태웅은 하늘에서 떨어진 지푸라기 한 줄을 잡은 표정을 지었다.

그래, 자식은 이럴 때 쓰라고 낳은 것이야.

태웅은 문길을 보낸 뒤 아들 유진을 불러서 심각하게 말했다.

"지금부터 내가 하는 말은 네 어머니한테는 비밀이다. 알겠느냐?"

"안 됩니다. 소자는 어머니께 모두 말하겠다고 먼저 약조했습니다."

이 자식이.

"그게 약조라면 이건 명령이다."

유진은 커다란 눈동자를 위로 올려 원망하는 눈빛으로 그를 쳐다보았다.

태웅은 아들의 원망스러운 눈빛을 무시하고 종이를 펼쳤다. 유진이 그의 아들로 태어난 순간 그와 한배를 탄 거나 마찬가지였다.

"지금부터 내가 그리는 것을 네가 똑같이 만들면 된다."

태웅은 종이에 그림으로 그리면서 설명했다.

"나비 모양의 여자 장신구다."

"이 괴물 같은 게 나비라고요?"

유진의 질문에 태웅은 손을 멈추었다. 그의 손으로 은홍이 만든 예쁜 나비를 표현하는 건 불가능했다.
"하여튼 아름다운 분홍색 나비였다."
태웅은 그리는 걸 포기하고 말로 마무리했다.
유진도 그에게 더 자세한 걸 요구하지 않고, 준비된 색실을 꼬아서 나비를 만들기 시작했다.
태웅은 신기한 눈으로 유진이 만드는 걸 지켜보았다. 어떻게 눈으로 보지도 않고, 그의 말만 듣고 저리 만드는 건가 싶었다.
꼭 그 비 오는 날 어딘가에서 그와 은홍을 보았던 것처럼.

상단에서 은홍이 주었던 나비 장신구는 결국 못 찾았기에 태웅은 할 수 없이 유진이 만든 나비를 들고 은홍이 있는 안채로 갔다.
"여기 있다."
은홍에게 태연히 가짜 나비를 내밀었지만, 속에서는 심장이 미친 듯이 뛰고 있었다.
들키면 어쩌지?
그럼 거짓말한 것까지 보태서 더 큰일 났다. 며칠 각방을 쓰는 것 정도로 끝나지 않을 수도 있었다.
"세상에. 시간이 그리 지났는데 낡지도 않았네요."
뜨끔했다. 바로 어제 그녀의 아들이 만든 새 거였으니까. 역시 들킨 건가 싶은데 은홍이 고개를 들어 그의 얼굴을 보며 활짝 웃었다.
"제가 대행수님 부인이니 이건 제가 가져도 되는 거겠죠?"
은홍이 눈치채지 못해 다행이라고 생각하며 태웅은 고개를 끄덕였다.

"그래, 당연하지."

긴 시간을 돌고 돌아 그녀에게 돌아온 나비 장신구를 은홍은 소중하게 쳐다보았다. 마치 이 나비 장신구가 그녀에게 정말 잘 살았다고 위로해주는 듯한 기분이었다.

그날 처마 밑에서 겨우 비를 피하던 소녀는 처음으로 호의를 베풀어 준 대행수에게 그녀가 가진 것 중 가장 비싼 것을 준 것이었다.

"은홍아. 사실은……."

그녀가 너무 행복해하니 태웅은 너무 양심에 찔려서 이제라도 사실대로 자백하려고 했는데, 그녀가 고개를 들어 웃으며 말했다.

"이건 제 것이 맞습니다."

그녀의 말에 태웅의 눈이 커졌다.

"너 설마 알고 있었느냐?"

아침에 유진이 와서 말했다. 그땐 실망했는데, 유진이 만든 것을 본 순간 마음이 울컥했다. 정말 그녀의 것과 똑같아서.

그러니 어떻게 다른 거라 할 수 있겠는가.

은홍은 나비 장신구를 두 손에 품고 그에게 진심으로 말했다.

"저랑 혼인해주어서 감사합니다."

그날은 그녀를 집까지 데려다주어서 감사하다고 했는데, 오늘은 그녀와 혼인해주어서 감사하다고 했다.

그의 마음도 뭉클해졌다.

"난 감사하다는 말보다는 은애한다는 말이 더 좋구나."

그의 투정에 은홍은 더 활짝 웃었다.

"이걸 달아주시면 그리 말하겠습니다."

은홍이 내민 장신구를 받아 든 태웅은 잠시 곤란한 표정을 지었다.

"그런데 이거 어디 다는 것이냐?"

"맞춰보십시오."

아! 역시 쉬운 용서는 없구나, 생각하며 태웅은 골똘히 궁리하기 시작했다.

과연 이 장신구는 어디에 다는 물건인고?

외전 II

꽃바람

"기방보다는 상단에서 사내가 할 일이 더 많을 것이다. 그래서 보내는 것이니, 많이 보고 배우거라."

곽 행수는 그리 말했지만, 태웅은 눈치로 알고 있었다. 그가 취향관에서 쫓겨나는 것이라는 걸. 가족도 없는 어린 소년은 가라면 갈 수밖에 없었다. 그곳이 어디든.

그래서 취향관도, 화룡 상단도 태웅에게는 온전한 집이 될 수 없었다. 항상 맨발로 허허벌판에 혼자 서 있는 것 같은 삶이었다.

태웅이 화룡 상단으로 갔을 때 그가 가지고 온 물건은 파천검이 유일했다. 검마저 뺏길까 봐 자신의 몸집만 한 검을 꽉 끌어안고 있는 소년에게 화룡 상단의 대방 최억만이 다가와 처음으로 물어본 말은 이러했다.

"그 검을 나한테 얼마에 팔겠느냐?"

어린 태웅은 날 선 눈으로 억만을 노려보며 단호하게 말했다.

"이건 파는 물건이 아닙니다."

억만은 태웅의 말을 바로 부정했다.

"이 세상에 돈으로 못 살 물건은 없다."

차랑—.

순식간에 일어난 일이었다. 어린 소년이 검을 뽑아서 대방의 목에 칼날을 겨눈 것은.

주위에 있던 사람들이 기겁하며 소리쳤다.

“대방 어른!”

“당장 그 칼을 거두거라! 이놈아!”

사람들이 난리를 쳐도 태웅은 검을 거두지 않고 억만을 매섭게 노려보았다.

“내게 이걸 빼앗으려고 한다면 다 죽일 것입니다.”

아마 화룡 상단에서는 쫓겨나겠지만 상관없었다. 어차피 이곳에서도 얼마 못 버티고 다른 곳으로 보내질 테니까.

그때 쫓겨나나, 지금 쫓겨나나 마찬가지였다.

눈을 뜬 태웅은 한동안 움직일 수가 없었다. 너무 오랜만에 꾼 어린 시절 꿈이었다. 죽은 억만이 마치 살아 있는 듯 느껴지는 생생한 꿈의 기억에 먹먹함이 쉽게 가시지 않았다.

태웅은 고개를 돌려 창가에 놓인 파천검을 바라보았다. 검 옆에는 동백꽃이 놓여 있었다.

은홍이 화룡 상단에 온 지도 벌써 2년이 되었다.

이제 그녀한테 이곳은 집이 되었을까?

그는 참 많은 시간이 걸렸었다. 자신이 혼자가 아니라는걸, 그에게도 집이 있다는 걸 인정하기까지. 그러니 그녀는 그렇지 않게 도와주는 게 그의 역할이리라.

하지만 어떻게?

그는 여전히 소녀와 한집에서 어울려 사는 게 어려운 숙제 같았다.

“은홍이는 잘 적응하고 있느냐?”

그가 은홍에 대해 궁금해지면 자연스럽게 문길을 불러 묻게 되었다. 문길은 은홍의 스승이라 그보다 더 많은 시간을 함께 보내고 있었으니까.

“직접 물어보셔도 될 텐데.”

태웅은 짧게 문길을 노려보았다.

“내가 물어보면 무조건 그렇다고 할 것이 아니냐.”

“아! 하긴 그렇긴 하겠군요. 아씨께서 아직도 대행수 어른을 어려워하시니.”

사실이었지만 문길의 입을 통해 들으니 더 기분이 나빴다. 태웅은 손가락 다섯 개를 쫙 폈다가 다시 힘을 주어 움켜쥐었다. 뭔가 손으로 힘껏 부수고 나면 속이 시원해질 듯도 했다.

“이제는 서로 친해질 때가 된 거 같기도 한데.”

문길은 태웅의 반응을 살피며 슬쩍 말을 던졌다.

“부부답게.”

태웅은 바로 말했다.

“그만 가보거라.”

싫다는 건지, 부끄럽다는 건지.

문길은 은홍의 마음은 너무 쉽게 알겠는데, 대행수의 마음은 알 수가 없었다.

은홍은 책을 품에 꼭 안고 담 아래 있는 커다란 돌 위에 올라서서 대문 쪽을 바라보았다. 평소 일찍 들어오는 일이 없긴 했지만 오늘따라 더 늦는 듯했다.

"빨리 오셔야 나머지 공부를 하는데."

설마 그녀가 공부가 너무 좋아서 이리 애타게 기다리겠나. 그 시간 빼고는 태웅을 볼 수 없어서 그랬다. 열일곱의 은홍은 소녀와 여인의 경계 어디쯤에서 매일 밤 태웅이 돌아오길 기다리고 있었다. 그만 모르게.

그 시간, 태웅은 취향관에서 손님 접대를 하고 있었다. 술을 좋아하는 손님은 도통 지칠 줄을 모르니 태웅도 덩달아 평소보다 더 많이 마시게 되었다.

"하하하하하. 내가 안 다녀본 기방이 없는데, 진월향이야말로 조선 제일의 미녀네. 아니 그런가? 대행수."

거상의 칭찬에 진월향은 입가에 미소를 지으며 태웅을 쳐다보았다. 다른 남자의 칭찬은 별 의미가 없었다. 그 말을 태웅이 해줘야 했다. 그런데 그는 아무 말 없이 술잔만 기울이니 야속하기만 했다. 태웅의 시선 끝에는 뜨락에 핀 꽃이 있었다. 모르는 낯선 꽃을 보니 자연스럽게 은홍이 생각났다.

저 꽃을 꺾어다주면 분명 좋아할 것 같은데. 그럼 지금보다 조금은 더 친해질 수도 있겠지.

하지만 그는 고개를 저었다.

꽃을 들고 귀가하는 자신의 모습을 상상하니 견딜 수가 없어졌다.

차마 거기까지는 못 하겠다.

끼이익—.

태웅이 화룡관 대문을 열고 들어온 시간은 자시가 넘은 늦은 밤이었다. 사람들은 모두 잠이 들어서 화룡관의 불은 전부 꺼져 있었다. 그가 가야 할 곳은 사랑채 쪽이었지만, 태웅은 안채 쪽을 보았다. 뒷짐을 진 그의 손에는 취향관에 있던 꽃이 들려 있었다.

어렵게 구해 온 꽃이었다.

꽃을 달라고 말하기도 정말 힘들었는데, 돈 밝히는 곽 행수가 공짜로 줄 수 없다고 하는 바람에 비싼 값까지 치러야 했다.

이번엔 너무 많이 마신 술 탓이었다. 아침에 술이 깨면 분명 후회할 듯했다. 꽃에 이리 많은 돈을 쓴 걸.

안채까지 걸어간 태웅은 중문 앞에서 멈추어 섰다.

당연히 안방에서 자고 있을 줄 알았던 은홍이 툇마루 끝에 앉아 있었다. 품에는 책을 끌어안고.

몰래 꽃을 두고 올 생각이었던 태웅이 크게 당황해서 앞으로 나가지도 못하고 뒤로 빠지지도 못하고 있는데.

툭, 앉아 있는 은홍의 머리가 아래로 깊게 떨어졌다. 그제야 은홍이 앉아서 졸고 있다는 걸 눈치챈 태웅은 다시 한 발 앞으로 천천히 내디뎠다.

저벅저벅, 한 발 한 발 조심스럽게 걸음을 내딛는 대행수의 모습이 꼭 달밤의 춤사위처럼 보이기도 했다. 은홍이 졸고 있는 곳까지 걸어간 태웅은 잠시 가만히 서서 자는 그녀를 내려다보았다.

참 많이 자랐다. 이곳에 처음 왔을 때의 소녀와 같은 사람이 맞나 생각될 정도로.

그녀가 이곳에서 제대로 뿌리를 내리고 있는 것 같아서 태웅은 내심 안도했다.

"네가 나보다 낫구나."

그는 그녀처럼 쉽게 이곳에 적응하지 못했었다. 결국 참지 못하고 도망도 쳤었다. 그럴 때마다 억만이 그를 찾아내서 다시 이곳으로 데려왔었다.

—난 장사꾼 따위 안 합니다! 무관이 될 겁니다.

바락바락 대드는 그에게 억만이 말했었다.

—장사꾼도 무관도 먼저 사람이 되어야 할 수 있다.

그때의 그는 사람도 아니었다. 그저 자존심과 오기로 가득 찬 짐승 한 마리였다. 억만의 꿈을 꾸어서인지 오늘따라 그때의 소년이 자꾸 생각났다.

태웅은 들고 온 꽃을 조용히 자는 은홍의 옆에 놓았다.

"넌 일어나면 이 꽃을 누가 주었는지도 모르겠구나."

당연히 그는 아니라고 생각할 거다. 그리고 그는 본인 입으로 말하지 않을 테니까 영원히 비밀이 될지도.

그럼 이번에도 그가 소녀와 친해지는 건 대실패였다.

오늘따라 은홍의 기분이 좋아 보여서 문길은 물었다.

"기분 좋은 일이라도 있었습니까?"

은홍은 웃으며 서안 위의 꽃을 가리켰다.

"누가 저한테 꽃을 가져다주었습니다."

문길은 당연히 은홍이 가꾸는 꽃밭에서 가져온 꽃인 줄 알았기에 놀라서 보라색 꽃을 보았다.

"항상 제가 남들한테 꽃을 주기만 했는데, 받으니까 너무 좋습니다."

이건 그냥 좋아하기만 할 문제는 아니었다.

"혹 누가 준 건지는 압니까?"

"네."

은홍이 안다고 하자 문길은 진지하게 물었다.

"누굽니까?"

감히 화룡 상단의 대행수 부인에게 추파를 던진 죄, 절대 용서받지 못하리라.

"좋은 사람이요."

은홍의 대답에 문길은 허탈한 표정을 지었다.

"꽃을 좋아하는 사람은 나쁜 사람일 리가 없습니다."

그녀는 진심으로 그리 믿고 있었기에 나쁜 쪽으로는 조금도 생각하지 않고 있었다.

문길 혼자만 심각해졌다. 범인을 잡아야 하나, 이대로 묻어야 하나.
"대행수 어른한테는 비밀로 해드릴 테니까 이 꽃은 저한테 주십시오."
문길의 말에 은홍은 꽃을 자기 쪽으로 가까이 끌고 와서 그를 경계하는 눈으로 보았다.
"왜요? 저는 이 꽃이 좋은데."
"이 꽃을 준 사람이 문제입니다."
"좋은 사람이라니까요."
"그냥 꽃이 탐난다고 하십시오."
솔직히 누가 준 꽃이든 처음 보는 꽃이라 뺏기기 싫었다. 이대로는 진짜 문길이 가져가버릴 것 같았기에 은홍은 강수를 놓았다.
"그럼 대행수 어른께 물어봐요. 제가 이 꽃을 가져도 좋은지."
은홍의 말에 문길은 경악하는 표정을 지었다. 지금 자기가 꽃바람 났다고 지아비에게 이실직고하겠다는 거나 마찬가지였으니까.
"그건 아씨가 자기 무덤 파는 겁니다."
"스승님이야말로 남의 꽃에 함부로 손을 대면 대행수 어른께 혼날 겁니다."
처음엔 눈도 제대로 못 마주치더니, 이제는 스승 머리 위로 기어오르는 제자였다. 문길은 이를 꽉 물며 꽃으로 손을 뻗었다.
"누구 말이 맞는지 한번 해보죠."

문길은 꽃을 들고 혼자 상단으로 태웅을 찾아갔다. 은홍이 같이 와

서 좋은 사람이니 뭐니 헛소리하면 큰일이라 일부러 두고 왔다.

"누가 안채에 꽃을 놓고 갔습니다. 이 꽃을 어찌할까요? 대행수 어른."

마치 그가 처음 꽃을 발견한 것처럼 말했다. 은홍이 어찌했는지 그대로 솔직하게 말하면 빼도 박도 못하게 꽃바람이었으니까. 그런데 태웅의 반응은 정말 의외였다.

"은홍이 꽃을 좋아하니까 가져다 둔 거겠지."

문길은 순간 뒤통수를 세게 한 대 맞은 기분이었다.

왜 그 생각은 전혀 못 했을까. 화룡관에서 안채 주인에게 꽃을 줄 수 있는 사람이라면 당연히…….

"설마 대행수 어른이 놓고 간 꽃입니까?"

태웅은 대답 없이 고개만 딴 곳으로 돌렸다.

표정이 전혀 없어서 쑥스러워하는 게 전혀 티가 안 났지만 문길의 눈에는 다 보였다.

"그럼 직접 주시지, 왜 몰래 놓고 가십니까?"

그러니까 은홍이 좋은 사람이니 어쩌니 엉뚱한 소리만 하지. 은홍도 이 꽃을 놓고 간 좋은 사람이 태웅일 거라고는 상상도 못 할 거다.

"받는 사람이 좋아하면 그걸로 된 거지."

그건 아니었다. 이런 식이니까 지금까지 친해지지 못한 거지.

"이번엔 대행수님이 직접 가져다주십시오."

문길이 꽃을 내밀며 하는 말에 태웅은 그를 노려보았다.

"지금 나한테 명령하는 것이냐?"

"그럼 아씨께 평생 좋은 사람으로만 남고 싶으십니까?"

"뭐?"

태웅은 당연히 무슨 소리인지 알 수 없었지만, 왠지 욕을 들은 기분이었다.

"아씨도 벌써 열일곱입니다."

그도 그 정도는 알았다. 설마 그가 부인 나이도 모르겠나.

"계속 아이 취급만 하실 수는 없으십니다."

누군가 먼저 손을 내밀어야 한다면 그건 어른이면서 남편인 태웅이었다. 그래서 문길은 태웅의 등을 밀어주었다.

"대행수 어른이 이 꽃을 아씨께 가져다주시면 분명 두 분의 관계가 변하기 시작할 겁니다."

태웅은 그가 곽 행수에게 열 냥이나 바가지를 쓰고 사 온 꽃을 바라보았다. 술김에 사 온 거라고 치부하고 그냥 잊어버리려고 한 꽃이었다. 깊은 의미는 없었다.

"그러고 싶은 마음이 없으십니까?"

그도 그의 마음을 잘 모르겠다. 사는 게 너무 치열해서 마음이란 것에 관심 둘 틈이 없었다.

하지만 어린 아내에게 꽃을 가져다주던 밤에는 조금은 달랐던 거 같기도 하다. 지금보다 조금은 더 가까워지고 싶은 욕심이 있었던 것인지도.

태웅의 손이 천천히 꽃을 향해 움직였다.

은홍은 그녀의 꽃을 가져가버린 문길이 돌아오길 기다리며 툴툴거렸다.

"앞으로 스승님께는 절대 내가 키운 꽃 안 드릴 거야."

그녀는 꽃을 키우고, 그 꽃을 사람들에게 나누어주는 것에 행복을 느꼈다. 하지만 이제부터 거기서 문길은 제외였다.

저벅저벅.

누군가 안마당을 걸어오는 소리가 들리자 은홍은 당연히 문길이 돌아온 것이라 생각하고 벌떡 일어나 문으로 달려갔다.

드르륵.

"대행수 어른이 뭐라고 하셨습니까? 당연히 제 말이……."

은홍은 말을 끝까지 할 수가 없었다. 안마당에 서 있는 사람은 문길이 아니라 대행수였기에. 그녀는 크게 당황해서 방으로 들어가지도 못하고, 나오지도 못하고 방황했다.

"송, 송구합니다. 전 스승님인 줄 알고."

허둥대며 어찌할 바를 모르는 그녀를 태웅은 말없이 쳐다보았다.

그녀에게는 아직 자신이 지아비가 아니라 대행수라고 생각하니 마음이 무거워졌다.

정말 가능할까?

그녀와 그가 보통의 부부 사이가 되는 게.

은홍보다 10년이나 더 산 태웅도 전혀 자신이 없었다. 고작 이 꽃 하나로 뭐가 크게 변할까 싶었다. 그리 쉬울 리가 없었다. 그래도 이왕 가져온 꽃이었기에 태웅은 등 뒤에 숨기고 있던 꽃을 앞으로 내밀었다.

"이건 내가 가져왔던 꽃이다."

태웅이 내민 꽃을 보고 은홍의 눈이 왕방울만 해졌다. 그녀도 문길처럼 그 꽃을 가져다놓은 좋은 사람이 태웅일 거라고는 전혀 짐작도 못 했었다. 태웅은 자기 방에 꽃을 가져다놓는 것도 어렵게 승낙했었으니까.

"네?"

그래서 그녀가 표현할 수 있었던 건 믿을 수 없다는 표정과 의문의 말이 전부였다.

그녀의 반응을 보고 태웅은 속으로 문길을 욕했다. 이 민망함을 어찌 갚아주어야 한단 말인가.

"취향관에 갔다가 이 꽃을 보았다."

그녀에게 갚아줄 수는 없었기에 민망함은 긴 설명으로 이어졌다.

"네가 꽃을 좋아하는 게 생각나서, 이 꽃을 얻으려고 곽 행수에게 열 냥이나 주었다."

자기가 또 취향관에서 바가지를 당했다는 것도 스스로 밝힌 태웅은 거의 포기 상태였다. 앞으로 죽어도 이 손에 꽃같이 예쁘고 쓸데없는 걸 쥐는 일은 없을 거라고 다짐하는데.

"그럼 그 꽃은 저한테 주시는 선물입니까?"

은홍이 그에게 물었다.

"저는 칭찬받을 일을 한 게 하나도 없는데."

그리고 의심했다. 그가 공짜로 선물을 줄 리가 없다고.

태웅은 포기하고 돌아섰다.

"가지기 싫으면 됐다. 그냥 가져가마."

그제야 은홍은 서둘러 댓돌 아래로 내려와 맨발로 태웅에게 달려갔다. 늦으면 태웅이 진짜 꽃과 함께 그냥 가버릴 것 같았기에.

"자, 잠깐만!"

은홍은 팔을 길게 뻗어 태웅의 옷자락을 붙잡았다. 아주 작고 미약한 힘이었지만, 그의 큰 몸이 바로 멈추었다. 그가 돌아보자 은홍의 심장이 미친 듯이 뛰기 시작했다.

"날 왜 붙잡은 것이냐?"

그의 물음에 은홍은 꿀꺽 침을 삼켰다. 여기서 대답을 정말 잘해야 했다. 그래야 저 꽃을 받을 수 있었다.

"그게……."

태웅이 지그시 그녀의 입술을 쳐다보니 그녀는 더 긴장했다.

"그러니까……."

그녀는 용기를 내기 위해서 주먹을 불끈 쥐며 말했다.

"제가 앞으로 몇 배는 잘하겠습니다!"

그는 예쁜 꽃을 사 왔는데, 그녀는 꼭 채찍을 맞은 말처럼 기합이 들어간다. 아무래도 그가 지금껏 계속 그녀를 채찍질만 했었나 보다.

"잘하라고 주는 꽃이 아니다."

태웅은 다시 꽃을 그녀에게 내밀었다.

"네가 꽃이 행복이라고 해서 가져온 거다."

이제부터는 예쁘고 좋은 것도 그녀에게 주어야겠다.

"그러니 행복하거라."

그가 입꼬리를 올리며 우아하게 웃자 은홍은 넋을 잃고 쳐다보게 되었다.

"내 옆에서."

그 순간부터 태웅은 그녀 때문에 자신이 변하는 걸 받아들이기로 했다. 그녀와 친해지기 위해 정말 필요했던 건 이 꽃이 아니라, 그의 마음이었다.

외전 III

너는 내 운명

신부는 막 하늘에서 내린 눈꽃처럼 새하얗고, 활짝 핀 모란꽃처럼 단아했다. 시윤의 눈에는 그래 보였다. 하지만 사람들의 눈에는 달라 보였는지 수군대는 소리가 심상치 않았다.

"혼례식 치르자마자 장례까지 치르는 거 아녀?"

"그러게 말이여. 신부가 핏기가 하나도 없네. 첫날밤 치르다 큰일 나겠구만."

"아휴, 아무리 사람 욕심이 끝이 없어도 어찌 저렇게 다 죽어가는 신부를 들여."

"어쩌겠어. 서자인데. 이렇게라도 번듯한 혼인을 해야지."

한쪽은 건강이 부족한 딸을, 한쪽은 출신이 부족한 아들을 처리하는 혼인이었다. 사람들의 눈에는 그러했다. 오늘 혼인을 치르는 신랑과 신부의 마음 따위는 아무도 관심이 없었다.

정신없이 혼례가 진행되고 난 뒤 밤이 되어서야 두 사람은 사람들의 따가운 시선에서 해방되었다. 신방 안에는 어색한 공기와 침묵만이 흘렀다.

두 사람은 사실상 오늘 처음 만난 사이였다.

그런데 만나자마자 부부가 되었으니 어색한 건 당연했다.

시윤은 괜히 천장만 올려다보았다. 남자인 그가 이 밤을 이끌어야 한다는 걸 눈치로 알고는 있었지만 부끄러움이 그의 몸을 지배했다. 살면서 이렇게 몸이 말을 안 듣는 건 처음이었다. 그가 망설이는 동안 촛불은 점점 짧아지고 밤만 깊어갔다.

사라락.

갑자기 옷자락 소리가 들리자 시윤은 흠칫 놀라 소리가 들리는 쪽으로 고개를 돌렸다. 신부가 직접 옷을 벗는 걸 본 시윤은 당황해서 말렸다.

"머, 멈추시오."

하지만 란은 멈추지 않았다. 남의 집에 가서 죽으라는 말을 듣고 올린 혼례식이었다. 여자로 태어났다는 이유 하나 때문에 그녀는 집에서 죽을 자격조차 없었다. 신부의 마음속은 억울함만이 가득해서 신부의 옷이 견딜 수 없이 답답했다.

그래서 더 이상 신랑이 벗겨주길 기다릴 수가 없었다. 그럼 진짜 이 자리에서 숨 막혀 죽을 수도 있을 것 같았으니까.

탁.

시윤이 그녀의 두 손을 서둘러 붙잡았다.

그때 처음으로 두 사람의 시선이 마주쳤다. 붉게 젖어든 신부의 눈을 본 시윤도 억울해졌다. 그는 아직 아무 짓도 안 했는데 그녀가 울려고 하니까.

"나도 좋아서 이 혼인한 거 아니요."

마음과 말은 정반대로 나와버렸다. 그녀를 처음 본 순간 너무 예쁘다 생각하며 홀렸으면서.

"혼자만 피해자인 척하지 말란 말이오."

울 것 같던 그녀의 눈이 이젠 화를 내고 있었다.

"피해자인 척하지 않았습니다."

"그럼 웃던가."

그건 무리한 요구였는지 란은 더 매섭게 그를 노려보았다.

시윤은 그녀와 싸우고 싶은 게 아니었다. 어떻게 혼인하게 되었든 부부가 되었으니 잘 지내고 싶었다.

하지만 아직은 모든 게 서툰 신랑은 신부의 마음을 어찌 달래주어야 하는지 알 수 없었다. 에라 모르겠다, 하는 심정으로 시윤은 그녀의 몸을 붙잡고 원앙금침 위로 쓰러졌다. 신부의 마음은 잘 몰라도 혼인한 첫날밤에 무엇을 해야 하는지는 알고 있었다.

굳이 그녀에게 괜찮냐고 묻지 않았다. 혼례식을 올린 순간부터 그녀도 받아들여야 할 운명이었으니까.

항상 아침에 일어나는 걸 힘들어했던 시윤은 무언가 심상치 않은 소리를 듣고 두 눈이 한 번에 떠졌다. 그는 고개를 돌려 옆을 보았다. 란의 얼굴이 식은땀 범벅인 것을 본 시윤은 놀라서 벌떡 일어났다.

"괜찮소?"

그의 물음에도 그녀는 대답조차 못 하고 힘겹게 신음만 흘릴 뿐이었다. 시윤은 서둘러 일어나 신방의 문을 박차고 나갔다.

"당장 의원을 불러라!"

그런데 이 집의 살림을 맡은 큰마님이 의원을 부르지 못하게 막았다.

"안 된다. 혼인한 다음 날 의원이 집에 들락거리면 사람들이 뭐라 하겠느냐."

사람이 아프다는데 의원을 부르지 말라는 큰마님의 말에 시윤은 기가 차고 당황했다.

"사람이 많이 아픕니다. 당장 의원을 불러야 합니다."

속옷 바람으로 안채 마당에 서서 부탁을 하였지만 그녀는 냉랭하게 돌아설 뿐이었다.

"첫날밤을 치른 신부는 으레 아프게 마련이다. 호들갑 떨지 마라."

그가 아무리 뭘 몰라도 그렇게 아픈 것과 진짜 아픈 걸 구분 못 할 정도는 아니었다.

"진짜 아픕니다! 의원을 부르게 해주십시오!"

"이놈! 어디서 감히 큰소리더냐! 네가 혼례를 올리더니 정말 이 집의 적통이라도 된 거라 착각이라도 한 것이란 말이냐! 너까지 쫓겨나기 싫으면 조용히 있거라!"

아들을 낳지 못해 서자인 시윤을 집에 들일 수밖에 없었던 큰마님은 시윤에 대한 미움만 가득했다. 그러니 그의 애원에 인정이 생길 리가 없었다.

큰마님이 끝까지 허락하지 않자 시윤은 패배감만 안고 신방으로 돌아올 수밖에 없었다. 그가 다시 돌아왔을 때까지도 란은 꼼짝도 못 하고 누워 끙끙 앓고 있었다.

"눈을 떠서 나 좀 보시오."

시윤은 그녀에게 사정했다. 모두 그의 탓이었다. 그녀가 아픈 건 그가 그녀를 안아서였고, 그녀가 죽기라도 하면 그가 의원을 부르지 못한 무능함 때문이었다.

"제발."

하지만 그의 사정에도 란은 눈을 뜨지 못했다. 시간이 지날수록 상태는 점점 나빠질 뿐이었다.

그녀의 옆에서 꼼짝도 못 하고 지켜보고만 있던 시윤은 움찔했다.

또르륵, 시름시름 앓던 그녀의 눈에서 눈물이 주르륵 흘러내렸다.

그걸 보니 시윤은 더 이상 가만히 있을 수가 없었다. 그는 이불과 함께 그녀의 몸을 두 팔로 번쩍 안아 들고 방 밖으로 나왔다.

"당장 가마를 내오거라."

그의 명에 하인들은 난처해했다. 절대 의원은 안 된다는 큰마님의 명이 있었으니까. 지금 이 집의 실세는 시윤보다 큰마님이었다. 그녀의 명을 어기면 어떤 벼락이 떨어질지 알 수 없는 일이었다.

"나리, 의원한테 가시려는 거면 마님께서."

"의원에게 가는 게 아니다. 그러니 당장 가마를 내와!"

의원한테 가는 게 아니라고 하니 시윤의 말을 안 따르기도 애매했다.

그런데 아픈 신부를 데리고 의원에게 가는 게 아니라면 도대체 어딜 간단 말인가?

태웅은 외출하면서 갓도 쓰지 않은 시윤과 낯선 가마를 의문스러운 눈으로 번갈아 보았다.

"저 가마는 무엇입니까?"

시윤은 태웅에게 가까이 다가가 그의 손을 덥석 잡았다.

태웅의 얼굴이 절로 찌푸려졌다. 다른 사람과의 접촉은 불쾌할 뿐이었다. 그래서 시윤의 손을 털어내려고 했는데, 시윤이 그의 손을 더 꽉 잡으며 평소와는 다른 목소리로 말했다.

"내 부인 좀 살려주게."

태웅은 순간 황당했다.

"제가요?"

그리고 시윤에게 부인이 있었다고?

태웅은 시윤이 어제 혼인한 것도 몰랐었다. 어떤 사정이든 사람이 아프다고 하니, 태웅은 할 수 없이 자신이 검 수련하다가 다쳤다 하여 의원을 상단으로 불렀다.

칼에 다친 상처를 치료하러 왔던 의원은 방에 누워 있는 여인을 보고 깜짝 놀랐다.

"이 여인은 누구냐? 너 대방 어른 모르게 사고 쳤냐?"

의원의 물음에 태웅은 짧게 대답했다.

"그냥 아픈 사람입니다."

의원에게 환자를 맡기고 밖으로 나온 태웅은 시윤이 있는 곳으로 걸어갔다.

시윤은 넋이 나간 사람처럼 멍하니 허공만 바라보며 서 있었다.

"치료받으면 괜찮을 겁니다. 꽤 실력이 괜찮은 의원입니다."

그가 다칠 때마다 치료를 받았던 의원이라 실력이 어느 정도인지는 잘 알고 있었다. 그런데 시윤은 전혀 반응이 없었다. 태웅은 이상하게 여기고 그에게 좀 더 가까이 다가갔다.

"난 내가 이리 최악인 줄 미처 몰랐다."

시윤이 자책하는 말에 태웅은 팔짱을 꼈다. 그와는 퍽 안 어울리는 자기혐오였다.

"내 부인을 위해 의원도 불러줄 수 없는 게 뭐가 양반이란 말이냐."

뚝, 시윤의 눈에서 눈물까지 흐르자 태웅은 뒷걸음질을 쳤다. 그는 냉정하게 말했다.

"찔찔 짤 거면 당장 꺼지십시오. 재수 없으니까."

태웅의 구박에도 시윤은 눈물을 멈출 수가 없었다. 이런 자신이 불쌍하고, 이런 그와 혼인한 그의 아내가 불쌍해서 견딜 수가 없었다.

덜컹—.

란을 치료하고 방에서 나온 의원은 심각한 얼굴로 시윤에게 말했다.

"태생적으로 약한 몸이라 약으로도 한계가 있습니다."

"그럼 어찌해야 하는가? 방법을 말해주게. 내 다 할 것이니."

시윤은 의원의 손을 부여잡으며 사정했다. 그런데 의원은 매우 난감한 표정을 지었다.

"지키기 힘드실 것인데."

"아니야. 내 다 할 것이야. 내가 할 수 있는 건 뭐든."

시윤이 장담해도 의원은 완전히 믿을 수 없었다. 왜냐하면 그는 양반이었으니까.

"앞으로 부부관계를 삼가하셔야 합니다."

의원의 말에 시윤은 흠칫했다.

"그럼 어찌 대를 잇는단 말인가?"

그와 그녀가 혼인하게 된 것도, 결국 가문의 대를 잇기 위해서였다.

양반인 시윤이 이리 나올 거라 짐작한 의원은 쯧쯧 혀를 차며 설명했다.

"잉태하기 힘든 몸이기도 하지만, 만약 임신이 되면 나리의 부인께서는 아기를 낳다 죽을 것입니다."

충격적인 말에 시윤의 몸이 휘청하며 뒤로 물러났다. 의원은 더 해줄 말이 없었기에 충격받은 시윤을 남겨둔 채 돌아갔다. 옆에서 조용히 듣고만 있었던 태웅은 힐긋 시윤의 얼굴을 보았다.

"어찌하실 생각입니까?"

그의 물음에 시윤은 아무 대답이 없었다.

하긴, 그라도 지금 시윤의 상황이면 답이 없을 듯했다.

시윤은 아직 한 번도 들어가본 적 없는 기방의 홍등을 굳은 눈으로 올려다보았다. 그는 자신이 열심히 살면 결국 인정받을 수 있을 거라 생각했었다. 그래서 지금껏 글공부도 열심히 하고, 몸가짐도 조심했었다. 서자라 저 모양 저 꼴이라는 소리를 듣지 않으려고.

그런데 그가 틀렸었나 보다. 아무도 그가 훌륭한 사람이 되는 걸 원치 않았다. 오히려 그가 못나고 타락해야 아무도 그에게 관심 두지 않을 것이었다. 그래야 그의 아내한테도 사람들이 관심을 가지지 않을 것이었다.

시윤이 아내에게 바라는 건 딱 하나뿐이었다. 그냥 오래오래 그의 옆에서 살아주는 것, 그거면 되었다.

저벅저벅, 시윤은 취향관 안으로 걸어 들어가며 크게 외쳤다.

"이리 오너라."

한바탕 실컷 놀다 보면 어쩌면 어느 순간 진짜 웃을 수 있게 될지도 모르지.

그렇게 시윤은 조선 최고의 한량 길로 들어섰다.

15년 뒤.

"내일이 마님 생일이니, 이 선물 잊지 않고 꼭 가져다주시면서 축하해주십시오."

은홍이 내미는 선물 꾸러미를 보고 시윤은 고개를 절레절레 저었다.

"너는 내가 영 못 미더운가 보구나. 매번 이리 일일이 알려주는 것을 보니 말이다."

"그럼 마님 생일을 알고 계셨습니까?"

"당연하지! 내가 그때만 되면 몸이 막 근질거려."

그게 뭐란 말인가.

"제발 마님께 잘 좀 하십시오."

은홍이 속상하다는 듯이 말해도 시윤은 허허 실없이 웃기만 할 뿐이었다. 한 대 쥐어박고 싶은 유쾌한 웃음소리였다.

은홍 앞에서는 못 미덥게 굴었지만 시윤은 부인의 생일에 평소보다 일찍 집에 들어왔다. 하지만 정작 그녀가 집에 없었다.

"출타하였다고?"

항상 집에만 박혀 사는 걸 뻔히 알고 있었다. 그런 그녀가 집 밖으로 나갈 때는 딱 두 가지 이유뿐이었다.

시윤은 우선 활터로 가보았다. 하지만 그곳에서 란을 찾을 수는 없었다. 할 수 없이 시윤은 그냥 집으로 돌아왔다. 나머지 한 곳은 가기가 꺼려졌으니까.

할 일 없이 안채 마당에 서서 란이 돌아오기만을 기다렸는데, 한 시진 정도 지났을 때 중문으로 그녀가 들어섰다. 시윤은 반가움에 한 발 앞으로 나왔다가 그대로 걸음이 멈추었다. 그녀도 시윤을 발견하고 걸음이 멈추었다. 부부는 15년 내내 그러했다. 어느 정도의 거리에서 쉽게 다가서지 못했다. 마치 평생 혼례식 다음 날인 부부처럼.

시윤은 서둘러 들고 있던 비단 보따리를 앞으로 내밀었다.

"은홍이가 이걸 당신한테 가져다주라고."

란은 그제야 그가 왜 이곳에 있는지 이해하고 앞으로 좀 더 걸어와서 손을 뻗었다. 그때 그녀의 소맷자락에 묻은 피를 본 시윤은 깜짝 놀라서 조심성 없이 그녀의 팔을 덥석 잡았다.

"다친 거요?"

그가 붙잡자 란은 흠칫 놀라서 표정이 굳었다. 하지만 목소리는 평소처럼 무미건조했다.

"제 피가 아닙니다."

어린 산모가 갑자기 아기를 낳아서 다녀온 길이었다. 그녀가 갈 곳 없는 아이들을 받아준다는 소문이 퍼져서 곤궁한 처지의 산모들도 찾아오기 시작했다. 정작 그녀의 아기는 낳은 적이 없는데, 그녀의 손을 거쳐간 아이는 상당히 많았다.

란은 시윤에게 잡힌 팔을 비틀어 빼내려고 하였다.

그제야 시윤은 자신의 행동을 깨닫고 서둘러 손에 힘을 풀었다. 그가 놓아주자마자 란은 뒤로 한 발자국 물러났다. 마치 그만큼 또 멀어진 듯해서 시윤의 눈매가 일그러졌다.

"남의 피라도 그런 거 묻혀 오지 마시오."

"왜요? 재수 없어서요?"

그녀의 냉정한 말에 시윤은 그답지 않게 발끈해서 말했다.

"걱정되니까!"

란은 놀란 눈으로 그를 쳐다만 보았다.

시윤도 자신의 행동이 민망해서 들고 온 선물을 그냥 옆에 있던 여종에게 주어버리고는 안채를 나와버렸다.

저벅저벅, 정처 없이 앞으로 걸어가던 시윤은 몸을 돌려 다시 안채로 걸어갔다. 그래도 생일인데, 이리 그냥 가면 안 될 것 같았다. 그는 못난 남편은 되어도 상관없는데, 나쁜 남편은 되기 싫었다.

그가 다시 안채로 돌아왔을 때도 란은 아까 그 자리에 그대로 서 있었다. 그 모습에 시윤의 마음이 울렁였다. 그녀는 꼭 이 집에 뿌리 내린 나무 같았다. 집에서 쫓겨나듯이 시집온 그녀의 의지는 아닐 거라 느껴질 때마다 시윤의 마음이 먹먹해졌다.

차라리 떠나라고 하면 그녀가 행복해질까?

하지만 그럼 그가 혼자가 되는 거라 그게 너무 무서웠다. 왜 이리 못났을까 자책하며 시윤은 등을 보이며 서 있는 란에게 말을 걸었다.

"생일인데 어디 가고 싶은 곳 없소?"

적어도 오늘 하루만은 그녀가 가고 싶은 곳에 데려다줄 수 있었다. 고작 그 정도뿐이지만 최선을 다해서 해줄 수 있었다.

쏴아아아아아아아.

파도 소리가 온 세상을 가득 채우는 듯했다.

란이 바다를 보고 싶다고 했다. 그래서 온 것인데 그가 더 감탄하며 바다를 바라보았다. 조선 최고의 한량이라고 떠벌리고 다녔지만 정작 도성 안을 벗어나 본 적이 거의 없었던 그였다.

"이왕 온 김에 배 타고 바다 끝까지 가보겠소?"

그가 신나서 한 말에 란은 무뚝뚝하게 받아쳤다.

"바다는 끝이 없습니다."

"에이, 저기 끝이 보이는데. 배 타면 금방 가겠네."

시윤은 멍청한 척하며 껄껄 웃었다. 하지만 란이 전혀 안 웃었기에 그의 웃음소리도 서서히 줄어들다가 완전히 멈추었다. 그는 민망함에 고개를 돌리며 혼잣말처럼 중얼거렸다.

"자기가 바다 보고 싶다고 했으면서. 왜 나만 좋아하는 거야?"

다시 앞으로 고개를 돌린 시윤은 그녀가 그를 빤히 보고 있자 헛기침을 하며 말했다.

"흠, 난 혼잣말한 건데. 설마 들었소?"

혼잣말치고는 너무 컸기에 그냥 들으라고 한 말이었다.

란은 말없이 그의 얼굴을 바라보다가 입을 떼었다.

"전 15년이나 서방님을 보고 살 줄 몰랐습니다."

그녀의 갑작스러운 말에 시윤은 눈을 가늘게 뜨며 물었다.

"그래서 이제 내 얼굴 보기 지겹다는 건가?"

그게 아니라, 이리 오래 살게 될 줄 몰랐다는 소리였다.

"그래서 전 이제 죽는 것보다 늙는 게 더 무섭습니다."

그녀가 죽는 걸 걱정하는 게 아니라 사는 걸 걱정할 수 있었던 건 그의 덕이었다. 시윤이 결혼하자마자 갑자기 기방 출입을 하며 한량으로 이름을 날리게 된 게 모두 그녀의 탓이었다는 걸 그녀는 아주 오랜

세월이 걸려서야 알게 되었다.

"더 늙기 전에 아이를 낳아야겠습니다."

오늘 뜨거운 핏덩이를 두 팔에 안으면서 그녀는 결심했다. 설령 죽게 되더라도 낳고 싶다고. 그녀를 쫓아내듯이 시집 보낸 부모님의 강요도 아니었고, 김 씨 가문에 대한 의무감도 아니었다.

오로지 그녀의 의지였다.

"하하, 생일이라고 너무 막 나가는 거 아니요?"

시윤은 그녀의 시선을 피하며 뒷걸음질 쳤다. 아이를 낳겠다는 그 말이 꼭 그녀가 죽겠다는 말처럼 들렸으니까.

"서방님."

그녀가 그를 부르자 그의 발이 그대로 땅에 박혀 움직이지 않았다.

저벅저벅.

이번엔 란이 그에게로 걸어왔다. 처음 보았을 때 모란꽃 같았던 여인은 여전히 아름다웠고, 그때는 없었던 기백까지 있었다.

그의 앞까지 와서 선 란은 시윤의 얼굴을 올려다보며 말했다.

"어떻게 죽느냐보다 어떻게 사느냐가 더 중요합니다."

그의 아내가 되는 건 그녀의 선택이 아니었지만, 그의 아이를 낳고 싶은 건 그녀의 선택이었다.

"그러니까 제가 서방님의 부인으로 살 수 있게 해주십시오."

시윤의 눈 안으로 파도가 밀려 들어온 듯이 일렁였다.

"이미 15년 전부터 내 부인이었소."

그의 말에 란은 그제야 입가에 미소를 그리며 눈웃음을 지었다.

그녀가 이리 웃는 모습은 처음이라 시윤은 넋을 놓고 보게 되었다.

"아뇨, 혼례식 다음 날부터 지금까지 저희는 계속 남남이었습니다."

그는 그녀가 죽을까 봐 무서워 계속 피해 다녔으니까. 그게 그녀가 사는 유일한 길이라 믿고.

시윤은 두 눈을 질끈 감으며 거짓말했다.

"난 그게 너무 편했소."

지금도 그는 그녀가 그보다 먼저 죽을까 그게 가장 무서웠다. 그만 혼자 남겨진다고 생각하면 견딜 수가 없었다.

란의 하얀 손이 두려움으로 얼어붙어 있는 그의 뺨을 덮었다.

그녀의 온기가 너무 따뜻해서 시윤은 바보처럼 울고 싶어졌다.

"전 죽지 않을 겁니다."

그제야 시윤은 눈을 떠 다시 그녀를 보았다.

란은 남자인 그보다 더 다부진 눈빛을 하고 그를 올려다보고 있었다.

"제가 하고 싶은 건 다 하고 살다 갈 것입니다."

어떻게 그리 확신하는 거냐고 시윤은 묻고 싶었다. 아니, 이젠 그도 그럴 수 있다고 믿고 싶었다. 15년이나 흘러서 죽음의 신도 기다리다 지쳐 그녀한테서 멀리 떠나갔다고.

"난 당신이……."

처음 봤을 때부터 예뻤다고.

그 말을 하고 싶은데 목이 메어 말이 안 나왔다.

그래도 그녀는 다 안다는 듯이 조금 전보다 더 아름답게 웃었다.

"바닷바람이 찹니다. 그만 집에 가요."

올 때는 각자 걸어서 왔던 두 사람은 돌아갈 때는 손을 잡고 걸어갔다. 혼례식으로 처음 만났던 부부는 15년 만에야 진짜 부부가 될 수 있었다.

외전 IV

제주도 빨간 밤

"네가 그 아이의 스승 역할을 좀 해다오. 부탁한다."

태웅이 처음 그 이야기를 꺼냈을 때 문길은 사실 짐을 떠안은 기분이었다. 문길은 상단에서 맡은 역할만 충실히 하는 게 마음이 편했다. 한 명의 인간과 깊게 얽히는 건 달갑지 않았다.

그건 한날한시에 가족 전부를 잃어버린 뒤 가지게 된 자기방어였다. 잃어버리는 것보다 차라리 처음부터 없는 게 훨씬 마음이 편했으니까.

"대행수 어른은 보기와 달리 정이 많으신 분 같습니다."

그런데 오백 냥에 팔려 온 거나 마찬가지인 어린 신부가 하는 말에 문길은 기가 찼다.

"돈에 관해서는 단 한 푼도 용서치 않으시는 냉정한 분이십니다. 그런 식으로 환심을 사실 생각이시라면 방향이 틀려먹었습니다."

은홍은 그가 냉정하게 하는 말에 기가 죽어서도 작은 목소리로 혼잣말은 다 했다.

"아닌데. 맞는데. 그러니까 내 짚신도 사주시고, 나도 구해주시고. 좋은 집에, 맛있는 밥에."

문길은 못 들은 척 책을 펼쳤다.

"천자문부터 시작하겠습니다. 한 자라도 틀리시면 무한 반복입니

다."

아주 엄격한 글 선생이 되어주겠다고 다짐했다. 그한테는 정 많다는 소리를 감히 못 하게.

3년 뒤.

문길은 망연자실한 눈으로 검은 바다를 바라보았다.

철썩철썩.

파도가 배를 때리는 소리가 마치 그를 때리는 소리처럼 아팠다. 막상 은홍을 혼자 보내고 난 뒤 그는 두려움으로 꼼짝도 할 수 없었다. 과연 자신이 결정을 잘한 것인지 확신할 수가 없었다. 또다시 누군가를 잃어버리는 순간이 그에게 왔을 때 그게 은홍이라면 그는 정말 멀쩡히 살아갈 자신이 없었다. 차라리 그가 대신 죽는 게 나으리라.

그러나 이기적인 신은 그런 기회조차 주지 않을 게 뻔했기에 문길은 휘청휘청 선실 쪽으로 걸어갔다. 지금은 그가 이곳에서 할 수 있는 일을 해야 했다. 아무도 은홍이 배를 떠난 걸 몰라야 했다. 이 배가 제주에 도착할 때까지.

덜컹—.

불안하게 선실 안을 서성이고 있던 덕춘은 문길이 문을 열고 들어오자 후다닥 그의 앞으로 달려가서 급하게 물었다.

"아씨는 무사히 가신 겁니까? 큰일 없으시겠죠?"

문길은 아무 대답 없이 덕춘을 지나쳐 침상이 있는 곳으로 걸어갔다. 털썩, 그 위에 힘없이 주저앉은 그는 두 손으로 얼굴을 가렸다. 처음 보는 그의 행동에 덕춘은 숨조차 멈추며 긴장했다. 어쩐지 숨소리도 시끄럽다고 할 분위기였기에. 일각이나 그러고 있던 문길은 천천히 상체를 세우며 덕춘에게 말했다.

"너는 내일부터 아씨가 아파서 선실에서 못 나오는 거라는 걸 배에 탄 모든 사람이 알 정도로 알리고 다녀야 한다."

다 죽어가던 문길이 갑자기 평소로 돌아와 그리 말하니 덕춘은 넋이 나가서 고개만 끄덕였다.

"난 제주에 배가 도착할 때까지 누가 간자인지 알아내야겠다."

분명 한 명만 있는 게 아닐 것이다. 그러니 한 명도 빼놓지 않고 찾아내야 했다. 그렇지 않으면 문성군에게 전해질 것이었다. 화룡 상단의 안주인이 이 배에 없다는 사실이.

"어떻게 찾으시게요?"

덕춘은 걱정되어서 물었다.

문길은 창밖의 검은 밤을 노려보며 짧게 대답했다.

"미끼를 던져야지."

화룡 상단 안주인이 타는 배였기에 신원이 불분명한 인물은 태우지 않았다. 그러니 이미 알던 인물이 배신했다는 소리였다. 돈에 매수되었을 인간들이니 돈으로 미끼를 던질 것이다.

사흘 뒤 배는 제주 앞바다에 들어섰다. 바람이 많기로 소문난 섬답게 매서운 바람과 높은 파도가 제일 먼저 화룡 상단의 배를 마중했다.

어렵게 배가 제주 포구에 정박하고 문길이 배에서 내렸을 때, 제주 상단을 이끄는 여 행수가 그들을 마중 나와 있었다.

"나는 제주 상단을 맡고 있는 행수 김만덕이요. 제주에 온 것을 환영하오. 먼 길 고생하셨소."

큰 상단을 이끄는 여인은 첫인상부터 호방했다. 하지만 문길은 한가하게 인사를 나눌 상황이 아니었기에 그녀에게 말했다.

"포도청부터 가야 할 일이 있습니다. 안내해주실 수 있으십니까?"

장사하러 와서 범죄자를 잡아넣는 관아부터 찾자 여 행수는 입으로만 웃었다.

"장사는 운빨이 따라야 성공하는데, 어째 운 좋은 장삿길은 아니었나 보네."

문길은 굳이 대답하지 않았다. 지금은 장사보다 목숨 하나가 더 중요하다는 말은 여 행수에게 통하지 않을 것 같았으니까.

배 안에서 색출한 간자를 포도청에 넘기고 배에서 물건을 전부 내리자마자 문길은 바로 제주를 떠날 생각이었다. 은홍의 생사가 불확실했으니까. 그러나 장사는 '운빨'이라는 여 행수의 말이 맞았나 보다.

"제주 바다의 파도가 세서 오늘은 배를 띄울 수 없을 거 같습니다."

선인 행수의 말에 문길은 낙담하고 있을 수만은 없었다. 제주 바다에 대해 제일 잘 아는 사람을 찾아갔다. 바로 제주 상단의 여 행수였다.

"오늘 바로 떠나야 합니다. 배를 띄울 방법이 없겠습니까?"

멀고 험한 바닷길을 겨우 건너와서는 오자마자 간다고 하는 문길을 여 행수는 빤히 쳐다보며 중얼거렸다.

"운이 나쁜 사람은 가까이하는 게 아닌 법인데."

"사람 목숨이 달려 있습니다."

"내 보기에는 목숨 살리러 가겠다는 게 아니라 목숨 버리러 간다고 하는 거 같은데."

지금 배를 타고 바다에 나가면 바다에서 죽겠다는 말이나 마찬가지라는 뜻이었다.

"급할수록 기다리는 법을 알아야 본전은 지키네. 그쪽이 살아야 다른 목숨도 살릴 것 아니오? 그러니 오늘 밤은 제주에서 머물고 내일 아침 떠나는 게 좋을 듯한데."

문길이 대답하지 못하고 굳은 표정으로 서 있자 여 행수는 호탕하게 웃으며 분위기를 바꾸었다.

"제주까지 어렵게 와서 이 아름다운 섬을 구경도 못 하고 돌아가면 평생 후회할 거요."

지금 풍경 따위가 그의 눈에 들어올 리가 없었지만, 오늘 배를 띄우는 건 자살 행위라는 여행수의 말을 무시할 수는 없었다. 그래서 문길은 할 수 없이 제주에서 하룻밤을 보내기로 했다.

여 행수는 배를 타고 제주에 온 화룡 상단 사람 전부를 자기 집으로 초대해서 연회를 열어주었다. 고생해서 바다를 건너온 선인들에게는 그저 흥겨운 술자리였다. 혼자서 즐기지 못하는 문길의 옆에서 덕춘은 그의 표정을 살피느라 좋아하는 음식을 제대로 먹지 못했다.

"아씨도 무사히 육지에 도착했을 것입니다."

그리 말해보지만 얼어 있는 문길의 표정은 풀어지지 않았다. 그때 술병을 든 여 행수가 문길에게 다가와 그에게 술을 권했다.

"어찌 사내가 술자리에서 술도 한 잔 안 마신단 말인가. 내 술 한 잔

받으시오."

덕춘은 기생과는 전혀 다른 방식으로 접근해 온 여 행수를 흘겨보았다.

"전 생각이 없습니다."

"어허, 내 손이 민망하게 이럴 건가. 예의상 한 잔만 받게."

싫다는 사람에게 자꾸 술을 권하니 더 밉게 느껴졌다. 제주의 강한 햇볕에 얼굴이 그을릴 대로 그을려 촌스럽게 느껴지면서도 본바탕은 부정할 수 없는 미인상이라 괜히 거슬렀다.

에이, 그래도 섬 여자보다는 한양 여자지.

덕춘은 그리 생각하며 슬쩍 문길의 옆에 더 가까이 붙었다. 덕춘은 어디에 있든 무시할 수 없는 존재감을 뽑아냈기에 여 행수도 신기한 눈으로 그녀를 쳐다보았다.

"이쪽은 여종이 아니라 여장군을 해야 할 상이네. 내 그게 아주 마음에 드는데 나랑 같이 일해볼 생각이 있나?"

덕춘은 그녀를 경계했는데, 여 행수는 마음에 든다며 갑자기 그녀에게 새로운 일자리를 권했다. 덕춘은 놀라고 당황하면 더 무서운 표정이 되었다.

여 행수의 제안을 막아선 건 오히려 문길이었다.

"덕춘이는 저와 함께 한양으로 돌아가야 합니다. 물러나십시오."

덕춘은 은홍이 직접 데려온 여종이었다. 그러니 덕춘을 다른 곳에 보낼 수 있는 자격이 있는 사람은 은홍뿐이었다.

덕춘은 감격한 눈으로 문길을 쳐다보았다. 문길이 꼭 그녀에 대한 소유욕을 드러낸 것 같았으니까.

심장이 짜릿짜릿했다.

"이런, 윤 서기가 아끼는 사람이었나 보네. 내 실수했군."

아끼는 사람, 아끼는 사람, 아끼는 사람.

그 말이 너무 좋아서 덕춘은 속으로 자꾸만 반복하게 되었다.

"하지만 본인의 의사가 제일 중요한 게 아닌가. 대답은 들어봐야지."

여 행수가 웃으며 덕춘을 보았다.

"내 부자로 만들어줄 수도 있는데."

하지만 덕춘은 돈보다 일편단심이었다. 그녀는 문길의 옆에 딱 붙으며 단호히 말했다.

"저는 윤 서기님과 같이 꼭 한양으로 돌아갈 것입니다."

덕춘의 단호함에 여 행수는 아쉽다는 표정을 지었다.

"정말 일 잘하게 생겼는데, 아깝군."

덕춘을 포섭하는 게 실패한 뒤에도 여 행수는 재미있다는 눈으로 문길과 덕춘을 쳐다보았다. 남자가 여자보다 더 예쁘게 생기고, 여자가 남자보다 더 듬직하니, 이 그림 참으로 희귀하고 재미있었다.

그때 시끄러운 소리가 밖에서 들려오며 흥겨운 연회의 분위기를 깨트렸다.

"불이야!"

조용히 앉아 있던 문길이 제일 먼저 벌떡 일어났다. 까만 밤하늘이 어느새 붉게 변해 있었다. 꽤 큰 불이었다.

"불이 난 쪽에 포도청이 있지 않았습니까?"

여 행수도 표정이 굳은 채 대답했다.

"그렇긴 한데 설마 포도청에 불이 난 거란 말인가?"

그걸 바로 확인해야 했기에 문길은 앞으로 달려나갔다. 포도청에 있던 간자들이 이 불로 탈출이라도 하면 정말 큰일이었다. 갑자기 문길이 달려나가자 덕춘이 놀라서 허둥지둥 그의 뒤를 쫓아갔다.
"윤 서기 나리! 저도 같이 가요!"
여 행수도 가만히 불구경만 하고 있지 않고, 연회에 모여 있던 사람들에게 외쳤다.
"술판은 끝났으니 당장 불을 끄러 가자! 움직여!"
여 행수의 기백은 사내보다 더 거셌기에 그녀를 필두로 모두 움직였다. 불에 모여드는 부나비처럼 사람들이 불이 난 곳을 향해 몰려가기 시작했다.

불길한 예감은 틀리는 법이 없었다. 문길의 예상대로 불은 포도청에서 난 것이었다. 그가 도착했을 때 불은 이미 크게 번져서 사람들이 우왕좌왕하고 있었다. 검은 밤이 온통 붉고, 사람들의 비명이 사방에서 들려왔다. 문길은 곧장 범죄자들을 가둬둔 감옥 쪽으로 달려갔다. 그곳에서 불길이 시작된 듯이 시커먼 연기가 치솟았다.
"쿨럭!"
숨쉬가 힘들어 문길이 팔로 코와 입을 막았을 때, 검은 연기 속에서 사람이 튀어나와 그를 공격했다. 문길은 빠르게 바닥으로 몸을 굴려 괴한의 공격을 피하며 누군가 버려두고 간 창을 서둘러 집어 들었다. 그는 호위 무사도 아니었고, 태웅처럼 매일 검술 훈련을 한 적도 없었지만 간자들을 놓칠 수 없다는 일념으로 창을 휘둘렀다.
"네놈들은 절대 여기서 살아서 나갈 수 없다."
문길의 경고에 간자는 코웃음을 쳤다. 문길이 싸움을 전혀 못한다는 건 그가 창을 잡은 폼만 보아도 알 수 있었으니까.

"너나 죽기 싫으면 비켜라."

문길은 비키라는 말에 바로 먼저 공격해 들어갔다.

퍽—.

하지만 간자가 더 빠르게 움직이며 그가 휘두른 창을 피해 문길의 배를 있는 힘껏 걷어찼다.

"윽!"

내장이 뒤틀리는 고통이 몸을 강타했다. 그래도 문길은 쓰러지지 않기 위해서 긴 창으로 바닥을 짚었다. 그런 그에게 간자가 바로 또 공격해 들어왔다. 이번엔 그의 머리를 노리고 주먹을 날리는데 문길에게는 피할 수 있는 시간이 없었다.

퍽—!

"악!"

그때 어딘가에서 날아온 돌덩이가 그대로 간자의 머리통을 가격하며 한 번에 그자를 쓰러뜨렸다. 문길이 놀라서 고개를 돌렸을 때 붉은 어둠 속에서 손에 돌을 든 덕춘이 뛰어나왔다.

"윤 서기 나리! 괜찮으십니까?"

숨을 헉헉대며 묻는 덕춘을 문길은 할 말을 잃은 눈으로 쳐다보았다. 덕춘은 너무 무서워서 울 것 같은 눈으로 주위를 바쁘게 둘러보았다. 그러고는 손에 쥔 돌을 한껏 치켜들었다. 누구라도 튀어나오면 또 던져버리려고.

"우와아아아아아아아아! 불을 끄자!"

그때 포도청 밖에서는 불이 난 곳으로 몰려온 상단 사람들이 여 행수의 지휘 아래에서 한양 상인, 제주 상인 경계 없이 서로 힘을 합쳐

불을 끄기 시작했다.

큰불을 끈 뒤 사람들은 검은 연기를 피해 근처 해안가로 피신했다. 바다는 불보다 강했으니까. 문길도 도망 나왔던 간자들이 다 잡힌 걸 직접 확인하고 나서야 해안가로 갔다. 저벅저벅, 문길은 해안에 모여 술을 마시는 사람들 사이를 지나서 덕춘이 있는 곳으로 걸어갔다. 아직 구해줘서 고맙다는 인사도 제대로 못 했다.

덕춘은 워낙 눈에 띄어서 금방 찾을 수 있었다. 그녀는 혼자 앉아서 바다를 쳐다보고 있었다.

"괜찮으냐?"

그의 물음에 덕춘이 흠칫 놀라며 고개를 돌렸다.

덕춘의 얼굴에 묻어 있는 검은 숯댕이를 보고 문길은 주머니에서 흰 손수건을 꺼내어 내밀었다.

"이걸로 얼굴을 닦거라."

덕춘이 놀란 눈으로 쳐다보자 문길은 입꼬리를 올려 웃으며 말했다.

"아까는 구해줘서 고마웠다."

그는 고맙다고 인사했을 뿐인데, 갑자기 귀신도 때려잡을 것처럼 생긴 덕춘의 눈동자가 파르르 떨렸다. 덕춘은 바로 울음을 터트렸다.

"으허엉, 진짜 죽는 줄 알았습니다. 시집도 못 가고 죽으면 처녀귀신 되는데. 나 귀신 되는 거 너무 무서운데."

문길은 당황해서 우는 덕춘을 쳐다만 보았다. 덕춘이 겁이 많다는 걸 그녀의 겉모습 때문에 자꾸 까먹었다. 문길은 어찌해야 하나 방황하다가 한쪽 무릎을 꿇고 앉아서 손수건으로 직접 덕춘의 눈물을 닦아주며 위로했다.

“넌 덕을 많이 쌓아서 좋은 남자 만나 시집도 잘 가고, 아들딸 자식도 낳고 행복하게 살다가 죽을 것이니 걱정하지 마라.”

덕춘은 놀란 눈으로 앞에 있는 문길의 얼굴을 쳐다만 보았다. 그의 예쁜 얼굴을 이리 가까이서 보는 건 처음이라 나오던 눈물도 멈춰버렸다. 거기다 눈물을 닦아주는 손길은 어찌 이리 다정하단 말인가.

“차, 참말입니까?”

“그래, 내가 보장하마.”

덕춘이 눈물을 멈춘 것 같자 문길은 바로 일어나서 몸을 돌리며 말했다.

“이제 한양으로 돌아가자.”

불을 끄는 동안 제주의 바다도 잠잠해졌으니 한양으로 돌아갈 일만 남았다. 가서 빨리 은홍을 찾아야 했다.

“네, 서방님.”

그런데 뒤에서 들린 덕춘의 말에 그의 발이 삐끗하며 모래에 빠졌다. 문길은 당황해서 눈동자가 갈 길을 잃었다가 못 들은 척 다시 앞으로 걸어가기 시작했다.

덕춘은 민첩하게 큰 몸을 일으켜 서둘러 문길의 뒤를 쫓아갔다. 서방님을 절대 놓치지 않겠다는 의지가 덕춘의 눈에 가득했다.

외전 V

그리고 그 후

좌상댁에서 정경부인이 보낸 사람이 화룡관으로 찾아왔다.

"정경부인께서 내게 화장을 받겠다고 하셨다고?"

은홍은 믿을 수 없었다. 그녀가 마지막으로 기억하는 정경부인의 모습은 그녀를 혐오하는 눈으로 쳐다보던 것이었다.

그런 이가 갑자기 왜?

"네, 화룡 상단 안주인을 모셔 오라 하셨으니 따르시지요."

은홍은 뭔가 석연치 않았지만 정경부인의 초대를 함부로 거부할 수는 없었다. 그럼 상단에 불이익이 생길 수도 있었으니까. 그리고 정경부인에게 화장을 해주겠다고 했던 건 그녀가 먼저였다. 그러니 이제 와서 싫다고 하는 것도 정경부인에 대한 기만이 되어버렸다.

"저도 같이 가겠습니다."

그녀와 함께 있던 아들 유진이 무언가 이상한 분위기를 느낀 듯 그녀에게 말했다.

은홍은 고개를 저었다.

"그건 안 된다. 높으신 어른 댁이니 초대받은 사람만 갈 수 있어."

"하지만."

은홍은 걱정하는 유진의 어깨를 두 손으로 잡으며 웃어 보였다.

"그저 화장을 해주러 가는 거란다. 내가 정경부인을 아주 예쁘게 만들어드리고 올 것이니 걱정하지 않아도 된단다."

은홍은 화장 도구들을 챙겨 들고 좌상댁으로 향했다.

그녀가 떠나자마자 유진은 화룡 상단으로 달려가서 태웅에게 이 사실을 알렸다.

"뭐? 네 어미가 좌상댁으로 갔다고?"

태웅의 미간이 좁아졌다. 정경부인의 남편인 좌상은 숙빈의 친부였다. 그리고 숙빈은 문성군의 어머니였다. 문성군이 죽은 뒤 세자와 그의 목숨을 호시탐탐 노리고 있는 세력이었다.

하필 이런 시기에 정경부인이 은홍을 집으로 부르다니. 좋은 의도라고는 도저히 생각되지 않았기에 그의 마음이 날카로워졌다.

태웅은 주먹을 꽉 움켜쥐며 유진에게는 차분하게 말했다.

"넌 집에 가 있거라. 네 어머니는 내가 가서 데려올 것이니."

유진은 같이 가고 싶다고 말하고 싶었지만 태웅이 안 된다고 할 것 같았기에 말을 아꼈다.

그동안 그녀는 참 많은 일을 겪으면서 변하고 성장했는데, 정경부인은 마지막으로 보았던 그 모습 그대로였다. 엄하고, 무섭고, 세상과 단절된.

은홍은 깊이 고개를 숙여 인사했다.

"오랜만에 뵙습니다."

정경부인은 대청 위에서 그녀를 무뚝뚝한 얼굴로 내려다보았다.

"자네는 많이 변했군."

"네, 그동안 아이를 낳고 어미가 되었습니다."

"아들이라 들었는데. 꼭 한번 보고 싶군."

은홍은 고개를 들어 정경부인의 얼굴을 보았다. 왜 그녀의 아들을 보고 싶어 하는 거냐고 묻고 싶었지만 그럴 수 없었다. 정경부인한테서 돌아올 대답이 두려웠으니까.

"들어오게. 화장을 해야지."

그 순간만은 그녀도 처음 규방에 찾아왔던 어리숙한 화룡 상단 안주인으로 돌아가는 듯했다.

수많은 계절이 지나고 이제야 겨우 정경부인의 허락이 떨어졌다. 드디어 그녀가 인정받은 거라 기뻐해야 할 일이었지만, 은홍은 순수하게 그럴 수가 없었다. 분명 정경부인이 오늘 갑자기 그녀에게 화장을 받고 싶어 하는 이유가 따로 있을 것 같았으니까. 그러나 무슨 이유든 그녀는 정경부인에게 꼭 한 번은 화장을 해주고 싶었다. 그래서 댓돌 위에 신발을 벗고 정경부인이 있는 방 안으로 들어갔다.

탁—.

문이 닫히자 방 안에는 그녀와 정경부인만이 남겨졌다.

좌상댁으로 가는 길목에서 태웅은 뜻밖의 인물을 먼저 마주쳤다.

"길을 비켜라! 숙빈 마마 행차시다!"

가마꾼이 말을 탄 태웅에게 소리쳤다.

태웅은 가마꾼의 말대로 길을 비켜주는 대신 아예 말 머리를 돌려

가마를 막아섰다. 그런 태웅의 행동에 숙빈과 동행해 나온 상궁이 버럭 성을 냈다.

"지금 감히 누구 앞을 막아서는 것인가! 당장 비키시오!"

하지만 태웅은 비킬 수 없었다. 하필 정경부인이 은홍을 집으로 부른 날 숙빈이 궁에서 나왔다. 이게 우연인 것 같지 않았다.

"이 길은 지날 수 없다고, 가마 안 마마께 전하게."

태웅의 말에 상궁은 얼굴이 벌게질 만큼 흥분했다.

"그게 무슨 말도 안 되는!"

"엄 상궁."

가마 안에서 근엄한 목소리가 궁녀를 부르자 그녀는 바로 흥분을 가라앉히고 가마 앞으로 달려가 몸을 숙였다.

"마마, 송구합니다. 무례한 자가 갑자기 길을 막는 바람에."

"가마 문을 열어라."

"네?"

숙빈의 명에 상궁은 크게 당황했다. 하지만 모시는 상전의 명을 어길 수는 없었기에 서둘러 하급 궁녀들에게 지시했다.

가마의 문이 열리고 화려한 당의를 입은 숙빈이 밖으로 나왔다. 숙빈은 말을 탄 태웅을 찬 눈으로 올려다보았다. 자기 아들이 비명횡사한 게 세자와 화룡 상단 대행수 때문이라고 믿고 있었으니까.

하지만 왕후가 아들의 시신을 은폐하고 왕이 그걸 묵인했기에 숙빈은 아무것도 할 수가 없었다. 그 분노와 복수심이 그녀의 안을 가득 채우다 못해 태웅을 쳐다보는 시선에서 쏟아져 나왔다.

"상단 대행수가 아녀자의 앞길을 막고 서다니. 부끄러운 줄 아시오."

태웅은 미동 없이 숙빈을 내려다보았다. 여인이라고 쉽게 보아서는 안 된다는 걸 알았다. 어떤 여인은 자식을 지키기 위해 자기 목숨을 내놓고, 어떤 여인은 자식을 잃고 세상에서 가장 무서운 독을 품었다.

하지만 그도 자신의 가족을 건드리는 건 용서할 수 없었다.

"궁으로 돌아가십시오. 마마."

"네가 감히 누구에게 명령질이더냐!"

숙빈의 목소리가 천지를 울리자 주위에 있던 사람들이 서둘러 도망쳤다. 괜히 근처에서 구경하다 봉변을 당할 것 같았으니까.

텅 빈 거리에 숙빈 일행과 태웅만이 남았다.

피식, 숙빈의 입꼬리가 위로 올라가자 붉은 입술이 더 표독스럽게 변했다.

"왕이 널 지켜줄지는 몰라도, 네 부인은 아니다. 미천한 그 년이 어디서 개죽음을 당하든 아무도 상관하지 않을 것이야."

숙빈의 폭언에 태웅은 뜨거운 불을 뒤집어쓴 기분이었다. 은홍에게 가장 위험한 사람은 숙빈인 줄 알았는데, 틀렸다.

지금 이 순간은 정경부인이었다. 그가 숙빈을 막은 게 아니라, 숙빈이 그를 잡아둔 꼴이었다. 그의 부인에게 가지 못하게.

"다 되었습니다."

은홍의 말에 눈을 감고 있던 정경부인이 천천히 눈을 떴다.

"거울을 보시겠습니까?"

그녀의 물음에 정경부인은 아무런 말 없이 앞을 응시했다. 아직 화장한 얼굴을 보지 않았기에 그녀의 화장이 마음에 안 들어 그런 것은 아니었다.

"내 딸이 널 죽이라 하더구나."

정경부인의 말에 은홍의 눈빛이 얼어붙었다.

"그러니 내가 거울을 봐서 네가 한 화장이 마음에 안 들면, 네 손모가지가 아니라 네 목을 내놓아야 할 것이야."

정경부인은 무서운 말을 아무 감정 없는 목소리로 했다.

은홍은 거울을 꽉 움켜잡았다. 무서웠지만 벌벌 떨고만 있을 수는 없었다. 집에서 그녀의 아들이 그녀가 돌아오길 기다리고 있었으니까.

"그럼 단지 절 죽이고 싶어서 부르신 겁니까? 그럼 그냥 죽이시지 왜 제게 화장을 받으신 것입니까?"

그녀의 물음에 정경부인이 고개를 돌려 그녀의 얼굴을 보았다.

"그때나 지금이나 맹랑한 질문을 하는 건 똑같구나."

정경부인의 눈빛이 그녀의 명줄을 꽉 움켜잡는 것 같았다.

"그래도 짐승 아니라 사람이니 죽일 명분은 있어야 하지 않겠느냐."

은홍은 쓴웃음이 베어 나왔다. 화룡 상단 안주인으로 대접받으며 살아서 까맣게 잊고 있었나 보다. 그녀의 신분을.

"고맙습니다. 그래도 사람 취급은 해주셔서."

그녀의 감사에 정경부인의 눈매가 찌푸려졌다.

"지금 감히 날 비꼬는 것이냐?"

"아뇨. 진심입니다. 정경부인께서 빈말로 하는 소리는 아닌 것 같아서."

은홍은 들고 있던 거울을 앞으로 내밀어 정경부인의 얼굴을 비쳤다. 남은 건 자존심밖에 없는 정경부인은 반드시 자기 말을 지킬 것이었다. 그러니 그녀의 화장이 마음에 들면 그녀는 살 수 있다는 소리였다.

"어떠십니까?"

정경부인은 거울 속 자신의 얼굴을 한참이나 말없이 쳐다만 보았다. 짙은 눈썹을 다듬고, 두꺼운 입술을 일부러 얇게 칠하고, 그리고 어두운 피부에 밝은색을 더해 생기를 불어넣고, 각진 턱선이 부드러워 보이게 얼굴선을 화장으로 고쳤다.

"화장은 예뻐 보이기 위해서만 하는 게 아니라, 남에게 보이기 싫은 걸 가리기 위해서도 합니다."

정경부인이 가리고 싶었던 건 남들의 눈에 덧입혀진 지옥 불 마님의 얼굴일 거다. 그래서 그녀는 화장으로 그 얼굴을 지웠다. 정경부인의 손이 뻗어와서 거울을 잡았다. 그리고 자신이 직접 거울을 더 가까이 얼굴에 가져갔다. 그녀 자신도 잊어버렸던 얼굴이 거울 속에 있었다. 거울 속 여인은 사람에 대한 증오도, 질투도, 미움도 없어 보였다.

"내가 진짜 이렇게 생겼느냐?"

정경부인의 물음에 은홍은 고개를 끄덕였다.

"화장으로 가짜 얼굴을 만들 수는 없습니다."

원래 얼굴도, 화장한 얼굴도 모두 다 정경부인의 모습이었다.

다그닥, 다그닥.

"헉. 저게 왜 이쪽으로 오는 거야."

맹렬한 속도로 좌상댁을 향해 달려오는 말 때문에 대문을 지키는 청지기는 혼비백산했다. 서둘러 대문을 닫으려고 했지만 말이 그대로 뛰어올라 청지기의 머리 위를 지나갔기에 청지기는 기겁해서 바닥에 주저앉아버렸다.

닫히는 대문 틈을 통과해 좌상댁 안으로 들어온 태웅은 곧장 안채 쪽으로 말을 몰았다. 그곳이 정경부인이 사는 곳일 테니까.

"여기가 어디라고 감히 말을 타고 온 것이요! 당장 멈추시오!"

정경부인을 가장 가까이에서 모시는 여종이 안마당에 말을 타고 들어온 태웅의 앞을 막아서며 용기 있게 호통을 쳤다. 하지만 지금 태웅에게는 그 어떤 말도 들리지 않았다.

"내 아내를 찾으러 왔다. 지금 어디 있느냐?"

그가 혹시라도 늦었으면 어쩌나 속이 새카맣게 타들어갔다.

그때 그를 막기 위해서 무기를 든 사내들이 안채로 쏟아져 들어왔다.

촤악—.

태웅은 바로 검을 뽑아 들었다. 여기 있는 사람들을 다 죽여서라도 은홍을 찾아야 했다. 그가 그리 마음먹었으니 피를 보는 건 불가피해졌다.

"멈추거라!"

돌이킬 수 없는 혈투가 벌어지기 직전에 방에서 정경부인이 나왔다. 이 집에서 좌상 다음으로 높은 신분의 여인이 명령하니 무기를 든 사내들은 일제히 멈추어 섰다. 태웅도 정경부인이 목표였기에 그녀 쪽으로 말을 돌리며 사납게 물었다.

"내 아내는 어디 있습니까?"

정경부인은 단지 화장 때문에 은홍을 부른 게 아니었다. 그래서 그녀를 쳐다보는 태웅의 눈빛은 숙빈을 마주할 때보다 더 분노해 있었다. 단지 화장을 해주기 위해 온 은홍을 해하려 했다면, 그게 어떻게 인간이 할 짓이란 말인가.

소문 그대로 지옥 불 마님인 거다.

"내 아내에게 손끝 하나라도 댔으면 내 기필코 이 가문을 멸문으로 이끌 것입니다."

태웅의 협박에도 정경부인의 표정은 변화가 없었다.

"이제 보니 대행수의 그릇이 아녀자보다 작군."

정경부인의 악평에 그의 눈매가 일그러지는데, 정경부인은 몸을 돌려 다시 방으로 들어가며 말했다.

"대행수가 또 이런 행패를 부리면 내가 다시 부를 일은 없을 거라 집에 돌아가 자네 부인에게 전하게."

정경부인의 마지막 말에 태웅은 머리를 세게 얻어맞은 것처럼 멍해졌다. 집에 돌아가 전하라고?

그가 화룡관으로 돌아왔을 때 아들 유진이 제일 먼저 달려 나와 그를 맞이했다.

"아버지! 왜 이리 늦으셨습니까! 어머니는 진작이 오셨는데."

진짜 은홍이 집에 돌아왔다는 말에 태웅은 그제야 긴장했던 몸이 탁 풀리는 기분이었다.

"네 어머니가 정말 집에 왔느냐?"

"네. 아버지만 믿으라고 해서 믿고 있었는데, 어디서 뭐 하신 겁니까?"

태웅은 심문하는 아들을 뒤로하고 서둘러 안채로 향했다. 안마당에서 있는 은홍의 모습을 직접 눈으로 확인한 태웅은 막혔던 숨을 길게 내쉬었다.

"은홍아."

그의 부름에 은홍이 고개를 돌려 그를 쳐다보았다. 그와 눈이 마주치자 환하게 웃으니 마음이 울컥했다. 그는 조금 전까지만 해도 그녀가 죽었을까 두려워했으니까.

"좌상댁에서 별일 없었느냐?"

그가 마음을 드러내지 않고 묻는 말에 그녀는 웃으며 대답했다.

"앞으로 규방 모임이 있을 때마다 제가 정경부인의 화장을 해주기로 했습니다."

혼례식 올리기 전에 해야 했던 일을 이제야 겨우 성공했다. 그래서 은홍에게는 굉장히 뜻깊은 일이었다.

"그곳에는 다신 갈 필요 없다."

태웅은 숙빈도, 정경부인도 그저 끔찍할 뿐이었다. 그러니 은홍이 그들과 다시 마주치는 일은 없길 바랐다. 하지만 은홍은 그럴 수 없었다.

"규방은 상단에 귀한 고객입니다."

"나는 네가 더 귀하다."

그가 대행수답지 않게 공사 구분 없이 말하니 은홍은 그저 재미있었다.

"저는 집에서만 귀하게 여겨주시면 됩니다. 화장하러 갈 때는 그냥 상단 안주인 노릇을 하게 해주십시오."

그녀는 어찌 이리 태평하게 말할 수 있나 싶었다. 분명 정경부인에게 무서운 속내가 있었다는 걸 모를 수가 없는데.

"넌 정경부인이 무섭지 않느냐?"

"무섭습니다."

"그런데 왜?"

왕의 후궁인 숙빈이 정말 죽이고 싶었던 게 아무것도 아닌 그녀일 리가 없으니까. 숙빈이 노린 건 그녀의 남편 태웅이었다.

"그럼 대행수님은 제가 궁의 일을 하지 말았으면 좋겠다 하면 그만하실 수 있으십니까?"

은홍이 역으로 묻는 말에 태웅은 할 말이 없어졌다. 은홍은 그러겠다고 말하지 못하는 태웅을 올려다보며 씁쓸하게 웃었다.

"대행수님도 저도 똑같은 거 같습니다."

사랑하는 이를 지키고 싶으니까 할 수밖에 없는 거다.

아무리 무서워도, 아무리 피하고 싶어도.

"나는 오라버니랑 혼인할 것입니다."

어린 연우의 말에 시윤은 절레절레 고개를 저었다.

"안 된다. 그럼 개족보 돼."

연우가 말하는 오라버니는 태웅의 아들 유진이었다. 씨도둑은 못 한다고 자기 아버지 닮아서 자랄수록 훤칠한 사내 티가 나니, 벌써 여인들 마음을 들었다 놨다 하고 있었다. 거기에 그의 딸까지 가세하려고 하자 시윤은 절로 한숨이 나왔다.

사람들이 모를 뿐이지, 유진의 아비인 태웅은 왕의 아들이었고, 왕의 부인인 왕후가 족보상 그의 사촌 누이였다. 그러니 연우가 유진과 혼인하면 그야말로 개족보, 금단의 사랑이었다. 그래서 시윤은 고작 세 살밖에 안 된 딸을 앉혀놓고 으름장을 놓았다.

"유진이는 내 눈에 흙이 들어가기 전에 절대 안 된다."

그러자 연우는 그 고사리 같은 손에 흙을 퍼 오기 위해 화단으로 달려갔다. 그 모습을 보고 시윤은 길게 혀를 찼다.

"허어, 이래서 딸은 키워봤자 남의 식구라더니. 저것은 시집도 가기 전에 남의 식구구만."

그때 호랑이도 제 말하면 온다고 유진이 어머니인 은홍과 함께 마당으로 들어섰다. 흙을 파던 연우는 곧장 유진에게로 달려갔다.

"오라버니!"

누가 보면 이산가족 상봉인 줄 알겠다.

은홍은 댕기 머리 휘날리며 달려오는 연우가 귀여워서 절로 두 손이 앞으로 뻗어나갔다.

"연우야, 아줌마한테 먼저 인사해야지."

하지만 연우는 은홍의 손을 피해 바로 유진에게 달려가 안겼다.

유진은 아직 그의 허리에도 미치지 못하는 작은 몸집의 연우를 번쩍 들어 올려 안았다.

"이놈아! 내 딸 당장 내려놔라!"

시윤이 대청 위에서 부채를 휘두르며 호통을 쳤지만 유진은 들은 척도 안 하고 연우를 안고 걸어가버렸다.

"어허! 저놈이 내 딸을 납치하네. 거기 누구 없느냐!"

큰소리로 사람을 부르는 시윤에게 다가간 은홍은 그를 말렸다.

"제가 나리께 긴히 할 이야기가 있어서 그동안 연우와 놀아달라고 부탁했습니다. 그만하십시오."

시윤은 그만둘 수 없었다. 눈앞에서 개족보 되기 일보 직전이었으니

까.

"앞으로 내 집에 올 때 유진이는 절대 데려오지 말게. 저놈은 우리 집 출입 금지야."

시윤이 진심으로 하는 소리처럼 들렸지만 은홍은 웃어넘겼다. 어차피 연우가 유진이 보고 싶다고 하면 못 지킬 말일 게 뻔했으니까. 은홍은 가지고 온 보자기를 시윤의 앞에 내밀었다.

"연우가 좋아하는 반찬 몇 가지 좀 챙겨 왔습니다."

"내 건?"

철없이 구는 건 옛날이나 지금이나 똑같은 시윤이었다. 하지만 변치 않는 모습이 오히려 다행이라고 여겨졌다.

"나리가 좋아하는 것도 있으니 연우랑 같이 맛있게 드십시오."

그제야 시윤은 진정하며 자리에 앉았다.

"그래서 내게 할 이야기가 뭔가?"

시윤이 부채를 펼치며 그녀에게 묻자 은홍이 진지하게 말했다.

"그 전에 지금부터 제가 하는 말은 대행수님께 비밀로 해주실 수 있으십니까?"

태웅에게 말하면 안 된다는 그녀의 말에 시윤의 표정도 바뀌었다.

사랑과 믿음으로 똘똘 뭉친 원앙 부부 사이에 비밀이 생긴다면 그건 분명 심상치 않은 일일 게 뻔했으니까.

대행수 태웅은 주기적으로 시장에 나와 직접 눈으로 상계가 어찌 돌아가는지 확인했다. 불법적으로 장사하는 이들을 단속하는 작용도 하

기에 상인들은 그가 시장에 오는 걸 환영하는 편이었다.

오늘은 칠패 시장에 나왔다.

"오늘은 생선이 싱싱합니다. 대행수 어른."

화룡 상단 대행수한테도 생선을 팔려고 하는 기백에 태웅은 입꼬리를 올렸다. 은홍에게 짚신을 팔았던 오누이는 이제 칠패 시장에서 당당하게 점포를 열어 생선을 팔고 있었다. 오라비 뒤만 졸졸 따라다녔던 여동생이 먼저 혼인해서 자기를 쏙 빼닮은 딸까지 낳았으니, 볼 때마다 꼭 그 시절로 돌아간 느낌이었다.

"난 비린내 나는 생선보다 육고기가 더 좋은데."

그의 말에 오라비는 손사래를 쳤다.

"육고기 많이 먹으면 장수 못 합니다. 마님이랑 오래오래 백년해로하시려면 생선을 많이 드셔야죠."

어째 귀가 솔깃해지는 말이니, 확실히 장사 수완이 늘었나 보다. 결국 태웅은 그곳에서 제일 비싼 생선 두 마리를 샀다.

"한 마리는 네가 가져가서 먹어라."

태웅이 생선을 내밀자 문길은 우선 거절했다.

"유진이가 두 마리 다 먹을 것입니다. 그냥 가져가십시오."

"그 녀석은 육고기파다. 생선은 비린내 나서 싫어해."

그리고 아직 오래오래 백년해로해야 할 부인도 없으니 굳이 생선을 먹을 리가 없었다.

문길은 할 수 없이 생선을 받았다. 아직 생선을 맛있게 요리해줄 부인은 없었지만, 부탁할 사람은 있었다.

우뚝, 앞서가던 태웅의 걸음이 갑자기 멈추자 문길도 덩달아 걸음을 멈추었다. 태웅의 시선 끝에는 거리에서 점을 보는 판수가 있었다. 저런 경우는 보통 사기꾼이 많았다. 하지만 장사꾼이라고는 할 수 없어서 그들이 단속할 대상이라고 하기에는 애매했다.

"왜 그러십니까?"

태웅은 물음에 대답하지 않고 그 판수 앞으로 걸어갔다.

"혹시 왼쪽 이마에 상처 자국이 있는 판수를 알고 있나?"

유진이 태어나기도 전이니, 아주 오래된 일이었지만 태웅은 그 판수의 얼굴을 똑똑히 기억하고 있었다. 지금 마주쳐도 바로 알아볼 수 있을 정도로.

그 판수가 말했었다. 은홍이 꼭 딸을 낳아야 한다고. 아들을 낳으면……. 그 뒤는 듣지 못했다.

그런데 지금 그에게는 아들 한 명이 있었다. 그래서 일부러라도 그 판수를 찾아서 그때 끝까지 못 들은 이야기를 듣고 싶어졌다. 그 판수가 유진에 대해 무슨 이야기를 하든 그만 알고 있을 생각이었다.

그 누구에게도 이야기하지 않으리라. 은홍에게도 절대 이야기하지 않을 거다. 그렇게 태웅한테도 은홍에게 말할 수 없는 비밀이 생기려고 했다.

은홍은 귀가한 태웅이 가져온 생선을 보고 웃으며 물었다.

"오늘 칠패 시장에 다녀오셨습니까?"

"그래."

"오누이는 잘 지내고 있던가요?"

"거기서 사 온 거다. 오라비가 내게 강매를 하더구나."

강매한다고 생선을 덥석 사 올 태웅이 아니라는 걸 알기에 은홍은 그저 웃어넘겼다.

"넌 오늘 무엇을 하였느냐?"

태웅은 여전히 귀가하면 제일 먼저 그녀의 안부를 물었다. 그가 없는 시간 동안 그녀는 어찌 지냈는지 매일 궁금했다. 그런데 오늘따라 은홍의 대답이 몇 초 늦었다. 고작 몇 초였지만 태웅은 그 짧은 시간이 굉장히 거슬렸다.

"연우를 만나고 왔습니다. 그사이 많이 컸더라고요."

아마 연우를 보고 누군가 그리워져서 그런 거라 여기고 태웅은 굳이 더 묻지 않았다.

"유진이가 연무장에 있습니다. 저녁이 준비될 동안 가보셔요."

은홍의 말에 태웅은 팔짱을 끼며 못마땅한 표정을 지었다.

"그놈은 기어코 날 이겨먹겠다는 건가. 고얀 놈."

조선제일검을 스승으로 붙여주었더니, 머리 좀 굵어지자마자 그에게 도전장을 던졌다. 스승을 이기는 건 도리가 아니니, 그라도 이겨보겠단다. 언젠가 그가 유진에게 지는 날, 그는 늙고 유진은 다 컸다는 뜻이 될 거다. 그래서 그는 아들에게 절대 질 수 없었다.

"누가 찾아왔다고?"

왕후는 의아해하며 되물었다. 생전 궁에 발걸음한 적 없는 인물이었기에.

"영상의 아드님이 중전 마마 탄신일을 축하하시기 위해 선물을 가져오셨답니다."

그녀의 탄신일은 내일이었다. 그러니 미리 받는 생일 선물이 되었다.

"들라 하게."

생전 마주친 적이 별로 없었지만 그래도 사촌 사이였기에 왕후는 알현을 허락했다.

드르륵―.

문이 열렸을 때, 김시윤은 혼자가 아니었다. 그가 대동한 여인의 얼굴을 보고 왕후의 표정이 굳었다.

"이게 어떻게 된 일인가?"

그녀는 당연히 시윤이 혼자 왔을 거라 생각하고 만나겠다 한 거였다.

그런데 그는 가장 만나기 부담스러운 사람을 데리고 왔다. 이건 생일 선물이 아니라, 생일 폭탄이었다.

"제가 나리께 부탁드렸습니다. 마마를 뵙게 해달라고."

은홍은 머리를 깊게 조아리며 시윤 대신 말했다. 그녀는 신분이 낮아 왕후가 먼저 불러주지 않는 이상 궁에 들어올 수가 없었다. 그래서 시윤의 도움이 필요했다.

"자네가 왜 날 만나려 한 것인가? 청탁할 것이라도 있나?"

그녀를 대하는 왕후의 태도는 찬바람이 쌩쌩 돌았다.

같이 온 시윤이 오히려 눈치가 보일 정도였다. 괜히 은홍의 부탁을 들어준 것인가 싶기도 했다. 어차피 왕후는 끝까지 은홍을 며느리로 인정하지 않을 거다. 태어난 순간부터 평생을 고귀하게만 살아왔던 여인이었다. 그래서 자기 아들이 어쩔 수 없이 궁 밖에서 밑바닥 생활을 하며 자라난 걸 불행이라고만 생각하지 전혀 이해하지 못할 거다. 그러니 은홍의 존재에 대해서도 인정보다는 부정이 더 편했다.

"마마께서 숙빈 마마 때문에 곤란을 겪고 계시다고 들었습니다."

은홍의 말에 시윤은 놀란 표정을 지었고, 왕후의 눈빛은 매서워졌다.

"궁 안의 일을 자네가 어찌 안단 말인가?"

그것도 궁 안에서도 가장 비밀스러운 내명부의 일이었다. 그걸 궁 출입은 전혀 하지도 않는 은홍이 말하니 왕후는 기가 찼다.

"정경부인께 들었습니다."

정경부인은 숙빈의 어머니였다.

"하! 그쪽과 연이 있을 줄은 몰랐군."

왕후의 귀에는 그 말이 꼭 은홍이 그들의 적과 내통한다는 소리로 들릴 뿐이었다. 은홍의 말이 곱게 들리지 않는 건 결국 그녀의 존재를 부정하고 싶은 왕후의 본심 때문이었다.

은홍은 조용히 들고 온 비단 보자기를 왕후의 앞에 내놓았다.

"이게 도움이 될 듯하여 가져왔습니다."

왕후의 시선이 은홍이 가져온 보자기로 향했다.

단지 생일 선물이 아니라고?

숙빈은 자기 아들의 복수를 하기 위해 끝없이 중궁전을 공격하고 있었다. 왕후를 중궁전에서 몰아내기 전까지 절대 멈추지 않을 것이었다. 그래도 꿋꿋하게 버티고 있었는데, 이번에는 너무 치사한 방법이라 아무런 대응도 못 하고 뒤통수를 맞아버렸다.

처음은 사소하게 중궁전과 숙빈전 하급 궁녀들의 싸움이었다. 시시비비를 가리다 보니 상궁들로 기 싸움이 번졌고, 숙빈이 직접 중궁전까지 찾아오게 되었다.

―중전께서 궁녀들을 시켜 제 나인들을 괴롭히라 시키셨다 들었습

니다.

이젠 하다 하다 별 유치한 방법을 다 쓴다 싶었다. 그래서 상대도 하기 싫었지만 숙빈도 무시할 수 없는 품계였기에 그럴 수는 없었다.

—헛소문을 듣고 와서 감히 날 능욕하는 것인가?
—설마 여기가 어디라고 제가 감히 헛소문으로만 이런 말을 하겠사옵니까. 중궁전 나인이 직접 자백한 일입니다.

숙빈이 어떻게 구워삶은 것인지, 중궁전 나인은 모두 왕후가 시킨 일이라고 거짓 자백을 했다. 중궁전에서 오래 일하던 나인이었기에 너무도 명백한 증거가 되어버렸다. 그 때문에 숙빈은 왕후에게 핍박받는 가련한 후궁이 되어버리고, 그녀는 악독한 중전이 되어버렸다.

고작 궁녀 한 명의 일. 그냥 무시하면 그만일 수도 있었지만, 그녀를 오해의 눈으로 보는 사람들의 시선은 끝까지 무시할 수 없을 정도로 괴로운 일이었다. 그리고 왕까지 이번에는 그녀의 편이 아니었다.

—함부로 숙빈을 건들지 마시오.

그 말은 왕도 소문을 믿는다는 소리였다. 왕후는 그게 가장 억울했다. 어떻게 왕이 그녀를 믿어주지 않는단 말인가.

같이 위기를 헤쳐온 부부 사이에 믿음이 깨어지면 결국 금이 가게 되어 있었다. 작은 균열은 시간과 오해가 쌓이면서 점점 커질 수 있었다. 아무래도 숙빈은 그걸 노린 듯했다. 왕과 왕후의 사이를 갈라놓기로 작정한 거다.

"그 나인이 낳은 아기가 입었던 배냇저고리입니다."

"뭐?"

왕후는 믿을 수 없다는 표정으로 은홍을 쳐다보았다. 궁녀는 모두 왕의 여인이었기에 왕의 자식이 아니면 낳을 수가 없었다.

"아마 숙빈은 그 아이를 미끼로 나인을 겁박했던 거 같습니다."

비밀스럽게 낳은 아기였으니 아무한테도 말할 수 없었을 거다.

왕후한테는 더더욱 솔직할 수 없었으리라. 말하는 순간 당장 처벌을 받든지, 궁에서 쫓겨났을 것이니.

"그걸 자네가 어찌 안단 말인가?"

은홍은 고개를 돌려 옆에 있는 시윤을 보았다.

"나리의 부인께서 보살피던 아이 중 한 명이었습니다."

갈 곳 없는 아이를 키워준다는 소문을 듣고 궁녀는 아기를 그곳으로 보낸 거다. 자기가 살겠다고 차마 태어난 아기를 죽일 수는 없었던 듯하다.

은홍도 란 부인을 도와 아이들을 돌봐주고 있었기에 궁녀의 아기에 대해 알고 있었다.

"아이를 만날 수 있게 해주십시오. 그럼 나인도 솔직하게 전부 말할 것입니다."

왕후는 말없이 은홍이 가져온 비단 보자기만 바라보았다. 저 비싼 비단 안에 든 건 낡디 낡은 무명 저고리일 뿐이었다. 고작 궁녀 한 명이 그녀를 곤경에 밀어 넣더니, 그녀를 구해주는 것도 고작 무명 저고리 하나란다.

왕후는 이 자리에서 그걸 인정하는 게 너무 힘들었다.

"그럼 소인은 이만 물러나 보겠습니다."

은홍은 가지고 온 것을 전하자마자 바로 하직 인사를 했다. 왕후가 그녀를 안 반긴다는 걸 너무 잘 알고 있었기에.

왕후는 물러나는 그녀를 붙잡지 않았다. 왕의 믿음을 되찾을 기회를 줘서 고맙다는 말조차 없었다.

"뭐? 12년 전에 죽었다고?"

판수를 찾기 위해 문길을 산으로 보냈던 태웅은 돌아온 문길의 보고에 표정이 굳었다. 12년 전이면 유진이 태어나던 해였다. 우연이겠지만 별로 기분 좋은 우연은 아니었다.

"판수가 살아 있었으면 무얼 물어보려 하신 것입니까?"

그냥 평생 모른 채 살아가라는 신의 뜻인지도.

마음에 안 들었지만 이젠 어쩔 수 없이 받아들일 수밖에 없었다.

그때 문밖에서 고하는 목소리가 들려왔다.

"대행수 어른, 마님께서 찾아오셨습니다."

은홍이 왔다는 말에 문길은 바로 인사를 하고 물러났다.

태웅 혼자 은홍을 반갑게 맞이했다.

"여기까지 어쩐 일이냐?"

은홍은 활짝 웃으며 말했다.

"매화꽃이 피었습니다."

꽃 피는 계절에 가장 기분이 좋아지는 그녀를 알기에 태웅은 같이 웃게 되었다.

"그래? 그럼 오늘은 꽃을 보며 귀가하겠구나."

함께 꽃길을 걷는 건 이젠 부부에게 빼놓을 수 없는 일이 되었다.

은홍의 말대로 길거리는 매화꽃으로 흐드러졌다. 분명 오늘 아침에도 지나왔던 길인데, 그때는 왜 몰랐을까 신기할 정도였다.

"난 너랑 걸을 때만 꽃이 보이나 보다."

"그럴 리가요."

은홍은 그가 거짓말을 한다고 생각하는 듯이 웃어넘겼다.

"정말이야. 나 혼자 걸을 때는 저 꽃이 안 보였어."

그리 말하며 태웅은 그녀의 손을 잡았다. 작고 따뜻한 손의 온기는 그에게 안식을 주었다.

"대행수님."

그녀의 부름에 태웅은 꽃에서 시선을 돌려 은홍의 얼굴을 내려다보았다. 그녀가 그의 얼굴을 빤히 올려다보며 말이 없자 그는 눈을 가늘게 떴다.

"왜 불러놓고 아무 말이 없느냐?"

그제야 은홍은 입을 열었다.

"대행수님 처음 보았을 때를 생각하고 있었습니다."

태웅은 이제 그게 언제인지 까마득하기만 했다. 두 사람이 부부로 산 세월이 10년이 넘어가고 있으니 그럴 만도 했다. 강산이 변했으니 사람의 기억도 똑같으란 법은 없었다.

"다시 태어나도 제 짚신을 사주실 것입니까?"

아직 현생에서 이리 행복한데 왜 굳이 다음 생을 생각한단 말인가.

태웅은 그게 마음에 안 들었지만 대답했다.

"더 잘 만들지 않으면 무리다. 사람이라면 당연히 발전이 있어야지."

남편에게 물었는데, 그가 대행수로서 대답하자 은홍은 그의 손을 떨쳐내기 위해서 팔을 흔들었다.

태웅은 웃으며 그녀의 손을 더 꽉 잡았다.

"내가 설마 네 짚신 샀다고 우리가 혼인했겠느냐?"

"그게 아니면요?"

그가 그녀를 발견했으니까. 그러니 그녀가 파는 게 짚신이 아니라 그 어떤 것이었어도 상관없었다. 다음 생에도, 그다음 생에도 그는 꼭 그녀를 발견할 것이다.

"아버지! 어머니!"

그때 집 쪽에서 유진이 달려왔다.

은홍이 온종일 집을 비워서 걱정되어 일부러 마중 나와 있었던 거다.

"치사하게 나만 빼놓고 둘이서만!"

달려오는 유진이 하는 말을 들은 태웅이 은홍에게 말했다.

"저놈이 부모 욕을 하는구나."

은홍은 웃어버렸다. 궁을 나오면서 느꼈던 쓸쓸한 마음은 이미 눈 녹듯 사라지고 없었다. 그러니 왕후가 그녀를 끝까지 인정해주지 않아도 그녀는 별로 상관없었다.

그녀에게는 이미 그 무엇과도 바꿀 수 없는 가족이 있었으니까.

외전 VI

생일 선물

태웅은 몰랐었다. 아들이 태어나면 그의 경쟁자가 될 거라는 것을.

"어머니는 아버지와 저 중 누가 더 좋아요?"

감히 그런 질문을 하다니.

태웅은 유진을 보며 눈꼬리를 위로 올렸다.

하지만 아들은 그는 안중에도 없다는 듯이 은홍만 쳐다보며 헤실헤실 웃었다. 이젠 저 웃음도 너무 헤프다는 생각이 들었다.

사내가 왜 저리 잘 웃는가. 남자라면 진중하고 근엄해야지. 나처럼.

"그런 질문이 어딨니."

은홍은 유진을 나무랐다. 역시 그의 부인이었다. 당연히 아들보다는 지아비가 먼저니까 저렇게 대답을 피하는 거겠지.

"아! 어머니는 내가 더 좋구나. 그래서 아버지 앞에서 대답을 못 하는 거죠?"

"최, 유, 진."

결국 그가 참지 못하고 유진의 이름을 한 자 한 자 힘을 주어 불렀고, 거기서 멈추지 않고 축객령을 내렸다.

"넌 가서 공부하거라. 왜 그리 게으름을 피우는 것이냐?"

기껏 부부끼리 오붓한 시간을 보내고 있는데 아들이 난입해서 방해하고 있었다. 차라리 말 못하는 아기였을 때가 나은 것 같다. 왜 이리 빨리 자라버린 건가. 쓸데없이.

유진도 불만 가득한 눈으로 태웅을 쳐다보았다.

그가 어머니랑 붙어 있으면 공부 타령을 하며 쫓아버리려고 하니, 그게 과연 아버지다운 행동인가 싶었다. 그의 아버지는 너무 강샘이 심했다. 하지만 대놓고 말하면 불효자 소리를 들을 게 뻔했기에 유진은 승부수를 던지기로 했다. 최태웅의 피를 물려받고 태어난 유진은 승부욕이 아주 남달랐다.

“곧 어머니 생신인데, 제가 아버지보다 더 좋은 선물을 드리겠습니다. 기대하세요. 어머니.”

유진이 노골적으로 그를 보며 말하자 태웅은 속으로 콧방귀를 꼈다.

그럴 일은 절대 없을 거다. 내 부인은 너보다 내가 더 잘 안단다.

유진이 쫓겨나듯이 가버리고 부부만 둘이 남게 되자 은홍은 태웅에게 부탁했다.

“유진한테 너무 엄하게 굴지 마세요. 아직은 어리잖아요.”

아까 오만방자하게 아버지한테 덤비는 걸 보고도 그런 말이 나온단 말인가.

그가 보기에는 은홍이 너무 유진을 어리고 착하게만 보는 것 같았다. 자기 아들이라고 객관성을 잃으면 안 되는 것이다. 유진은 영악하고 도전적인 아이였다.

솔직히 그 성격이 나중에 큰 화를 불러오지 않을까 태웅은 내심 걱정되었다.

그러니 한 번은 그 겁 없는 성격을 꺾어놓을 필요는 있었다. 함부로 나대지 못하게.

우선은 은홍의 생일 선물부터 시작하기로 했다. 유진보다 뒤처질 수 없었다. 절대로.

"은홍이가 좋아할 만한 선물이 뭐가 있을까?"

태웅은 문길에게 조언을 구했다. 그의 물음에 문길이 난감한 표정을 지으며 대답했다.

"유진이 아침에 와서 말하길, 그걸 저한테 물으면 반칙이랍니다."

이 자식.

태웅은 분함을 참지 못하고 주먹을 꽉 쥐었다.

"역시 딸을 낳았어야 했어."

태웅의 말에 문길은 고개를 저으며 충고했다.

"그런 말은 함부로 하시면 안 됩니다. 말이 씨가 됩니다."

"그래서 아들이 어느 날 갑자기 딸로 변하기라도 한다는 것이냐?"

"유진이 명이 짧아질 수는 있겠죠."

무서운 소리에 태웅은 사색이 되었다.

"무슨 재수 없는 소리를 하는 거냐!"

태웅의 역정에 문길은 살짝 억울했다. 아들이 싫다고 먼저 말한 사람은 태웅이었으니까.

하지만 태웅이 걱정하는 게 무엇인지는 문길도 알 수 있었다. 유진은 세상에 무서운 게 없는 아이였다. 두려움보다는 호기심이 많고, 어려움보다는 도전 정신이 강했다. 역시 피는 속일 수가 없다고, 한 나라를 다스리는 왕의 핏줄은 궁 밖에서 태어났음에도 남달랐다.

그러나 여긴 궁이 아니었다. 유진을 보호하는 것에도 한계가 있었다. 그러니 유진 스스로 조심성을 길러야 했지만, 천성이 그런 걸 답답해하는 아이였다. 그래서 태웅은 유진의 스승으로 조선제일검 박무진을 선택한 것이었다. 위험으로부터 자신을 지키기 위해서는 유진 스스로 강해질 수밖에 없었다.

유진이 어른이 되었을 때, 과연 그 앞에 어떤 운명이 펼쳐질지는 아직 아무도 몰랐다. 그랬기에 불안하고, 그랬기에 희망적이기도 했다.

"청에 가서 봉황화를 구해 올까?"

은홍은 세상에서 꽃을 제일 좋아했다. 그러니 조선에서는 볼 수 없는 희귀한 꽃을 구해 오면 그보다 더 귀한 생일 선물은 없을 것이었다.

"조선에 당도하기도 전에 시들 겁니다."

태웅은 은홍의 생일 선물에 골몰하기 시작했다. 죽어도 아들에게 지기는 싫은가 보다.

유진에게는 두 명의 사부가 있었다. 한 명은 조선에서 그 검을 이길 자가 없다는 조선제일검 박무진, 그리고 다른 한 명은 그런 박무진조차도 절대 붙잡을 수 없었던 파천의 양딸 연화였다.

"아무리 검을 잘 휘둘러도 바로 눈앞에 있어야 죽일 수 있는 거야. 바람처럼 사라져버리면 검 그까짓 거 아무 소용없지."

연화는 자신의 기술이 검보다 더 대단하다고 말하며 박무진을 깎아내렸다.

안타깝게도 유진의 대단한 두 사부는 서로 사이가 안 좋았다. 당연히 그럴 수밖에 없는 게 옛날에 박무진이 연화를 몇 번이고 죽이려 했었단다.

왕의 명이었다고 해도 연화는 박무진에게 아주 엄청난 앙금이 남아 있었다. 그런 두 사람이 지금은 한집에서 지내고 있으니 인생은 참 알다가도 모를 일이었다.

"하지만 사내가 도망만 치면 멋없지 않겠습니까? 검이 폼 나죠."

유진의 말에 연화는 버럭 성을 냈다.

"폼 나는 게 목숨보다 중하냐! 이런 철없는 것!"

유진은 키득 웃으며 앉아 있던 높은 나무에서 가볍게 뛰어내렸다. 바닥에 착지하고 몸을 일으키는 아이는 어느새 훌쩍 커서 이목구비가 준수하고, 넓은 어깨는 사내다웠다.

연화는 나무 위에서 그런 유진을 내려다보며 한숨을 내쉬었다.

"딸을 낳았어야 했는데."

최태웅의 아들이었다. 분명 은애하는 여인이 나타나자마자 그 사람만 바라보는 멍청이가 될 것이다.

그럼 은홍이 얼마나 슬퍼할지 상상하니 연화는 속이 안 좋았다.

"사부님."

유진이 누군가 부르는 소리에 연화는 고개를 들었다. 박무진이 검을 들고 걸어오고 있었다. 연화의 표정이 바로 구겨졌다. 박무진이 유진에게 하는 말이 들려왔다.

"대행수가 널 찾는다."

유진은 서둘러 박무진을 지나쳐 달려갔다.

혼자 남은 박무진을 거만한 시선으로 내려다보며 혼자만의 우월감에 차 있는데, 갑자기 박무진이 고개를 들어 그녀가 있는 곳을 올려다보았다. 연화는 흠칫 놀라 몸이 절로 뒤로 빠졌다. 자신이 먼저 피했다는 것에 바로 창피함과 분함이 솟구쳤다.

저벅저벅.

박무진이 걸어가는 발소리가 들렸다. 뒤를 기습해서 복수라도 할까 마음먹고 아래를 보았는데 조금 전 박무진이 서 있던 곳에 무언가 남겨져 있었다.

연화는 나무에서 뛰어내려 흰 천으로 쌓인 것을 들어 올렸다. 천의 매듭을 풀어서 펼치자 달달한 냄새가 먼저 코를 찔렀다. 안에 들어있는 건 엿이었다. 연화는 그걸 보자마자 버럭 성을 냈다.

"누굴 코흘리개 어린애로 아나!"

하지만 먹을 걸 아깝게 버릴 수는 없었다.

연화는 엿 하나를 입에 넣고 야멸차게 와그작 씹었다. 그게 박무진이라도 되는 듯이.

태웅은 유진을 불러놓고 말했다.

"어머니 선물을 네 손으로 직접 만들지는 마라."

유진은 은홍의 손재주를 물려받았다. 그러니 유진이 저 손으로 꼬물거리며 뭘 만들면 은홍은 무조건 감동할 것이다.

"아버지, 그건 너무 치사하신 거 같습니다."

유진은 직언했다. 화룡 상단 대행수의 권위에 어울리지 않는 쪼잔함이라고.

"대신 돈은 얼마든지 써도 된다."

"어머니는 비싼 물건에 감동하는 세속적인 분이 아니십니다."

옳은 소리만 해대는 참 미운 입이었다.

"그래서 넌 기어코 이 아비를 이겨먹겠다는 거냐?"

"아버지야말로 어머니를 기쁘게 할 선물이 그렇게 생각이 안 나십니까?"

"당연히 생각난다!"

단지 자신이 없을 뿐이었다. 요즘은 은홍이 그보다 유진을 더 아끼는 것 같아 보이기도 했으니까. 은홍이 더 이상 자식을 낳을 수 없는 몸이니 유진에게 더 집착하는 것일 수도 있었다. 그래서 뭐라고 할 수는 없었지만, 가끔은 좀 서운했다. 오로지 그만 은애하고 원하고 갈망하던 은홍은 이제 없는 것 같아서.

아마도 이게 어머니와 아버지의 차이인가 보다. 그는 아무리 해도 은홍의 무한한 모성애는 쫓아갈 수가 없었다.

"좋습니다. 저도 손을 안 쓸 테니까, 아버지도 몸을 쓰지 마십시오."

이건 무슨 해괴한 소리인가 싶었다.

"내가 몸을 어쩐다고."

순간 무언가 짚이는 게 있어서 말문이 막혔다.

이 자식이 설마 부부 관계를 말하는 것인가?

유진이 그걸 벌써 알고 있다면 분명 범인은 김시윤이었다.

감히 남의 어린 아들한테 그딴 거나 가르치다니!

태웅은 바로 김시윤의 집으로 찾아갔다. 따지러 간 거였는데 김시윤이 딸 연우와 함께 란 부인의 초상화에 문안 인사를 올리는 걸 보고 솟아올랐던 화가 푸시시 식어버렸다.

란 부인은 임신했을 때 갑자기 화원을 불러 자신의 초상화를 그리게 했다. 양반 댁 규수가 남에게 얼굴을 내보이는 건 법도가 아니었기에 란 부인이 초상화를 그린 일은 크나큰 결심이 아니면 감히 할 수 없는 일이었다.

희망만을 품은 지아비와 달리 그녀는 차근차근 모든 상황에 대비했다. 연우는 그 그림 덕에 자기 어머니의 얼굴을 알 수 있었다.

"자네가 이 아침부터 우리 집에는 웬일인가?"

딸 앞이라고 시윤이 근엄하게 그를 맞이했다.

태웅이 연우를 쳐다보자 아이는 바로 시윤의 다리 뒤로 숨어버렸다. 그가 너무 키가 커서인지 연우는 그를 무서워했다.

"혹시 유진이한테 춘화집 보여준 적 있으십니까?"

은홍한테 했던 걸 유진한테 하지 말란 법은 없었다.

"이 사람아, 내 설마 어린 유진에게 그런 걸 보여주었겠나."

설마 그의 착각이란 말인가?

그럼 유진은 그걸 어떻게 알고 있단 말인가.

"그냥 말로 자세히 설명해줬네."

그럼 그렇지. 역시 범인은 김시윤이었다.

"도대체 어린애한테 그런 건 왜 알려주신 겁니까?"

"유진이가 오해를 하고 있더군."

"네?"

시윤은 아주 진지하게 자신이 왜 유진에게 그걸 알려줄 수밖에 없었는지 해명했다.

시윤의 딸 연우는 두 사람의 대화를 도통 알아들을 수가 없었지만 그녀가 좋아하는 유진이 계속 대화에 등장하자 동그란 눈을 크게 뜨고 훔쳐 듣고 있었다.

하지만 시윤이 연우의 두 귀를 갑자기 손으로 막아서 뒤의 내용은

들을 수가 없었다.

"어머니가 자네랑 같이 잠만 자면 다음 날 너무 피곤해한다는 거야. 아무래도 아버지가 어머니를 괴롭히는 거 같으니까 자신이 안방에서 같이 자면서 어머니를 지켜야겠다고 하는데 내가 어떻게 아무 말도 안 하고 있을 수 있겠나. 유진이 안방 침입을 안 한 건 다 내 덕일세. 그러니 오히려 내게 고마워해야지."

태웅은 너무 기가 차서 말도 안 나왔다.

뭐? 내가 은홍이를 괴롭혀!

어쩐지 유진이 요즘 부쩍 은홍한테 같이 자자며 아이 때도 안 하던 짓을 하더니. 이런 속사정이 있었던 거다.

알고 보니 아들이 정말 그의 천적이었다. 이 사태를 해결할 방법은 하나뿐이었다.

"그 녀석을 일찍 장가보내야겠습니다."

그의 말에 연우가 손을 번쩍 들었다.

"저요!"

시윤은 연우를 번쩍 안아 올리며 태웅을 내쫓았다.

은홍의 생일 아침이 밝았다.

그녀가 주인공인 날이었지만 은홍은 평소와 똑같이 아침 일찍 일어나서 태웅과 유진의 아침밥부터 챙겼다.

"어머니, 오늘은 제가 도와드릴게요."

유진이 부엌으로 들어오려고 하자 덕춘이 서둘러 막았다.

"도련님은 여기 들어오면 고추 떨어집니다."

"그건 말도 안 되는 소리다."

두 사람이 고추 이야기로 옥신각신하자 은홍이 웃으며 말했다.

"유진아, 그냥 들어가 있어. 이건 내가 좋아서 하는 일이니 안 도와주어도 된다."

유진은 할 수 없이 방으로 들어갔다. 태웅이 옷을 갈아입고 있었다. 아들인 그가 보아도 참 훤칠하고 늠름한 몸이었다. 유진은 어서 빨리 자신도 아버지만큼 크고 싶었다.

"선물은 잘 준비했느냐?"

아버지의 물음에 유진은 씨익 미소를 지었다.

"아무래도 어머니는 제 선물을 더 좋아하실 거 같습니다."

"너무 확신하는 것도 좋은 버릇은 아니다. 세상은 네 뜻대로만 돌아가지 않아."

"아직 세상은 모르겠지만, 절 낳아준 어머니는 잘 아니까요."

태웅은 유진을 짧게 흘겨보았다. 포대기 속 아기가 설마 이리 건방지게 자랄 줄은 그땐 미처 몰랐다.

그때 문이 열리며 은홍이 덕춘의 도움을 받아서 아침상을 들여왔다. 태웅과 유진이 좋아하는 고기가 아침부터 준비되어 있었다.

"어머니는 떡을 좋아하시니 오늘은 떡을 만들 거죠?"

안 그래도 점심에는 떡을 만들어 사람들에게 나누어줄 계획이었다. 이제 그녀의 생일에 떡을 나누어주는 일은 너무도 당연한 일이 되어버렸다. 도성 사람 대부분이 화룡 상단 안주인의 생일을 알고 있을 정도였다.

"너무 무리하지는 마라."

본인 생일인데 남 좋은 일 하느라 오히려 몸을 혹사하고 있었다.

"도와주는 사람이 많으니 괜찮습니다."

"네, 저도 도와드릴 겁니다."

두 사람은 오늘 사이좋게 떡을 만들 거고, 그는 상단에 나가야 했다. 부인 생일이라고 상단에 안 나갈 수는 없었다. 조선의 왕자가 아니라 화룡 상단 대행수를 선택한 뒤 태웅은 단 하루도 상단 일을 쉰 적이 없었다.

"생일 축하한다, 은홍아."

태웅은 선물을 전하며 아쉬운 마음을 달랬다.

은홍은 웃으며 그가 주는 선물 상자를 받았다.

"지금 열어보세요. 어머니."

승부가 달린 일이었기에 유진은 먼저 조바심을 내며 선물 상자를 열어보라고 졸랐다.

달칵―.

은홍이 상자 뚜껑을 열자 비단으로 둘러싸인 호박 보석이 담겨 있었다. 그런데 그냥 호박이 아니었다. 호박 보석 안에 나뭇잎이 있었다.

"어머, 이게 어떻게 이 안에서 자랐죠?"

"호박 보석은 안에 불순물이 들어갈수록 더 귀하단다. 꽃으로 구할 수 있었으면 좋았겠지만, 그런 건 없더구나."

꽃이 아니더라도 엄청 신기한 보석이었다. 땅에 뿌리를 내려야 할 나뭇잎이 보석에 들어가 있었으니까.

"너무 예쁩니다."

은홍은 진심으로 감탄했다.

유진도 옆에서 고개를 끄덕였다. 진귀한 거라는 걸 눈으로 봐도 바로 알 수 있었다.

"이젠 제 차례네요."

그 말에 태웅은 벌써 탐탁지 않았다. 그가 어렵게 구한 호박 보석이 순식간에 빛을 잃을 것만 같아서.

유진은 소매에서 봉투를 꺼내 은홍에게 내밀었다.

"어머니, 제 선물입니다."

태웅은 눈을 가늘게 떴다. 분명 손재주는 부리지 말라고 했는데 약속을 어긴 건 아니겠지. 설마 그냥 편지를 쓴 건가?

그럼 그가 이길 가능성이 컸다. 태웅의 어깨가 위로 올라갔다. 그 봉투에서 그다지 대단한 게 나올 거 같지 않았기 때문이었다.

"어머나, 유진아!"

그런데 봉투 안의 종이를 꺼내본 은홍에게서 그의 호박 보석을 보았을 때보다 더 감동한 목소리가 크게 터져 나왔다.

태웅의 눈빛이 흔들렸다.

도대체 뭔데 보자마자 저리 좋아하는 거야?

태웅은 은홍이 들고 있는 종이를 힐긋 훔쳐보았다. 그 종이에는 이렇게 적혀 있었다.

애교 이용권

이건 뭐야?

"언제든 필요하실 때 쓰세요. 제가 성심성의껏 해드릴게요."

태웅은 은홍의 손에서 아예 종이를 빼앗아서 하나씩 확인했다.

안마 이용권, 어부바 이용권, 산책 이용권, 포옹 이용권, 애교 이용권, 화장 이용권.

종이를 넘길수록 태웅의 얼굴이 제멋대로 구겨졌다. 이런 건 그가 태어나서 단 한 번도 생각해본 적도, 생각해낼 수도 없는 거였다.

"정말 못 말리겠구나. 이런 건 어떻게 생각한 거야?"

"아, 사실은 엄청 멋있는 산수화 자수를 만들려고 했는데, 누가 못하게 해서요. 소소하지만 받아주세요. 어머니."

"아니야. 나는 이게 더 좋다. 너무 재미있구나."

그 자리에서 태웅만 웃을 수 없었다. 은홍이 태몽으로 용꿈을 꾸었다고 했는데, 아무래도 그 용이 여우 꼬리를 가지고 있었나 보다.

은홍은 계절이 바뀌는 시기마다 항상 청국의 양 대인에게 편지를 보냈다. 그때 했던 약속 그대로.

조선의 가을은 온통 붉은색입니다.

가을 단풍이 든 잎과 꽃으로 장식한 편지지에 고운 글씨로 편지를 적었다. 한 자 한 자 정성스럽게 적고 있는데 밖에서 인기척이 들렸다. 은홍은 붓을 잠시 손에서 놓고 문 쪽을 보았다.

커다란 그림자가 문밖에 서 있었다.

"대행수님이십니까?"

그녀는 뻔히 알면서도 물었다.

"뭐 하고 있느냐?"

태웅은 문밖에 선 채로 그녀에게 물었다.

"양 대인께 편지를 쓰고 있었습니다."

"벌써 그럴 때가 되었는가."

태웅은 그 말에 계절이 바뀐 걸 알았다는 듯이 고개를 들어 먼 곳을 보았다.

드르륵.

문을 열자 그림자로만 보였던 그의 모습이 완전해졌다. 은홍은 웃으며 그에게 물었다.

"왜 안 들어오시고 밖에 서 계십니까?"

"내가 요즘 유진에게 많이 밀리는 것 같아서 반성 중이다."

그녀의 생일 선물을 두고 부자가 진심으로 내기했나 보다. 그녀는 둘 다 정말 좋았다. 태웅은 태웅의 것대로, 유진은 유진의 것대로. 어떻게 그 선물들에 감히 순위를 매길 수 있겠는가.

"제가 오늘 떡을 너무 많이 만들어서 팔이 아픈데 좀 주물러주시겠습니까?"

은홍이 먼저 그에게 부탁했다.

"그런 건 유진의 안마 이용권을 써야지."

"대행수님이 해주셔야 금방 괜찮아질 거 같습니다."

이 자리에 유진이 없으니 그리 말하는 걸 뻔히 알지만 기분은 나쁘지 않았다. 태웅은 못 이기는 척 은홍이 이끄는 대로 안방으로 들어갔다.

은홍은 보료 위에 앉아서 태웅에게 손을 내밀었다.

태웅은 그녀의 손을 두 손으로 감싸고 엄지손가락으로 꾹꾹 눌러주었다. 이젠 화룡관의 전체 살림을 책임지는 손이었다.

"시원하냐?"

은홍은 고개를 끄덕였다.

태웅은 손에서 위로 올라가며 그녀의 팔도 주물러주었다.

"떡을 얼마나 많이 만든 것이냐?"

"도성 안에 배고픈 사람 없을 정도로."

그녀의 허풍에 태웅은 낮게 웃었다.

"그건 나라님도 불가능하다."

그가 웃으니 은홍의 심장이 물결치듯이 뛰어댔다. 그녀의 지아비는 시간이 흐를수록 점점 더 품위 있게 준수해지니 그녀는 여전히 그를 보면 설레었다.

그와 함께 나이 드는 이 시간들이 은홍은 너무도 소중했다.

"대행수님."

그녀의 나긋한 부름에 태웅은 눈동자를 들어 은홍을 바라보았다. 그녀가 수줍은 표정을 지으며 물었다.

"대행수님 눈에는 제가 많이 변했습니까?"

부부로 12년을 함께 살았다. 강산도 변할 시간이니 그녀도 변하는 게 당연했다. 하지만 그에게만큼은 항상 가장 아름답던 시절의 모습으로 머물러 있기를 바랐다. 마치 그가 준 호박 보석 속 나뭇잎처럼.

"너는……."

그의 깊고 까만 눈동자가 그녀를 가득 담고 나직한 중저음의 목소리로 시를 읊조리듯이 말했다.

"점점 아름다워지지."

그럴 리 없다는 걸 알면서도 은홍은 꽃망울을 터트리듯이 환하게 웃었다.
“대행수님, 언제 이리 능청이 느신 것입니까?”
항상 엄한 꾸지람만 하던 그였는데, 태웅 역시 그녀의 옆에서 유하게 변했다. 이젠 그녀가 잔소리를 많이 하고, 그가 듣기 좋은 말을 더 많이 하는 것 같았다.
“능청이 아니라 진심이다.”
은홍은 그녀의 두 손으로 태웅의 얼굴을 감싸 안았다. 그러고는 작은 두 손에 꽉 차는 얼굴을 소중하게 보듬었다.
“저도 진심입니다.”
그리 말한 뒤 은홍은 먼저 그의 입술에 입을 맞추었다. 다정한 호흡을 넘겨주니 뜨거운 혀가 그녀의 안으로 밀려 들어왔다.
입맞춤은 애타게 아득해졌다.
그녀의 몸이 그에게 밀려 보료 위로 쓰러졌다. 태웅은 그녀의 위를 차지하고도 입맞춤을 멈추지 않았다. 그녀의 안에 온통 자신의 흔적을 남기며 그녀의 옷을 하나하나 벗겨냈다.
이젠 눈을 감고도 그녀의 몸을 그릴 수 있었다. 아름다운 가슴도, 옥으로 빚은 듯 부드러운 피부 결도, 탐스러운 엉덩이도, 매끈하게 뻗은 두 다리도, 그를 가득 채울 수 있는 뜨거운 곳까지. 그녀의 몸 어느 하나도 소중하지 않은 곳이 없었다.
스르륵.
벗겨진 옷이 바닥에 떨어지는 소리만으로도 심장이 욱신거리기 시작했다. 은홍은 그의 건장한 몸을 볼 때면 저도 모르게 두 눈이 감겼다. 어차피 곧 온몸으로 느끼게 될 텐데 두 눈으로 직접 보는 건 왜 이리 부끄러운 건지 모르겠다.

맥박이 펄떡이는 더운 몸과 몸이 겹쳐지니 순식간에 뜨거움이 전신에 퍼졌다. 태웅은 그녀의 하얀 목덜미에 깊게 입을 맞추었다.

은홍은 얕은 신음을 흘리며 고개를 크게 젖혔다. 그녀의 먹빛 머릿결이 파도치듯이 흩날렸다.

헐떡이는 숨결에 따라 복숭아를 벗겨놓은 것 같은 탐스러운 여인의 가슴이 오르락내리락했다. 그의 손이 다가와 가슴 전체를 손바닥으로 그러쥐고 주무르자 그녀는 눈을 감으며 힘겹게 신음을 참았다. 척추를 타고 자극이 뇌를 때리듯이 치고 올라왔다.

은홍은 두 팔로 그의 목을 끌어안고 그녀의 가슴에 정신이 팔려 있는 그의 입술에 입을 맞추었다. 그녀가 혀를 얽자 그의 혀가 열렬히 응해왔다. 그가 가슴을 주무를 때마다 흘러나오는 신음이 그의 입안으로 빨려 들어갔다.

태웅은 그녀의 말랑거리는 가슴을 입술로 더 생생하게 느끼고 싶어 고개를 숙여 전부 입안에 머금었다.

"아."

결국 그녀의 입에서 참지 못하고 더운 신음이 토해져 나왔다. 그녀의 얼굴이 부끄러움과 뜨거움에 홍시처럼 붉어졌다.

이젠 손으로 헤아릴 수도 없이 많이 그에게 안겼는데도 은홍은 여전히 부끄러움에 몸을 떨었다.

하지만 저릿한 감각이 그 부끄러움조차 잡아먹으니 이성이 점점 모래알처럼 흩어졌다. 그녀는 그의 입술과 손 안에서 저릿저릿하게 달아올랐다.

"은홍아."

그가 그녀를 부르는 소리가 아득히 먼 곳에서 들려오는 것만 같았다. 이제 곧 감당할 수 없는 뜨거움이 그와 함께 맹렬히 밀려올 거라는 걸 예감했다. 하지만 그녀는 이제 결코 거부할 마음이 없었다. 오히려 열렬히 그를 갈망했다. 그가 주는 뜨거움과 함께 부서진다면 그조차도 쾌락일 터였다.

그의 커다란 손이 그녀의 다리를 부드럽게 어루만지다가 넓게 벌렸다. 은홍은 열에 들뜬 눈으로 그의 얼굴을 더듬어 찾았다. 태웅도 그녀를 바라보고 있었다. 그의 눈빛 속에 타오르는 있는 불덩이가 그녀한테 옮아 붙었다.

그녀가 그를 두 팔로 끌어안자 그가 그녀의 안으로 밀려 들어왔다. 시간도, 호흡도, 세상도 멈춘 듯 느껴졌지만 두 사람이 나누는 열락은 점점 더 뜨겁게 타올랐다.

또르르르.

그가 흘린 땀이 그녀의 몸 위로 떨어졌다. 그녀의 몸도 땀투성이였다. 어지럽게 흔들리는 세상 속에서 부딪혀 오는 사내의 몸만이 선명했다. 태웅 역시 부드럽고 아름다운 아내의 몸을 안으며 기꺼이 욕망에 굴복했다.

완벽하게 둘뿐인 부부의 밤이었다. 누구도 침범할 수 없고, 누구도 탐낼 수 없는.

은홍은 관계가 끝나기도 전에 까무룩 정신을 놓았다가 그대로 잠에 빠졌다. 그녀가 온전히 감당하기에 태웅은 체력이 너무 좋았다. 평생 검술 훈련을 해온 사람과 그녀가 비등할 수는 없었다.

누군가 어깨를 흔드는 손길에 힘겹게 눈을 뜨자 태웅이 그녀를 내려다보고 있었다.

"내가 간식을 좀 만들어 왔다."

"네?"

순간 은홍은 잘못 들은 거라고 생각했다. 왜냐하면 태웅은 지금까지 부엌에 들어간 적이 없으니까.

"대행수님이 왜?"

"네 생일이잖느냐."

그녀의 생일이 가기 전에 뭔가 더 해주고 싶었다. 아들의 기상천외한 선물이 그를 고군분투하게 하였다. 그래서 일부러 아무도 없는 밤에 부엌에 가서 서툰 손길로 먹을 걸 만들어 일부러 곤히 자는 그녀를 깨운 것이었다. 그가 그녀를 위해 열심히 만든 걸 보여주기 위해서.

"……."

은홍은 태웅이 먹으라고 가져온 간식을 한참이나 말없이 쳐다보기만 했다.

"이게 뭡니까?"

은홍은 결국 묻고 말았다. 정체불명의 음식에 대해.

"글쎄, 그건 나도 모르겠다."

거참 먹기 불안해지는 대답이었다.

"하지만 맛있는 거로만 만들었으니까 맛있을 거다."

상단 대행수의 대책 없는 말에 은홍은 손으로 입을 가렸다. 기름이 흥건한 것이 먹기 전에 이미 맛이 예상되었지만 우선은 먹기로 했다. 안 그럼 태웅이 분명 실망할 테니까.

은홍은 젓가락을 손으로 잡으며 그의 얼굴을 보았다. 태웅은 기대감 가득한 얼굴로 그녀를 쳐다보고 있었다.

"혹시 먼저 맛은 보셨습니까?"

"아니."

태웅은 당당하게 고개를 저었다. 널 위해 참았다는 듯이.

은홍은 어색하게 웃으며 젓가락으로 전 같아 보이는 음식을 집었다. 입에 넣는 순간 느끼함과 짠맛과 단맛이 동시에 느껴지자, 그녀는 저도 모르게 헛구역질이 올라왔다.

"우욱."

그녀의 구역질에 태웅이 깜짝 놀랐다.

"설마 회임한 것이냐!"

그러게 말이다. 태웅의 음식은 불임이 된 그녀의 몸이 다시 회임하게 하는 신기를 발휘했다.

은홍은 웃으며 태웅에게 젓가락을 내밀었다.

"대행수님도 먹어보십시오."

그럼 남자도 회임하는 기적을 만들어낼 것이다.

이번 그녀의 생일에 받은 것 중 가장 좋은 게 무엇인지는 고를 수 없지만, 가장 잊지 못할 선물은 태웅이 밤에 만들어준 간식이었다.

〈끝〉

작가 후기

《팔려 온 신부》는 2013년에 제가 네이버 웹소설이란 공간에 처음 올렸던 작품입니다. 그땐 작가 이름도 시대극에 어울리는 이름으로 옛스럽게 붙였었죠. 아마 작가명까지 기억하시는 분까지는 없을 듯하네요.

그리고 재연재 공지를 올린 게 2018년 8월 1일.

제가 왜 이 날짜를 정확히 기억하냐면 웹소설 신작 사극을 읽다가 제가 썼던 사극이 기억났었거든요. 그 순간까지 전 이 작품을 5년 동안 까맣게 잊고 살았습니다.

그런데 2018년까지 마지막 연재글에 댓글을 남겨주신 걸 알고 깜짝 놀랐습니다. 작가도 기억 못 하고 있던 글을 계속 기다려주시는 분들이 계시다는 것에. 그래서 저도 처음부터 글을 읽어 내려가기 시작했습니다. 그리고 결정했죠. 이걸 다시 써야겠다고.

그날 그 즉흥적인 결정이 이 작품뿐만 아니라 제 개인사에도 참 많은 영향을 끼치게 되었습니다. 베스트리그 연재할 때만 해도 출간 계획 자체가 없었습니다. 처음 써보는 시대극이라 쓰는 것에 만족하자라는 마음으로 연재했었는데, 지금 제가 종이책 작가 후기를 쓰고 있네요. 그뿐 아니라 정식 연재를 하게 되었고, 웹툰이 제작되고, 드라마 계약까지.

글의 마무리는 로맨스 소설로서 두 주인공이 가장 행복한 순간에 마침표를 찍었습니다. 스토리적으로는 계속 이어나갈 수도 있어서 외전이 줄줄이 사탕처럼 나오는 현상이 생기기는 했지만, 이건 로맨스 소설이니까 태웅이 궁에서 살아서 집으로 돌아왔을 때 끝내는 게 가장 어울린다고 생각했습니다.

'그리고 두 사람은 행복했습니다.'라는 말이 어울리는 마지막은 제가 찍었으니 그 뒤는 독자님들의 상상에 맡기겠습니다.

그리고 여러분도 행복하시길, 도움 주신 출판사 분들도 감사합니다.

팔려 온 신부 2

초판 1쇄 인쇄 2021년 2월 10일
초판 2쇄 발행 2021년 9월 23일

지은이 이여운 | 펴낸이 강성욱 | 책임 기획 전주예 | 일러스트 김스타 | 로고 김미현
디자인 장지은 | 기획 편집 송진아 최예림 정종건 장현호 이진영 이상학 정송원 | 교정 서진영 류혜선
펴낸곳 테라스북 | 등록 제2021-000006호
주소 (05020) 서울특별시 광진구 동일로 116 제일빌딩 4층 403호 (화양동)
전화 070-4794-5826 | 팩스 0505-911-5826
블로그 http://terracebook.blog.me | 전자우편 terracebook@naver.com
ISBN 979-11-91257-09-0 (04810)
ISBN 979-11-91257-02-1 (SET)

테라스북은 주식회사 스토리펀치의 임프린트 브랜드입니다.

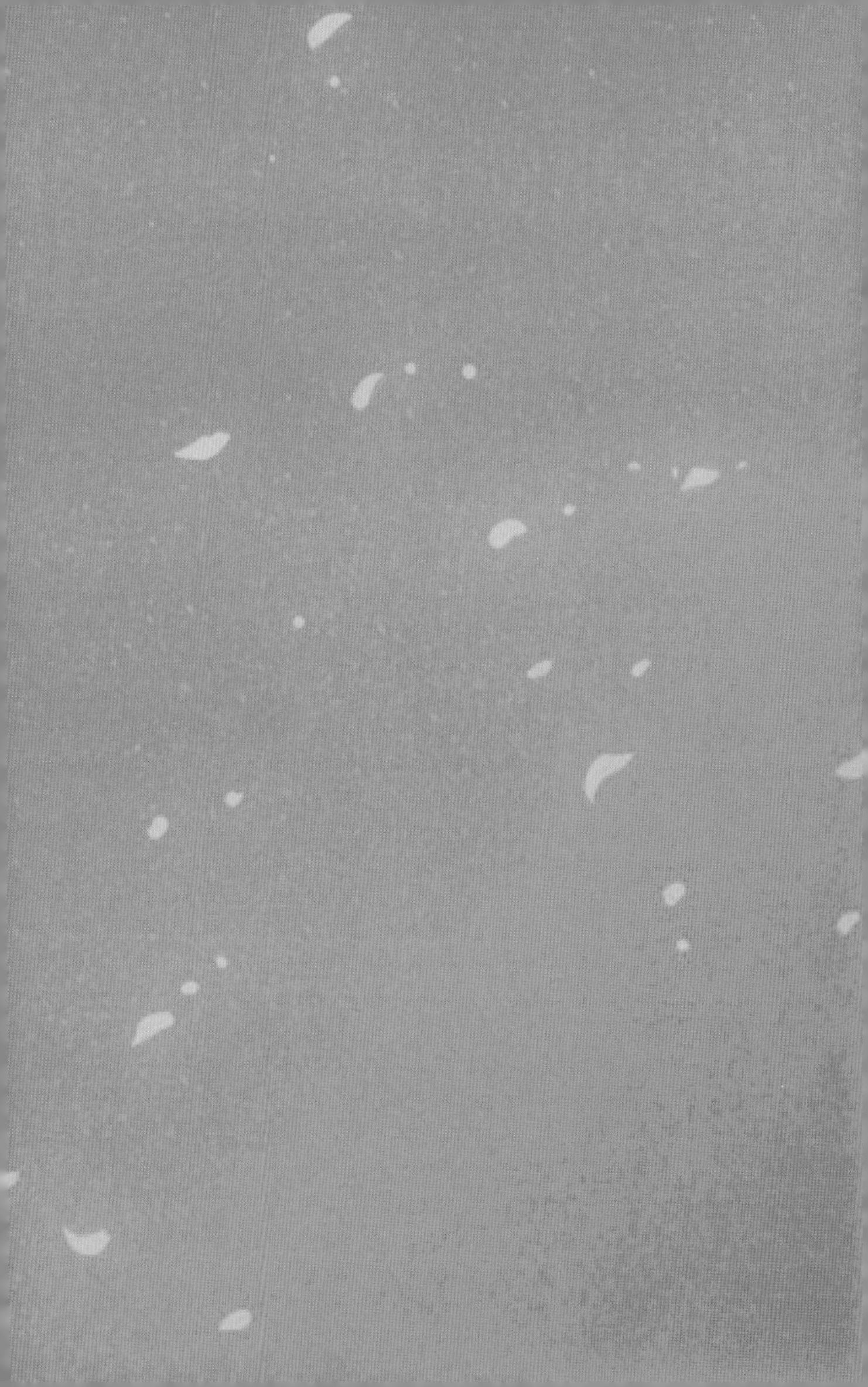

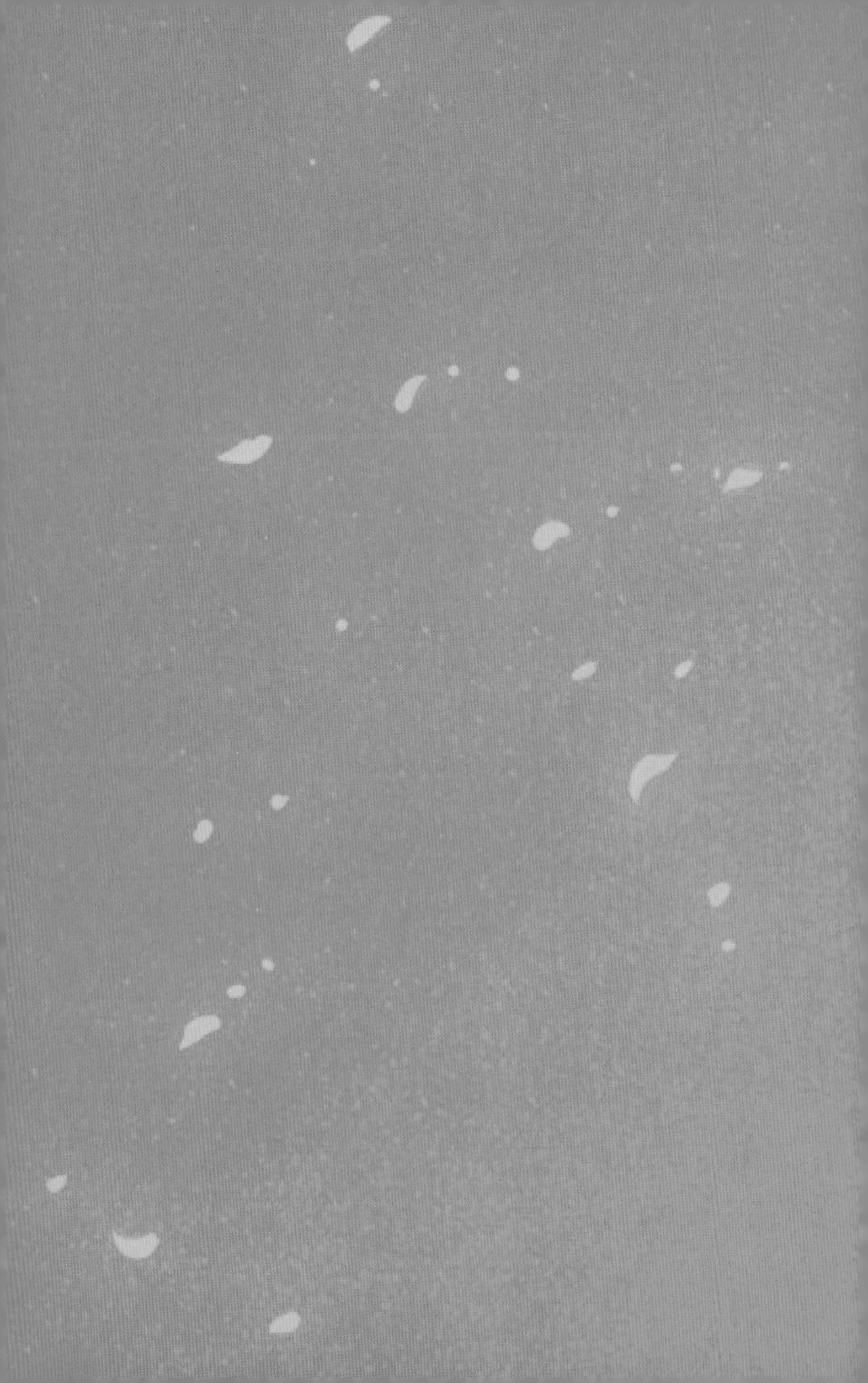